Der letzte Kriegsmagier

IRENE RADFORD

DER LETZTE KRIEGSMAGIER

ROMAN

Aus dem Amerikanischen
von Barbara Röhl

Weltbild

Die amerikanische Originalausgabe erschien 1998 unter dem Titel
The Last Battlemage.

Besuchen Sie uns im Internet:
www.weltbild.de

Genehmigte Lizenzausgabe für Verlagsgruppe Weltbild GmbH,
Steinerne Furt, 86167 Augsburg

Übersetzung: Barbara Röhl
Umschlaggestaltung: Johannes Frick, Augsburg.
Umschlagmotiv: Maitz Don / Bildagentur Schlück
Gesamtherstellung: CPI Moravia Books, s.r.o., Pohorelice
Printed in the EU
ISBN 978-3-8289-8926-9

2012 2011 2010 2009
Die letzte Jahreszahl gibt die aktuelle Lizenzausgabe an.

Für Karen, die Logische.
Für Linda, die Extravagante.
Für T. J., Spezialgebiet Action
Danke. Ohne euch könnte ich nicht schreiben.

Und für das Personal bei Applebees Grill und Bar.
Danke, dass Sie so viel Geduld mit diesen Literaturmenschen
haben, die über Außerirdische reden, nie etwas anderes
bestellen als die Sonderangebote und stundenlang
viel zu viele Plätze besetzen.
Wenigstens geben wir gute Trinkgelder.

1. KAPITEL

»Noch ein Monat, bis dein Kind bereit ist, geboren zu werden, Myrilandel«, erklärte Karry, deren erfahrene Hände um den gerundeten Leib der Jüngeren lagen.

»Ich habe so viele Kinder auf die Welt geholt, da sollte ich eigentlich wissen, welche Fortschritte mein eigenes macht«, meinte Myri zu ihrer Freundin. Sie rieb sich den unteren Teil ihres riesigen Babybauchs, wo das Kleine heftig um sich trat, und maß ihren plumpen Leib mit einem Blick, während sie den magischen Faden überprüfte, der sie stets mit ihrem Gatten verband, so weit entfernt er auch sein mochte.

Er pulsierte unter ihren Fingerspitzen. Nimbulans Lebenskraft floss gleichmäßig, genau wie es sein musste. Sie hatte sich dieses einzigartige Phänomen noch nie erklären können.

Amaranth, ihr magischer Gefährte, miaute zu ihren Füßen und rieb sein schwarzes Katzenköpfchen an ihrer Hand, als wolle auch er das Ungeborene liebkosen. Seine Falkenflügel hielt er sorgsam unter schützenden Haut- und Fellfalten verborgen. Nicht nötig, gleich alle Welt sehen zu lassen, dass er einer der seltenen magischen Flugflipper war.

Seit sie beide vor zwanzig Jahren als Zwillingsdrachen mit purpurnen Flügelspitzen zur Welt gekommen waren, hatte sie sich noch nie von Amaranth getrennt. Die Tradition der Drachen gebot, dass immer nur ein einziger Drache mit purpurnen Flügelspitzen existieren durfte. Amaranth oder Myrilandel hatten eine andere Form annehmen oder sterben müssen. Myrilandel hatte sich daraufhin für eine menschliche Gestalt entschieden, und Amaranth hatte sich in einen Flugflipper verwandelt, um sein

Leben lang in ihrer Nähe weilen zu können. Sie hatte nur ein einziges Mal gesehen, wie er seine wahre Drachengestalt annahm.

Myri kratzte ihm die Ohren. »Tut mir leid, auf meinem Schoß ist kein Platz für dich, Amaranth. Ich habe nicht einmal mehr einen Schoß.«

»Mbrrr«, schnurrte Amaranth laut und im selben Rhythmus, in dem Myri ihren Leib streichelte.

»Beim ersten Anzeichen von Wehen schickst du deinen Ziehsohn zu mir. Dann komme ich und helfe dir«, ordnete Karry in demselben Tonfall an, in dem sie alle Bewohner des kleinen Fischerdorfs herumkommandierte.

»Von mir aus könnte das Kind jetzt schon geboren werden«, meinte Myri lachend. »Ich möchte meine magischen Fähigkeiten zurückhaben, damit ich wieder im Dorf helfen kann. Wie soll ich dir nur all deine Freundlichkeit vergelten? Noch nie habe ich ein solches Zuhause gehabt«, flüsterte sie. Wenn nur Nimbulan endlich aus der Hauptstadt zurückkehren würde! Dann wäre ihre Familie vollständig beisammen. Inzwischen hatte sie im Dorf viele Freunde gefunden, aber sie waren eben keine Familienangehörigen.

»Was sagen dir denn deine Drachen über das Kind?«, fragte Karry, während sie ihre einfache Kate aufräumte.

»Shayla hat mir nur verraten, dass es ein Mädchen wird.« Jedes Mal, wenn sie an ihre Familie unter den Drachen dachte, musste sie lächeln.

Abgesehen von den zwei Kindern, die sie angenommen hatte, stellten sie ihre ganze Familie dar. Bis auf Amaranth natürlich.

Sie weigerte sich, den deprimierenden Gedanken an ihren menschlichen Bruder nachzuhängen, König Quinnault de Draconis, der sie, wenngleich zögernd, ins Exil geschickt hatte, weil sie die Magie der Abtrünnigen ausübte. Allerdings war ihr Talent im Verlauf der Schwangerschaft schwächer geworden. Nimbulan, ihr Gatte, war in der Hauptstadt geblieben, wo er ihrem Bruder als Ratgeber und Oberster Magier diente. Sie mochte als Drachin geboren sein, aber in diesem Körper konnte sie keine Drachenmagie sammeln – Frauen waren dazu nicht in der Lage. Und ohne die Fähigkeit, sich durch Drachenmagie mit anderen Magiern verbinden zu können, musste sie das Exil hinnehmen, genau wie alle anderen allein arbeitenden Magier, die sich der Kommune nicht anschließen konnten oder wollten.

Nimbulan würde bald zu ihr zurückkehren. Er hatte es versprochen.

(Gefahr!), schrie eine Drachenstimme in Myris Kopf. *(Gefahr für dich und deine Jungen!)*

Vom Dorfplatz her ließen sich laute Stimmen und schwere Schritte vernehmen.

Amaranth machte einen Buckel, sträubte das Fell und schoss zur Tür. Vor lauter Aufregung lugten seine Flügelspitzen unter ihren schützenden Hautfalten hervor.

»Räuber!«, brüllte Powwell, ihr Ziehsohn.

Kalen, Powwells Halbschwester, stürzte ins Haus. »Komm, Myri, die Vorratshütten brennen! Wir müssen fliehen, sofort! Sie werden bald hier sein.« Ängstlich zupfte sie an Myris Arm.

»Wer?« Myri hatte kaum Zeit, die Frage zu stellen. Schon zog Kalen sie aus der Hütte, und Karry schob von hinten nach.

Auf dem offenen Platz rund um die Wendetürme des Äquinoktikums rannten Dutzende Dorfbewohner panisch von Hütte zu Hütte. Bedrohlich hing Rauch in der Luft.

»Hier entlang.« Halb zog, halb trug Powwell die schwerfällige Myri auf den Weg, der hinauf in die Hügel und zu ihrer magisch geschützten Lichtung führte. Amaranth hielt sich dicht neben ihr. Er würde sich nicht in die Lüfte erheben, ehe sie in Sicherheit war.

(Nicht dorthin!), ließ sich Shayla in Myris Kopf vernehmen. *(In der Nähe deiner Lichtung warten böse Männer auf dich.)*

Am Dorfrand stand mit einem Mal die Hütte des Zimmermanns in Flammen. Drei Personen kamen hustend und mit rußgeschwärzten Gesichtern aus der Tür gerannt. Erfolglos schlugen sie mit Decken und Umhängen auf das hellgrün brennende Feuer ein.

Die gierigen Flammenzungen fraßen sich durch die trockenen Balken und das ausgedörrte Stroh, mit dem das Dach gedeckt war. Der ganze Herbst war außergewöhnlich trocken und sonnig gewesen; so war wenig Feuchtigkeit in das Baumaterial gedrungen, die es jetzt vor den heranfliegenden Brandpfeilen hätte schützen können. Bei der nächsten Garbe fing eine Fischerhütte an dem Klippenpfad, der zum Strand führte, Feuer.

Powwell versuchte, einen Zauber zu wirken, um den Brand zu löschen, doch die Flammen schossen nur noch höher und nährten sich ebenso von seiner magischen Energie wie von dem Reet.

Myris Lungen waren voller Rauch. Sie krümmte sich vor Husten, und Tränen rannen ihr aus den Augen. Die Herbstluft fühlte sich auf ihrer Haut unangenehm kalt an.

Ein kurzer Krampf im Unterleib versetzte sie in Panik, und neue Energie brandete durch ihre Adern. Das Kind war noch nicht bereit, auf die Welt zu kommen.

Nervös miauend strich Amaranth um ihre Knöchel. Sie wäre fast über ihn gestolpert. Ihre Sinneswahrnehmung verschwamm. Es dauerte einen Moment, bis sie oben und unten, rechts und links, Sicherheit und Gefahr wieder unterscheiden konnte.

Am Dorfrand tauchten schwarz gekleidete Männer auf; ein Dutzend oder mehr. Sie trugen Fackeln, Schwerter und Bögen in den Händen und volle Köcher auf dem Rücken. Etwas an ihnen kam ihr bekannt vor – die bunten Westen und die mit Silberfäden bestickten Halstücher ... Rover!

»In den Wald! Zwischen den Bäumen können sie uns nicht finden!«, schrie Karry.

(Ja, lauft zu den Bäumen! Ich führe euch an einen sicheren Ort!), rief die Drachin. Amaranth war ihrer Meinung.

Plötzlich schaute Myri von oben auf die ganze Szenerie herab. Aus der Perspektive eines fliegenden Drachen sah sie zu, wie die Dorfbewohner ziellos in alle Richtungen wimmelten. Einige Menschen rannten in großer Verwirrung vor den schwarz gekleideten Männern fort, die mit Feuer und Schwert von Norden gekommen waren. Andere verschwanden zwischen den hoch aufragenden Bäumen, mit denen die Hügel im Süden des Dorfs bewachsen waren.

Sie zwang die doppelte Wahrnehmung unter ihre Kontrolle. Mit Amaranth hatte sie das schon oft getan. Ein Teil ihres Bewusstseins musste in ihrem Körper verbleiben, damit sie vor der Gefahr fliehen konnte.

Nach vielen Monaten, in denen Myris empathische Kräfte geschlummert hatten, erwachten sie jetzt machtvoll zum Leben. Sie verlangsamte ihren Laufschritt, um die Wucht abzufangen, mit der ihr Talent auf sie eindrang. Plötzlich nahm sie die Essenz jedes Lebewesens in ihrer Umgebung bewusst wahr. Sie brauchte Zeit, um sie einzuordnen und festzustellen, wer freundlich war und wer ihr übel wollte, wer Hilfe brauchte oder ihr helfen konnte.

Mit einem Mal war ihr klar, dass die Lebewesen, die sich zwischen den hohen Bäumen verbargen, mit Keulen und Messern auf die Dorfbewohner warteten.

»Wir müssen uns verstecken.« Powwell schlang seinen mageren Jünglingsarm um sie und führte sie. Sie spürte, dass sich seine magische Panzerung ebenso rasch auflöste, wie er sie errichtete. Welcher Magier führte diese Räuber an? Sie hielt das Oberhaupt der Rover nicht für mächtig genug, um Powwells Magie zu stören.

»Nein, das ist eine Falle! Im Wald sind noch mehr Rover!« Myri drehte sich um sich selbst und wusste nicht, wohin sie laufen sollte.

Shayla kreiste über den Menschen und verlieh kreischend ihrer Bestürzung Ausdruck. Sie ließ Flammen neben den panisch durcheinanderrennenden Dorfbewohnern niederfahren und zog das Feuer dann zurück. Nein, sie brachte die Unschuldigen ebenso in Gefahr wie die Räuber!

»Ji...heee«, brüllte ein schwarz gekleideter Mann und kam mit erhobener Keule auf Myri zugerannt.

»Ich brauchte sie lebend!«, schrie jemand anders. »Fangt die Hexe und ihr Haustier *lebend!*« Diese Stimme erkannte sie. Sie hätte sich gleich denken können, dass er dahintersteckte, sobald sie die Angreifer als Rover erkannt hatte.

»Nein«, stöhnte sie. »Nicht ausgerechnet er.«

Kreischend erhob sich Amaranth in die Lüfte. Er reckte die Klauen, um Piedro, den Mann mit der Keule, zu attackieren. Der schlug die Hände vors Gesicht und duckte sich, um dem Angriff des Flugflippers auszuweichen.

Amaranth riss dem Mann die Kopfhaut auf und drehte ab, um erneut anzugreifen. Piedro, dem das Blut vom Kopf rann und in die Augen tropfte, stürmte heran und holte mit der Keule aus. Er traf Amaranth an der Flügelspitze.

»Nein!« Myri versuchte, zu ihrem Gefährten zu laufen, doch Powwell zog sie in die Menge der Dorfbewohner zurück, die versuchten, in den Wald zu fliehen.

Der Flugflipper geriet ins Trudeln. Aus dem Nichts segelte ein Fischernetz durch die Luft und legte sich über ihn. Um sich schlagend und fauchend krachte er schwer zu Boden und biss in die verknoteten Seile, die ihn hielten.

Er streckte sich in die Länge und schien blasser zu werden. Sein schwarzes Fell strahlte Licht aus. Die Flügel wurden größer; an den Spitzen und den Gelenken bildeten sich gefährlich aussehende Haken. Das Netz zerriss an einem Knoten, dann an einem weiteren.

»Ja, verwandle dich, Amaranth! Verwandle dich in einen Drachen!«, schrie Myri erleichtert. Sie musste bleiben und sich vergewissern, dass es ihm gut ging, doch Powwell zerrte sie fort, auf die Bäume zu.

Eine alte Frau warf sich über Amaranths zappelnden Körper und steckte den tobenden Flugflipper in einen Sack aus dicker Leinwand, der ihn vom Licht der Sonne abschnitt. Ohne Licht war er nicht in der Lage, seine Drachengestalt anzunehmen, und konnte nur mit den Krallen und Zähnen einer Katze gegen das Netz und den Sack ankämpfen.

Der krampfartige Schmerz in Myris Leib wurde stärker. Sie keuchte und versuchte verzweifelt, die Kontrolle über ihren Körper und die rennenden, schreienden Menschen, von denen sie umgeben war, wiederzuerlangen. Der Waldrand rückte näher. Dort würden sie Zuflucht finden. Sie wusste, wie man sich auf Bäumen versteckte, aber sie konnte nicht mehr klettern. Ihr riesiger Babybauch fesselte sie an den Boden.

Ein dunkel gekleideter Mann trat aus der Deckung eines umgestürzten Baums. Myri versuchte, vor ihm fortzulaufen. Kalen und Powwell zogen sie in eine andere Richtung.

Hilf uns, Shayla!

(Wenn ich diejenigen, die euch bedrohen, mit Flammen überziehe, werden viele Unschuldige sterben. Ihr müsst fliehen und euch verstecken. Flüchtet in den Wald.)

Der Pakt der Drachen mit dem König und den Magiern untersagte es Drachen strikt, Menschen Leid zuzufügen. Wenn Shayla diesen Pakt brach, und sei es, um ihre Tochter Myrilandel zu schützen, dann brachte sie all ihre Artgenossen in höchste Gefahr. Die einzige Waffe, die sie gegen mordlustige Menschen einsetzen konnte, waren Drachenträume.

Sie schickte ihnen die Vision einer glühenden Wüste: Woge auf Woge roter Sanddünen rollte auf die Räuber zu. Die Sonne stach durch ihre Kleider hindurch, ließ ihre Kehlen zu Pergament austrocknen und entzog ihren schwitzenden Körpern das Wasser.

Myri sah dasselbe wie sie, doch ihre Wahrnehmung war von einer eigenartigen Transparenz. Die Illusionen von Hitze und trockener Luft ließen sie unberührt. Doch ihre empathische

Gabe zwang sie, die Gefühle und den Schmerz der anderen zu teilen.

Verzweifelt umklammerte sie mit beiden Händen die Silberschnur, die von ihrem Herzen ausging, und versuchte, mit ihrem Gatten zu kommunizieren. Bis jetzt war ihr die Kontaktaufnahme über eine so große Entfernung noch nie gelungen; aber vielleicht würde die Gefahr ihr Flehen zu ihm durchdringen lassen.

Nichts. Sie sah sich nach einem anderen Ausweg um, über den sie den Räubern und ihrer empathischen Verbindung zu ihnen entrinnen konnte.

Einen Mann berührte die Illusion nicht. Er grinste Myri zu und kam, seine Keule schwingend und eine fröhliche Melodie pfeifend, auf sie zu – dieselbe Melodie, die er im letzten Frühjahr gepfiffen hatte, während er Nimbulan ein Messer in den Leib rammte. Televarn. Der Rover-Anführer, der mit jedem Wort, das er sprach, und jedem Zauber, den er wirkte, Lügen und Listen von sich gab.

Shayla fügte ihrer Vision jetzt das Bild einer wunderbaren Oase mit einem Bach hinzu. Die Menschen stolperten in einen echten Wasserlauf und tauchten die Gesichter in das erfrischende Nass. Shayla schob die Vorstellung eines flachen Gewässers nach, das kaum eine halbe Fingerlänge tief war.

Doch in Wirklichkeit war der Bach halb so tief, wie ein Mann groß war. Die Drachin verstärkte die Sonnenhitze in der Vision und drängte so die bösen Männer und Frauen, ihre Gesichter tiefer, immer tiefer ins Wasser zu drücken. Unnachgiebig prägte sie den Drachentraum immer nachdrücklicher in ihren Geist ein.

In Empathie mit den Männern und Frauen, die sie umgaben, wich auch Myri die Luft aus den Lungen. Sowohl die flüchtenden Dorfbewohner als auch die dunkelhaarigen, dunkel gekleideten Räuber taumelten in der illusionären Wüstenhitze. Nur Televarn blieb aufrecht stehen und kam weiter auf Myri zu.

Sie versuchte wegzulaufen, doch ein neuer Krampf gebot ihr

Einhalt. Powwell und Kalen konnten ihr nicht helfen. Sie waren nicht mehr bei ihr, sondern rannten ebenfalls zum Bach, um zu trinken.

Shayla!, schrie Myrilandel lautlos. *Brich den Traum ab. Sie sterben. Sie werden alle sterben.*

(Und das sollen sie auch. Sie haben versucht, dir weh zu tun. Durch ihre eigene Dummheit haben sie sich zum Tode verurteilt.)

Wenn sie sterben, dann sterbe ich mit ihnen. Mein Talent verbindet mich mit ihnen; ich empfinde, was sie fühlen.

(Gleich wirst du frei von ihnen sein. Du brauchst ihr Los nicht zu teilen.)

Televarn, ihr Anführer, ist gegenüber deinen Visionen ebenso immun wie ich. Er verfolgt uns weiter, und die Kinder sind durch deinen Drachentraum verwirrt und können nicht mit mir fliehen.

Die Vision löste sich auf.

Ein harter Schlag traf Myri am Hinterkopf, sodass der Schmerz ihr Rückgrat entlangschoss. Schwarze Schatten tanzten durch ihr Blickfeld. Sie stolperte. Powwell fasste sich so weit, dass er sie auffangen konnte, und Kalen zerrte sie vorwärts.

(Nicht dort entlang. Böse Menschen erwarten euch!)

»Ja, dorthin, es ist sicher. Ich weiß, dass wir dort in Sicherheit sind!«, beharrte Kalen.

Myri versuchte, sich auf die Bäume um sie herum und auf den Pfad, dem Kalen folgte, zu konzentrieren. Sie sah alles doppelt und verschwommen.

Zwei Televarns packten sie grob am Hals. Sie schlug auf sie ein, doch sie verstärkten ihren Griff und drohten sie zu erwürgen.

Andere Männer fesselten Kalen und Powwell mit stabilen Stricken. Powwell trat auf den Mann ein, der ihn festhielt. Bösartig grinsend versetzte Piedro ihm einen Kinnhaken. Kalen kreischte und schlug um sich. Doch dann erschlaffte sie plötzlich und starrte leeren Blicks vor sich hin.

Myri stürzte voran und versuchte, ihre Tochter zu erreichen.

»Noch eine Bewegung, und ich schlitze dir den Bauch auf. Ich habe keinerlei Verwendung für das Kind eines anderen Mannes, Myrilandel«, zischte Televarn ihr ins Ohr.

Sie wurde still.

»So ist es besser, *cherbein.* Ich habe immer gewusst, dass du mich mehr liebst als ihn. Sobald du Nimbulans Balg los bist, wirst du wieder meine Gefährtin sein. Für alle Zeit.«

Die Bäume schienen sich zu verdoppeln, und die Farben verschoben sich und vereinigten sich zu einem mächtigen Strudel. Hatte Shayla eine neue Vision über ihren Blick geworfen? Was hatte das alles zu bedeuten?

»Ich kann nicht zulassen, dass du dich später an den Weg zu deinem neuen Zuhause erinnerst, *cherbein.*« Televarn lachte und schlug etwas gegen Myris Schläfe.

Die Silberschnur, die ihr Herz mit Nimbulan verband, löste sich auf. Ehe es schwarz um sie wurde, hörte sie noch Shaylas bestürztes Gebrüll, das jeder Geist, der hören konnte, wahrnahm.

(Der Pakt ist gebrochen!)

Nein, Shayla. Brich den Pakt nicht, schluchzte sie. *Verlass uns nicht, gerade jetzt, da wir dich am dringendsten brauchen!*

2. Kapitel

Starke Magie umwirbelte Powwell in immer enger werdenden Spiralen. Seine Gelenke schmerzten, und lautes Tosen erfüllte seinen Geist.

Sein Talent schrie vor Verlangen, diese aufsteigende Kraft anzuzapfen und zu benutzen. Beinahe instinktiv sog er die Macht in sich hinein, so als sammle er Drachenmagie. Doch der besondere Platz hinter seinem Herzen, wo er Magie speicherte, vermochte die Energie nicht zu fassen. Sie strömte an seinen Nervenenden entlang und sprang aus seinen Fingern, den Zehen und Haarspitzen hervor, um sich erneut mit der Macht, die sie erzeugt hatte, zu vereinigen.

Dann wich mit einem Mal das Gefühl, in einem Strudel ohne Luft gefangen zu sein. In der plötzlich eingetretenen Stille läuteten Powwells Ohren weiter. Sein Körper schmerzte, als hätte man ihn durch die Brandung der kleinen Bucht in der Nähe des Dorfs gezogen.

Eine lockende Melodie klang in seinem Geist auf, und er spürte einen zwanghaften Drang, sich umzuwenden und erneut in den Wirbel zu stürzen.

In der Tasche seiner Tunika bibberte Thorny, sein igelgestaltiger magischer Gefährte, vor Angst. Die gesträubten Stacheln des Tierchens piekten Powwell durch die dicken Schichten seiner Winterkleidung hindurch in die Brust.

Mit Thornys Hilfe richtete sich Powwell nach dem Planeten aus. Er lokalisierte den Südpol von Kardia Hodos. Als er diese Position fest in seinem Bewusstsein verankert hatte, vermochte er wieder oben und unten, rechts und links, Nacht und Tag zu unterscheiden. Erst jetzt wurde er gewahr, dass er seinen Körper bewegte.

Hinter seinen Augen pochte es schmerzhaft. Er versuchte, die Hände zu heben, um mit den Fingern auf die Lider zu drücken.

Etwas hielt Powwells Arme an den Seiten fest und zog zugleich seine Hände nach vorn. Er wand sich ein wenig und zuckte zusammen, als ein kratziger Strick dort, wo er seine Arme an die Rippen presste, einschnitt. Auch seine Hände waren vor dem Körper mit einem Strick gefesselt. Ein dunkelhäutiger Mann zerrte ihn an den gebundenen Knöcheln vorwärts. Die Fesseln rieben unablässig, sodass seine Haut aufgeschürft wurde und brannte.

Powwell riskierte es, die Augen einen Spaltbreit zu öffnen, und stolperte über Geröll, das auf einem groben Pfad lag. Seine Umwelt war grau und schwarz.

Er befand sich *unter der Erde.* Kardia Hodos' gesamtes Gewicht schien auf seinem Kopf und seiner Brust zu lasten, und er bekam kaum Luft.

Nein. Nur seine Einbildung und Angst ließen ihn so flach atmen und nach jedem bisschen Luft ringen.

Ein neues Geräusch überrollte ihn wie die Brandung, die sich an der Drachenzahn-Formation in der Bucht brach. *Jeek, kusch, kusch. Jeek, kusch, kusch.* Mit jedem Schritt vorwärts wurde es lauter, erzeugte Echos und vervielfachte sich, bis es Powwells Herz, das ihm bis in den Kopf hinein pochte, übertönte.

Die Luft wurde heißer, sie kratzte in Powwells Kehle. Er sehnte sich nach einem Schluck Wasser – selbst die Schwefelbrühe aus der heißen Quelle bei der Lichtung wäre ihm jetzt recht gewesen.

Verzweiflung wälzte sich wie ein lebendes Wesen über alle anderen Gefühle und ließ die Hitze noch drückender erscheinen. Er begann zu schwitzen.

Am liebsten hätte er sich zu einer Kugel zusammengerollt, so wie Thorny, und die Welt ignoriert, bis all dieses Seltsame verschwand und er wieder sicher auf Myrilandels Lichtung wäre.

Er dachte an die kühlen grünen Bäume, die schattigen Säbelfarne und klaren Bergbäche. Es wurde immer heißer.

»Los, Bewegung, Bewegung! Wir haben nicht viel Zeit!«, flüsterte Televarn mit heiserer Stimme. Er trieb den Mann, der Powwell hinter sich herzog, mit einem Stock voran wie ein Stück Vieh.

Mit einem Mal erinnerte sich Powwell wieder an alles. Televarn hatte das Dorf mit Feuer und Schwert verheert. Der Anführer der Rover hatte die schwangere Hexe und ihren Flugflipper entführt. Er hatte auch ihn selbst und Kalen verschleppt. Aber warum?

Wenigstens befanden sie sich in Televarns Gefangenschaft und nicht in der Gewalt von Moncriith, dem Blutmagier. Bei Televarn hatten sie zumindest eine Chance zu überleben und vielleicht sogar zu entkommen. Moncriith dagegen hatte nicht vor, irgendeinen Magier oder Politiker außer seiner eigenen Person am Leben zu lassen.

Powwell hoffte nur, dass die Rover nicht alle Dorfbewohner brutal ermordet hatten. Moncriith hätte sie in seiner Besessenheit, Myri auf den Scheiterhaufen zu bringen und so die Welt von Dämonen zu befreien, sämtlich verbrennen lassen.

Rasch verschaffte sich Powwell einen Überblick über die Menschen, die in einer Reihe vor ihm marschierten. Eine alte Rover-Frau, deren schwarze Kleidung von roten und violetten Elementen durchsetzt war, zog an Myris Fesseln. Sie behandelte sie ein wenig behutsamer als der Mann, der Powwell voranzerrte.

Davor riss eine jüngere Rover-Frau, ebenfalls in Schwarz gekleidet, aber mit einer feuergrünen Weste und einer blutroten Borte am Rock, so heftig an Kalen, dass das kleine Mädchen der Länge nach hinschlug.

Powwell hätte vor Empörung über die grobe Behandlung beinahe aufgeschrien.

Als die Rover-Frau sie hochzerrte, bemerkte er, dass Kalen fast bewusstlos war. Myri bewegte sich genauso benommen.

Televarn ignorierte Powwell, als gehe er davon aus, dass sich auch dieser Gefangene in einem halb ohnmächtigen Zustand befand. Es musste einen Grund dafür gegen, dass der Rover sie betäubt und fügsam haben wollte. Powwell erinnerte sich an Televarns Bemerkung, kurz bevor ihn das starke magische Feld überwältigt hatte: Sie durften den Weg in ihr neues Zuhause nicht wissen.

Powwell hielt die Augen halb geschlossen. Sehen konnte er so immer noch, aber Televarn konnte nicht erkennen, dass er wach war. Er brauchte Zeit, um Informationen zu sammeln und zu planen.

Ein verdrießlich dreinblickender älterer Rover zerrte an Powwells Fesseln, und er stolperte auf beinahe tauben Beinen voran. Zwei halb im Laufschritt zurückgelegte Schritte später kehrte plötzlich das Gefühl in den ganzen Körper zurück. Seine Beine fühlten sich in der glühenden Hitze so weich wie Baumharz an. Die pochenden Kopfschmerzen waren heftiger als zuvor.

»Bewegung, sagte ich, *s'murghit.* Wir müssen an der Oberfläche sein, ehe Yaassima uns erwischt«, zischte Televarn durch die Zähne. Ungeduldig überholte er Powwell und ein Dutzend Rover und trat zu dem ersten Mann in der Reihe, der einen schweren Sack über der Schulter trug.

Amaranth befand sich in diesem Sack. Powwell erinnerte sich, wie heftig sich der Flugflipper dagegen gewehrt hatte, in der Hülle aus dunkler Leinwand eingesperrt zu werden. Nach dem Zappeln im Inneren des Sacks zu urteilen, vermutete Powwell, dass Amaranth immer noch um seine Freiheit kämpfte. Aber seine Krallen und Zähne schienen den schweren Stoff nicht durchdringen zu können.

»Folge mir, Piedro. Ich möchte nicht, dass wir uns hier unten verlaufen, dann ist nämlich der ganze Plan gescheitert«, sagte Televarn.

Piedro – der Mann, der Amaranth trug – warf dem Rover-Anführer ein höhnisches Grinsen zu, überließ ihm jedoch die Führung. Dort, wo Amaranths Klauen ihm die Kopfhaut aufgerissen hatten, war das Blut in seinem strähnigen Haar zu hässlichen Klumpen geronnen.

Die schwarzgraue Landschaft, die Powwell zunächst wahrgenommen hatte, erwies sich als langer Tunnel, von dem kleinere Höhlen abgingen. Bis auf Shaylas Nest kannte Powwell kein Höhlensystem in der Nähe des Dorfs und der Lichtung; und die große Drachin hätte nie zugelassen, dass Televarn sie in ihrem Bau als Geiseln hielt.

Vorsichtig zupfte Powwell mittels seiner Magie an den Fesseln, um ihre Stärke zu prüfen. Die Stricke blieben fest verknotet; sie waren durch eine ihm unbekannten Magie versiegelt. Sie bewegten sich auf seiner schweißnassen Haut nicht vom Fleck. Wenn es ihm nur gelänge, ein einziges Stück Strick zu lösen! Dann könnte er sich aus den Fesseln winden und um Myri und Kalen kümmern. Schließlich hatte er Nimbulan gelobt, sie zu beschützen, und er hatte noch nie ein Versprechen gebrochen!

Wer würde Myri helfen, wenn das Baby beschloss, frühzeitig auf die Welt zu kommen? Er musste sie nach Hause bringen, bevor das geschah. Nimbulan verließ sich darauf, dass er seine Familie schützte, solange der Oberste Magier in der Hauptstadt aufgehalten wurde.

»Rasch. Gleich ist Schichtwechsel in der Mine. Wir haben nur ein paar Sekunden Zeit, um die große Höhle zu durchqueren«, wies Televarn seine Leute an.

Powwell tat einen Schritt, der länger als üblich war, sodass er die Hände höher an die Brust bringen konnte und dennoch den gleichen Zug auf den Strick ausübte, an dem er geführt wurde. *Thorny*, sprach er den Geist des Igels an. Er wusste aus leidvoller Erfahrung, dass er sein magisches Haustier besser nicht ohne Vorwarnung berührte. Thorny reagierte auf die mentale Liebkosung, indem er einen Buckel machte und sich einrollte. Dann entspannte er seine Stacheln, krauste das Näschen und übermittelte Powwell eine Reihe von Geruchswahrnehmungen. Dieser Ort war vollständig neu und merkwürdig. So etwas hatte der Igel noch nie gerochen. Hier gab es keine Pflanzen und wenig Insekten, aber viel Angst lag in der Luft. Und es war viel zu laut. *Jeek, kusch, kusch. Jeek, kusch, kusch.*

Thorny, kannst du Kalens Haustier erreichen? Es soll versuchen, sie ein wenig aufzuwecken. Er konnte das Tier nicht auf ihrer Schulter entdecken. Vielleicht versteckte es sich ja unter ihren Röcken.

Thorny krümmte erneut den Rücken und rollte sich zu einer schützenden Kugel zusammen. Er wollte Wasser und seine Ruhe. Powwell erging es nicht anders.

Etwas Weißes blitzte am Rand von Powwells Gesichtsfeld auf. Gänsehaut überlief ihn. Er riskierte es, sich umzudrehen, um die Bedrohung anzusehen, die sowohl Thorny als auch er gespürt hatten.

Nichts. Nur Schwarz und Grautöne, die sich in alle Richtungen erstreckten. Fast hätte er dem Gefühl überwältigender Hoffnungslosigkeit nachgegeben, doch um Myris und Kalens willen musste er gegen die Emotionen ankämpfen, die von außen auf ihn eindrangen, und zugleich noch eine Zeit lang so tun, als wäre er ebenfalls verhext.

Der Tunnel wurde wieder schmaler und niedriger. Powwell widerstand dem Drang, sich unter der tiefen Decke zu ducken. Myri, die sich in Trance bewegte, zog den Kopf nicht ein, und Televarn, der nur einen Fingerbreit größer war als die Hexe, ebenfalls nicht. Da verbot es sich von selbst, dass Powwell den Felsen auswich, obwohl diese den Eindruck erweckten, jeden Moment auf ihn herabstürzen und ihn erschlagen zu wollen.

Sie passierten eine weiträumige Höhle, in der der ausgetretene Pfad deutlicher zu erkennen war. Er atmete ein wenig freier. Hier war er sich der Tonnen von Erde und Stein über sich nicht so stark bewusst.

Televarn wies in einen weiteren schmalen Tunnel. Zuversichtlich trat Piedro, der den inzwischen reglosen Amaranth immer noch in dem Sack auf dem Rücken trug, in die Dunkelheit hinein. Die ältere Rover-Frau ruckte an Myris Strick und folgte ihm; die Frau, die Kalen an der Leine führte, tat es ihr nach. Powwell schluckte unbehaglich.

»Sie werden bald erwachen.« Televarn inspizierte Kalen. Das Mädchen schwankte beim Gehen, und ihr Kopf schaukelte. »Wir müssen über der Erde sein, bevor sie zu Bewusstsein kommen. Sie dürfen auf keinen Fall etwas von der Existenz des Drachentors ahnen.« Er stieß die Rover-Frau, die Kalen führte, grob in den Rücken.

Drachentor? Was war das? Er hörte noch den verführerischen, fremdartigen Gesang. Er musste zurück, sich mit den gewaltigen Kräften zusammentun, die ihn zu zerreißen drohten – denn zugleich schien der Strudel ihn mit den gewaltigsten Geheimnissen des Universums in Verbindung bringen zu können. Geheimnisse, die weit über das Begriffsvermögen bloßer Sterblicher hinausgingen.

Powwell wagte es, den Kopf ein wenig zu drehen, um sich in dem Höhlensystem nach etwas Ungewöhnlichem umzusehen. Doch nur graue Felswände und schwarze Schatten breiteten sich um ihn aus. Woher stammte das Licht, das die Schatten warf? Er sah keine Fackeln, und das Licht flackerte auch nicht wie eine Flamme natürlichen Ursprungs. Ein beständiges Glühen schien der Decke zu entspringen. Doch die Dunkelheit schien ihnen zu folgen und verschlang das Licht bald, nachdem sie vorbei waren.

Wo sind wir? Er versuchte, eine geistige Verbindung zu Kalen aufzunehmen. Das Band zwischen ihnen war stark; normalerweise hätte sie auf die leiseste Berührung reagiert. Doch er nahm nur Leere und Ausdruckslosigkeit wahr. Dann versuchte er, seine Fernsicht in den Vordergrund des Bewusstseins zu schieben – eine schwierige Aufgabe. In seinem Kopf pochte es, und seine Konzentration war gestört. Er vermochte keine Magie anzurufen. Auf der Suche nach gespeicherter Drachenmagie griff er tiefer in sein Inneres.

Nichts. Er war entleert. Offenbar hatte er sich verausgabt, als er versucht hatte, Myri sicher in den Wald zu bringen. Irgendwo in der Nähe musste eine Kraftlinie verlaufen. Er konnte die in der Kardia eingebettete Energie anzapfen, um seine Magie aufzufüllen. Die Lichtung war voller Kraftlinien, und das Dorf ebenfalls.

Wieder nichts. Wo immer sie sich befanden, die Erde und die Luft hier enthielten keine Energie, durch die er sein Talent speisen konnte.

Er musste länger ohnmächtig gewesen sein, als er gedacht hatte. Aber seine innere Wahrnehmung des Planeten und des Laufs der Zeit sagten ihm, dass er nur ein paar Herzschläge lang das Bewusstsein verloren hatte. Thorny war seiner Meinung. Der kleine Igel plapperte panisch von dunkler Magie und Zeitlöchern.

Televarn trieb seine Gruppe den steilen Anstieg hinauf und beschleunigte bei jedem Schritt das Tempo. Alle atmeten schneller und flacher. Powwell lief der Schweiß über Gesicht und Rücken. Wenn er nur einen Schluck Wasser gehabt hätte! Dann könnte er bestimmt zusammenhängender denken.

Ein Gittertor versperrte ihnen den Weg. Televarn berührte das Schloss mit einem merkwürdigen Metallstab, und es öffnete sich lautlos. Woher hatte er die Magie dazu? Angeblich besaßen Rover seltsame Kräfte, aber auch die mussten genährt werden wie jede andere Magie; ob nun durch Drachen, Kraftlinien oder Blut. Konnte Televarn etwa die heftigen Gefühle anzapfen, die Powwell zusetzten?

Televarn schob das Tor auf. Die Angeln quietschten nicht. Offenbar wurde es gut instand gehalten.

Endlich gelangten sie in breitere Tunnel, die aussahen, als hätten Menschen versucht, die Wände mit Werkzeugen zu glätten. Auch ohne Magie war Powwell klar, dass sich in der Nähe andere Lebewesen bewegten, wahrscheinlich in benachbarten Tunneln.

Die Luft roch besser und schien sauerstoffhaltiger zu sein. Jeder Atemzug fiel ihm leichter. Sie näherten sich der Oberfläche.

Als er spürte, wie der schreckliche Druck wich, der auf seinen Sinnen gelastet hatte, schöpfte Powwell neue Hoffnung. Aus dem beschränkten Blickwinkel seiner halb geschlossenen Augen begann er sich nach markanten Punkten und Fluchtwegen umzuschauen. Er lauschte angestrengt und betete, einen Hinweis darauf zu erhaschen, wohin Televarn sie gebracht hatte.

Über eine weitere Tunnelöffnung war ein farbenprächtiger Wandteppich drapiert. Ob er in irgendwelche Privatgemächer führte?

Wenn er nur ein wenig Magie gehabt hätte, um seine Wahrnehmung auszuweiten! Er musste wissen, wie weit sich dieses Tunnelsystem erstreckte und wie viele Menschen es bewohnten.

Sie blieben bei einem sehr großen Gobelin stehen, der mehr als breit genug gewesen wäre, um alle vier Wände in Myris Hütte zu bedecken. Rote, blutrote Farbtöne beherrschten die Szenen, die darauf abgebildet waren. Das gewebte Panorama zeigte Hinrichtungen und entsetzliche Folterungen. Es wurde geköpft und gehängt, und ein nackter Mann war von Dutzenden Pfeilen durchbohrt. Da waren Eisenroste, glühende Schürhaken und Opfer, die sich in Todesqualen wanden. Powwell hatte fast den Eindruck, als würden die entsetzlichen Vorgänge in diesem Moment vor seinen Augen zum Leben erwachen.

Sie zogen weiter. Televarn schlug den nächsten Wandteppich beiseite, der so groß wie der vorherige war. Dieses Mal starrte Powwell auf erstaunliche Bilder von Männern und Frauen, die in bizarren und obszönen Stellungen kopulierten.

Angewidert schloss er die Augen. An welch einen Ort waren sie nur geraten, wo man die Wände mit Scheußlichkeiten und Perversionen schmückte?

Vor Verlegenheit wurde sein Gesicht bis zu den Ohren heiß. Er bemühte sich, ruhig zu bleiben, atmete gleichmäßig und wandte den Blick ab. Verzweifelt hoffte er, ein Beobachter werde sein rotes Gesicht der unnatürlichen Hitze in den tiefer gelegenen Höhlen zuschreiben.

Televarn, der sich offenbar der obszönen Bilder unter seiner Hand nicht bewusst war, spähte hinter den Wandbehang. Aus einem weitläufigen offenen Areal hinter dem wollenen Gobelin fiel seltsames gelbliches Licht.

Sonnenlicht? Nein, dazu war es zu gelb, ähnlich wie das Glühen in den tief gelegenen Tunneln, das aufleuchtete und wieder ertrübte, wenn jemand vorbeiging. Powwell sah keine Spur von dem grünlichen Schein, den ein normales Feuer ausgestrahlt hätte. Thorny würde ihm bei der Lösung dieses Problems nicht helfen können; der Igel sah furchtbar schlecht.

Televarn winkte seine Gruppe hinter den Vorhang und gebot ihnen Schweigen, indem er den Finger auf den Mund legte. Alle huschten vorsichtig, auf Zehenspitzen, hinein.

Sie traten in einen weitläufigen Raum, über dessen eine Wand eine Empore verlief. Davor erhob sich ein rechteckiger Stein aus behauenem Granit, ungefähr so hoch wie die Hüfte eines groß gewachsenen Mannes. Powwell vermittelte er den Eindruck eines Altars, nur dass ... nur dass an allen vier Ecken ein kräftiger Metallpfosten in den Stein getrieben war. An jedem der Pfähle baumelte ein Paar Eisenfesseln.

Also doch ein Altar.

Aber hier hatte man nie die wohlwollenden Sternengötter verehrt. Dies musste ein Tempel Simurghs sein, des Dämons aus uralter Zeit, der Blutopfer verlangte. In den Monaten seines Studiums an der Magierschule hatte Powwell Beschreibungen ähnlicher unterirdischer Tempel gelesen.

Diese grauenhafte Religion war vor fast tausend Jahren in allen drei Königreichen verboten worden. Simurghs Tempel waren zerstört und mit Schutt zugeschüttet worden. Aber nicht dieser hier. Wo waren sie nur?

»Was für hübsche Beute bringst du mir denn dieses Mal, Televarn?«, ließ sich eine vor falscher Liebenswürdigkeit triefende weibliche Stimme von der Mitte des Podiums vernehmen. Einen Moment zuvor war dort noch niemand gewesen.

Exakt im Zentrum der erhöhten Bühne stand eine hochgewachsene Frau mit weißblondem Haar und beinahe farbloser Haut; darin ähnelte sie Myri. Hinter ihr hing ein weiterer Gobelin, der einen erstaunlich lebensechten sprudelnden Wasserfall darstellte. Kein Fädchen an dem Wandbehang bewegte sich, und dabei musste sie ihn doch beim Hereinkommen zurückgeschlagen haben. Die Frau trug ein einfaches Gewand aus glitzerndem saphirblauem Stoff. Diamanten blitzten in ihrem fast farblosen Haar und reflektierten das Gelb der unheimlichen Beleuchtung und das Blau ihres Kleides. Sie schien überall zu schimmern, wie ein Drache in der prallen Sonne.

Wegen des merkwürdigen Lichts hätte Powwell nicht sagen können, wie alt oder jung sie war. Mit ihren langen, klauenähnlichen Fingern vollführte sie eine elegante Geste, und der entsetzliche Altar versank knarrend und langsam im Boden und wurde zu einem einfachen Pflasterstein. Mit einer weiteren Bewegung ließ sie auch die Pfähle in der Versenkung verschwinden.

Kein Wunder, dass die Sternengötter diesen Altar nicht hatten finden und zerstören können!

»Yaassima!« Unschuldig riss Televarn die Augen auf. »Ich hätte nicht erwartet, dich heute im Palast anzutreffen.«

Sie lächelte, wobei einer ihrer Mundwinkel leicht zuckte. Der drohende Ausdruck in ihren Augen gefiel Powwell gar nicht.

»Erzähl mir von deinen Gefangenen. Ich sehe, du hast eine Verwandte von mir gefunden.« Die Frau glitt nach vorn, zum Rand des Podiums. Hinter ihr tauchten ein Dutzend schwarz gekleidete Wachen auf. Jeder der Männer trug mindestens drei Waffen. Vier von ihnen waren mit seltsamen Metallstäben ausgerüstet, die innen hohl zu sein schienen.

Genau so einen Stab hatte Televarn benutzt, um das Tor zu öffnen.

»Bringt die Frau näher heran!«, befahl Yaassima.

»Meine unbedeutenden Geiseln sind der Beachtung der Kaalipha von Hanassa nicht wert.« Verstohlen zog sich Televarn zum Ausgang auf der gegenüberliegenden Seite des Raums zurück. Myris Strick zog er hinter sich her, sodass ihr nichts anderes übrig blieb, als ihm zu folgen.

Ihre Augenlider zuckten leicht, und ihre Hände glitten instinktiv zum Bauch, um darüberzureiben. Sie musste fast wach sein.

Powwell erahnte eine Bewegung hinter der straff gespannten Haut, die das Baby schützte. Er hoffte, dass das ungeborene Kind bloß um sich trat und dies kein Anzeichen für eine Frühgeburt war. Eigentlich sollte das Kind erst in einem Monat zur Welt kommen.

Kalen ließ bis jetzt noch nicht erkennen, ob der unbekannte Zauber, mit dem Televarn sie belegt hatte, von ihr zu weichen begann.

»Unsinn, Televarn. Offensichtlich hast du einen weiteren Abkömmling von Drachen gefunden, von dem ich nichts wusste. Wer bist du, Kind?« Yaassima schien über die beiden Stufen, die auf den Boden hinabführten, zu schweben. Ihr glitzerndes Gewand verbarg die Füße vollständig. Sie blieb direkt vor Myri stehen. Die Wachen folgten ihr.

Powwell sah, wie das Bewusstsein in Myris Augen zurückkehrte. Sie warf wilde Blicke um sich, öffnete und schloss in lautlosem Protest den Mund. Dann zog sie die Schultern nach vorn und wölbte den Rücken, als wolle sie ihren Leib schützen – oder als widersetze sie sich einem Schmerz.

»Sie ist nur eine einfache Hexe aus den Hügeln«, antwortete Televarn an ihrer Stelle.

»Ist das Kind von dir, Televarn?« Vertraulich legte Yaassima die Hand auf Myris gewölbten Leib.

Wieder krümmte sich Myri. Ihre Hände zuckten und ballten sich zu Fäusten, und sie stöhnte leise.

Das Wenige, was von Powwells magischen Sinnen geblieben war, meldete Gefahr. Er stemmte sich gegen die Fesseln. Er musste Myri heimbringen. Jetzt. Bevor das Kind kam. Nimbulan verließ sich darauf, dass er auf Myri und das Baby aufpasste.

Niemand achtete auf ihn. Alle Blicke schienen an der Kaalipha zu kleben.

»Nein, das Kind ist nicht seins. Ich würde nie zulassen, dass er der Vater eines Kindes von mir wird!«, fauchte Myri. »Lasst uns sofort frei. Für diese empörende Tat verlange ich Wiedergutmachung von ihm.« Sie biss die Zähne zusammen und unterdrückte ein weiteres Stöhnen.

»Welch ein Trotz. Eine würdige Nachfahrin von Drachen.« Yaassima trat zurück. Ein echtes Lächeln breitete sich über ihre blassen Züge, und vor Freude riss sie die Augen weit auf. »Wenn Televarn keinen Anspruch auf dieses Kind hat, wer ist dann der Vater?«

»Mein Gatte hat in der Hauptstadt Coronnan zu tun. Televarn hat gewartet, bis wir allein waren, und uns dann entführt.«

»Der Ehemann einer Hexe hat in der Hauptstadt zu tun? Der Einzige, auf den diese Beschreibung zutrifft, ist der Magier Nimbulan. Dann musst du Myrilandel sein – die Hexe, die den naiven König von Coronnan gerettet hat. Ich glaube, er ist dein lange verlorener Bruder. Du hast ihm das Leben geschenkt, und er hat dich ins Exil geschickt. Und dein Mann hat es zugelassen. Nicht nur das, sondern er ist lieber in der Stadt geblieben, um dem Friedensstifter zu dienen, als seiner schwangeren Frau ins Exil zu folgen. Was für ein herrlicher Skandal. Nenne deinen Preis, Televarn. Du hast mir wahrhaftig seltene Beute gebracht.«

»Die Kaalipha ist zu großzügig.« Televarn lüftete seinen Hut mit einer Geste, die Demut vortäuschen sollte. Doch Powwell sah, dass er sich ein Widerwort verbiss.

»Dann erteile ich dir den Auftrag, König Quinnault zu ermorden, Myrilandels nichtsnutzigen Bruder. Ich muss Coronnan unter meine Kontrolle bringen, und er steht mir im Weg. Für den Beweis, dass er tot ist, biete ich dir eine Belohnung von eintausend Goldstücken. Und wenn dabei noch sein persönlicher Magier Nimbulan fällt, werde ich in Myrilandels Namen noch fünfhundert Goldstücke drauflegen, weil sie frei von diesem Schurken sein wird.«

»Niemals!«, protestierte Myri schreiend. »Ich lasse auf keinen Fall zu, dass … *uhhhgh.*« Ihr Worte gingen in einem Stöhnen unter. Wieder presste sie die Hände auf den Leib.

»Ach, und nimm diese schrecklichen Kinder mit, Televarn.« Die Kaalipha ignorierte Myris Ausbruch vollständig. »Ich habe keine Verwendung für sie.« Erneut vollführte sie eine Bewegung mit der Hand, und auf ihrer Handfläche erschien ein kleines Messer. Myris Fesseln schienen sich praktisch aufzulösen, als die Klinge sie berührte.

»Ihr könnt doch meinen Mann nicht umbringen!«, rief Myri. »Eher töte ich dich mit meinen eigenen Händen, Televarn, als zuzulassen, dass du meinem Gatten ein Leid antust.« Sie wollte sich auf den Rover stürzen, doch ehe sie zwei Schritte getan hatte, krümmte sie sich vor Schmerz zusammen und presste die Hände in die Rippen.

Powwell stürzte auf sie zu. Er musste sie auffangen, beschützen. Doch der Rover, der seine Stricke hielt, ließ nicht zu, dass er sie erreichte.

»Jetzt sieh, was du getan hast, Televarn. Sie ist vorzeitig in die Wehen gekommen. Hoffe lieber, dass das Kind überlebt. Ich habe noch nie jemand anderen gefunden, der einem Drachen so sehr ähnelt wie ich. Wir müssen im Geiste verwandt sein, wenn schon nicht durch Blutsbande.« Yaassima streckte die Arme aus, um Myri zu umfangen. Sie winkte der älteren Frau, die Myri durch die Tunnel geführt hatte. »Du, Erda, bist doch Hebamme. Du wirst bleiben und dich um sie kümmern. Dämpfe ihren Schmerz mit Drogen – egal, womit, Hauptsache, sie bleibt ruhig. Nastfa«, sie wies auf den Wächter in der Mitte der Phalanx, »du trägst Myrilandel in meine Privatgemächer. Vorsichtig.«

»Powwell, Kalen!«, rief Myri mit schwacher Stimme. »Ihr müsst Nimbulan und meinen Bruder, den König, warnen. Kalen kann mit Drachen sprechen, sie soll Shayla alles berichten. Ihr müsst sie warnen.«

Televarn riss grob an dem Strick, mit dem Powwell gefesselt war. Er widersetzte sich und versuchte verzweifelt, seine Schritte zu Myrilandel zu lenken. Televarn lächelte und zog boshaft die Augen zusammen. Dieses Mal zerrte er so brutal an Kalens Strick, dass sie auf die Knie fiel. Das Mädchen schrie vor Schmerzen, als sie sich auf den steinernen Bodenplatten ganze Hautstücke von den Knien riss.

»Du wirst niemanden warnen, Powwell«, versetzte Televarn mit zusammengebissenen Zähnen. Er zog ein Messer hervor und setzte es Kalen an die Kehle. »Nur ein leiser Schrei in der Nacht, und ich töte das Mädchen. Und ich lasse dich zusehen, wenn ich ihr die Kehle aufschlitze. Im Moment kann ich euch gebrauchen, aber nicht so dringend, dass ich euch am Leben lassen muss, wenn ihr mir trotzt. Mord ist hier in Hanassa, der Stadt der Geächteten, kein großes Vergehen.«

3. Kapitel

»Rührt diesen Wein nicht an, Euer Gnaden! Er ist vergiftet!« Nimbulan stürzte in die Große Halle von König Quinnaults Trutzburg. Er war außer Atem, und sein Herz raste von dem Lauf über die Brücke, die von der Schulinsel hierherführte. Je weiter er sich dem König näherte, umso mehr wuchs das Gefühl drohender Gefahr. Gänsehaut überlief seine Arme, und ihm stellten sich die Nackenhärchen auf.

Schweigen senkte sich über das geschäftige Treiben in der Halle. Dienstboten, die ihre endlosen Runden drehten, verhielten den Schritt. Höflinge und Bittsteller hörten mitten im Satz zu plappern auf. Zwei Baumeister, die sich über ihre komplizierten Pläne beugten, starrten ihn an. Von ihren Schreibfedern tropfte die Tinte. Sogar König Quinnaults Rudel Jagdhunde unterbrach sein ständiges Gekläff und Gezänk.

»Was meint Ihr, Nimbulan?« Quinnault, durch die Gnade der Drachen König von Coronnan, lehnte sich in seinem Thronsessel an seinem erhöht stehenden Tisch zurück und ließ den goldenen Weinkelch dort, wo der Mundschenk ihn Sekunden zuvor abgestellt hatte. Der Diener stand immer noch neben dem König. Ihm war die Kinnlade heruntergeklappt, und er drückte sein Tablett an die Brust wie einen Talisman.

»Der Wein ist vergiftet. In meinem Glas habe ich Euren Tod und diesen Kelch gesehen.« Nimbulan schwenkte das in Gold gefasste kostbare Stück klaren Glases. Er hatte darin nach einem Hinweis auf den Aufenthaltsort seiner vermissten Frau gesucht, als sich die Vorahnung der Gefahr dazwischengeschoben hatte.

Drei Wochen waren jetzt vergangen, seit Shayla landauf, landab verkündet hatte, der Pakt mit den Drachen existiere nicht mehr. Seitdem war in Coronnan kein Drache mehr gesehen worden. Täglich verminderte sich die Menge an Drachenmagie, die den Magiern zur Verfügung stand. Bald würden sie Zuflucht zu der verbotenen individuellen Magie nehmen müssen, um auch nur die alltägliche Kommunikation zu gewährleisten.

Nimbulan vermutete, dass der Rückzug der Drachen mit dem Verschwinden seiner Frau Myrilandel und dem Abreißen der magischen Schnur, die ihn mit ihr verbunden hatte, zusammenhing.

Fast zwei Wochen war es her, dass er in die Hauptstadt zurückgekehrt war, nachdem er festgestellt hatte, dass sie sich nicht auf der Lichtung befand. Die Dorfbewohner hatten sich mit Auskünften über ihr Verschwinden stark zurückgehalten. Sie waren zu sehr damit beschäftigt gewesen, nach einem verheerenden Feuer ihre Häuser wieder aufzubauen.

Seitdem war kein Tag vergangen, an dem Nimbulan nicht nach ihr geforscht hätte. Doch vergeblich. Jeder Zauber schlug fehl. Er konnte nicht schlafen. Zu den unpassendsten Zeiten ließ ihn die Konzentration im Stich. Er musste Myrilandel bald finden.

Auch Quinnault und die Magier wollten, dass Myri zurückkehrte. Sie mussten den Pakt mit den Drachen wiederherstellen. Aber Quinnault hatte Nimbulan befohlen, in der Hauptstadt zu bleiben, solange sie eine Kriegsflotte aus Rossemeyer beobachteten, die sich in der Mündung der Großen Bucht sammelte. Die Suche nach Myri sollte lieber einem jüngeren Mann überlassen bleiben. Doch alle waren sich einig, dass sie sie finden und den Pakt mit den Drachen erneuern mussten.

»Wer will mich tot sehen, Nimbulan?« Quinnault schob seinen schweren Lehnstuhl weiter vom Tisch und dem vergifteten Kelch weg.

»Ich habe das nicht getan, Euer Gnaden«, protestierte der Mundschenk. Ich habe den Kelch nur aus dem Keller hochgetragen ...« Er warf dem König flehende Blicke zu.

»Wer hat den Kelch eingeschenkt?« Nimbulan trat von vorn an den Tisch heran, der sich auf einem Podium befand, und ließ den verdächtigen Kelch nicht aus den Augen. Auf der Außenseite des kalten Metalls kondensierte Flüssigkeit. Doch der Rotwein, den Quinnault bevorzugte, wurde immer bei Zimmertemperatur serviert, niemals gekühlt.

Nimbulan blieb nicht viel Zeit. Wenn das Gift magischer Natur war, dann würde es sich rasch verflüchtigen und weder eine Spur von dem Urheber des Mordanschlags noch einen Hinweis auf die Art des Zaubers zurücklassen.

»Habt Ihr Euch den Wein bringen lassen, Euer Gnaden?« Nimbulan hob die linke Hand und streckte sie mit der Handfläche voran und leicht gewölbt nach dem Kelch aus. Er konnte die Gefahr als Stich in der Handfläche spüren. In einem Reflex riss er die Hand weg.

»Nein. Aber als er gebracht wurde, war es mir recht, da ich gar nicht bemerkt hatte, dass ich durstig war«, erklärte Quinnault und stand, den Blick immer noch auf den Kelch geheftet, langsam auf.

»Das neue Mädchen in der Spülküche hat mir gesagt, ich solle Euch den Wein bringen«, sagte der Mundschenk. »Ich stelle solche Anweisungen nicht in Frage, Herr. Der Verwalter hätte ihr befehlen können, mir den vollen Kelch zu geben. Die Anweisung hätte von allen möglichen Leuten kommen können. Ich habe es nicht getan, Euer Gnaden!«

»Ein neues Dienstmädchen?« Nimbulan sah zu dem Mundschenk hoch. Die Aura des Mannes waberte in Blautönen – ein Zeichen für Wahrheit –, durchschossen von fast weißen Energien, die seine Furcht zeigten. Zumindest konnte er noch Auren wahrnehmen. Wer wusste, was seine Magie angestellt hätte, wenn er einen Wahrheitszauber über den jungen Mann hätte werfen müssen.

»Es werden ständig neue Dienstboten eingestellt, Magier Nimbulan«, erklärte der Mundschenk. »Sie fangen in der Spülküche an, und wenn sie sich bewähren, bekommen sie respektablere

Aufgaben zugeteilt. Ich bin jetzt seit fünf Jahren bei Seiner Gnaden in Diensten, und es würde mir nie einfallen, ihm ein Leid anzutun.«

»Dir vielleicht nicht, aber ein abtrünniger Magier könnte dir diese Idee in den Kopf setzen, ohne dass du es merken würdest. Beschreibe das Mädchen.« Mit erhobener Hand beschrieb Nimbulan einen Kreis und wob ein magisches Abschirmungsnetz um den gefährlichen Kelch. Als er sah, wie sich das mittägliche Sonnenlicht auf der Oberfläche des Zaubers spiegelte, entspannte er sich ein wenig. Zumindest diesen einfachen Zauber hatte er zustande gebracht. Jetzt konnte die Zeit dem Gefäß nichts mehr anhaben, und menschliche Hände vermochten es nicht mehr zu berühren.

»Klein.« Der Mundschenk hielt die Hand ans Kinn, um ihre Körpergröße zu beschreiben. »Ein niedliches kleines Muttermal gleich rechts von ihrem Mund. Dunkles Haar, dunkle Augen. Wunderschöne Augen ...« Er verstummte, versunken in seine Erinnerung an die neue Küchenmagd.

»Wie dunkel? War ihre Haut eher olivfarben oder heller – mehr rosig?« Bestürzt riss Nimbulan seinen Blick von dem Kelch los und sah den Mundschenk an. *Ein Muttermal rechts von ihrem Mund.* Nein. Televarn würde es nicht wagen, Maia zu schicken, damit sie seine schmutzige Arbeit tat.

Seit er Myrilandel kennengelernt hatte, hatte Nimbulan nicht mehr oft an Maia gedacht. Er hätte seine kurze Affäre mit dem Rover-Mädchen lieber als eine Zeit spontaner Freude in Erinnerung behalten. Aber sein Verstand sagte ihm, dass bei dieser ganzen scheußlichen Geschichte Televarn, das Oberhaupt von Maias Clan, die Hände im Spiel hatte.

Eine Unstimmigkeit ließ ihm keine Ruhe. Televarn war ein machthungriger Bastard, der andere manipulierte; aber er hatte Mut. Wenn er jemanden umbringen wollte, dann würde er es selbst tun, so wie er versucht hatte, Nimbulan mit einem Messer zu töten.

»Ihr Haar war so dunkel wie bei den Rovern, glaube ich. Ihre

Haut war ganz glatt und rein, bis auf dieses süße Muttermal ...« Wieder verstummte der Mundschenk träumerisch.

»Wache, taucht ihn mit dem Kopf in einen Pferdetrog. In einen mit sehr kaltem Wasser!«, befahl Nimbulan den Männern, die sich, die Hand auf den Schwertknauf gelegt, in der Nähe hielten. »Er ist verhext worden, und ich glaube, ich weiß auch, von wem. Bringt mir die größte Schale, die ihr finden könnt – aus Ton wohlgemerkt, nicht aus Silber –, und füllt sie mit frischem Wasser aus einem Bach. Vergesst nicht, es muss aus einem frei fließenden Gewässer stammen, nicht aus der Enge eines Brunnenschachts.« Ein Rover-Zauber, um einen Attentäter zu fangen, der ein Rover war.

Glücklicherweise erforderte die Rover-Magie den Zusammenschluss mehrerer Personen. Nimbulan hätte es gar nicht gefallen, nur auf seine eigenen, zunehmend unzuverlässigen Kräfte zu bauen.

Er durchwühlte die Taschen seiner Alltagstunika und der einfachen Hosen, die er zum Arbeiten trug, doch er fand den Zauberstab nicht. *S'murghit*, er würde den Stab per Levitation aus seinen Privaträumen holen müssen. Vor seinem geistigen Auge schuf er ein Bild des benötigten Werkzeugs, an dessen einem Ende ein geschliffener Kristall an einem magisch verstärkten Spinnennetz hing, und stellte es sich dort vor, wo er es zuletzt gesehen hatte, auf seinem Schreibtisch. Er hatte seine Zimmertür mit einem profanen Schlüssel abgeschlossen, damit die Lehrlinge, welche die Hausarbeitspflichten verrichteten, seine Forschungsarbeiten nicht störten. Nicht nötig, Magie anzuwenden, um den Raum zu versiegeln.

Doch aus dieser Entfernung konnte er nicht dafür garantieren, dass es ihm gelingen würde, den Stab schweben zu lassen oder die Tür aufzuschließen.

»Was braucht Ihr, Nimbulan? Ich kann jemanden schicken, der es für Euch holt«, erbot sich König Quinnault.

Ein Wachposten näherte sich mit einem Brottrog, der groß genug war, um mehrere Pfund aufgehenden Teigs aufzunehmen.

Neben ihm stand ein zweiter Mann mit einem Krug Wasser, der immer noch tropfte, nachdem er in einen Bach oder Fluss getaucht worden war.

Nimbulan klopfte ein weiteres Mal seine Taschen ab und suchte nach seinem Zauberstab. Dann fischte er stattdessen einen kleinen Stein heraus.

»Ich habe gefunden, was ich benötige, Euer Gnaden.« Keinen geschliffenen Kristall, von Menschenhand zu vollkommener Form gestaltet, sondern einen wunderschönen, natürlichen Achat, der von Wasser und Sand glatt poliert worden war. Ebenso wie das Nass aus einem fließenden Gewässer oder die Tonschale war dieser Naturstein ein Werkzeug, das ein Rover benutzt hätte.

Sorgsam setzte er den Brottrog in der Mitte der Großen Halle auf den Boden. Man hatte die Binsen weggefegt, mit denen man den Boden normalerweise ausstreute, sodass er auf den steinernen Fliesen zu stehen kam, und die Menschen und Hunde waren an die Wände zurückgewichen, sodass Nimbulan Platz zum Arbeiten hatte. Sonnenlicht fiel durch die hohen Fenster und tauchte den Trog in ein warmes Glühen. Drei eilig herbeigerufene Magier, darunter sein ältester Geselle Rollett, knieten neben Nimbulan, in Trance und durch Berührung mit ihm verbunden, sodass sie einen Kreis um den Trog bildeten.

Vorsichtig stimmte Nimbulan seine Magie auf die vereinte Energie ab, die seine Helfer ihm schenkten. Sie würden dafür sorgen, dass der Zauber ausgerichtet und fokussiert wurde, selbst wenn er dazu nicht in der Lage war.

Wo in Simurghs Hölle steckte Myri nur? Was war aus der Silberschnur geworden, die ihre Herzen verbunden hatte?

Er füllte den Trog mit dem frischen Wasser. Dann ließen er und die Magier den vergifteten Kelch gemeinsam in das Behältnis schweben, bis er fast aufrecht darin stand und beinahe bis zum Rand von frischem Wasser aus dem Bach umgeben war.

Erst dann löste Nimbulan das magische Netz, das er um den

Kelch gewoben hatte. Es löste sich leicht; das Zusammenfügen war viel schwieriger gewesen.

»Der Ton, aus dem dieser Trog geformt wurde, ist die Kardia.« Er hob die Stimme zu einem Sprechgesang.

»Sonnenlicht ist Feuer«, fiel Rollett ein.

»Die Quelle unserer Frage ruht im Wasser«, sang Lyman.

»Die Magie, die wir hinzufügen, stammt aus der Luft«, fuhr Gilby, der vierte Magier, fort.

»Wir stehen im Norden, Süden, Osten und Westen. Die vier Elemente bilden zusammen mit den vier Himmelsrichtungen die *Gaia.* Alles ist eins, und eins ist alles«, schloss Nimbulan. Behutsam veränderte er seine Position so, dass er im Süden des Zaubers stand – der Richtung des nächstgelegenen magischen Pols. Die Kräfte des Pols müssten seine Magie unter Kontrolle halten, selbst wenn seine Gedanken abschweifen sollten.

Myri musste unversehrt sein, wo immer sie sich befinden mochte. Wenn seiner Frau etwas zugestoßen wäre, hätten sich die Drachen mit Sicherheit nicht darauf beschränkt, den Bruch des Pakts zu verkünden.

Seine Frau. Sie sollte an seiner Seite sein, nicht im Exil, nicht vermisst.

Mühsam richtete Nimbulan seine Gedanken erneut auf das Problem des Gifts und der Rover und versenkte sich in das Mysterium des Sonnenlichts, das auf dem klaren Wasser glitzerte. Er ließ den Achat neben dem goldenen Kelch in die Schale fallen. Wellen breiteten sich von dem Stein aus nach außen und verteilten das Sonnenlicht nach oben und zu den Seiten.

Er flüsterte einen Zauberspruch in der ältesten Sprache von ganz Coronnan. Ungeschickt polterten die Worte der toten Sprache über seine Zunge.

Das Wasser wurde trüb, und dunkle Dämpfe stiegen von seinem Grund auf, wo der Achat lag und die Basis des Kelchs berührte. Nimbulan blinzelte, um das ungünstige Vorzeichen der

Wolken zu vertreiben, und gab dem Dunst den mentalen Befehl, sich zu teilen und das Bild desjenigen zu enthüllen, der Gift in den Wein gegossen und diesen dann unaufgefordert zum König geschickt hatte.

Blitze fuhren knisternd über die Wasseroberfläche. Die Wolken flossen ineinander und wurden so schwarz wie die Leere zwischen den Existenzebenen. Weitere Blitze flammten vor seinen Augen auf, doch er wagte nicht zu zwinkern, damit ihm nicht der kurze Blick entging, der ihm vielleicht gewährt werden würde. Farbige Lichtfäden ringelten sich über der Wasseroberfläche durch die Luft und wickelten sich zu einem gewaltigen Knoten.

Die Zuschauer in der Großen Halle keuchten ehrfürchtig auf.

Ein weiterer blendend heller Lichtblitz, der in allen Farben des Regenbogens schimmerte, klärte die Wasseroberfläche.

Begierig hielt Nimbulan Ausschau nach der Person, die er suchte.

Ein Gesicht stieg aus den Tiefen der Schale auf. Es war Myris geliebtes Antlitz. Ihr weißblondes Haar flatterte offen und unbedeckt hinter ihr her. Das schmale Gesicht mit der geraden Nase und den hohen Wangenknochen spiegelte Generationen aristokratischer Abstammung, überlagert von weiblicher Weichheit. Ihr Blick huschte suchend nach rechts und links. Die Panik, die in ihren Augen stand, krampfte Nimbulan vor Angst die Eingeweide zusammen. Hinter ihr erhoben sich kreisförmig angeordnete hohe Gebäude von der Farbe von Wüstensand und schlossen sie in ihrer Mitte ein.

NEIN! Myri konnte nicht verantwortlich für diesen Mordanschlag sein. Das wollte er einfach nicht glauben.

4. Kapitel

Nimbulan hielt sich sein in Gold gefasstes Glas vor die Augen, schaute ins Wasser und bewegte es, um besser sehen zu können. Er musste die Wahrheit erkennen. Unmöglich, dass Myri Quinnault hatte vergiften wollen. Dazu hielt sie Familienwerte zu hoch, und der König war ihr einziger Blutsverwandter.

Nur seine mangelnde Konzentration konnte dafür gesorgt haben, dass ihm das Bild erschien, das er in einem vorhergegangenen Zauber gesucht hatte, und nicht die Antwort auf ihre jetzige Frage.

Das Bild verblasste, bis nur noch Myris helle Augen übrig waren, die ihn anflehten, er möge ... Ein Kratzer im Boden des Gefäßes sprang, vielfach vergrößert durch das Glas, in sein Blickfeld.

Nimbulan richtete sich aus seiner kauernden Haltung auf. Seine Knie wollten sich nicht strecken lassen. Ihr Knirschen und Knacken ließ ihn jedes seiner fünfzig Jahre spüren.

Mit Myri hatte er sich wieder wie ein Jüngling gefühlt. Ihre Jugend und Schönheit regten sowohl seine Vitalität als auch seinen Intellekt an. Jeder Tag ohne sie lastete schwer auf seiner Seele und seinem Herzen. Und jetzt war ihm nicht einmal mehr die magische Silberschnur geblieben, die sie beide verbunden hatte.

Viel zu lange hatte er zugelassen, dass dieses Band ausreichen musste. Und nun konnte er sie nicht mehr wiederfinden.

»Ich habe das Gesicht einer Rover-Frau gesehen«, erklärte Lyman, das älteste Mitglied der Kommune der Magier. »Sehr hübsch, auf eine dunkle, exotische Weise. Ein Mann könnte sich in diesen tiefen, dunklen Augen verlieren ...« Er verstummte, ganz ähnlich wie eben der Mundschenk. Dann, plötzlich, schüttelte er sich und nahm sich sichtlich zusammen. »Sie hat ein Muttermal rechts von ihrem Mund … genau dort, wo es einen Mann einladen würde, sie zu küssen. Ich habe gesehen, wie sie eine sehr kalte Flüssigkeit in den Kelch gegossen und Worte darüber geflüstert hat. Was sie sagte, konnte ich nicht hören, aber ich habe ihren singenden Tonfall erkannt. Sie hat eine der alten Sprachen gesprochen, eine Sprache, die in den Drei Königreichen fast vergessen ist. Als sie die Worte sagte, schäumte die Flüssigkeit in dem Kelch und kochte beinahe über den Rand, aber ich weiß, dass es ein kaltes Brodeln war, unnatürlich kalt.«

»Ich habe sie ebenfalls gesehen!«, fielen Gilby und Rollett ein. Als Magiergesellen arbeiteten sie häufig mit Nimbulan und Lyman zusammen. Nimbulan vertraute ihnen. Rollett besaß ein unfehlbar rasches Auge für Details, und Gilby verstand sich besonders gut auf den Symbolismus von Mustern, welche die Wahrheit reflektierten.

»Das Bild ist sehr schnell verblasst. So rasch, wie das Gift in dem Kelch verschwunden ist.« Lyman schaute in das klare Wasser in dem Trog, als könne er ihm weitere Bilder entlocken.

»Maia. Die Frau ist Maia«, sagte Nimbulan. Aber Maia hatte noch nie einen eigenständigen Gedanken gehabt. Dasselbe galt für alle Mitglieder ihres Clans. Jeder Gedanke, jede Handlung wurden von Televarn manipuliert. Nimbulan hatte während seiner Zeit bei dem Clan erlebt, wie unmittelbar Televarn ihren Geist kontrollierte.

Im Hintergrund der Vision hörte ich ein Baby schreien, Nimbulan, sprach Lyman ihn telepathisch an. *Ich wusste sofort, dass das Kind rosige Haut und rotbraunes Haar hatte. Die gleiche Haarfarbe wie Ihr.*

»Maia hat ein Kind? Mein Kind?«, flüsterte Nimbulan und betete, nur Lyman möge seine Mutmaßung gehört haben. Er taumelte beinahe unter der Wucht seiner Empfindungen. Ein Kind seiner eigenen Lenden? Magier zeugten selten Kinder, und er hatte schon lange die Hoffnung aufgegeben, je ein eigenes Kind zu haben. Er musste Maia finden und Anspruch auf sein Baby erheben. Und er musste auch Myri finden, seine geliebte Frau.

Wie sollte er das anstellen? Wann? Und *womit* sollte er anfangen?

»Ihr kennt doch die Rover, Nimbulan.« Lyman neigte den Kopf zur Seite, als lausche er einem fernen Ton. Aber er ließ Nimbulan nicht aus den Augen. »Habt Ihr die Person, die Ihr gesucht habt, in Eurer Vision gesehen? Könnt Ihr diese Person wiederfinden?« Die Augen des alten Mannes glitzerten schelmisch. Seine Worte hatten mehr als eine Bedeutung; wahrscheinlich sogar mehr als zwei.

Was führte Lyman im Schilde? Hatte er in seiner Version Maia oder Myri erblickt? »Maia mag das Instrument gewesen sein, mit dem das Gift platziert wurde. Aber hinter dem Mordversuch steckt Televarn, so wie er alles lenkt, was in seinem Umkreis geschieht.«

Ich werde nicht zulassen, dass das Wohlergehen meines Kindes in seiner Hand liegt. Ich muss sie finden. Sofort.

Wo war Maia? War sie wirklich in das Mordkomplott gegen den König verwickelt?

Und wo war das Kind? Warum hatte Maia ihm nicht erzählt, dass sie schwanger war? Sie hätte ihn aufsuchen können, nachdem er den Rover-Clan verlassen hatte, oder ihm eine Nachricht schicken. Bestimmt wusste sie, dass er Televarns Messerattacke überlebt hatte.

Überlege, s'murghit. Er musste einen klaren Kopf bekommen. Es wurmte ihn, dass er sich auf Informationen von anderen verlassen musste; aber er vermochte nur an Myri zu denken, die in einem Kessel aus roten Sandsteinmauern gefangen war.

»Eine Suche in der Leere würde uns sicherlich mitteilen, wer den Kelch vergiftet hat und wo er sich verbirgt«, meinte Quinnault. Er hatte die Grundzüge einer Ausbildung zum Magier und Priester genossen, ehe er zuerst Lord seines Clans und dann König geworden war. In der Theorie der Magie kannte er sich gut aus, doch er besaß nur wenig Talent und verstand nichts von Drachenmagie. Obwohl die Drachen die telepathischen Kräfte des Königs zum Teil erweckt hatten, konnte er auf diesem Weg nur mit den Drachen kommunizieren.

»Nein, Euer Gnaden, wir haben keinen Zugang zur Leere mehr. Das Gesetz verbietet uns die Anwendung der Magie der Abtrünnigen, sogar, um unserem König zu dienen«, entgegnete Lyman. Der Alte hielt Nimbulans Arm fest umfasst und schenkte ihm ohne Worte Unterstützung und Zuversicht; er würde das Reden übernehmen, bis Nimbulan seine Gedanken geordnet hatte und wieder sprechen konnte, ohne gleich herauszusprudeln, was er gesehen hatte.

Myri konnte nichts damit zu tun haben. Quinnault war ihr leiblicher Bruder, wenn die beiden auch getrennt worden waren, als Myri zwei Jahre alt gewesen war. Aber irgendwie war Maia in die Sache verstrickt. Maia, die Mutter seines Kindes. Und Myri, die Liebe seines Lebens.

Seine Gedanken weigerten sich einfach, sich auf einen Punkt zu konzentrieren.

Später. Wir sprechen später über Eure Vision. Glaubt mir, dass Televarn und seine Rover Euch in dieser und in anderen Angelegenheiten feindlich gesonnen sind, meldete sich Lyman in seinem Geist zu Wort.

Nimbulan zwang seine wild umherschießenden Gedanken zu einer gewissen Ordnung. Die Rover waren aus Coronnan verbannt worden, zusammen mit allen Magiern, die keine Drachenmagie sammeln konnten oder wollten. Myri hatte zu denen gehört, die man ins Exil gezwungen hatte. Sie und die beiden Kinder, die sie angenommen hatte, Kalen und Powwell. Warum hatte er die Kinder in der Vision nicht gesehen? Nur Myri war ihm erschienen; nur die Person, nach der er wirklich von ganzem Herzen und mit ganzer Seele suchte.

Mit einem Mal wurde Nimbulan leichter zumute. Myri war Heilerin; sie würde nie jemandem weh tun, und besonders nicht

Quinnault. Der König war der Bruder des kleinen Mädchens Myrilandel gewesen. Als das Mädchen fast gestorben war, war Amethyst, die Drachin mit den purpurnen Flügelspitzen, in den geschwächten Körper geschlüpft und hatte ihn geheilt. Die beiden Persönlichkeiten hatten um die Vorherrschaft gekämpft und schließlich einen Kompromiss geschlossen, der darin bestand, dass Myri ihre gesamte Vergangenheit vergaß, bis sie schließlich als Erwachsene beide Seiten ihrer Herkunft entdeckt hatte. Niemals würde sie ihrem einzigen lebenden Blutsverwandten Schaden zufügen.

Ich muss mich auf die Suche nach Myrilandel machen. Sie schwebt in furchtbarer Gefahr. Ich habe es in der Vision gespürt, und jetzt weiß ich es genau, flüsterte er Lyman auf telepathischem Weg zu – nur so konnte er sich sicher sein, dass niemand anders mithörte. Rollett war in der Lage, einer telepathischen Unterhaltung zu lauschen, doch er würde es nicht tun. Dazu hatte der Knabe viel zu großen Respekt vor der Privatsphäre anderer. Gilby fiel die Telepathie schwer, sodass er mehr auf seine anderen Gaben baute.

Ich muss meine Suche auch auf Maia ausdehnen, entschied Nimbulan. Er musste sie finden, bevor Televarn einen schädlichen Einfluss auf die Entwicklung des Kindes nahm.

»Die Rover sind ein Volk, das nicht gerade für seine Versöhnlichkeit oder sein kurzes Gedächtnis bekannt ist«, überlegte Quinnault. »Hauptmann der Wache, Ihr schickt alle verfügbaren Männer auf die Suche nach dem Attentäter aus. Jeder Rover, der im Umkreis von zwei Tagesmärschen angetroffen wird, soll festgenommen und zum Verhör in die Hauptstadt gebracht werden!«, befahl er dem Offizier, der hinter seinem Stuhl nervös von einem Fuß auf den anderen trat.

Der Wachposten verließ im Laufschritt die Halle und scharte im Rennen bewaffnete Männer um sich.

Nimbulan nickte zustimmend; dann wandte er seine Gedanken wieder dem anstehenden Problem zu. Zuletzt hatte er in der Nacht, bevor Televarn versucht hatte, ihn mit einem Messerstich in die Rippen umzubringen, bei Maia gelegen. Zu Beginn des Frühjahrs war das gewesen, vor fast neun Monaten. Dann hätte sein Kind ungefähr jetzt zur Welt kommen müssen.

»Ihr könnt Euch noch nicht auf die Suche nach Eurem Schicksal begeben, Nimbulan«, flüsterte Lyman und zog ihn beiseite, als wolle er sich mit ihm über das Attentat beraten. »Aber es wird bald so weit sein. Wartet ab, bis wir Eure Reise unter uns arrangieren können. König Quinnault hat Euch befohlen, in der Hauptstadt zu bleiben, statt nach Myrilandel zu suchen. Da wird er nicht viel geneigter sein, Euch jetzt aus diesem Grund ziehen zu lassen. Er braucht Euch, um etwas gegen die Kriegsflotte aus Rossemeyer zu unternehmen, was diese auch planen mag.«

Einen Moment lang sahen die beiden Männer einander in vollständigem Einverständnis an. Sie bemerkten kaum etwas von dem Aufruhr, der am Eingang der Großen Halle aufkam.

»Dieser Vertragsentwurf kann unmöglich Euer Ernst sein, Euer Gnaden. Die Bedingungen sind absurd!« Lord Hanic platzte in den Saal, ohne die Anspannung wahrzunehmen, in deren Mittelpunkt den Brottrog mit dem Weinkelch, der immer noch auf dem Boden ruhte, stand.

»Lord Hanic bittet um eine Audienz, Euer Gnaden«, krächzte ein Dienstbote, ein wenig verspätet, von der Tür her. Er rückte seine steife Livree in den neuen Farben des Königshauses – Grün und Gold – zurecht. Über dem Herzen war ein stilisierter Drache in die Uniform eingestickt.

»So beruhigt Euch doch«, meinte König Quinnault begütigend. Die Verletzung des Protokolls schien ihn nicht im Geringsten zu verdrießen; er war noch nicht lange genug König, um die komplizierten Höflichkeitsformen zu erwarten, die sich in anderen Königreichen zur Plage ausgewachsen hatten. »All diese ›absurden‹ Klauseln sind verhandelbar. Doch wir sollten zumindest vorgeben, darüber nachzudenken, damit Botschafter Jhorge-Rosse seinem

König melden kann, den Entwurf übergeben zu haben. Wir könnten ihn sogar in dem Glauben wiegen, wir wären unglaublich dumm, weil wir seine Bedingungen überhaupt in Erwägung ziehen. Möglicherweise wird ihn sein angeborener Überlegenheitskomplex zu einem Fehler verleiten, der zu unseren Gunsten ausschlägt.« Gelassen schlenderte Quinnault zum Tisch und zu seinem Thronsessel zurück, bereit, zur Tagesordnung überzugehen.

»Euer Gnaden«, unterbrach Nimbulan. »Ihr bedürft meiner nicht länger. Erlaubt mir und meinen Assistenten, die Versuchsanordnung wegzuräumen und uns dann an der Suche nach dem Attentäter zu beteiligen.« Wenn er blieb, würde Quinnault ihn ein weiteres Mal in eine endlose Diskussion über diesen vermaledeiten Vertrag hineinziehen.

»Bleibt, Nimbulan. Seit zwei Tagen hat der Himmel aufgeklart. Die Flotte aus Rossemeyer könnte jeden Moment angreifen. Wir müssen unsere Verteidigung planen. Und zwar jetzt.« Quinnault maß seinen Magier mit einem Blick, der keinen Widerspruch duldete. Das war eine ganz neue Miene für den König, die er sich während des vergangenen Jahres zugelegt hatte.

»Seine Lordschaft, General Jhorge-Rosse, Botschafter des durchlautigsten Königreichs Rossemeyer«, verkündete der gehetzte Lakai an der Tür.

Quinnault wandte sich von Nimbulan ab und konzentrierte seine Aufmerksamkeit auf den hochgewachsenen Wüstenbewohner, der in seiner alles verbergenden schwarzen Robe in den Saal eilte. Ein kompliziert gewickelter schwarzer Turban ließ seine ohnehin imposante Gestalt noch größer erscheinen.

Rossemeyers hauptsächlicher Exportartikel waren Söldner. Söldner, wohlgemerkt, keine Meuchelmörder. Kein Wüstenkrieger würde sich zu so etwas Unehrenhaftem wie der Verabreichung eines magischen Gifts herablassen, wenn ein Duell mit Messern das gleiche oder ein besseres Resultat zeitigen konnte. Jeder Vertreter der Regierung von Rossemeyer hatte sich seinen Führungsanspruch auf dem Schlachtfeld verdienen müssen, bevor er in den politischen Kampf eingetreten war. Die Silbe »Rosse«, die dem Namen des Botschafters hintangesetzt war, stellte den höchsten Ehrentitel dar, der dem Volk gestattet war. Nur Mitglieder der königlichen Familie führten die Silbe als ersten Teil ihres Namens.

Nimbulan bedeutete den beiden Gesellen, sich auf dem Rückweg zur Schule des Trogs und des Kelchs zu entledigen. Dann schickte er Lyman, die Suche nach Televarn zu organisieren.

War der Wüstensand von Rossemeyer so rotschwarz, wie es Nimbulan in seiner Vision gesehen hatte?

Es war allgemein bekannt, dass die Rover oft Zuflucht in den unwirtlichen Wüsten von Rossemeyer suchten.

Konzentriere dich!, rief er sich zur Ordnung. *Finde so viel heraus, wie du vermagst, und brich dann rasch auf. Gehe fort, und folge deinem Herzen. Myrilandel ...*

»Euer Gnaden.« Jhorge-Rosse beugte das Haupt und unter seiner Robe möglicherweise auch das Knie zu einer knappen Respektbezeugung an die Adresse des Königs. Nimbulan warf er einen Seitenblick zu, und Lord Hanic ignorierte er.

Kurz fragte sich Nimbulan, ob seine schlammbespritzte lederne Arbeitskleidung, die in einem gewöhnlichen Blau gefärbt war, ihm in den Augen des Botschafters eher Achtung oder Herablassung eintrug. Doch er gestattete sich nicht, länger bei diesem Gedanken zu verweilen.

»Euer Gnaden. Ich habe Eure Vorschläge gelesen, und ich finde sie nichts weniger als beleidigend«, fuhr Jhorge-Rosse fort. »Seid Ihr Euch überhaupt bewusst, dass unsere Flotte in der Großen Bucht liegt und bereit ist, Euch anzugreifen, wenn ich nicht *täglich* Fortschritte bei diesen Verhandlungen melde?« Die schwielenbedeckte Hand des Botschafters lag an seiner Hüfte, wo sich unter seiner Robe durchaus ein Schwert oder Dolch verbergen mochte.

»Daran erinnert Ihr mich *täglich*, General Jhorge-Rosse. Was genau findet Ihr an unserem Vorschlag zu einer Wiederaufnahme des Handels so beleidigend? Wir machen schon Konzessionen, indem wir bereit sind, im Austausch für Nahrungsmittel, die Ihr nicht anbauen könnt, große Mengen Beta-Arack aufzukaufen, ein abscheuliches alkoholisches Gebräu, das wir nicht brauchen und das Euer einziger Exportartikel ist.« Hoch erhobenen Kinns und mit kaltem, berechnendem Blick lehnte sich Quinnault in seinem Sessel zurück.

»Ihr und Eure Magier wollt mein Volk verhungern lassen. Eure Zölle sind absurd.« Jhorge-Rosse zog zornig die Oberlippe hoch.

Nimbulan rückte näher an seinen König heran. Ihm war vollständig klar, dass Jhorge-Rosse ein gefährlicher Mann sein konnte.

»Ihr besitzt fruchtbare Täler, die verrotten, weil drei Generationen sie vernachlässigt haben, um Bürgerkrieg zu führen, während mein Volk hungert; und dennoch verlangt Ihr Exportzölle, bevor Ihr uns die Nahrungsmittel verkauft, die Ihr sonst wegwerfen würdet!« Noch immer lag Jhorge-Rosses Hand auf dem Heft seiner verborgenen Waffe.

»Zölle und Steuern sind eine natürliche Einkommensquelle der Krone; dadurch bin ich in der Lage, meine Truppen zu bezahlen, damit sie unsere Grenzen verteidigen, oder, falls nötig, Söldner aus Rossemeyer anzuheuern.« Quinnault kniff die Augen zusammen und legte demonstrativ beide Hände flach auf den Tisch. Jhorge-Rosse konnte keinerlei Ehre gewinnen, indem er einen unbewaffneten Mann ermordete.

Wie von selbst schloss sich Nimbulans magischer Schutzpanzer um seinen Körper. Bewusst weitete er ihn so aus, dass er auch seinen König einschloss, und betete, dass er sich nicht bei seinem ersten unkonzentrierten Gedanken auflösen würde. Quinnault war der Einzige, der eine Regierung zusammenhalten konnte und der in der Lage war, die Kooperation aller zwölf Lords von Coronnan einzufordern und auch zu bekommen. Wenn Jhorge-

Rosse König Quinnault tötete oder auch nur ernsthaft verwundete, würden Chaos und Bürgerkrieg, die Coronnan drei Generationen lang verwüstet hatten, erneut aufflammen. Der König war unverheiratet und hatte kein Kind, das die Coraurlia-Krone und den Pakt mit den Drachen hätte erben können.

Doch der Pakt war zerbrochen. Shayla hatte es verkündet. Weil Myri verschwunden war. Er musste seine Frau suchen, sofort.

Mühsam wandte er seine Aufmerksamkeit erneut seinem König und dem unberechenbaren Botschafter zu.

Jhorge-Rosse wandte sich Nimbulan zu, sog die Luft ein und zog die Nase kraus, als ob der Magier – oder seine Magie – schlecht röchen. »Ihr seid ein Feigling, der sich hinter Magiern verkriecht. Ich weigere mich, mit einem Mann zu verhandeln, der sich nicht selbst verteidigen kann. Richtet Euch auf eine Invasion ein! Wir werden uns ungehinderten Zugang zu Eurem fruchtbaren Ackerland verschaffen.« Der Botschafter marschierte aus dem Saal; seine Robe flatterte empört hinter ihm her.

»Richtet Ihr Euch lieber darauf ein, dass Eure Schiffe im Watt vor der Küste auf Grund laufen, Botschafter General Jhorge-Rosse!«, rief Quinnault ihm hinterher. Scharf stieß er die Luft aus, als hätte er zuvor den Atem angehalten.

Lord Hanic ließ sich auf den Stuhl neben Quinnault fallen. »Irre ich mich, oder hat dieser Mann soeben den Vorwand für eine Invasion aus dem Hut gezogen?«

Quinnault nickte schweigend. »Es erstaunt mich, dass er so lange damit gewartet hat. Seit Wochen tauschen wir nur Beleidigungen aus. Er hätte vor zwei Tagen angreifen können, nachdem sich der letzte Sturm gelegt hatte.«

»Und was jetzt?« Besorgt sah Hanic zu Nimbulan hoch.

»Während wir hier sitzen, findet der Gezeitenwechsel statt.« Nimbulan spürte den subtilen Positionswechsel des Mondes gegenüber den Polen. »Bei Sonnenuntergang bekommen wir eine Flut, die von einem Sturm, der noch zwei Tage vor der Küste liegt, auf das Land zugeschoben wird. Auch durch den Vollmond wird die Flut höher ausfallen. Es könnte der Flotte aus Rossemeyer durchaus gelingen, das Watt ohne Missgeschick zu durchqueren. Deswegen hat er sein Ultimatum ausgerechnet heute gestellt.«

»Das darf nicht geschehen, Meistermagier.« Quinnault sah Nimbulan an. »Wir haben sechs Stunden, um dieser Armada Einhalt zu gebieten. Aber drei halb fertige Kriegsschiffe und ein Haufen Fischerboote werden sie nicht aufhalten.«

5. Kapitel

Myri konzentrierte sich auf Amaranth. Ihr Bewusstsein vereinte sich mit dem ihres geliebten Flugflippers, der mit ihrer Botschaft an Nimbulan in die Freiheit aufstieg.

Sie war nur ein paar Augenblicke allein gewesen und hatte sie genutzt, um Amaranth auf diese verzweifelte Mission auszusenden.

Warne ihn vor der Gefahr. Und bleib bei ihm und beschütze ihn!, drängte sie den Flugflipper, der oberhalb des Vulkankraters, in dem die Stadt Hanassa lag, kreiste. Dieser tief in den Bergen des Südens gelegene Zufluchtsort für Gesetzlose, abtrünnige Magier und Söldner lag so versteckt, dass ein oberflächlicher Beobachter ihn nie entdecken würde. Nur Amaranth vermochte sich über die schützenden Felswände hinwegzuschwingen und die Retter zurück zu Myri und ihren Kindern führen, *nachdem* er Nimbulan vor der Verschwörung gegen ihn gewarnt hatte. Wenn er nur nicht zu spät kam! Myri hatte so viel Zeit, so viele wache Stunden durch die Drogen verloren, die Erda ihr gegeben hatte – und immer noch gab –, und durch die Gehirnerschütterung, die sie während der Entführung durch Televarn erlitten hatte.

(Wer wird dich und das Kleine beschützen? Ich will nicht fort), antwortete Amaranth ihr, während er noch höher flog.

Nach Norden. Wende dich nach Norden, bis du meinen Gatten findest. Sie krümmte die Schultern und breitete die Arme leicht aus, als könne sie den Wind einfangen und mit Amaranth fliegen.

Sie hätte sich tatsächlich Flügel wachsen lassen und mit ihm in die Freiheit entweichen – und damit Kaalipha Yaassimas Sklaverei entrinnen können.

Aber was würde geschehen, wenn es ihr, nachdem sie einmal Drachengestalt angenommen hatte, nicht gelang, sich erneut in ihren menschlichen Körper zu verwandeln? Ihr winziges Baby, das kaum drei Wochen alt war, brauchte sie, um zu überleben und sich zu nähren. Powwell und Kalen waren ebenfalls in Gefangenschaft geraten. Myri konnte sie nicht in dieser Stadt voller Halsabschneider und Diebe zurücklassen. Sie wagte es nicht zu fliehen – noch nicht.

Im Moment waren sie und ihre Kinder am Leben, und sie konnte sich Gedanken über anderes als ihre unmittelbaren, täglichen Abläufe machen.

Sie musste Nimbulan vor Televarns Verrat warnen, ehe Yaassima in die Gemächer zurückkehrte und Amaranths Flucht verhinderte. Myri hasste die dekadente Pracht der Räume, die sie mit Yaassima teilte. Und wenn sie tausendmal köstliche Mahlzeiten, schöne Kleider und bequemes Mobiliar hatte, ein Gefängnis war es doch. Und die beiden Schlafzimmer, zwischen denen ein weitläufiger gemeinsamer Wohnraum lag, boten auch nicht die Privatsphäre und Einsamkeit, nach denen sich Myri sehnte. Stets hielt sich jemand, ein Wachposten oder eine Zofe, in ihrer Nähe.

Seit dem schrecklichen Tag, an dem Televarn sie verschleppt und nach Hanassa gebracht hatte, durfte sie die Gemächer nicht mehr verlassen. Ihr Kind war am Tag ihrer Ankunft geboren worden.

Wie lange hatte Televarn ihren Geist betäubt, während sie hierhergereist waren? Wie lange litt ihr Gatte schon, weil er nicht wusste, was aus ihr geworden war?

Wenn nur die Silberschnur noch da gewesen wäre, die ihr Herz mit seinem verbunden hatte! Dann wüsste sie wenigstens, ob er noch lebte.

Erneut wandte Myri ihre Aufmerksamkeit nach außen und stellte den Kontakt zu Amaranths Geist her. Mit einem Mal hatte sie das Gefühl, ungehindert in die Lüfte aufzusteigen. Ein kalter

Wind wehte Amaranth ins Gesicht und fuhr unter seine Schwingen. Freiheit!

Durch die Augen ihres magischen Gefährten sah sie die weit geschwungene Große Bucht, das Watt vor der westlichen Küste und das Inselgewirr des Deltas, auf dem die rasch wachsende Hauptstadt lag.

Beinahe geschafft. *Schnell, Amaranth. Yaassima kommt.*

Vor Freude schlug ihr Herz rascher. Gleich würde sie das geliebte Antlitz ihres Mannes erblicken. »Nimbulan«, flüsterte sie. »Wie sehr du mir fehlst, mein Gatte. Warum bist du so lange fortgeblieben?«

Tief im Inneren ihres Geistes hörte sie Amaranths Schrei. Er hatte den Palast ausgemacht, in dem König Quinnault lebte. Neue Anbauten verliehen der alten Trutzburg ein unordentliches Aussehen. Doch sie hielt sich nicht mit den Veränderungen auf, die dort während der letzten drei Jahreszeiten vorgenommen worden waren. Ihr Ziel war die Insel, die in der Nähe des Palasts lag; die Insel, auf der, verborgen unter festgestampftem Schlamm und Schlick, ein gewaltiges Reservoir von Kraftlinien schlummerte. Sie richtete sich auf die ruhende Kraft aus.

Sie lenkte Amaranths Blick und suchte unruhig nach dem Mann, der ihr Liebe und Geborgenheit geschenkt hatte und ein Kind, wo niemand anders dies vermocht hatte.

Gemeinsam erspähten sie und ihr magischer Gefährte das Fenster des Zimmers in dem einstigen Kloster – heute die Magierschule –, in dem Nimbulan schlief. Sie hatte es einige kostbare Tage lang mit ihm geteilt, ehe sie Coronnan verlassen hatte und ins Exil gegangen war. Ihr Kind war dort gezeugt worden. In Liebe empfangen.

Und nun wusste der Vater des kleinen Mädchens nicht einmal, dass es existierte. Myri hatte ihm nie von ihrer Schwangerschaft erzählt, denn sie hatte darauf gewartet, dass er zu ihr kommen würde. Dann hätte sie ihm die freudige Nachricht von Angesicht zu Angesicht mitteilen können. Ungeduldig hatte sie seiner geharrt, hatte immer gehofft, dass morgen ... Aber weder sie noch Kalen oder Powwell hatten den Rufzauber je vollständig gemeistert, und die Straße zwischen der Hauptstadt und ihrer Lichtung war immer noch zu gefährlich gewesen, um ihm einen Boten zu schicken.

Heißer, glühender Schmerz stach ihr durch Hals und Brust. Etwas hatte Amaranth getroffen! Die Verletzung brachte ihn ins Trudeln. Myris innerer Blick verdunkelte sich, als die Pein anwuchs und ihr ganzes Wesen erfasste. Amaranths Qualen zogen ihren Geist tiefer in seinen Schmerz hinein. Mit jedem Herzschlag breitete sich brennende Säure durch seine Adern aus.

Gift. Magisches Gift lief durch seinen Körper. Sein Schmerz wurde zu ihrem. Eine tiefe Wunde unter seinem linken Flügel, gefährlich nahe am Herzen, ließ ihn taumeln und an Höhe verlieren.

Myri presste ihr Kind an die Brust. Die Wärme des kleinen Körpers verankerte sie in der Realität ihrer physischen Existenz. Der vertraute Druck der Milch, die in ihre Brüste schoss, verhinderte, dass sie Amaranth tiefer und tiefer in seine Lähmung folgte.

Stimmen im Korridor warnten sie, dass sich Yaassima näherte. Mit einem Mal war der Schmerz verschwunden. Vor Myris Augen wirbelte es und wurde dann hell.

»Amaranth!«, schrie ihr Geist, obwohl ihre Stimme nur als Flüstern zu vernehmen war. *»Wo bist du?«* Panisch versuchte sie, Kontakt zu ihrem Gefährten aufzunehmen. Quietschend öffnete sich die Tür. Myri durfte nicht zulassen, dass Yaassima die kostbare Verbindung zu Amaranth unterbrach.

Kämpfe gegen die Wunde, Amaranth. Wehre dich gegen die Magie. Du musst leben, Amaranth. Du musst Nimbulan warnen!, schrie Myri noch einmal mit ihrer inneren Stimme. Der Schmerz kehrte zurück.

Nicht die glühende Stichwunde, die Amaranth erlitten hatte, sondern eine dumpfe, qualvolle Einsamkeit, die drohte, das Leben aus ihr herauszupressen.

Stirb nicht, Amaranth. O bitte, stirb nicht.

✶

»Wir verfügen über keine Kriegsflotte, Euer Gnaden«, erklärte Nimbulan. »Aber wir haben eine Armee listiger Fischer, die jeden Tag ihres Lebens im Watt arbeiten.« Nimbulan zog sein goldgefasstes Glas aus der Tunika und trat damit an die ihm am nächsten stehende Kerze auf der herrschaftlichen Tafel.

»Die Handelszölle waren nur ein Vorwand für die Invasion«, meinte Quinnault und fegte mit einer einzigen Handbewegung sämtliche Papiere und Pläne, die sich auf dem Tisch befunden hatten, fort. »Die Krieger aus Rossemeyer nähren sich vom Kampf, nicht von Essen.« Mit einem Fingerschnippen verlangte der König nach einer Karte. Zwei Diener rannten eilig davon, um seinen Befehl auszuführen.

»Meine Magier, Eure Fischer und jeder gesunde Mensch, den wir aufbieten können, haben einen langen, schweren Tag vor sich, aber wir haben eine Chance, Euer Gnaden.« Nimbulan atmete tief und versuchte, Ruhe zu finden. Er hatte einen Kampf vorzubereiten; und dabei hatte er geglaubt, seine Tage als Schlachtenmagier seien für immer vorüber.

Er musste bleiben und kämpfen, obwohl er viel lieber aufgebrochen wäre, um nach seiner Frau zu suchen.

Als sich seine Gedanken beruhigten, setzte er die Atemübung fort – einatmen, eins, zwei, drei, halten, eins, zwei, drei, ausatmen –, um eine leichte Trance für den Rufzauber herbeizuführen. Keine Zeit, in die Schule zurückzulaufen und sich magische Werkzeuge und ein Traktat über Seeschlachten zu besorgen. Einer der Lehrlinge würde sie aus seinem privaten Studierzimmer holen. Er konnte sie nicht durch die verschlossene Tür befördern. Stuuvart, sein Verwalter, hatte einen Schlüssel.

Nimbulan beendete seinen Rufzauber und begab sich dann über den Hof und die Treppe auf die Palastmauern und das Dach der Trutzburg. Er machte sich nicht die Mühe, sein Glas wieder einzustecken; während der kommenden Stunden würde er es oft benötigen. Sein Kopf drehte sich vor Einfällen und Plänen, so wie in den alten Zeiten, als er sich während der warmen Jahreszeit, in der man Krieg führte, fast wöchentlich auf eine Schlacht vorbereitet hatte.

»*Merawk!*« Der schrille Schrei eines großen Vogels drang durch das Glas zu ihm und hallte in seinen Ohren und seinem Geist wider.

»*Mewrar!*«

»Das klingt nach Amaranth.« Nimbulan rannte die Treppe hinauf. Er schob die Falltür hoch, die auf den Wachturm führte, und hielt am teilweise bewölkten Himmel Ausschau nach dem halb aus Katze, halb aus Falken bestehenden Wesen, das er zuletzt in Myris Armen gesehen hatte.

»Vielleicht hat ja der Flugflipper Eurer Frau auf Euren Suchzauber reagiert und bringt Euch Nachricht von Myrilandel.« Neben ihm steckte Lyman den Kopf durch die Öffnung. Nimbulan ließ den Blick über das Himmelszelt schweifen und hielt sich nicht mit der Frage auf, woher der alte Mann so plötzlich gekommen war.

Lange suchten die beiden schweigend den Himmel ab. Nur ein paar flaumige weiße Wölkchen hingen in der unendlichen blauen Weite. Die Luft war jetzt kalt und frisch. Jenseits des Horizonts zog sich ein heftiger Wintersturm zusammen und baute Energie auf. Die Flut lief vor dem Sturm her und ließ das Wasser in der Bucht so hoch steigen, dass sogar Schiffe mit tiefem Kiel bis in die Stadt Coronnan hineinsegeln konnten.

Endlich entdeckte Nimbulan Amaranth, der weit draußen über der Bucht als schwarze Silhouette vor einer weißen Wolke zu erkennen war. Mit seinen weit ausgebreiteten Flügeln hätte Amaranth irgendein schwarzer Vogel sein können, der sich am Himmel abzeichnete.

»Merawk!«, kreischte der Flugflipper. Er beschrieb eine Kurve und kreiste tiefer.

Mit einem dünnen Fädchen Drachenmagie setzte Nimbulan seine Fernsicht in Gang. Viel Energie war nicht mehr übrig; er musste sie gut einteilen.

In seinem Glas erschien das Katzengesicht des Flugflippers. Amaranth hielt allenthalben Ausschau, schlug mit den Falkenflügeln und suchte nach Luftströmungen, die ihn im Flug hielten. Sein schwarzes Fell schien das Licht aufzusaugen, sodass die Wolken im glitzernden Sonnenschein matt wirkten.

»Hierher, Amaranth! Komm zu mir!« Nimbulan streckte den Arm aus und bot ihm einen Landeplatz an.

»Merew!«, quittierte Amaranth den Befehl. Er streckte die Beine und schickte sich zur Landung an.

»Mit diesen Klauen wird er Euren Arm in Stücke reißen«, meinte Lyman und schlang seinen Umhang um Nimbulans gereckten Arm.

»Nein, er landet immer sehr vorsichtig«, widersprach Nimbulan, nahm den Umhang jedoch nicht ab. Sein Hemd aus feinem Leinen und die ärmellose Ledertunika würden ihm tatsächlich nicht viel Schutz bieten, wenn Amaranth seine Raubvogelkrallen nicht rechtzeitig einzog und wieder in normale Katzenpfoten verwandelte.

Ein Lichtstrahl, der zu seiner Rechten aufflammte, irritierte Nimbulan. Er spähte zu der nächstgelegenen Insel im Flussdelta des Coronnan. Da war jemand, das verriet ihm eine dem Wind entgegengesetzte Bewegung im Buschwerk. Keine unnatürlichen Farben, die einen Umriss enthüllt hätten, nur die Bewegung und das Licht.

»Da drüben versteckt sich jemand.« Lyman schaute durch sein

Glas und richtete es auf einen Sonnenstrahl, um seine Magie in Gang zu setzen. »Ein Mann, gekleidet in Grün und Braun und vielleicht Schwarz. Seine Aura kann ich sehen, aber nicht sein Gesicht oder eine Farbe, an der ich ihn erkennen könnte.«

»Also kein Magier«, meinte Nimbulan und wandte den Blick erneut dem Flugflipper zu.

Erneut blitzte das Licht auf.

Amaranth krächzte und geriet ins Taumeln.

Nimbulan hielt sich die Ohren zu, um sie vor dem schrillen Kreischen zu schützen, das auf all seine Sinne, körperliche wie magische, einstürmte. Aber er nahm den Blick nicht von dem Flugflipper.

Amaranth wurde bestürzend schnell größer. Sein schwarzes Fell und die Federn verblassten, und er schien in einem atemberaubenden Wirbel aus Silber- und Purpurtönen zu explodieren. Überall entließen sein dunkles Fell und sein Federkleid das Licht, das sie zuvor aufgesogen hatten, bis die kristallfarbene Haut und das helle Haar das Sonnenlicht reflektierten.

»Er verwandelt sich in einen Drachen!«, rief Nimbulan aus. »Warum, Amaranth? Warum nimmst du deine ursprüngliche Form wieder an?« Er hatte zuvor nur einmal miterlebt, wie sich der Flugflipper aus den Grenzen seiner gewöhnlichen Gestalt befreit hatte. Im letzten Frühjahr war das gewesen, als die Drachen über dem letzten Schlachtfeld der Großen Kriege der Spaltung gekreist waren und er zu dem Drachennimbus geflogen war.

»Er ist verletzt. Er stürzt ab!«, schrie Lyman. »Das Licht! Es muss eine Art magischer Pfeil gewesen sein. Kein normales Geschoss könnte auf diese Entfernung seine Haut durchdringen.« Der Alte begann, die andere Insel zu untersuchen, wozu er sich seines Glases und eines Flämmchens Hexenfeuer auf seiner Fingerspitze bediente. »Nichts. Keine Aura, keine Silhouette, nur ein Frettchen, das im Kreis herumläuft. Es ist, als wäre der Mann in der Leere verschwunden oder hätte die Gestalt des Tieres angenommen.«

Die silbrigen Drachenflügel fanden einen Aufwind. Amaranth reckte sich, ließ sich auf der weichen Luft treiben und verlangsamte seine Abwärtsbewegung. Erst jetzt entdeckte Nimbulan den schwarzen Fleck auf seiner Haut, in der Nähe des Herzens. Die Schwärze breitete sich rasch über die Brust des Drachen aus.

»Wir haben keine Zeit, nach dem Angreifer zu suchen. Schickt Quinnaults Wachen. Wir müssen uns um Amaranth kümmern!«, befahl Nimbulan und streckte wieder einladend den Arm aus.

»Die Wachen sind bereits auf der Suche nach einem Attentäter. Vielleicht handelt es sich um dieselbe Person.« Lyman trat an die Falltür und rief etwas in das Treppenhaus hinunter.

Nimbulan wandte den Blick nicht von Myrilandels magischem Gefährten. »Ganz ruhig, Amaranth. Lande langsam und vorsichtig.« Er sprach Lyman an. »Holt einen Heiler. Rasch. Wir müssen ihn retten. Er ist unsere einzige Verbindung zu Myri.«

»Uns bleibt nicht genug Zeit«, gab Lyman zurück und hastete bereits die Treppe hinunter, die auf den weitläufigen, vor der alten Trutzburg gelegenen Hof führte. Nimbulan folgte ihm.

»Wird Amaranth mit Euch reden, Nimbulan?« Mit einer Geste und einem strengen Blick sorgte Lyman dafür, dass Wachen, Dienstboten und Höflinge das Gelände räumten.

»Das hoffe ich. Er kennt mich. Schließlich ist er der magische Gefährte meiner Gattin.«

»Sprechen denn die anderen Drachen zu Euch?« Als sie auf den Hof rannten, pfiff Lyman schrill, um Amaranth auf sich aufmerksam zu machen. Der Ton schrillte in Nimbulans Ohren wie die Sprache der Drachen. »Ganz recht, Amaranth! Komm zu mir! Ich helfe dir!«, rief Lyman lockend.

Amaranth schien seinen Rat zu beherzigen und hielt auf den Hof zu. Immer wieder taumelte und torkelte er.

Nimbulan spürte seinen Schmerz und seine Unsicherheit. »Er verliert das Bewusstsein. Immer wieder verschwimmt alles um ihn, und dann erholt er sich für kurze Zeit.«

»Ihr steht in Verbindung zu ihm. Dann wird er zulassen, dass Ihr seine Wunde berührt. Vielleicht könnt Ihr ihn heilen. Ich durchsuche so lange seine Gedanken.« Lyman wich zurück, als ihnen der Staub, den die Drachenflügel aufwirbelten, ins Gesicht peitschte.

»Vermögt Ihr mit den Drachen zu sprechen?«, erkundigte sich Nimbulan verblüfft. Er selbst konnte die telepathische Kommunikation der großen Wesen nur wahrnehmen, wenn sie ihm etwas zu sagen hatten, das nur ihm galt.

»Meine Verbindung zu den Drachen ist ... von anderer Art als die Myris«, sagte Lyman. Weitere Erklärungen gab er nicht ab.

Amaranth prallte mit dem Bauch voran auf den Boden und scharrte mit der Schnauze über den festgestampften Lehmboden des Hofs. Das spiralige Horn auf seiner Stirn, das fast schon das eines erwachsenen Drachen war, wirkte knapp unterhalb der stumpfen Spitze in einem seltsamen Winkel abgeknickt. Matt hob er die Nase ein Stück und sackte dann mit eingezogenen Schwingen zusammen.

Nimbulan rannte zu dem Drachen. Vorsichtig legte er die Fingerspitzen in die Mitte des schwarzen Flecks, der sich rasch über Amaranths Herzgegend ausbreitete. Mit der Handfläche nach oben und leicht gekrümmten Fingern schob er die Linke unter das Flügelgelenk und suchte nach einem größeren Blutgefäß. Beinahe sofort glitt sein Geist in den Körper des Drachen und suchte nach der Quelle der Verwundung. Zugleich nahm er mit den Augen seines Körpers verschwommen wahr, wie Lyman an der Basis des spiralig gekrümmten Einhorns die Hände flach an den Schädel der Kreatur legte.

Dieser Zauber muss einfach wirken. Sternengötter, helft mir, das Richtige zu tun.

Mit einem Mal erwachte die Silberschnur, die ihn mit Myri verband, wieder zum Leben und zerrte fast schmerzhaft intensiv an seinem Herzen. Er spürte Gefahr, und die Härchen in seinem

Nacken stellten sich auf. Doch er hatte keine Zeit, über das plötzliche Wiederauftauchen des Silberbandes nachzudenken. Amaranth lag im Sterben.

Schwärze, so tief wie die Leere zwischen den Existenzebenen, breitete sich über Nimbulans innere Vision von Amaranths Wunde. Er schob sie beiseite und suchte nach gesundem Blut und nach Energie, um die rasch wachsende Infektion zu bekämpfen. Tiefer, immer tiefer suchte er nach einem Ausgangspunkt. Er brauchte ein wenig gesundes Gewebe in der Nähe der Wunde, um es zu kräftigen und auf diese Weise gegen die krank machende Magie anzukämpfen. Zwar besaß er nicht die spezielle Gabe eines Heilers, doch er war schon sein ganzes Leben lang Schlachtenmagier und hatte dabei viel über die Notversorgung körperlicher sowie magischer Verletzungen gelernt.

Die Schwärze raste vor ihm her. Das durch Magie angetriebene Übel wurde immer zähflüssiger, je weiter es sich verbreitete, und verlangsamte Nimbulans Untersuchung. Es war, als wate er durch eiskalten Honig. Er zwang seine magische Wahrnehmung, sich auf die starken Muskeln der Schwingen zu konzentrieren, in der Hoffnung, dass der Zauber ihm dorthin folgen und das verletzliche Herz in Ruhe lassen würde.

Immer fester schloss die schwarze Magie ihn ein, zerquetschte ihn, raubte ihm den Atem. Das Herz raste in seiner Brust und kämpfte gegen die Verunreinigung, die dabei war, sich von Amaranths Körper in seinen eigenen auszubreiten.

Vor ihm eröffnete sich die Leere. Nimbulan suchte in dem schwarzen Nichts nach einer Spur von Amaranth. Vielleicht war er ja in der Lage, die Essenz des Drachen mit den purpurnen Flügelspitzen von der Magie zu trennen, die ihn umbrachte, und dann beide zu ihrem Ursprung zurückzuführen.

(Den Anwendern von Drachenmagie ist die Leere verboten.)

Nimbulan ignorierte die Warnung. Er musste Amaranth retten. Aus der Ferne blinzelte ihm ein winziges, amethystfarbenes Juwel entgegen. Es war purpurfarben, so wie die Adern an Amaranths Schwingen und seine Hörner. Er stürzte dem Geisterlicht nach, doch es entzog sich ihm und schwebte nun immer kurz vor ihm dahin.

Nimbulan konzentrierte sich und griff mit Sinnen danach, die sich in der Leere verflüchtigten. Noch näher. Er kam dem Drachengeist näher. Eine schwarze Aura umgab das edelsteinartige Licht. Die Schwärze böser Magie.

Er kämpfte gegen seinen Abscheu an und versuchte, die Schwärze mit seinem Geist beiseitezuschieben.

Ein greller Blitz aus reinem weißen Kristall explodierte zwischen ihm und Amaranths Geist. Tausende Lichtsplitter, die alle Farben und keine zugleich hatten, drangen auf seine Sinne ein.

Stirb nicht, Amaranth. O bitte, stirb nicht, flehte Myris unverkennbare geistige Stimme. Das Verlangen, ihren Gefährten zu retten, schien jedes Kristallfragment zum Vibrieren zu bringen.

»Brecht das ab, Nimbulan!« Lyman schüttelte seinen Körper. »Lasst Amaranth los. Er ist gegangen, Ihr könnt ihm nicht mehr helfen. Amaranth ist tot.«

Mit einem Ruck, der ihm fast das Bewusstsein raubte, kehrte Nimbulan in seinen Körper zurück. Die Schwärze wich ein wenig aus seinem Geist zurück. Sein ganzer Körper schmerzte. Er presste die Fingerspitzen auf die geschlossenen Augen, und Lichtexplosionen flammten vor seinen Lidern auf. Er schob die leuchtenden Punkte zusammen, bis sie sein Blickfeld ausfüllten.

Endlich vermochte die Schwärze dem Licht nicht länger zu widerstehen und floh ihn.

»Myri! Ich muss zu ihr gehen. Sie ist in der Leere. Ich habe sie gehört. Ich muss zurück zu ihr.«

»Nein. Die Leere ist denen, die Drachenmagie anwenden, verboten. Ihr müsst warten und sie auf andere Weise finden.«

Nimbulan schüttelte abwehrend den Kopf. Die Bewegung durchbrach seine durch die Leere ausgelöste Erstarrung. Die

Realität schob sich in seine Wahrnehmung: Die Vorbereitungen für die Schlacht waren im Gange. Der Zwang zu bleiben und die Stadt zu beschützen rang mit seinem Bedürfnis, zu Myri zu gehen.

Er betete zu allen drei Sternengöttern, seine Frau möge in Sicherheit sein.

»Amaranth, *Sternengötter!* Was haben sie nur mit dir gemacht?«, rief er aus.

»Er hat lange genug gelebt, um mir etwas über Myrilandel mitzuteilen.«

Lymans Worte durchdrangen Nimbulans aufgewühlte Gefühle. »Wo? Wo ist meine Frau, Lyman?«

»In Hanassa.«

Nimbulan lief es kalt über den Rücken. Hanassa lag tief im Südlichen Gebirge, in einem ausgetrockneten Vulkankessel. Dort hatten, verborgen vor dem Rest der Welt, Geächtete, Rover, abtrünnige Magier und andere Verbrecher eine Stadt erbaut. Angeblich führten geheime Pässe und Tunnel tief in den Berg hinein. Nur wenige Menschen, welche die Stadt ohne eine Einladung dieser unangenehmen Zeitgenossen betraten, verließen sie lebend.

»Myrilandel war Amaranths Zwilling, bevor sie menschliche Gestalt annahm.« Vor Kummer erschauerte Nimbulan. »Solange Amaranth lebte, war sie es zufrieden, ein Mensch zu bleiben, weil es nur einen einzigen Drachen mit purpurnen Flügelspitzen geben durfte. Doch nun, da Amaranth nicht mehr ist, wird ihr Instinkt sie dazu drängen, sich wieder in ihre Drachengestalt zu verwandeln.«

»Glaubt mir, ich kenne die Instinkte, die sie bewegen!«, gab Lyman zurück. Fest drückte er die Lider zusammen, sodass die zahllosen feinen Linien, die seine Augen umgaben, tiefer wurden.

»Ich muss sie finden, bevor sie ihren Körper aufgibt und zu den Drachen geht«, flüsterte Nimbulan bekümmert. »Ich muss heute

Abend aufbrechen – nein, jetzt sofort. Sollen doch andere die Schlacht leiten. Myri ist in Hanassa. Auch Televarn wollte letztes Jahr dorthin. Und wahrscheinlich befinden sich auch Maia und ihr Kind bei dem Rover-Clan.«

»Zuerst müsst Ihr die Schlacht organisieren und das Königreich retten«, erinnerte Lyman ihn. »So sehr die Drachen Euch brauchen, um Myrilandel zu retten, so sehen sie doch auch ein, dass Ihr verantwortlich dafür seid, den Frieden in Coronnan zu wahren. Ihr seid der Einzige, der über die Erfahrung und die Intelligenz verfügt, diesen Kampf zu gewinnen.«

6. Kapitel

»Wasser, das letzte der vier Elemente. Seinen drei Brüdern an Kraft ebenbürtig«, murmelte Televarn. Er strich über die Oberfläche des kleinen Teichs in dem schlammigen Grund der kleinen Flussinsel, nicht weit vom Palast entfernt. Kardia und Luft waren weibliche Elemente. Feuer und Wasser gehörten den Männern. Heute hatte er darauf verzichtet, seine Magie aus dem Feuer zu schöpfen, da es zu offensichtlich, zu leicht zu entdecken gewesen wäre.

Der Zauber, den er auf Quinnaults Wein gelegt hatte – wobei er die Illusion von Maias Gesicht und Körper getragen hatte –, war aus dem Wasser entsprungen. Inzwischen müsste Quinnault eigentlich tot sein. Über eine Stunde war vergangen, seit Televarn dem Mundschenk den vergifteten Wein gereicht hatte.

Er lachte leise, als er sich Quinnaults Tod vorstellte. In dem Moment, in dem das Wasser den Magen des Königs erreichte, würde es gefrieren. So kalt würde das Eis werden, dass es alles um sich herum ebenfalls erstarren ließ, und die Kälte würde unaufhaltsam nach außen dringen, bis der gesamte Körper ein einziger Eisklumpen wäre.

Televarn dachte darüber nach, wie er die Belohnung, welche die Kaalipha ihm für Quinnaults Tod zahlen würde, ausgeben wollte. Gold. Eintausend Goldstücke, mit denen er sich der Dienste von Söldnern versichern und die treuen Beschützer der Kaalipha bestechen würde. Yaassimas eigenes Gold würde ihren Sturz einleiten und Televarn zur Macht aufsteigen lassen.

Nimbulan würde weniger Schmerz fühlen als Quinnault, wenn ihn der Zauber ereilte, den Televarn ihm zugedacht hatte.

Einige Sekunden lang würde er erkennen, dass ihn die Wasserwand, die ihn umgab, töten würde, und dann würden sein Leben und seine Intelligenz in dem verzweifelten Kampf um Atemluft untergehen.

Der Magier und der alte Mann, der sich in alles einmischen musste, hatten gesehen, wie er den Flugflipper getötet hatte. Seinem Charakter treu, hatte Nimbulan seine Aufmerksamkeit und Magie dem sterbenden Wesen gewidmet, statt seinen Feind zu suchen. Er verdiente es nicht, der Vater eines Rover-Kindes zu sein.

Nach dem Gesetz der Nomaden gehörte Maias Kind dem Elternteil, der ein Rover war. Televarn hatte vor, auch Myrilandels Kind unter den Rovern aufwachsen zu lassen. Sein Clan benötigte frisches Blut, um zu wachsen und wieder zu gesunden. Er brauchte einen großen und gesunden Clan, der ihn unterstützte, wenn er Kaaliph von Hanassa war. Dann würde Myrilandel ihn nicht mehr abweisen. Wenn er sie zur Königin von Hanassa machte, würde sie willig in sein Bett zurückkehren.

Televarn wölbte die rechte Hand leicht und fuhr damit durch den Teich. Wiggles, das Frettchen, kroch aus seinem Versteck in Televarns Hosenbein hervor und schnüffelte an dem kreisenden Wasser. »Komm. Teile den Zauber mit mir.«

Wiggles wich in sein dunkles Versteck zurück.

»Deine Herrin hat dir befohlen, mir zu gehorchen«, erinnerte Televarn das Frettchen. Mit der freien Hand packte er das Tier am Nackenfell, damit es sich nicht noch weiter zurückzog.

Zögernd sprang Wiggles auf Televarns Arm.

»Mein Name bedeutet ›Der mit den Varn spricht‹«, murmelte Televarn. »Man hat mir diesen Namen wegen meiner Überredungskunst verliehen, als ich den Clan von seinem vorherigen Anführer befreit habe. Warum also kann ich dich nicht dazu bringen, mit mir zusammenzuarbeiten, Wiggles?«

Das Frettchen ignorierte ihn.

»Ich habe echte Varn getroffen und Handel mit ihnen getrieben, etwas, das nur wenige Menschen von sich behaupten können. Du wirst mir gehorchen, Tier, wie deine Herrin es dir befohlen hat!« Es gefiel Televarn nicht, das Wesen daran erinnern zu müssen, dass es vor allem durch seine Loyalität gegenüber jemand anderem an ihn gebunden war, nicht durch seine eigene Magie und Talente.

Mit der Hand zog er Kreise durch das Wasser, das sich als fügsamer erwies als das Frettchen. Ein kleiner Wirbel folgte seinen Bewegungen. Er setzte die kreisende Bewegung fort, bis er wusste, dass er die Essenz des Wassers eingefangen hatte. Langsam nahm er dann die Hand aus dem Teich und zog den wirbelnden Strudel hinterher. Er intonierte die uralten Worte, die das Element seinem Willen unterwarfen.

Das Wasser widersetzte sich. Es wollte seinen Teich nicht verlassen, wo es geruht hatte, um dann in den ruhigen Bach, in den schnelleren Fluss und schließlich in die Große Bucht zu fließen. Televarn übte magischen Druck aus, was ohne die Unterstützung seines Clans und nur mit der Hilfe des Frettchens nicht so einfach war. Doch seine Familie musste für den Moment in Hanassa bleiben. Wenn man sie in Coronnan aufgriff, würde das all seine Pläne vereiteln. Es war schon schwierig genug für ihn selbst gewesen, sich zwei Wochen lang versteckt zu halten, während er seine Opfer beobachtet und auf eine Gelegenheit gewartet hatte.

Yaassima durfte nicht erfahren, dass er das Drachentor entdeckt hatte, daher hatte er warten müssen. Er konnte seine Opfer erst ermorden, nachdem so viel Zeit verstrichen war, dass er die Reise von Hanassa bis in die Hauptstadt mit normalen Mitteln hätte bewerkstelligen können.

Er hatte die Zeit gut genutzt, Beobachtungen angestellt und Pläne geschmiedet.

»Komm!«, befahl Televarn dem Wasser. Ein dünnes Rinnsal sprang in seine Hand, blieb aber mit dem Teich verbunden. Wiggles berührte das Wasser mit seiner winzigen Pfote und schmiedete ein Band zwischen der Magie und dem Element. Televarn tat zwei Schritte. Das Wasser blieb mit ihm, dem Frettchen und dem Teich verbunden. Noch zwei Schritte. Das Wasser zog sich in die Länge und folgte ihm weiter.

»Gut.« Er nickte zufrieden. Nun kam der schwierige Teil des Zaubers. Er musste den nicht abreißenden Wasserstrom in Nimbulans privates Schlafgemach leiten.

Bei dem Gedanken, dass Myrilandel dieses Zimmer mit Nimbulan geteilt hatte, zog sich Televarns Magen vor Zorn zusammen. Seine Eifersucht hätte beinahe die Verbindung zu dem Wasserelement unterbrochen. Er unterdrückte seine Gefühle und schob sie zu einem kalten, zornigen Klumpen zusammen. Das Wasser war kalt. Wasser würde dem Leben seines Rivalen ein Ende setzen.

Er ging zurück zu seinem lederbezogenen Kanu, wobei er den leisen, zirpenden Lauten folgte, die Wiggles ausstieß – ein Zirpen bedeutete einen Schritt nach rechts, zweimal Zirpen einen nach links. Das Frettchen fand instinktiv den leichtesten Weg.

Dort, wo die Insel mehr aus Wasser als aus Kardia bestand, stabilisierte Televarn sein kleines Kanu mit einer Hand, der ungeschickten Linken, nicht der dominierenden Rechten, an der Wiggles hing und mit der sie beide den dünnen Wasserfaden festhielten, der bis zu dem Teich zurückreichte.

Langsam hievte er ein Knie in das Boot. Es geriet ins Schaukeln und glitt vor seinem Bein weg. Televarn verlor das Gleichgewicht und schlug in den kalten Schlamm. Wiggles schlang sich fester um seinen Arm. Sein Fell wogte heftig; die Art des Frettchens zu lachen.

»*S'murghit!* Halt still!«, befahl Televarn sowohl dem Boot als auch dem Frettchen. Er richtete sich auf alle viere auf, ohne das Wasser oder Wiggles loszulassen.

Wiggles hörte auf zu zappeln. Das Lederkanu hüpfte unter Televarns Hand auf und ab; es gehorchte dem bewegten Wasser unter seinem Kiel und der Luft über ihm besser als Televarns Befehl.

Der Schlamm hatte seine feinen schwarzen Hosen und das Hemd rotbraun gefärbt. Sie waren verdorben. Die grün und purpurn gemusterte, mit Zeichen der Macht bestickte Weste war ebenfalls mit Matsch überzogen. Erda würde ihn wegen seiner Achtlosigkeit schrecklich schelten. Die uralte weise Frau seines Clans hatte zu viel Macht über Televarns Rover. Macht, die rechtmäßig ihm zustand.

Er zwang seine zunehmende Frustration nieder. Das Wasserelement zog ihn zu dem Teich, aus dem es entsprang, zurück. Vielleicht hatte ja das Wasser das Boot gegen ihn eingenommen.

Wie sollte er seine Werkzeuge dazu bringen, mit ihm zusammenzuarbeiten? Was konnte er einem Element und einem unbelebten Gegenstand versprechen, um sie friedlich zu stimmen?

(Freiheit), flüsterte eine Stimme in seinem Hinterkopf. *(Lass sie frei.)*

»Genug!«, brüllte er. »Ihr gehört mir, und ihr werdet mir gehorchen.« Er steckte noch mehr von seiner schwindenden Kraft in den Bindezauber. Der körperliche Kontakt zu Wiggles half ebenfalls. Aber das Wesen war nicht wirklich sein magischer Gefährte, er hatte es sich nur ausgeliehen. Daher war die Verbindung zwischen ihnen unvollständig. Das war noch so etwas, das ihn wurmte. Er war noch nie in der Lage gewesen, sich so mit einem Tier zu verbinden, dass dessen Sinne seine Magie verstärkten und es vollkommen auf seine Wünsche reagierte. Alle hatten sich seinem Kontrollnetz entzogen, so wie das Wasser es jetzt versuchte.

Das Gewicht, das an seinem Arm zerrte und ihn zum Teich zurückzog, wurde fast unerträglich und gab dann abrupt nach. Fast wäre er wieder in den Schlamm gefallen, so plötzlich war die Erleichterung gekommen.

Das Kanu lag ruhig an der Leine. Das Wasser blieb in seiner Hand.

Um das launische Boot nicht zu reizen, kniete sich Televarn in den Schlamm und hielt es mit der Hand fest. Noch mehr grünbrauner Schlamm kroch durch das feine Tuch seiner Hosen. Er biss die Zähne zusammen und ignorierte die durchdringende Kälte und den Umstand, dass der Matsch auf seiner Weste erstarrte und sie steif machte. Dann setzte er ein Knie in das Boot. Erneut schwankte das Kanu. Er zwang es, ruhig zu liegen, bis auch sein anderes Bein bequem auf dem Boden des Boots lag, und balancierte das leichte Schaukeln aus, das er mit seinem Einstieg ausgelöst hatte. Dann gab das Kanu klein bei; man hätte meinen können, es resigniert aufseufzen zu hören. Wiggles glitt von seinem Arm, lief im Boot herum und erschnüffelte jeden Winkel. Ein paar Tropfen Wasser lösten sich von der Pfote des Wiesels und rannen zurück in Televarns Hand.

»Halte mich nur bis zur Schulinsel über Wasser, dann gebe ich dich frei«, flüsterte er dem Boot zu.

Das Wasser bebte und wollte in das Versprechen einbezogen werden. Televarn warf dem widerspenstigen Element einen zornigen Blick zu, und es wurde still. »Dich lasse ich erst frei, wenn du deine Aufgabe erfüllt hast, nicht eher. Nimbulan wird diesen Tag nicht überleben. Dann wird Myrilandel frei von dem Bann sein, den er über sie geworfen hat, und dankbar in mein Bett kommen – so wie damals, als wir uns zum ersten Mal begegnet sind.«

*

Die Düsternis der Leere zog sich aus Myris Sinnen zurück. Amaranths Schreie verklangen in ihrem Geist. Ein unwiderstehlicher Drang, ihren Körper zu verwandeln und zu ihrem Gefährten zu fliegen, ließ sie die Arme weit ausstrecken, um den Wind einzufangen. Aber sie befand sich tief im Palast der Kaalipha auf der windabgewandten Seite eines Vulkankraters. Kein Lüftchen regte sich, um ihre schlummernden Flügel zu heben, und die länglichen Vorsprünge an ihrer Wirbelsäule wuchsen nicht zu den Hörnern, die beim Fliegen als Ruder dienten.

Immer wieder erlebte sie den Moment, in dem Amaranth gestorben war. Sie vermochte nichts anderes wahrzunehmen als seinen Schmerz und seine schreckliche Einsamkeit, nicht einmal das Weinen ihrer Tochter.

»Sorg dafür, dass dieses Kind zu schreien aufhört!«, befahl Yaassima und riss in wachsender Ungeduld die Augen auf. Dann mäßigte sie ihren Ton und kniff die Lider zusammen. »Deinetwegen werden wir zu spät zu den Zeremonien kommen, bei denen ich meinen Gefolgsleuten Aufträge erteile.«

Myri hörte die einschmeichelnden Worte der Älteren kaum. *Amaranth!*, schrie sie innerlich.

»Wir müssen auch das Fest der Namensgebung für dein Baby planen. Ganz Hanassa wird frohlocken, wenn ich das Kind zu meiner Erbin ernenne.« Vor Freude klatschte Yaassima in die Hände.

Wie lange war sie in der Leere geschwebt, ohne mitzubekommen, dass Yaassima in den gemeinsamen Wohnraum eingetreten war? Offensichtlich plapperte die Kaalipha schon eine ganze Weile vor sich hin.

Myri kämpfte gegen den Drang, sich zu verwandeln. Sie musste auf der Hut bleiben und Yaassima von ihrem Kind fernhalten. Ihre beste Verteidigung gegen die blutrünstige Kaalipha war es, ihr aus dem Weg zu gehen und sich unauffällig zu verhalten, bis sie eine Möglichkeit gefunden hatte, aus Hanassa zu fliehen.

Oh, Amaranth, es tut mir leid. Ich wollte nicht, dass du in den Tod fliegst. Würde sie das gleiche Schicksal finden wie ihr Zwilling, wenn sie floh?

»Nur mein Gatte hat das Recht, meinem Kind einen Namen zu geben«, erinnerte sie die Kaalipha an die Tradition, die so alt war, dass man sie zum Gesetz erhoben hatte. Die Mühe, die es sie kostete, sich zu beherrschen, dämpfte ihren Drang zu fliegen ein wenig.

Amaranth! Wie soll ich ohne dich leben? Konntest du Nimbulan warnen?

»Du und ich, wir sind verwandt.« Yaassima liebkoste Myris offenes Haar. »Dein Mann hat auf jedes Recht an dem Kind verzichtet, als er dich ins Exil schickte. Jetzt erhebe ich Anspruch auf die Verwandtschaft und das Recht, ihm einen Namen zu geben. Komm jetzt mit in die Halle der Gerechtigkeit. Es ist deine Pflicht, zuzusehen, wie ich die Aufträge erteile und die Tribute festlege. Du und dein Kind, ihr müsst in das Erbe hineinwachsen, das ich euch gebe.«

»Die Reichen und Mächtigen von Kardia Hodos wenden sich nur an Euch, wenn sie einen Rivalen beseitigen oder den Handel stören wollen.« Myri wandte Yaassima weiter den Rücken zu und verbarg die Tränen, die ihr in die Augen traten. »Ich werde keineswegs mit Tod und Zerstörung handeln, Kaalipha.« Myri reckte den Rücken und sagte sich, dass sie zur Flucht entschlossen war. Amaranth sollte nicht umsonst gestorben sein. Aber bis dahin musste sie sich selbst und ihre Gefühle streng beherrschen. Ihre Trauer um Amaranth musste warten. Vor Yaassima durfte sie keinen Anflug von Schwäche zeigen.

Wie ein Drache musste sie unsichtbar bleiben, während sie alles um sich herum beobachtete und auf die beste Gelegenheit zur Flucht wartete.

»Du denkst zu gut von deinem verräterischen Ehemann, Myrilandel. Das sehe ich genau.« Yaassima klang verdrossen. »Er ist jetzt nur noch ein Teil deiner fernen Vergangenheit. Du solltest lieber überlegen, wie du Moncriith, den Blutmagier, unter Kontrolle bringst.« Yaassima befeuchtete ihre Lippen. »Ich habe Moncriith gestattet, Söldnertruppen gegen Coronnan auszuheben. Aber sobald er erfährt, dass du hier bist, wird ihn die Invasion gegen das Königreich deines Bruders nicht lange beschäftigen. Er ist so unbeirrbar in seiner Besessenheit. Ich finde seine Tiraden über Blut und Feuer und die Dämonen, die du angeblich lenkst, recht amüsant.«

Myri spürte, wie ihr das Blut aus dem Gesicht wich. Der Mann, den sie am meisten auf der Welt fürchtete, der Mann, der sie ihr Leben lang von Dort zu Dorf verfolgt hatte, war am Leben. Lebte hier in Hanassa. Er würde sich nicht einmal zufriedengeben, wenn sie auf dem Scheiterhaufen brannte, sondern auch noch ihre kleine Tochter ermorden. Ihre beiden anderen Feinde, Yaassima und Televarn, wollten sie wenigstens lebend.

»Denk daran, Myrilandel: Wenn du jemals einen Schritt aus meinem Palast tust und in die Stadt gehst, werde ich dafür sorgen, dass Moncriith davon hört. Er wird dich ergreifen und vernichten. Wie du siehst, sind damit all deine schönen Pläne, aus Hanassa zu flüchten, nichts wert. Nur ich kann dich beschützen, und nur ich kann dir die Familie geben, nach der du dich so sehnst.« Besitzergreifend streichelte sie Myris Haar.

Niemals!, gelobte sich Myri. Sie würde ihre Familie wiederbekommen. Ihre richtige Familie, die aus Kalen und Powwell, dem Baby und Nimbulan bestand.

Aber nie wieder würde Amaranth Teil dieses engen Kreises aus Liebe und Vertrautheit sein.

Die Bedrohung, die Moncriith darstellte, erschien ihr unbedeutend, verglichen mit Amaranths Verlust und der Gefahr, in der Nimbulan schwebte. Sie musste fliehen, und zwar jetzt.

Sie hatte das Bedürfnis, ungehindert zu fliegen und die belebende, klare Luft der Berge zu atmen. Seit Televarn sie entführt und an diesen verfluchten Ort gebracht hatte, hatte sie nur in den Hitzeschleiern und dem Staub von Hanassa gelebt.

Wenn sie nur fliegen könnte!

Aber das Wimmern des Babys hielt sie in ihrem flügellosen menschlichen Körper fest.

»Komm, Myrilandel. Wir können mein Volk nicht mehr lange

warten lassen!«, befahl Yaassima. Alles Schmeichlerische war aus ihrer Stimme verschwunden und einer tödlichen Ungeduld gewichen.

Myri wusste, dass sie die Kaalipha nicht ignorieren konnte. Yaassima ließ jeden, der sich ihr widersetzte, hinrichten. Sie hatte ihren Gemahl getötet. Gerüchte wollten auch wissen, dass sie ihre Tochter umgebracht hatte, die verschwunden war, unmittelbar nachdem der unglückliche Gatte durch Yaassimas scharfes Schwert den Kopf verloren hatte.

Myri liebkoste das schlafende Kind, das an ihrer Schulter lag. Sie brauchte den Kontakt zu seiner Lebendigkeit, um sie dem Tod entgegenzusetzen, der ständig auf ihre Sinne eindrang.

»Ich habe keine Blutsverwandten, Kaalipha Yaassima, nur meine Tochter«, antwortete Myri. »König Quinnault kann ich nicht mehr als meinen Verwandten bezeichnen. Er hat mich ins Exil geschickt.« Und Nimbulan hatte dem Edikt zugestimmt.

Warum hatte sie Amaranths Leben aufs Spiel gesetzt, um Nimbulan zu warnen? *Amaranth!*

»Du solltest deinen Ehemann hassen, weil er dir das angetan hat. Doch du klammerst dich an die Erinnerung, als erwartetest du, dass er dem König trotzt und zu dir kommt«, versetzte Yaassima höhnisch.

»Ich liebe ihn.« Er war das fehlende Teil, durch das ihre Familie vollständig würde – wenn ihr die Flucht gelang.

»Du und deine Tochter, ihr tragt das Blut der Drachen in euren Adern«, rief Yaassima ihr ins Gedächtnis. »Dieses Erbe muss weitergetragen werden. Darauf kommt es an, nicht auf deine armseligen Gefühle für einen verräterischen Ehemann und diese zwei schmutzigen Kinder.«

»Zeigt mir, dass es Powwell und Kalen gut geht, dann werde ich Eure Entscheidung, mich von *meinen* Kindern zu trennen, nicht in Zweifel ziehen.« Myri hielt den Blick fest auf den blauen Wüstenhimmel über dem Krater gerichtet. Er war sauber und klar, unbefleckt von Yaassima Bedürfnis nach Tod und Vernichtung. Die Kaalipha pervertierte ihre von den Drachen stammenden Jagdinstinkte, genau wie ihr ferner Vorfahre Hanassa, als er abtrünnig geworden war und den Drachennimbus verlassen hatte.

Yaassima griff tief in Myris feines Haar. Die eindeutigen sexuellen Untertöne ihrer Geste ließen Myri vor Ekel erschauern. Das Kind wurde unruhig. Myri flüsterte ihrer Tochter beruhigende Worte zu. Ohne die Kaalipha anzusehen, wandte sie sich ihrem Schlafzimmer zu, das auf der Innenseite des Gebäudes lag.

»Ich habe dich um unserer Verwandtschaft willen aus Televarns unfreundlichen Klauen gerettet«, knurrte Yaassima. »Seine Eifersucht kennt keine Grenzen. Er hätte deine Tochter lieber gleich nach ihrer Geburt getötet, als zuzugeben, dass sie nicht sein Kind ist. Aber er hätte wenigstens *dich* leben lassen, während Moncriith einen Weg gefunden hätte, dich ebenfalls zu vernichten. Du verdankst mir dein Leben, Myrilandel, genau wie jeder, der Zuflucht in Hanassa sucht.«

»Ich habe keine Zuflucht gesucht. Televarn hat mich entführt und gegen meinen Willen hierhergebracht.«

»Vergiss den Magier, der dich zur Ehe gezwungen hat. Vergiss die Kinder, die nicht deine leiblichen sind. Allein ich bin deine Verwandte. Ich werde dich beschützen, etwas, das Nimbulan und dein Bruder, König Quinnault, sich zu tun geweigert haben.« Yaassimas Stimme klang stolzgeschwellt. Sie war die absolute Herrscherin von Hanassa, und keiner der nach Tausenden zählenden Verbrecher, die in der Stadt lebten, stellte ihre Autorität in Frage.

Myri war gezwungen gewesen, in den letzten drei Wochen ebenso vielen Hinrichtungen beizuwohnen. Jedes Mal hatte sie gefürchtet, der Delinquent könne der fünfzehnjährige Powwell oder die elfjährige Kalen sein. In dieser abscheulichen Gesellschaft galten sie als Erwachsene, die für ihre Handlungen verantwortlich waren.

Nach jeder Enthauptung hatte Yaassima ihre Hände mit den unnatürlich langen Fingern in das Blut des oder der Hingerichteten getaucht. Diese symbolische Geste, die besagte, dass sie die Verantwortung für ihren Tod trug, verblasste im Vergleich zu dem Ausdruck beinahe sexueller Befriedigung, der noch eine Stunde lang in Yaassimas Augen gestanden hatte.

Myri spürte, wie Yaassima, die ihr wieder einmal übers Haar gestrichen hatte, die Hand zurückzog.

»Lass das Kind schlafen, Myrilandel. Leg sie wieder in die Wiege, und komm in die Halle der Gerechtigkeit!«, befahl Yaassima.

»Sie ist nass. Wenn ich sie gewickelt habe, wird sie auch hungrig sein.«

»Es ist Zeit, dass wir eine Amme für sie suchen. Frauen von Rang stillen ihre Kinder nicht selbst. Eine der Frauen aus Televarns Clan hat gerade ihr Baby verloren – ich glaube, ihr Name ist Maia. Ich werde nach ihr schicken.« Yaassima sprach den Wachposten an, der vor der Tür ihrer Gemächer stand.

»Ich werde nicht zulassen, dass eine Rover-Frau mein Kind besudelt!« Besonders nicht Maia, Nimbulans einstige Geliebte. »Rover stehlen den rechtmäßigen Eltern ihre Kinder.«

»Deine Tochter hat einen Namen verdient«, fuhr Yaassima fort, ohne auf Myris Widerspruch einzugehen. »Sie braucht einen Namen voller Macht, der durch die Historie hallen wird, so wie der Name unseres Vorfahren, *Hanassa.* Morgen werden wir das Fest der Namensgebung abhalten.«

Dieses Mal streichelte Yaassima das Haar des Kindes, das nur um eine Nuance dunkler war als das Myris. In den letzten paar Tagen war in einigen Strähnen eine zarte Spur von Silber aufgetaucht.

»Drachenhaar. Wir alle haben es. Du, ich, die Drachen. Meine Tochter hatte es nicht. Kristallenes Fell bei den Drachen, kristallenes Haar bei uns. Es lenkt das Licht von uns weg, sodass niemand in unsere Gedanken und Handlungen eindringen kann. Rätselhaftigkeit ist Macht.«

»Sie ist ein Neugeborenes. Ihre Haar- und Augenfarbe wird sich in den nächsten paar Wochen noch verändern, und sie wird ihre langen Finger und Zehen bekommen. Sie zeigt keine Spur von den Buckeln auf der Wirbelsäule.« Myri stritt die Verwandtschaft ab, die ihre Beschützerin ihr täglich aufdrängte. »Habt Ihr überhaupt gehört, was ich gesagt habe? Dass ich nicht zulassen werde, dass Maia mein Kind anrührt?«

»Ich werde die Kleine anlässlich ihrer Namensgebung dem Volk von Hanassa vorstellen. Sie müssen sehen, dass das Drachenblut weitervererbt wird. Niemand wird es wagen, sich mir zu widersetzen, wenn die Menschen genau wissen, dass ein weiterer Drache bereitsteht, Vergeltung zu üben. Meine Tochter hätten sie nicht respektiert. Sie war schwach, genau wie ihr Vater.« Yaassima nahm immer noch nicht die Hände von dem Kind und hielt Myri so davon ab, sich in die Privatsphäre ihres Schlafgemachs zurückzuziehen. »Ihr Name soll Hanassa sein.«

Niemals! Doch Myri behielt ihren Widerspruch für sich. Sie musste Yaassima besänftigen, statt sie herauszufordern.

»Rover stehlen Kinder«, wiederholte sie. »Von ihren eigenen überleben so wenige, dass sie anderen Menschen ihre Kinder rauben müssen, um frisches Blut in die Clans zu bringen. Wenn Ihr Maia in die Nähe meines Babys lasst, wird sie eine Möglichkeit finden, sie zu entführen – oder sie stiehlt mein gesundes Kind und legt ihr totes dafür hin.«

»Das würde sie nicht wagen. Ich bin die Kaalipha, und das Mädchen ist meine Erbin.«

»*Mein* Baby ist ziemlich nass. Möchtet Ihr ihm die Windeln wechseln?«, fragte Myri kokett, denn sie wusste, dass die fanatisch reinliche Yaassima nichts mit den manchmal schmutzigen Begleiterscheinungen zu tun haben wollte, die das Aufziehen eines Kindes zeitigte.

»Dann geh.« Mit einer Geste, die Ekel ausdrückte, entließ Yaassima sie.

Myri trat um die ältere Frau herum und ging zur Tür.

Sie wedelte mit der Hand über eine Metallplatte, die neben dem Türrahmen in die Wand eingelassen war, und die Lichtpaneele an der Decke erwachten zum Leben, aktiviert durch einen Zauber, den nur Yaassima beherrschte. Die klaren Paneele strahlten ein diffuses Leuchten aus, ähnlich wie Hexenlicht, aber gelb statt des natürlicheren Grün, wie es von Feuer ausging.

Die Kaalipha trat nicht in Myris Zimmer, sondern blieb in der Tür stehen.

»Wo ist eigentlich dein *pywacket?*«, fragte Yaassima. Sie benutzte das alte Wort für einen magischen Gefährten. Es stammte aus einer Sprache, die überall auf Kardia Hodos ausgestorben war, nur hier in Hanassa nicht.

»Ich ... ich weiß es nicht«, stammelte Myri und hielt in ihrer Suche nach einer sauberen Windel inne. Vor Kummer wäre sie fast wieder zusammengebrochen. »Vielleicht jagt er Ratten in Eurer Küche.«

Amaranth! Es kann nicht sein, dass du tot bist. Der Schmerz stach ihr ins Herz wie mit Messern und ließ ihr erneut die Tränen in die Augen treten. Die Leere rief nach ihr und verlockte sie, Amaranth in seine nächste Existenz zu folgen.

»Hat Televarn Amaranth ebenfalls getötet?«, fragte Yaassima. Ein verstohlenes Lächeln schlich sich in ihr Gesicht, und ihre Augen leuchteten lustvoll auf. Die Kaalipha las nicht oft die Gedanken anderer, aber wenn, fand sie stets die verletzliche Stelle ihres Opfers. »Ich hatte mich schon gefragt, wie lange dieser eifersüchtige Rover deine grässliche Kreatur leben lassen würde. Er konnte sie nicht besitzen, daher musste sie beseitigt werden. Genau, wie du ihm nie gehören wirst. Ich kann dich vor ihm beschützen, Myri. Aber nur, wenn du mir gegenüber deine Pflicht erfüllst. Ich erwarte dich in der Halle der Gerechtigkeit, sobald du das Kind gesäubert hast. Säugen kannst du es dort. Und von heute Abend an wird Maia ihren Platz als Amme einnehmen.«

»Ich werde nicht zulassen, dass eine andere mein Kind nährt – und erst recht keine diebische Rover-Frau. Niemals. Und ich werde mein Kind nicht vor Euren unmoralischen Verbrechern und Perversen stillen. Habt Ihr mich verstanden?« Sich unsichtbar zu machen, war etwas anderes. Aber, *s'murghit,* manches konnte sie sich einfach nicht gefallen lassen.

»Meine Leute müssen das Mädchen sehen und wissen, dass sie meine Erbin ist. Umso besser, wenn sie deine Brüste erblicken und es ihnen danach gelüstet. Ihre unbeherrschten Gefühle schenken mir Kontrolle über ihre Begierden und Macht über ihr Leben. Genau, wie ich Macht über dein Leben und deinen Tod habe.«

7. Kapitel

König Quinnault ging zwischen den Gruppen von Menschen auf dem Schlosshof hindurch. Er hatte nicht genug zu tun. Treue Untertanen stürzten sich auf jede Aufgabe, die er ihnen zuteilte. Ein König musste frei sein, um Entscheidungen zu treffen. Doch bis jetzt hatte er noch keine Gelegenheit dazu gehabt.

Nimbulan als erfahrener und geachteter Schlachtenmagier leitete ihre Verteidigung.

Einfache Bürger bevölkerten den Hof. Quinnault lächelte ihnen zu und entfernte sich raschen Schrittes vom Palast, in dem er sich eingesperrt fühlte. Man hatte den Körper des Drachen mit den purpurnen Flügelspitzen von dem belebten Hof weggebracht. Später, nach der Schlacht, würde man eine Trauerfeier abhalten und ihn dem Feuer übergeben.

Zwei der Magiermeister hatten sich gegen eine offizielle Feuerbestattung der Leiche des Drachen ausgesprochen. Sie wollten ihn studieren, hatten sie eingewandt, sezieren und dem Geheimnis der Magiererzeugung auf die Spur kommen. Aber Nimbulan hatte auf seinem Standpunkt beharrt. Die Drachen verdienten den gleichen Respekt wie jeder Mensch – vor allem Amaranth, der im vergangenen Frühling dazu beigetragen hatte, König Quinnault zu heilen. Und alle Magier hegten so hohe Achtung vor Nimbulan, dass sie sich seinen Forderungen gebeugt hatten.

Quinnaults magische Bindung zu den großen Wesen ging noch über reine Zuneigung hinaus. Zusammen mit dem gesamten Drachennimbus trauerte er um den Verlust des kleinen Drachen mit den purpurnen Flügelspitzen. Amaranth war ein Teil seiner Familie gewesen.

Dem König fehlte seine telepathische Kommunikation mit den Drachen bitter. Eine so tiefe Intimität hatte er noch nie mit einem Menschen erlebt, und er bezweifelte, dass das je geschehen würde.

Er bewegte sich durch die Menge seiner geschäftigen Bürger und teilte ihnen so auf distanzierte Weise mit, dass ihr König bei ihnen war. Viel mehr vermochte er nicht zu tun.

Einige der Frauen beugten sich über einen gewaltigen Kessel, in dem sie Verbände abkochten. Sie hielten gerade so lange in ihrer Arbeit inne, um kurz vor ihm zu knicksen. Die meisten Männer grüßten ihren König mit einem Kopfnicken.

Vor einem Jahr hatte er an der Seite dieser Menschen gearbeitet und Brücken zwischen den Inseln gebaut. Damals war er nur ein Lord gewesen, der Friedensstifter. Heute war er König, weniger nützlich und weiter von dem Volk, dem er diente, entfernt.

Am Tor stapelte eine Schar Kinder Steine aufeinander; nützliche Waffen, sollte es dem Feind gelingen, bis zum Palast selbst vorzudringen. Ein Fünfjähriger wankte mit einem Stein, der viel zu schwer für seine dünnen Ärmchen war, auf den Haufen zu. Er geriet aus dem Gleichgewicht, ließ den Felsbrocken fallen, und der ganze Berg begann auf den Kleinen zuzurutschen.

Quinnault stürzte herbei und riss das Kind beiseite. Dann drückte er den Jungen an die Brust, bis sich die Steine, die über den ganzen Hof polterten, beruhigt hatten.

»Kannst du nicht aus dem Weg bleiben, Mikkey!«, schalt ihn ein älterer Junge, der den Aufbau überwacht hatte.

»Ich wollte doch nur helfen!«, schniefte Mikkey.

»Wir brauchen jede Hilfe, die wir bekommen können.« Quinnault setzte den Jungen auf den Boden und wischte ihm mit dem Saum seiner Tunika die Tränen ab. »Beim nächsten Mal, Mikkey, gib deinen Stein doch einfach ihm, damit er ihn ganz oben auf den Haufen legt.« Mit dem Ellbogen wies er auf den älteren Jungen.

»Ja, Euer Gnaden.« Mikkey verneigte sich ungeschickt.

»Heute arbeiten wir alle zusammen. Nicht nötig, dass Kampfgefährten sich voreinander verbeugen.« Quinnault zauste Mikkeys Haar. Der ältere Knabe beobachtete die vertrauliche Geste mit weit aufgerissenen Augen und heruntergeklappter Kinnlade. Quinnault streckte den Arm aus und spendete ihm die gleiche raue Liebkosung. Dann zeigte er den Jungen, wie sie ihren Steinhaufen stabiler bauen konnten.

Anschließend ging er zum Flussufer hinunter, wo sich Männer mit kleinen Booten bemühten, gefällte Bäume in die Bucht zu schleppen. Mehr als die Hälfte dieser Menschen waren vor einem Jahr als Kriegsflüchtlinge hergekommen. Er hätte damit gerechnet, dass sie bei den ersten Anzeichen von Problemen ihre Habe packen und sich davonmachen würden. Doch stattdessen arbeiteten sie Seite an Seite mit den alteingesessenen Bewohnern der Inseln, um ihre neue Heimat zu verteidigen – und sein Königreich zu erhalten.

»Eigentlich wollte ich immer nur in Frieden gelassen werden«, sagte er zu sich selbst. Er drehte sich einmal um seine Achse und beobachtete, wie alle für ihre gemeinsame Verteidigung zusammenwirkten, und ihm schwoll das Herz vor Stolz. Er musste zusammen mit ihnen anpacken, ihnen zeigen, wie viel ihm ihre Loyalität bedeutete.

»Verzeihung, Euer Gnaden.« Ein weiteres Kind zupfte an seiner Tunika. »Lord Konnaught bittet Euch zu sich.« Das kleine Mädchen, das nicht älter als fünf oder sechs sein konnte, zögerte bei den Zischlauten, lieferte aber seine Nachricht ab, ohne zu lispeln.

»Wo ist Konnaught?«, fragte er sie und schaute sich um. Der Sohn seines einstigen Rivalen um die Königskrone befand sich nicht unter den Arbeitern auf dem Hof. Eigentlich hatte Quinnault gedacht, er hätte allen seinen Ziehsöhnen befohlen, bei der Verteidigung zu helfen.

»Seine Lordschaft ist in der Waffenkammer, Euer Gnaden.« Das kleine Mädchen deutete einen Knicks an und rannte davon.

»Er sollte hier draußen sein und lernen, wofür wir kämpfen.« Konnaught hatte unmissverständlich klargemacht, dass er davon überzeugt war, ganz Coronnan überlegen zu sein. Sein Vater, Kammeryl d'Astrismos, hatte behauptet, direkt von den Sternengöttern abzustammen, und daher war der junge Mann der Meinung, er bräuchte sich nicht zusammen mit normalen Sterblichen die Hände schmutzig zu machen.

Quinnault hatte Konnaughts Vater auf dem Schlachtfeld getötet. Er schuldete dem Knaben mehr, als er jemals gutmachen konnte. Aber ebenso war der Junge ihm gegenüber zu Gehorsam und Loyalität verpflichtet, da er ihm Schutz und eine Ausbildung gewährte.

Quinnault seufzte und fragte sich, was für ein Gefühlsausbruch nun wieder folgen würde, wenn er Konnaughts Buhlen um Aufmerksamkeit ignorierte.

»Mikkey!«, rief er und winkte den kleinen Steineschlepper zu sich.

Beinahe dankbar legte der kleine Junge die Last ab, die er gerade trug, und legte die paar Schritte, die ihn von Quinnault trennten, im Laufschritt zurück. »Ja, Euer Gnaden?«

»Lord Konnaught befindet sich in der Waffenkammer. Sag ihm, er soll mir ein Kurzschwert und eine Scheide bringen. Aber sieh zu, dass er selbst kommt und nicht etwa dich die Waffe tragen lässt.«

»Ja, Euer Gnaden.« Mikkey verbeugte sich wieder, dieses Mal ein bisschen weniger ungeschickt.

Gemächlich schlenderte Quinnault zur Treppe des Palasts und blieb an ihrem Fuß stehen. Um ihn herum wich die Menschenmenge zurück und ließ ihm etwas freien Raum, ein Zeichen dafür, dass er anders war als sie. Trotzdem zweifelte er nicht daran, dass mindestens ein Dutzend Ohren sein Gespräch mit dem aufmüpfigen jungen Lord mit anhören würden, ganz gleich, wo er es führte.

Lange Minuten später näherte sich Konnaught. Er schleppte ein Schwert, das viel zu groß und schwer für einen Zwölfjährigen war. Das Schwert seines Vaters; die Klinge, die Quinnault beinahe getötet hatte. Doch dann hatte sich das Volk von Coronnan mit Quinnaults Schwester Myrilandel und einem Drachen mit purpurnen Flügelspitzen zusammengetan, um den Mann zu heilen, den es zum König ausgerufen hatte.

Das schwache spätherbstliche Sonnenlicht ließ das Blond in Konnaughts sandfarbenem Haar aufleuchten – Blond, wohlgemerkt, nicht das Rot, das Erbe der Sternengötter. Kurz vor dem Tod seines Vaters hatten Gerüchte allenthalben wissen wollen, Kammeryl selbst habe den Namen eines der Sternengötter an der Spitze des Stammbaums der d'Astrismos' eingesetzt. Außerdem hatte sich der Kriegsherr das Haar gefärbt, sodass es den leuchtend roten Locken der drei göttlichen Brüder ähnelte.

»Warum erniedrigt Ihr Euch selbst und macht Euch mit diesen Bauern gemein?« Konnaught hielt die schwere Klinge fest an seiner Seite.

Quinnault sah keine Spur von dem Kurzschwert, das er verlangt hatte.

»Ihr seid der König! Ihr solltet von Eurem Thron aus Befehle erteilen und nicht dort draußen bei den *Bauern* arbeiten.« Konnaught spie das Wort beinahe aus.

»Diese ›Bauern‹ sind Coronnan. Ohne sie hätte ich niemanden, über den ich regieren könnte, und meine Königswürde wäre bedeutungslos. Wir hatten dieses Gespräch doch schon, Konnaught. Ich teile die Ansichten deines Vaters über Autorität und Verantwortung nicht«, gab Quinnault milde zurück. Er hatte nicht vor, sich von dem Knaben in Rage bringen zu lassen.

»Ihr hättet das Land. Land ist wichtiger als die Bauern. Wenn mein Vater König wäre, würde man ihn nicht hier draußen sehen, wie er kleine Bengel umarmt und Steine schleppt wie ein Maulesel.«

»Die Sternengötter haben nicht gewollt, dass dein Vater König wurde.« Quinnault spürte, wie sein Gesicht vor Zorn heiß anlief. Er hätte nicht übel Lust gehabt, diesen Querulanten übers Knie zu legen und ihm eine Tracht Prügel zu verpassen.

Nein, es musste einen besseren Weg geben, mit ihm umzugehen, bevor er ein Tyrann wie sein Vater wurde. Kammeryl d'Astrismos hatte Schmerz und Einschüchterung benutzt, um seine Überlegenheit zu beweisen.

Quinnault weigerte sich, solche Mittel einzusetzen. Mit Nimbulans Hilfe hatte er einen Weg gefunden, Coronnan zu befrieden, ohne seine Anhänger gewaltsam zu unterwerfen. Auch die Drachen hatten ihm geholfen und die vielen, vielen Menschen, die um ihn herum schufteten.

»Da ich dein König bin, und du bis zu deiner Volljährigkeit mein Ziehsohn, gehört es sich, dass du meine Befehle befolgst.« Quinnault stemmte die Hände in die Hüften, und starrte den Jungen zornig an.

Konnaught warf besorgte Blicke in die Runde.

Der König kam zu einem Entschluss. Er hatte seinem Ziehsohn zu viele Freiheiten gelassen. »Konnaught d'Astrismos, du wirst mich heute auf meiner Runde begleiten und überall mit anpacken, wo ich das für richtig halte. Auf geht's.« Er wandte sich den Verteidigungsanlagen zu. »Aber zuerst musst du mir das Schwert holen, nach dem ich eben verlangt habe. Und leg diese Waffe weg. Für dich ist sie zu groß; und ich finde sie zu unhandlich, um sie in einem Boot mitzuführen.«

Konnaught liebkoste das edelsteinbesetzte Heft des Schwerts. Zögernd ging er zur Waffenkammer zurück, einem runden Steinbau auf der anderen Seite des Hofs. Schleppenden Schrittes legte er die Hälfte des Wegs zurück. Dann reckte er trotzig den Rücken.

»Für dich selbst brauchst du keine Waffe, Konnaught!«, rief Quinnault.

»Ein Lord muss immer wie ein Lord aussehen. Das Schwert an seiner Seite ist das für alle sichtbare Zeichen seiner Autorität!«

»Ein König muss lernen, sich seine Autorität auf andere Weise zu verdienen«, erinnerte Quinnault ihn, nicht zum ersten Mal. »Wenn du mich warten lässt, verdopple ich dir morgen die Studierstunden, in denen du in der Geschichte Coronnans lesen wirst.« Quinnault lächelte in sich hinein. Er selbst würde diese Aufgabe genießen, aber er wusste, dass Konnaught Lesen und das Entziffern alter Schriften hasste und sie für niedrige Fähigkeiten hielt.

Heute würde Lord Konnaught etwas anderes tun, das er hasste.

Die Fährleute konnten immer ein Paar zusätzlicher Arme an den Riemen gebrauchen. Nichts war besser geeignet, einen Mann aus einem arroganten Bürschchen zu machen, als einen ganzen Tag lang gegen die Strömung zu rudern.

*

Von der obersten Brüstung aus sah Nimbulan zu, wie die Gruppen von Männern – Adlige neben einfachen Tagelöhnern, Laien neben Magiern – im nahegelegensten Wald auf dem Festland Bäume fällten. Jeder Magier trug ein paar Fäden aus Nimbulans offizieller blauer Robe oder eine Strähne von seinem Haar bei sich, die sie mit ihm verbanden – ein Trick aus der verbotenen Magie der Abtrünnigen. Aber das brauchten die einfachen Leute nicht zu wissen. Keiner der Magier verfügte noch über genug Drachenmagie, um diesen Kampf zu überleben.

Über diese Verbindung überwachte Nimbulan die Schärfe der Äxte und die Fallrichtung der stürzenden Bäume.

Seine Handflächen brannten, denn seine Empathie bescherte ihm die Blasen der Holzfäller. Er rieb die schmerzenden Hände an seiner Tunika, und die frische Farbe löste sich von dem abgetragenen Leder. Jetzt glühten nicht nur seine empfindlichen Nervenenden, sondern die Chemikalien der Farbe fraßen sich in die Haut.

Zumindest funktionierte die Magie. Er war in der Lage, die Kommunikation aufrechtzuerhalten und klar genug zu denken, um Entscheidungen zu treffen. Aber sobald dieser Kampf vorüber war – ob sie nun gewannen oder verloren –, konnte er sich endlich dem widmen, was wirklich wichtig war.

Nimbulan stieß einen tiefen Seufzer aus und wandte seine Aufmerksamkeit erneut den Vorbereitungen für die Verteidigung zu. Er hoffte nur, dass der tatsächliche Kampf für sie vorteilhafter und rascher verlaufen würde als die harte Arbeit dieses Tages.

Gruppen von Magiern und Fischern beförderten die gefällten Bäume per Levitation in den Fluss, wo die ortsansässigen Fährmänner die unbearbeiteten Stämme hinaus ins Watt manövrierten.

Würden sie genug Bäume fällen können, um das Marschland mit Fallen zu überziehen? Jetzt brannten ihm nicht nur die Handgelenke, sondern auch seine Schultern schmerzten und bewiesen ihm, dass die Männer es versuchten. Nimbulan betete zu den Sternengöttern, dass ihnen genug Zeit und Kraft blieb. Wenn dieser Tag vorüber war, würde im Königreich nicht mehr viel Magie übrig sein, ganz gleich, ob sie von Drachen stammte oder den Methoden der Abtrünnigen. Aber sie mussten alles einsetzen, was sie hatten, um das Königreich zu retten.

Etliche Adlige hatten sich unter die schwer schuftenden, zahlreichen Soldaten und Bauern gemischt. Quinnault hatte vorhin zusammen mit diesem arroganten Balg, Konnaught, bei den Ruderern gearbeitet. Meistermagier und Lehrlinge arbeiteten ebenso hart wie die Männer, die mehr daran gewöhnt waren, ihre Körperkräfte einzusetzen als Geisteskraft oder Magie.

Hanic und ein paar andere Edelleute allerdings hatten festgestellt, dass ihre Anwesenheit anderswo dringend erforderlich war – weit von der Stadt entfernt. Es erstaunte Nimbulan, dass es Konnaught nicht irgendwie gelungen war, sich ihnen anzuschließen.

Erneut war Nimbulan der Schlachtenmagier und verantwortlich für das Leben aller Menschen, die ihn umgaben. *Nie wieder,* gelobte er sich. Doch denselben Eid hatte er schon vor einem Jahr geleistet, bei der letzten Schlacht des Bürgerkriegs, der Coronnan seit drei Generationen verwüstet hatte *Es muss einen besseren Weg geben. Wenn ich ihn nur finden könnte.*

»Was für eine Verschwendung von Holz«, stöhnte König Quinnault, der die letzten Stufen zu Nimbulans Ausguck hinaufstieg. Sie sahen zu, wie sich ein fünfzig Fuß hoher Baum neigte und zu Boden krachte. »Ich hatte Pläne mit diesen Bäumen: Bauten, Export …«

»Bücher.« Auch Nimbulan bedauerte den Verlust. »Aber Bäume wachsen wieder, wenn wir Zeit haben. Man kann das freigeschlagene Areal pflügen und bestellen und auf alten, ausgelaugten Feldern neue Bäume pflanzen. Wenn wir nur heute Nacht das Königreich retten, kommt alles wieder in Ordnung. Irgendwie.«

»Das hoffe ich jedenfalls.« Quinnault beschattete die Augen mit der Hand und spähte auf die Bucht hinaus.

»Ich dachte, Ihr würdet bei den Bäumen mithelfen, Euer Gnaden.«

»Habe ich auch getan. Aber ich konnte Konnaughts Gejammer nicht mehr hören. Außerdem habe ich befürchtet, einigen der Männer könnte das Herz stillstehen, wenn ich noch länger geblieben wäre. Sie schienen beweisen zu müssen, dass sie härter, länger und schneller als ich arbeiten können.« Der König schenkte seinem Magier ein breites Grinsen.

Beide Männer lachten leise. Vor einem Jahr waren dieselben Lords noch mehr darauf aus gewesen, einander zu ermorden, als sich gemeinsam für ihre Verteidigung einzusetzen.

»Offenbar haben sie vergessen, dass ich den letzten Herbst damit verbracht habe, volle Fischernetze einzuholen, um dazu beizutragen, unsere wachsende Bevölkerung zu ernähren. Und im vergangenen Winter habe ich Brücken zwischen diesen Inseln gebaut. Ich bin es gewohnt, schwer zu arbeiten, sie aber nicht.« Quinnault rieb sich leicht die Schultern; eher so, als wolle er eine Anspannung auflösen, nicht Schmerz wegmassieren.

Gemeinsam beobachteten sie, wie zwei Fischer – und, erstaunlicherweise, Konnaught – von einem flachen Boot aus neben einer der wenigen Fahrrinnen, in die Schiffe mit Kiel einlaufen konnten, den ersten Baum in den Schlamm rammten. Mit der Hilfe eines Magiers gruben sie den Stamm so tief ein, dass er der ansteigenden Flut aufrecht standhalten würde. Im Moment ragten die obersten Äste noch über die Wasseroberfläche.

Nur allzu bald würde das steigende Wasser die Fallen überfluten, und die Flotte würde in die Kanäle eindringen.

Es war zu früh. Sie würden nicht rechtzeitig fertig sein. Aber je eher diese Operation vorüber war, umso rascher konnte Nimbulan zu seiner Suche nach Myri aufbrechen. Und nach Maias Kind. Wie sollte er die Mutter nur überreden, ihm Kontakt zu dem Kind zu gewähren, ihn bei seiner Erziehung mitwirken zu lassen und Televarn von ihm fernzuhalten?

»Zumindest habt ihr Konnaught überredet, etwas anderes zu tun. als zu klagen, Euer Gnaden.«

»Nun ja, ich habe wohl eher Befehle und Drohungen eingesetzt. Ich habe ihm erklärt, ich würde ihn wegen Verrats an seinem von den Drachen gesalbten Monarchen anklagen, wenn er nicht so hart arbeiten würde wie alle anderen dort draußen. Hätte er noch einmal von seinem Vater angefangen und mir erklärt, wie er diesen Kampf geführt hätte, dann hätte ich ihn vielleicht erwürgt. Oder zumindest verdroschen.«

»Für dieses Privileg müsstet Ihr Euch in einer Schlange anstellen.« Nimbulan lächelte verhalten. Wenn es nach ihm gegangen wäre, hätte man Konnaught am Tag, nachdem sein Vater in der Schlacht geschlagen worden war, in ein Kloster im Ausland abgeschoben.

Eine hohe Welle schwappte gegen das Boot, das Konnaught ruderte, sodass sich das flache Gefährt auf die Seite legte. Der Stamm, den es schleppte, entglitt der Kontrolle des Magiers.

»Wenn ich noch Zugang zu den Kraftlinien hätte, könnte ich den *s'murghit* Baum direkt ins Watt teleportieren«, murrte Nimbulan. Die Drachenmagie gestattete nur die Levitation, aber nicht die Teleportation. Er bediente sich zwar der Kraftlinien, um seine Vorräte an Magie aufzufüllen, aber das konnte er auf keinen Fall öffentlich kundtun, indem er Zauber einsetzte, die eindeutig der Magie der Abtrünnigen entstammten.

Ein zweites Fischerboot fing den Stamm mit einer Schlinge ein, während es seinen eigenen Baum weiter in das Marschland hinausschleppte. Doch eine verirrte Welle fuhr in die Baumkrone und drohte ihn auch diesem Magiergesellen zu entreißen.

Halte ihn per Magie, Rollett. Setze dein Talent ein, beschwor Nimbulan den jungen Mann telepathisch. Doch der magische Faden, der sie verband, war schwach. Er hatte heute schon zu viel Kraft verbraucht. Und er hatte zu oft an Myri gedacht und seine normalerweise feste Kontrolle über Magie und Energie verloren.

Vorsichtig brachte er eine spezielle Stelle tief in seinem Leib zur Ruhe und bereitete sie auf einen Zufluss magischer Energie vor. Neue Energie, Drachenmagie, tröpfelte in den leeren Raum. Nicht genug, nicht annähernd genug.

Waren die Drachen bei Myri und beschützten sie, solange er das nicht vermochte? Ihr ganzes Leben lang hatten sie für sie gesorgt und sie geleitet. Er musste einfach glauben, dass sie es immer noch taten. Sie mussten die Lücke in ihrem Leben füllen, die Amaranths Tod hinterlassen hatte, bis er zu ihr kam. Sie würde so verloren und allein sein, so verletzlich ...

Draußen in der Bucht wedelte Rollett mit den Armen, um ihm für die Hilfe zu danken. Nimbulan entspannte sich ein wenig. Sein Magen knurrte. Er hatte das Mittagsmahl ausgelassen, um die Schlachtvorbereitungen zu leiten. Jetzt trieb er Raubbau an seinen Energiereserven.

Ein kleines Mädchen mit schlammbespritzten braunen Zöpfen brachte ein Tablett, auf dem sich Becher mit dampfendem heißem Apfelwein und Brot- und Fleischscheiben befanden. »Danke. Und richte meinen Dank auch Guillia aus.« Er verbeugte sich formvollendet vor dem Kind, während er nach dem Essen griff. »Und könntest du dafür sorgen, dass mir jemand aus der Schule das Buch über die Strategie von Seeschlachten holt, das auf meinem Schreibpult liegt? Die Tür ist verschlossen, aber Meister Stuuvart hat den Schlüssel.« Das Buch war nicht gebracht worden, als er einige Stunden zuvor darum gebeten hatte.

Dankbar trank Nimbulan von dem würzigen Gebräu, und Quinnault tat es ihm nach.

»Ich werde das Buch holen, Meister Nimbulan.« Das Mädchen knickste schüchtern und huschte dann die Treppe hinunter. Sie sah Kalen sehr ähnlich; wahrscheinlich gehörte sie zu den zahlreichen Schwestern der jungen Magierin. Man hatte die gesamte Familie auf magisches Talent getestet, aber nur Kalen schien es zu besitzen – außer, man betrachtete Guillias Gabe, immer zu wissen, wann jeder Magier an der Schule etwas zu essen brauchte, als solches.

Kalen konnte jeden beliebigen Gegenstand teleportieren. Sie hätte diese Aufgabe im Handumdrehen erledigt. Aber sie war nicht hier. Der inzwischen vertraute Schmerz der Einsamkeit ließ Nimbulan wütend ein Stück Brot abreißen. Kalen war zusammen mit Myri ins Exil gegangen, und er konnte sich nicht auf die Suche nach den beiden machen, ehe sie die Invasionsflotte aus Rossemeyer nicht abgewehrt hatten.

»Euch ist natürlich klar, dass die Hindernisse in der Bucht

nicht ausreichen werden, oder?«, fragte Quinnault. »Einige der Schiffe werden durchbrechen.« Er wies zur Mitte des Hofs, wo einige seiner Männer eine Feuergrube ausgehoben hatten. In der Nähe standen gewaltige Kessel, gefüllt mit Öl, das nötigenfalls zum Kochen gebracht und gegen Invasoren geschleudert werden konnte, die es fertig brachten, an Land zu gehen.

»Was schlagt Ihr vor?« Nimbulan entzündete das Anmachholz mit einem Fingerschnippen, ohne die Brüstung zu verlassen. Zufrieden, weil der einfache Zauber funktionierte, seufzte er tief. Dann ließ er den ersten Kessel auf das Gestell über dem Feuer schweben und behielt ihn unter Kontrolle, bis er sicher stand. Als er sich aus der Levitation zurückzog, drehte sich ihm der Kopf. Seit dreißig Jahren war er Schlachtenmagier, und er war nicht in der Lage gewesen, über die erste Angriffswelle hinauszudenken. Wo hatte er bloß seine Gedanken gehabt?

(Bei Myrilandel), erinnerte ihn eine Stimme in seinem Hinterkopf. *(Denk richtig nach. Denk wie ein Drache. Myrilandel ist ein Teil des Ganzen.)*

»Wenn wir noch Katapulte besäßen, könnten wir brennendes Öl auf die Schiffe schleudern«, meinte Quinnault.

»Hexenfeuer wäre besser. Nur ein neuer Zauberspruch kann es löschen. Man kann damit exakter zielen als mit Öl, und außerdem würde es genug Licht spenden, um die Schiffe besser zu erkennen.« Nimbulans Gehirn begann wieder zu arbeiten. Seine Gedanken schlugen die vertrauten Bahnen von Strategien und Schlachtplänen ein. »Aber wir haben keine Katapulte. Nach der letzten Schlacht haben wir unsere Belagerungsmaschinen auseinandergenommen. Wir dachten, die Kriege wären vorüber, daher haben wir das Holz in dem neuen Palastflügel verbaut; als Erinnerung an die Zerstörung, die wir über uns selbst gebracht hatten.«

Die beiden Männer standen einen Moment lang schweigend da und dachten an den schrecklichen Tag zurück, an dem Quinnault zum Einzelkampf gegen seinen Erzrivalen, Kammeryl d'Astrismos, gezwungen gewesen war. Seine Priesterausbildung hatte ihn nicht auf den schmutzigen Kampf vorbereitet, an dessen Ende Kammeryl tot und Quinnault halbtot gewesen war. Nur Myri war in der Lage gewesen, ihren Bruder mit Amaranths Hilfe von der Schwelle des Todes zurückzuholen.

Jetzt war Amaranth tot, und Myri war verschwunden. Nimbulan verfluchte sich, weil seine Gedanken wieder einmal von der bevorstehenden Schlacht abgeschweift waren.

Was würde er unternehmen, sobald er sie in Sicherheit wusste? Nach Coronnan zurückkehren konnte sie nicht. Er dagegen hatte hier Pflichten. Es war nicht vorgesehen, dass Magier zugleich Familienväter waren. Es gab keine Vorbilder, auf die er zurückgreifen konnte.

»Einige von Kammeryls Kampfmaschinen hat man einfach zum Verrotten stehen gelassen«, überlegte Quinnault. »Ich frage mich, ob sie noch brauchbar sind. Habt Ihr jemanden, den Ihr zum Nachsehen schicken könntet? Den alten Herrn vielleicht?« Er wies auf Lymans weißen Haarschopf, der am Waldrand unter den jüngeren Männern zu erkennen war.

»Der alte Lyman könnte uns noch alle überraschen, ehe der Tag zu Ende ist. Aber Ihr habt recht. Er kann sich nützlicher machen, indem er ein paar Katapulte auftreibt, statt sich beim Bäumeschleppen aufzureiben.«

Nimbulan überprüfte den Stand der Sonne. Der rotgelbe Feuerball hatte den Zenit überschritten und neigte sich kaum wahrnehmbar dem Horizont zu. Die umschlagenden Gezeiten summten in seinem Blut. So genau war er auf den Planeten eingestimmt, dass er genau wusste, wie lange es dauern würde, bis die Flut das Durchqueren des Watts erlaubte. Er blickte am Fluss entlang auf die Bucht und die Linie von Schiffen, die vor der Küste lagen. Sollte er ein wenig kostbare Magie vergeuden, um festzustellen, ob es auf den Decks Anzeichen von Aktivitäten gab? Nein. Die Armada würde bei Sonnenuntergang die Segel setzen, nicht vorher.

Einen Moment lang beobachtete er die Wellen und bemerkte, wie weit sie schon in das Watt hineinreichten. Jede überschwemmte mehr Boden als die vorherige.

Er und seine Leute hatten nicht annähernd genug Zeit für alles, was noch zu tun war.

8. Kapitel

»Schaff mir dieses kreischende Balg aus den Augen, wenn du es schon nicht schaffst, es zum Schweigen zu bringen!«, schrie Yaassima. Die Kaalipha raufte sich die weißblonden Haare, als könne sie die Kopfschmerzen, die sie vom Quengeln des Kindes bekam, lindern, wenn sie sich ein Bündel davon ausriss.

Schüchtern bedeckte Myri ihre Brust und stand von ihrem Stuhl an der Stirnseite der Halle der Gerechtigkeit auf. Sie hatte die heutige Verteilung von Gunstbezeugungen ertragen, solange sie konnte. Moncriith stand im Hintergrund des einstigen Simurgh-Tempels und hatte sie wütend angestarrt, während sie ihr Kind stillte.

»Hure Simurghs!« Sie hatte den Fluch von seinen Lippen abgelesen. Der Hass, der in seinen Augen stand, dominierte die verschiedenartigen Gefühle, die in der Halle herrschten. Myris Bestürzung über seine Anwesenheit hatte wohl ihre Milch versiegen lassen und das Kind beunruhigt.

Ein Kind in aller Öffentlichkeit zu säugen, war eine der natürlichsten und stolzesten Handlungen für eine Frau. Aber die Meuchelmörder und Diebe, Moncriith eingeschlossen, die für Yaassima arbeiteten und von ihr bezahlt wurden, waren ein hartgesottener Haufen, der die Brüste jeder Frau als Objekte ungezügelter Lust betrachtete. Sogar die Frauen unter den Gesetzlosen glotzten sie mit feuchten Lippen und weit aufgerissenen Augen an.

Myri fragte sich, wie lange Moncriith Yaassima noch Gehorsam vortäuschen würde. Für gewöhnlich erkannte er keinerlei Autorität außer seiner eigenen an. Möglich war natürlich, dass er sich Yaassimas in irgendeiner verwickelten Intrige bedienen und sie nachher ermorden wollte, um dann magische Kraft aus ihrem Schmerz und Tod zu ziehen.

Myri hatte fast die Treppe erreicht, die in die königlichen Gemächer führte, als Yaassimas Worte sie erstarren ließen. »Bring das Kind zu seiner Amme, und dann kehrst du zurück und hilfst mir, die Verteilung der Gunstbezeugungen zu leiten.«

»Maias Baby ist seit zwei Tagen tot. Wahrscheinlich ist ihre Milch ausgetrocknet«, widersprach Myri und suchte verzweifelt nach einem Ausweg, um nicht von ihrem Kind getrennt zu werden. Sie war Maia nie begegnet, sondern kannte sie nur aus Nimbulans Erinnerungen an sie und durch ein paar Gerüchte, welche die Dienstboten verbreitet hatten.

»Maia ist eine Rover. Jeder weiß, dass Rover-Frauen die besten Ammen abgeben.«

»Rover-Frauen verdingen sich als Ammen, damit sie die Kinder stehlen und als ihre eigenen aufziehen können. Wollt Ihr dieses Kind in Gefahr bringen, von Rovern geraubt zu werden?«

»Niemand bestiehlt die Kaalipha von Hanassa.« Mit einer Handbewegung bedeutete Yaassima ihr, sich zurückzuziehen. Dann lehnte sie sich seufzend auf ihrem hohen, thronartigen Sessel zurück.

Myri wusste, dass die Kaalipha geduldig auf ihre Rückkehr harren würde. *Da kannst du lange warten, Yaassima,* dachte sie.

Als sie endlich die Privatsphäre ihres eigenen Schlafzimmers erreicht hatte, knallte sie die Tür zu, die es von dem gemeinschaftlich benutzten Salon trennte. Yaassimas Gemach lag neben Myris Zimmer. Eine dicke Steinwand trennte die beiden Räume; aber Myri zweifelte nicht daran, dass Yaassima sie über Gucklöcher und Lauschzauber beobachtete.

Niemand hatte sie in den Gemächern erwartet. Offenbar war Maia noch nicht gekommen.

»Du kannst mich beobachten, aber so leicht kommst du mir nicht in mein Zimmer«, flüsterte Myri der nicht anwesenden

Rover-Frau zu. Die Tür besaß kein Schloss, daher schob sie eine schwere Truhe, die Bettdecken enthielt, davor. Das dunkle Holz schabte über den Steinboden und schob die farbenprächtigen Teppiche beiseite, die ihn bedeckten. Das Kreischen des Holzes erinnerte Myri schmerzlich an Amaranths entsetzte Schreie, kurz bevor er gestorben war.

Sie verdrängte das Geräusch und stapelte noch zwei Stühle auf die Truhe. Dann stellte sie noch eine Kleiderkiste davor. Immer noch nicht zufrieden, schob sie ihr Bett gegen das ganze Arrangement.

»Jetzt kann ich ungestört ausruhen, bis meine Milch wieder fließt«, sagte sie zu der versperrten Tür.

Sie brauchte Flüssigkeit, um Milch zu produzieren, während sie rastete. Gierig trank sie aus dem Krug, der immer auf ihrem Nachttisch stand. Doch als das Wasser durch ihre Kehle rann, schmeckte sie Kupfer und Salz, ganz anders als der übliche Schwefelgeschmack, von dem alles in Hanassa durchdrungen war. Drogen.

Dieselben Drogen, die Erda ihr während der Geburt verabreicht hatte. Das musste Yaassima angeordnet haben, denn sie brauchte Myri willig und gehorsam.

Myri wäre fast in Tränen ausgebrochen. Wenn sie unter Drogen stand, konnte sie ihre Flucht nicht planen. Dies war die letzte Dosis, die sie einnehmen würde. Von jetzt an würde sie alles, was sie aß oder trank, zuerst überprüfen. Und jetzt musste sie ausruhen und gegen den Kummer ankämpfen, der sie zu überwältigen drohte.

Sie warf sich quer über das Bett und drückte das Kind fest an sich. Das Kleine wimmerte. Es war immer noch hungrig.

»Bald, Kind. Ich füttere dich bald«, versprach sie ihrem hungrigen Säugling.

Sie presste beide Hände auf die zarte Haut über ihrem Herzen. An dieser Stelle war der magische Pfeil in Amaranths Körper eingedrungen. Der leichte Schmerz unter ihren Fingerspitzen verriet ihr, dass sich dort ein Bluterguss bildete; aber sie wusste nicht, ob der Druck ihrer eigenen Hände der Grund war oder ob sie empathisch auf Amaranths Verwundung reagierte.

Tränen der Einsamkeit rannen ihr über die Wangen.

Die Zeit verlor ihre Bedeutung. Das Kind weinte sich in den Schlaf.

Stimmen im äußeren Raum ließen Myri aus bedrückenden Träumen fahren, in denen sie aus großer Höhe auf die Kardia hinunterstürzte.

»Wenn Televarn von seiner Mission zurückkehrt, muss ich dich aber wieder in seinen Sklavenpferch schicken«, erklärte Yaassima jemandem auf der anderen Seite der Tür streng.

War Maia doch noch gekommen? Myri würde sich nicht rühren, ehe sie wusste, mit wem die Kaalipha da sprach.

Ihre Brüste schmerzten; sie waren übervoll mit Milch. Dort, wo die Milch durch ihr Hemd und ihr Gewand gesickert war, waren ihre Arme feucht. Sie roch immer noch süß. Wie lange hatte sie geschlafen? Das Kind neben ihr weinte wieder. Schweigend griff sie nach der Kleinen, entschlossen, sie selbst zu stillen. Es würde keine Arbeit für Maia geben.

»Im Moment kannst du dich um Myrilandel kümmern. Ich fürchte um ihre Gesundheit. Tu, was du tun musst, damit sie die Tür öffnet und dieses Kind zu heulen aufhört.« Ein verzweifelter Unterton hatte sich in die Stimme der Kaalipha geschlichen.

»Ja, Herrin.« Eine andere Stimme. Myri hatte sie lange nicht gehört. Kalen. Ihre Ziehtochter war in Sicherheit. Sie würde ihr die Tür öffnen müssen. Würde Yaassima diesen Moment ausnutzen, um ihr das Kind wegzunehmen?

Sie fasste das Kind fester und drängte es, schneller zu trinken. Ihr Drang, sich in einen Drachen zu verwandeln und davonzufliegen, löste sich auf, als sie ihr Baby nährte. Purpurdrachen waren geschlechtslos. Als Drache konnte sie nicht für ein Kind sorgen. Das vermochte sie nur als Mensch. Maia – und durch sie Televarn – würden dieses Kind nie in die Hand bekommen.

Ein lautes Quäken sagte ihr, dass sie das Kind zu fest hielt. Doch sie vermochte es nicht loszulassen. Wenn sie den Griff lockerte, auch nur ein wenig, dann würden *sie* ihr das Kind stehlen. Myri wusste, dass *sie* sie entführt, verraten, ins Exil geschickt und von Nimbulan und ihren anderen Kindern getrennt hatten. *Sie* würden nicht nachlassen, bis sie ihr alles genommen und sie vernichtet hatten.

Sie nahmen Gestalt in ihrem Geist an. Moncriiths Gesicht dominierte die Erscheinung, umgeben von den Flammen, von denen er behauptete, sie würden sie und ganz Coronnan von Dämonen reinigen.

Vage war sie sich bewusst, dass die Drogen ihre Gedanken vernebelten.

»Myrilandel, lass mich bitte herein. Lass mich bei dir bleiben«, flehte Kalen von der anderen Seite der Tür. Im vergangenen Frühling hatte das Mädchen dieselben Worte zu Myri gesagt. Kalens Vater hatte sich von dem Mädchen losgesagt, als alle Magier, die Drachenmagie nicht sammeln konnten oder wollten, aus Coronnan verbannt worden waren.

Kalens Mutter hatte über die Vertreibung des Mädchens gejammert, doch sie hatte nicht gewagt, sich ihrem Mann zu widersetzen oder ihre anderen Kinder zu verlassen, um bei dem Mädchen zu bleiben.

»Myri, wenn du mich nicht hereinlässt, muss ich zurück zu Televarn. Er ... hält Powwell und mich als Sklaven. Er zwingt uns ... zwingt uns ...« Schluchzend verstummte sie.

Kalen war eine geschickte Lügnerin und stellte stets die Gefühle zur Schau, die andere bei ihr sehen wollten. Aber Myri hatte noch nie erlebt, dass sie weinte.

»Gib mir einen Moment Zeit. Ich werde dich einlassen, aber nicht diese diebische Rover-Frau.« Myri begann die Barrikade abzubauen. Unterdrückt fluchte und murrte sie, weil sie wusste, dass Yaassima einen Weg gefunden hatte, sie dazu zu zwingen.

Einige Minuten später sah Myri Kalen an. Das kleine Mädchen stand in der Tür, rang die Hände und schaute über die Schulter in den zentralen Raum der Zimmerflucht. Die rotbraunen Zöpfe schwangen mit ihren Bewegungen mit. Über ihrer kleinen, mit Sommersprossen übersäten Nase sah sie Myri mit besorgten grauen Augen an.

»Kalen.« Myri zog ihre Adoptivtochter in eine feste Umarmung. Kalen war in Sicherheit. Das Kind ebenfalls. Aber wo war Powwell?

»Ja, Myri, ich bin hier, um mich um dich zu kümmern. Kannst du mir sagen, was passiert ist?« Das Mädchen führte sie zu dem gepolsterten Schaukelstuhl am Kamin. Dann knallte sie die Tür hinter sich zu und schuf damit einen Abstand zwischen ihnen und der Kaalipha.

»Du bist in den letzten Wochen gewachsen. Aber du kannst dein Haar immer noch nicht richtig hochbinden.« Myri wischte dem Mädchen eine verirrte Strähne aus dem Gesicht.

Der moschusartige Geruch von Kalens magischem Gefährten fehlte. Myri mochte das wieselähnliche Wesen nicht, dass sich Kalen, kurz nachdem sie sich auf der Lichtung niedergelassen hatten, angeschlossen hatte. »Hast du dein Frettchen nicht mitgenommen, als sie uns entführt haben?«

»Ich ... hmmm ... mein Haustier ist nicht in Hanassa.« Kalen begrub ihr Gesicht an Myris Schulter und klammerte sich an ihr fest. »Ordnest du mir später das Haar? Erinnerst du dich noch daran, wie du es mir stundenlang gebürstet hast, als wir auf der Lichtung lebten? Warum hast du all die Möbel vor die Tür geschoben? Geht es dem Kind gut?«

»Sie heißt Amaranth. Mein Kind muss Amaranth heißen.« Behutsam löste sich Myri aus Kalens Umklammerung und setzte sich in den gepolsterten Stuhl. Das Baby trank gierig.

Kalen erstarrte. »Das würdest du nur zulassen, wenn Amaranth tot wäre.«

»Ich habe gespürt, wie er gestorben ist. Beinahe wäre ich mit ihm in den Tod gegangen. Der Schmerz ... Oh, Kalen, dieser furchtbare Schmerz ...« Endlich traten ihr Tränen in die Augen. »Wir müssen Powwell finden und von hier fliehen, Kalen«, flüsterte Myri, sodass es Yaassima, die sich weit genug entfernt im anderen Zimmer aufhielt, nicht hören konnte. »Wir müssen Amaranth von der Kaalipha und von Televarns Leuten fernhalten. Und wir müssen Nimbulan warnen. Amaranth hatte keine Zeit mehr, ihm zu sagen, dass Televarn ihn und meinen Bruder töten will.«

»Vielleicht sollten wir ihn gewähren lassen. Was hat Nimbulan je für dich getan, seit er dich verführt, geschwängert und ins Exil geschickt hat?«

*

Powwell glitt aus dem Schatten der Höhlenöffnung in die etwas hellere Düsternis der offenen Straße. Die Rover-Wachposten dösten in der Höhle vor ihrem Feuer und hatten offenbar nicht bemerkt, dass einer ihrer Sklaven flüchtete. Wohin sollte er sich wenden? Es gab nur einen bekannten Weg, der aus Hanassa hinausführte – ein Tor, das von der Magie der Kaalipha kontrolliert wurde.

Aber er war sich nicht sicher genug, auf welchem Weg Televarn seine Gefangenen nach Hanassa gebracht hatte, um sich darauf zu verlassen, dass es unterhalb des Palasts tatsächlich ein Tor gab.

Wenn er heute Nacht Blut vergießen musste, um genug Magie für die Öffnung des normalen Tors aufzubringen, dann würde er es tun – nachdem er Kalen und Myri gefunden hatte.

Du musst mich hier herausholen!, hatte Kalen ihm telepathisch mitgeteilt, kurz nachdem die Elitewachen der Kaalipha sie aus Televarns Sklavenpferch geholt hatten.

Ich komme euch alle holen, hatte Powwell ihr geantwortet.

Myri ist zu krank. Wir müssen sie zurücklassen. Aber mich musst du herausholen. Bald, Powwell. Komm bitte bald.

Diese letzte Nachricht hatte Powwell bestürzt. Er wollte Myri nicht hierlassen. Schließlich hatte er Nimbulan versprochen, auf die Hexe aufzupassen. Er hatte es geschworen.

Thorny, warnte er den Igel vor, ehe er in die Tasche griff, um den Miniatur-Igel zu streicheln. Die Stacheln des schreckhaften Wesens fühlten sich entspannt und weich an. Beruhigende Energien besänftigten Powwells Ängste und bestätigten ihn in seinem Entschluss.

Er hatte keine Zeit mehr. In dieser Nacht musste er Kalen und Myri aus Hanassa fortbringen. Heute Morgen hatte er beobachtet, wie zwei uniformierte und nüchterne Leibgardisten der Kaalipha Kalen in Ketten gelegt, geknebelt und in den Palast geschleppt hatten. Üblicherweise wies eine so brutale Behandlung darauf hin, dass der Betreffende zur Hinrichtung geführt wurde.

Lautlos setzte er einen Fuß vor den anderen. Er würde weniger Geräusche verursachen, wenn er barfuß über die ungepflasterte Straße lief, aber das wäre sogar bei wärmerem Wetter bestenfalls unpraktisch gewesen. Die Straßen wurden hier nicht instand gehalten und waren mit Rissen, Steinen und Müll übersät, Stolperfallen für jeden, der sich nicht vorsah.

Am nächsten Höhleneingang verhielt Powwell und lauschte mit allen Sinnen, die ihm zur Verfügung standen. Thorny zappelte ein wenig und gab seine Sinneseindrücke dazu. Leises Schnarchen drang aus dem Dunkel. Dort schliefen zwei, nein, drei Menschen. Mit seiner magischen Fernsicht spähte er ins Innere; ein einfacher Zauber, der nicht viel Energie erforderte. Das Feuer war heruntergebrannt und hatte nur ein paar formlose Kohlen übrig gelassen. Er sollte in der Lage sein, ungesehen vor der Öffnung vorbeizuhuschen. Wäre noch jemand wach gewesen, hätte er in dieser eiskalten Nacht sicherlich das Feuer wieder angefacht. Wenigstens würde es nicht schneien. In dieser hochgelegenen Wüstenregion fiel praktisch kein Niederschlag.

Zwischen den Stadtmauern, die einen Kessel um die ganze Anlage bildeten, sah er auf, um den Stand der Sterne zu überprüfen. Das Große Rad hatte sich gedreht, es war nach Mitternacht. Wahrscheinlich schlummerten die Wachposten. Lautlos rannte er zu der ersten der sieben Felsformationen, die aus dem Boden des Vulkankessels, in dem Hanassa lag, hervorwuchsen. Um jede der Felsnadeln herum drängten sich Lehmhütten. Dieses Wirrwarr aus Häusern und Gassen stellte ein nie auf einer Karte aufgezeichnetes Labyrinth dar.

Der untergehende Mond verschwand hinter den Kraterwänden. Das schwache Licht der Sterne wurde von den mineralischen Einschlüssen im Fels gerade so weit reflektiert, dass er Hindernisse als groben Umriss erkennen konnte. Er blieb stehen und kauerte sich in die tiefsten Schatten, als ziehe er einen Umhang fest um sich zusammen. Prüfend sah er sich nach Landmarken um und orientierte sich auf dem Weg, den er sich ins Gedächtnis eingeprägt hatte. Heute Nacht musste die Flucht gelingen. Wenn er jetzt erwischt würde, bekäme er nie wieder eine zweite Chance.

Er zählte seine Herzschläge. Einhundert. Jetzt müsste der Wachposten an ihm vorbeigehen, doch er nahm keine Bewegung und keinen Laut wahr. Wo steckte der Mann? Auf der nächsten Etappe seines Wegs durch die Stadt der Gesetzlosen war die Gefahr der Entdeckung am größten. Er musste warten, bis der Wächter ihn passiert hatte, ehe er weitergehen konnte.

Endlich vernahm er ein leises Plätschern. Ah! Der Wächter schlug sein Wasser ab. Hätte er nicht vor Beginn seiner Patrouille die Latrine aufsuchen können?

Angeekelt rümpfte Powwell die Nase. Er konnte es nicht abwarten, endlich dieses Loch in den Bergen zu verlassen. Schon viel zu viel Zeit hatte er darauf vergeudet, sich mit Hanassa und dem Leben hier vertraut zu machen. Während der Wochen, in denen er geduldig seine Umgebung beobachtet hatte, hatte er eine solche Furcht vor der Gewalttätigkeit und Grausamkeit dieser Gesetzlosen entwickelt, dass er sogar Blutmagie anwenden würde, um Kalen und Myrilandel von hier fortzubringen.

Yaassima hatte ihren Gatten umgebracht, weil er bei den Gesetzlosen von Hanassa *beliebt* gewesen war und daher ihre Kontrolle über ihn und die Einwohner gefährdet hatte. Dann hatte sie ihre eigene Tochter getötet, weil sich das Mädchen geweigert hatte, die Hände in das Blut ihres Vaters zu tauchen.

Er erschauerte vor Abscheu. Gestern hatte er Moncriith in der Stadt gesehen. Auch Moncriith suhlte sich in Blut. Wenn er und Yaassima sich zusammentaten, würde niemand in der Stadt lange leben.

Ein wenig Blutmagie war nichts im Vergleich zu der Gewaltorgie, die Powwell vor seinem geistigen Auge durch Hanassa toben sah.

Thorny blies sich in seiner Tasche auf.

Nicht du, Thorny. Niemals würde ich dich opfern, beruhigte er seinen magischen Gefährten. *Moncriith ist in der Nähe. Er würde alles und jeden massakrieren, um seine Magie zu nähren. Aber ich würde so etwas nicht tun. Ich brauche mich nur ein wenig in die Hand zu ritzen.* Vielleicht sollte er zusätzlich einen von Thornys Stacheln benutzen. Wenn er sein Haustier einbezog, mochte das die Wirkung der scheußlichen Prozedur verstärken.

Der Wachposten rülpste laut, und abgestandener Bierdunst stieg Powwell in die Nase. Er verzog das Gesicht und hielt den Atem an, bis der Mann, der für die Sicherheit in diesem Teil der Stadt verantwortlich war, aufstoßend und mit trüben Augen an ihm vorbeistolperte. Auf Grund seiner zerlumpten Kleidung vermutete Powwell, dass er einer der gemeinen Straßenräuber war. Die Patrouillen wurden von Banden Geächteter übernommen, die durch den Wachdienst einen Teil ihres Tributs an Yaassima abgolten. Selten erfüllten sie ihre Pflichten in nüchternem Zustand.

Weitere einhundert Herzschläge später nahm Powwell den Weg durch die Stadt und zum Palast wieder auf – wobei Letzterer, von außen gesehen, wenig mehr darstellte als eine weitere Ansammlung von Lehmhütten, nur dass diese aufeinandergesetzt waren. Gerüchten zufolge hieß es, der Palast sei auf einem ausgedehnten Höhlensystem errichtet und erstrecke sich weitläufig und tief in den uralten Berg hinein.

Bis jetzt war die Glocke des Gerichts in dem ehemaligen Simurgh-Tempel noch nicht geläutet worden, mit der man die Bevölkerung rief, auf dass sie der Gerichtsbarkeit der Kaalipha beiwohne. Noch würde Kalen nicht hingerichtet werden.

Yaassima zog es vor, ihre Urteile im Morgengrauen zu vollstrecken.

Bei der siebten und letzten Felsformation wartete Powwell darauf, dass der nächste Wachposten passierte. Die Wachleute hier gehörten zu Televarns Clan und waren aufmerksamer. Rover tranken selten so viel, dass sie ihre Sinne betäubten. Diesen Mann musste er rasch außer Gefecht setzen, denn die nächste Runde des Wachpostens würde ihn zu Televarns Sklavenpferchen führen, wo er die Gefangenen zählen würde. In jeder anderen Nacht wäre dies die Aufgabe einer anderen Gruppe von Gesetzlosen gewesen, und Powwell hätte sich jederzeit an den schläfrigen Posten vorbeischleichen können.

Aber er konnte nicht auf eine nächste Gelegenheit warten. Die Kaalipha hatte Kalen geholt.

Powwell setzte sämtliche körperlichen und magischen Sinne ein und lauschte auf die Erde und die Felsen, die in der nächtlichen Stille arbeiteten und einander zuflüsterten. Als er hörte, wie ein Kiesel davonrollte und gegen einen anderen stieß, wusste er, dass sich der Wachposten näherte. Drei Atemzüge später regte sich ein Schatten im Dunkel.

Powwell verlagerte das Gewicht auf die Fußballen. Der Posten wog wahrscheinlich doppelt so viel wie Powwells schmaler Jünglingskörper und war einen ganzen Kopf größer. Powwell brauchte den Vorteil durch Überraschungsmoment und Geschwindigkeit. Seine Magie war in dieser Wüste sehr eingeschränkt. Durch den uralten Vulkan verliefen keine Kraftlinien, und Drachen mieden diese Region. Als einzige Machtquelle konnte ihm sein eigener, noch im Wachstum befindlicher Körper dienen. Die Rover hatten ihre Rituale, die Powwell aber weder kannte noch verstand, und die Blutmagier bezogen Energie aus Schmerz. Doch diese Methode behielt sich Powwell als allerletztes Mittel vor.

Er schloss die Finger um einen gezackten Steinbrocken, den er heute Morgen in die Tasche gesteckt hatte, und warf ihn mit aller Kraft, die er besaß, nach dem vorbeigehenden Wachposten.

Ein Stöhnen, gefolgt von einem dumpfen Fall auf die ungepflasterte Straße, teilte ihm mit, dass er gut gezielt hatte. Jetzt musste er nur noch ein Hindernis überwinden: die äußerst aufmerksamen Wächter am Portal des Palasts.

Powwell hielt sich lange genug auf, um dem Rover noch einmal kräftig auf den Schädel zu schlagen, damit er sichergehen konnte, dass er nicht allzu bald erwachte. Nach dem schmatzenden Geräusch, mit dem der Stein auf Fleisch traf, war es gut möglich, dass der Posten nie wieder wach wurde. Televarn würde sich dafür rächen wollen. Aber Televarn war ohnehin Powwells Feind.

Anschließend schnappte er sich das Schwert und den Speer des Mannes und wog sie in der Hand, um ihr Gewicht zu beurteilen. Das Schwert kam ihm unhandlich und schwer vor. Es würde ihn in seinen verstohlenen Bewegungen behindern und zu sehr belasten, sollte er rennen müssen. Der Speer allerdings bestand aus Holz, war lang und schmal und wies exakt die Proportionen eines Stocks auf, wie man ihn im waffenlosen Nahkampf verwendete. Er strich mit beiden Händen über die ganze Länge des Schafts und hoffte, dass er dem Stab durch diesen kurzen Kontakt ein wenig von seiner magischen Persönlichkeit hatte einprägen können. Dieses Werkzeug wusste er zu führen.

Er wies mit dem Stab auf den Eingang, der zu den unteren Ebenen des Palasts führte, und schob seine Fernsicht an der feinen Maserung des Holzes entlang. Die Fasern im Inneren des Schafts vibrierten im Einklang mit seiner Magie. Einzelheiten sprangen in sein Blickfeld. Er erblickte den genauen Umriss des Höhleneingangs mit den schiefen, zackigen Auswüchsen, die einen Mann, der sie im Dunklen nicht sah, bewusstlos schlagen konnten. Drinnen legte ein Mann Holz auf ein glimmendes Feuer, das im Inneren eines kleinen Kreises von Steinen brannte. Ein anderer marschierte zwischen dem Feuer und dem Eingang hin und her, wobei er einen grellbunten Gobelin an der Wand zur Rechten passierte.

Powwells Instinkt sagte ihm, dass der Wandteppich eine Täuschung darstellte. Wahrscheinlich war der Gang, der sich dahinter befand, eine Sackgasse, die mehrere tödliche Fallen beherbergte. Ein anderer Höhleneingang mit einem schwer bewachten Tor, der weiter links lag, bildete den einzigen Zugang zu den inneren Höhlen und dem Palast darüber. In dieser kleineren Höhle war nur das Bordell der Kaalipha untergebracht.

Während der umherschreitende Wachposten den schmalen Eingang des Bordells überprüfte, schlich sich Powwell heran. Fest umfasste er seinen neu erworbenen Stab und leitete seine Magie durch das Holz. Eine kaum sichtbare graue Dunstwolke umgab ihn. Mit etwas Glück war er für die Wachen jetzt unsichtbar. Genau wusste er es nicht. Er hatte diesen Zauber bisher immer mit der Hilfe von Kalen ausprobiert, die ihn hindurchgeführt hatte.

Er hielt die Luft an und trat in den Höhleneingang. Keine der Wachen rührte sich. Powwell umkreiste den Raum und achtete darauf, dass er sich immer zwischen dem Wachmann und dem Feuer befand. Sinnlos, seine Anwesenheit durch einen belebten Schatten zu verraten.

Powwell schlich in einen kurzen Gang. Leises Schnarchen und das Geräusch, das unruhige Körper, die sich unter Bettdecken bewegen, verursachen, hallten ihm entgegen. Jetzt brauchte er nur noch Myri und Kalen unter dem ungefähr einem Dutzend Frauen zu finden, die Kaalipha Yaassima für das Vergnügen der Wachen hielt. Dazu kamen noch einmal etwa die gleiche Anzahl Kinder, die zu diesen Frauen gehörten. Eigentlich musste sich Myri unter ihnen befinden. Er hatte sie nicht gesehen, seit die Kaalipha sie vor drei Wochen aus Televarns Obhut befreit hatte. Sie musste ihr Kind am ersten Tag hier bekommen haben. Würde die Kaalipha sie so früh herschicken, um den Wachen zu Willen zu sein? Sie musste in diesem Schlafquartier sein. Mit der einzigen Ausnahme von Yaassimas Zofe war es Frauen untersagt, im Palast selbst zu nächtigen. Die Kaalipha umgab sich ausschließlich mit Männern, die sie manipulieren und kontrollieren konnte.

Den Rücken an die Felswand des inneren Korridors gepresst, schlich Powwell in die Zimmer der Frauen. Den Unsichtbarkeitszauber nahm er zurück, bevor er zu viel von seiner Energie aufsog, und wartete dann, bis sich seine Augen an das wenige Licht gewöhnt hatten, das von dem noch immer brennenden Feuer im zentralen Kamin der Höhle ausging.

Wer dieses Feuer angezündet hatte, konnte durchaus noch wach sein.

Powwell erstarrte und versuchte, mit der Felswand zu verschmelzen. Er ließ den Blick über die dunklen Gestalten auf den im Raum verstreuten Pritschen gleiten und suchte nach Zeichen von Bewegung oder einem Schimmer von Myris weißblondem Haar, das den Feuerschein reflektieren musste. Eine der Gestalten, größer als die anderen, stöhnte und bewegte sich. Die Zudecke hob sich.

Der Kloß in Powwells Kehle drohte ihn zu ersticken. Das Herz pochte ihm so laut in den Ohren, dass er meinte, die Frauen müssten davon erwachen.

»Geh wieder an die Arbeit, Schätzchen.« Die Gestalt, die sich erhoben hatte, erwies sich als nackter Mann. Er kniff seine Partnerin in das nackte Hinterteil und deckte sie wieder zu. Und dann, als er nach seinen auf dem Boden verstreuten Kleidern griff, sah er Powwell direkt in die Augen. Beide erstarrten.

9. KAPITEL

»Fünfzig Schiffe, die wir aufhalten müssen, und kaum einhundert Hindernisse, die wir ins Watt eingegraben haben.« Nimbulan schlug mit der Faust gegen den Befestigungswall der alten Trutzburg. »Das ist nicht genug. Nicht annähernd.«

Erschöpft, rußverschmiert und schweißüberströmt sah er zu, wie die kleine Flotte Fischerboote – König Quinnaults armselige Marine – in die einlaufende Flut steuerte.

Obwohl dieser Tag sehr lang und von hektischer Betriebsamkeit erfüllt gewesen war, hatte er nicht einen Moment lang vergessen, dass Amaranth bei dem Versuch, Hilfe für Myri zu holen, gestorben war. Sie musste in furchtbarer Gefahr schweben, sonst hätte ihr magischer Gefährte sie nicht verlassen.

Er hatte das Bedürfnis, sie zu beschützen, sie in ihrem Gram zu trösten.

Myri musste Amaranths Tod gespürt und wahrscheinlich sogar versucht haben, ihm zu folgen. Der Schmerz würde alles, was sie in Hanassa zu erleiden hatte, noch schlimmer machen. Er musste zu ihr. Aber was dann?

Zumindest weiß ich, dass sie am Leben ist, rief er sich ins Gedächtnis. Die schmale magische Silberschnur, die sein Herz mit dem ihren verband, pulsierte vor Leben. Irgendwie hatte Amaranth sie erneut geknüpft. Myrilandel lebte – in Hanassa, der verborgenen Stadt, in der die Albträume geboren wurden.

Nimbulan legte den Kopf auf den Arm. Vor Müdigkeit wurden ihm die Augenlider schwer, doch er wagte nicht, seinem Schlafbedürfnis nachzugeben. In wenigen Minuten würde es dunkel sein, und dann würde er viel zu tun bekommen.

Hinter ihm versank die glühende Sonnenscheibe hinter den Gipfeln des westlichen Gebirges. Nun, da die Sonne die Luft nicht mehr erwärmte, kam eine Brise von Osten auf.

Draußen in der Bucht setzten fünfzig Schiffe die Segel und fingen den aufkommenden Wind ein, der jetzt ihre Invasion der Stadt Coronnan und des reichen Flussdeltas begünstigte.

Nimbulan konzentrierte seine Aufmerksamkeit auf das kleine Boot, das die Verteidiger von Coronnan anführte. König Quinnaults blassblondes Haar leuchtete in den letzten Sonnenstrahlen auf. Er stand im Bug des Kahns, den er mit dem Magiergesellen Rollett und einem Fischer teilte; ein Signal an sein Volk, sich um ihn zu scharen.

Lord Konnaught befand sich nicht in dem zweiten Boot, wie Quinnault es befohlen hatte. Wo steckte der Bengel nur? Wahrscheinlich lag er gemütlich in seinem Bett, mit einem Becher heißer Gewürzmilch, um sich in dieser kalten, klaren Nacht zu wärmen.

Ihr solltet nicht dort draußen sein, Euer Gnaden. Darin hat Konnaught ausnahmsweise recht. Das Königreich kann Euch nicht entbehren. Nimbulan hoffte, dass sein telepathischer Ruf den König erreichen würde. Quinnault besaß nur wenig angeborenes magisches Talent. Da war die Aussicht gering, dass er Nimbulans Botschaft hörte, und noch geringer, dass er sie beherzigen würde. Allein die Drachen vermochten auf telepathischem Weg zu ihm zu sprechen – und sie hatten Coronnan verlassen.

Der Pakt ist gebrochen.

Nimbulan hoffte, dass er ausreichend Tricks im Ärmel hatte, um die magisch nicht begabten Lords davon zu überzeugen, dass er noch nicht zu verbotenen Praktiken der individuellen Magie gegriffen hatte, um das Königreich zusammenzuhalten. Und er hoffte, dass er genug magische und körperliche Kraft besaß, um diese Nacht zu überstehen.

Der Fischer, der Quinnaults Boot lenkte, ruderte eifrig auf die sich rasch nähernde Flotte zu. Eine gewaltige Welle hob sie fast auf gleiche Höhe mit dem Deck eines der größeren Schiffe. Die Flut lief ein; innerhalb einer Stunde würde das Wasser seinen Höchststand erreichen.

Auf den bedrohlich aufragenden Schiffen der Invasionsflotte beugten sich Seeleute über die Reling und wiesen lachend auf die unzähligen kleinen Boote, die sie aufhalten sollten.

Eure magischer Schutzpanzer, Männer! Vergesst Eure Panzerung nicht!, befahl Nimbulan den Magiern, die sich unter den Fischern befanden. Die Fäden aus seinem Umhang und die Splitter von seinem Stab hielten die Verbindung aufrecht, denn niemand hatte mehr etwas von der gemeinsam genutzten Drachenmagie übrig.

Zwei Herzschläge später eröffneten die Seeleute auf den Invasionsschiffen einen Hagel auf die kleinen Boote und überschütteten sie mit Ballaststeinen, Speeren und Abfall. Vieles davon prallte an den Schutzblasen ab, welche die Magier mit ihrer Panzerung errichteten, und fiel ins Wasser, ohne Schaden anzurichten. Doch zwei Boote gerieten gefährlich ins Schaukeln, als die fliegenden Gegenstände Männer zwangen, ihre Ruder fahrenzulassen.

Hastig erinnerte Nimbulan die Magier in den umgebenden Booten daran, die schwankenden Fahrzeuge zu schützen. Sie konnten es sich nicht leisten, auch nur einen einzigen Mann oder ein Boot zu verlieren.

In dem Glühen des Hexenfeuers, das in dem Kessel hinter ihm bereitgehalten wurde, erkannte man die glitzernden magischen Schutzschilde, die jetzt über jedem Boot schwebten.

Eines der fremden Schiffe neigte sich stark nach Backbord, als es auf den ersten der unter Wasser stehenden Bäume auffuhr. Augenblicklich schoss Quinnault, der sich im vordersten Boot befand, einen Brandpfeil in das Segel dieses Schiffs. Dutzende weiterer Bogenschützen taten es ihm nach.

Das Schiff kam vom Kurs ab. Die einlaufende Flut saugte den

Kiel in den Schlammboden hinein. Hektisch drehte der Kapitän am Steuerrad und versuchte, wieder auf Kurs zu kommen. Doch das Ruder fraß sich fest und ließ sich nicht mehr bewegen.

»Ein Gegner ausgeschaltet, bleiben noch neunundvierzig.« Nimbulan ließ seinen Arm hinuntersausen, und Lyman feuerte das Katapult ab, das jetzt den Hof des Palasts beherrschte. Eine große Kugel grünen Hexenfeuers sauste so schnell, dass man sie mit dem Auge kaum verfolgen konnte, durch die Luft. Als sie über die Bucht raste, lösten sich die Millionen von Einzelflammen, aus denen sie bestand, voneinander, brannten aber so intensiv wie zuvor weiter. Segel gingen in Flammen auf, wo das Hexenfeuer in der Leinwand zusätzliche Nahrung fand.

Drei Schiffe verloren augenblicklich die Kontrolle über ihre Segel. Auch sie liefen auf Grund, als die gesamte Besatzung herbeilief, um Brände zu löschen, denen mit nichtmagischen Mitteln nicht beizukommen war.

Hinter der Frontlinie bewegte sich die Hälfte der winzigen Fischerboote auf die Hecks der Schiffe zu, die noch unter Kontrolle waren und auf die Inseln zuhielten. Nimbulan sah, wie Quinnault ein Netz nach dem Steuerruder eines Schiffs auswarf. Das Netz entfaltete sich und landete genau so auf dem Ruder, dass es sich darumwickelte.

Die vielen Stunden, die der König mit Fischen verbracht hatte, zahlten sich aus. Er zog das Netz ein, und das Schiff legte sich zur Seite. Sinnlos drehte der Steuermann am Rad, worauf sich das Netz noch weiter verhedderte.

Andere Fischer hatten nicht so viel Glück. Die Magier mussten den Flug ihrer Netze unterstützen, ehe sie sich um weitere Ruder schlugen.

Nimbulan gab das Signal, ein weiteres Katapult abzuschießen. Neben der Kriegsmaschine tauchte Lord Konnaught auf, offensichtlich ausgeruht, sauber und satt, während alle anderen die Spuren eines langen Tags voll harter Arbeit aufwiesen. Nimbulan wiederholte sein Zeichen, doch der Knabe drehte dem Magier demonstrativ den Rücken zu und unterhielt sich gelassen mit einem schmutzigen Mann, den seine Schürze als Schmied auswies. Das Katapult rührte sich nicht.

Zornig schickte Nimbulan einen Ruf an Lyman aus, der den Kessel mit dem Hexenfeuer überwachte. Der alte Magier humpelte zu dem Katapult. Mit seinen langen Fingern packte er Konnaughts Schulter und drehte ihn mit Gewalt herum.

»Ich nehme keine Befehle von Untergebenen an!«, protestierte Konnaught.

Lyman packte fester zu und schob den rebellischen jungen Mann zum Katapult. Ruckartig streckte Konnaught die Hand vor – so als handle er unter einem Zwang – und löste die Maschine aus. Dann schaute er zu Nimbulan auf. Hass verzerrte seine Züge.

Nimbulan hatte keine Zeit, einen Gedanken an ihn zu vergeuden.

Feuer erfüllte den Himmel. Das nächstliegende Segel explodierte in Hitze und unnatürlichem Licht, und lodernde Flammen gingen über das Deck nieder. Matrosen und schwer bewaffnete Söldner rannten panisch vor der Höllenglut davon. Einige sprangen über die Reling. Ein paar blieben zurück und versuchten sinnlos, das Feuer mit schweren Planen oder Wasser einzudämmen.

»Hexenfeuer wird durch Magie geschaffen, und nur Magie kann es löschen«, sagte Nimbulan sich selbst vor. Im Stillen trauerte er um die Männer, die auf dem Schiff in Todesqualen brüllten. Einige sprangen ins Wasser und schlugen in der aufgewühlten See um sich. Ihre schwere Kleidung und die Waffen zogen sie nach unten. Die hohe Flut, die Schiffen gestattete, durch das Watt zu segeln, sorgte auch dafür, dass das Wasser tief genug war, um die Männer ertrinken zu lassen. Der Sturm, der die Flut aufs Land trieb, ließ die Dünung heftiger werden.

Das Hexenfeuer brannte auch unter Wasser weiter. Die wenigen Männer, die es fertigbrachten, Schilde, Schwerter und die alles verhüllenden Roben abzuwerfen, konnten sich dennoch nicht von der Glut befreien, die ihnen das Fleisch bis auf die Knochen wegfraß.

Nimbulan biss sich auf die Lippen und unterdrückte den Schmerz, den der Tod so vieler Männer ihm bereitete. Jeder einzelne Gefallene machte ihn zu einem geringeren Menschen, weil er das Instrument seiner Vernichtung gewesen war. Schon viel zu oft hatte er solche Szenen ins Werk gesetzt. Es musste einen besseren Weg geben.

Wieder einmal hatte er sich als der beste Schlachtenmagier von ganz Coronnan bewiesen. Auf seinen Befehl hin starben Hunderte von Menschen.

Feinde, sagte er sich.

(Menschen), erinnerte ihn eine Stimme im Hinterkopf.

»Nie wieder«, gelobte er sich. »So etwas werde ich nicht noch einmal tun. Irgendwie müssen wir eine Möglichkeit finden, uns auf friedliche Weise vor einer Invasion zu schützen; so wie wir einen Weg gefunden haben, die Großen Kriege der Spaltung zu beenden. Ich muss dafür sorgen, dass Schlachtenmagier der Vergangenheit angehören.«

(Du brauchst Myrilandel, um ein ganzer Mensch zu werden und deine Arbeit zu vollenden.)

✶

Myri schleppte sich in die Halle der Gerechtigkeit im Erdgeschoss von Yaassimas Palast. Hinter vorgehaltener Hand unterdrückte sie ein Gähnen. Dieses Mal war es echte Müdigkeit, keine von Drogen hervorgerufene Benommenheit. Rasch versteckte sie das kleine Fläschchen mit dem Pulver, das sie Haana, Yaassimas Zofe, entwendet hatte, ehe die Frau es über Myris Abendessen streuen konnte. Die Drogen hatte sie durch einfaches Salz ersetzt. Ihr Essen war entsetzlich überwürzt gewesen, und sie hatte die ganze Nacht unter Durst gelitten. Aber jetzt war ihr Kopf klar und frei von Drogen.

Ohne die kleine Amaranth fühlten sich Myris Arme seltsam leer an. Sie hatte dass schlafende Kind hinter der Empore in eine Wiege gelegt, während sie und Kalen sich beeilt hatten, dem gebieterischen Läuten der Glocke der Gerechtigkeit zu folgen. Sie hatte Amaranth auf keinen Fall mit Maia allein lassen wollen, die inzwischen auf einer Pritsche am Fuß von Myris Bett schlief.

Die Rover-Frau hatte nicht auf das durchdringende Läuten reagiert. Seit ihrer Ankunft hatten sie und Myri kein einziges Wort gewechselt.

Furcht vertrieb die letzten Reste von Myris frühmorgendlicher Schläfrigkeit. Ein Haufen mehr oder minder spärlich bekleideter Männer drückte sich in der Nähe der Tür herum und wartete auf Kaalipha Yaassima. Myris Empathie nahm ihre Ängste auf, sodass sie zu ihren eigenen wurden.

Sie erkannte einige der Elitegardisten wieder, die ausschließlich Yaassima Loyalität schuldeten. Die Kaalipha neigte dazu, bei diesen Wachen Verstöße gegen ihre willkürlich aufgestellten Regeln zu übersehen. Wenn jemand anders die gleiche Tat beging, konnte er rasch hingerichtet werden.

Myris Aufmerksamkeit konzentrierte sich auf eine zusammengekrümmte Gestalt in der Mitte der Gruppe. Offenbar hielten je ein Mann rechts und links von ihm den Unbekannten aufrecht. Er hatte den Kopf fast bis zur Taille gebeugt, sodass sein Gesicht nicht zu sehen war. Myri spürte den Schmerz in seiner Magengrube, wo man ihm einen Hieb mit der Faust oder mit dem stumpfen Ende eines Speers versetzt hatte.

Hinter ihr keuchte Kalen auf und hielt sich an einem Wandteppich fest, um das Gleichgewicht zu wahren. »Powwell«, sagte sie lautlos, indem sie nur die Lippen bewegte.

Myri sah wieder den Gefangenen an. Abgesehen von dem rotbraunen Haar wies nichts auf die Identität des Mannes hin. Ihr

Baby band einen großen Teil ihres Talents, sodass sie nur den Grundton der Empfindungen wahrnahm, die andere aussandten. Aber sie vertraute Kalens Instinkt.

Sie hatte all ihre Kinder im Blick. Jetzt brauchte sie nur noch alle aus Hanassa wegzuführen. Das Schwierigste würde sein, Powwell vor Yaassima in Sicherheit zu bringen.

»Welches Verbrechen hat dieser Junge begangen?« Ohne Vorwarnung war Yaassima auf dem Podium erschienen. Gerade eben war sie noch nicht da gewesen. Wo war sie hergekommen?

Die Kaalipha klatschte in die Hände. Die Fackeln wurden trüb, und in der Decke erwachten Leuchtpaneele zum Leben und ersetzten die flackernden grünen Flammen durch ein helleres, goldfarbenes Glühen.

»Wie hat sie das gemacht?«, fragte Kalen mit weit aufgerissenen Augen.

»Ich habe keine Ahnung, und sie verrät es nicht«, antwortete Myri und sah immer noch Powwell an. Abgesehen von dem Schmerz in der Magengrube schien er gesund und in guter Verfassung zu sein.

Wo befanden sich die Ausgänge? Sie prägte sich jeden sichtbaren Eingang ein, der in die Halle der Gerechtigkeit führte.

»Sagt mir, welches Verbrechen der Mann begangen hat, damit ich rasch Gerechtigkeit üben kann.« Yaassimas Stimme wurde lauter, füllte den ganzen Raum aus und übertönte mühelos das Getuschel verängstigter Männer.

»Kaalipha.« Ein Mann trat vor, kniete nieder und berührte den Boden mit der Stirn.

Myri erkannte Nastfa, den Gardisten, der sie damals, an ihrem ersten Tag in Hanassa, in Yaassimas Gemächer getragen hatte. Er trug schwarze Hosen, die weniger zerlumpt als bei anderen Bewohnern von Hanassa waren, und ein beinahe sauberes Leinenhemd. Wenn er zu sprechen wagte, musste er ein gewisses Maß an Autorität über die Männer ausüben, die sich hinter ihm sammelten. Myri wusste bereits, dass Yaassima ihm mehr vertraute als dem Großteil der Elitegardisten, die sie stets umgaben. Einige waren vollständig angezogen, als kämen sie gerade von der Patrouille. Die anderen trugen nur Uniformteile, als wären sie hastig in ihre Kleidung gefahren.

»Sprich, Nastfa.« Yaassima erteilte ihm die Erlaubnis zum Fortfahren.

»Man hat den Gefangenen im Bordell angetroffen. Er gehört zu Televarns Sklaven und hat kein Recht, sich den Frauen dort zu nähern«, erklärte Nastfa, immer noch in seiner unterwürfigen Stellung, in der er das Hinterteil in die Luft streckte.

»Wer hat ihn entdeckt?« Yaassima trat von der Empore und schritt um Nastfa herum. Sie tätschelte seine nach oben gereckte Rückseite; aber nicht voller Zuneigung, sondern eher prüfend, wie einen Schinken.

»*Ich* habe den Gefangenen festgenommen, Kaalipha.« Ein zweiter Mann bezog neben Nastfa Stellung. Er trug nichts als Hosen aus feinem schwarzem Stoff, so eilig angezogen, dass die Knöpfe schief saßen und nicht alle schlossen.

»Hat der Gefangene versucht, sich mit einer von *meinen* Frauen zu paaren?« Yaassima zog ihren Kreis weiter, sodass er auch den anderen Mann einschloss.

»Das habe ich nicht.« Powwell hob den Kopf und schüttelte die Hände der Männer, die ihn festhielten, ab. Dass er die Kaalipha hoch erhobenen Hauptes ansprach, konnte ihn den Kopf kosten. Genau, wie es Yaassimas Mann und ihrer Tochter ergangen war.

Myri schickte ihm eine Nachricht, vorsichtig zu sein. Sie beherrschte die Telepathie nicht so mühelos wie ihr Ehemann, sondern vermochte nur ihre Gefühle auf andere zu projizieren.

»Ich war auf der Suche nach meiner Ziehmutter, Myrilandel.« In diesem Moment entdeckte er Myri und Kalen neben der Empore. Kurz huschte Freude über sein Gesicht, dann verbarg er sämtliche Regungen.

Kalen tat einen Schritt auf ihn zu. Myri hielt sie zurück; man wusste nie, wie sich Yaassimas grausame Launen auswirken würden. Ihre Sicherheit und Fluchtaussichten hingen davon ab, dass sie Yaassimas Aufmerksamkeit nicht weckten.

Wie konnte sie die Kaalipha von Powwell ablenken, ohne unerwünschte Beachtung auf sich und Kalen zu ziehen?

»Wenn ich diesen Bericht richtig verstehe, hat man dich *in* dem Bordell angetroffen und nicht bei dem Versuch einzudringen, oder?« Yaassima wandte Powwell den Blick zu. Ihre langen Finger lösten sich von dem Hinterteil des Wachmanns und glitten zu Powwells Brust. Sie zog ein leuchtendes Zeichen über seinem Herzen, wobei sich ihre klauenartigen Fingernägel in dem groben Stoff seiner Tunika verhakten. Myri konnte das Symbol nicht entziffern, aber sie vermutete, dass es sich um ein magisches Kontrollzeichen handelte.

Yaassima schnippte mit den Fingern. Das Zeichen verschwand, und zugleich tauchte ein Messer in ihrer Hand auf. Sie zog das Symbol noch einmal mit der Messerspitze nach, wobei sie Powwells Tunika und sein Hemd aufschlitzte, seine Haut jedoch nicht.

»Ja, Kaalipha, ich befand mich im Inneren des Bordells«, antwortete Powwell. Die anderen Männer sahen zu Boden und scharrten nervös mit den Füßen.

»Wie bist du an den Wachen vorbeigekommen?« Yaassima zog die Augen zu Schlitzen zusammen, ließ den Blick über die buntscheckige Ansammlung halb angekleideter Männer schweifen und verhielt bei dem anderen Mann, der am Boden kniete.

»Ich habe einen Unsichtbarkeitszauber benutzt.«

Blitzschnell fuhr der Blick der Kaalipha wieder zu Powwell zurück.

Myri zuckte zusammen. Wenn sie jetzt losrannte und die Kaalipha beiseitestieß, könnte es ihr gelingen, Powwell und Kalen durch den Haupteingang nach draußen zu zerren. Die Frage war nur, wohin sie sich wenden sollten, sobald sie den Palast verlassen hatten.

Sie hatte einfach nicht genug Informationen!

»Ein Magier. Wie reizend. Hat Nimbulan dich ausgebildet? Oder war vielleicht Myrilandels Liebhaber bei den Rovern dein Lehrer?« Das Messer verschwand. Yaassimas außerordentlich lange Finger öffneten und schlossen sich wiederholt.

»Myrilandels *Gatte* hat mich in einigem unterwiesen, Kaalipha.«

»Bist du in der Lage, Drachenmagie einzusetzen?« Yaassimas Stimme klang viel zu freundlich. Myri wartete entsetzt auf den vernichtenden Schlag, der jetzt kommen musste.

»Wenn Drachen anwesend sind«, sagte Powwell.

»Kannst du jetzt Drachenmagie wirken, Kind?«

»Ich spüre keine Drachenmagie, und Kraftlinien befinden sich auch nicht in der Nähe. Mir stehen nur noch begrenzte Reserven an Magie zur Verfügung, und die möchte ich lieber nicht auf Salonzaubereien vergeuden.«

»Keine Drachenmagie!«, kreischte Yaassima. »Keine Drachenmagie! Es muss aber so sein. Ich bin *der Drache*, denn das bedeutet Kaalipha in der alten Sprache – Drache. Ich stamme von Drachen ab. Du wirst deine Magie von mir beziehen. Zeig sie mir, Junge. Zeig mir diese Drachenmagie, sonst werde ich annehmen, dass du lügst und dich bei Sonnenaufgang für dieses Verbrechen hinrichten.« Bei ihren Worten flackerten die Fackeln heftig auf, sodass sich ihr grünes Licht mit dem gelben Schein der Deckenpaneele mischte.

»Ihr mögt das Blut von Drachen in Euch tragen, Kaalipha. Aber Ihr befindet Euch nicht in Drachengestalt. Ich kann Eure Magie nicht sammeln. Auch Myrilandels Energie vermag ich nicht aufzunehmen, solange sie in einem menschlichen Körper weilt.«

Yaassima starrte den Jungen aufgebracht an. Ihre sonst bleichen Wangen röteten sich. Im Licht der Fackeln schienen grüne Funken aus ihrem weißblonden Haar aufzusteigen. Sie war fast einen Kopf größer als Powwell, obwohl der Knabe in den letzten sechs Monaten gewachsen war und so groß wie mancher der Männer im Raum war. Yaassima schien noch größer zu werden. Sie streckte die Arme balancierend nach den Seiten aus, als erwarte sie, dass sie jeden Moment zu Schwingen würden.

Verblüfft trat Myri einen Schritt vor, um die Kaalipha genauer zu betrachten. Sie hatte gedacht, diese Gestik sei nur ihr selbst vorbehalten. Würde Yaassima sich verwandeln?

War sie in der Lage dazu?

Alle Männer bis auf Powwell wichen vor Yaassima zurück. Sie erkannten, dass ihre Haltung eine Drohung darstellte.

»Ich habe keine Zeit, deine Magie jetzt auf die Probe zu stellen. Aber sag mir doch, wie meine Männer dich entdeckt haben, wenn du unsichtbar warst? Überleg dir deine Antwort gut, denn dein Schicksal hängt von meinem Wohlwollen ab.« Das Licht der Fackeln sank herab, als sich Yaassimas Wutausbruch verflüchtigte.

Myri lief der kalte Schweiß über den Rücken. In diesem Moment, als kalte Berechnung an die Stelle von unbeherrschtem Zorn trat, war Yaassima am gefährlichsten. Leben oder Tod, die Kaalipha von Hanassa konnte beides schenken.

»Ich habe den Zauber aufgehoben, sobald ich die Wachen passiert hatte, denn ich wollte nicht viel Energie verbrauchen, solange es nicht unbedingt notwendig war.«

»Die Wachen waren im Vorraum und du im Bordell?« Yaassima wandte sich erneut den beiden Männern zu, die immer noch knieten und die Stirn auf den Boden gelegt hatten.

»Einer von ihnen war mit einer Frau zusammen, Kaalipha. Er hat mich ertappt.« Powwell wies auf den zweiten Mann; denjenigen, der offenbar kaum Zeit gehabt hatte, seine Hosen anzuziehen.

»Du hast mir einen Gefallen getan, Junge. Jetzt muss ich mich mit dem Mann beschäftigen, der meine Regeln missachtet hat. Ich schenke dir das Leben, Powwell. Für den Moment. Wachen, bringt diesen jungen Magier in den Schacht. Soll er ein paar Monate im Inneren des Vulkans schwitzen. Das wird ihn entweder von seinen Fluchtgelüsten kurieren oder es bringt ihn um.«

10. Kapitel

Yaassima wedelte abschätzig mit der Hand. Zwei der vollständig angekleideten Wachleute eilten herbei, um Powwell davonzuschleppen. Die anderen Männer drängten sich noch enger zusammen. Keiner wollte, dass die Kaalipha ihn herausgriff.

Die Kaalipha ließ die Männer, die auf dem Boden knieten, nicht aus den Augen. Myri schluckte heftig. Sie hatte Powwell nicht hinrichten lassen. Solange er lebte, gab es eine Chance, ihm bei der Flucht zu helfen und zusammen mit ihm und ihren Töchtern zu entkommen. Je länger sie wartete, umso gefährlicher würde es in Hanassa für sie werden.

»Wer war gestern Abend im Dienst?« Yaassima ließ die Hand über Nastfas Pobacken gleiten, dann griff sie zwischen seine Beine und befingerte durch den groben Wollstoff der Hose seine Genitalien. Sie hielt sie in der hohlen Hand, bereit, mit ihren langen, außerordentlich starken Fingern zuzupacken.

Nastfa schluckte; seine dunkle Haut wurde aschfahl. »Bjorg und Evaar, Kaalipha.« Seine Stimme kiekste unnatürlich.

Myri fühlte seine Angst und die Vorahnung von Schmerz. Um Unterstützung heischend klammerte sie sich an Kalens Arm. Yaassima hatte schon öfter die Qualen ihrer Opfer in die Länge gezogen, wenn sie Myris Abscheu spürte, als hätte sie das Bedürfnis, sie mit zu bestrafen.

Neben ihr leckte sich Kalen die Lippen. Myri konnte nicht beurteilen, ob sie damit auf ihre Furcht reagierte oder das Schauspiel genoss. Ihre unklaren Gefühle verwirrten Myri.

»Kalen«, flüsterte sie und fasste den Arm des Mädchens fester. »Was fühlst du?«

»Die Männer haben Powwell ausgeliefert. Sie haben jede Strafe verdient, die *sie* über sie verhängt. Ich will, dass sie leiden, weil sie Powwell verraten haben.« Dieses Mal brach Kalens Begierde durch den Schutzpanzer, mit dem sie ihre Empfindungen umgab: Sie wollte zusehen, wie sich die Männer vor Schmerzen wanden.

Angewidert fuhr Myri zurück.

»Es hätte noch ein dritter Mann im Dienst sein müssen. Wer war das?« Yaassima packte die Hoden des Mannes ein wenig fester.

»Golin hatte ebenfalls Dienst, Kaalipha.« Wieder klang Nastfas Stimme vor Angst hell, denn er fürchtete, Yaassima könne jeden Moment zudrücken. Sein fettiges Haar zitterte. Nastfas Haare und Haut waren fast so dunkel wie die eines Rovers. Aber seine Gesichtshaut hatte einen gelblichen Unterton, und seine Augen waren leicht schräg gestellt. Er musste einer der Elite-Killer von Maffisto gewesen sein, bevor Yaassima ihn für ihre Garde rekrutiert hatte. Was für eine Art Macht übte Yaassima über ihn aus, dass ein so hartgesottener Bursche demütig vor ihr kroch und vor Angst bebte?

»Golin, der Mann, der den Magier in dem Bordell entdeckt hat, hätte also ebenfalls auf dem Posten sein müssen?« Yaassima nahm die Hand weg, und Nastfa brach vor Erleichterung fast zusammen. Doch jetzt begann sein Kamerad zu zittern. »Golin, der am Eingang patrouillieren sollte, der alle paar Minuten die Fackeln umstecken sollte, damit sich ein unsichtbarer Magier verraten musste, weil sein Schatten in die falsche Richtung fiel? Aber Golin lag stattdessen nackt im Bett einer meiner Frauen!« Yaassima steckte die Finger unter den Hosenbund des Mannes. Unter ihren langen Fingernägeln zerriss der feine schwarze Stoff. Sie zerrte mit aller Kraft an dem Gewebe, das in drei geraden Linien aufriss. Golins Kleidung flatterte in Fetzen zu Boden.

Golin zitterte noch heftiger, und seine Genitalien schrumpften in der kalten Nachtluft zusammen.

»Noch bist du nicht frei von Schuld, Nastfa. Du bist der Anführer dieser jämmerlichen Mörderbande, und deine Pflicht ist es, dafür zu sorgen, dass sie ihre Arbeit tun.«

Nastfa nickte und verharrte in seiner knienden Stellung. Er schluckte und warf Myri einen durchdringenden Blick zu, bevor er die Stirn wieder auf die kalten Steinplatten senkte.

In diesem einzigen langen Blick lagen viele Geheimnisse, die verborgen bleiben mussten. Was versuchte dieser Mann ihr mitzuteilen?

»Sag es mir, Golin«, gurrte Yaassima unnatürlich sanft. »Dafür, dass ihr Zuflucht in *meiner* Stadt findet, habt ihr die Pflicht, an einigen Nächten im Monat *meine* Frauen zu beschützen. An jedem anderen Abend steht es euch frei, eine dieser Frauen mit in euer Quartier zu nehmen. Doch du hast deine Pflicht mir gegenüber verletzt, indem du heute Nacht bei einer dieser Frauen gelegen hast. Tust du so etwas oft?« Yaassima legte jetzt beide Hände zwischen seine Beine.

»Ihr sorgt sehr großzügig für uns, Kaalipha. Ich musste mich vergewissern, dass die Frauen gut schliefen. Kestra konnte nicht schlafen; sie sagte, ihr sei zu kalt. Sie hat mich gebeten, sie zu wärmen.« Stammelnd brachte Golin seine Ausrede vor.

»Kestra. Eine von Televarns Frauen. Er war unzufrieden mit ihr, daher hat er sie mir als Teil seines Tributs übergeben. Ich hätte mir denken können, dass eine Rover-Frau keinem Mann widerstehen kann. Keinem Mann, zu keiner Zeit.« Yaassima sah zu Myri auf, während sie fortfuhr, Golin zu streicheln und zu manipulieren. Unter ihren jetzt zarten Fingern wuchs sein Organ. Seine herrlichen Proportionen hätten fast jede Frau verlockt.

Myri versuchte, den Blick abzuwenden, doch etwas in Yaassimas Augen zwang sie, Golins Demütigung weiter zu verfolgen.

»Kestra ... war das nicht die Frau, die vor zwei Monaten ein halbblütiges Kind zur Welt gebracht hat? Ich glaube, der Vater war ein Magier aus Coronnan, derselbe, der Televarn verraten hat; und derselbe, der auch Maias Kind gezeugt hat. Er hat seinen Samen landauf, landab hinterlassen. Wie war noch sein Name?« Immer noch sah Yaassima Myri an, und ein bösartiges Lächeln breitete sich auf ihrem Gesicht aus.

Myri schluckte heftig. Sie wusste, dass Nimbulan vor ihrer Heirat einen Sommer lang bei Televarns Clan gelebt hatte. Man hatte ihn aufgefordert, sich mit Maia zusammenzutun. Televarn hatte die Verbindung arrangiert und die Gefühle der Beteiligten mittels Magie gelenkt. Aber der Clan hatte Nimbulan keine andere seiner Frauen angeboten.

»Im Gegenteil, Televarn hat meinen Gatten verraten, Kaalipha«, stieß Myri mit zusammengebissenen Zähnen hervor. »Televarns Geschichten ändern sich mit dem Wind. Er ist gar nicht in der Lage, die Wahrheit zu sagen.«

Wieder lächelte Yaassima. »Wir reden hier nicht über Nimbulans Untreue. Für diese Pflichtverletzung könnte ich dich kastrieren lassen, Golin.«

Jeder Mann im Raum erbleichte. Myri wurde zuerst heiß, dann kalt in der Magengrube. Sie wusste, dass Yaassima sie über ihr empathisches Talent manipulierte.

»Das ist nicht notwendig, Yaassima.« Sie reckte das Kinn und starrte die Frau an. Sie musste dieser Vorstellung ein Ende bereiten. Ihre eigene Sicherheit erschien plötzlich bedeutungslos im Vergleich zu der Gewalttätigkeit, die in Hanassa herrschte. Kalen war dem schädlichen Einfluss bereits unterlegen. Sie musste dieser Sache hier und jetzt Einhalt gebieten.

»Willst du mich daran hindern, Gerechtigkeit zu üben?« Fragend hob Yaassima eine Augenbraue. Sie umfasste Golins Penis fester, um ihn daran zu erinnern, dass sie sich nicht ausschließlich darauf konzentrierte, Myri zu verunsichern. Er schrumpfte erneut zusammen.

Alle Blicke im Raum richteten sich auf die Kaalipha. Würde sie es wagen, die schmerzhafte Prozedur mit bloßen Händen durchzuführen und ihre Fingernägel an Stelle eines Messers zu gebrauchen?

»Selbst wenn er das überlebt, wird Golin nutzlos für Euch sein. Ihr werdet seinen Mut und sein klares Denken zerstören. Was hättet Ihr von einem Wachposten, der Angst hat, einem Gegner entgegenzutreten?«

»Vielleicht hast du recht, vielleicht nicht. Ich brauche loyale Männer; Männer, die wissen, dass ich Leben und Tod in den Händen halte. Männer, die sich darüber klar sind, dass ich sie im Fall ihres Versagens schlimmer bestrafe, als meine Feinde dies tun könnten.«

Sie erhöhte den Druck auf Golins Organ und ließ dann abrupt los. Stöhnend brach er zusammen und umklammerte sein noch vollständig vorhandenes Geschlechtsteil. Yaassima lachte und wischte sich die Hände an den Fetzen von Golins Hosen ab. »Es wäre ein Jammer, einen Mann zu verlieren, der behängt ist wie ein brünstiger Ackergaul. Ich habe eine bessere Idee. Steht auf, ihr zwei.« Sie trat auf die beiden am Boden knienden Männer ein.

Nastfa rappelte sich auf. Golin brachte es fertig, auf die Beine zu kommen, aber er krümmte sich weiter und stöhnte.

»Zur Strafe«, fuhr Yaassima fort, »werdet ihr beide während des nächsten Monats bei den Frauen Wache stehen. Die ganze Nacht lang. Und ihr werdet zusehen, wie sie die Wachen bedienen, die ich zu ihnen schicke, jede Nacht. Ihr werdet den Frauen beim Ausziehen helfen, ihr werdet ihnen beim Baden helfen. Aber ihr dürft nicht bei ihnen liegen. Wenn ihr der Versuchung erliegt – und sie werden euch gewaltig versuchen –, dann werde ich euch beide kastrieren und anschließend hinrichten. Habt ihr verstanden?«

»Ja, Kaalipha«, flüsterten Nastfa und Golin erleichtert.

»Lauter. Ich möchte, dass alle eure Kameraden euch hören. Und sie sollen dafür sorgen, dass ihr wisst, was euch entgeht.« Wieder flammten die Fackeln heller, ein sicheres Zeichen dafür, dass ihr Zorn wuchs und möglicherweise ein noch schlimmeres Los für die beiden verhieß.

»Ja, Kaalipha!« Die beiden brüllten es beinahe.

»Gut. Dann werden wir jetzt beginnen. Jemand soll die Frauen holen. Wir werden uns den Spaß zusammen ansehen.«

Golin bückte sich, um die zerfetzten Überreste seiner Kleidung und seiner Würde aufzusammeln.

»Nein, Golin. Keine Kleider für dich. Ich muss mich davon überzeugen können, dass du Qualen leidest und verstehst, warum du aushalten musst.« Sie rieb ihn mit ihrer furchteinflößenden Hand, doch es regte sich nichts.

Yaassima lachte.

»Er hat solche Angst, dass er von Glück reden kann, wenn er ihn jemals wieder hochbekommt«, murmelte Kalen.

»Genau«, gab Yaassima zurück. »Komm, Myri. Das wirst du sicherlich genießen. Du bist seit vielen Monaten mit keinem Mann zusammen gewesen. Such dir einen Partner aus, oder mehrere, was immer du wünschst. Wenn du das magst, kann ich das Spiel auch so arrangieren, dass es aussieht, als würdest du vergewaltigt.« Ihr Ton teilte jedem Anwesenden mit, dass dies eher ein Befehl war, kein Vorschlag.

Yaassima klatschte in die Hände. Der Boden knarrte und vibrierte. Langsam stieg der gewaltige Altarstein aus seinem unterirdischen Versteck auf. Stein kratzte auf Stein, bis der längliche Granitblock ein wenig höher als Yaassimas Hüfte war. An jeder seiner vier Ecken war eine Metallstange eingelassen, und an jedem der Stäbe baumelten Eisenfesseln für Hände und Füße.

Yaassimas Opfer würde genau an der Stelle zu liegen kommen, die einst den Gaben an Simurgh vorbehalten gewesen war. Hatte Yaassima auch ihre eigene Tochter dieser demütigenden Folter ausgesetzt, bevor sie sie umgebracht hatte?

*

»Die Ebbe ist fast da!«, rief König Quinnault ausgelassen und sprang die Treppe hinauf, die zu Nimbulans Beobachtungsposten auf den Befestigungen führte. Quinnault hielt seinen rechten Arm mit dem linken umfasst und rieb sich den Bizeps und die Schulter.

Nimbulan hatte die verschränkten Arme auf die Mauer gestützt und den Kopf daraufgelegt. Jetzt blickte er auf und zwinkerte sich den Schlaf aus den Augen. Während der Schlacht hatte ihn die tiefe Konzentration auf die einzelnen Schiffe davon abgehalten, den Rest der Welt wahrzunehmen, der nichts mit verwickelten Fischernetzen, zerbrochenen Schiffsrümpfen, seinem schmerzenden Körper und dem Tod viel zu vieler Männer zu tun hatte. Er hatte den gesamten Kampf überwacht und das tatsächliche Wirken der Magie anderen überlassen. Aber dennoch war die Anstrengung, die es ihn gekostet hatte, die Kommunikation aufrechtzuerhalten, so groß gewesen, dass er kurz vor einer Ohnmacht stand.

Ein leises Ziehen im Rücken, das Summen in seinen Ohren, das ein wenig tiefer wurde, und ein Gefühl von schweren Knien – all das teilte ihm mit, dass sich die Kräfte von Mond und Wasser verschoben.

Er spürte noch keine Spur der besonderen Stille in der Luft, die der Morgenröte unmittelbar vorausging. Doch er sehnte sich nach dem rotgoldenen Sonnenschein, der mit seiner Wärme den Schmerz aus den Gelenken vertreiben würde. Seine Augen waren müde von dem angestrengten Spähen bei dem grünen Licht von Fackeln und Hexenfeuer.

»Heute Nacht habt Ihr Coronnan gerettet, Magier Nimbulan.« Quinnault verneigte sich tief und hielt dabei immer noch den Arm fest an den Körper gepresst.

»Der Dank sollte Euch und Euren Kampfgefährten gelten, Euer Gnaden«, antwortete Nimbulan, während er die zerschmetterte Armada aus Rossemeyer in Augenschein nahm. »Seid Ihr verletzt?« Er streckte die Hand aus, um Quinnaults Arm zu berühren, doch der schreckte zurück.

»Ich habe mir etwas gezerrt oder verstaucht.« Er zuckte mit den Achseln und fuhr dann vor Schmerz zusammen.

»Das ist mehr als eine Muskelzerrung, Euer Gnaden.« Nimbulan tastete mit den Fingern über die schmerzende Stelle.

»Ein Stück Schutt kam angeflogen, hat unseren magischen Schutzpanzer durchdrungen und mich dort getroffen. Dann musste ich rasch nach den Rudern greifen, weil Leauman, mein Fährmann, zu schnell in Deckung gegangen ist. Bei dieser Bewegung muss ich mir etwas gezerrt haben«, erklärte Quinnault mit zusammengebissenen Zähnen.

»Ich glaube nicht, dass etwas ausgerenkt ist. Vielleicht ist der Knochen geprellt. Ein Heiler soll sich die Sache anschauen. Ich wünschte, Ihr hättet Euch heute Nacht nicht in der Bucht in Gefahr gebracht. Wenn Ihr den Tod gefunden hättet, wäre Coronnan in einer verzweifelten Lage gewesen, Sieg oder nicht. Ihr habt keinen Erben, der Eure Nachfolge antreten könnte.«

Quinnault tat Nimbulans Sorge mit einer Handbewegung in Richtung Bucht ab. »Meine Männer mussten mich an der Spitze des Angriffs sehen. An meiner Seite haben sie härter gefochten, als hätte ich gut geschützt hinter Steinmauern gesessen – erinnert mich später daran, diese Lektion noch einmal mit Konnaught durchzugehen. Ich bin seine missbilligende, verdrossene Miene gründlich leid.«

»Man hätte Lord Konnaught nach dem Tod seines Vaters ins Exil schicken sollen«, brummte Nimbulan.

»Er verdient eine Chance, eines Tages sein rechtmäßiges Erbe anzutreten. Und ich möchte ihn lieber lehren, für das Land und die Menschen zu sorgen, statt ihn für die Tyrannei seines Vaters zu bestrafen«, entgegnete Quinnault.

Ehe der König fortfuhr, sah er auf die Trümmer hinunter, die über die mondbeschienene Bucht verstreut lagen. »Rossemeyer wird uns eine Zeit lang keine Schwierigkeiten machen. Botschafter General Jhorge-Rosse muss mich jetzt sowohl als Krieger wie als Friedensstifter achten. Wir werden ihm einen neuen Vertrag vorlegen, sobald wir ausgeschlafen haben.« Er gähnte kräftig, schien dann aber seine Müdigkeit abzuschütteln.

»Wir sollten ihn einen oder zwei Tage im eigenen Saft schmoren lassen«, meinte Nimbulan. Einen oder zwei Tage, während derer er und seine erschöpften Magier schlafen und essen und noch einmal schlafen konnten. »Wir brauchen den Vertrag nicht gleich zu schließen; wir haben bewiesen, dass wir uns verteidigen können. Der Botschafter muss lernen, dass es in einem Vertrag mehr um Freundschaft geht als um Handelsvorteile. Außerdem haben wir viele Kriegsgefangene genommen, die Rossemeyer bei uns auslösen muss. Dieses Mal verhandeln wir von einer Position der Stärke aus.«

Fünfzig Schiffe waren in das Watt der Großen Bucht gesegelt. Vielleicht zwölf hatten es geschafft, Segel zu setzen und den Wind einzufangen, der sie von der Küste fortführte. Etwa dreißig Schiffe lagen in bizarren Winkeln da; auf Grund gelaufen in Schlamm und auf den gefährlichen Hindernissen. Fünf waren bis auf die Wasserlinie heruntergebrannt, und die Seeleute wurden gefangengenommen, als sie ins Wasser gesprungen waren. Einige der Flüchtlinge hatten es geschafft, zu den abziehenden Schiffen zu schwimmen und sich zu retten. Doch noch viel mehr waren in den tobenden Wellen und dem Hexenfeuer gestorben, das noch immer auf der Wasseroberfläche der Bucht brannte. Hunderte von Männern hatten sich den Besatzungen der Fischerboote ergeben.

Nimbulan schloss die Augen und konzentrierte sich auf die Flammen, die mit jeder Welle neu aufsprangen und sich teilten. Als er wieder hinschaute, waren alle Spuren des Hexenfeuers erloschen. Die plötzliche Dunkelheit tat seinen Augen wohl, aber nicht seiner Seele. Er hatte den letzten Zauber dieser Schlacht beendet. Nun konnte er ausruhen.

»Da wir gerade von Freundschaftsverträgen sprechen – wir haben mehrere Angebote, durch Heirat ein Bündnis zu schließen.« Quinnault wechselte oft mitten in einem Gedanken das Thema, nicht ungewöhnlich für jemanden von seiner hohen Intelligenz. »Ich brauche Eure Hilfe bei einem Brief an König Lorriin von SeLenicca. Unmöglich, dass ich mich mit seiner Schwester vermähle. Sie ist zehn Jahre älter als ich und eine Witwe, die keine Kinder bekommen kann. Aber wir müssen die Ablehnung so formulieren, dass es klingt, als sei ich ihrer Schönheit nicht würdig, und keineswegs durchblicken lassen, dass sie nicht geeignet ist, meine Königin zu werden.«

»Und wie alt seid Ihr, Euer Gnaden?« Skeptisch zog Nimbulan eine Augenbraue hoch.

»Ihr wisst ebenso gut wie ich, dass ich in einem Monat meine achtundzwanzigste Wintersonnenwende begehen werde.«

»Damit seid Ihr praktisch noch ein Jüngling.« Nimbulan sah seinen König stirnrunzelnd an. »Das heißt, die Prinzessin von SeLenicca ist achtunddreißig. Sie ist seit vielen Jahren Witwe. Vielleicht hatte sie ganz einfach keine Gelegenheit, Kinder zu bekommen.«

»Das Risiko kann ich nicht eingehen. Ich brauche eine junge, fruchtbare Königin. Und ich werde mich nicht einfach mit irgendeiner hochgeborenen Dame mit der richtigen Mitgift und den dazugehörigen politischen Verbindungen zufriedengeben – wir haben drei Angebote von dieser Art. Nein, sie muss intelligent sein und Sinn für Humor haben. Wenn sie dazu noch hübsch anzusehen ist, umso besser.« Quinnault ging auf und ab, die linke Hand auf den Rücken gelegt und die Schultern gekrümmt. Mit seinem schmalen Gesicht und dem wild zerzausten Haar erinnerte seine Silhouette an einen jungen Drachen.

Wie viele seiner drachenähnlichen Manierismen waren wohl angeboren? Einiges davon mochte ein Ergebnis seiner magischen Verbindung zu den Drachen sein, die bei seiner Krönung errichtet worden war. Nimbulan hatte keine Ahnung, wie viel von dieser Verbindung noch übrig war, seit Shayla den Pakt für gebrochen erklärt hatte. König Quinnault sprach nicht darüber.

Jeder Gedanke an die Drachen erinnerte Nimbulan an Myrilandel. *Pass bitte an meiner Stelle auf sie auf, Shayla,* flehte er die einzige Drachin des Nimbus an, die auch Myrilandels Mutter war. *Sie fehlt mir mehr, als ich je für möglich gehalten hätte.*

Sein Alter und die Einsamkeit lasteten schwer auf Nimbulans Schultern. Er musste seinen König überreden, ihm sofort die Erlaubnis zum Verlassen der Stadt zu geben. Wenn es sein musste, würde er auf sein dringendes Bedürfnis nach Ruhe verzichten. Aber nicht auf seine Mahlzeit. Er würde nirgendwo hingehen, ohne zuerst etwas zu essen; und zwar bald.

»Besser, wir machen uns an die Arbeit. Ich bin mir sicher, dass Botschafter General Jhorge-Rosse beim ersten Morgengrauen um eine Audienz ersuchen wird.« Nachdem Quinnault in Schlangenlinien umhergewandert war, drehte er sich jetzt abrupt auf dem Absatz um.

»Nach einem ganzen Tag Arbeit und einer ganzen Nacht, in der ihr eine Schlacht geschlagen und eine Verletzung davongetragen habt, scheint Ihr ja noch eine geradezu abstoßende Menge Kraft zu besitzen, Euer Gnaden.« Nimbulan musterte seinen König. Er roch nach salziger Gischt, Teer und Fisch. Das Grinsen auf seinem Gesicht war so strahlend, dass es mit dem untergehenden Mond wetteiferte.

»Ich habe einen Kampf zu meinen eigenen Bedingungen gewonnen, mit Waffen, die ich kenne – dem Scharfsinn von Menschen und kleinen Booten. Heute Nacht habe ich viel mehr Achtung vor mir selbst als damals, nachdem ich Kammeryl d'Astrismos das Schwert in den Leib gerammt hatte.« König Quinnault runzelte leicht die Stirn, als er über diesen scheußlichen Kampf sprach. »Jetzt ist es aber Zeit, uns auszuruhen und etwas zu essen, mein Freund. Morgen müssen wir beide wieder an die Arbeit.« Er schlug Nimbulan in kameradschaftlicher Zuneigung auf den Rücken.

Freunde, in der Tat, dachte Nimbulan herzlich. Gewiss würde Quinnault einsehen, dass sich Nimbulan umgehend auf den Weg machen musste. Er musste dieses Unternehmen selbst durchführen. Kein anderer hatte das Recht – oder das verzweifelte Bedürfnis – dazu. Da kam es nicht darauf an, wie alt Nimbulan war oder welche Verantwortung er in der Hauptstadt trug.

Jaanus, der Wandergeselle, den er auf die Suche nach Myri geschickt hatte, wusste nicht, wo er nach der verschwundenen Hexe forschen sollte. Nur Nimbulan konnte Myri finden, dessen war er sich jetzt sicher.

»Ihr müsst Euch von einem Heiler ansehen lassen, bevor Ihr die Welt in Ordnung bringt, Quinnault. Coronnan kann es sich nicht erlauben, dass Ihr von einer verborgenen Verletzung, die später wieder aufflammt, gefällt werdet.«

»Wie gut, dass ich Euch zu meinem obersten Ratgeber ernannt habe, Nimbulan. Ich kann mir nicht vorstellen, ohne Euch an meiner Seite zu regieren. Warum verlegt Ihr Eure Wohnung nicht in den Palast, wo Ihr immer gleich bei mir sein könnt?«

Und wo der König ihn ständig im Auge hätte.

Nimbulan seufzte und fragte sich, ob er die Freundschaft und das Vertrauen des Königs aufs Spiel setzte, wenn er weglief. Der Einfluss der Magierkommune bei der neuen Regierung beruhte vor allem auf Nimbulans Beziehung zu Quinnault.

Gewiss würde der junge König die Vertreter der Kommune nicht aus ihren Ratgeberpositionen entfernen, nur weil er zornig auf Nimbulan war. So engstirnig war Quinnault nicht. Mehrere der Lords im Rat waren allerdings nicht so großmütig. Konnaught führte eine Fraktion an, welche die alte Art der Herrschaft vorzog, bei der die persönlichen Privilegien der Lords wichtiger waren als das Wohlergehen des Landes.

Nimbulan erschauerte bei der Erinnerung an das Chaos, das

in Coronnan geherrscht hatte, als Konnaughts Vater sich zum König ausgerufen hatte.

Die Bande, die ihn in Coronnan hielten, waren fast so stark wie diejenigen, die ihn zu Myri zogen.

11. Kapitel

Die Kaalipha und ihre Wachen sahen Myri wie erstarrt an. Die flackernden Fackeln und das unheimliche gelbe Licht aus den Deckenpaneelen warfen widerstreitende Schatten, die von einer Aura des Bösen umgeben zu sein schienen.

»Versprich mir, Kalen, dass du für Amaranth sorgen wirst, wenn Yaassima mich tötet. Du darfst nicht zulassen, dass sie der Kaalipha in die Klauen fällt. Und falls – nein, wenn – ihr flieht, musst du sie von Moncriith und Televarn fernhalten. Beschütze sie mit deinem Leben.« Myri zog am Ärmel ihrer Tochter; ihre langen Finger legten sich ebenso fest um den dünnen Arm des Mädchens, wie Yaassima vorhin Golin angefasst hatte.

»Lass mich deinen Platz einnehmen, Myri. Mich werden sie nicht töten.« Kalen sah mit ihren großen grauen Augen zu Myri auf, ganz Unschuld und Vertrauen.

Doch hinter dieser bekannten Maske der Naivität lauerte bei ihr kalte Berechnung. Myri fragte sich, ob Kalen während der letzten drei Wochen auch die letzten Reste ihrer Unschuld verloren hatte. Was mochte in Televarns Sklavenpferchen vorgehen? Hatte man sie auch ihrer Jungfräulichkeit beraubt? Sie fürchtete, dass es so sein könnte, und es bekümmerte sie, dass ihre Tochter nicht die Gelegenheit gehabt hatte, bei einem Sonnwend-Fest die Freuden des Sex kennenzulernen. Kalen hatte viel zu früh begriffen, dass jeder Erwachsene in ihrem Leben sie – und ihr Talent – zu seinem eigenen Vorteil ausnutzte. Sie setzte ihre Maske kindlichen Vertrauens als Tarnung ein, während sie den Menschen in ihrer Umgebung ihren Willen aufzwang. Myri bezweifelte, dass sie jemals unschuldig und vertrauensvoll gewesen war.

Myri sprach eher zu ihrer Feindin als zu ihrer Tochter. »Nein, Kalen. Hier geht es nicht um Sex oder Strafe, sondern um Macht. Yaassima kann meine Liebe zu Nimbulan nicht kontrollieren, daher versucht sie, sie zu zerstören, indem sie mich dazu bringt, mich beschmutzt und wertlos zu fühlen. Wenn ich dir erlauben würde, meinen Platz einzunehmen, würde ich mich noch wertloser fühlen. Ich weigere mich, mich von ihr manipulieren zu lassen.«

Yaassima hielt weiter den Blick auf Myri gerichtet und sagte nichts. Sie verzog einen Mundwinkel zu einem maliziösen Lächeln, doch in ihren Augen stand keinerlei Belustigung. Die Fesseln lagen zwischen ihnen, eine stumme Herausforderung an die Willenskraft beider Frauen.

»Aber mir Gewalt anzutun oder mich zusehen zu lassen, wie dir das geschieht, würde mein Selbstwertgefühl zerstören, und das passt nicht in ihre Pläne. Sie hat kein leibliches Kind mehr, das ihr Erbe antreten könnte, und daher sucht sie jemanden, in dessen Adern Drachenblut fließt, damit diese Person in der Stadt herrscht, wenn sie nicht mehr da ist. Drachen sind langlebig, aber sterben müssen sie dennoch. Manchmal werden sie getötet. Amaranth und ich sind ihre einzigen möglichen Erbinnen. Und ich glaube nicht, dass sie so lange leben wird, bis mein Kind herangewachsen ist und den Titel einer Kaalipha übernehmen kann. Sie ist älter, als sie aussieht, und sie hat viele Feinde, die es nach ihrer Macht gelüstet, darunter Televarn und Moncriith.« Myri wandte nicht einmal den Blick von Yaassima.

»Deine Argumentation ist gut, Myrilandel, aber nicht lückenlos«, meinte Yaassima. »Hast du vergessen, dass sich Drachinnen immer mit mehr als drei Partnern paaren? Je mehr Väter, umso zahlreicher und stärker die Brut. Ich glaube, du bist bereit, die Gunstbezeugungen dieser Männer entgegenzunehmen.« Sie wies auf die unerschütterlichen Wachen, die das Kräftemessen zwischen Myri und ihr beobachteten. Bis jetzt war keiner von ihnen gegangen, um die Frauen zu holen.

»Drachen können sich nur alle zwei Jahre paaren. Wenn die Umstände nicht perfekt sind, warten sie länger, viel länger. Sie wählen sich ihre Partner unter den Männchen, deren Nähe sie Tag für Tag ertragen können. Und sie paaren sich niemals, solange sie noch ihr Junges säugen. Ich werde nicht zulassen, dass du Macht über mich ausübst, Yaassima. Such dir eine andere für dieses Spiel.«

»Deine Ziehtochter ist bereit.«

»Kalen ist kaum elf Sommer alt. Sie weiß nicht, was sie da redet.«

Einige der Wachposten scharrten ein wenig mit den Füßen. Myri spürte ihre Verlegenheit. Sie mochten Elitekiller sein, aber sie hielten sich an ihren eigenen rauen Moralkodex. Und ein kleines Mädchen zu vergewaltigen, verstieß sogar gegen ihren Ehrbegriff.

»Ich glaube, das Kind weiß genau, was es riskiert.« Yaassima zog ihre leicht schräg gestellten Augen zusammen. Ein zusätzliches Augenlid senkte sich zitternd herab und verbarg ihre Pupille, während sie die Welt aus einer anderen Perspektive betrachtete. Myri besaß dieses zusätzliche Augenlid der Drachen nicht. Ihr Körper war nicht als Drache geboren – nur von einem Drachen geborgt. Seine Persönlichkeit hatte den Körper gezwungen, einige Drachenmerkmale zu entwickeln, aber nicht alle. Verglichen mit Yaassima, waren die Vorsprünge auf ihren Wirbeln kaum zu bemerken.

»Televarn hat Kalen jetzt seit drei Wochen als Geisel festgehalten«, sagte Yaassima. »Er probiert seine Sklavinnen stets selbst aus, bevor er sie nach ein paar Wochen Gefangenschaft an Händler in SeLenicca verkauft. Aber erst, nachdem er ihrer überdrüssig ist. Er liebt es, junge Mädchen für das Leben im Bordell auszubilden. Die männlichen Sklaven verkauft er in die Minen. Aber er hat weder dieses Mädchen noch ihren Ziehbruder verkauft. Warum wohl? Was er wohl an ihnen finden mag?«

»Als Televarn uns in unserem Dorf eine Falle gestellt hat, da hat er Geiseln genommen, keine Sklaven«, gab Myri zurück. »Er hatte gehofft, ich würde willig in sein Bett kommen, wenn er die Kinder freiließe. Doch Ihr habt seine Pläne zunichtegemacht, als Ihr darauf bestanden habt, ich sei Eure Verwandte.«

Kurz schloss Myri die Augen und versuchte, die Bilder des albtraumhaften Tages zu verbannen, an dem Televarn ein ganzes Dorf niedergebrannt und alle ermordet hatte, die zwischen ihm und Myrilandel standen.

Yaassima warf den Kopf in den Nacken und lachte lange und laut. Immer schriller und gellender wurde ihr Gelächter und hallte durch die Halle der Gerechtigkeit. Myri fühlte sich an die ohrenbetäubenden Geräusche erinnert, die Drachen ausstießen, wenn sie kommunizierten.

»Dein Trotz spricht für deine Fähigkeit, eines Tages den unkontrollierbaren Abschaum zu regieren, der diese Stadt bewohnt«, erklärte Yaassima, als sie ihren Heiterkeitsausbruch bezähmt hatte. »Um am Leben zu bleiben, braucht man Willensstärke und muss in der Lage sein, rücksichtslos zu handeln. Nun gut, ich werde mir ein anderes, willigeres Opfer suchen, mit dem sich meine Männer heute Nacht vergnügen können. Ich glaube, ich werde Kestra nehmen, da sie bereit war, meine Regeln zu brechen, um bei einem Mann zu liegen.« Sie vollführte eine Handbewegung, und die Deckenpaneele erloschen. Die flackernden Schatten, welche die Fackeln warfen, ersetzten das viel zu helle Leuchten, das von überall und nirgends zu kommen schien.

Die Wachen entspannten sich sichtlich. Einer der schwarz gekleideten Männer huschte hinaus, wahrscheinlich, um die Frau zu holen.

Steif wandte sich Myri zum Gehen. Sie war beinahe zu erschöpft, um Erleichterung zu spüren.

»Sag mir, Myrilandel«, rief Yaassima ihr nach, »weist du diese

Männer zurück, weil du sie persönlich verabscheust, oder ziehst du die Berührung von Frauen vor?«

Myri blieb wie erstarrt stehen. Bis jetzt hatte ihr in dieser gefährlichen Nacht die Wahrheit gute Dienste geleistet. War sie stark genug, um ihr auch weiterhin als Verteidigung zu dienen?

Über die Schulter sah sie zurück zu der hochgewachsenen Frau mit dem weißblonden Haar und den unnatürlich langen Fingern und Zehen. Ihr Instinkt riet ihr, Sicherheit an einem hoch gelegenen, dunklen Ort zu suchen, sich unsichtbar zu machen und unbemerkt zu entweichen. Allein.

Das konnte sie nicht tun. Die kleine Amaranth, Kalen und Powwell waren vor ihr abhängig.

Das Zugehörigkeitsgefühl zu ihren Kindern vertrieb ihre immer noch vorhandene Sehnsucht, sich in einen Drachen zu verwandeln. Sie war keine Einzelgängerin mehr und würde es nie wieder sein.

(Nimbulan muss zu dem Kreis gehören.)

War das ein Drachengedanke? Seit ihrer Entführung hatte sie die Stimmen, die sie leiteten, nicht mehr gehört. Warum gerade jetzt? Aber sie hatte keine Zeit, sich Gedanken darüber zu machen; sie war nur erleichtert darüber, dass die Drachen sie nicht ganz verlassen hatten.

»Kein Drache würde diese Frage stellen, Yaassima. Bei ihnen dient die Paarung ausschließlich der Zeugung von Nachwuchs. Den Rest ihres Lebens verbringen die Drachen allein, ohne an Artgenossen zu denken. Warum die Anstrengung, die ein Paarungsflug bedeutet, auf eine fruchtlose Leidenschaft vergeuden?«

»Und doch erzählt Moncriith eine interessante Geschichte darüber, wie du seinen Vater ermordet hast, als du ihn in den Armen deiner Hüterin, Margretha, angetroffen hast? Warum solltest du den Mann mit Hexenfeuer töten und Margretha für immer entstellen, wenn nicht aus eifersüchtiger Raserei? Damals warst du elf, so alt wie Kalen heute.« Yaassima zog eine Augenbraue hoch, etwas, das sie oft tat, wenn jemand anders gelacht oder gelächelt hätte.

»Moncriith manipuliert die Geschichte so, wie es ihm zupass kommt. Er selbst hat die Feuerkugel geschleudert, während er bei Margretha Schlange stand, um ihre Gunst zu genießen. Ich war erst sechs und habe die Frau gerettet, die mich aufgezogen und beschützt hat.«

Myri umklammerte Kalens Hand und rauschte hinaus, bevor die Kaalipha sich eine weitere gefährliche Frage einfallen lassen konnte.

»Glaubst du, dass sie sich Frauen ins Bett holt?«, fragte Kalen, als sie zu Myris Zimmer zurückeilten. In ihrem Blick stand eine Mischung aus Faszination und Ekel.

»Ich glaube nicht, dass Yaassima irgendjemandem außer sich selbst leidenschaftlich zugetan ist. Darin ist sie wahrhaftig eine Nachfahrin von Drachen. Sie liebt niemanden und verbringt ihr Leben allein. Aber anders, als das bei Drachen der Fall ist, hat sie Sex zu einer Waffe entwickelt, oder einem Werkzeug, um andere zu kontrollieren und einzuschüchtern.«

Sobald Kalen und sie die Sicherheit ihres Zimmers erreicht hatten, knallte sie die Tür zu und lehnte sich dagegen. Sie hatte das Bedürfnis, eine Barriere zwischen sich und Yaassima zu errichten. Maia regte sich auf ihrer Pritsche und schaute auf, um festzustellen, was sie gestört hatte. Mit einer Handbewegung befahl Myri der Rover-Frau, sie solle weiterschlafen.

»Ich muss vorsichtig sein, wenn ich mich Yaassima widersetze. Sie muss glauben, dass ich unter ihrem Bann stehe, bis ich fort bin. Unsere einzige Hoffnung auf Flucht liegt darin, dass sie glaubt, niemand würde wagen, ihr zu trotzen.« Myri legte ihre Tochter in die Wiege und blieb noch einen Moment dort stehen, um das feine Haar des Babys und seine zarte Haut zu liebkosen.

»Ich wünschte, du hättest Wiggles, dein Haustier, bei dir, Kalen.« Myri holte tief Luft.

»Ich auch. Er fehlt mir.« Kalen wurden die Augen feucht; offenbar war ihr Gefühl echt. »Aber du magst ihn doch nicht. Warum wünschst du jetzt, er wäre hier?«

»Ich mag seine heimlichtuerische Art nicht. Er hat Eier gestohlen und sich an seltsamen Orten versteckt. Und sein Geruch ist so schlimm, dass er mich fast aus der Hütte getrieben hat. Aber wenn du ihn jetzt bei dir hättest, könntest du über ihn Kontakt zu Powwell aufnehmen. Wir müssen ihn aus der Grube herausholen, und zwar bald.«

»Ich glaube, ich kann Powwell auch ohne einen magischen Gefährten erreichen.« Kalen konnte Myri nicht in die Augen sehen, ein sicheres Zeichen dafür, dass sie die Wahrheit sagte. Sie log nur, wenn sie mit weit aufgerissenen Augen vertrauensvoll zu einem Erwachsenen aufschaute. Nur eben war es anders gewesen, als sie zugelassen hatte, dass ihr die Tränen kamen.

»Gut.« Myri war zu müde, um sich auf Kalens kompliziertes Verhalten und ihre Motive einzulassen. »Bitte finde heraus, wo er festgehalten wird, Kalen. Sag ihm, er soll sich keine Sorgen machen und nicht in Verzweiflung verfallen. Wir werden nach Sonnenuntergang fliehen, wenn die Wachen befriedigt sind und tief schlafen. Vielleicht hat Yaassima uns ja mit dieser scheußlichen Orgie in der Halle der Gerechtigkeit einen Gefallen getan.« Sie erschauerte bei dem Gedanken, wie nahe sie daran gewesen war, der Kaalipha in die Falle zu gehen und ein weiteres Opfer ihrer »Gerechtigkeit« zu werden.

Powwell stolperte über den unebenen und abschüssigen Boden. Schmerz schoss durch seine Schultern, als die Wachmänner, die rechts und links von ihm gingen, seine Arme packten und ihn auf ihrem schnellen Weg in die Grube voranstießen. Die Uniformierten vor und hinter ihm gaben sich weder Mühe, ihren Schritt dem seinen anzupassen, noch sahen sie ihn an.

Die »Grube«, bedeutete den Tod, ebenso sicher wie das Beil des Henkers. Wenn ihn der immer schmaler werdende Tunnel nicht zuerst umbrachte. Die tief hängende Decke schien alle Luft aus dem Höhlenkomplex herauszupressen. Powwell hatte das Gefühl, das Gewicht der Erde zu spüren, die mehrere Meilen hoch auf dieser winzigen, winzigen Höhle lastete.

Er keuchte und zwang seine Lunge, mehr Luft einzuziehen. Doch jeder Atemzug wurde schmerzhafter und flacher.

Ein Hitzeschwall traf ihn ins Gesicht. An den Tunnelwänden glühte unnatürlich gelbes Licht.

Wieder stolperte er und fiel auf die Knie. Vor Angst zitterte sein Kinn, und seine Glieder bebten. Televarn hatte sie an jenem ersten Tag in Hanassa vom Drachentor aus durch die Grube zum Palast geführt. Powwell erinnerte sich nur an Hitze, Lärm und überwältigende Verzweiflung. Niemand überlebte lange in der Grube.

Nicht die Grube, nicht die Grube!, schrie er lautlos, wieder und wieder. *Das Feuer verzehrt alle Luft.*

Von den Stadtbewohnern hatte er gehört, dass in dem endlosen Höhlenlabyrinth tief unter der Kardia Untote umgingen. Sie konnten weder leben noch sterben, und so schlichen sie durch die Höhlen und saugten den Posten, deren Pech es war, zum Wachdienst in der Grube eingeteilt zu werden, das Leben aus. Höllenfeuer brannten Tag und Nacht. Hier entsprang die Macht der Kaalipha.

Er würde noch an seinen eigenen Ängsten ersticken, ehe die Untoten und die Magie ihn um den Verstand brachten, da war er sich sicher.

Schon jetzt brachte ihn der Luftmangel fast um. Unter der Erde hatte er immer das Gefühl, nicht atmen zu können. Thorny versuchte, aus seiner Tasche zu klettern. Die zerzausten Stacheln piekten Powwell in die Brust. Er riss sich lange genug aus dem niederdrückenden Teufelskreis seiner Gedanken, um sein Haustier wieder in sein Versteck zu schicken. Niemand wusste, dass er den Igel von der Lichtung mitgebracht hatte, und niemand ahnte, dass der scharfe Geruchssinn des Tierchens ihn vielleicht zurück zum Drachentor und nach Hause führen könnte. Er musste Thorny vor den Wachen verbergen.

Ein Wachmann trat ihm mit dem Stiefel ins Hinterteil, und Powwell fiel auf die Knie, wobei er Acht gab, Thorny zu schützen. Ein weiterer Stiefel traf in seine Rippen, und er brach seitwärts zusammen. Den Schmerz bemerkte er kaum. Besser, er starb hier, als in der Grube zu enden. Thorny könnte flüchten und nach Kalen suchen. Sie brauchte einen magischen Gefährten, denn Wiggles war ihr ungefähr eine Woche nach ihrer Ankunft in Hanassa weggelaufen.

Die Wachen packten ihn an den Armen und rissen ihn grob hoch. Irgendwie fand er die Kraft, allein zu stehen. Und dann ging der Marsch in die Verdammnis weiter.

Verlier nicht den Mut!, flüsterte eine Stimme in seinen Gedanken. Der kurze Kontakt war sofort wieder verschwunden. Er stieß einen Seufzer der Erleichterung aus und sog Luft in die Lunge.

»Kalen?«, rief er laut und fragte sich, ob er sich in seiner Verzweiflung eingebildet hatte, ihre Stimme zu hören. Aber er bekam wieder Luft. Kalen wusste, dass er unter der Erde immer Atemprobleme bekam. Ihre Präsenz half ihm, die Lunge zu entspannen und die wenige Luft, die er vorfand, zu nutzen.

»Halt den Mund, Gefangener.« Der Wachmann zu seiner Rechten stieß ihm eine Faust in die bereits angeschlagenen Rippen. »Wenn wir dich in der Grube abgeliefert haben, kannst du so viel plappern, wie du willst.« Rasch schloss er mit einem der hohlen Stäbe das Tor auf.

Kalen? Powwell warf seine Gedanken aus und suchte nach der leichten mentalen Berührung des Mädchens.

Bleib am Leben. Du musst um jeden Preis am Leben bleiben. Ich werde dich retten!

Das war eindeutig Kalens Stimme. Sie war da und gleich wieder verschwunden, ehe er sich mit ihr verbinden konnte.

»Wie, Kalen?«, flüsterte er mit körperlicher und geistiger Stimme zugleich.

»Ich sagte, halte den Mund.« Die Wachen hoben Powwell vom Boden hoch und trugen ihn auf das bedrohliche rote Glühen zu.

Powwell schlug auf den unebenen Grund auf. Ein stechender Schmerz fuhr durch seine verletzten Rippen. Das Krachen, mit dem das Tor zufiel, war ebenso laut wie die unheimlichen Geräusche, die aus der Grube aufstiegen. Er hörte kaum, wie die Wachen davonrannten, obwohl das Poltern ihrer Stiefel von den Tunnelwänden widerhallte.

12. KAPITEL

»Lasst uns etwas essen gehen. Ich habe das Gefühl, als hätte sich mein Magen um meine Wirbelsäule gewickelt«, sagte Nimbulan. »Und dann *muss* ich schlafen. Die Botschafter aus Rossemeyer und SeLenicca können warten, bis Ihr bei einem Heiler wart, Quinnault.«

Über die Schulter sah Quinnault zurück auf die Bucht und die zerstörte Armada. Ein staunender Ausdruck huschte über sein Gesicht. »Ich kann nicht behaupten, dass ich noch einmal einen solchen Kampf führen möchte. Genau wie ihr wünsche ich mir, dass Coronnan als Handelsnation und wegen seiner Friedfertigkeit und seiner weisen Ratgeber geachtet wird. Aber ich sehe nicht, wie wir weitere Schlachten vermeiden können, solange es andere Länder nach unserem Land und dem Fisch in unserer Bucht gelüstet. Ich habe mir Pläne angehört, nach denen einige Kanäle ausgehoben werden sollen, um Handelsschiffe einzulassen. Aber wo Händler segeln können, werden Kriegsflotten folgen.«

»Was wir brauchen, ist ein gesicherter Fährdienst zwischen dem tiefen Wasser und der Stadt«, überlegte Nimbulan und folgte Quinnaults Blick zu dem im Licht der Sterne glitzernden Watt.

Mitternacht, teilte ihm sein Körper mit. Innerhalb einer Stunde würde die Ebbe am tiefsten sein. Vielleicht konnte er ein paar Stunden Schlaf abbekommen, bevor Quinnault und sein unerschöpflicher Tatendrang ihn im Morgengrauen wieder aus dem Bett rissen.

Vielleicht sollte er bis dahin schon auf der Suche nach Myri sein, ehe der König ihm wieder einmal die Erlaubnis zu reisen verweigerte. Myri war es wert, ihretwegen auf ein wenig Schlaf zu verzichten.

Aber wie weit würde er kommen, wenn ihn sein erschöpfter Körper aufhielt?

»Dort liegen einige kleine Inseln.« Mit dem unverletzten linken Arm wies Quinnault gen Westen. »Wir könnten dort Docks bauen, um die Fracht und die Passagiere umzuladen. Was würde ich nicht für ein paar Varn-Diamanten geben! Für dieses Geld könnte man da draußen eine Hafenstadt bauen.«

»Ein guter Plan. Irgendwie werden wir die Mittel schon auftreiben. Die Varn werden erst wieder in etwa fünfzig Jahren kommen, um Handel zu treiben. Können wir jetzt essen?« Mit zwei langen Schritten strebte Nimbulan zur Treppe und riss Quinnault aus seiner Betrachtung der Bucht. Der König verzog das Gesicht, als er einen Schritt zur Seite machte, um das Gleichgewicht zu halten.

»Zeit, dass Ihr Euch zu einem Heiler begebt. Drüben auf der Schulinsel finden wir rascher einen, denn dorthin werden die Verwundeten gebracht.« Nimbulan bot Quinnault eine Hand und führte ihn die steile Treppe hinunter.

»Ich rudere Euch zur Schulinsel. Wir haben die Brücke zerstört, für den Fall, dass die Invasion bis hierher kommen würde. Und der alte Damm ist nicht stabil genug, da er bei den letzten Winterstürmen unterspült worden ist«, erklärte Quinnault und schüttelte die helfende Hand ab.

Nimbulan hatte sich schon einmal zusammen mit Quinnault in einem lecken Boot aufs Wasser begeben. Damals waren sie beide fast ertrunken, ehe sie auf der Spukinsel, die von den Anwohnern jetzt Schulinsel genannt wurde, an Land gekrochen waren.

»Nein, ich werde Euch über den Damm führen. Es herrscht Ebbe, und der Wasserstand des Flusses ist niedrig. So gefährlich ist der Weg gar nicht«, meinte Nimbulan.

»Ihr seid immer noch ein absoluter Neuling, was Boote angeht, Nimbulan. Da vertraut Ihr Euch lieber dem Damm an als einem Ruderboot«, versetzte Quinnault mit gespielter Strenge. Beide lächelten in Erinnerung an ihr erstes gemeinsames Abenteuer, das mit einem Missgeschick geendet hatte – das erste in einer Reihe von Ereignissen, die Nimbulan zu den Drachen geführt und eine Art von Magie gelehrt hatten, die gemeinsam ausgeübt und von der Kommune kontrolliert werden konnte.

»Ich glaube, wir schulden den Drachen großen Dank für unseren Sieg heute Nacht«, meinte Nimbulan nachdenklich. »Wir müssen alles in unserer Macht Stehende tun, um sie zurückzuholen«, setzte er hinzu; eine Anspielung auf seine Reisepläne.

»Denkt nicht einmal daran, mich oder die Kommune zu verlassen, Nimbulan. Ihr seid viel zu wertvoll, um Euch zurückzuziehen. Sobald Ihr wisst, in welche Richtung Ihr die Männer ausschicken müsst, setzt jeden Gesellen der Schule auf die Spur von Myrilandel und den Drachen. Aber Ihr müsst hier bleiben. Coronnan braucht Euch viel zu dringend, als dass Ihr bei einem so gefährlichen Unternehmen Euer Leben riskieren dürft.« Quinnault neigte den Kopf zur Seite, als lausche er auf das leiseste Zeichen dafür, dass die verschwundenen Drachen mit ihm kommunizieren wollten. Nimbulan kannte diese Geste von Myri.

»Coronnan braucht die Drachen mehr als mich. Meine Frau ist der Schlüssel zu den Drachen. *Ich* muss derjenige sein, der auszieht, um sie zu suchen.«

»Nein, das ist zu gefährlich. Ich kann es mir nicht leisten, Euch zu verlieren«, entgegnete Quinnault kategorisch.

»Selbst wenn Shayla selbst mir befehlen würde, auf die Suche zu gehen?«

»Nur wenn Shayla es befiehlt. Aber seit die Drachen den Pakt für nichtig erklärt haben, hat keiner von ihnen mehr zu mir gesprochen.« Quinnault wandte sich ab und ging die Treppe hinunter, die zur Anlegestelle führte. Dann warf er einen Blick über die Schulter und lächelte entschuldigend. »Ich bin auf Euch angewiesen, Nimbulan, und nicht nur wegen Eurer Magie. Ihr müsst mich mit Eurer Weisheit und Erfahrung leiten. Ich bin schließlich in meinem Herzen nur ein Priester, der sich mit einem Mal als König wiedergefunden hat und versucht, diesen streitsüchtigen Haufen, der sich eine Regierung schimpft, zusammenzuhalten. Lasst mich nicht im Stich, mein Freund. Bitte.«

Nimbulan zuckte mit den Achseln. Auf solch ein Argument wusste er nicht viel zu sagen. Quinnault hatte guten Grund, keinem der Lords oder der anderen Magier zu trauen.

Kurz darauf ließ Nimbulan den beschädigten Damm hinter sich und setzte den Fuß auf die Schulinsel. Zwei flackernde Fackeln spendeten so viel Licht, dass sie sechs Boote erkennen konnten, die am benachbarten Kai vertäut lagen. Dann waren also mindestens sechs Bootsbesatzungen aus der Bucht zurückgekehrt.

»Kommt, esst mit uns, Euer Gnaden«, lud Nimbulan ihn ein. »Bestimmt finden wir im Refektorium auch einen Heiler. Auch sie werden bei der Behandlung der Verwundeten gelegentlich Ruhe und Erfrischung suchen«, sagte Nimbulan und lenkte seinen müden Körper zum Bootsdock und zu dem Weg, der in die Schule führte. Auf dem steilen Pfad protestierten seine Knie, und sein Rücken wollte sich nicht geradebiegen lassen. Er stöhnte und presste die Hände ins Kreuz. Es war gut, sich zu recken. Er ließ die Schultern kreisen und zog eine Grimasse, als er spürte, wie verkrampft seine Muskeln waren. »Ich werde zu alt für solche Dinge.«

Quinnault trat, eine fröhliche Melodie pfeifend, zu ihm. Demonstrativ ignorierte er Nimbulans letzte Bemerkung.

Nimbulans Wirbelsäule brauchte eine längere Entspannung. Er beugte sich vor, umfasste die Knie und krümmte den Rücken, ehe die Muskeln krampfen konnten.

Ein dünnes Wasserrinnsal erweckte seine Aufmerksamkeit. Es war nicht breiter als drei Tropfen, doch es floss beständig. Merkwürdig, seit drei oder vier Tagen hatte es nicht mehr geregnet, und bis vor drei Wochen, als die Drachen sie verlassen hatten, war der Herbst ungewöhnlich trocken und sonnig gewesen. Warum sollten die Teiche und Schlammlöcher jetzt überfließen und ein solch schmales Rinnsal entlassen, wenn doch die Bäche das Wasser auf normale Weise aufnehmen konnten?

Seine Einstimmung auf die Drehung des Planeten, die Gezeiten und die Zyklen von Sonne und Mond sagte ihm, dass mit diesem Wasser etwas ganz und gar nicht stimmte.

»Es fließt bergauf!« Nimbulan sah zum Kai zurück. Das Rinnsal kam aus dem Wasser, bewegte sich am Ufer hinauf und floss neben der Anlage her. Er entdeckte keinen Hinweis auf seinen Ursprung.

In die andere Richtung, auf die Schulgebäude zu, tröpfelte das Wasser neben dem Fußpfad her, über Hügel und Felsen hinweg. Vorsichtig setzte er den linken Fuß auf den Weg und horchte misstrauisch in sich hinein, um festzustellen, ob das unnatürliche Rinnsal irgendwelche Magie ausstrahlte. Doch das Wasser floss weiter ruhig bergauf, ohne seine Magie zu stören.

Quinnault folgte ihm und setzte die Füße in Nimbulans Spuren. »Das erinnert mich an das erste Mal, als ich Euch zur Insel gerudert habe.« Der König schulterte ein Ruder wie einen Kampfstab, bereit, es jedem, der sie bedrohte, über den Schädel zu ziehen. Anscheinend konnte er mit der rechten Hand nicht zugreifen. Mit einem bedauernden Achselzucken legte er das Ruder zurück ins Boot und zog mit der linken Hand sein Kurzschwert. »Gut, dass ich varnhändig bin.«

»Ist Euch schon einmal aufgefallen, dass Linkshändigkeit für gewöhnlich auf magisches Talent hindeutet – sogar das wenige an Talent, das von einem Priester verlangt wird?«, meinte Nimbulan nachdenklich. »Ich frage mich, ob die geheimnisvollen Varn auch Hilfe durch die Sternengötter erhalten haben.«

»Die Varn sind wahrscheinlich ein Mythos«, rief ihm Quinnault ins Gedächtnis. »Mein Gedanke, Varn-Diamanten für Getreide einzuhandeln, war nur Wunschdenken, nichts weiter. Aber andererseits haben wir früher auch geglaubt, Drachen und Flugflipper seien mythische Wesen.«

Beide Männer zuckten mit den Achseln und wandten ihre Aufmerksamkeit erneut dem Wasserrinnsal zu.

»Dieser kleine Wasserzauber ist wahrscheinlich das Werk eines meiner abenteuerlustigeren Lehrlinge.« Wieder rollte Nimbulan die Schultern, um seine Rückenmuskeln zu entspannen, und überprüfte automatisch sein Magie-Reservoir, um einen Gegenzauber zu wirken.

Nichts. Ehe er nicht gegessen und geschlafen hatte, war seine Magie so kraftlos wie dieser Wasserfaden, dem er folgte. Der Zauber musste durch eine direkte Handlung oder ein Wort ausgelöst worden sein.

Die Essenz eines der Elemente – Kardia, Luft, Feuer oder Wasser – zu kontrollieren, war für gewöhnlich ein Zauber, der Feinfühligkeit und Raffinesse erforderte. Elemente ließen sich nicht freiwillig von Menschen an die Kette legen. Wer in der Schule hatte die Zeit und das Wissen, mit einer Elementarkraft zu experimentieren?

Er blieb stehen, denn er hatte die Schule fast erreicht und sah, dass Stuuvart, der Verwalter, auf den Eingangsstufen stand. Nicht nur sein Gesicht, sondern auch die ganze Haltung wirkte verdrossen. Sein Umhang schwang im Takt zu seinen rastlosen Bewegungen hin und her und spiegelte seine Unruhe. Der ungeduldige Verwalter wedelte mit den Armen und brüllte Anordnungen. Lehrlinge huschten in alle Richtungen davon, um seine Befehle auszuführen.

Auch Nimbulan zog eine finstere Miene. Stuuvart liebte seine peinlich genauen Aufzeichnungen und gefüllten Vorratsräume mehr als seine Frau und Kinder. Aber er konnte den Verwalter nicht entlassen, ohne die ganze Familie hinauszuwerfen – Kalens Familie –, einschließlich Guillia, der Köchin.

Ein Lehrling rannte an Nimbulan vorbei, und er packte den Jungen am Arm, der auf den instabilen Damm zurannte, so schnell die Beine ihn tragen wollten. »Warum die Eile, Haakon?«

»Meister Stuuvart sagt, wir könnten es uns nicht leisten, all die Verwundeten und Bauern zu verpflegen, und er will zusätzliche Vorräte aus dem Palast anfordern. Er ist wütender als ein eingesperrter Lumvogel, weil Ihr nach Eurer Schlacht alle hergeschickt habt.« Der Junge keuchte, als wäre er bereits mehrere Male zum Palast und wieder über den gefährlichen Weg zurückgerannt.

»Hat seit den gestrigen Schlachtvorbereitungen einer von euch Jungen geschlafen?« Nimbulan forschte in Haakons Gesicht nach Anzeichen von Erschöpfung. Abgesehen von seinen hochrot angelaufenen Wangen wirkte seine Haut grau, und seine Augen schienen übermäßig zu leuchten.

»Keine Zeit, Herr.« Haakon trat von einem Fuß auf den anderen, als könne er es nicht erwarten, seinen Botengang fortzusetzen.

»Hast du schon gegessen?« Nimbulan hielt den Ärmel des Jungen fest.

»Ich bekomme etwas, sobald ich den Palastverwalter geholt habe.«

»Es ist nach Mitternacht! Stuuvart kann doch nicht darauf bestehen, seinen Vorratsraum jetzt aufzufüllen.« Nimbulan rang seinen Zorn über die Besessenheit des Verwalters nieder. »All diese Menschen haben sehr hart dafür gearbeitet, dieses Land zu verteidigen«, sagte er, nachdem er wieder ruhig sprechen konnte. »Ihnen zu essen zu geben und die Verwundeten zu versorgen, ist das Mindeste, was wir tun können. Sie haben sich ihre Mahlzeit und ihre Ruhe verdient, und du ebenfalls.«

Bei dem Duft köstlichen Schinkens und frischen Brots, der aus dem Küchenflügel heranzog, wurde ihm der Mund wässrig. Stuuvarts Frau hielt stets genau das Essen bereit, nach dem es Nimbulan gelüstete, und exakt dann, wenn er es brauchte. Nur durch die beiden kleinen Mahlzeiten, die sie ihm während der Schlacht geschickt hatte, stand er überhaupt noch auf den Beinen. Guillia bemutterte alle an der Schule. Warum konnte ihr Mann dann nicht ein wenig Zuneigung für ihre Tochter Kalen erübrigen? Wenn Stuuvart sie nicht verstoßen hätte, wäre das kleine Mädchen vielleicht nicht so bereitwillig mit Myri gegangen.

Wenn Kalen nicht fortgegangen wäre, dann wäre auch Powwell geblieben, ihr treuer Freund und wahrscheinlich auch ihr Halbbruder, und Myri wäre jetzt allein, wo immer sie auch sein mochte. Warum kam es ihm nur so vor, als stünde das Wohl der Schule immer im Widerspruch zu dem, was für ihn und seine Frau das Beste war?

Die Erkenntnis, wie leer sein Leben war, ragte mit einem Mal vor ihm auf wie eine der Steinmauern der Schule. Es war erst einen Tag her, dass er eine Vision von Myri in dem Brottrog gesehen hatte. Gestern Morgen war Amaranth gestorben, nachdem er ihm eine kryptische Botschaft überbracht hatte, dass Myri nach Hanassa entführt worden sei. Gestern hatte Lyman ihm mitgeteilt, die Rover-Frau Maia habe ein Kind bekommen – Nimbulans Kind und wahrscheinlich das einzige, das er jemals haben würde.

Frustriert schlug sich Nimbulan mit der linken Faust in die rechte Handfläche. Er hatte einen ganzen Tag vergeudet.

Nein, nicht vergeudet. Er hatte dazu beigetragen, Coronnan vor einer Invasion zu retten. Wieder lagen seine Prioritäten im Widerstreit. Wann würde er jemals in der Lage sein, seine eigenen Bedürfnisse über die der anderen zu stellen?

»Aber Meister Stuuvart hat gesagt …« Haakons Protest riss Nimbulan aus seinen sinnlos kreisenden Gedanken.

»*Ich* leite die Schule, Haakon. Jetzt geh ins Refektorium, und nimm deine Klassenkameraden mit. Oh, und jemand soll Pergament und Schreibfedern aus meinem Zimmer holen. Seine Gnaden und ich müssen ein paar Pläne für Fähren und Ladedocks aufstellen, während wir essen.« Er schlug dem König auf die unversehrte Schulter. Er musste Quinnault beschwichtigen und so tun, als teile er seine Begeisterung, sonst würde er sich nie die Zeit nehmen, zu einem Heiler zu gehen. Und er wollte den König bei guter Gesundheit wissen, bevor er zu seinem Unternehmen auszog.

Er lächelte in sich hinein, als ihm klar wurde, dass er bereits beschlossen hatte, noch heute aufzubrechen. Wenn möglich, noch vor Sonnenaufgang.

»Ich hole die Sachen selbst, Meister Nimbulan.« Schon rannte Haakon die schmale Wendeltreppe hinauf, die in den Wohnflügel führte.

»Warte, Haakon, die Tür ist verschlossen!«, rief Nimbulan dem Knaben nach. Jetzt fiel ihm ein, dass Stuuvarts jüngere Tochter ihm nie die Abhandlung über Seeschlachten gebracht hatte, um die er vor vielen Stunden gebeten hatte. Was mochte der Grund sein?

Wahrscheinlich hatte Stuuvart andere, »wichtigere« Aufgaben für das Kind gefunden – wichtiger in Stuuvarts Augen, wenn auch für niemanden sonst.

Nimbulan betrachtete die Stelle, wo das lästige Wasserrinnsal die Schwelle der Schule überquerte. Neben dem Wasser führten winzige feuchte Pfotenabdrücke her. Wohin führten die Spuren von hier aus? Wie lange tröpfelte das Wasser schon auf sein Ziel zu, wo es vielleicht ein unbekanntes Reservoir füllte?

Ein feuchtes Schimmern auf der Treppe gab ihm die Antwort.

»Haakon, komm zurück! Haakon?«, rief er beunruhigt. Ohne nachzudenken stieg er die Treppe hinauf.

Etwas Schmales huschte an ihm vorbei und streifte sein Bein. Dann war das Wesen – ein Frettchen? – so schnell verschwunden, dass es auch Einbildung hätte sein können.

Ein schriller Schrei erklang.

»Haakon!« Nimbulan stürzte voran.

Hinter dem Tier kam etwas Dunkles die Treppe hinunter. Das schmale Wasserrinnsal schwoll an, bis es die ganze Breite der Stufen einnahm. Er rutschte auf dem plötzlich nassen Stein aus. Ein lautes Tosen donnerte durch das Treppenhaus. Flackernd erloschen die Fackeln. Dunkelheit erfüllte seinen Geist und sein Blickfeld.

Das Wasser stieg und schwoll zu einer Woge an, die ihn verschlang. Er zwang sich, sich in dem rauschenden Nass zu entspannen, wie Myri es ihn gelehrt hatte.

Myri! Er konnte nicht sterben, ohne sie wiedergesehen zu haben.

Er stieß sich nach oben ab und suchte Luft. Seine Brust fühlte sich an wie von eisernen Bändern zerquetscht. *Es ist nur Wasser,* sagte er sich. *Wasser, das der Schwerkraft gehorcht und an seinen Ursprung zurückkehrt.*

Luft. Er brauchte Luft, musste ein Element mit dem anderen bekämpfen.

Ich kann nicht schwimmen. Ich werde ertrinken. Dann durchbrach sein Kopf die Wasseroberfläche, und Leben spendende Luft füllte seine Lunge. Vor Erleichterung hätte er beinahe aufgeschluchzt.

Sein Rücken prallte gegen harten Stein, der ihm die herrliche Luft fast wieder aus der Lunge presste. Wände. Stufen. Luft. Er lag halb auf der ersten Treppe und halb auf dem Absatz und atmete immer noch. Das Wasser strömte aus dem Gebäude und zog sich auf dem Weg zurück, auf dem das ursprüngliche Rinnsal gekommen war.

Nimbulan schüttelte sich das nasse Haar aus den Augen, zündete mit einer Handbewegung die Fackeln wieder an und betrachtete den angerichteten Schaden. Von allen Oberflächen tropfte Wasser und beeilte sich, sich mit dem großen Strom zu vereinigen. Jeder winzige Tropfen löste sich von den Stufen und dem Treppenabsatz. Das war eindeutig das Werk einer Elementarkraft.

Mit zitternden Händen wischte sich Nimbulan das Gesicht ab. »Geht es Euch gut, Quinnault?« Der König saß am Boden und lehnte sich an die Wand. Er wirkte ein wenig benommen und sehr durchnässt.

Ein rascher Blick verriet ihm, dass der zum Refektorium führende Korridor trocken geblieben war. Das gefangene Element hatte nur das Bestreben, an seinen Ursprung zurückzukehren und suchte sich nicht auszubreiten.

»Haakon!« Nimbulan drehte sich auf den Bauch und wollte die Stufen hinaufkriechen. »Antworte mir, Haakon!«

Erst da wurde er gewahr, dass etwas Schweres, das quer über den Stufen direkt über ihm lag, gegen seine Schultern drückte.

Haakon. Seine Augen standen weit offen, die Glieder waren verrenkt, und die Haut wirkte so weiß wie die Unterseite eines Fisches.

13. Kapitel

»So viele Tote. Wann wird das endlich aufhören?« Weinend wiegte Nimbulan Haakons schlaffen Körper. Vor seinem geistigen Auge sah er nicht Haakons noch kindliche Züge, sondern Keegans Gesicht. Vor fast zwei Jahren war Nimbulan gezwungen gewesen, Keegan, seinen einstigen Lehrling, zu töten. Der Junge war weggelaufen, um Schlachtenmagier zu werden, bevor er seine Ausbildung abgeschlossen hatte. Er hatte genau gewusst, dass sein neuer Herr Nimbulans Befehlshaber zum Kampf herausfordern würde. In dieser Schlacht hatte Keegan seinen Lehrer beinahe geschlagen. Aber die Kühnheit des unerfahrenen Jungen war größer gewesen als seine Weisheit. Nimbulan hatte den Knaben töten müssen, damit sein Zauber nicht außer Kontrolle geriet und den größten Teil von Coronnan zerstörte.

Im Jahr darauf war Ackerly, sein Assistent und Freund aus Kinderzeiten, im Kampf gegen Nimbulan gestorben; dieses Mal an seinem eigenen Zauber, nicht an einem Spruch, den Nimbulan gewirkt hatte.

Und jetzt war Haakon ertrunken, weil ein prinzipienloser Magier ein Element in Ketten gelegt hatte. Das Wasser hatte nur das Bestreben gehabt, in seinen natürlichen Zustand zurückzukehren. Der Lehrling war in die Falle gegangen und ertrunken.

Falle? Haakon hatte eine Falle ausgelöst, die für Nimbulan gestellt worden war. Unter normalen Umständen hätte nur er sein privates, verschlossenes Arbeitszimmer betreten. Warum war Stuuvarts jüngere Tochter nicht hineingegangen, als Nimbulan nach der Abhandlung über Seeschlachten verlangt hatte? Hatte Stuuvart von der Falle gewusst?

Jemand hatte das Wasserelement unter einen Zwang gestellt und ihm den Befehl erteilt, den Obersten Magier zu töten.

Wer? Wer besaß die Macht, ein Element in seine Macht zu bringen? Er musste klar denken, durfte nicht zulassen, dass sich seine Gedanken durch seinen Kummer im Kreis drehten. Wenn er nur sein Tagebuch zur Hand gehabt hätte, um seine Ideen in eine logische Ordnung zu bringen! Doch er hatte keine Zeit, sich hinzusetzen, zu grübeln, Ideen zu notieren und die verstreuten Gedanken abzuhaken. Er brauchte sofort eine Erklärung.

Wer steckte hinter dem Anschlag? Keiner seiner Lehrlinge, so viel war sicher. Drachenmagie war nicht dazu geeignet, ein Element zu beherrschen. Ohne Kraftlinien, die dem Zauber Energie verliehen, würde sich das Wasser nicht fügen. Keiner der Nachwuchsmagier, die allein mit Drachenmagie arbeiteten, wäre in der Lage gewesen, mutwillig diesen Zauber zu wirken, um zu sehen, ob er funktionieren würde.

Damit blieben die Meistermagier übrig oder ein Abtrünniger. Er glaubte nicht, dass einer der Männer, die er angestellt hatte, um an der Schule zu unterrichten, ihm derart grollte, dass er eine so komplexe Magie gegen ihn geschleudert hätte. Außerdem waren gestern alle mit den Kampfvorbereitungen und der Schlacht selbst beschäftigt gewesen.

Ein Einzelgänger dagegen hätte sich in dem gestrigen Chaos in die Schule einschleichen können. Ein abtrünniger Magier, der eine andere Kraftquelle einsetzte. Vielleicht war Moncriith, der Blutmagier, der seine Energie aus Schmerz und Tod bezog, nach Coronnan zurückgekehrt und hatte Nimbulan ins Visier genommen. Nach der letzten Schlacht hatte man Moncriiths Leiche nicht gefunden. War es möglich, dass er immer noch in Coronnan herumlungerte und versuchte, die Dämonen zu vernichten, die er in allem, mit dem er nicht einverstanden war, sah? Viele Jahre lang hatte er gegen Myri gepredigt und sie als Ursprung aller Dämonen verteufelt.

Wieder lief es Nimbulan bei dem Gedanken, dass Moncriith hinter Myri her sein könnte, kalt über den Rücken.

Televarn und seine Rover hatten ebenfalls Grund, Nimbulan zu grollen. Hinterhältige Fallen waren eher Televarns Stil als der von Moncriith. Der gestrige Giftzauber gegen Quinnaults Wein – war das wirklich erst gestern gewesen? – war vielleicht nicht der einzige Unfug, für den sie verantwortlich waren. Rover zapften die Energie alles Lebenden in ihrer Umgebung an, auch der Elemente. Ihre komplizierten Rituale erforderten für gewöhnlich die Mitwirkung mehrerer Clanmitglieder.

Televarn hegte den Ehrgeiz, König seines Volkes zu werden. Er hatte schon einmal versucht, Nimbulan zu töten, und war nur gescheitert, weil Myri eingeschritten war. Lyman hatte in seiner Suchvision Televarn gesehen. Nimbulan hatte Myri erblickt.

Myri hatte ihm gestanden, ein Verhältnis mit Televarn gehabt zu haben. Als sie erkannte, dass er ein doppeltes Spiel trieb, war sie ihm davongelaufen. Jemand hatte Myri entführt und hielt sie in Hanassa gefangen. Rover suchten oft Zuflucht in der Stadt der Gesetzlosen, ebenso wie Blutmagier.

»Schickt Suchtrupps aus, rasch. In der Gegend halten sich Rover versteckt. Findet sie, und bringt sie zum Verhör in die Halle des Königs. Nehmt Soldaten mit!«, rief er den Männern zu, die sich um ihn versammelt hatten. »Der Mord an dir wird der letzte sein, Haakon. Das schwöre ich. Und wenn ich Televarn bis nach Hanassa folgen muss, ich werde dafür sorgen, dass dieses sinnlose Morden aufhört.« Er drückte den schlaffen Körper an seine schmerzende Brust, und heiße Tränen schossen ihm in die Augen.

*

Televarn legte Äste auf sein kleines Feuer und sah müßig zu, wie die grünen Flammen das Holz verzehrten. Wenn er nur wagen dürfte, ein paar Tambootie-Zweige zu verbrennen! Dann könnte er mit seiner Fernsicht den Verlauf der Seeschlacht verfolgen. Aber der aromatische Rauch des Baums der Magie würde Nimbulans Leute auf seine Anwesenheit aufmerksam machen. Diese Waldlichtung auf dem Festland, westlich von Coronnan-Stadt gelegen, befand sich zu nahe an der Hauptstadt. Er konnte es sich nicht erlauben, gefunden zu werden; nicht, ehe Nimbulan die Falle ausgelöst hatte und in einer Wasserwand ertrunken war. Bis jetzt sollte das Wasser Zeit genug gehabt haben, das private Studierzimmer des Magiers bis zur Decke zu füllen.

Televarn erschauerte, als vom Fluss her eine feuchte Brise aufkam. Er sog den vielschichtigen Duft des üppigen Waldes ein, und die Kälte kroch tiefer in seinen Körper. »*S'murghit* Nässe!«, verfluchte er den Fluss, das Watt, die Inseln und die Schlacht, die Nimbulan davon abhielt, ins Bett zu gehen. Televarn hatte es eilig, nach Hanassa zurückzukehren, die saubere Luft der Wüste zu atmen und sich von der starken Sonne die Feuchtigkeit aus den Knochen brennen zu lassen.

S'murghit! Er musste zurück, Yaassima im Auge behalten und seine Kräfte sammeln, um sich gegen ihre Herrschaft aufzulehnen. Und er musste Myrilandel, die von ihr manipuliert wurde, aus ihrer Hand befreien.

Vielleicht konnte Myrilandel ja für ihn bei Yaassima spionieren und die Schwächen der Kaalipha auskundschaften. Eines der Geheimnisse der Kaalipha kannte er bereits, doch er brauchte mehr.

Wie viel länger konnte Nimbulan noch bei den Verteidigungsanlagen bleiben? Die Flut hatte sich schon vor Stunden zurückgezogen. Wenn der Oberste Magier nicht bald heimging, war es gut möglich, dass jemand anders seine Privatgemächer betrat und an seiner Stelle ertrank.

Durch reines Glück war Televarn früher am Tage dem kleinen Mädchen über den Weg gelaufen, das etwas aus dem Raum hatte holen sollen. Sie hatte den einzigen Nachschlüssel bei sich gehabt und wusste, dass die Tür nicht magisch versiegelt war. Er hatte den Schlüssel eingesteckt, die Kleine an eine andere Arbeit geschickt und versprochen, Nimbulan das Buch selbst zu bringen. Natürlich hatte er das nicht getan. Er hatte dem Wasser Zeit gelassen, sein Werk in Ruhe zu vollenden.

Er inspizierte die Stelle, an der zwei Bäume so aufeinander zu wuchsen, dass sie einen Bogen bildeten. Dies war sein Fluchtweg für Notfälle. Zu gewissen Zeiten bewegte sich das Drachentor durch Raum und Zeit und eröffnete Portale, die zu unterschiedlichen Orten führten. Dieser hier war nur einer von vielen solchen Zielpunkten. Aber alle Portale führten zurück nach Hanassa und nirgendwo sonst hin. Während der vergangenen Nacht, die er mit Warten zugebracht hatte, hatte Televarn einmal beobachtet, wie sich das Drachentor öffnete und schloss, als der Vollmond zwischen den beiden Bäumen einen torförmigen Schatten erzeugte. Die Abstände zwischen den Zeiten, zu denen das Tor durchgängig wurde, waren beliebig. Er hatte keine Möglichkeit zu wissen, wann sich wieder die Gelegenheit bieten würde, nach Hanassa zurückzukehren. Heute, morgen, im nächsten Augenblick? Nur eines wusste er, nämlich dass das nur geschehen konnte, wenn genug Licht vorhanden war, um die richtigen Schatten zu werfen.

Televarn wagte nicht zu fliehen, ehe Wiggles nicht zurückgekehrt war. Er war es der Besitzerin des Frettchens schuldig, ihr das stinkende kleine Biest zurückzubringen. Tatsächlich schuldete er ihr mehr, als er sich eingestehen mochte.

Ein heißer Windstoß und ein schwaches Prickeln von Magie machte, dass sich die Härchen auf seinen Armen aufstellten. Das Drachentor stand kurz davor, sich erneut zu öffnen. Sein eigenes Feuer hatte so viel Schatten zwischen den Bäumen erzeugt, dass zwischen ihnen ein bogenförmiger Umriss entstanden war.

Wo steckte Wiggles nur?

Wenn er noch länger hier verweilte, kaum zwei Stunden Fußweg von der Hauptstadt entfernt, lief er Gefahr, entdeckt zu werden. Sollte er das Risiko eingehen, ohne das Frettchen zurückzukehren?

Zu seiner Linken, in der Nähe des Flussufers, knisterte es im Unterholz. Er stand auf, bereit, Erde über sein Feuer zu treten und von der offenen Lichtung zu flüchten. Sobald er die Tambootie-Bäume erreicht hatte, in deren Blättern, Saft, Borke und Früchten Magie schlummerte, würde er sich beliebig lange verstecken können.

Nimbulans Leute würden Rache für den Tod ihres Anführers suchen. Wiggles hätte sie direkt herführen können – wenn sie so viel Verstand hatten, der Kreatur zu folgen, nachdem die Falle zugeschnappt war. Vielleicht sollte Televarn jetzt fliehen und sich retten. Sollte doch Simurgh das Frettchen holen.

Das Rascheln wurde lauter.

Die Luft zwischen den beiden aufeinander zu wachsenden Tambootie-Bäumen schimmerte. Das Drachentor würde nicht mehr lange offen bleiben. Jetzt – oder besser auf seine nächste Öffnung warten?

Wiggles brach aus den dichten Säbelfarnen, mit denen der Weg zum Fluss bewachsen war. Das Tier rannte mit den seltsam anmutenden, aber wirkungsvollen schlängelnden Bewegungen seiner Art, den Schwanz und die Schultern nach oben gereckt und mit dem Bauch und der Nase am Boden. Dann bewegte es den ganzen Körper nach vorn, und was oben gewesen war, senkte sich nach unten und umgekehrt. Er sauste so schnell über die kreisförmige Lichtung, dass Televarn ihn kaum mit den Augen zu folgen vermochte.

Drei mit Keulen bewaffnete Männer folgten Wiggles, kaum zwei Schritte hinter dem Frettchen. Ein Blick auf ihre blauen Tuniken, die über dem Herzen das Drachenzeichen trugen, verriet Televarn, dass dies Nimbulans Magier waren, die Rache suchten.

»Komm!«, befahl Televarn dem Frettchen. Er schnippte mit

den Fingern, und das Tierchen sprang auf sein Bein, wo es sich mit nadelscharfen Zähnen und Klauen in seinen Hosen festkrallte. Doch er gab nichts auf den Schmerz und die Risse im Stoff. Er musste zurück nach Hanassa. Jetzt.

Das schimmernde Licht zwischen den beiden Bäumen verblasste.

Televarn schloss die Augen und stürzte sich in die Reste des seltsamen Lichts, als die erste Keule ihn von hinten am Oberschenkel traf.

*

»Ihr müsst Euch beeilen, Nimbulan. Quinnaults Bote ist hierher unterwegs, um Euch an den Hof zu rufen. Ihr müsst weit fort sein, ehe er eintrifft, sonst werdet Ihr nie frei sein, die Hauptstadt zu verlassen.« Hastig schloss der alte Lyman die Schnallen an dem halbgefüllten Reisebündel, das auf Nimbulans Bett lag.

»Ein merkwürdiges Gefühl, ohne die Erlaubnis des Königs aufzubrechen und ohne das Rätsel um Haakons Tod zu lösen. Ich hätte die Gebete bei seiner Trauerfeier sprechen sollen.« Nimbulan unterdrückte ein Gähnen, das ihm sonst den Kiefer ausgerenkt hätte. Er hatte ein paar Stunden geschlummert und eine Mahlzeit eingenommen. Abgesehen davon hatte er einen Tag und eine Nacht nicht geschlafen.

Er musste seine Kraftreserven auffüllen. Lyman hatte ihm Essen gebracht, Fleisch und Brot, und einen großen Krug Wasser.

Nimbulan schlang so viel hinunter, wie er konnte, und zögerte dann an der Tür zu seinem Privatgemach. Am liebsten wäre er wieder ins Bett gegangen. Jede Spur des Wassers, das noch vor wenigen Stunden den Raum bis zur Decke ausgefüllt hatte, war verschwunden, als die Essenz des Elements zurück an ihren Ursprungsort geströmt war.

Einige von Nimbulans Büchern waren beschädigt worden. Aber alles war rasch und vollständig getrocknet. Man konnte sich kaum vorstellen, dass hier noch vor kurzem alles voll Wasser gestanden hatte.

»Es gibt genug Leute, welche die Gebete für Haakon sprechen können.« Einen Moment lang beugte Lyman schweigend das Haupt. »Ich werde auch ein paar für Amaranth sagen. Der Purpurdrache ist bei dem Versuch gestorben, Euch mitzuteilen, wo Myri gefangen ist. Wollt Ihr sein Opfer wertlos machen, indem Ihr an den endlosen Friedensverhandlungen teilnehmt?«

Nimbulan sprach ein kurzes Gebet, das er noch aus seiner Kindheit kannte. »Ich brauche mein Tagebuch. Ich will die Ereignisse aufzeichnen und die Intrigen, die drohen, Coronnan und die Kommune zu zerreißen«, erklärte er und suchte in seinem Schreibpult nach dem kleinen Buch mit den weißen Seiten. Sechs Bücher aus vergangenen Jahren schob er beiseite. Er konnte nicht vernünftig denken. Wohin hatte er nur das neue Notizbuch gelegt? Er fand es schließlich offen auf dem Schreibtisch. Die Tinte seines letzten Eintrags vor zwei Tagen war durch das Wasser verwischt und schwer leserlich. »Ich muss die Morde an meinen Lehrlingen stoppen. Sie waren wie Söhne für mich, Lyman.«

»Ihr habt jetzt einen leiblichen Sohn, Nimbulan. Ihn müsst ihr finden und vor Televarn retten. Aber Ihr müsst sofort aufbrechen, ehe der König und Euer erstickendes Pflichtgefühl Euch hier für alle Ewigkeiten festhalten.« Lyman reichte ihm das Bündel.

»Ich wünschte, ich wüsste, wie dieser Mann in den Wäldern entkommen konnte. Selbst wenn die Kraftlinien vollständig aktiviert sind, kann ein Magier kein lebendes Wesen teleportieren. Wenn es sein muss, lasst einen Lehrling und einen Gesellen dort ihr Lager aufschlagen und jedes Sandkorn auf Spuren von Magie untersuchen.« Nimbulan schulterte sein Bündel und griff nach seinem Tagebuch, um es in die Tasche zu stecken. Sein Stab sprang ihm von selbst in die Hand.

»Die Antworten sind am Ende dieses Wegs zu finden, nicht am Anfang.« Ein abwesender Ausdruck trat in Lymans Augen. Er hielt den Kopf schief, als lausche er auf etwas, das für menschliche Ohren nicht zu hören war. »Geht, rasch. Quinnaults Bote überquert in diesem Moment die Brücke. Ihr dürft Euch keinen Moment länger aufhalten. Myrilandel und die Kinder schweben in furchtbarer Gefahr.«

»Kommuniziert Ihr mit den Drachen?« Mit der Hand auf dem Türriegel, verhielt Nimbulan. Diese Enthüllung könnte ihn auf den direkten Weg führen, statt sich auf der Suche nach einem Mörder im Kreis zu drehen oder blindlings nach Hanassa zu rennen, um Myri zu retten.

»Ich kann Euch nur sagen, dass ein Drache auf Euch wartet. Ein junges Tier, dessen Entdeckungsdrang größer ist als sein Bedürfnis, Shayla zu gehorchen. Aber Ihr müsst Euch beeilen, sonst fliegt er mit dem Rest des Nimbus davon. Ihr könnt es Euch nicht leisten, Eure Zeit für den langen Fußmarsch nach Hanassa zu vergeuden. Denn sonst werdet Ihr Myri für immer verlieren.«

»Denkt daran, König Quinnault meinen Brief zu geben. Er verdient eine Erklärung.«

Lyman schob den Obersten Magier aus der Tür. »Ich kümmere mich in Eurer Abwesenheit um alles hier, aber versucht, mir Nachricht zu geben.«

»Ich gehe mit Euch.« Rollett, der älteste der Gesellen, stand in der Tür. Auch er trug ein Bündel mit Vorräten, und aus seiner Rocktasche schaute ein Notizbuch hervor. Seine Augen wirkten tief eingesunken und schwarz, als hätte er sogar noch weniger schlafen können als Nimbulan.

»Nein, Rollett, ich kann es nicht riskieren, dich auch noch zu verlieren. Diese Reise ist zu gefährlich.« Voller Zuneigung, aber fest packte Nimbulan den Jüngeren an der Schulter.

»Wenn Ihr mich nicht mitnehmt, folge ich Euch einfach. Ihr

braucht jemanden, der Euren Rücken bewacht. Verrat gibt es hier genauso wie auf der Straße. Ich komme mit.«

»Macht schnell, Nimbulan.« Lyman nahm beide am Arm und führte sie zu einer Hintertreppe. »Der Drache wird nicht lange warten. Nehmt den Jungen mit. Er hat recht, was den Verrat angeht. Lord Konnaught begleitet den Boten des Königs. Er führt etwas im Schilde, etwas, das schlimme Folgen für Euch und den König zeitigen könnte. Und nun verschwindet von hier, ehe noch jemand zu Tode kommt.«

14. Kapitel

Powwell schlug die Augen auf und schloss sie gleich wieder, so grell war das Licht. In seiner rechten Schläfe pochte ein durchdringender Schmerz, der sich über den Nacken und die Schultern bis hinunter in sein Kreuz ausbreitete.

Um ihn herum pulsierte ein bizarres Lärmen im Takt mit dem Schmerz in seinem Kopf. Es klang wie eine Dreschmaschine, aber lauter und rauer. *Viel* lauter.

Jeek, kusch, kusch. Jeek, kusch, kusch.

Immer wieder, immer wieder. Das Geräusch ließ ihn keinen Gedanken mehr fassen. Es erstickte ihn und umschlang ihn fester und fester, bis er sich mitten im Herzen des schrecklichen Lärms befand. Nichts als das Geräusch existierte mehr.

Er hatte das schon einmal gehört.

»Du gewöhnst dich daran.« Eine rauchige Stimme durchdrang den Lärm und erreichte Powwells Geist.

Er öffnete das linke Auge einen Spaltbreit. Wenn er das rechte aufgemacht hätte, hätten der Lärm und das Licht es zerstört.

Ein schmutziges Gesicht sah ihn an. Schwer zu sagen, ob es ein junger Mann oder ein weibliches Wesen war. Auch die Stimme ließ das Geschlecht nicht erkennen. Ein schmutziges Tuch, das auf Rover-Art über dem linken Ohr geknotet war, bedeckte das Haar vollständig.

»Recht bald wirst du den Lärm gar nicht mehr hören. Sogar die Hitze wird nach ein paar Monaten erträglich. Ich bin Yaala.« Ein Frauenname. Sie streckte ihm die offene Handfläche zum Gruß entgegen. Eine männliche Geste.

»Powwell.« Langsam hob er die linke Hand, um sie auf die Yaalas zu legen. Sein rechter Arm schien unter seinem Körper festgeklemmt zu sein. Jeder Muskel in seinem Rücken und den Schultern protestierte. Er zuckte zusammen. In der entsetzlichen Hitze war sein Körper schweißüberströmt.

Thorny saß in seiner rechten Tasche! Stöhnend rollte er sich auf die Seite und tastete mit Gedanken und Fingerspitzen Thornys Versteck ab. Die Tasche seiner Tunika war leer. *Thorny!*

Tschip, tschipp, mmmblr, grmmmblr, antwortete ihm das Plappern des Tierchens aus der Nähe. Powwell konnte die Gefühle seines Gefährten nicht deuten, er verstand nur, dass der kleine Igel unverletzt war.

»Haben sie dich geschlagen?« Yaala schien vor ihm zu hocken; offenbar war es ihr bequem, auf den Hacken zu sitzen.

»Nicht sehr.« Er stellte eine geistige Bestandsaufnahme der schmerzhaftesten Stellen an seinem Körper an. Der dumpfe Schmerz in der Magengrube und am Kiefer, wo ihn die Wachen geschlagen hatten, um ihn gefügig zu machen, und das durchdringende Pochen in seiner rechten Schläfe machten sich sofort bemerkbar. Der Rest seines Elends schien eine Reaktion auf diese Verletzungen darzustellen.

Ein leises, unangenehmes Kratzen an der linken Wade verriet ihm, dass Thorny die winzigen Krallen in seine Haut grub. Wahrscheinlich versuchte der Igel, ein sicheres Versteck in Powwells Hosentasche zu finden. Das Unbehagen ließ ein wenig nach – sein magischer Gefährte war jetzt in Sicherheit.

»Hier, trink das.« Yaala hielt ihm einen Metallbecher an die Lippen.

Powwell, der gar nicht bemerkt hatte, wie durstig er war, trank gierig, bis er zum ersten Mal schluckte. Dann erfüllte der Geschmack von faulen Eiern seinen Mund und ließ ihm das Wasser aus Nase und Augen schießen. Er spuckte die ekelhafte Brühe aus. Einiges davon spritzte auf Yaalas dünnes Hemd.

»Trink. Du wirst dich daran gewöhnen.« Sie lachte über seinen

Abscheu. »Etwas anderes bekommst du hier unten nicht. Die Hitze schwemmt blitzschnell das Wasser aus deinem Körper. Du musst viel trinken oder sterben.«

»Wir sind doch schon so gut wie tot«, murrte Powwell. Vorsichtig nippte er von dem scheußlich schmeckenden Wasser. Innerlich klammerte er sich an die letzte Nachricht von Kalen. Wenn jemand ihn lebend hier herausholen konnte, dann sie. Er musste sich bemühen, gesund und kräftig zu bleiben, bis sie herkam, trotz des Wassers.

»Kommt darauf an, wie man es betrachtet.« Yaala schlug die Beine unter und setzte sich auf den rauen Boden. »Und wer während deiner Schicht Wachdienst hat.«

»Kläre mich auf.« Powwell legte den Kopf wieder auf den Boden und schob Thorny in die Tasche. In der drückenden Hitze war ihm schon das Aufrechtsitzen zu viel. Seine Rippen pochten schmerzhaft, und er wünschte sich nichts mehr als einen kalten Umschlag, um die Schwellung abklingen zu lassen. Das heiße, rötliche Licht trug zu seinem Unbehagen bei. Er konnte keinerlei Farben erkennen, nur Nuancen von Schwarz und Grau, die von dem eigenartigen rotgelben Schleier überzogen waren. Das Licht und die Hitze sogen aus allem die Lebenskraft und die Farbe.

Er musste gegen die Verzweiflung ankämpfen, die aus der Grube aufstieg. Kalen würde ihn retten. *Komm schnell!*, flehte er sie an.

»Yaassima kommt nie hier herunter«, erklärte Yaala. »Sie vertraut darauf, dass ihre Elitegarde uns in Schach hält. Aber nicht alle ihre Wachleute sind vertrauenswürdig.«

»Das ist immerhin etwas Positives«, antwortete Powwell.

»Die Killer, die sie uns hier herunterschickt, behandeln uns entweder gut, oder sie haben irgendwann einen Unfall.«

»Auch wenn sie uns nicht umbringen, werden die Hitze und die Lebensverhältnisse das erledigen«, meinte Powwell. Er empfand die Hoffnungslosigkeit wie ein Wühlen in den Eingeweiden. Dann piekte Thorny ihn mit scharfen Stacheln in den Schenkel und riss ihn aus den pessimistischen Gedanken, denen er sich schon ergeben hatte.

»Du wärest erstaunt, wie lange man hier überleben kann, solange die Wächter nicht vergessen, uns zu essen zu geben.« Yaala warf einen Blick über die Schulter in die nächste Höhle. »Und ich sorge dafür, dass sie es nicht vergessen.«

Powwell spürte, dass sich dort etwas bewegte. Mühsam setzte er sich wieder auf. »Kann es denn sein, dass sie uns vergessen?«

Kalen hatte ihm eingeschärft, er solle aushalten. Sie würde einen Weg finden, ihn herauszuholen. Aber wenn er unterdessen verhungerte …

»Nicht *s'murghit* wahrscheinlich. Dazu haben zu viele von uns Familie und Freunde in der Außenwelt. Sie sorgen dafür, dass wir zu essen bekommen. Außerdem braucht Yaassima uns – mich – lebendig und wohlauf.« Mit einer einzigen fließenden Bewegung stand Yaala auf. »Trink dein Wasser aus, dann zeige ich dir den Weg zu deinem Arbeitsplatz.«

Powwell stützte sich auf den linken Ellbogen und schickte sich an, auf die Knie zu kommen. Als er sich bewegte, klebte sein Hemd dort, wo der Stiefel eines Wachmanns die Haut aufgerissen hatte, an den Rippen. Der grobe Stoff kratzte auf seinem schweißnassen Rücken.

»Wie kommt es, dass du nicht schwitzt?«, fragte er. Zum ersten Mal fiel ihm auf, dass Yaala so kühl und frisch wirkte, als säßen sie in der klaren Bergluft auf Myrilandels Lichtung. Nur dass ihre Kleidung grau war. Alles hier unten war entweder grau oder schwarz.

»Wahrscheinlich habe ich mich an die Hitze gewöhnt, sodass ich nicht zu schwitzen brauche.« Sie zuckte mit den Achseln.

Zwei Männer kamen auf sie zu; sie schienen aus dem Herzen des Feuers zu kommen. Auch sie wirkten mager und ausgebrannt, und ihre Züge waren hinter einer Maske aus Schmutz und Schweiß nicht zu erkennen. Ihre graue Kleidung hing feucht und schlaff von ihren gebeugten Schultern.

»Wir sind bereit für die Zeremonie, Yaala«, sagte einer der beiden. Seine Stimme war kaum mehr als ein heiseres Flüstern. Sie nickte und machte sich auf den Weg in die Richtung, aus der das rote Licht am hellsten schien.

»Welche Zeremonie?«, fragte Powwell, während er sich zuerst auf die Knie aufrichtete und dann aufstand. Thorny steckte die Nase aus seiner Tasche, witterte und sog die Gerüche ihres neuen Zuhauses ein. Sie gefielen ihm nicht, und er rollte sich zu einer mit nadelspitzen Stacheln bewehrten Kugel zusammen. Powwell wünschte, er hätte es ihm nachtun können.

»Du kannst ebenso gut mit uns allen zusehen. Jetzt bist du einer von uns.« Mit einer Handbewegung bedeutete Yaala ihm, ihnen zu folgen.

Das blendend helle Glühen leitete sie durch einen einzigen Tunnel in einem Labyrinth aus schwarzen Öffnungen. Powwell verbrachte einige Zeit mit dem Versuch, sich markante Punkte einzuprägen – eine dreieckige Felsformation hier, ein Geröllhaufen dort. Am Rand seines Gesichtsfelds schien immer wieder etwas Weißliches vorbeizuhuschen. Er hielt Ausschau danach, woher dieses kurze weiße Aufblitzen kommen mochte, und versuchte eher nicht, Einzelheiten zu erkennen.

Es wurde immer heißer, und er wischte sich mit dem Ärmel über die Stirn. Vielleicht hatte ja der Schweiß, der ihm in die Augen tropfte, seine Sicht behindert. Er wünschte, er hätte mehr von dem Wasser getrunken; er brauchte die Flüssigkeit, so übel sie auch schmecken mochte.

»Vergeude keine Zeit damit, dir den Weg einzuprägen. Alle Tunnel führen schlussendlich an denselben Ort.« Yaala hielt an der Stelle inne, wo der Tunnel in eine große Höhle mündete. Sie stand am Rand eines Abgrunds. Unter ihnen, tief, tief unter ihnen, sprudelte und kochte flüssige Lava und spie Flammensäulen in die Luft, die mehrere hundert Fuß hoch reichten. Doch selbst diese gewaltigen Ausbrüche reichten nicht bis zu ihnen herauf. Der Steinsims lag mindestens tausend Fuß über dem Kern des Vulkans. Dennoch beherrschte die blubbernde Lava die Szenerie. Die Höhle war so hoch, dass Powwell die Decke nicht erkennen konnte.

Wie tief unter der Krateroberfläche mochten sie sich befinden?

Die Temperatur stieg noch weiter an. Taumelnd wich Powwell zwei Schritte vom Rand zurück. Ihm war schwindlig, und er fühlte sich versucht, sich in das kochende Herz des Vulkans zu stürzen. Das ganze Gewicht des Planeten schien auf seinen Schultern zu lasten. In langen, keuchenden Atemzügen wich die Luft aus seine Lunge, und er vermochte keine neue einzuziehen. Seine Fantasie gaukelte ihm vor, dass sich alle Luft in dem flüssigen Gestein sammelte. Wenn er atmen wollte, musste er sich in die nächste Flammenzunge werfen, die gierig nach dem schmalen Sims leckte, auf dem er stand.

»Sieh nicht in die Lava. Richte deinen Blick auf die Wände.« Yaala packte ihn am Arm und stieß ihn heftig in den Tunneleingang. »Wenn du es zulässt, wird die Grube deine Seele fressen; so wie sie nach und nach Hanassa verschlingt.«

Powwell schloss die Augen und konzentrierte sich auf die Festigkeit des Felsens, der gegen seinen Rücken drückte. In den Füßen spürte er immer noch die Vibrationen, mit denen die Flammen gegen das Sims prallten, fast wie Wogen, die gegen eine Klippe schlagen.

Langsam öffnete er die Augen, wandte aber den Blick von den hypnotisch wirkenden Flammen in der Grube ab. Rechts und links von ihm standen in anderen Tunnelöffnungen Menschen in Vierer- oder Fünfergruppen; grau gewandete Höhlenbewohner neben schwarz gekleideten Wächtern. Sie umringten die gewaltige Grube und warteten in respektvollem Schweigen. Powwell versuchte, die Gesichter zu zählen. Bei einhundertundsiebzehn verlor er den Überblick.

»Wie viele Menschen leben hier unten?«, erkundigte er sich flüsternd bei Yaala.

»Ein paar hundert, vielleicht mehr. Niemand zählt sie.«

»Das sind viele Mäuler, die zu füttern sind, ohne dass sie dafür arbeiten.«

»Oh, wir arbeiten schon für unseren Unterhalt. *Sie* braucht uns, um ihr magisches Spielzeug in Gang zu halten. Außerdem benötigt sie uns lebend, als Geiseln, die dafür sorgen, dass sich ihre Gefolgsleute gut benehmen.« Sie verzog die Mundwinkel zu einem verstohlenen Lächeln, als wisse sie etwas, das Yaassima nicht wusste.

»Geiseln? Können wir denn ausgelöst werden? Wenn wir so viele sind, dann könnten wir doch das Tor aufbrechen und die Wachen angreifen. Als Gruppe wäre es leicht, aus dem Palast zu stürmen.«

»Dazu ist die Zeit noch nicht reif.« Mit einer Handbewegung gebot sie ihm Schweigen, als drei Tunnel weiter links zwei Männer auftauchten, die einen dritten auf das Felssims trugen. Ohne ein Wort warfen sie den reglosen Körper in die brodelnde Masse unter ihnen. Die Leiche fiel lange, lange und war nur noch als Stecknadelkopf zu erkennen, ehe sie das flüssige Gestein berührte. Augenblicklich verzehrten die Feuer im Inneren von Kardia Hodos den Körper.

Powwell schlug das Herz bis zum Halse, als er sich vorstellte, wie die Flamen sein Fleisch wegbrennen und seine Knochen auflösen würden. Er wusste, dass der Mann tot gewesen sein musste, bevor er der Grube übergeben worden war. Doch in seiner Angst sah er sich selbst dort unten – lebend und für immer dazu verurteilt, bei lebendigem Leibe von den Flammen gefressen zu werden.

Hundert Herzschläge lang sagte niemand ein Wort. Dann stieß Yaala ein seltsames Heulen aus, schrill, wortlos, traurig und triumphierend zugleich. Rund um die Grube fielen die anderen Zuschauer in den eigentümlichen Schrei ein, bis er das ständige Brüllen der kochenden Lava und das *Jeek, Kusch, Jeek, Kusch* hinter ihnen übertönte. Powwells Kehle zuckte krampfartig. Er musste mit Yaala schreien.

Als er den uralten Klageruf ausstieß, kam ein merkwürdiges Gefühl von Erleichterung und Erfüllung über ihn. Beinahe begierig brüllte er weiter.

Schließlich hielt Yaala mehrere Herzschläge lang einen einzigen hohen Ton.

Abrupt verstummten die Bewohner der Grube. Einen Moment lang schien tiefe Stille zu herrschen, und dann kehrte das Röhren der Grube lauter denn je zurück.

Wie ein Mann drehten sich alle Insassen der Grube um und kehrten in die Tunnel zurück.

»Im Moment ist dies der einzige Weg, der aus der Grube hinausführt«, sagte Yaala.

*

In der Nähe des zu ebener Erde gelegenen Palastausgangs presste Myri den Rücken gegen die Höhlenwand. Die meisten Korridore bestanden aus glattem Felsgestein und waren von perfekter, kreisrunder Form. Der Boden bestand aus gestampfter schwarzer Erde. Schwarze Erde, schwarze Wände, düster und leblos. Im Krater draußen waren der Boden und die Felsen rötlich – ebenso trostlos, aber wenigstens gab es dort Sonnenlicht und frische Luft.

Unregelmäßig geformte Schatten tauchten den gewundenen Gang in dunkle Schwarz- und Brauntöne. Unter den Fackeln, die in regelmäßigen Abständen in eisernen Halterungen steckten, wichen die Schatten einem gräulichen Gallengrün – richtiges

Feuer, das grün brannte, wie es sich gehörte. Die Kaalipha vergeudete ihre bizarre Magie nicht darauf, Gänge und Räume zu erleuchten, die sie selten betrat. Ihre Zaubertricks bewahrte sie sich für Gelegenheiten auf, bei denen sie ihre Macht demonstrieren konnte.

Ein schwarz gekleideter Wächter, der vom Haupteingang des Palastes kam, bog um die Ecke. Myri erkannte ihn als einen der Männer, die für gewöhnlich in den inneren Korridoren patrouillierten, die Yaassimas Gemächern am nächsten lagen. Er pfiff eine fröhliche Melodie, und ein zufriedenes Lächeln ließ die Linien um seine Augen, die er normalerweise wachsam zusammenzog, verschwinden. Im Gehen warf er das Messer, das er am Gürtel trug, in die Luft, sah zu, wie es sich drehte, und fing es am Heft wieder auf. Dann fasste er es mit der anderen Hand an der Spitze und wiederholte den Trick.

Alle Männer aus der Elite-Leibgarde der Kaalipha übten diese Bewegung, wenn ihre Hände nichts zu tun hatten. Es gab wenige Menschen in Hanassa, die ihre Geschicklichkeit mit dieser Waffe anzweifelten, und diese fanden dabei meist den Tod.

Immer noch pfeifend und ohne nach rechts und links zu sehen, passierte der Wachmann Myri und warf dabei sein Messer, als wäre es ein Kinderspielzeug.

Als er aus ihrem Blickfeld entschwunden war, schlich Myri so leise sie konnte zum Haupteingang. Ihre weichen Pantoffeln erzeugten auf dem Boden aus gestampftem Lehm und Stein kaum einen Laut. Kalen war unterwegs, um die Küche und mögliche Dienstboteneingänge auszukundschaften. Myri wollte herausfinden, wer wann durch den Haupteingang ein und aus ging, denn sobald sie Powwell geholt hatten, mussten sie einen Weg aus dem Palast finden.

In den vergangenen drei Wochen hatten sie die Genesung von Amaranths Geburt, Erdas Drogen und ihr Bemühen, Yaassima aus dem Weg zu gehen, mehr oder weniger an die königlichen

Gemächer gefesselt. Ohne die Tränke, die ihren Geist vernebelten, hatte sie es geschafft, die wachsame Yaassima zu täuschen und ihr Zimmer ungesehen zu verlassen. Aber würde ihr das hier ebenfalls gelingen?

Myri hielt sich in den Schatten unterhalb der Fackeln. Alle Halterungen waren auf einer Seite des Gangs angebracht statt rechts und links, sodass der Korridor nicht vollständig ausgeleuchtet war. Sie hätte nicht damit gerechnet, dass Yaassimas Sicherheitsvorkehrungen eine solche Lücke aufwiesen.

Sie strich über das dunkle Tuch, unter dem sie ihr Haar verbarg. In ihrem alten blattgrünen Kleid, das sie über ein einfaches Hemd gezogen hatte, hoffte sie, als Dienstbotin durchzugehen. Ein einziger Blick auf ihr weißblondes Haar, dass dem Yaassimas so stark ähnelte, oder auf die leuchtenden Farben der Seidengewänder, die Yaassima ihr vorschrieb, und jeder, der regelmäßig im Palast verkehrte, würde sie erkennen. Sie musste unerkannt bleiben, während sie ihren Fluchtweg ersann.

Laut hallten die Schritte vieler Menschen an den Tunnelwänden entlang. Vor ihr wies ein rötlich orangefarbener Schimmer, ganz anders als der grüne Feuerschein der Fackeln, darauf hin, dass Sonnenlicht einfiel.

Sonne, Licht, Freiheit ... Sie sehnte sich danach, hinauszustürzen und wieder zu leben. Doch das durfte sie nicht, noch nicht. Sie konnte erst fliehen, wenn sie sich sicher war, ihre drei Kinder mitnehmen zu können.

Ihr gegenüber zweigte ein Nebentunnel ab. Sie huschte quer durch den breiter werdenden Gang und verbarg sich in dem unbeleuchteten Korridor.

Ein Händler stolperte an ihr vorbei, schwer beladen mit Stoffballen, die ihm von den Armen zu gleiten drohten. Neben ihm ging ein Wachposten und hob lachend eine leuchtend bunte Seidenbahn auf, die hinter dem Mann herschleifte. Neue Kleider für Yaassima. Gut, dann würde sie mehrere Stunden lang damit beschäftigt sein, eine Auswahl aus den feuergrünen, meerblauen und blutroten Stoffen zu treffen.

Unmittelbar hinter dem Kaufmann und seinem Begleiter kamen drei Frauen, die gewöhnliche grobe Kleider und Kopftücher trugen und zu dem Heer von Dienstboten gehören mussten, das Yaassima unterhielt. Die Kaalipha gestattete ihren Dienern nicht, zweimal hintereinander dieselbe Arbeit in demselben Raum auszuführen. Von dieser Regel war nur Haanna ausgenommen, Yaassimas stumme Zofe, die ihre erbarmungslose Herrin blindlings zu lieben schien. Auch die Essenszeiten und die Speisenfolge wurden ständig verändert. Niemand hatte Gelegenheit, Muster und Gewohnheiten zu entdecken, anhand derer er der einzigen Person in Hanassa, die über irgendwelche Macht verfügte – Yaassima –, eine Falle hätte stellen können.

Eine Zeit lang beobachtete Myri noch den beständigen Strom von Menschen, die durch den Haupteingang kamen und gingen. Dienstboten, Wachposten, Kaufleute und Geächtete, die um eine Gunst nachsuchten, alle schritten durch dasselbe Portal. Würden so viele Menschen hier hindurchgehen, wenn es noch andere Ein- und Ausgänge gäbe?

Myri wurde das Herz schwer.

Halte dich von Televarn fern, Nimbulan. Sei bitte vorsichtig. Ich kann noch nicht zu dir kommen. Sie überprüfte die magische Nabelschnur, die ihr Herz mit dem ihres Gatten verband. Das Band kam ihr gespannt und dünn vor, als wäre sie weiter von ihm entfernt, als das durch die räumliche Trennung zu erklären war. Ihr Herzschlag und der seine, der stets kurz nach ihrem einfiel, pochten allerdings kraftvoll. Sie wünschte, sie verstünde die Nuancen dieser Verbindung besser. Die Stärke der Schnur und der Herzschläge teilten ihr nur mit, dass Nimbulan lebte und sie liebte.

Würde das ausreichen, um ihre Ehe wieder aufzubauen? Sie wusste es nicht. Diese Frage würde sie sich beantworten, wenn sie ihn wiedersah und ihm ihren Zorn darüber entgegenschleuderte, dass er sie allein und verletzlich zurückgelassen hatte. Aber zuerst musste sie zusammen mit ihren drei Kindern einen Weg aus dieser schrecklichen Stadt des Verbrechens und des Todes finden.

Sie schlich etwas näher an die Höhlenöffnung heran, die den Haupteingang bildete. Wenn dies wirklich der einzige Weg nach draußen war, musste sie Yaassimas Sicherheitsvorkehrungen kennen. Sie hielt den Blick auf den Boden gerichtet und verbarg ihre ungewöhnlich langen Finger in den Falten ihres Rocks. Niemand schenkte ihr einen zweiten Blick.

Durch ihre niedergeschlagenen Wimpern beobachtete sie, wie die schwarz uniformierten Wachen jeden anhielten, der den Palast betrat. Zwei Posten standen, Hand auf dem Schwertgriff, rechts und links des Portals. Sie waren noch mit drei oder vier weiteren, kürzeren Messern bewaffnet, die in ihren Gürteln und Stiefelschäften steckten oder aus ihren Ärmeln hervorschauten. Quer über der Brust trugen sie Ketten, und Schlingen baumelten von ihren Schultern. Zwei andere Männer hielten neben diesen vielen Waffen noch Metallröhren in den Händen, die so lang und dick waren wie einer von Nimbulans kleineren Zauberstäben.

Ein Gesetzloser schlenderte prahlerischen Schritts auf den Eingang zu. Myri erkannte den Halsabschneider, der sich gestern in der Halle der Gerechtigkeit um einen Auftrag beworben hatte. Doch Yaassima hatte ihm jede Arbeit verweigert, insbesondere sein Ansinnen, eine Karawane aus SeLenicca, die nach Rossemeyer unterwegs war, zu überfallen.

Der Halsabschneider schenkte den Wachen ein breites Grinsen, das unter seinem Walross-Schnurrbart abgebrochene Zähne enthüllte. Er kam Myri bekannt vor. Wo hatte sie ihn, abgesehen von gestern, schon einmal gesehen?

Lässig grüßte er die Wachen und trat in die Höhle, als hätte er jedes Recht, ohne Überprüfung zu passieren.

Doch ehe er einen zweiten Schritt tun konnte, hielten Yaassimas treue Gefolgsmänner ihn schon mit ihren kräftigen Händen an den Armen fest.

»Du kennst doch die Regeln, Piedro«, knurrte einer der Wachposten, ohne seinen Griff zu lockern.

Die zwei Männer mit den Stäben bezogen vor und hinter Piedro Stellung, während die beiden anderen ihn festhielten. Mit ihren Stäben strichen sie über Piedros ganzen Körper.

Die Instrumente stießen ein durchdringendes Kreischen aus. Myri hielt sich die Ohren zu. Alle Umstehenden erstarrten und verhielten reglos, als hätte das schrille Geräusch nicht nur ihre Ohren, sondern ihre Willenskraft betäubt.

Piedro trat der Schweiß auf die Stirn, und unter dem Schmutz und dem Bartschatten wurden seine geröteten Wangen ziemlich blass.

Die vier Wachen stießen den Gesetzlosen mit dem Gesicht gegen die Höhlenwand und zerrten seine Arme schmerzhaft über dem Kopf in die Höhe. Einer von ihnen riss Piedro das grobe schwarze Hemd vom Rücken und schüttelte es gründlich aus. Ein anderer klopfte den Körper des Gefangenen ab und stocherte an ihm herum. Er steckte die Finger in jede Falte und Öffnung an Piedros Hosen und zog schließlich ein kleines Messer hervor, das er zwischen den Beinen, knapp unterhalb des Schritts, versteckt getragen hatte.

Triumphierend hielt er das Messer hoch, das in eine Handfläche gepasst hätte, grinste und schlug mit seinem Stab zweimal gegen einen Felsbrocken in der Nähe des Eingangs. Das Metall klirrte auf dem Stein, kreischte aber nicht auf wie zuvor. »Schickt zwei Eskorten!«, brüllte der Wachmann. »Wir haben einen für die Grube!«

Kein demütigender Schauprozess in der Halle der Gerechtigkeit. Offenbar zog es sofortige Bestrafung nach sich, wenn man eine Waffe in den Palast schmuggelte.

Die Menschenmenge, die den Eingang umstand, kam wieder in Bewegung. Leise sprachen die Zuschauer miteinander. Ein paar warfen Piedro, der immer noch an der Wand festgehalten wurde, verstohlene Seitenblicke zu.

Ein Dienstmädchen versuchte nach draußen zu schlüpfen, ohne sich durchsuchen zu lassen. Auch sie wurde von den wachsamen Männern gepackt. Aber die Stäbe gaben keinen Laut von sich, und sie ließen sie gehen.

Zwei weitere Wachsoldaten rannten herbei und nahmen Piedro in ihre Obhut. Grob schleppten sie den Banditen, der schreiend um Gnade flehte und protestierte, in das dunkle Innere des Palasts.

Myri drehte sich um. Wenn sie ihnen leise und ungesehen folgte, würden die Männer sie zur Grube führen. Sie übte sich schon ihr ganzes Leben darin, Verfolgern zu entkommen. Die Drachen hatten sie vieles gelehrt, insbesondere, wie man vermied, entdeckt zu werden.

»Da bist du ja, Myrilandel«, sagte Yaassima liebenswürdig. Ihre langen Finger schlossen sich fest um Myris Schulter.

15. Kapitel

»Du bist ja heute so rastlos«, sagte Yaassima und summte zufrieden vor sich hin. »Vielleicht hättest du dich gestern Nacht doch zu uns gesellen sollen. Ich fand das Schauspiel von Kestras Vergewaltigung ... anregend.«

Langsam drehte sich Myri um und sah die Frau an, die sie gefangen hielt. Yaassimas Gefühle wurden von sexueller Befriedigung beherrscht. Etwas anderes vermochte Myri mit ihrem empathischen Talent nicht wahrzunehmen. Doch sie spürte, dass die Ältere unzufrieden war.

»Was wollt Ihr von mir?«, fragte Myri, um nicht über Yaassimas Orgie oder Kestras Schmerz und Demütigung sprechen zu müssen.

»Du benötigst neue Kleider. Die Mutter meiner Erbin muss ebenso königlich gewandet sein wie ich. Ich dachte, wir hätten dieses scheußliche Bauernkleid, das du da trägst, verbrannt.«

Das Kleid hatte Myri lange gute Dienste geleistet. Die meisten Menschen, mit denen sie in ihrem normalen Leben umging, hielten ihre Art, sich zu kleiden, für elegant und anmutig. Gewänder, wie Yaassima sie trug, waren ihr für den Alltag viel zu bunt und hinderlich.

»Du musst den Leuten angemessen gekleidet begegnen. Ich kann mich nicht recht entscheiden, was besser zu dir passt, Rubinrot oder Smaragdgrün.« Yaassima setzte sich in Bewegung, in den Palast hinein, wobei sie die Hand fest auf Myris Schulter liegen ließ und sie so zwang, sie zu begleiten.

»Die Farben der Kardia sind mir lieber als die von Edelsteinen«, wandte Myri ein. Sie ging langsam, damit die Kaalipha ihre langen Schritte ihrem Tempo anpassen musste.

»Unsinn. Viel zu unauffällig. Ich möchte, dass du aus einer Menschenmenge hervorstichst.«

Drachen ziehen es vor, unbemerkt zu bleiben. Myri biss sich auf die Lippen, damit sie ihren Gedanken nicht laut aussprach. Sie war nur sicher, wenn sie Yaassima in dem Glauben ließ, dass sie die Drogen nahm und nicht die Willenskraft aufbrachte, ihr zu trotzen.

»Vergiss nie, welche enorme Ehre ich dir erweise, indem ich deine Tochter zu meiner Erbin ernenne.« Yaassima breitete die Arme aus, als wolle sie in ihrer Begeisterung ganz Hanassa umarmen. »Ich glaube, für die Zeremonie der Namensgebung nehmen wir das Rot. ›Hanassa‹ klingt so majestätisch, und mit der richtigen Ausbildung wird sie sich des Namens als würdig erweisen.«

»Der Name meiner Tochter lautet Amaranth.« In diesem Punkt musste sie sich Yaassima widersetzen. Sie durfte nicht zulassen, dass die Kaalipha ihr oder ihrer Tochter in ihrem Größenwahn die Identität raubte. Yaassima hatte keine Vorstellung von der realen Welt, die außerhalb der Mauern von Hanassa oder ihrer eigenen Fantasie lag. »Wenn ich unbedingt Eure bunten Seidenroben anziehen muss, dann werde ich Purpur tragen.«

»Unsinn. Es gibt keine purpurnen Drachen. Wir tragen nur die Farben unserer Art, so wie ich es befehle.« Yaassima zog die Augen zusammen und starrte Myri durchdringend an, um ihr ihren Willen aufzuzwingen.

Abrupt blieb Myri stehen. Sie kochte vor Wut. »*Im Moment* gibt es keine Purpurpurdrachen.« Amaranth war tot, und Myri wagte sich nicht zu verwandeln. Ehe Shayla nicht erneut Junge bekam, würde es keinen Purpurdrachen mehr geben. Und selbst wenn, würde das Volk der Drachen möglicherweise mehrere Generationen auf das Auftauchen eines neuen Purpurdrachens warten müssen.

(Purpurdrachen haben eine besondere Bestimmung, gelenkt von Mächten, die weit über die Weisheit von Drachen hinausreichen.) In ihrer Erin-

nerung hörte sie wieder Shaylas Worte. Dieses besondere Schicksal war Myri zuteil geworden. Sie war das Bindeglied zwischen Drachen und Menschen und hatte dafür gesorgt, dass die menschliche Magie beherrscht und nur zum Wohle aller eingesetzt werden konnte.

»Ich werde entweder Purpur tragen oder mein altes Kleid anziehen«, erklärte Myri. Solange sie sich in Hanassa aufhielt, hatte sie keine andere Verbindung zu den Drachen. Sie musste Purpur tragen, die Farbe der Adern auf Amaranths Flügeln und der Hörner auf seinem Rücken.

Yaassima blieb auf der ersten Stufe der Treppe, die zu ihren Gemächern führte, stehen. Ihre Augen zogen sich zusammen, und ihre Finger öffneten und schlossen sich krampfartig. »Du treibst deine Unabhängigkeit und deinen Trotz zu weit, Myrilandel. Du wirst das Kleid tragen, das ich dir gebe, oder nackt gehen. Und der Name des Kindes lautet Hanassa.«

Myri reckte die Schultern, biss die Zähne zusammen und starrte der Kaalipha in die Augen. Lange sahen die beiden einander an, und keine beugte sich dem Willen der anderen.

Jemand kam die Treppe heruntergepoltert und riss Myri aus der Konzentration, die es sie kostete, sich Yaassima zu widersetzen. Yaassima sah auf. Die zusammengepressten Lippen und die tiefen Linien um ihre Augen verrieten, dass sie zutiefst verärgert war.

Kalen kam drei Stufen über Yaassima abrupt zum Halten und stützte sich an den Wänden des engen Treppenhauses ab, um nicht zu fallen.

»Da bist du ja, Myrilandel. Amaranth schreit. Ich glaube, sie hat Hunger«, erklärte das Mädchen völlig außer Atem. *Ich habe ihn gefunden,* teilte sie Myri zugleich telepathisch mit. *Ich weiß, wo Powwell festgehalten wird.*

Myri schüttelte den Kopf und fragte sich, wieso Kalen es wagte, in Yaassimas Gegenwart zu ihren Gedanken zu sprechen. Die Kaalipha hätte sie hören können.

Sie besitzt keine richtige Magie, nur Apparate und Spielzeug, die sie allmächtig erscheinen lassen. Das hat Powwell gesagt.

»Ich muss zu Amaranth.« Myri schüttelte Yaassimas Hand ab, die immer noch auf ihrer Schulter lag.

»Wenn es unbedingt sein muss, kannst du zusehen, wie Maia sie säugt. Eine Monarchin lässt sich nicht zu solch schmutzigen, niedrigen Tätigkeiten herab.«

»Ihr behauptet in einem Atemzug, von Drachen abzustammen, und verleugnet im nächsten Euer Erbe. Drachen säugen ihre Jungen viele Jahre lang, bis sie alt und stark genug sind, um selbst zu jagen. Doch mir versucht Ihr das Stillen zu verbieten, das mein Instinkt mir eingibt. Was seid Ihr, Yaassima, eine Drachin oder eine selbstsüchtige Gesetzlose?« Myri unterdrückte die Angst, welche die Ältere ihr einflößte.

Die Lippen der Kaalipha verzogen sich zu einem Knurren, und ihre Finger öffneten und schlossen sich, als reiße sie einer Beute das Fleisch von den Knochen. »Es ist nicht nötig, dass du den Palast erkundest, Myrilandel. Du musst lernen, eine geheimnisvolle, starke Ausstrahlung von Macht zu pflegen, damit die *Menschen*, die wir beherrschen, nicht durch Vertrautheit die Furcht vor uns verlieren. Ich habe dir innerhalb des Palasts Grenzen gesetzt, und du wirst bald lernen, sie einzuhalten. Maia und ich werden uns in Zukunft allein um *meine* Erbin kümmern, um Hanassa.«

Myri blickte Kalen an und überlegte, ob die Kaalipha die telepathische Nachricht des Mädchens doch wahrgenommen hatte.

»Ach, und denk gar nicht daran, dich meinen Anordnungen zu widersetzten, Myrilandel«, versetzte die Kaalipha, jetzt in freundlichem Plauderton. Sie zog eine lange Goldkette aus der Tasche ihres Gewands. Daran hing ein drachenförmiger Anhänger, der aus einem einzigen Kristall geschliffen war. »Du wirst dieses Amulett zu jeder Zeit tragen, damit ich immer weiß, wo du bist und mit wem du sprichst. Ich habe Nastfa und Golin beauftragt, dich Tag und Nacht zu bewachen.«

Myri spürte einen Anflug von Neugierde. Yaassima hatte Nastfa und Golin bei ihrer gestrigen Orgie gedemütigt und gequält. Vielleicht konnte sie ja ihren Groll gegen die Kaalipha nutzen, damit sie ihr halfen, zusammen mit den Kindern zu fliehen.

»Nastfa und Golin haben jetzt ein starkes persönliches Interesse daran, in deiner Nähe zu bleiben, Myrilandel«, fuhr Yaassima fort. »Sie haben mich mit ihrer Verlegenheit gestern Nacht so gut unterhalten, dass ich ihre Strafe umgewandelt habe. Meine Frauen sind ihnen immer noch verboten, aber wenn du die Grenzen, die ich dir gesetzt habe, überschreitest, dürfen sie mit dir tun, was sie wollen. Und ich kann dir versichern, dass sie weder rücksichtsvoll noch freundlich mit dir umspringen werden.«

*

»Ihr seid kein besonders guter König«, erklärte Konnaught d'Astrismos unumwunden.

König Quinnault sah von einem Exemplar des neuen Vertrags mit Rossemeyer auf und starrte den Jungen an, der seinen Blick mit steinerner, undeutbarer Miene erwiderte. Aber die Art, wie er sich die Fingernägel mit dem Messer aus seinem Gürtel – dem Allzweckwerkzeug, das jeder Mann bei sich trug – säuberte, war zu beiläufig. Konnaught versuchte, Streit vom Zaun zu brechen. Warum?

»Wie kommst du zu diesem absurden Vorwurf?« Quinnault mochte nicht zulassen, dass dieses *Kind* ihn reizte. Aber am liebsten hätte er den Knaben verprügelt und in die Küche gesperrt, bis er entweder zu Verstand kam oder großjährig wurde – was immer davon später eintreten würde.

Doch leider waren die d'Astrismos' das einzige Adelshaus, das Quinnault hätte beerben können. Konnaught besaß die – wenngleich widerstrebende – Loyalität von vieren der Lords. Sie hatten den Vater des Jungen unterstützt und Quinnault nur ihre Treue gelobt, weil sie sich in der Minderheit gegenüber den sieben anderen Lords befanden. Doch sie hatten ihren Eid unter der Bedingung geleistet, dass Konnaught in der Thronfolge auf dem ersten Platz stehen würde.

Alle waren der Meinung gewesen, dass man sich vor dem Tod eines Königs auf einen Erben einigen musste, damit nicht ein erneuter Wettstreit ausbrach, der zu einem Bürgerkrieg führte.

Daher hatte der König Konnaught so lange am Hals, bis er eine passende Frau fand und einen Erben zeugte. Außerdem hatte er es in seinem Rat mit vier missgünstigen Lords zu tun, die Konnaught in seiner Respektlosigkeit bestärkten, ganz gleich, welche Strafen Quinnault ihm auferlegte.

»Ich dachte, Ihr hättet das Zeug zu einem richtigen König, als Ihr Eure eigene Schwester als abtrünnige Magierin ins Exil geschickt habt. Aber das denke ich jetzt nicht mehr.«

Quinnault erstarrte. Es war ihn schwer angekommen, Myrilandel zu verbannen. Dass Konnaught diese Tat für lobenswert hielt, verriet, dass sein Charakter einen bösen Kern hatte. Gab es überhaupt eine Möglichkeit, dieses Übel zu heilen? Quinnault bezweifelte es. So langsam wünschte er, er hätte Nimbulans Rat befolgt und Konnaught noch am selben Tag, an dem sein Vater gestorben war, ins Exil geschickt.

Der Knabe steckte sein Messer weg und begann an seinen Nagelhäutchen zu reißen; eine schlechte Angewohnheit, die Quinnault vorhatte, ihm auszutreiben – falls er ihm erlaubte, in der Hauptstadt zu bleiben.

»Hast du nicht etwas zu tun oder Unterricht?«, fragte Quinnault und ließ seine Stimme gelangweilt klingen. »Ich habe keine Zeit, mir deine kindischen Fantastereien anzuhören.«

»Mein Vater hätte Nimbulan nie erlaubt, sich ohne seine Zustimmung zu entfernen. Er hätte ihn eingesperrt, bevor er hätte fliehen können.«

»Was meinst du damit, dass Nimbulan geflohen ist?« Enttäuschung legte sich schwer über Quinnaults Schultern. Er hatte Nimbulan gebeten, nicht zu gehen, dem Magier gestanden, wie sehr er seines Rates bedurfte. Jüngere Männer sollten sich darum kümmern, Myrilandel aus Hanassa zu befreien. Die Drachen hatten nur darauf bestanden, dass sie gerettet wurde, aber nicht gesagt, von wem.

»Nimbulan ist verschwunden. Ich habe den Boten begleitet, den Ihr geschickt habt, um ihn zu holen. Er konnte Euren obersten Ratgeber nirgends finden. Ihr solltet Nimbulan ebenfalls verbannen. Er ist fortgegangen, also ist er jetzt ein Abtrünniger.«

(Lass dir von diesem Kind nicht vorschreiben, was du zu tun hast. Wir beschützen Nimbulan, genau wie wir über unsere Tochter Myrilandel gewacht haben.)

Quinnault sah zu dem offenen Fenster neben seinem Schreibtisch auf. Seit Myrilandels Entführung hatte er die Stimmen der Drachen nicht mehr vernommen. Und doch ... wurde nicht das leise Kribbeln hinter seinem Herzen stärker, das ihm die geistige Nähe der Wächter von Coronnan signalisierte?

Ich brauche Nimbulan, antwortete er der Stimme in seinem Kopf lautlos.

(Du musst dieses Kind in seine Schranken weisen.)

»Was werdet Ihr gegen diesen Gesetzlosen, Nimbulan, unternehmen? Er hat die Suche nach dem Rover, der den Lehrling ermordet hat, abbrechen lassen. Nimbulan steckt mit den Rovern unter einer Decke. Mein Vater hätte niemals ...«

»Dein Vater hat den Fehler begangen, Nimbulan für vogelfrei zu erklären, als der Magier seinen Schutz verlassen hat. Hätte Kammeryl d'Astrismos Nimbulan die Freiheit gelassen, seine Magie so auszuüben, wie es sein Bedürfnis war, und ihn dann wieder aufgenommen, dann könnte er jetzt durchaus an meiner Stelle hier sitzen und diesen Vertrag studieren. Aber dein Vater war weder unfehlbar noch allwissend.« Quinnault begrub einen weiteren Teil seiner

Hoffnung, Konnaught durch Fürsorge und ein gutes Vorbild zu erziehen. »Die Fehler deines Vaters sind der Grund dafür, dass ich hier sitze und du mein Mündel bist – und mir Treue und Gehorsam schuldest. Aber du benimmst dich eher wie ein verbannter Abtrünniger denn wie ein Thronerbe.« Quinnault zog eine Augenbraue hoch und hoffte, den Knaben eingeschüchtert zu haben.

»Nimbulan gehört hinter Schloss und Riegel gesteckt«, versetzte Konnaught unbeeindruckt.

Quinnault musste einen letzten Versuch unternehmen, die verstockte Heldenverehrung zu brechen, die Konnaught seinem irregeleiteten Vater entgegenbrachte.

Kein Kind verdiente zu erfahren, dass sein Vater so zutiefst verderbt wie Kammeryl d'Astrismos gewesen war, wandte ein Teil von ihm ein – so hatte er in einem Wutanfall seine eigenen Dörfer in Brand stecken und plündern lassen. Quinnault weigerte sich, an die perversen sexuellen Praktiken seines toten Rivalen zu denken, mit denen er sich von seinen immer längeren Phasen tiefer Selbstzweifel abgelenkt und seine Überzeugung, von den Sternengöttern abzustammen, wieder aufgebaut hatte.

Quinnault beschloss, dem Knaben besser Kammeryls mangelnde Urteilsfähigkeit aufzuzeigen, statt seine Laster aufzuzählen. »Es gibt kein Schloss, das ein fähiger Magier nicht öffnen könnte, keinen Kerker, aus dem er nicht ausbrechen könnte, wenn er wollte. Dein Vater hat Nimbulan unterschätzt; ein Fehler, den ich nicht begehen werde. Und jetzt finde ich, dass ich dir ausreichend Rechenschaft abgelegt habe. Du hast Arbeiten zu verrichten und musst studieren. Ich möchte dich nicht wiedersehen, ehe du alles erledigt hast.«

Konnaught sah aus, als wolle er Einwände erheben, doch dann drehte er sich abrupt auf dem Absatz um und marschierte aus dem Raum. »Dafür wirst du büßen, kleiner König. Wenn ich dieses Land regiere, zahle ich dir alles heim«, murmelte er und knallte die Tür hinter sich zu.

Quinnault gelobte sich, rasch eine Frau zu finden. Wenn es nur jemanden gäbe, den er in der Zwischenzeit zu seinem Erben ausrufen könnte! Konnaught d'Astrismos durfte niemals herrschen, nicht einen Augenblick lang. Doch unterdessen …

»Wache!«, rief er den Posten an, der vor seiner Tür stand. »Lass mein Pferd satteln. Ich beteilige mich an der Suche nach Nimbulan und den Rovern, und ich möchte, dass jeder Stein in Coronnan umgedreht wird. Sie können noch nicht weit gekommen sein, ohne eine Spur zu hinterlassen.«

*

»Danke, Seannin«, sagte Nimbulan zu dem jungen Drachen mit den blauen Flügelspitzen. Er stützte sich mit beiden Händen an der Seite des Wesens ab, während sich seine Füße wieder daran gewöhnten, auf festem Boden zu stehen.

Nimbulan hatte Coronnan nicht so rasch verlassen wollen. Er war überzeugt davon, dass auf der seltsamen Lichtung am Fluss, wo Televarn verschwunden war, noch Spuren zu finden waren. Das kleine Mädchen, das ihm das Buch hatte holen sollen, musste befragt werden. Aber Seannin hatte darauf bestanden, mit Nimbulan und Rollett sofort zu fliegen. Der Drache konnte sich nicht länger aufhalten, Shayla erwartete ihn. Und kein Drache getraute sich, Shayla nicht zu gehorchen.

Es gab auch nur wenige Menschen, die dies wagten.

Rollett kletterte, ebenfalls schwankend, vom Rücken des Tiers. Er sah aus, als wolle er seine letzte Mahlzeit wieder von sich geben.

»Das war noch ein sanfter Flug, Junge«, meinte Nimbulan und schlang dem Jungen voller Zuneigung den Arm um die Schultern. »Als ich das letzte Mal auf einem Drachen geritten bin, bekamen wir in großer Höhe Seitenwind. Ich dachte, ich würde heruntergeweht.«

Rollett wurde ein wenig grün im Gesicht und schluckte.

(Weiter kann ich dich nicht bringen, Nimbulan.) Seannin klang ein wenig schuldbewusst.

Nimbulan sah an dem Steilhang hinunter, der von dem Felssims, auf dem der Drache gelandet war, abfiel. In dieser Höhe war die Luft dünner und trockener, als er es aus den Flusstälern gewöhnt war, und er kannte den niedrigen, dünnen Pflanzenbewuchs, der dicke, nadelähnliche Blätter und winzige Blüten trug, nicht.

»Du hast uns weiter gebracht, als wir in einem Monat oder mehr hätten wandern können. Dafür danke ich dir, Seannin. Dir und dem ganzen Drachennimbus.« Er war Myrilandel einen Monat näher, als er es noch heute Morgen beim Aufbruch aus der Hauptstadt gewesen war. Hoffentlich war er auch der Lösung dieses Rätsels näher gekommen.

(Vielleicht wirst du uns nicht mehr danken, wenn du erst in Hanassa bist.) Der Drache spannte die Muskeln an, als hätte er es eilig, diese lebensfeindliche Umgebung hinter sich zu lassen.

»Seannin, warum haben die Drachen mir nicht vorher verraten, dass Myri dort ist?«

(Du hast nicht nach ihr gesucht. Wir können dir nichts zeigen, was du nicht zu finden suchst, nicht einmal in einem Drachentraum.)

Nimbulan ließ den Kopf hängen und schloss die Augen. Seannin hatte recht. Er hatte sich von Quinnault viel zu lange in der Hauptstadt aufhalten lassen, ehe er versucht hatte, zu Myris Lichtung zurückzukehren. Und erst als Shayla den Pakt zwischen Drachen und Menschen für gebrochen erklärt hatte, hatte er richtig nach seiner Frau und ihren beiden Ziehkindern gesucht.

Aber er hatte mit seiner Magie nach ihr geforscht, nicht mit dem Herzen.

Amaranth war gestorben, weil Nimbulan nicht früher nach Myri gesucht hatte. Hätte er ihre Verschleppung nach Hanassa verhindern können, wenn er früher gehandelt hätte?

Jetzt musste er dieses Unternehmen zu seinem Hauptanliegen

machen. Er würde nicht ruhen, bis er Myri, Kalen und Powwell gefunden hatte. Könige, Verträge und Magierschulen mussten warten – oder sich einen neuen Obersten Magier suchen.

War er wirklich bereit, alles, wofür er gearbeitet hatte, aufzugeben, um den Rest seines Lebens mit Myri zu verbringen?

Darüber würde er nachdenken, nachdem er seine Frau und seine Kinder aus Hanassa herausgeholt hatte.

»In welche Richtung muss ich mich von hier aus wenden?« Nimbulan musterte die Berglandschaft, um einen Pfad zu entdecken.

(Folge deinem Herzen, es wird dich zu Myrilandel führen. Nur dir trauen wir zu, sie zu retten. Das Menschenjunge wird dir helfen, aber nur du kannst sie finden. Wir können nichts weiter tun, um dich zu unterstützen. Hanassa ist für echte Drachen verboten.)

»Das verstehe ich nicht. Myri war doch einmal eine von euch. Drachen können überall hinfliegen. Warum nicht nach Hanassa?«

(Wir können die Stadt weder überfliegen noch uns in ihrer Nähe aufhalten.) Wieder spannte Seannin die Muskeln an, um sich in die Lüfte zu erheben.

Nimbulan trat beiseite, um den mächtigen Schwingen auszuweichen. Seannin warf sich von dem Felssims und flog los. Ein Flügelschlag, und er stieg über Nimbulans Kopf auf.

Die geistige Verbindung zu dem Drachen brach ab. Ohne die wenigen Worte, die der Drache mit ihm gesprochen hatte, fühlte sich Nimbulan seltsam leer und einsam. So allein, wie sich Myri fühlen musste, die von ihrer Familie und den Drachen abgeschnitten war.

Er drehte sich einmal um sich selbst, um festzustellen, ob ein Weg von diesem schmalen Sims hinunter und in die verborgene Stadt führte.

»Da ist so eine Art Treppe.« Rollett wies auf eine Reihe grober Einkerbungen in der Steilwand.

Mit einem Mal war Nimbulan dankbar, seinen ältesten Gesellen zur Gesellschaft zu haben, einen jungen Mann, den er aufgezogen hatte, seit er zehn gewesen war. Die trostlose Gebirgslandschaft führte ihm vor Augen, wie gefährlich und einsam ihre Suche werden würde.

Gleichzeitig fürchtete er, auch diesen Jungen sterben sehen zu müssen; so wie er schon bei so vielen seiner Freunde, Gefährten und Schüler ihrem Übergang in eine andere Existenzebene beigewohnt hatte.

»Sieht aus, als hätte jemand versucht, Stufen aus dem Fels zu hauen. Die Abstände sind zu regelmäßig, um natürlichen Ursprungs zu sein«, gab Nimbulan zurück. Kein besonders großartiger Weg, aber der einzige, abgesehen von dem, den der Drache eingeschlagen hatte. Noch einmal spähte er an dem Berghang hinunter und spürte etwas, das Myris Träumen vom Fliegen ähnelte. Wenn er nur die Arme ausbreiten und sich in die dünne Luft werfen könnte ...

»Vorsicht«, warnte ihn Rollett, packte Nimbulan am Kragen und zog ihn zurück auf das Sims. »Nachdem man auf einem Drachen geflogen ist, kommt es einem vielleicht so vor, als müsse man dasselbe tun können.«

Nimbulan schüttelte den Wunsch zu fliegen ab. Dieser Weg führte nur in den Tod. Er war kein Drache und würde nie einer sein.

Aber Myri konnte wieder einer werden, wenn sie es wünschte. Hatte sie sich nach Amaranths Tod bereits verwandelt?

Noch nicht. Das hätte er erfahren. Er würde es tief in seinem Herzen wissen.

Dazu pulsierte die Silberschnur, die sie verband, zu stark. Der Gedanke, Myri zu verlieren, verstärkte seine Einsamkeit noch. Aber wenn sie keine andere Möglichkeit hatte, ihr Leben zu retten ...

»Dieser Weg muss regelmäßig genutzt werden«, meinte er, als er die Stiefel quer auf die Stufen stellte. Wenn er von vorn hineintrat, waren sie so schmal, dass nur seine Zehen daraufpassten, daher kletterte er seitwärts und fand festeren Halt auf den Felsstufen, als er zunächst vermutet hatte.

»Mit diesen Löchern neben den Stufen, in die man die Hände legen kann, ist der Weg beinahe bequem.« Rollett hievte sich auf den steilen Pfad.

Mit jedem Schritt pulsierte die magische Verbindung zwischen Nimbulan und Myri stärker. Ihm wurde ein wenig leichter ums Herz. Immer höher kletterte er und ließ sich Zeit, die dünne Luft einzuatmen. Es hätte wenig Sinn gehabt, so außer Atem oben anzukommen, dass er handlungsunfähig war.

Einhundertzweiundzwanzig Stufen über dem Felssims blieb Nimbulan auf einem flachen Plateau stehen, das sich links und rechts von ihm ausbreitete. Rollett schwang sich nach oben, landete auf dem Bauch und krallte beide Hände in den Sandboden des Absatzes. »Kein Wunder, dass Hanassa so geheimnisvoll ist. Niemand, der richtig im Kopf ist, würde hier so einfach auf Entdeckungsreise gehen«, keuchte Rollett. Er hatte die Augen fast völlig zugekniffen, um sich vor dem grellen Sonnenlicht zu schützen, sodass seine Gefühle nicht zu erkennen waren; doch das Kinn bebte und verriet, dass er unsicher war. Nicht ein Mal sah er nach unten. »Ich hoffe nur, dass es einen anderen Weg nach draußen gibt. Abwärts könnten diese Stufen sehr gefährlich werden, vor allem, wenn man in Eile ist.«

»Ganz meine Meinung. Du hast einen Blick für Einzelheiten. Präge dir alles ein, vor allem das, was dir merkwürdig vorkommt oder hier nicht hingehört.« Auf der Suche nach einem Hinweis darauf, wo der Weg weiterging, ließ Nimbulan den Blick über das Felssims schweifen.

»Etwas, das sich zu oft wiederholt, könnte eine Sinnestäuschung sein.« Rollett folgte Nimbulans Blick.

Das Plateau maß vielleicht fünfzig lange Schritte. Darüber wuchs der Felssturz weiter himmelwärts. Nimbulan ging einige

Schritte nach rechts. Hinter der Biegung des Absatzes, vielleicht hundert normale Schritte entfernt, war ein Torbogen aus der ansonsten undurchdringlichen Felswand geschlagen. Die glatten, symmetrischen Seiten und der perfekte Halbkreis, der ihn oben abschloss, verrieten, dass die Öffnung ein Werk von Menschenhand war. Ein bedrohlich wirkendes Metallgitter verschloss das Tor. Rechts und links davon standen zwei bis an die Zähne bewaffnete Wachposten. Dahinter erstreckte sich ein langer, dunkler Tunnel in den Berg hinein.

Hastig trat Nimbulan zurück, um sich nicht sehen zu lassen.

Fast gleichzeitig erblickte ihn einer der Wachen.

»Was führt dich nach Hanassa, Fremder?« Der rechts stehende Posten schlug einen seltsamen Metallstab auf einen Felsbrocken, der neben dem Torbogen lag.

Ein hohes Schrillen klang Nimbulan unangenehm an die Ohren. Schmerzlich verzog er das Gesicht und zog die Augen zusammen. Das Geräusch hallte noch lange in seinem Kopf nach, auch nachdem das hohle Metallrohr, das der Posten in der Hand hielt, verstummt war. Hinter ihm krümmte sich Rollett, der immer noch auf dem Boden lag, und hielt sich die Ohren zu.

»Gewährt Ihr einem einsamen Wanderer, der sich verlaufen hat, Gastfreundschaft?« Nimbulan zitierte die formellen Worte, die in ganz Coronnan galten. Der Brauch der Gastfreundschaft war uralt und ein Teil der Kultur seines Volkes.

»Gastfreundschaft!«, lachte der Wachposten. »Niemand sucht hier Gastfreundschaft. Wer bist du, und was willst du wirklich?« Der Posten hielt den Stab hoch, als rechne er damit, dass aus dem leeren Ende ein Zauber hervorschoss, der ihn schwächte.

Nimbulan wich einen Schritt zurück, wobei er Acht gab, nicht über den Rand des Plateaus zu fallen. Er ließ die Hände offen schwingen, obwohl er am liebsten seinen Stab genommen und einen Gegenzauber ausgeschickt hätte. Der Stab würde ihn als Magier kenntlich machen; daher hatte er ihn mit einem Zauber als Wasserschlauch getarnt und trug ihn an sein Bündel geschnallt. Er musste sich nur vorsichtig bewegen, um nicht mit dem langen Werkzeug gegen etwas zu stoßen, das seine Tarnung auffliegen ließ.

Rollett hatte er den gleichen Tarnzauber mit seinem Stab durchführen lassen. Er schaute auf, als der Wachmann, der immer noch den Stab in der Hand trug, sie zu sich heranwinkte. Der Magiergeselle blieb, wo er war, und war damit wegen der Biegung, die das Plateau beschrieb, von den anderen Wächtern nicht zu erkennen. Nimbulan trat zwei Schritte näher.

Wieder schlug der Wächter mit dem Stab auf den Fels, dieses Mal weit kräftiger. Das grelle Schrillen zerriss Nimbulan fast das Trommelfell, und er widerstand dem Drang, sich die Ohren zuzuhalten.

»Der Stab hat nur auf Magier keine Wirkung«, erklärte der Wachposten, als das Geräusch mit einem Mal verstummte. »Ihr seid hier nicht willkommen. Verschwindet augenblicklich, sonst kommt der Zorn von Yaassima, Kaalipha von Hanassa und Drache der Berge, über euch.«

16. KAPITEL

»Ich brauche deine Hilfe bei der Alten Bertha«, sagte Yaala zu Powwell. Ihre heisere Stimme strahlte Autorität aus. Die Menschen, die in der zentralen Wohnhöhle wimmelten, ließen alles stehen und liegen, wenn sie sprach, auch die Wachen. Einige – die jüngeren und gesünderen Gefangenen – bedachten sie mit grollenden Blicken. Die Wachposten schienen sie zu fürchten. Die meisten anderen gehorchten ihr widerspruchslos und ohne nachzudenken; sie waren nicht mehr in der Lage, eigene Entscheidungen zu treffen.

Powwell wischte sich die Stirn mit dem Tuch, das sie ihm gestern Nacht geschenkt hatte. Er hatte immer noch ein seltsames Gefühl, wenn er es nach Art der Rover auf dem Kopf trug, daher steckte er es wieder in die Tasche. Sein Hemd und die Hose waren von seinem eigenen Schweiß durchtränkt. Er hatte keine Ahnung, wie lange er schon hier unten sein mochte. Einen Tag? Zwei? Er hatte drei Schichten an den gewaltigen Maschinen überstanden, die mehrere Räume in dem Höhlensystem einnahmen, und sie gesäubert und geölt.

In jedem wachen Moment verfolgte ihn das Bild des Toten, der tiefer und tiefer in den Schacht hineinfiel. Wenn er schlief, träumte er, er sei der fallende Mann, und spürte, wie die Hitze schon lange, bevor das Feuer seinen Körper verzehrte, an seiner Seele fraß.

Aus diesen Träumen wachte er vor Furcht zitternd auf. Das Gefühl, er könne mit einem Sprung in die Lava entkommen und Freiheit finden, ängstigte ihn mehr als Schmerz, Durst und Verzweiflung.

Und über diesen Träumen lag das Gefühl, von den gespenstischen weißen Schatten beobachtet zu werden, die durch die Höhlen trieben und immer nur gerade am Rande seines Gesichtsfelds zu sehen waren.

Komm mich bald holen, Kalen. Ich weiß nicht, wie lange ich es hier unten schaffe, am Leben und bei Verstand zu bleiben.

Seit die Wachen ihn mit einem Tritt in die Grube befördert hatten, hatte er sechs kleine Mahlzeiten aus dünner Grütze bekommen. Der abgedeckte Topf mit dem Essen wurde über eine enge Rutsche heruntergelassen, die nur wenig breiter als der Behälter war. Nachdem die Bewohner der Grube gegessen hatten – wobei es unter den Gesünderen immer zu allerhand Gezänk kam –, banden sie das Seil wieder um den Topf, der daraufhin von unsichtbaren Händen hochgezogen wurde. Yaalas Anwesenheit hielt die kräftigeren Gefangenen davon ab, den ganzen Brei hinunterzuschlingen und die schwächeren verhungern zu lassen.

Alle hier betrachteten Yaala als ihre Anführerin, so wie die Menschen oben Yaassima als ihre Kaalipha anerkannten.

Doch obwohl Yaala die Aufsicht führte, bekam niemand genug zu essen. Wenn die Männer und Frauen nicht arbeiteten, kamen sie in der Wohnhöhle zusammen und beobachteten die Rutsche, um zu sehen, ob neues Essen heruntergelassen wurde, und prügelten sich darum, wer als Erster in den Topf greifen durfte.

Ein älterer Mann erzählte eine viele Jahre zurückliegende Geschichte. Damals waren eine Woche lang täglich Brotlaibe über die Rutsche gekommen. Er vermutete, dass ein Verwandter eines der Gefangenen in der Küche arbeitete. Doch das Brot verschwand so plötzlich, wie es gekommen war, und wurde nie wieder gesehen.

Bei dem Gedanken an Brot wurde Powwell der Mund wässrig – sogar altbackenes, ungesäuertes Brot wäre ihm recht gewesen.

Der Nahrungsmangel sorgte nur dafür, dass es nicht lange dauern würde, bis man auch ihn dem Feuer im Herzen des Planeten übergab. Die Wachposten schienen Yaala zu fürchten; sie und die Unfälle, die sie, da war sich Powwell sicher, für sie arrangieren konnte. Vielleicht konnte man sie dazu bewegen, etwas mehr Nahrung in den Schacht zu bringen. Oder ...

»Woher weißt du so viel über die Maschinen?«, fragte er Yaala, die ihn mit unfehlbarer Sicherheit durch das Labyrinth aus Höhlen und Tunneln führte.

»Als Kind habe ich immer bei den Ingenieuren herumgelungert. Als der letzte von ihnen vergangenes Jahr gestorben ist, war ich die Einzige, die genug wusste, um seinen Platz einzunehmen.«

»Weiß Yaassima, dass du, eine Gefangene, jetzt der ... Ingenieur bist?« Powwell stolperte über das ihm unbekannte Wort.

»Nein.« Yaala kniff den Mund fest zu und weigerte sich, mehr dazu zu sagen.

»Welche ist die Alte Bertha?«, fragte er, eigentlich nur, damit ein paar Worte das unaufhörliche Stampfen der Maschinen auflockerten. Jeder der gewaltigen Lärmerzeuger hatte eine eigene Persönlichkeit und einen Namen. Gestern hatte er an Liise gearbeitet, einer kleinen, friedfertigen Maschine, die nur ein wenig Aufmerksamkeit brauchte, um zufrieden vor sich hin zu schnurren.

»Die Alte Bertha ist der älteste und launischste der Generatoren der Kaalipha«, gab Yaala zurück.

Der seltsame Name der Maschinen kam ihr leicht über die Zunge. Aber sie hatte seit ihrer Verhaftung schon mehrere Jahre im Schacht verbracht und war als Kind oft freiwillig hier gewesen. Powwell konnte die seltsamen Worte kaum aussprechen, ohne sich stark zu konzentrieren.

»Was kann ich tun, um dir zu helfen?«, fragte er. »Ich weiß gar nichts über die Maschinen.« Man hatte ihn gelehrt, eine ölige Flüssigkeit auf verschiedene bewegliche Teile zu spritzen und den Überschuss, der auf das Gehäuse tropfte, abzuwischen.

»Durch deine Ausbildung zum Magier hast du ein gutes Gedächtnis. Ich möchte, dass du dir einprägst, wohin jedes Teil gehört und in welchem Zustand es ist, wenn ich die Alte Bertha auseinandernehme, um herauszufinden, warum sie schnauft und nicht genug *Trizität* erzeugt.«

Noch ein seltsames Wort, dieses Mal, um die Kraft zu bezeichnen, die aus den »Generatoren« kam. Magie war viel einfacher zu verstehen.

»Du bist der Einzige, der klug genug ist, um der nächste Ingenieur zu werden. Ich werde *meine* Maschinen niemandem von der Oberfläche anvertrauen.«

Während Yaala Powwell tiefer in das Höhlensystem hineinführte und sie der Grube immer näher kamen, betrachtete er die Bündel von »Leitungen«, welche die Trizität aus den Generatoren zu einem unbekannten »Transformator« im Palast der Kaalipha führten. Vielleicht konnte man sich diese Leitungen wie einen Zauberstab vorstellen, und dieser Transformator war ein Magier, der gelernt hatte, sich dieser seltsamen Macht zu bedienen. Er hatte ja auch gelernt, Drachenmagie als Nahrung für sein Talent zu sammeln, nachdem er sich vorher der Kraftlinien bedient hatte. Das hier war vielleicht eine andere Art Nahrung für Magie.

Der Dampf, mit dem die Generatoren angetrieben wurden, stammte aus einem See in einer der am tiefsten liegenden Höhlen. Das Wasser wurde in Röhren über einen Teich mit glühender Lava geleitet, der es zu Dampf erhitzte. Der Dampf wurde auf geheimnisvolle Weise in die Alte Bertha geschickt, wo er Energie produzierte, die von einer »Turbine« aufgenommen wurde – einer der kleineren Maschinen am Rande. Flexible Leitungen, die Yaala »Drähte« nannte, schlängelten sich aus den Maschinen und verschwanden in engen Tunneln im Vulkangestein.

Vielleicht waren die Kraftlinien ja auch so etwas wie Draht, durch den natürliche Trizität floss.

Wasserdampf, der zu Luft wurde. Feuer aus dem Herzen der Kardia. Alle vier Elemente waren in der Trizität vorhanden. Damit war sie Magie. Irgendwann würde er verstehen, wie er sie einsetzen konnte, genau wie er gelernt hatte, zuerst die Kraftlinien und dann die Drachenmagie zu nutzen. Wenn er lange genug lebte und wenn Kalen ihn nicht bald holen kam.

Yaala machte sich klein, um einer tief hängenden schwarzen Steinplatte in dem halbdunklen Tunnel auszuweichen. Das einzige Licht hier stammte von diesem seltsamen gelben Glühen, das die Trizität erzeugte. Auch Powwell duckte sich. Hinter der Steinplatte blieb die Decke niedrig, sodass er gebückt gehen musste, um sich nicht den Kopf anzustoßen. Yaala war so klein, dass sie nur den Kopf einzuziehen brauchte. Sie schien den Weg zu kennen und umging geschickt weitere Hindernisse, die auftauchten, als der Gang schmaler wurde.

Je enger der Tunnel wurde, umso lauter wurde der Lärm. Powwell widerstand dem Drang, sich die Ohren zuzuhalten. Mit dem Geräuschpegel, der in den normalen Gängen herrschte, hatte er sich inzwischen abgefunden. Aber hier hallte das Stampfen und Schnaufen der Alten Bertha noch verstärkt von den Wänden der engen Höhle aus Lavagestein wider.

Jeek, kusch, kusch. Jeek, kusch, kusch. Der Lärm überwältigte seine Sinne, so wie damals, als Televarn sie von der Lichtung weg und hierhergeführt hatte. Powwell riss die Augen auf und sah sich nach etwas Vertrautem um.

Wenn Televarn sie durch den Schacht in den Palast gebracht hatte, dann musste es hier einen weiteren Eingang geben, durch den man von außen nach Hanassa gelangte. Er drehte sich um sich selbst und nahm alles in Augenschein. Mechanisch griff er in die Tasche und tastete nach Thorny, um festzustellen, ob sich sein magischer Gefährte an einen der Gerüche hier unten erinnerte.

Seine Tasche war leer. Der kleine Igel hatte oben, ganz in der Nähe der Wohnhöhle, ein Nest voll Insekten gefunden, die ihm schmeckten. Er hatte Powwell vor einiger Zeit allein gelassen, um sich auf die Jagd nach einer Mahlzeit zu machen. Thorny würde wieder zu ihm stoßen, wenn er sich satt gefressen und ein kleines Schläfchen gehalten hatte.

S'murghit. Er würde sich Televarns Route selbst zusammenreimen müssen.

Jeek, kuschschsch. Jeek, kusch, kusch.

»Hört sich an, als wäre die Alte Bertha irgendwo verstopft. Eine große Blockade!«, schrie er Yaala zu. So viel hatte er in seinen drei Schichten schon über die Generatoren gelernt. Die winzigste Ablagerung von Mineralien aus dem Wasser oder Rost auf altem Metall schuf Probleme.

»Das weiß ich auch. Aber wir müssen sie mit dieser Sonde durchpusten, bevor sie den Geist aufgibt, sonst schaffen wir es nie, sie wieder in Gang zu bringen«, antwortete Yaala und hielt ein langes stabähnliches Werkzeug hoch, das aber biegsam war. Rasch huschte sie an einem alten Geröllhaufen vorbei, der den Durchgang fast blockierte. »Bertha ist nämlich *sehr* alt.«

Powwell quetschte sich durch den losen Schutt und wäre fast kopfüber in die größte Höhle gestolpert, die er hier unten bisher gesehen hatte. In ihrem Inneren hätte man mindestens zwei Gebäude von der Größe der Magierschule errichten können. Der Raum wurde fast völlig von der gewaltigsten, rostigsten und lautesten Maschine, die er je gesehen hatte, eingenommen.

Die Alte Bertha in ihrem schwarzen Metallgehäuse rumpelte und stöhnte und stieß im Takt zu ihren Vibrationen durch ihre Rostlöcher Dampf aus. Die Leitungen, die in den Generator hinein- und wieder herausführten, bebten und vermittelten den Eindruck einer misslaunigen Spinne von riesigen Ausmaßen, die über ihrer neuesten Beute hockt.

Sofort bekreuzigte sich Powwell und schlug das Schutzzeichen der Sternengötter gegen das Böse. Moncriiths Predigten gegen Dämonenmagie fielen ihm wieder ein. Der Blutmagier hatte zahlreiche Gefolgsleute um sich gesammelt und wollte alle durch Dämonen verunreinigten Magier auslöschen, angefangen bei Myrilandel und bis zu jedem, der magisches Talent besaß, Monchriith selbst ausgenommen. Aber wenn es Dämonen wirklich gab, dann wohnten sie bestimmt in der Alten Bertha.

»Sie ist nur eine Maschine.« Yaala lachte, als Powwell sich ein zweites Mal bekreuzigte.

»Warum gibst du den Maschinen dann Namen und behandelst sie, als wären sie Lebewesen?« Powwell ging um das grunzende Monstrum herum, wobei er sich so nahe wie möglich an der Wand und so weit er konnte von der Maschine entfernt hielt.

»Weil es diese Maschinen sind, durch die Yaassima vorgeben kann, eine Magierin zu sein. All ihre Tricks beginnen und enden mit ihnen. Aber sie darf nicht gestürzt werden, ehe ich nicht alles über diese Maschinen weiß, vor allem, wie ich sie abstellen und dann mit einer anderen Frequenz wieder starten kann. Ohne ihre Spielzeuge ist sie machtlos.«

»Du meinst diese Lichter, und dass sie anscheinend aus dem Nichts heraus auftaucht? Das ist Magie. Nimbulan, mein Lehrer, könnte das ebenfalls.« Powwell unterbrach seinen Rundgang, als er zu einem schmalen Torbogen kam, der in die Grube führte. Die wirbelnden Farben des flüssigen Gesteins, die dahinter lagen, brachten ihn aus dem Gleichgewicht und erinnerten ihn wieder daran, dass das ganze Gewicht des Bergs auf diese Höhle drückte. Er hielt sich seitlich von dem Tor.

»Aber er hat das durch angeborenes Talent vollbracht«, wandte Yaala ein. »Er brauchte sich dazu nicht auf Maschinen zu verlassen, die über fünfzig Generationen von einem Kaaliphen auf den nächsten vererbt worden sind.«

»Fünfzig Generationen?« Powwell rechnete das im Kopf in Jahre um, dann rechnete er noch einmal nach. »Das wären fast tausend Jahre. Diese Maschinen können doch nicht aus der Zeit der Sternengötter stammen!«

»Vielleicht nicht diese Maschinen, aber die Technologie geht auf die Zeit zurück, als sich Hanassa, der erste Kaaliph, mit dem Drachennimbus überwarf und menschliche Gestalt annahm. Er hat die Stadt gegründet, die nach ihm benannt ist, und sie wurde zu einer Zuflucht für den Abschaum von Kardia Hodos, der nirgendwo anders willkommen ist.«

Powwell drehte sich der Kopf. Myri war ein Drache mit purpurnen Flügelspitzen gewesen, bevor sie menschliche Gestalt angenommen hatte. War sie dadurch irgendwie mit Yaassima verwandt?

»Hanassa hat die Maschinen mit Wissen, das er den Sternengöttern gestohlen hatte, gebaut«, fuhr Yaala fort. »Vielleicht hat er auch die Maschinen selbst von ihnen gestohlen. Zuerst wussten die Kaaliphen noch, wie man alte und abgenutzte Maschinen ersetzt. Doch heute können wir sie nur sauber halten und flicken. Wir haben so viel Wissen verloren.« Yaala schlug sich mit der Faust auf den Schenkel.

Sie drehte Powwell den Rücken zu und widmete ihre Aufmerksamkeit einem bebenden Wasserrohr, das aus der Alten Bertha kam und zurück zum See führte. Dort, wo das Rohr mit dem Bauch der Maschine verbunden war, leckte heißes Wasser heraus. Von der Nahtstelle her breitete sich blättriger Rost aus. »Ich glaube, die Blockade steckt in diesem Rohr.«

Powwell trat auf sie zu und wollte zusehen, wie sie die Sonde einsetzte. Doch die roten und grünen Farbwirbel der Grube, die durch die Torbogen hindurch zu sehen waren, lenkten ihn immer wieder ab. Wiederholt sah er über die Schulter und beobachtete das von der Toröffnung umrahmte Spiel der Farben. Er kämpfte gegen den Drang, die Richtung zu wechseln und durch die Farben hindurch in die Grube zu springen.

Mit einem Mal sah er nicht mehr die im Herzen des Vulkans brodelnde Lava, sondern ein abgelegenes Tal in einem Wald im Tiefland. Hohe Bäume säumten eine fast vollkommen kreisförmige Lichtung, auf der exakt in der Mitte ein kleines Lagerfeuer brannte.

Einen Moment später rannte Televarn über die Lichtung und stürzte durch das Tor. Zwei Männer aus der Magierschule waren ihm keulenschwenkend auf den Fersen.

Der Rover-Anführer landete bäuchlings in der Höhle, und dann wirbelten die Farben erneut und zeigten die kochende Lava in der Grube.

Hastig rappelte sich Televarn auf und humpelte an der Alten Bertha vorbei. Er sah sich rasch um, aber Yaala befand sich auf der anderen Seite der Maschine, und Powwell duckte sich in den Schatten der Alten Bertha.

Der Rover pfiff eine fröhliche Melodie und klopfte sich getrockneten Schlamm von den Hosen und der Weste. Dann ging er in die nächste nach draußen führende Höhle. Das rechte Bein zog er leicht nach.

»Hast du das gesehen, Yaala? Das war Televarn, ich schwöre es, und er ist aus der Grube gekommen und durch diese Höhle gegangen.«

»Das sind Halluzinationen, Powwell. Die Hitze spiegelt einem Dinge vor, bis man sich an sie gewöhnt hat. Trink ordentlich, und dann hilfst du mir, dieses Ventil zu lösen.«

*

Quinnault ritt im Handgalopp ein Stück vor seiner Eskorte her. Er saß auf Buan, seinem schnellen Lieblingshengst. Noch vor einem Jahr war er ohne einen Diener oder Leibwächter von Nord nach Süd und von Ost nach West durch Coronnan geritten. Damals war er nur ein Lord gewesen, der die anderen Lords durch Überredung, Zwang oder Einschüchterung dazu bringen wollte, Frieden zu halten. Niemand hatte etwas darum gegeben, ob er den marodierenden Armeen oder den Banden von Gesetzlosen zum Opfer fiel, die nach Belieben die Landschaft durchstreiften. Heute war er König. Viele Menschen umgaben ihn und sorgten für seine Sicherheit.

Aber diese magisch nicht begabten Wächter hatten nicht verhindern können, dass die Rover seinen Wein vergifteten. Er wünschte, Nimbulan wäre nicht zu seinem gefährlichen Unternehmen ausgezogen. Ohne seinen ersten Ratgeber und Obersten Magier fühlte sich Quinnault nicht richtig sicher.

Warum hatte Nimbulan ihm nicht gesagt, dass er aufbrach? Er hatte seinem König nicht einmal ein paar Zeilen oder eine Nachricht hinterlassen.

Quinnault vermisste die Einsamkeit, die er in seinem alten Leben genossen hatte. Auf seinen langen Ritten von einer Burg zur nächsten hatte er in Ruhe nachdenken und meditieren können. Jetzt fand er höchstens nach dem Abendessen Muße zum Ausreiten oder wenn sein Amt als König es erforderte. Allein war er gar nicht mehr unterwegs. Mit einem Schenkeldruck trieb er Buan zu einem etwas rascheren Tempo an. Ein Dutzend Soldaten, die hinter ihm waren, ließen ihre Tiere ebenfalls schneller laufen, wahrten jedoch einen diskreten Abstand von zwei Dutzend Pferdelängen.

Er hatte Konnaught zurückgelassen und ihm eine lange Reihe von Schwertübungen aufgegeben. Dieses Balg verdarb ihm sogar diese kurze Illusion von Einsamkeit. Was sollte er nur mit dem Jungen anfangen?

Quinnault hatte nicht vor, Konnaught willkürlich ins Exil zu schicken oder einzusperren. Ein Todesurteil kam allerhöchstens für die schlimmsten Gewaltverbrechen in Frage. Er würde auf keinen Fall die Art von Tyrann werden, der sich die Gesetze nach seinen Launen zurechtlegte und sie dann brach, wenn es ihm passte. Die neuen Gesetze verlangten, dass ein Verbrechen vor einem Gericht bewiesen werden musste, bevor man an die Todesstrafe denken konnte.

Und Konnaught war zu gerissen, um sich bei einer Intrige, deren Ziel es war, Quinnault zu stürzen, erwischen zu lassen.

Vor ihm beschrieb die Straße eine Kurve und verlief dann durch ein Wäldchen – früher einmal ein Zufluchtsort für Banditen. Ungeachtet der Gefahr, in einen Hinterhalt zu geraten, ritt er mit unvermindertem Tempo zwischen die Bäume, unter denen es schon dunkel wurde.

Er wollte nachdenken, gründlich nachdenken, bevor es ganz dunkel war und er in den Palast zurückkehren musste. Ein Magierlehrling ritt mit den Soldaten und würde Hexenlicht-Fackeln anzünden können; doch diese spendeten nicht genug Helligkeit, um Raubtiere zu verjagen und ihnen auf dem Heimweg zu leuchten.

Er galoppierte um die nächste Kurve und verlor seine Eskorte vollständig aus den Augen. Der letzte Sonnenschein des Nachmittags wich tiefem Zwielicht. Schatten waberten geheimnisvoll über der Straße. Buan geriet aus dem Tritt, als der Grund schlammig wurde. Dicke Erdklumpen von der schlecht instand gehaltenen Straße flogen hinter ihm her. Die Sonne drang selten so tief in die Wälder ein, dass sie diese Handelsstraße vollständig trocknen konnte.

Buan ging von allein langsamer. Quinnault löste sein Kurzschwert und versuchte zu erkennen, was den Hengst beunruhigte.

Etwas Leichtes, Flaumiges flatterte über die Straße. Buan scheute. Quinnault kämpfte mit Schenkeln und Zügeln gegen das Tier an und musste sein ganzes Geschick aufbieten, um auf dem Rücken des Pferdes zu bleiben.

Buan drehte sich schnaubend im Kreis. Sein Fell schlug Falten und zuckte nervös. Er tänzelte und drehte sich wieder.

Quinnault zügelte ihn, doch es gefiel ihm nicht, dass er so viel Konzentration aufbringen musste, um den Hengst zu beherrschen. Er musste wissen, was Buan erschreckt hatte. Das inzwischen vertraute Kurzschwert lag ihm bequem in der Hand. *Ster-*

nengötter, wie er es hasste, eine Waffe tragen zu müssen. Dabei hatte er gehofft, in Coronnan nicht nur den Krieg abzuschaffen, sondern auch das Verbrechen.

»Was hast du, mein Junge? Für gewöhnlich stellst du dich wegen ein bisschen Abendnebel nicht so an.« Mit ruhiger Stimme und einem freundlichen Klopfen auf den schimmernden Hals beruhigte er Buan.

Immer mehr Nebel sammelte sich zwischen den Bäumen. Kurze helle Rauchsäulen standen jetzt vor und neben ihm in einem Halbkreis auf der Straße und versperrten ihm den Weg. Mit einem Schenkeldruck wendete er Buan und sah hinter sich. Der Rückweg zu seiner Eskorte war frei.

Er wandte sich wieder um und fand sich der größten Rauchsäule gegenüber, die sich aus der Reihe ihrer Gefährten gelöst hatte und vorgetreten war.

»Was für ein Geist bist du?«, fragte Quinnault. Es gefiel ihm nicht, dass seine Stimme leicht zitterte. Er war dem nebelhaften Wächter der Spukinsel weniger verunsichert entgegengetreten, als er sich jetzt fühlte. Aber damals war Nimbulan, ein mächtiger Schlachtenmagier, an seiner Seite gewesen.

Wo war der Oberste Magier der Kommune jetzt, da sein König ihn brauchte?

»Wir sind nicht von dieser Welt.« Eine tiefe, melodische Stimme stieg von dem Geist in der Mitte auf. Nach ihrem Klang und der Autorität, mit der sie sprach, hielt er sie für männlich. Der äußere Rand der Gestalt flatterte in einer leichten Brise. »Wir müssen mit Euch sprechen, König Quinnault.«

»Ihr habt meine Aufmerksamkeit.« Wo blieb seine Eskorte? Inzwischen müssten die Männer zu ihm aufgeschlossen haben.

»Eure Gefährten erwarten Euch am Waldrand. Sie sind sich nicht bewusst, dass Zeit vergeht oder Ihr nicht bei Ihnen seid. Wir werden sie aus ihrer Erstarrung lösen, wenn unser Gespräch vorüber ist.«

»Seid Ihr Magier, dass Ihr Gedanken lesen könnt?« Quinnaults Nervosität übertrug sich auf Buan. Der Hengst stampfte und versuchte, sich aus der Kontrolle seines Herrn zu befreien.

»Keine Magier, so wie Ihr sie definiert. Aber wir besitzen ähnliche Kräfte. Wir möchten einen Handel mit dem König von Coronnan schließen. Für gewöhnlich zahlen wir mit der mineralischen Substanz, die Ihr Diamanten nennt. Doch dieses Mal bieten wir Euch etwas Wertvolleres an.«

»Varn! Ihr seid Varn.« Fantastische Legenden rankten sich um diese geheimnisvollen Händler, die einmal in hundert Jahren auf den Marktplätzen von Kardia Hodos auftauchten – immer in einem Jahr mit reicher Ernte. Sie kauften dann enorme Mengen an Getreide und frischen Nahrungsmitteln und zahlten in Diamanten.

Quinnaults Großvater behauptete, vor ungefähr vierzig Jahren einmal einem Varn begegnet zu sein, und man rechnete in Coronnan nicht damit, dass sie vor Ablauf weiterer sechzig Jahre zurückkehren würden. Außerdem war die Ernte dieses Jahr nicht besonders gut.

Alle Sinne des Königs waren gespannt.

»Euer Volk nennt uns Varn, weil wir bevorzugt in der Stadt Varnicia Handel treiben.«

»Womit kann ich Euch dienen?« Eine große Menge Diamanten würde viel dazu beitragen können, Coronnans Wirtschaft nach drei Generationen des Krieges zu stabilisieren.

»Coronnan benötigt mehr als Diamanten, um sich zu erholen, König Quinnault.«

Bestürzend, wie diese gestaltlosen Wesen seine Gedanken lasen.

»Ihr braucht eine Braut, die Euch viele Erben schenken kann, und Ihr braucht etwas, das gierige Feinde daran hindert, über die Große Bucht in Euer Land einzufallen. Wir können Euch beides geben.«

»Zu welchem Preis?«

»Wir sterben. Der Baum, den Ihr Tambootie nennt, ist das Einzige, das uns Heilung bringen kann.«

»Wie viel werdet Ihr brauchen?« Quinnault dachte an die Drachen, die sich von dem Laub dieses Baums ernährten. Früher hatten auch Magier von dem Baum gegessen, um ihre Kräfte zu verstärken. Doch die Droge machte süchtig, sodass das Tambootie fast ebenso gefährlich wie segensreich war. Nun, da die Magier Drachenmagie sammelten, benötigten sie das Tambootie nicht mehr. Doch Coronnan bedurfte der Drachen ebenso dringend wie der Frau und der Erben, welche die Varn versprachen.

»Die frischen Blätter vieler Morgen Land werden es uns erlauben, so viel Medizin zu destillieren, dass es für unseren unmittelbaren Bedarf ausreicht.«

»Das ist sehr viel. Ich weiß nicht, ob wir so viel entbehren können.« Quinnault schickte einen lautlosen Ruf an die Drachen aus, ihm einen Rat – und ihre Erlaubnis – zu geben.

»Rohes Tambootie ist für Menschen giftig. Was könntet Ihr für einen Grund haben, es zu horten, wenn wir es so verzweifelt brauchen?« Ein flehender Unterton war in die sonst so emotionslose Stimme getreten.

»Unsere Drachen ernähren sich von dem Tambootie. Ich brauche die Drachen, und die Drachen brauchen das Tambootie ebenso sehr wie Ihr.«

17. Kapitel

Televarn marschierte in der Rover-Höhle auf und ab. Seiner Höhle. Er war *der* Rover. Jedes Mitglied der Nomadenstämme, das in der Stadt wohnte, sah zu ihm als seinem Anführer auf. Er kontrollierte ihre Bewegungen, ihre Gedanken, das, was sie glaubten.

Warum konnte er dann Kalen unter ihnen nicht finden? In seiner Weste zappelte Wiggles ungeduldig. Das Tier spürte Kalens Nähe und wollte zu ihr laufen.

»Sei still, du Biest.« Televarn schlug dem Frettchen auf die Pfoten, mit denen es versuchte, sein Hemd zu durchdringen und die Krallen in seine Haut zu schlagen. »Wir werden sie finden, und wenn wir dazu diese Stadt zerlegen müssen.« Die Stadt, nicht den Palast der Kaalipha. Ihn wollte er zu seiner Wohnung machen, sobald er Yaassima abgesetzt hatte.

Televarn schluckte seinen Stolz hinunter, biss vor Widerwillen die Zähne zusammen und beschloss, Fragen zu stellen, obwohl er eigentlich in der Lage hätte sein müssen, sich die Information aus dem Geist eines jeden seiner Gefolgsleute zu holen. Warum?

Erda, die alte weise Frau seines Clans – jeder Clan hatte seine Erda, aber diese war die älteste, mächtigste und gehörte außerdem *ihm* – schlurfte an ihm vorbei zu den Sklavenpferchen. Sie trug einen Topf mit Grütze, das übliche Mahl für Gefangene. Wenn die Sklaven gegessen hatten, würde man sie mit Fußfesseln zusammenketten und sie zu dem fruchtbaren Plateau im Nordwesten führen, damit sie die einzigen Felder bearbeiteten, die nahe genug bei Hanassa lagen, um einige Nahrungsmittel für seine Bewohner zu erzeugen.

Dass Televarn verpflichtet war, Yaassima seine Sklaven für diese Arbeit auszuleihen, nagte an seinem Stolz. *Er* sollte darüber entscheiden, wo und wann seine Sklaven arbeiteten. *Er* sollte derjenige sein, der die Stadt regierte, reiche Karawanen überfiel und Nahrung und andere notwendige Artikel erbeutete. Stattdessen überwachte er Arbeitseinsätze.

»Wo hast du Kalen versteckt, Erda?« Er packte die alte Frau am Ärmel, um sie aufzuhalten.

Erda starrte böse auf seine Hand und erinnerte ihn so daran, dass es eine Frechheit war, eine Erda zu berühren, ohne dazu aufgefordert zu werden.

Televarns Ärger machte ihn rücksichtslos. Er ließ die Hand dort, wo sie war.

»Televarn sucht die eine, die gefährlich ist. Deinen Tod sehe ich in ihren Augen.« Sie bewegte sich nicht von ihm weg, sondern sah nur weiter auf seine Hand, die auf ihrem Arm lag, und erinnerte ihn so daran, dass er die Regeln übertrat.

Er riss die Hand von ihrem Arm weg, als hätte sie ihn beleidigt statt umgekehrt. »Das Mädchen ist wichtig für meine Pläne. Wo ist sie?«

»Such sie dort, wo du gern sein möchtest«, stieß Erda hervor und setzte ihren Weg zu dem eingezäunten Areal fort, wo zwanzig hungrige Sklaven auf ihre Mahlzeit warteten.

»Was soll das bedeuten?« Seine Worte hallten durch die Höhle. Er hatte die älteste Höflichkeitsregel des Clans gebrochen, indem er Erda anbrüllte.

Erda zuckte mit den Achseln und stapfte weiter.

»Dickköpfige alte Vettel. Ich werde Kalen finden und zu meiner obersten Ratgeberin und Zauberin machen. Wenn ich Hanassa regiere, wird kein Platz sein für alte Weiber, die Unsinn brabbeln und das Weisheit nennen.«

Erda gab keine Antwort.

»Sie dort suchen, wo ich gern wäre ...«, murmelte Televarn in sich hinein und streichelte Wiggles, bis er sich beruhigte, während er wieder in der Höhle auf und ab ging.

»Ich will sie an meiner Seite haben, damit sie Gedanken liest und meine Feinde auf magische Weise entwaffnet. Kalen ist nicht bei mir. Aber sie könnte trotzdem Gedanken lesen und meine Feinde entwaffnen. Mein größter Feind ist Yaassima, die im Palast lebt. Auch Myrilandel ist im Palast. Ich habe mir viel zu viel Zeit gelassen, Anspruch auf sie zu erheben.« Er fuhr sich mit den Händen durch das dichte Haar, als richte er sich schon für das erträumte Wiedersehen mit seiner einstigen Geliebten her.

»Ist das Hexenkind im Palast, Erda?«, fragte er höflich.

Die Alte tat, als hätte sie ihn nicht gehört, doch er wusste, dass sie ihn sehr wohl vernommen hatte. Sie hörte alles, was unter den Rovern vor sich ging.

»In den Palast komme ich nicht hinein. Und ich glaube, du ebenfalls nicht, Wiggles«, überlegte er.

Televarn holte tief Luft. Er gestand sich nicht gern ein, dass er nur eine Möglichkeit hatte, Kontakt zu Kalen aufzunehmen: Er musste ihren Geist berühren. Als sie seine Verbündete geworden war – damals in Coronnan, noch bevor er Myrilandel durch das Drachentor gebracht hatte –, da hatte er Kalen versprechen müssen, dass er niemals ihre Gedanken lesen oder ihren Geist kontrollieren würde, wie er es bei allen Mitgliedern seines Clans tat. Nie hatte sie an den Ritualen teilgenommen, die dazu da waren, jeden Rover an ihn zu binden.

Er hatte sich noch nie damit aufgehalten, Versprechen zu erfüllen. Warum also machte er sich Gedanken darüber, die Zusicherung einzuhalten, die er Kalen gegeben hatte?

Weil das Kind gefährlich war. Das Versprechen diente seiner eigenen Sicherheit ebenso, wie es ihren Marotten Rechnung trug.

Er musste es riskieren. Mit Nimbulans Tod und der Ausschaltung von Amaranth hatte er die erste Phase seiner Pläne abgeschlossen. Myrilandel war jetzt allein und verletzlich und wartete nur darauf, dass er sie pflückte wie eine reife Frucht. Sie hatte nichts mehr, das sie noch an ihr altes Leben in Coronnan band. Aber er musste sie von Yaassima entfernen, bevor er seine Geliebte zurückholen und sie seinem Willen unterwerfen konnte.

Myrilandel musste ihn als Retter sehen. Sie musste Zeugin werden, wie zärtlich er sich um Kalen, ihre Ziehtochter, kümmerte, wie er dem Hexenmädchen Ehre erwies und ihr die Freiheit ließ, ihre Talente zu entwickeln – etwas, das Nimbulan in Coronnan, das alle Hexen ins Exil geschickt hatte, nicht für sie hatte tun können. Myrilandel schuldete ihm Loyalität. Doch er wusste auch, dass er von Kalen nichts erwarten konnte, das nicht ihrem Interesse diente.

Das Kind und er passten gut zueinander.

Er suchte seine dunkle, stille Ecke im Hintergrund der Höhle auf. Schon vor Jahren hatte er dort das Geröll weggeräumt und sich ein weiches Meditationsnest aus Pelzen und Kissen eingerichtet. Einfache Farben ohne Erdas verwirrende Stickereien taten seinen Augen wohl und beruhigten seinen Körper. In einer einzigen flüssigen Bewegung kreuzte er die Beine und ließ sich auf den Boden sinken.

Wiggles wand sich unter seiner Weste hervor, streckte sich an seinem rechten Oberschenkel entlang aus und legte das Köpfchen auf sein Knie. Er streichelte das Fell des Frettchens und atmete tief.

Er fiel in eine leichte Trance. In einem Winkel seines Bewusstseins war er verärgert. Es war nicht recht, dass er sich so große Mühe geben musste, um den Geist seiner eigenen Leute zu berühren. Jedes Clanmitglied war durch die einzigartigen magischen Rituale der Rover in Geist, Körper und Seele mit ihm verbunden. Nur Erda konnte diese Kontrolle teilweise aufheben.

Doch Kalen hatte sich während der Monate, bevor Televarn Myri in die Falle gelockt hatte, standhaft geweigert, an diesen

Ritualen teilzunehmen. Sogar Nimbulan war leichter zu lenken gewesen als dieses eigensinnige Kind.

Er unterdrückte seinen Zorn, bevor er große Löcher in das Gewebe seiner Trance reißen konnte.

Langsam streckte er einen dünnen magischen Fühler aus, der die mineralischen Ablagerungen in den Vulkanfelsen der Höhle zum Schwingen brachte. Er hörte, wie sich die Vibrationen der Magie verschoben, bis sie in Harmonie mit der Kardia schwang. Er passte seine Stimme an diese Note an, und während er diesen einen Ton hielt, zeichnete er ein geistiges Bild von Kalen. Ihre braunen, rötlich schimmernden Zöpfe standen ihm sofort vor Augen, und er zeichnete den Umriss ihres Haars in die Luft vor sich.

Hellgrüne Linien folgten seinem Finger und bildeten die grobe Skizze eines Kopfs. Er fügte große graue Augen und eine Stupsnase hinzu. Zärtlich und sorgsam verteilte er Sommersprossen über ihre Nase. Doch die letzten Einzelheiten entzogen sich ihm. Wie sollte er ihren Mund und ihr Kinn zeichnen? Daran konnte er sich nicht erinnern. Wenn er sich das Mädchen vorstellte, sah er nur ihre großen, unschuldigen Augen, mit denen sie ehrfürchtig zu ihm aufsah.

Genug. Die Augen waren wichtiger, um sie zu finden. Außerdem würde er durch sie in ihren Geist eindringen. Er zog den Finger zurück und verband seine Magie mit der Zeichnung.

Dann befahl er der Magie, diejenige zu finden, deren Bild er gezeichnet hatte.

Seine Magie entfaltete sich, nahm die Gestalt eines schlanken Pfeils an und schoss durch einen Riss in den Höhlenwänden davon. Wiggles sprang von seinem Schoß und folgte ihm in die Tiefen des Bergs.

»*S'murghit!* Da geht meine einzige richtige Verbindung zu dem Mädchen dahin!«

*

Myri zupfte an der schweren Kette, die Yaassima ihr um den Hals legte, wobei sie darauf achtete, dass ihre Bewegungen träge wirkten. Die goldenen Glieder, von denen jedes den Durchmesser ihres kleinen Fingers aufwies, legten sich über ihre Schlüsselbeine und ließen sich nicht mehr bewegen. Der Drachenanhänger lag fest zwischen ihren Brüsten und spannte den Stoff des Kleides, sodass ihre Form betont wurde. Sie wollte die Halskette über den Kopf ziehen, doch ein schmerzhaftes Pfeifen schrillte tief in ihrem Ohr.

Sie ließ die Kette fallen, hielt sich die Ohren zu und versuchte, das Geräusch abzuwehren, das in ihren Geist drang wie ein scharfes Messer.

Der Drachenanhänger glühte hell.

Sobald Myri die goldenen Kettenglieder fallen ließ, hörten das Pfeifen und der Schmerz auf. Jede Spur des gespenstischen Lichts wich aus dem Kristalldrachen, und die Goldglieder schmiegten sich harmlos an ihren Hals.

Ein Publikum aus Wachen und Dienstboten hielt auf seinem Weg durch den Palast inne und sah zu, wie die Favoritin der Kaalipha ein einzigartiges Geschenk erhielt. Yaassima grinste den Zuschauern zu und genoss es offensichtlich, ihre Macht über Myri zu demonstrieren. Kalen war nirgendwo zu sehen.

Myri schaute auf den Anhänger hinunter, der sich zwischen ihren Brüsten niedergelassen hatte, als gehöre er dorthin. Mit einem Finger stieß sie dagegen, bis er schaukelte. Daraufhin brannte ihre Haut durch Hemd und Mieder hindurch, als werde dort, wo das wunderschöne Juwel ihre Haut berührte, ein Brandeisen aufgedrückt. Sie konnte das Schmuckstück nur ohne Beschwerden tragen, wenn sie es ignorierte.

»Versuch erst gar nicht, die Kette abzunehmen.« Yaassima drapierte Myris Haar auf ihren Schultern, um einen Rahmen für das Schmuckstück zu schaffen. »Mein Ur-Urgroßvater hat es für seine Mätresse anfertigen lassen, nachdem sie versucht hatte, ihm wegzulaufen. Beim nächsten Versuch hat die Kette so lange in ihrem Kopf geschrillt, bis Blutgefäße in ihrem Gehirn geplatzt sind und sie starb.«

Myri erstarrte und dachte nach. Amethyst, der andere Drache mit den purpurnen Flügelspitzen, hatte Myrilandels Körper nur übernehmen können, weil man das kleine Mädchen nach einer Gehirnblutung für tot hielt. Durch die Lebenskraft des Drachen waren die beschädigten Stellen im Gehirn der Kleinen geheilt. Doch Myri wusste mit ihrer angeborenen Heilergabe, dass die Gefäße immer noch schwächer als normal waren. Die Kette würde sie rascher umbringen als die meisten Menschen.

»Nun, da die Kette an deinem schönen Hals ein neues Zuhause gefunden hat, Myrilandel, kann sie bis zu deinem Tod niemand mehr abnehmen.« Die Kaalipha ließ ihre Hand an Myris Wange liegen.

Myri zwang sich, nicht vor der Liebkosung zurückzuschrecken. Yaassima hatte sie mit einem magischen Sklavenhalsband gefesselt. So schön das Juwel auch sein mochte, es brandmarkte sie als Eigentum der Kaalipha und raubte ihr die Freiheit und die Möglichkeit, über ihr eigenes Leben zu bestimmen. Nie wieder würde sie frische Luft atmen und weite Himmel sehen.

Das konnte nicht sein. Die Halskette war nur ein weiteres Hindernis, das sie überwinden musste.

Hektisch schaute sie nach rechts und links. Die um sie versammelten Dienstboten hinderten sie daran, sofort vor Yaassima zu flüchten.

»Und denk nicht einmal daran, dich umzubringen, Myrilandel, indem du meine Grenzen absichtlich überschreitest. Eure Sternengötter verbieten Selbstmord«, schnurrte Yaassima und streckte die Hand aus, um über Myris Brust zu streichen.

Myri wich zurück, bis sie gegen die Wand des Korridors stieß. Sie konnte nirgendwo hin.

Yaassima zog die Augen zusammen, bis sie beinahe geschlossen waren. Altersfältchen breiteten sich von ihren leicht schräg gestellten Augen aus und verunzierten ihren sonst makellosen Teint. »Vielleicht wirst du dich noch nach meinen sanften Berührungen zurücksehnen, wenn Nastfa und Golin mit dir fertig sind. Vergiss nicht, sie werden dir nichts tun, solange du nicht zu fliehen versuchst. Und versuch dich nicht mit ihnen anzufreunden, damit sie dir helfen. Durch den Kristalldrachen kann ich jedes Wort hören, das du sagst. Gib mir keinen Grund, das Juwel in deinem Hirn schrillen zu lassen, bis du eines scheußlichen Todes stirbst.«

Blitzschnell drehte die Kaalipha die Hand um und drückte mit dem Daumen auf den Ring, den sie am kleinen Finger trug. Wieder erklang das schrille Pfeifen in Myris Kopf.

Sie beherrschte sich, um sich nicht vor Schmerz zu krümmen.

Von den Seiten aus kroch Dunkelheit in ihr Sichtfeld. Vor ihren Augen tat sich ein weißer Tunnel auf, an dessen Ende sie Coronnan sah, das kühle, grüne Coronnan. Der blaue Himmel lud sie ein, frei durch die frische Luft zu streichen. Ihre Heimat, Nimbulans Heimat ... Freiheit!

Aber um Hanassa hinter sich zu lassen, musste sie sich verwandeln. Wenn sie einmal ein Drache war, hätte sie keinen menschlichen Körper mehr, in den sie zurückkehren konnte. Amaranth hätte dann keine Mutter mehr – nur Kalen und eine Rover-Amme.

Sie ließ sich von der Schwärze überwältigen und betete nur, dass Yaassima sie lebend haben wollte. Ihre Knie trugen sie nicht mehr.

»Denk an diese kleine Lektion, wenn du mir das nächste Mal trotzen willst.« Yaassima marschierte zurück zu der Treppe, die in ihre Gemächer führte. »Nastfa und Golin warten in deinem Zimmer auf dich, Myrilandel.«

*

Eilig zog Nimbulan sich von dem Tor, das nach Hanassa führte, zurück, ehe die Wachposten es sich noch anders überlegten und ihn festnahmen. Er durchforschte die Berglandschaft nach einem anderen Weg, der den steilen Hang über dem Tor hinaufführen könnte. Er musste einfach einen anderen Weg in die Stadt finden. Myri brauchte ihn. Nach alten Legenden und ein paar unzuverlässigen Aussagen von Televarn lag Hanassa angeblich im Krater eines erloschenen Vulkans. Dann müsste der Kamm des Abhangs über ihm den Rand des Kraters darstellen. Wenn er einmal dort war, würde er versuchen, von oben in die Stadt zu gelangen.

Er erspähte einen zerkratzten Stein neben einem dornigen Busch, dem vier Zweige fehlten. Bei näherem Hinsehen kam er zu dem Schluss, dass die Zweige von einem weidenden Tier abgekaut worden waren. Die Kratzer stammten von Hufen.

Nimbulan grub die Stiefelspitzen in den steinigen Boden und stellte sich neben den Busch. Oberhalb der Pflanze sah er andere, die demselben Tier als Mahlzeit gedient haben mochten. Er folgte der aufwärts führenden Spur und entdeckte so Stellen, an denen er die Füße sicher aufsetzen konnte, die aber erst zu erkennen waren, wenn man fast in ihnen stand.

Rollett wandte sich weiter nach Norden, um festzustellen, ob es dort noch einen besseren Weg gab.

Die Sonne stieg höher. Hier in der Wüste schien sie viel intensiver als in Coronnans Flusstälern. Obwohl Winter war, lief Nimbulan der Schweiß über den Rücken und zwischen den Schenkeln hinunter. In der dünnen Bergluft bekam er auf den Händen und im Nacken rasch einen Sonnenbrand.

Er trank aus seinem Wasserschlauch. Seannin hatte ihn noch daran erinnert, ihn zu füllen, bevor sie Coronnan verlassen hatten. Gern hätte er mehr getrunken, aber der Berggipfel schien sehr weit weg zu sein. Vielleicht sollte er seine Vorräte schonen, bis er in der Stadt war.

Rollett?, schickte er einen geistigen Ruf nach seinem Gesellen aus. *Schon Glück gehabt?*

Nichts, kam die Antwort.

Teil dir dein Wasser gut ein. Gut möglich, dass wir noch lange hier draußen bleiben.

Sie mussten bei Kräften bleiben, damit sie Myri retten konnten, sobald sie es geschafft hatten, den Kraterrand zu überqueren. Doch Nimbulan hatte seit der Schlacht nicht mehr als ein paar Stunden geschlafen. Und schon Wochen zuvor war sein Schlummer durch die Sorge um Myri unruhig gewesen.

Er fragte sich, ob sich Rolletts jugendlicherer Körper nach der zermürbenden Schlacht und den Kampfvorbereitungen schon wieder vollkommen erholt hatte. Der junge Mann war fast ebenso niedergeschlagen über Haakons Tod gewesen wie Nimbulan, und so etwas zehrte ebenfalls an den Kraftreserven.

Hoffentlich war der Kraterhang auf der anderen Seite, der in die Stadt führte, leicht zu bewältigen oder er war nicht zu hoch, um sich auf das Dach eines Gebäudes fallen zu lassen.

Myri. Oh, Myri, du fehlst mir so. Sieh zu, dass dir nichts passiert, bis ich dich holen kann, flehte er mit jedem Funken telepathischen Talents, den er besaß.

Eine Stunde später schien der Bergkamm nicht näher gerückt zu sein. Rollett befand sich hinter der Biegung des Abhangs und war nicht zu sehen. Fliegen umschwirrten Nimbulans Kopf und krochen ihm in Augen und Nase. Er schlug nach ihnen, doch für fünf, die davonflogen, kamen zehn neue. Sein Bündel wurde mit jedem Schritt schwerer; er zog seinen Stab hervor, stützte sich darauf und machte noch einen weiteren Schritt.

Ein kleiner schattiger Fleck unter einem schmalen Felsvorsprung lockte ihn. Seine Augen waren froh über den Schutz vor dem grellen Licht, obwohl es hier kaum kühler war. Die Fliegen plagten ihn immer noch; der Schweiß trocknete auf seiner Haut zu einer salzigen Kruste.

Geh nach Hause. Du bist zu alt für solche Abenteuer. Kehre nach Hause zurück, wo das Leben ungefährlich und angenehm ist, flüsterte eine leise Stimme in seinem Hinterkopf.

»Nicht ohne Myri. Ich werde diesen Ort erst verlassen, wenn meine Frau wieder an meiner Seite ist. Und nicht, ohne den Morden an meinen Lehrlingen ein Ende gesetzt zu haben!«, rief er in alle vier Himmelsrichtungen und an alle vier Elemente gerichtet. Wenn dieses Unternehmen vorüber war, würde er Myrilandel auf einer dieser kleinen Inseln in der Bucht, die Quinnault zu Fährstationen und Ladedocks ausbauen wollte, ein Heim errichten. Damit würde sie sich außerhalb von Coronnan befinden, und er könnte trotzdem seiner Arbeit in der Hauptstadt nachgehen.

Er duckte sich auf dem kleinen Schattenstück zusammen, bis sein Rücken gegen die unnatürliche Kauerstellung protestierte. Daraufhin setzte er sich, zog die Beine fest an die Brust und schob den Rücken nach hinten an die Felswand. Wenn er auch nur ein Haar nach vorn streckte, würde ihn die pralle Sonne treffen und ihn durch die Kleider hindurch verbrennen. In dieser äußerst unbequemen Haltung schloss er die Augen und dachte an Myri und die Lichtung.

Ob er seine Eindrücke von Hanassa in seinem Tagebuch festhalten sollte? Nein, er wollte seine Kraft nicht vergeuden. Seine Augen fühlten sich sehr schwer an, und die Sonne schien zu hell.

Als er erwachte, waren die Schatten länger geworden. Rollett stand, die Hände in die Hüfte gestützt, vor ihm und versuchte sich an einer einschüchternden Pose. Aber seine müde hängenden Schultern straften seine Haltung Lügen.

»Trink etwas, und dann machen wir uns auf den Weg, Rollett. Nach dem Dunkelwerden ist der Abstieg vielleicht weniger gefährlich«, meinte Nimbulan.

»Jedenfalls wird es kühler sein. Sobald die Sonne untergegangen ist, werden wir innerhalb von Minuten unsere Umhänge brauchen. Und in dieser Wüstenluft währt die Dämmerung nicht lange.« Rollett sah sich noch nach einem Weg nach oben um.

Das Wasser erfrischte Nimbulan so weit, dass er sicher war, den Aufstieg beenden zu können, ehe es ganz dunkel war. Er streckte seine verkrampften, schmerzenden Muskeln und stand langsam auf.

Die Vorstellung, Myri wieder in den Armen halten zu können, erfüllte ihn mit frischer Entschlossenheit. *Noch ein paar Stunden, und dann bin ich bei dir, Liebste.*

Die länger werdenden Schatten verbargen die schwache Wildspur, der er zuvor gefolgt war. Rollett entdeckte sie, indem er mit der Spitze seines Stabs nach den verbliebenen Lebensvibrationen des letzten Wesens tastete, das hier hinaufgeklettert war – ein Trick, den Lyman dem jungen Mann beigebracht hatte. Sie schleppten sich aufwärts und hielten sich an Büschen und Felsbrocken fest, als der Hang steiler wurde.

Wenn er nicht an die Büsche heranreichen konnte, steckte Nimbulan seinen Stab in den sandigen Boden, um sich abzustützen. Seine Schenkel fühlten sich jetzt so schwer wie sein Bündel an, der Kopf dagegen so leicht wie sein Wasserschlauch.

Die Schatten wurden tiefer, und die Sonne ging hinter dem Berg unter. Die Temperatur fiel drastisch. Mit einem Mal tauchten an dem blauschwarzen Himmel blitzende Sterne auf. Der durchdringende Geruch der Wüstenpflanzen wurde in der kühlen Luft stärker.

Nimbulan sah zum Rand des Kraters auf. Das Licht der Sterne schimmerte auf einer Art glitzerndem Netz, das über den Grat verlief. Er zog die Augen zusammen und hielt nach Anzeichen für Magie Ausschau, entdeckte jedoch nichts Ungewöhnliches. Er schleppte sich die letzten paar Schritte aufwärts und streckte dann die offene, leicht gekrümmte linke Hand aus, um das glitzernde Hindernis zu untersuchen.

Etwas stach schmerzhaft in seine Fingerspitzen, und er riss die

Hand zurück. Bei genauerem Hinsehen sah er winzige Einstiche, wo sie die Barriere berührt hatte. Blut quoll aus ihnen hervor. Noch einmal, dieses Mal vorsichtiger, inspizierte er das Hindernis mit allen Sinnen.

Eine lang gestreckte Absperrung aus rostigem, scharfem Stacheldraht verlief in dichten Windungen über den gesamten Kraterrand. Sie war fast doppelt so hoch, wie Nimbulan groß war.

»Dieser Zaun erstreckt sich meilenweit«, flüsterte Rollett. »Ich kann nicht spüren, dass er ein Ende hätte, so als würde er einen vollständigen Kreis beschreiben.«

Zweihundert Fuß unter ihnen, unter einem fast senkrechten Felshang, erblickte Nimbulan die Stadt. Der aufgehende, noch beinahe volle Mond erhellte planlos angelegte Straßen und ein Gewirr von Hütten. Auch ohne den Zaun hätten sie keinerlei Aussicht gehabt, über den Felssturz in die Stadt zu gelangen. Der Hang war zu steil, um hinunterzuklettern, und zu hoch, um zu springen.

Das vergitterte Tor war tatsächlich der einzige Weg, auf dem man nach Hanassa hineingelangen und es wieder verlassen konnte.

18. Kapitel

(Wenn du im Zweifel bist, spiele auf Zeit.)

Der Gedanke hielt sich hartnäckig in Quinnaults Kopf. Langsam stieg er vom Pferd und dachte fieberhaft nach. Als er an Buans Seite zu Boden glitt, war er den Blicken der Varn kurze Zeit entzogen. Er ließ das Messer, das er am Gürtel trug, in seine Handfläche gleiten und lockerte das Kurzschwert in der Scheide. Der König hatte nie die intensiven Waffenübungen eines Kriegers absolviert. Aber er wusste doch, an welchem Ende er eine Waffe anzufassen hatte.

In den Jahren seiner Priesterausbildung – bevor die Kriege und die Seuchen und Hungersnöte, die einem Krieg unvermeidlich auf dem Fuße folgten, seine Familie ausgelöscht hatten – hatte er das Verhandeln gelernt.

»Seit der Einführung der kommunalen Magie ist Tambootie zu einem sehr kostbaren Gut geworden.«

Der Anführer der Varn wandte seinen oberen Teil der flatternden Nebelsäule zu seiner Linken zu. Kurz trat Schweigen ein. Quinnault fragte sich, ob sie sich telepathisch berieten, wie Magier das manchmal taten.

Der Varn, der neben dem Anführer stand, nahm einen fließenden Kopfputz ab, und eine rothaarige Frau schüttelte die Umhüllung ab, als befreie sie sich aus einem Kokon, und ließ die raffinierten Schleier zu Boden sinken.

Denn nichts anderes stellte den Nebel dar, der die Varn einhüllte: viele Schichten eines weichen, durchscheinenden Stoffs. Die Frau, die unter den wallenden Schleiern verborgen gewesen war, wirkte menschlich.

Quinnault keuchte auf. Noch nie hatte er eine schönere Frau gesehen. Ein Lockenschopf umrahmte ihr kleines herzförmiges Gesicht. Die Stupsnase verlieh ihr eine jugendliche Ausstrahlung. Große grüne Augen schienen vor Humor und Schalk zu blitzen, noch etwas, das sie sehr jung wirken ließ. Ihre vollen Lippen zuckten, als unterdrücke sie ein Lächeln.

»Bin ich kostbar genug?« Ihre melodische Stimme hüllte ihn ein, als sänge sie ein sanftes Liebeslied. Ihr Akzent gemahnte an exotische Lande.

Fasziniert tat Quinnault einen Schritt nach vorn. Er musste ihr näher kommen, sich vergewissern, dass sie wirklich menschlich und echt war. Immer noch verbargen die dichten Schleier ihre Figur. Vom Hals abwärts hätte sie ein tentakelbewehrtes Monstrum sein können.

Doch das war ihm gleich.

»Die Damen an meinem Hof werden sich über Eure Frisur empören und dann nichts Eiligeres zu tun haben, als sie nachzuahmen. Und die Edelmänner werden einen Überfluss an abgeschnittenen Locken aufheben können, um Glücks- und Liebestalismane daraus zu machen.« Er spürte, dass er schmunzelte, und hätte am liebsten laut herausgelacht.

»Ich ... ich bin es nicht gewöhnt, mit Hofdamen zu verkehren.« Mit kleinen, perfekten Zähnen nagte sie an ihrer Unterlippe.

Plötzlich drang ein Panikgefühl in seinen Geist, ähnlich der telepathischen Kontaktaufnahme eines Drachen. Wie vom Donner gerührt sah er die Frau an. Noch nie war es einem anderen Menschen gelungen, sein schlummerndes Talent zu wecken.

Lest Ihr meine Gedanken?, fragte er.

Nicht mit Absicht, antwortete sie und riss verblüfft die Augen auf.

Er verlor beinahe das Gleichgewicht, als er in ihre grünen Tiefen sah.

In meiner Familie haben viele Frauen grüne Augen. Man betrachtet es als ein Zeichen ererbter Intelligenz. Ihr geistiges Kichern verriet ihm, dass sie den Familienaberglauben nicht teilte.

Und plötzlich wurde ihm klar, dass ihre geistige Kommunikation so offen war, dass diese Frau ihn nicht anlügen konnte. Er entspannte sich ein wenig.

Ich möchte Euch niemals anlügen, Euer Gnaden. Bitte lügt auch mich nicht an. Wieder biss sie sich unsicher auf die Lippen.

Tief gerührt nahm Quinnault wahr, dass ihre gefasste Haltung ins Wanken geriet. Er hatte das Bedürfnis, diese Frau in die Arme zu nehmen und zu beschützen. Er wusste noch nicht einmal ihren Namen, und doch stellte er fest, dass er von langen Jahren an ihrer Seite träumte, von Kindern und gemeinsamen Erinnerungen.

Katie. Der Name stand ihm plötzlich vor Augen, ohne dass er ihren Geist bewusst berührt hatte.

Die Frau reckte die Schultern, als schiebe sie ihre Zweifel beiseite. Mit einer männlich anmutenden Geste streckte sie die Hand aus, um die seine zu schütteln. »Ich bin Mary Kathleen O'Hara. Meine Freunde nennen mich Katie.«

Also wussten ihre Gefährten nicht, dass er eine telepathische Verbindung zu ihr aufgenommen hatte, und sie wollte nicht, dass sie es erfuhren.

»Quinnault Darville de Draconis, zu Euren Diensten.« Er nahm ihre Hand und küsste sie zart auf die Fingerspitzen. Als er den Kopf wieder hob, fand er sich nicht in der Lage, ihre Hand loszulassen. »Meine Freunde nennen mich Vogelscheuche, aber verratet das bei Hofe bloß niemandem.«

Vogelscheuche? Wieder stand dieser Schalk in ihren Augen. »Ich kann mir viele Namen vorstellen, die besser zu einem gut aussehenden, allein stehenden König passen.«

»Eigentlich hat man mich seit meiner Jünglingszeit nicht mehr so genannt, als ich nur aus Armen und Beinen bestand und so tapsig war wie ein neugeborenes Fohlen.«

»Heißt das, dass Ihr seitdem keine Freunde gehabt habt?«

Sorge klang in ihrer Stimme und lag in ihrem Lächeln. *Ich möchte sehr gern Euer Freund sein.*

Quinnault verliebte sich auf der Stelle.

(Biete ihnen die Hälfte des Tambootie an.)

Er konnte wieder vernünftig denken. »Wenn wir zu einem Vertrag kommen, biete ich Euch die Hälfte des Tambootie an, das Ihr verlangt, in Dritteln geerntet. Wir werden die erste Rate liefern, sobald das Aufgebot bekannt gemacht wird, die nächste bei der Hochzeit und das letzte Drittel bei der Geburt unseres ersten Sohnes.« Er musste die Augen geschlossen halten, damit er nicht einfach alles hergab, ohne an die Zukunft zu denken. Wenn er Katie noch länger anschaute, würde er ohne das geringste Bedauern sein ganzes Königreich verschenken.

»Wir brauchen das Tambootie sofort«, beharrte der Anführer. Er versuchte, seinen Körper zwischen Quinnault und Katie zu schieben.

Keiner der beiden wich von der Stelle, aber Quinnault ließ Katies Hand los. »Ich habe einen Heiratsvertrag, der nur noch auf meine Unterschrift wartet und der mir eine vollkommen akzeptable Prinzessin zusichert. Mein Volk kennt ihre Abstammung und wird die Verbindung gutheißen. Ihre Familie wird meine gesamte Westgrenze sichern.«

»Und im Süden und Osten werdet Ihr angreifbarer.«

»Habt Ihr auch einen Namen? Vielleicht könnten wir uns in meinen Palast zurückziehen und eine Erfrischung einnehmen. Diese Verhandlungen dürften eine Weile dauern. Ich muss meinen Rat und meine Magier konsultieren.« Quinnault zog eine Augenbraue hoch und versuchte, so auszusehen, als hinge seine geistige Gesundheit nicht davon ab, wieder nach Katies Hand zu greifen und sie nie wieder loszulassen.

»Ihr könnt mich Kinnsell nennen, Vogelscheuche. Und wenn Ihr vernünftig seid, können wir das hier und jetzt beenden. Katie könnte schon morgen Abend Eure Frau sein.«

»Ihr dürft mich *König* Quinnault nennen oder Eure Hoheit. Ich bin Herrscher von Gnaden der Drachen, und ich werde nicht zögern, sie zu rufen, um meine Feinde zu vernichten.« Er starrte Kinnsell wütend an. Diese Varn brauchten ja nicht zu wissen, dass seit dem Verschwinden seiner Schwester kein Drache mehr in Coronnan gesehen worden war.

Hinter ihm schnaubte Buan, als sei er amüsiert. Unterdrückt murmelnd, verfluchte Quinnault das Pferd.

»Magier und Drachen«, gab Kinnsell herablassend zurück. »Ich vermute eher, dass Ihr das Tambootie benutzt, um Trancezustände und Halluzinationen herbeizuführen, die Euch Drachen sehen und an Magie glauben lassen.«

»Wenn das Eure Meinung ist, dann haben wir nichts zu besprechen.« Quinnault drehte sich auf dem Absatz um und griff nach Buans Zügeln. Er wollte nicht fort, mochte Katie nicht verlassen. Aber er musste Stärke zeigen und diesen Wesen ein wenig von ihrer Arroganz austreiben.

»Euer Gnaden, es ist doch nicht notwendig, sich der langwierigen Prozedur eines Aufgebots und einer komplizierten Hochzeitszeremonie zu unterziehen«, sagte Kinnsell ruhiger, beinahe höflich. »Alles, was wir verlangen, ist ein einfacher Austausch von Gelübden. Eure Gesetze legen fest, dass bei der Heirat mit einer Ausländerin die Gebräuche der Braut den Vorrang haben.«

»Aber ich bin ein regierender Monarch. Mein Volk muss Maarie Kaathliin sowohl als Königin als auch als meine Frau akzeptieren.« Er sprach ihren Namen mit der weicheren Intonation seiner Sprache aus. »Wir alle müssen ihre Abstammung kennen und wissen, wie ihre Mitgift aussieht.« Maarie Kaathliin ... der Name klang vertraut. Wo hatte er ihn schon einmal gehört oder gelesen? Auch Kinnsell kam ihm bekannt vor ...

Kinnsell! Der Diener der Sternengötter Kimmer, Konner und Kameron O'Hara. Nein. Die Varn konnten keine Abgesandten der Sternengötter sein. Die drei rothaarigen Brüder, die Kardia

Hodos vor einer Seuche gerettet und den Menschen Gerechtigkeit und Magie gebracht hatten, gehörten dem Volk der Drei Königreiche an, nicht den Varn, die von einem unbekannten, namenlosen Ort stammten.

»Ich versichere dir, Quinnault«, fiel Katie ein, »dass ich die Tochter eines Kaisers bin und von einer siebenhundert Jahre alten Dynastie von Kaisern abstamme. Wenn ich mich nicht irre, schätzt Ihr doch Menschen, die von den Sternengöttern abstammen, sehr hoch, oder? Nun, meine Familie führt ihren Ursprung auf sie zurück. Mein Stammbaum ist makellos. Wir würden dich nicht drängen, diese Heirat zu beschleunigen, wenn nicht das Leben von Millionen Wesen davon abhinge, dass wir das Tambootie bekommen.« Sie sah ihm in die Augen.

Er versank in ihren grünen Tiefen und wusste, dass sie die Wahrheit sprach.

Wir brauchen dich ebenso sehr, wie du mich brauchst. Aber hüte dich vor Kinnsell. Er verfolgt seine eigenen Pläne, die nicht unbedingt mit dem Tambootie zu tun haben.

(Sie ist geeignet.)

Quinnault hätte beinahe gelacht, als er die amüsierte Stimme in seinem Hinterkopf vernahm. Er bezweifelte nicht, dass Shayla beide Unterhaltungen belauschte, die gesprochene und die telepathische.

»Die Hälfte des Tambootie, geliefert in zwei Ladungen – eine bei der Hochzeit und eine bei der Geburt unseres ersten Sohnes.« Hinter seinem Herzen, wo die Drachen wohnten, spürte er eine seltsame Bestätigung und ein zustimmendes leises Lachen. »Aber die Hochzeit muss öffentlich sein, und zuvor muss ein Aufgebot stattfinden.«

Kinnsell und Katie tauschten einen bedeutungsvollen Blick. Der Anführer der Varn wandte sich als Erster ab und seufzte tief.

Wenn sich dieser hochmütige Kopf der Gruppe ihren Forderungen beugte, musste sie einen sehr starken Willen besitzen.

Quinnault war froh, dass sie auf seiner Seite stand. Sie konnte ihn nicht anlügen; das würde er in seinem Geist und seinem Herzen spüren. Und die Drachen ebenfalls.

»Ihr müsst Eure Schifffahrtswege schützen, ohne Eure Nachbarn durch den Aufbau einer großen Flotte herauszufordern.« Kinnsell nahm den aus komplizierten Schleiern gewobenen Kopfputz ab und schüttelte das Haupt, als befreie er sich von einer Last. Er war größer und älter als Katie und besaß ebenfalls volles rotes, kurz geschnittenes Haar. Auch seine Hautfarbe und die grünen Augen waren die gleichen wie bei Katie. Kiefer und Mund waren ähnlich geschnitten und wiesen darauf hin, dass sie eng verwandt waren. Vater und Tochter?

»Richtig«, sagte Quinnault argwöhnisch. Diese Leute wussten zu gut über seine Lage Bescheid, und er hatte bis auf den inakzeptablen Heiratsvertrag mit SeLenicca nichts, was er in die Verhandlungen werfen konnte. Sofort unterdrückte er diesen Gedanken, damit die Varn ihn nicht lasen.

Du hast das Tambootie. Ohne deine Erlaubnis kann er es nicht ernten. Unsere Familienregeln verlangen, dass du dein Einverständnis gibst und dass die ausgetauschten Güter den gleichen Wert haben.

»Die Gezeitenzone in der Bucht bildet einen natürlichen Schutz für Eure Küste, doch sie verhindert, dass Schiffe bis in den Hafen einfahren können«, fuhr Kinnsell fort. Mit einem Stock zeichnete er den geschwungenen Verlauf der Bucht auf den Boden und zeigte das Watt durch Kringel an. »Wir werden am Übergang in das tiefe Wasser eine Reihe von Landungsstegen und Brücken zwischen den Inseln errichten. Flache Kähne können dann Menschen und Waren von diesem Hafen in Eure Stadt transportieren.« Er beendete seine Zeichnung, indem er die genaue Lage der vier Inseln markierte.

Nimbulan hatte ihm die gleiche Lösung für dieses Problem vorgeschlagen. Es würde funktionieren. Quinnault zwang sich, in gleichmütigem Tonfall zu antworten. »Ein solches Unterfangen würde viele Monate in Anspruch nehmen, Jahre vielleicht. Reichlich Zeit für das Aufgebot und die Vorbereitung einer prachtvollen Hochzeitszeremonie.«

Wieder stieß Kinnsell einen Seufzer aus, der abgrundtiefe Müdigkeit ausdrückte. »Wir besitzen die Technologie, um den Hafen in einer einzigen langen Nacht zu bauen.«

»Meine Fährleute werden viele Jahreszeiten brauchen, um sich mit den veränderten Strömungen vertraut zu machen und die Kähne sicher durch das Watt zu geleiten.«

»Wir werden einem, ich wiederhole, *einem* Eurer Fährmänner eine Vorrichtung ausborgen, die ihm die Veränderungen in den Strömungen und Kanälen anzeigt. Heiratet das Mädchen morgen, und wir bauen Euren Hafen, noch während Ihr Euer erstes Kind zeugt. Drei Viertel der ursprünglichen Menge, in zwei Lieferungen.«

Könnt Ihr so viel Tambootie entbehren? Er richtete die Frage an alle Drachen, die zuhören mochten, denn er war sich ganz sicher, dass sie jedes Wort des Gesprächs verfolgten.

(Nicht alles auf einmal.)

»Zwei Drittel. Die Hälfte in diesem Sommer, den Rest nächstes Jahr. Wenn wir die Bäume zu stark abernten, verkrüppeln wir sie, sodass sie nächstes Jahr nicht richtig ausschlagen.« Quinnault wusste nicht genau, woher diese Information kam, doch er spürte, dass sie der Wahrheit entsprach. »Wenn Ihr die Bäume vernichtet, könnt Ihr sie nicht mehr als Medizin verwenden, falls Eure Seuche erneut ausbricht.«

»Dann werdet Ihr das Mädchen morgen früh heiraten?« Zum ersten Mal schwang so etwas wie Hoffnung in Kinnsells Stimme.

»Meine Grenzen im Westen und Süden sind immer noch angreifbar.« Wie viel konnte er für das Tambootie einhandeln?

»Bande der Freundschaft und des Vertrauens werden Euch besser schützen, als wir das vermögen. Werdet Ihr Katie morgen früh heiraten?«

»Am Abend. Ich muss zumindest für ein Hochzeitskleid und ein Festmahl sorgen.« Und den Rat überzeugen, die Gemüter der Magierkommune besänftigen und den Botschafter aus SeLenicca beschwichtigen …

Eine Hochzeit bei Kerzenlicht in einem alten Tempel … Katies hingerissener Seufzer, den er in seinem Geist vernahm, beglückte Quinnault zutiefst.

Und das Märchenkleid deiner Träume, aus weißem Satin und mit Perlen bestickt. Er zeichnete ein geistiges Bild für sie. Die Schneiderinnen würden die ganze Nacht und den morgigen Tag über arbeiten müssen, um das Hochzeitskleid seiner Mutter so zu ändern, dass es dieser zarten Frau passte.

Katie strahlte ihn an, ein Lächeln, das nur für ihn bestimmt war, und er wusste, dass dieser Handel auch einen Krieg mit SeLenicca wert war. Die Drachen hatten gesagt, sie sei würdig, und er war ganz ihrer Meinung.

✶

In der Nähe des Tors, das nach Hanassa hineinführte, ließ sich Nimbulan hinter einem Felshaufen nieder und fischte ein paar Lumpen aus seinem Bündel, um sich eine Verkleidung zurechtzumachen. Rollett hockte hinter einem anderen Geröllberg und traf ähnliche Vorbereitungen. Es hatte wenig Sinn, eine magische Täuschung aufzurichten, die versagen konnte, wenn sie den Zauber zu lange aufrechterhalten mussten. Nimbulan löste sein Haar, das er zu einem Pferdeschwanz gebunden trug, und zerzauste es mit den Fingern. Dann setzte er eine alte schwarze Augenklappe auf sein rechts Auge. Das leicht gewölbte Teil war fadenscheinig und an den Rändern ausgefranst. Eine ebenso zerlumpte Robe, die der von Botschafter General Jhorge-Rosse ähnelte, bedeckte sein normale Kleidung aus Hemd und Hosen. Das letzte Stück Stoff, das er aus dem Bündel nahm, wirkte ebenfalls zerfetzt. Er wickelte die Lappen zu einem schlampigen Turban. Noch etwas Schmutz auf sein Gesicht und eine gebeugte Haltung angenommen, als müsse er sich auf seinen Stab stützen, und er sah aus wie ein glückloser Kaufmann aus Rossemeyer, der bei den in der Stadt hausenden Söldnerbanden nach einer Beschäftigung suchte.

Rollett wirkte ein wenig besser zu Fuß, kam in seiner schwarzen Robe und seinem sich auflösenden Turban aber ebenso zerlumpt daher. Er hatte sich seit dem Morgen vor der Schlacht nicht mehr rasiert, und nun machte ein dunkler Bartschatten die untere Hälfte seines Gesichts unkenntlich.

Nimbulan schlich um die Felsbrocken herum, damit er vorgeben konnte, sich dem Tor aus der Richtung der Treppe zu nähern. Leise folgte ihm Rollett. Als sie schleppende Schritte und einen klagenden Gesang aus ein paar männlichen Kehlen vernahmen, blieben sie abrupt stehen.

Nimbulan spähte über den Rand des Steilhangs zur Treppe. Nichts. In der dünnen Bergluft wurde der Hall anders zurückgeworfen und verwirrte den Richtungssinn. Mit den wenigen Reserven an Drachenmagie, die er während des Flugs mit Seannin gesammelt hatte, schickte er seine Fernsicht aus.

Auf der anderen Seite des Bergs marschierten auf einem schmalen Pfad, der auf gleicher Höhe wie das Tor lag, mehrere Dutzend Menschen. Eine Aura von Verzweiflung, Hunger und Mattigkeit hing über der Gruppe. Die Emotionen brandeten auf Nimbulans sensible magische Wahrnehmung ein. Diese Menschen waren völlig jenseits von Hass oder Zorn und schleppten sich, geführt von schwer bewaffneten Wachposten, auf ihrem immer gleichen Weg dahin.

Als die Gruppe näher kam, sah Nimbulan auch mit normalen Sinnen, dass die Menschen eiserne Bänder um den Hals trugen. *Sklaven!*, schrie er in seinem Inneren empört auf. Niemand hatte das Recht, ein anderes menschliches Wesen zu versklaven. *Niemand!*

Die Sternengötter hatten vor tausend Jahren die Sklaverei geächtet und sie auf eine Stufe mit den entsetzlichen Menschenopfern gestellt, die der uralte Dämon Simurgh gefordert hatte.

Empörung und Abscheu hätten ihn fast bewogen, sich den Wachen entgegenzustellen und die Gefangenen zu befreien. Aber wohin hätten sie sich in dieser weglosen Wüste wenden sollen ohne Anführer und Ziel? Und wie sollte er in die Stadt gelangen, um seine Frau zu befreien, nachdem er solche Unruhe gestiftet hatte?

Er atmete tief, um seinen rasenden Puls zu beruhigen, blieb in seinem Versteck und beobachtete, wie die Wachen mit ihren eigenartigen Stäben hantierten.

Wie er erwartet hatte, kamen der Sklaventrupp und seine acht Wächter auf dem kleinen Plateau vor dem Tor abrupt zum Halten. Die Sklaven hielten gleichzeitig an, fast als würden ihr Geist und ihr Körper von einem Magier kontrolliert. Televarn konnte mit seiner Rover-Magie so etwas bewirken. Nimbulan war der magischen Manipulation des Mannes nur knapp entronnnen. Und dabei hatte er Ausschau danach gehalten und den Zauber mit seiner eigenen Magie blockiert. Doch was konnten diese armen Sklaven gegen einen so heimtückischen Herrn ausrichten?

Die hinten gehenden Wächter legten eine Anzahl Forken, Hacken und Rechen beiseite. Keiner der Sklaven trug ein Werkzeug, wahrscheinlich, damit sie sie nicht auf dem Rückweg von den Feldern als Waffen einsetzten. Aber wie wurden sie kontrolliert, wenn sie auf dem Feld waren?

Die zwei Wächter mit den Stäben schlugen die Instrumente gegen einen Fels, denselben, den sie zuvor benutzt hatten. Sofort drang Nimbulan das hohe Schrillen in die Ohren. Er widerstand dem Drang, den Kopf einzuziehen und das Geräusch per Magie zu blockieren. Er musste sehen, wie magisch nicht begabte Menschen auf den Laut reagierten.

Alle Sklaven erstarrten. Die Wächter gingen zwischen ihnen umher und fuhren mit den magischen Stäben an ihren Körpern auf und ab. Sie suchten etwas, aber was?

Als ein Wachposten sich einem großen Mann in der Mitte der Sklavengruppe näherte, glühte sein Stab grellgrün auf, als würde er von innen durch Feuer erleuchtet. Der Partner des Wächters tastete den unbeweglich dastehenden Sklaven mit groben Bewegungen ab. In der Nähe der Hüfte verharrte er. Dann zog er eine metallene Gürtelschnalle unter dem weiten Hemd des Mannes hervor. Der Stab verblasste und nahm wieder die normale Farbe von Eisen an.

Weiter hinten entdeckten die Wächter eine Anzahl von Metallknöpfen und Ösen an der zerlumpten Kleidung der Sklaven. Doch die Stäbe reagierten weder auf die Sklavenhalsbänder noch auf die eisernen Fußfesseln.

Seltsam. Das Eisen musste besonders behandelt worden sein. Nimbulan überlegte, ob er vielleicht die Fesseln analysieren und Waffen aus dem gleichen Material herstellen könnte.

»Sie sind sauber!«, verkündete der Torwächter. Endlich verklang das unerträgliche Summen. Die Sklaven erwachten aus ihrer Starre und schlurften durch das Tor, als hätten sie nicht Minuten lang wie erstarrt dagestanden. Am liebsten wäre Nimbulan losgerannt und hätte mit ihnen die Schwelle überquert. Die Torwächter bezogen erneut wachsam Stellung. Er würde nie an ihnen vorbeikommen.

Er musste alle metallischen Gegenstände loswerden, die nicht zu seiner Verkleidung gehörten. Zögernd zog er sein Glas aus der Tasche und bedeutete Rollett, es ihm nachzutun. Er entfernte die Seidentücher, die es schützten, von dem kostbaren, großen Glasstück, das in Gold gerahmt war. Rolletts Glas war das eines Gesellen, kleiner und mit einem Bronzerahmen. Die Gläser der Lehrlinge waren dagegen wenig mehr als ungerahmte Glasscherben.

Nimbulan bog den Goldrand mit dem Messer aus seinem Gürtel auf, bis er einen seiner gesplitterten Fingernägel darunterschieben konnte. Er zerrte den kostbaren Rahmen herunter, wobei er sich den Fingernagel noch weiter einriss.

Der schmale Goldrahmen lag schwer in seiner Hand. Was sollte er damit anfangen? Rollett hatte seinen Bronzerahmen per Magie zu zwei kleinen Münzen komprimiert und prägte ihnen jetzt auf dieselbe Weise ein verschwommenes Bild auf, das den Münzen aus Rossemeyer ähnelte. Nimbulan lachte leise in sich hinein, während er sein Gold zu drei etwas größeren Münzen formte. Welche Prägung sollte er nachahmen? Ein Söldner aus Rossemeyer hätte Münzen aus einem Dutzend Ländern besitzen können. Er entschied sich für ein Bild des Königs von Jihab, einem Land, das viele Söldner anwarb, um seine Juwelenhändler zu schützen.

Langsam zählte Nimbulan hundert Herzschläge ab, und dann noch einmal. Die Sklaven waren jetzt sicher in der Stadt. Die Haltung der Wachposten wirkte lässig, aber wachsam. Rollett streckte Nimbulan den Arm hin, um ihn zu stützen. So schleppten sie sich auf das Tor zu und stützten sich auf ihre Stäbe, als wären sie unfassbar erschöpft.

»Wer seid ihr, und warum nähert ihr euch der Drachenstadt Hanassa?«, verlangte der erste Posten zu wissen, als Nimbulan vor ihm stehen blieb.

»Drachenstadt?«, fragte er mit schwacher, zittriger Stimme zurück. Die Drachen – die echten Drachen – hatten behauptet, sie kämen niemals in die Nähe der Stadt. »Ich hoffe, die Drachen darin können noch einen weiteren Söldner gebrauchen.«

»Du siehst aus, als wärest du nicht einmal stark genug, um ein kleines Gürtelmesser zu führen, gar nicht zu reden von einem Schwert.« Der Wachmann mit dem Stab trat vor.

»Hab mein Schwert vor ein paar Wochen in der Bucht verloren, bei dieser *s'murghit* Schlacht gegen Coronnan.« Es war erst zwei Tage her, dass König Quinnault und Nimbulan diesen Kampf gewonnen hatten, doch das konnte der Wachposten nicht wissen.

»Musste vor dem Hexenfeuer flüchten und vom Schiff springen. *S'murghit* unfair von diesem Emporkömmling von König, dass er mit Magiern kämpft. Ein ehrlicher Soldat hat dagegen keine Chance«, murrte er.

»Wir haben von keiner Schlacht gehört.« Der Posten hob den Stab, um auf den Felsen zu schlagen.

»Das werdet ihr noch bald genug. König Quinnault will in ganz Kardia Hodos verbreiten, dass niemand seine Magier und ihre neuen Kräfte besiegen kann ...« Er verstummte und ließ seinen Körper erstarren, als der Stab auf den Felsen traf und das scheußliche Geräusch erklang.

Er musste seine ganze Willenskraft aufbieten, um sich nicht mit beiden Händen die Ohren zuzuhalten. Seine verkrampften Muskeln zuckten, als der Wachposten seinen Körper in aller Ruhe nach versteckten Waffen absuchte. Er wagte nicht einmal einen Blick zu Rollet, um festzustellen, ob der Junge so ruhig blieb wie die magisch nicht begabten Sklaven.

Der Posten fand das kleine Messer, das Nimbulan am Gürtel trug – eher ein Esswerkzeug als eine Waffe. Er ließ den Finger über die Klinge gleiten, um ihre Schärfe zu prüfen, aber sie ritzte seine Hand kaum. Brummend steckte er es wieder in die Scheide.

Nimbulan saugte von innen an seinen Wangen, damit er nicht zusammenzuckte, als der Wächter seine Lenden abtastete. Ließ er seine Hand etwa länger als notwendig dort liegen? Und wenn, war das eine Prüfung oder eine persönliche Perversion?

Der Wachmann fand ein weiteres Messer, eine längere Klinge, die Nimbulan im Stiefelschaft trug, und ein paar kleine Münzen, die in seinem Hemd steckten. Dann durchwühlte er sämtliche Falten und Taschen seiner alles verbergenden Robe.

»Gold!« Die Augen des Postens weiteten sich, als er die drei Münzen in der Hand wog.

»Eine gute Ausbeute für einen Tag. Du gibst eine Runde aus, wenn wir frei haben«, meinte der andere lachend.

»Er ist sauber«, erklärte der erste Wachmann und steckte die Münzen in die Tasche.

»Der hier ist ebenfalls sauber«, sagte ein weiterer und richtete sich auf, nachdem er Rollett durchsucht hatte. Das entsetzliche Summen verstummte abrupt.

Nimbulan fragte sich, ob das Wort »sauber« das Signal für das Ende des Sirrens war. Er kreiste mit den Schultern und sah zu den Wachen auf. »Wollt ihr uns durchsuchen?«

»Schon geschehen. Aander hier wird eure Messer bis zur anderen Seite des Tunnels in Verwahrung nehmen und sie euch dort zurückgeben. Zwei Tage lang genießt ihr den Schutz der Kaalipha. Danach müsst ihr euch einen Beschützer suchen, und nehmt an den üblichen Arbeitseinsätzen teil, oder ihr verlasst die Stadt.« Eine der Wachen öffnete das Tor.

Nimbulan passierte die Eisenstangen. Ein seltsames Prickeln lief über seine Haut. Da war eine Art Magie, aber anders als alles, was ihm in seinen Jahren als Schlachtenmagier begegnet war. Bewusst wies er seinen Körper an, bei der fremdartigen Berührung nicht zu zucken. Er sah auch Rollett nicht an, um festzustellen, ob er das gleiche Prickeln empfand. Aander beobachtete sie zu genau.

Ein langer, dunkler Tunnel erstreckte sich vor ihnen, vielleicht dreihundert große Schritte lang. Am anderen Ende brannten Laternen, in deren Licht er ein weiteres vergittertes Tor und noch vier Posten erkannte. Würden sie die Reisenden noch einmal durchsuchen? Nimbulan seufzte matt und richtete sich darauf ein, das entsetzliche Schrillen und die demütigende Leibesvisitation ein weiters Mal über sich ergehen zu lassen.

Der nächste Wachposten nickte Aander knapp zu und fuhr mit dem Stab über die Messer, die er ihm zeigte. Dann öffnete er das zweite Tor. Offensichtlich traute die Kaalipha ihren Wachen so weit, dass sie auf eine zweite Überprüfung verzichtete.

Endlich trat er aus dem Tunnel und befand sich in der Stadt selbst.

»Keine Waffen im Inneren des Palasts oder des Tunnels. Die Stäbe erinnern sich an Menschen und Waffen, also versucht nicht, jemanden hinauszuschmuggeln. Ihr habt zwei Tage Zeit, einen Gönner zu finden, sonst verschwindet ihr wieder – ihr beide zusammen, und ihr dürft niemanden bei euch haben. Und ohne weitere Waffen. Abgesehen davon gibt es in Hanassa nicht allzu viele Regeln. Im Moment werden viele Söldner angeheuert. Wenn ihr wirklich bleiben wollt, müsstet ihr mit Leichtigkeit einen Dienstherrn finden.« Aander gab Nimbulan und Rollett ihre Messer zurück. Jetzt mussten sie Myri finden und sie an diesen wachsamen Posten und ihren magischen Stäben vorbeibringen.

19. KAPITEL

»Tu doch etwas, Kalen. O bitte, hilf mir, diese Kette abzunehmen!«, flehte Myri ihre Tochter an, als das Mädchen endlich in ihr Quartier zurückkehrte. Sie durfte nicht riskieren, dass die schwache Stelle aus ihrer Kindheit riss, wenn das bizarre Pfeifen das nächste Mal durch ihr Hirn drang.

Die Sonne war fast versunken und die Luft furchtbar drückend. Selbst der Anblick des dunkelblauen Himmels über dem Kraterrand linderte ihren an Panik grenzenden Gemütszustand nicht.

Tief atmen. Einatmen, eins, zwei, drei, halten, ausatmen, eins, zwei, drei. Myri dachte daran, wie Nimbulan sie in ihren ersten gemeinsamen Tagen geduldig unterrichtet und sie gelehrt hatte, wie man eine leichte Trance auslöste. Sie musste entspannt sein, damit die Trance eintreten konnte.

Sie atmete drei Mal tief ein und versuchte verzweifelt, ihren hektischen Geist und ihre wild umherschießenden Gedanken zur Ruhe bringen.

»Willst du nicht zuerst meine Neuigkeiten hören?« Kalen streckte die Unterlippe vor, eine gute Nachahmung einer schmollenden Miene. Tränen traten in ihre weit aufgerissenen Augen. Diesen Gesichtsausdruck hatte sie seit fast einem Jahr in Myris Gegenwart nicht mehr aufgesetzt.

»Neuigkeiten?« Vor die Angst, die ihr die Halskette bereitete, schob sich die Erinnerung, dass Kalen den Auftrag gehabt hatte, nach Powwells Verbleib zu forschen. Doch auf die Begeisterung darüber, etwas über Powwells Aufenthaltsort zu erfahren, folgte augenblicklich die Erkenntnis, dass Yaassima über den Drachenanhänger jedes Wort, das sie sagte, belauschte.

»Ich ... ich kann dir jetzt nicht zuhören, Kalen. Kannst du nicht etwas wegen dieser Kette unternehmen?« Yaassima würde damit rechnen, dass sie versuchte, die Halskette zu sprengen. Myri fühlte sich nicht wohl dabei, Kalen zu verraten, dass die Kaalipha sie belauschte. Sie warf allerdings den beiden Wachposten, die steif an der Tür standen und ebenfalls alles mit anhörten, einen bedeutsamen Blick zu.

Kalens Miene verschloss sich. So unschuldig und schüchtern wie ein normales Mädchen schlug sie die Augen nieder. »Ich weiß nicht, wie ich das machen soll.« Sie wies auf die störende Halskette und biss sich auf die Lippen. »Du wirst dich wohl selbst befreien müssen.«

Kalen sah nie jemanden direkt an, wenn sie die Wahrheit sagte. Ihre großäugige Unschuldsmiene setzte sie ein, um Täuschungsmanöver zu verdecken.

Und dennoch fing Myri mit ihren magischen Sinnen trotzige Herausforderung auf. Was ging nur in Kalens komplexer Gedankenwelt vor sich?

Sie musste dem Mädchen vertrauen. So lange standen sie sich schon nahe. Kalen hatte gelernt, Myri zu vertrauen, obwohl Powwell bis jetzt das einzige männliche Wesen war, dem sie ihren Schutzwall öffnete. Kalen würde ihre Ziehmutter Myri nicht verraten.

»Ich kann den magischen Bann nicht durchbrechen, mit dem mich diese Halskette bindet, Kalen. Versucht habe ich es. Sie fesselt mich an Yaassima und den Palast. Ich muss sie einfach loswerden!« Myri hatte vor, der Frau, die sie belauschte, nur das zu sagen, was sie hören wollte, und kein Wort mehr.

Kalen zuckte mit den Achseln, trat an Amaranths Wiege, die am Fenster stand, und versetzte sie mit dem Zeh müßig in Schwingungen. Zur Antwort gluckste und gurgelte das Kind. Kalen verzog das Gesicht zu einem hässlichen Grinsen und wandte sich dann ab.

Myri fing die Gefühle des Mädchens auf: ungezügelte Eifersucht und Verbitterung. Wie konnte sie einem unschuldigen Baby grollen?

Weil die kleine Amaranth Myris ganze Beachtung forderte und sie nur wenig Zuneigung übrig hatte, die sie Kalen schenken konnte. »Säuglinge brauchen sehr viel Aufmerksamkeit«, erklärte Myri ihrer älteren Tochter. »Aber dass ich mich so viel mit der Kleinen beschäftige, bedeutet nicht, dass ich dich weniger liebe.«

Kalen zog die Nase hoch und starrte demonstrativ auf die kahle Wand.

Myri streckte die Hand aus, um das Mädchen zu berühren, denn sie fürchtete, Kalen könnte alle emotionale Stabilität verlieren, die sie gemeinsam aufgebaut hatten.

Mit einem Mal blickte Kalen auf. Ihre Augen wirkten hellwach, sie legte die Schultern zurück und machte den Rücken steif. Irgendeine Art Trance. Myri hatte diese Haltung schon oft genug bei ihrem Gatten gesehen. Aber sie hatte noch nie erlebt, dass Kalen in den veränderten Bewusstseinszustand verfiel, der die Empfänglichkeit eines Magiers so verstärkte, dass er Zauber wirken oder aufnehmen konnte.

»Was hast du, Kalen?«

Das Mädchen blieb stumm. Ein dunkler, pelziger Schatten kam aus einem Riss in der Wand gehuscht und glitt am Bein des Mädchens hinauf. Er klammerte sich an den Stoff ihres Rocks, bis er ihre Schulter erreichte, wo er sich um ihren Hals schlang.

»Kalen!« Myri packte ihre Tochter an den Schultern und schüttelte sie. Sie musste sie aus ihrer Trance reißen. »Wiggles ist zurück. Wach auf und hör dir an, was dein Gefährte zu berichten hat.«

Das Frettchen mochte durchaus eine Warnung vor einer drohenden Gefahr bringen. In dieser Stadt, in der es von Blutmagiern, Rovern und anderen unzufriedenen Magiern nur so wimmelte, waren sowohl Kalen als auch Myri gegenüber magischer Einflussnahme sehr verwundbar. Die Trance konnte Kalen blind für solche übersinnlichen Manipulationen machen.

»Nimbulan ist tot«, flüsterte Kalen mit steifen Lippen. Mechanisch kroch ihre Hand nach oben, um Wiggles zu streicheln, und das Frettchen zirpte ekstatisch.

»Was?« Der Schock ließ Myri erstarren. Alle Gedanken flohen sie. »Das kann ich nicht glauben.« Kalen wusste nichts von der magischen Schnur, die Myri und Nimbulan verband. Niemand außer ihnen beiden konnte sie wahrnehmen.

Kalen log.

»Du kannst es glauben. Wiggles hat mir eine Vision gebracht. Ich habe Nimbulan in einer großen Schlacht in der Bucht gesehen. Er ist ertrunken. Woge um Woge brach über ihn herein. Er wurde immer tiefer unter Wasser gedrückt. Keine Luft. Keine Kraft. Schwärze.« Kalen löste sich kaum aus ihrer Trance.

»Er kann nicht tot sein. Das würde ich wissen«, widersprach Myri Kalen. Yaassima, die sie beide belauschte, würde erwarten, dass sie so etwas sagte.

Wie hätte Wiggles eine Schlacht in der Großen Bucht beobachten können? Er war zuletzt auf der Lichtung gesehen worden, mehrere Tagesreisen südlich der Küste. Das Tier hatte keinen Grund, sich nach Norden zu Nimbulan zu begeben, dem es nie begegnet war. Myri vermutete, dass das Frettchen Kalen entweder gefolgt war oder mit ihr zusammen hergekommen und dann in der Stadt und dem Labyrinth von Tunneln, aus dem der Palast bestand, verloren gegangen war.

Myri presste die Hand auf die Brust und versuchte ihren hektischen Herzschlag zu beruhigen. Doch ihre Panik stammte aus der Gewissheit, dass Kalen log und Wiggles sie dabei unterstützte. Noch hatte sie keinen Grund, um den Verlust ihres Mannes zu trauern.

Die Silberschnur pulsierte im Rhythmus eines normalen Herzschlags. Sie fühlte sich unter ihren Fingern sogar stärker und dicker an, als ob ... als ob Nimbulan ihr plötzlich näher gekommen wäre.

Vielleicht hatte sich Kalen von ihrem verschlagenen Frettchen irreführen lassen – hätte jemand Einfluss auf das Tier nehmen können? Nicht sehr wahrscheinlich. Die Verbindung zwischen einer Hexe und ihrem magischen Gefährten war stark und verschlungen und schloss jede andere Person aus.

Kalens zufrieden verzogener rechter Mundwinkel verriet Myri mehr, als sie wirklich wissen wollte. Auch wenn ihre Nachricht eine Lüge war, so viel stand fest: Kalen wollte Nimbulan tot und Myri halb wahnsinnig vor Trauer um ihn sehen. Warum?

*

Powwell schluckte seine Angst hinunter. Televarn war tatsächlich von einem anderen Ort her in diese Tunnel getreten; auf demselben Weg, den sie von der Lichtung kommend zurückgelegt hatten, durch die Grube und die unteren Ebenen des Palasts.

Yaala behauptete, das sei eine Halluzination, hevorgerufen von Hitze und Wassermangel. Doch Powwell wusste, was er gesehen hatte, wusste, was er während seiner Entführung und seiner ersten wachen Momente erlebt hatte.

Thorny kam auf ihn zugewatschelt und bettelte, hochgenommen zu werden. Der Igel bestätigte seinen Eindruck. Als er das kleine Tier in der Handfläche barg, projizierte sein magischer Gefährte Gerüche, die aus Powwells Erinnerungen stammten. Der Tunnel, der von der Höhle mit der Alten Bertha abzweigte, roch anders als jeder andere Gang in der Grube.

Wenn Televarn nach Belieben durch diesen Höllenschlund kommen und gehen konnte, dann war Powwell ebenfalls in der Lage dazu.

Er steckte Thorny in die Tasche seiner Tunika und orientierte sich an den Geruchseindrücken seines Gefährten. Eine Hand an der Wand und die andere mit der Handfläche als Sensor ausgestreckt, schlich er vorwärts. Bei jedem Schritt hielt er inne, schickte seine Sinne so weit wie möglich aus und suchte nach etwas, das an diesem speziellen Tunnel so besonders war. Thorny hatte schlechte Augen, aber eine scharfe Nase. Er konnte Powwell nur mitteilen, dass diese Stelle anders roch und ihm das gar nicht gefiel.

Powwell ließ seine linke Hand rotieren, ganz ähnlich wie Nimbulan, wenn er Informationen suchte oder Erdmagie wirkte. Seine Handfläche war schwitzig, wie fast immer, seit man ihn hierher verschleppt hatte. Aber nichts anderes schob sich in seine forschenden Sinne.

Noch ein Schritt, und die kochende Lava im Herzen des Vulkans kam in sein Blickfeld. Die brodelnde Masse wirkte heute ruhiger, grauer, weniger dünnflüssig.

Ein heißer Windstoß traf ihn ins Gesicht. Magie prickelte über die feinen Härchen an seinen Armen.

Plötzlich schien ein Ruck durch dieses Bild zu gehen, und es verwandelte sich in einen Wirbelstrom aus lebhaften Farben, Rot, Grün, Gelb und Schwarz.

Powwell drehte sich der Kopf, und sein Magen tat einen Satz. Er presste die Augen zusammen. Die Welt kam zur Ruhe, und nur seine Augen spürten eine Bewegung.

Langsam öffnete er erst ein Auge, dann das andere. Vor ihm lag eine Wüstenlandschaft. Fels und Erde – mehr Fels als alles andere – erstreckten sich kahl in blendend hellem Sonnenlicht, das alle Farben verblassen ließ. Er spürte, dass sie ohne den grellen Schein rot und orange sein würden. Seltsame bogenförmige Felsformationen erhoben sich unvermittelt, in der Ferne ragten Berge empor, ebenfalls wüstenhaft. Der einzige Pflanzenwuchs, den er entdecken konnte, bestand aus verkrüppeltem Gras, das im Schatten größerer Steinbrocken aus Felsspalten spross.

Powwell hielt sich an der Wand fest, um gegen sein Schwindelgefühl anzukämpfen, während er auf die unbekannte Landschaft starrte.

Ebenso plötzlich, wie sich dieser Blick vor ihm eröffnet hatte, verschwamm die Szene wieder und löste sich in demselben Farbwirbel auf. Der heiße Wind sank herab, und die knisternde Energie zog sich zurück.

Die Licht- und Farbwirbel verblassten, und unterhalb der Tunnelöffnung war wieder das normale Bild der Grube zu sehen.

»Was hast du hier unten zu suchen, Powwell? Wenn du in die Grube starrst, wirst du nur hypnotisiert, bis du hinunterspringst. Diese Ehre ist allein den Toten vorbehalten«, ließ sich Yaala rechts hinter ihm vernehmen.

Er gab der Frau keine Antwort, sondern tastete die Ränder der Tunnelöffnung ab und suchte nach einem Zauber oder einer anderen Anomalie, die diese plötzliche Vision von fernen Landschaften hätte erklären können.

»Hast du mich gehört, Powwell?« Sie zupfte an seinem Arm und versuchte, ihn zurück in den Tunnel zu ziehen. Hinter ihr rülpste und stampfte die Alte Bertha in ihrem normalen Maschinenrhythmus.

»Ja, ich habe dich gehört. Außerdem habe ich einen anderen Ort gesehen. Ich glaube, dieser Bogen ist ein Portal, das anderswohin führt.« Er wandte den Blick nicht von der Öffnung.

»Unsinn. Ich habe dir doch gesagt, dass das eine Halluzination ist. Als meine ... als Yaassima mich hierher verbannt hat, habe ich hier unten zuerst auch alles Mögliche gesehen. Mit der Zeit wirst du dich schon an die Hitze gewöhnen.«

»Wie lange bist du schon hier, Yaala?« Powwell löste endlich den Blick von dem Portal und sah ihr ins Gesicht. Ihre Lider, die so schwer waren, dass die Augen fast mit ihrer blassen Haut verschmolzen, verbargen ihre Gefühle. Kurz fragte er sich, ob er nach einer Ewigkeit ohne Sonnenlicht ebenso geisterhaft bleich sein würde. Ihre hohen Wangenknochen drangen fast durch ihre Haut und beherrschten ein schmales Gesicht mit einem entschlossen gereckten Kinn.

Niemand in der Grube war übergewichtig. Die meisten Insassen waren skelettartig mager, ausgedörrt durch schmale Rationen, die erschöpfende Hitze und harte Arbeit. Yaala war die gesündeste unter ihnen, obwohl sie, wie einige der älteren Männer noch wussten, schon länger als die meisten hier unten lebte.

War sie nur hier, weil Yaassima sie verbannt hatte, oder teilweise auch aus eigenem Willen? Mit einem Mal fühlte sich Powwell fasziniert von dieser seltsam fähigen und selbstbewussten Frau. Ein erstes interessiertes Prickeln stieg in seinem Körper auf.

»Was nützt es uns, die Zeit zu messen, wenn keine Sonne da ist und man nie weiß, ob Tag oder Nacht ist?« Sie hielt die schweren Lider gesenkt und wandte den Blick der brodelnden Lava in der Grube zu.

Eine Lavafontäne stieg nach oben. In dem plötzlichen roten Licht riss sie die Augen weit auf. Da ihre Lider sonst so tief hingen, hatte Powwell noch nie gesehen, welche Farbe ihre Augen hatten. Er erfuhr es auch jetzt nicht, denn ein Film überzog ihre Iris.

»Bist du blind, Yaala?« Sanft berührte er ihren Rücken und betrachtete ihre Augen genauer, doch sie sah auf ihre Stiefel hinab und riss sich von ihm los.

Seine Handfläche fuhr über ihre ausgeprägten Rückenwirbel. Die Buckel waren sehr viel größer als bei einem normalen Menschen und sehr, sehr spitz. Er zog die Hand weg und legte sie dann vorsichtig wieder darauf, denn er hatte das Bedürfnis, in diesem Höllenloch Kontakt zu einem anderen menschlichen Wesen aufzunehmen.

»Nein, ich bin nicht blind.« Sie unterbrach sich und schluckte heftig. »Komm. Wir haben Arbeit. Die Alte Bertha funktioniert immer noch nicht richtig, und ein paar ihrer Rohre sind verrostet. Wir müssen sie ersetzen.«

»Ich will nicht hier unten bleiben, Yaala. Ich muss hier weg. So kann ich nicht leben.«

»Gewöhn dich daran. Der Tod ist der einzige Weg aus der Grube, und du hast gesehen, wie wir mit den Leichen verfahren.« Sie drehte sich auf dem Absatz um und marschierte zurück zu den Maschinen.

Powwell warf noch einen Blick auf das Portal. Er wünschte sich eine Vision der grünen Bäume, die Televarn umgeben hatten, kurz bevor er in den Tunnel getreten war.

Wieder erwachte der Strudel zum Leben und wirbelte in Nuancen von Grün, Rot, Gelb und Blau – dem Blau eines Sommerhimmels über Coronnan. Sein Mund sehnte sich nach dem Geschmack von frischem, süßem Wasser, seine Haut schrie nach Erlösung von der Hitze, und sein Herz verlangte nach Freiheit.

»Schau doch, Yaala. Es geschieht wieder!«

»Eine aus Verzweiflung entsprungene Halluzination. Ich habe so etwas auch schon gesehen.« Sie fasste Powwell an einem Ärmel, ging davon und zog ihn mit.

»Bäume! Das Portal bringt uns zurück nach Coronnan.« Powwell riss sich los und tat zwei rasche Schritte auf den Fluchtweg zu.

Lass mich nicht allein, flehte ihn Kalens mentale Stimme an. *Du musst mich mitnehmen, mich hier herausholen. Du bist der Einzige, der mich liebt.*

Betrübt ließ er sich gegen die Tunnelwand sinken. Er musste warten.

Komm bald zu mir, Kalen. Ich ertrage das nicht mehr viel länger.

20. Kapitel

»Ich werde das Blaue von Himmel lügen müssen, um diese altmodischen Lords zu überzeugen«, meinte Quinnault leise. Er tätschelte Katies Hand, die auf seinem Arm lag. Seit dem Abschluss der Verhandlungen mit Kinnsell war er ständig in Berührung mit ihr. Er legte sanft eine Hand in ihr Kreuz, ihre Hand lag auf seinem Arm, er strich ihr eine vorwitzige Locke aus der Stirn oder streifte sie mit dem Bein, wenn sie nebeneinander hergingen.

Bei jeder Berührung begegnete sich ihr Geist, und er fühlte sich vollständig. Er wusste noch nicht alles über sie, doch er wusste genug. Sie hatte weiter Geheimnisse vor ihm, doch sie konnte ihn nicht anlügen.

Wenn sie sich mehr als einen Herzschlag lang aus seiner Reichweite entfernte oder ihm ihren Geist verschloss, fühlte er sich kalt, ungeschickt und schrecklich und schmerzhaft allein.

Sie blieben vor der Ratskammer stehen, wo man die Lords, die sich in der Hauptstadt aufhielten, eilig zusammengerufen hatten, damit sie der Hochzeit ihres Königs ihre Billigung erteilten.

»Man hat mir gesagt, deine Regierung sei neu. Wie können diese Männer dann altmodisch sein?« Ihr Humor ließ grüne Sterne in ihren Augen aufblitzen; ein reifer Humor trotz ihrer kindlichen Statur. Ihr Scheitel reichte nur bis an seine Schulter. Ein konservatives Gewand mit einer langen Schleppe verbarg ihre Figur. Der schwere Wollstoff musste eine Tonne wiegen. Und sie hatte es unter den Draperien getragen, die sie inzwischen abgelegt hatte. Warum schwitzte sie nicht unter all diesen dicken Hüllen?

Er wünschte, er hätte auch über ihren Scherz lachen können.

»Meine Lords entstammen einer langen Tradition, in der Vorsicht das Wichtigste war. Einige von ihnen glauben, wir hätten erneut eine Regierung begründet, in der wenige über wenige herrschen. Mein Verantwortungsgefühl für das Volk und das Land ist ihnen neu. Sie werden dich als eine Bedrohung ihrer sorgfältig gehüteten Privilegien betrachten. Jeder von ihnen hat eine Kandidatin in petto, die meine Braut werden soll. Sie sind nur bestrebt, mich enger an sich selbst zu binden und von anderen wegzulenken, statt an die Sicherheit des ganzen Königreichs zu denken.«

»Dann werden wir sie davon überzeugen, dass ich genau das bin, was sie in mir sehen wollen: eine ausländische Prinzessin, die ihnen Handelskontakte beschert, sie reich machen wird und dich ihrem Reichtum verpflichtet.«

»Sie werden einen unterzeichneten Vertrag sehen wollen.«

»Ich bitte Kinnsell, am Vormittag einen aufzusetzen.« Dieses Mal durchbrach ihr Lächeln den Versuch, gesetzt und würdevoll auszusehen.

Quinnault hatte das Gefühl, über der Erde zu schweben, und sein Kopf drehte sich, als er ihren Mund ansah und sich danach sehnte, sie zu küssen.

»Wir sollen morgen heiraten, und du hast mich noch nicht geküsst. Ist es nicht üblich, ein Verlöbnis mit einem Kuss zu besiegeln?« Mit leicht geöffneten Lippen sah sie vollkommen ernst zu ihm auf.

»Hast du schon wieder meine Gedanken gelesen?«

»Das war nicht nötig. Küss mich, Vogelscheuche. Küss mich, damit ich meine Ängste vergesse.«

»Du bist eine Prinzessin. Von der Nachfahrin eines Kaisers erwartet man, dass sie eine diplomatische Ehe eingeht.«

»Aber das wäre eine Ehe mit jemandem von unserer eigenen Art, unter Kulturen, die der unseren ähneln. Eine Heirat, die eine enge Allianz einleitet, und mit der Möglichkeit, von Zeit zu

Zeit meine Heimat zu besuchen. Du musst wissen, dass ich nie wieder Kontakt zu meiner Familie oder meinen Freunden aufnehmen kann. Ich habe mich geopfert, damit mein Volk das Tambootie bekommt.«

»Diese Seuche muss euer Volk entsetzlich dezimieren.«

»Es ist schlimmer als das.«

»Hast du auch diese geheimnisvolle Krankheit?« Die Vorsicht kühlte seine Leidenschaft ab. »Wird euer Volk sie hier einschleppen, mit Absicht oder aus Versehen?«

»Nein. Ich bin eine der wenigen Glücklichen. Die Seuche ist einer der Gründe, aus denen wir uns verhüllen. Diese Schleier sind speziell dazu hergestellt, als Barriere gegen die Krankheit zu wirken. Und falls ich doch das schlafende Virus in mir tragen sollte und es an unsere Kinder weitergebe, dann weiß ich, wie ich aus dem Tambootie eine Medizin destillieren kann. Dein Volk ist vor uns sicher.«

»Dann wird das Tambootie dein Volk retten, und mein Volk bekommt einen Hafen, der gut zu verteidigen ist, und eine Königin. Sobald meine Nachfolge gesichert ist, braucht sich Coronnan endlich nicht mehr vor einem Bürgerkrieg zu fürchten – vorausgesetzt, unsere Heirat führt nicht zu einem neuen. Für diesen Moment habe ich lange gearbeitet. Aber ich hatte ja keine Ahnung, dass ich auch eine Frau finden würde, die ich lieben und hegen kann.«

»Wirst du mich dann küssen, um den Handel zu besiegeln?« Sie zog sein Gesicht zu sich hinunter.

Vorsichtig strich er mit den Lippen über ihren Mund und kostete seine schmetterlingshafte Weichheit. Dann ging sein Kuss tiefer, und stürmische Leidenschaft brandete in ihm auf. Fest zog er sie an sich und genoss es, wie selbstverständlich es sich anfühlte, dass sie in seinen Armen lag.

»Euer Gnaden!«, rief Lord Hanic von der Tür aus. Seine Stimme klang schockiert.

»Haben sich die Lords auf meine Bitte hin versammelt?«, fragte Quinnault und hob zögernd den Kopf. Am liebsten hätte er Katie ewig so weitergeküsst.

»Auf Euren Befehl wohl eher«, murrte Hanic. »Der Botschafter von SeLenicca ist ebenfalls gekommen. Nach seinem verstohlenen Lächeln zu urteilen, rechnet er damit, dass Ihr den Heiratsvertrag mit *seiner* Prinzessin schließt.« Argwöhnisch beäugte er Katie.

»Ich habe ein besseres Angebot angenommen, Lord Hanic. Lasst uns hineingehen, ich möchte dem Rat meine Verlobte vorstellen«, sagte Quinnault. Plötzlich war er nervös. Er hatte gehofft, dem Botschafter diese Nachricht unter vier Augen mitteilen zu können.

Er holte tief Luft und spürte, dass Katie neben ihm dasselbe tat. Plötzlich wusste er, dass er diesen Fremden nicht die ganze fantastische Geschichte erzählen konnte. Sie würden sie einfach für eine wilde Erfindung halten, die eine unangemessene Leidenschaft erklären sollte.

»Spiel bitte mit, Katie, was immer ich sage.«

Zustimmend drückte sie seine Hand.

Gemeinsam und untergehakt betraten sie die dicht besetzte Ratskammer. Quinnault nahm auf dem hochlehnigen Drachenthron Platz und bedeutete Katie, sich neben ihn zu setzen, auf den Stuhl, der für gewöhnlich Nimbulan, seinem obersten Ratgeber, vorbehalten war.

Fünf Magier saßen unter den Lords, zusammen mit drei Botschaftern. Im Zentrum des Tisches lagen rund um die Coraurlia – die herrliche magische Glaskrone, welche die Drachen ihm verliehen hatten – fünf Heiratsverträge, die für SeLenicca, Rossemeyer und die drei Lords standen, deren Töchter in Frage kamen. Offensichtlich waren alle Anwesenden der Meinung, dass er sich heute Abend für einen davon entscheiden würde.

»Mylords, Meistermagier, darf ich Euch Prinzessin Maarie

Kaathliin von ...« Er konnte nicht behaupten, dass sie aus Varnicia stammte, der üblichen Station, an der die Varn Handel trieben. Die Männer kannten den dortigen König und seine zahlreichen Söhne. Woher könnte sie sonst kommen? »... von Terrania vorstellen.« Er hatte den Namen eines entlegenen, wenig bekannten Landes genannt, das nördlich von Varnicia lag.

Katie sah mit einem seltsamen Blick zu ihm auf. *Woher hast du das gewusst?*, fragte sie lautlos.

Quinnault gab keine Antwort und spürte, wie geistige Sperrgitter zwischen ihnen herunterkrachten. Er würde sie später nach Terrania fragen müssen. Alles später. Er stürzte sich in seine Rede und geriet vor Nervosität fast ins Stammeln. »Lord Konnaught, ich kann das Angebot nicht annehmen, Eure Halbschwester zu meiner Braut zu machen, die illegitime Tochter von Lord Kammeryl d'Astrismos. Mit ihren fünf Jahren ist sie einfach zu jung für eine Ehe. Coronnan braucht *jetzt* eine Königin.« Er reichte seinem Ziehsohn das zusammengerollte Pergament. Die dünne Schafshaut war an den Rändern ausgefranst, ein Zeichen dafür, wie oft sie abgeschabt und neu beschrieben worden war. Der Junge verstand vielleicht gar nicht, welche Beleidigung das darstellte. Seine Schwester und ihre Heirat waren nicht einmal ein neues Stück Pergament wert.

»Mylords Hanic und Balthazaan, ich muss auch Euer Angebot ausschlagen, mich mit Euren wunderschönen und anmutigen Töchtern zu verheiraten. Jede von ihnen würde eine bewundserungswürdige Königin abgeben. Doch wir sind bemüht, hier in Coronnan ein empfindliches Machtgleichgewicht zu errichten. Die zwölf Lords, welche die zwölf Provinzen repräsentieren, sind einander an Reichtum und Autorität ebenbürtig. Ich als Euer König muss unter Euch als neutrales Bindeglied wirken, als entscheidende Stimme im Falle eines Patts zwischen Euch, als jemand, der sein Einkommen sowie den größten Teil seiner Armee von Euch bezieht. Wenn ich innerhalb von Coronnan heirate, wird durch diese Verbindung dieses zerbrechliche Machtgefüge zerstört.«

Der Botschafter von SeLenicca lächelte süffisant und verschränkte die Arme vor der Brust. Zufrieden lehnte er sich zurück. Nur der Umstand, dass sein Blick häufig zu Katie huschte, verriet einen Rest von Unsicherheit.

»Mylord von SeLenicca, bitte teilt Seiner Majestät mit, dass ich mich nicht guten Gewissens mit seiner Schwester vermählen kann. Sie hat eine Chance verdient, glücklich zu werden und einen Mann ihrer eigenen Wahl zu heiraten, statt eine arrangierte Verbindung einzugehen, bei der sie nicht mitzubestimmen hat.« Er nahm den selenesischen Vertrag und reichte ihn dem Botschafter.

Kaum beherrschte Wut ließ das Gesicht des Diplomaten purpurrot anlaufen. Er zerrte Quinnault den Vertrag aus den Händen und zerriss das frische Pergament dabei beinahe. »Mein König wird nicht besonders erfreut darüber sein.«

»Das tut mir leid. Aber meine Entscheidung ist getroffen.« Quinnault sah den Botschafter gleichmütig an und ließ es darauf ankommen, dass er davonmarschierte und ihnen den Krieg erklärte.

Der ausländische Gesandte setzte sich wieder auf seinen Stuhl und klopfte mit dem abgelehnten Vertrag zornig auf den Ratstisch. »Moncriith hat uns davor gewarnt, dass Ihr uns abweisen würdet. Wir sind bereit, die Ehre unserer Prinzessin zu verteidigen«, erklärte er. Er zog die Augen zusammen und hielt Quinnault den Vertrag hin, damit er seine Entscheidung noch einmal bedachte.

»Wenn Moncriith, der Blutmagier, hinter Eurem König und Eurer Prinzessin steht, dann habe ich erst recht Grund, mich anderswo nach einer Königin umzusehen.« Quinnault starrte den Botschafter an und wartete darauf, wer zuerst den Blick abwenden würde.

Schließlich steckte der Botschafter das zusammengerollte Pergament mit dem Vertrag in den weiten Ärmel seiner Robe.

Quinnault holte tief Luft und fuhr fort. »Verehrter Lord aus Rossemeyer, ich muss auch Euer Angebot ablehnen, die Tochter Eures Königs zu ehelichen.« Quinnault konzentrierte sich auf den nächsten Punkt. »Zwischen den drei Königreichen Coronnan, Rossemeyer und SeLenicca, die sich diesen Kontinent teilen, herrscht ein labiler Friede. Wenn ich eine Prinzessin aus einem meiner Nachbarländer heirate, werde ich wiederum das Gleichgewicht der Macht zerstören.«

»Ich verstehe, Euer Gnaden.« Botschafter General Jhorge-Rosse nickte würdevoll. Seinem Gegenpart aus SeLenicca warf er einen siegesbewussten Blick zu. Für den Moment hatte keine Seite über die andere obsiegt.

»Euer Gnaden!«, protestierte Hanic. »Ihr habt soeben König Lorriin von SeLenicca einen Vorwand für eine Invasion geliefert!«

»Er ist ohnehin auf Krieg aus. Auch wenn ich ihre Prinzessin zu meiner Königin machte, würde das unsere Sicherheit keineswegs garantieren. Lest doch in den Geschichtsbüchern nach – oder lasst Euch von Lord Sambol erzählen, wie oft seine Grenzstadt schon überrannt worden ist.«

»Lesen ist Zeitvergeudung, falls man nicht gerade ein Priester ist!«, gab Hanic verächtlich zurück.

»Die Kunst des Lesens mag Priestern und Magiern vorbehalten sein, aber Zeitverschwendung ist sie nicht!«, antwortete Quinnault und rang seinen Zorn nieder. »Ich habe während meiner Ausbildung zum Priester die Geschichte studiert. Daher weiß ich, dass SeLenicca ungefähr alle fünfzehn Jahre versucht, sich mit Gewalt unserer Rohstoffe zu bemächtigen. Sie weigern sich, ihr eigenes Land zu bebauen, und sehen das unsere als bloße Vorratskammer, die ihnen rechtmäßig zusteht, wenn sie anderweitig keine Nahrung kaufen können. Eine Heirat mit der Prinzessin von SeLenicca würde uns ein paar Jahre Frieden einbringen, nichts weiter.«

Der Botschafter kniff die Augen zusammen, als hätte er nicht damit gerechnet, dass Quinnault so gut informiert sein könnte.

»Euer Gnaden, Ihr müsst heiraten und einen Erben zeugen«, erinnerte Lord Balthazaan die Versammlung. »Wisst Ihr noch, was geschah, als ein König von Coronnan dies zuletzt versäumt hat? Es hat uns drei Generationen Bürgerkrieg gekostet, einen Nachfolger zu finden!« Er erhob sich und stützte sich mit den Knöcheln auf dem Tisch ab. Furcht stand ihm ins Gesicht geschrieben. Während des Krieges hatte er schreckliche Verluste erlitten. Seine liebreizende dunkeläugige Tochter war alles, was ihm neben einer schwer beschädigten Trutzburg und fast ruinierten Ländereien noch geblieben war.

»Ihr habt alle realistischen Angebote ausgeschlagen, Euer Gnaden. Wo sollen wir jetzt eine neue Kandidatin finden?« Hanic hatte es beinahe herausgeschrien. Er starrte Katie an, und Unsicherheit und Angst spiegelten sich in rascher Abfolge auf seiner Miene.

»Ihre Hoheit, Maarie Kaathliin von Terrania, soll meine Braut sein«, erklärte Quinnault gelassen.

Alle Blicke im Raum wandten sich Katie zu. Sie errötete leicht und schlug in mädchenhafter Verlegenheit die Augen nieder.

»Der Vertrag, den ich mit ihrem Vater, König Kinnsell, ausgehandelt habe, verlangt, dass ich mich morgen Abend mit ihr vermähle.«

»Euer Gnaden!«, protestierte jeder anwesende Lord.

»Diese Eile ist äußerst unschicklich«, wandte Hanic ein. Mit zusammengezogenen Augen musterte er die Prinzessin, auf der Suche nach Makeln.

»Verzeiht die Unterbrechung, Euer Gnaden, Mylords.« Der alte Lyman erhob sich von seinem Stuhl, der an einer Ecke stand. »Mir ist schon klar, dass Magier in dieser neuen Regierung die Rolle neutraler Ratgeber spielen sollen, doch ich verfüge in dieser Angelegenheit über wichtige Informationen.«

Die Lords wandten dem alternden Magier ihre missbilligenden Blicke zu.

»Der Oberste Magier Nimbulan steht seit über einem Jahr in Geheimverhandlungen mit König Kinnsell.« Lyman sah Quinnault an. Seine Augen blitzten, und seine Lippen zuckten angesichts der offensichtlichen Unwahrheit.

Katie hüstelte diskret in ihre winzige Hand. Quinnault erkannte, dass es ihr kaum gelang, eine ernste Miene zu wahren. Hatten die beiden diese Lüge gemeinsam ausgeheckt?

»In diesem Moment sitzt Nimbulan mit König Kinnsell zusammen, um letzte Hand an den Vertrag zu legen. Diese Heirat wird schon sehr lange vorbereitet. Doch wir fürchteten, wenn sie öffentlich würde, könnte dies die ziemlich schwierigen Verhandlungen gefährden. Daher ist eine Hochzeit am morgigen Tag keineswegs so überstürzt, wie das Euch auf den ersten Blick vorkommen mag.« Der Alte hielt inne und schluckte heftig, dann legte er den Kopf auf die Seite, als lausche er auf etwas.

Wer erteilte ihm seine Anordnungen?

Quinnault hoffte verzweifelt, dass die Drachen direkt zu ihm sprachen.

»Seht Euch Euren König an, Mylords!« Hanic gab offenbar nichts auf Lymans beinahe plausible Erklärung. Schließlich war Nimbulan nicht anwesend und konnte die Lüge weder bestätigen noch abstreiten. »Er hat sich Hals über Kopf in dieses junge Ding verliebt, obwohl er sie nicht öfter als einmal getroffen haben kann. Verliebt nach einer einzigen Begegnung! Sie muss irgendeinen Zauber über ihn geworfen haben. Dieses Mädchen ist entweder eine Hexe oder ein Dämon. Wer weiß schon, ob das legendäre Land Terrania überhaupt existiert? Sie ist ein Dämon, und wir dürfen diese Heirat nicht zulassen!«

»Ich werde mich morgen mit Prinzessin Maarie Kaathliin vermählen«, stieß Quinnault mit zusammengebissenen Zähnen hervor. »Die Wahl ist mein, und ich habe sie getroffen!«

»Wir werden sie nicht zur Königin krönen, bevor sie bewiesen hat, dass sie kein Dämon ist!« Konnaught war so rasch aufgesprungen, dass sein Stuhl umfiel. »Moncriith hat vorhergesagt, dass so etwas geschehen würde. Er war der Schlachtenmagier meines Vaters, und er hat uns alle vor den Dämonen gewarnt – zu denen die verbannte Schwester des Königs gehört.«

»Wenn Moncriith überlebt hätte, wäre er selbst ins Exil geschickt oder hingerichtet worden, weil er sich weigerte, Drachenmagie zu sammeln. Moncriith hat seine Macht aus Blut uns Schmerz bezogen. Wir wissen nicht, wie lange er sich mit seinem eigenen Blut und dem Tod kleiner Tiere zufriedengegeben hätte. Sein nächstes Opfer wäre bestimmt ein Mensch gewesen, und wahrscheinlich einer von uns«, rief Quinnault allen ins Gedächtnis.

»Diese uns unbekannte und wahrscheinlich falsche Prinzessin kann keine Drachenmagie sammeln – dazu ist keine Frau in der Lage. Aber sie könnte eine Magierin sein, die insgeheim operiert, um unseren Frieden und unsere Stabilität zu untergraben.« Hanic setzte sich wieder, anscheinend ruhig. »Sie muss beweisen, dass sie tatsächlich eine Prinzessin von Terrania ist und keine abtrünnige Hexe.«

»Und wie soll das gehen?« Quinnault trat der kalte Schweiß auf die Stirn. Mittels Drachenmagie hatten die Magier keinen Zugang zur Leere, um ihr Talent auf die Probe zu stellen. Alle normalen Hexenschnüffler – Menschen, die magische Kräfte bei anderen spürten, selbst aber kein Talent besaßen – waren zusammen mit allen anderen Abtrünnigen ins Exil geschickt worden. Die anderen Tests, mit denen man magische Gaben feststellen konnte, vermochte nur ein Magier zu überleben – die Feuer- und die Wasserprobe. Katie konnte Hanics Anschuldigungen nur widerlegen, indem sie dabei starb.

Er würde ihr Vertrauen und die wunderbaren Geschenke, die ihr Volk ihm gemacht hatte, nicht missbrauchen, indem er zuließ, dass diese Männer sie ermordeten, um Coronnan vor der Magie der Abtrünnigen zu schützen.

»Die Drachen werden uns sagen, ob sie die richtige Frau für den König ist, dem sie ihren Segen gegeben haben«, ließ sich Lyman gelassen aus seiner Ecke vernehmen.

Alle Blicke richteten sich auf die Coraurlia, die im Zentrum des Tisches ruhte. Die wie ein Drachenhaupt geformte gläserne Krone, die mit kostspieligen Edelsteinen besetzt war, hatten die Drachen ihrem Träger als Symbol verliehen, das für die Verbindung zwischen Quinnault und ihnen stand.

Quinnault entspannte sich. Die Drachen waren mit Katie einverstanden, davon war er tief im Herzen überzeugt.

Ein bösartiges Grinsen huschte über Hanics Gesicht. »Ja, die Drachen. Sie muss sich bei Sonnenaufgang den Drachen stellen. Shayla wird sie bei lebendigem Leibe fressen.«

»Es gibt keine Drachen. Wie sollen sie mich dann prüfen?«, flüsterte Katie. Verwirrung hatte die Heiterkeit aus ihren Augen vertrieben.

»Ein Dämon wird hysterisch werden und in seiner wahren Gestalt fliehen, wenn er einem Drachen gegenübersteht.« Hanics Lächeln wurde breiter und selbstbewusster. »Wenn die sogenannte Prinzessin von Terrania es fertig bringt, in Anwesenheit eines Drachen ihre menschliche Gestalt zu wahren, dann akzeptieren wir sie als Eure Braut, Euer Gnaden.«

Doch seit fast einem Monat hatte niemand mehr einen Drachen gesehen. Shayla hatte landauf, landab verkündet, dass der Pakt gebrochen sei. Die Menge an Magie, die sich noch in der Luft befand, hatte sich drastisch verringert. Würde sie kommen, wenn er sie rief?

Und wenn nicht, würde Katie die Proben überstehen, die sich diese abergläubischen Lords für sie ausdachten?

21. Kapitel

»Diese ›Drähte‹, wie du sie nennst, passen doch kaum durch diesen Kanal. Wie soll ich es denn schaffen, auch noch hineinzukriechen und den zerbrochenen zu finden?«, verlangte Powwell von Yaala zu wissen. Skeptisch betrachtete er den schmalen Tunnel. Gerade hatte er sich daran gewöhnt, dass er sich Hunderte Ellen unter dem Boden befand, und konnte in diesem ausgedehnten Höhlensystem beinahe normal atmen. Doch der Boden des Kanals befand sich in Manneshöhe über der Höhle, in der er stand. Unmöglich, dass er genug Luft für ihn und das Bündel von Drähten enthielt.

Etwas Unheimliches ließ seine Haut prickeln; er hatte das Gefühl, beobachtet zu werden. Hastig sah er sich in alle Richtungen um. Am Rande seines Gesichtsfelds huschte etwas Weißes davon, genauso schnell, wie er den Kopf wandte.

Auch so eine Halluzination, jedenfalls behauptete Yaala das. Aber sie sagte ja auch, dass er sich Televarns Tor nur einbildete.

»Der Kanal ist weit genug. Ich bin selbst schon oft hindurchgekrochen«, erklärte Yaala und faltete die Hände zusammen, damit Powwell daraufsteigen konnte.

»Du bist auch dünner als ich. Und einige der anderen haben schmalere Schultern. Warum ausgerechnet ich?« Powwell blieb mit beiden Füßen fest auf dem Boden stehen. Schon jetzt atmete er schwer bei dem Gedanken, in diesen winzigen Tunnel einzudringen. Er hatte bereits festgestellt, dass hier in der Grube Yaala die Befehle erteilte und alle anderen ihr ohne Widerspruch gehorchten – bis auf den Neuen, Piedro, und der würde bald genug lernen. Yaala war die Kaalipha der Grube, so wie Yaassima die Kaalipha der Stadt über ihnen war.

»Du hast deine Intelligenz nicht verloren, daher wirst du den zerbrochenen Draht erkennen, wenn du ihn findest«, sagte sie und bedeutete ihm noch einmal, den Fuß in ihre Hände zu setzen.

»Du bist länger hier als die meisten anderen. Warum bist du noch bei Verstand?«

»Weil ich mich meinen Ängsten und meiner Panik nicht ergeben habe. Und weil ich die Maschinen liebe. Ich möchte lieber hier bei ihnen leben als an der Oberfläche bei Yaassima.«

»Wieso kriechst dann nicht du in diesen Kanal? Du kennst diese Maschinen – du liebst sie, als wären sie deine Verwandten.«

»Du wirst gehen, Powwell, weil ich dich dazu ausbilde, diese Maschinen zu kennen und zu lieben, als stünden sie dir näher als deine Familie. Sie sind deine Familie, und der Tag wird kommen, an dem du sie brauchen wirst. Sie werden dich brauchen. Und ich brauche noch einen Ingenieur, um sie instand zu halten.«

»Yaala!«, ließ sich eine Männerstimme aus den oberen Ebenen der Grube vernehmen, die durch den Korridor hallte. »Yaala, sie brauchen den Ingenieur, um an der Oberfläche etwas zu reparieren!«

Powwell fuhr bei den Worten zusammen. *»An der Oberfläche!«*

»Schon unterwegs!«, rief Yaala zurück. »Du kommst besser auch mit. Du musst lernen, wie Yaassimas Spielzeuge funktionieren.« Sie strebte dem Ausgang zu, der aus dieser kleinen Höhle führte. Einer sehr tief gelegenen Höhle. »Ach, und sobald wir jenseits des Tors sind, bin ich nicht mehr Yaala. Ich bin der Ingenieur. Yaassima gibt nichts auf Namen, solange die Arbeit erledigt wird. Sie hält mich für tot, und ich möchte sie in diesem Glauben lassen, bis ... bis ich bereit bin.«

»Wir kommen hier heraus? Yaala, wenn ich diesen Ort einmal verlassen habe, werde ich nicht zurückkehren.« Powwell konnte nur noch an saubere, süß duftende Luft und Tageslicht denken.

»Doch, du wirst mit zurückkommen. Du kannst nirgendwo

hingehen, und ich bin noch nicht bereit, Yaassima zu töten. Ich muss alles über diese Maschinen erfahren, denn erst dann werde ich die Macht besitzen, meine Mutter zu töten und ihren Platz als Kaalipha einzunehmen.«

*

»Wie ich sehe, hat die Drachenhure dir eines ihrer besseren Schmuckstücke geschenkt«, höhnte Maia, während sie in Myris Zimmer Wäsche sortierte. »Das wird Televarn gar nicht gefallen.«

»Was Televarn gefällt oder nicht, ist mir gleichgültig«, gab Myri zurück. Sie saß in ihrem Schaukelstuhl, in dem sie ihr Kind zu stillen pflegte. Amaranth trank gierig. Ihr Saugen ließ eine tiefe Woge der Befriedigung durch Myris ganzen Körper laufen. Der schwache Milchduft, den das Baby ausströmte, und der Geruch nach frischem Sonnenschein, der von der Wäsche aufstieg, erfüllten sie beinahe mit Zufriedenheit. Beinahe.

Das Gewicht der Halskette und der Mangel an Freiheit lagen ihr auf der Seele. Wie sollte sie fliehen, wenn die Kette sie umbrachte, sobald sie den Palast verließ? Nastfa und Golin hatten ihr bereits ihre Sympathie bewiesen, indem sie Myri höflich durch den Palast eskortierten, statt sie zu belästigen, wie Yaassima prophezeit hatte. Sie hatten kein Wort gesagt, das der Drachenanhänger Yaassima hätte übermitteln können. Aber Myri fing ihre Gefühle auf. Insbesondre Nastfa gehörte nicht hierher und sann so dringend auf Flucht wie sie selbst.

Jedes Mal, wenn sie mit dem stolzen Vertreter der Assassinen-Gilde zusammen war, stellte sie sich mehr Fragen über ihn als zuvor. Und sie war sich ganz sicher, dass er ihr bei der Flucht helfen würde, wenn es ihr gelang, die Halskette zu sprengen. Wenn ... aber wie sollte sie das anstellen?

Sie ließ den Stuhl schneller schaukeln, um sich abzureagieren, ehe das Kind ihre Nervosität spürte und unruhig wurde. Das alte

Holz, aus dem der Stuhl bestand, knarrte im Takt ihrer Bewegungen.

Sie und Maia umkreisten einander vorsichtig auf Bahnen, die sich nie berührten. Sie teilten das Zimmer, den Schaukelstuhl und das Wäschewaschen – aber niemals das Baby. Maia brachte das Stillen nur zur Sprache, wenn Yaassima anwesend war, und seit die Kaalipha Myri die Kette gegeben hatte, ließ sie die beiden jüngeren Frauen oft allein.

Weder Maia noch Myri mochte sich offen gegeneinanderstellen, doch ebenso wenig waren sie bereit, Freundschaft zu schließen.

»Du solltest aber lieber anfangen, darüber nachzudenken, was Televarn will. Lange wird er dich nämlich nicht hierlassen. Er gibt niemals etwas auf, das er als sein Eigentum betrachtet«, erklärte Maia verbittert. Sie schlug die Windel, die sie gerade zusammenlegte, so heftig aus, dass die Luft um sie herum knisterte.

»Dich und Kestra eingeschlossen?«, fragte Myri. Er hatte die beiden Frauen als Teil seines Tributs, den er in Hanassa entrichten musste, in Yaassimas Bordell überstellt.

»Wir sind nur eine Leihgabe, bis er beschließt, uns zurückzuholen«, versetzte Maia schwach. Sie ließ den Kopf hängen und beschäftigte sich plötzlich sehr eingehend damit, einen Berg Windeln zu falten.

»Du sagst das nicht so, als würdest du daran glauben.«

»Ich sage, was man mir befiehlt.«

»Televarn befiehlt es dir. Ich weiß ein wenig über die Methoden, mit denen er deine Handlungen und deinen Geist kontrolliert. Du brauchst dich nicht damit abzufinden.«

»Du weißt überhaupt nichts.« Mit einem hörbaren Geräusch klappte Maia den Mund zu und wandte Myri ihren starren Rücken zu.

»Ich weiß, dass Televarn alles beherrschen muss, was er berührt – auch den Geist und die Gedanken seiner Clanmitglieder.

Du brauchst nicht in Yaassimas Bordell zurückzugehen. Es gibt immer eine andere Wahl. Andere Männer sind nicht so selbstsüchtig. Ein anderer Mann könnte dir ein gesundes Baby schenken. Dein Kind ist gestorben, weil sein Vater zu eng mit dir verwandt war. Mein Mann hat dieses Kind nicht gezeugt. Das war Televarn.« Myri wiederholte die Gerüchte, die sie bei ihren Erkundungsgängen im Palast gehört hatte. Sie hätte gern mehr gesagt, doch die Halskette erinnerte sie daran, dass Yaassima jedes Wort hörte, das jemand in Myris Gegenwart sprach.

»Für Frauen gibt es in Hanassa keine andere Möglichkeit. Ich nehme Televarns oder Yaassimas Befehle entgegen, und sie wollen mich beide als Spielzeug jedes Mannes sehen, den sie aussuchen. Alles andere würde mir den Tod oder die Grube einbringen.« Maia schluckte und reckte dann das Kinn.

»Televarn nimmt mir jedes Kind, das ich zur Welt bringe, weg, sobald es entwöhnt ist, so wie schon meinen ersten Sohn«, fuhr Maia fort. »Ich dachte, Nimbulan sei stark genug, um die Zustände im Clan zu verändern, aber er hat mich im Stich gelassen. So, wie er dich verlassen hat. Jetzt sind wir beide Yaassimas Huren. Dieses Schmuckstück erklärt dich ebenso eindeutig zu ihrem Besitz wie die Tätowierung, die sie mir auf den Hintern hat stechen lassen.« Zornig schlug Maia ihren Rock hoch und ließ die Unterhosen gerade so weit herunter, dass Myri die Umrisse eines blauen Drachen erkennen konnte, der sich über ihre linke Hinterbacke ausbreitete. »Die Drachenhure hat jeden Schrei von mir genossen. Sie hat zugesehen, wie ihre Männer mir das angetan haben, und ihr ist der Seiber aus dem Mund geflossen. Noch eine Woche danach konnte ich weder sitzen noch auf dem Rücken liegen.«

»Weiß Televarn davon?« Zum Glück war Amaranth eingeschlummert; kleine Milchbläschen quollen zwischen ihren gespitzten Lippen hervor. Das Baby sollte das Entsetzen nicht spüren, dass Myri angesichts Yaassimas ständiger Grausamkeiten empfand. Ein Teil des Grolls, den sie gegen die Rover-Frau hegte, verflog. Televarn hatte sie beide benutzt, und beide waren sie ein Opfer von Yaassimas komplizierten Plänen.

»Ich weiß es nicht. Er war nicht hier, als sie es gemacht haben, aber es wird ihm nicht gefallen, wenn er es sieht. Die Tätowierung kennzeichnet mich als Yaassimas Eigentum, nicht als seines.«

Myri hätte die Frau gern beruhigt und ihr versichert, sie werde sie mit auf die Flucht nehmen. Aber das konnte sie nicht versprechen. Kalen, Powwell und Amaranth gingen vor.

»Weder Televarn noch Yaassima werden jemals etwas aufgeben, das sie besitzen«, rief Maia ihr ins Gedächtnis. »Denk daran, wenn du zu fliehen versuchst. Beide werden dich lieber töten, als dich ziehen zu lassen. Deine Kinder ebenfalls.«

»Wie kommst du darauf, dass ich auf Flucht sinne?«, fragte Myri sanft und dachte daran, dass Yaassima ihnen zuhörte.

»Weil du ein Drache bist, genau wie die Kaalipha. Du musst es versuchen, und du wirst dabei sterben.«

*

Nimbulan und Rollett traten in eine Weinschänke – eine von ungefähr einem Dutzend, die sich über das ganze Stadtgebiet von Hanassa verteilten. Bis jetzt hatten sie keine Gasthäuser entdeckt. Die Menschen schliefen entweder in der Höhle ihres Schutzherrn oder sie saßen die ganze Nacht auf und tranken und spielten. Alle Tavernen gehörten der Kaalipha und wurden von Männern betrieben, die ihr treu ergeben waren. Wie weit diese Loyalität reichte, konnte Nimbulan allerdings nicht beurteilen, ohne große Summen an Bestechungsgeldern auszugeben, und die Wachposten am Tor hatten ihm die einzigen Münzen gestohlen, die etwas wert waren.

Vielleicht bekamen sie ja in dieser Bruchbude, die an die Rückseite einer großen Felsformation angebaut war, ein paar Informationen. Nimbulan vermutete, dass sich das ganze Leben in Hanassa an dem Palast orientierte, der die Südwand des Kraters einnahm. Die Felsformation befand sich zwischen der Schänke und dem Palast, und das Tor – das einzige Tor, das in die Stadt hinein- oder hinausführte – lag auf der Westseite von Hanassa. Dieses Lokal wirkte schmutziger und heruntergekommener als alle anderen zusammen. Hier, außer Sichtweite des Palasts, schien die Autorität der Kaalipha weniger allgegenwärtig zu sein.

Der Gestank nach ungewaschenen Körpern, verschüttetem Wein, Müll und Küchenabfällen stürmte auf Nimbulans Sinne ein. Unter seiner weiten Robe erschauerte er vor Ekel. Und dabei hatte er schon geglaubt, sich an den Schmutz in der Stadt gewöhnt zu haben. Aber diese Schänke war übel, viel schlimmer, als er gedacht hatte. Vielleicht waren hier die Informationen auch billiger.

Rollett löste das Messer, das er am Gürtel trug. Sein Blick huschte rastlos durch das Halbdunkel. Instinktiv trat er hinter Nimbulan, um seinen Rücken zu schützen.

Niemand schien ihr Eintreten bemerkt zu haben. Wahrscheinlich waren Fremde hier nichts Ungewöhnliches. Nimbulan setzte sich auf den einzigen freien Schemel, fast in der Mitte des Raums, in dem es vier Tische gab. Ein Bein war kürzer als die anderen, sodass er gefährlich ins Wanken geriet und sich am Tisch festhielt, um das Gleichgewicht zu wahren. Die groben Bretter schwankten, als er sein Gewicht darauf stützte. Fünf Weinbecher, die schon auf dem Tisch standen, schwappten auf die fleckige, verkratzte Platte über.

Rollett war stehen geblieben, misstrauisch und wachsam. Bis jetzt hatte Nimbulan die Fähigkeit des jungen Mannes, zu beobachten und dabei jedes Detail aufzusaugen, nie richtig zu würdigen gewusst. Wenn sie wieder gingen, würde Rollett viel mehr über die Menschen in dieser Weinschänke wissen als Nimbulan, wenn er sich tagelang mit ihnen unterhalten hätte.

Fünf Augenpaare starrten ihn wütend und herablassend an.

Ihre Besitzer trugen alle die gleichen weiten schwarzen Roben und Turbane von Söldnern aus Rossemeyer. Gefährliche Männer, die man besser nicht verärgerte.

Nimbulan zuckte mit den Achseln und hob die Hand, um Wein für sich und Rollett zu bestellen, obwohl er wusste, dass sein Geselle erst trinken würde, wenn er seine Beobachtungen abgeschlossen hatte.

Eine ganze Weile sagte Nimbulan nichts, dann sah er von dem Becher mit saurem Wein auf und schaute seine ebenfalls schweigenden Zechgenossen an. »Wo findet man in dieser Stadt eine Frau?«, erkundigte er sich.

Der Mann, der ihm gegenübersaß, lächelte, sodass die Narbe, die über den Nasenrücken von Schläfe zu Schläfe verlief, weiß hervortrat. Seine Augenlider bewegten sich nicht. »Kommt darauf an, was für eine Art Frau du willst«, antwortete er.

»Die besten hält die Kaalipha in ihrem Palast für ihre Leibgarde. Unser Schutzherr hat ein paar für seine Männer. Momentan werden viele Kämpfer angeworben. Bist du interessiert?«, fragte der blasse Jüngling, der links von Nimbulan saß. Er war so hellhäutig, dass er nicht aus Rossemeyer stammen konnte.

Nimbulan achtete darauf, dass sein Gesicht seine Überlegungen nicht verriet.

»Was zahlt euer Schutzherr?« Das war die einzige Information, die Nimbulan an einem ganzen Abend, an dem er in jeder Schänke in Hanassa eingekehrt war, hatte erlangen können.

»Einen Rosse täglich, solange wir im Quartier sind. Zwei während eines Feldzugs. Einen Anteil an der Beute, wenn wir gewinnen«, antwortete Narbengesicht. »Und kostenlosen Zugang zu den Frauen. Sie sind nicht die jüngsten und schönsten, aber sie sind alle Professionelle, und du brauchst nur Trinkgeld zu geben, wenn du wirklich willst.« Wieder grinste er und enthüllte dabei mehrere Zahnlücken.

»Wofür wirbt er die Männer an?«, fragte Nimbulan.

»SeLenicca will eine groß angelegte Invasion gegen Coronnan starten. Jeder Kriegsherr in Hanassa ist auf der Suche nach erfahrenen Männern. Eure Roben und Turbane weisen euch als Veteranen aus.«

Nimbulan nickte. »Ich denke darüber nach.«

»Willst du dir zuerst die Frauen ansehen?« Der Junge lachte und schlug Nimbulan auf den Rücken.

»Also, ich bevorzuge Blondinen«, erklärte Nimbulan.

Alle Männer im Raum verstummten abrupt.

Nimbulans Herz schlug laut in seiner Brust. Was hatte er Falsches gesagt? Rollett schob sich näher an ihn heran, sodass sich ihre Rücken berührten und sie ihre Umgebung vollständig im Blick hatten.

»Die einzigen echten Blondinen in der Stadt sind die Kaalipha und ihre Erbin«, flüsterte der Jüngling. »Sprich nicht über sie, und wünsch dir nicht, sie zu sehen. Kaalipha Yaassima verkauft alle blonden Sklavinnen innerhalb eines Tages.«

Nimbulans Haut prickelte. Wie hätte man den Ton von Myrilandels fast farblosem Haar anders beschreiben können als mit »blond«? Eine der zwei Frauen musste seine Gattin sein. Aber was hatte sie im Palast zu suchen, als designierte Erbin der Kaalipha? Und er hatte geglaubt, sie sei von Televarn entführt worden.

Zögernd kam wieder Stimmengewirr auf, als sich die Zecher von Nimbulans Aussage erholten. Er wusste, dass die Kaalipha respektiert, ja beinahe als Göttin verehrt wurde, dass sie die Macht über Leben und Tod in ganz Hanassa hatte und ihre Gunst unter gewissen Bedingungen freigebig verteilte. Doch er hatte nicht geahnt, dass sie ihrem Volk eine so tiefe Furcht einflößte.

»Wir brauchen die Arbeit, Blondinen oder nicht.« Nimbulan beschloss, das Thema zu wechseln. Vielleicht konnte er das Gespräch später noch einmal auf Myri und die Kaalipha bringen.

»Wenn ihr nach Hanassa hereingekommen seid, könnt ihr

keine Spione aus Coronnan sein. Spione werden gleich in dem Tunnel hinter dem Eingang umgebracht. Unser Hauptmann braucht Männer, die bereit sind, sich für ein Jahr zu verpflichten. Seine Majestät von SeLenicca hat jede Söldnertruppe gerufen, die bereit ist, an der Invasion teilzunehmen. Zahlt gut, wie ich höre. Und stellt keine Fragen. Anscheinend dürfen wir auch ohne Hemmungen plündern und Sklaven nehmen, wenn er den Krieg gewinnt.« Narbengesichts Mund zuckte, als koste er eine Delikatesse. Er legte dem Jüngling die Hand auf den Rücken, sodass er indirekt in Kontakt zu Nimbulan kam.

Magier taten so etwas, um die Gedanken eines Fremden zu lesen. War er übermäßig misstrauisch, oder waren diese Männer getarnte Magier? Das würde auch die blasse Haut erklären.

Nimbulan schluckte eine Erwiderung hinunter. Er musste rasch nach Coronnan zurückkehren. Quinnault brauchte diese Information, um seine Verteidigung aufzustellen. Was hatte der junge König jetzt schon wieder angestellt, um eine Invasion herauszufordern? Nimbulan war doch erst ein paar Tage fort.

Doch er konnte Hanassa nicht ohne Myri, Powwell und Kalen verlassen. Und er musste auch Maia und ihr Kind finden.

»Moncriith ist unterwegs hierher!«, schrie ein Mann von der Tür aus.

Mehrere Zecher torkelten nach draußen. Rollett trat einen Schritt von Nimbulan weg, als wolle er ihm folgen, doch als sein Meister nicht sofort aus der Schänke rannte, nahm er seine schützende Stellung wieder ein.

Warum lauf Ihr nicht weg? Moncriith wird Euch erkennen, fragte er telepathisch.

Nimbulan antwortete nicht gleich. Er hatte noch damit zu tun, diesen zweiten Tiefschlag zu verkraften. Moncriith. Der Blutmagier, der Coronnan der Länge und der Breite nach durchstreift und gegen Dämonen gepredigt hatte. Er sah Myrilandel als die Quelle allen dämonischen Übels in Coronnan.

Unsere Zechkumpane wirken misstrauisch, aber nicht besorgt, antwortete er schließlich. »Ich hatte gehört, Moncriith sei seit über einem Jahr tot«, sagte er dann laut. »Im Kampf gefällt von König Quinnaults Magiern.«

»Um den zu töten, braucht es mehr als einen Drachen. Verbirg deine Magie lieber gut, Fremder«, riet der Jüngling.

Nimbulan zog fragend eine Augenbraue hoch.

»Die Drachenhure fürchtet fremde Magier wie die Pest. Sie hat Moncriith erlaubt, ein eigenes Söldnerlager aufzubauen, wenn er jeden ausländischen Magier, der eine blaue Aura hat, ausrottet.«

Drachenhure? In Myrilandels Adern floss Drachenblut.

»Ein neues Gesetz, das vor drei oder vier Wochen erlassen wurde, kurz nachdem die Rover der Kaalipha die Erbin übergeben hatten. Anscheinend hat ein ausländischer Magier die Frau mit magischen Mitteln als Geisel festgehalten. Bei den meisten Verbrechen gewährt die Kaalipha dir einen Prozess, ehe sie dir den Kopf abschlägt. Aber für das Vergehen, ein unbekannter Magier mit Blau in seiner Aura zu sein, gibt es den sofortigen Tod und eine hohe Belohnung für den Ankläger. Deswegen sind wir Söldner geworden, statt uns als Schlachtenmagier zu verdingen.«

»Aber ich sehe kein Blau in eurer Aura«, wandte Nimbulan ein.

»Warum ein Risiko eingehen?«, antwortete Narbengesicht. »Man kann Moncriith nicht trauen. Er sieht Auren, die Kaalipha nicht. Er könnte jeden anklagen, und sie würde den Mann nur allzu gern hinrichten, nur um sein Blut fließen zu sehen. Solange wir keine Magie wirken, sind wir in Hanassa sicher. Du dagegen strahlst das Blau aus wie ein Leuchtturm.«

22. Kapitel

Televarn wippte ungeduldig mit dem Fuß. Wiggles lief auf seinen Zehen mitfühlend im Kreis. Kalen hatte ihm über ihren magischen Gefährten eine Nachricht geschickt, er möge sie in diesem schmalen Korridor in der Nähe der Palastküche treffen. Doch sie kam zu spät.

Woran lag es nur, dass in der Außenwelt alle seine Befehle aufs Wort befolgten und nichts ohne seine Erlaubnis unternahmen, während er hier in Hanassa nichts anderes tat, als darauf zu warten, dass Frauen sich endlich entschieden, was sie wollten?

Das war alles Yaassimas Schuld. Sie würde teuer dafür bezahlen, dass sie Frauen Ideen über Macht und Unabhängigkeit in den Kopf gesetzt hatte.

Bald. Er war fast bereit, die Kaalipha abzusetzen und ihr den Drachenthron unter dem mageren Hintern wegzuziehen.

Er lächelte verhalten. Yaassima hatte ihm einen Gefallen getan, ohne es zu ahnen, indem sie Kalen in eine Vertrauensposition in ihrem Haushalt geholt hatte.

Aber er musste gut auf Kalen aufpassen. Er hatte mehrere Monate gebraucht, um sie zu korrumpieren, bevor er Myrilandel entführt und nach Hanassa gebracht hatte. Warum sich das Mädchen entschieden hatte, Myri zu verraten, die einzige Erwachsene, die Kalen und ihr Talent nie für ihre eigenen Zwecke eingesetzt hatte, wusste er nicht.

Televarn hatte Kalen eine Machtstellung unter dem neuen Regime versprochen. Diese Zusicherung hatte ihm ihre Kooperation eingebracht – aber nicht ihr Vertrauen oder ihre Loyalität.

Das Mädchen war der Ansicht, nur sich selbst Loyalität zu

schulden, und konnte ihn beim kleinsten Anlass verraten. Und wenn sie das tat, würde die Vergeltung der Kaalipha fürchterlich und schnell sein.

Wenn sie ihn verriet. Warum hatte er nicht gedacht, *falls* sie ihn verraten sollte?

Er rechnete damit, verraten zu werden, genau wie Kalen. Besser die Schlange, mit der man vertraut war, als eine unbekannte Viper.

Wiggles hörte auf, mit Televarns Fuß zu spielen. Das Wesen erstarrte mitten in einer seiner schlangengleichen Bewegungen. Sein Rückenfell stellte sich auf. Dann schoss es den Korridor entlang bis zur nächsten Biegung. Es schien wie flüssiger Pelz an den Unregelmäßigkeiten der Tunnelwände entlangzugleiten.

Televarn hielt den Atem an. Warum hatte das Frettchen ihn verlassen? Ohne dass er bewusst darüber nachgedacht hätte, glitt seine Hand zu dem Messer, das er im Gürtel trug. Die gute Waffe hatte er lieber in das Lager in der Grube gelegt, statt zu riskieren, dass die Palastwachen sie bei ihrer Durchsuchung konfiszierten.

Piedro bewachte das anwachsende Waffenlager in der Grube. Er versuchte auch die Geheimnisse der monströsen Maschinen zu ergründen, die Yaassima so zu lieben schien.

Zwei Sekunden später tauchte Kalen auf. Sie bückte sich, um das Frettchen aufzuheben. Ein Lächeln erhellte Kalens Augen, als sie ihren magischen Gefährten an sich drückte.

Wiggles glitt fröhlich zu ihrer Schulter hinauf und schmiegte sich um ihren Nacken wie ein Liebhaber. Seine nadelscharfen Zähne schwebten gefährlich nahe an ihrer Hauptschlagader.

Televarn wurde beklommen zumute, und ein Klumpen bildete sich in seiner Kehle. Was, wenn sich das Tier die Tollwut eingefangen hatte? Er ließ die Hand auf dem Messer liegen und fragte sich, ob er sich rasch genug bewegen könnte, um das Frettchen zu töten, ohne Kalen zu gefährden.

Doch dann schob er seine Sorge um das Mädchen beiseite. Sie war nur ein Instrument, nichts weiter. Werkzeuge konnte man ersetzen.

»Du kommst spät!«, fauchte er. Seine Worte klagen schroffer und lauter, als er beabsichtigt hatte. Obwohl es mitten in der Nacht war, herrschte in der nahe gelegenen Küche den ganzen Tag lang, jeden Tag, unaufhörlich geschäftiges Treiben. Das Personal wusste nie, wann die Kaalipha eine Mahlzeit bestellte und ob diese für eine oder für hundert Personen bestimmt sein würde. Jeder vom Küchenpersonal konnte ihn dabei erwischen, wie er mit Kalen sprach, und ihn Yaassima melden.

»Ich habe nicht die Freiheit, durch den Palast zu streifen wie gewisse andere Leute«, gab sie ebenso schroff zurück.

»Wo ist Myrilandel, und wird sie uns helfen, Yaassima zu stürzen?« Er begann auf und ab zu gehen und sah das kleine Mädchen absichtlich nicht an. In den zwei Wochen, seit er sie nicht gesehen hatte, war sie gewachsen. Ihr Körper verlor seine harten Linien und begann Anzeichen der Kurven zu zeigen, die sie irgendwann entwickeln würde. Aber trotzdem war sie noch ein kleines Mädchen, und er war nicht an ihr interessiert. Myrilandel war die einzige Frau, die er begehrte.

»Sie wird uns helfen, dafür habe ich gesorgt. Aber sie weigert sich zu glauben, dass Nimbulan tot ist. Berichte mir noch einmal, wie du das zuwege gebracht hast, damit ich ihr die grässlichen Einzelheiten erzählen kann. Vielleicht glaubt sie mir ja dann«, befahl Kalen, während sie weiterhin lieber Wiggles streichelte, als Televarn anzusehen.

Televarn sah sie mit zusammengezogenen Augen an und ärgerte sich, weil sie es ihm gegenüber an Respekt fehlen ließ. Bei ihr musste er seine Karten vorsichtig ausspielen, sonst riskierte er, dass sie ihn verriet.

Er konzentrierte sich wieder auf das anstehende Problem. Sie musste Myrilandel davon überzeugen, dass ihr Mann tot war. Solange Nimbulan lebte, würde sie niemals seine Königin werden. Sie hatte ein Gelübde vor einem Priester abgelegt, einen Eid, der nur durch den Tod gebrochen werden konnte. Sobald sie ihren elenden Gatten los war, würde sie Televarn wieder willkommenheißen, so wie sie es vor einem Jahr für kurze Zeit getan hatte.

»Ich habe Nimbulan nicht sterben sehen«, gestand er.

»Was meinst du damit, dass du es nicht gesehen hast? Er muss tot sein!«

»Ich habe ihm die Falle gestellt. Wiggles hatte Anteil daran, und er ist zu mir zurückgekehrt, nachdem sie losgegangen war. Frag ihn, wie der Magier gestorben ist.« Televarn ging wieder unruhig auf und ab. Zweifel begannen an ihm zu nagen. Nimbulan musste tot sein. Wiggles hatte sich unter der versiegelten Tür durchgedrückt. Aber er hätte die Privaträume des Magiers nur wieder verlassen können, wenn die Tür geöffnet wurde – die Magie des Zaubers hatte ihn dort festgehalten, genau wie das Wasser. Das Wasser hatte Wiggles getragen und verhindert, dass er ertrank. Und Nimbulan besaß den einzigen Schlüssel zu dieser Tür.

»Jemand ist in deiner Falle ertrunken«, murmelte Kalen und sah dem Frettchen tief in die Augen. Ein Ausdruck hingerissener Freude ließ ihre Züge weicher erscheinen, während sie mit ihrem Gefährten kommunizierte. Eine Andeutung erwachsener Schönheit – kalt und streng – zeigte sich auf ihrem Gesicht und in dem Glanz, der in ihre klaren grauen Augen trat.

So glücklich, so verletzlich hatte er sie nicht gesehen seit ... nein, noch nie. Televarn fragte sich, wodurch sie so verbittert war.

»Wiggles ist an einem männlichen Wesen vorbeigerannt. Das Wasser war ihnen dicht auf den Fersen, in einer heftigen Woge. Als er aus dem Gebäude rannte, hat er zwei andere männliche Wesen gestreift, größere Männer. Sie haben erwachsen gerochen. Der Geruch des ersten war nicht so stark.« Verblüfft blickte Kalen auf. »Nimbulan ist vielleicht gar nicht tot. Derjenige, der die Falle ausgelöst hat, war bloß ein Junge.«

»*S'murghit!* Dieser Mann hat mehr Leben als eine Katze. Was muss ich denn noch tun, um ihn zu töten?«

»Nichts. Wichtig ist nur, dass Myri glaubt, dass er tot ist und dass Yaassima den Mord angeordnet hat.«

»Die Kaalipha hat einen Auftrag vergeben, und ich habe ihn angenommen. Aber sie wird nicht bezahlen, solange ich nicht beweisen kann, dass er tot ist.« Televarn schlug sich mit der Faust in die offene andere Hand. Er brauchte dieses Geld, um Männer zu bezahlen, die den Palast stürmen sollten. Hunderte von Männern, die zusammen mit jedem Rover kämpften, den er insgeheim nach Hanassa einschleusen konnte. Aber ohne Geld würden sie es nicht tun. Viel Geld.

Aber wenn er Myrilandel oder Kalen dazu bringen konnte, Yaassima zuerst zu töten, würde sein Plan viel leichter auszuführen sein.

»Erzähl Myrilandel, was du weißt. Sag ihr, dass Wiggles dem Tod des einzigen Menschen beigewohnt hat, der Nimbulans versiegelte Tür öffnen konnte. Erzähl ihr alles, was nötig ist, damit Myrilandel nach Rache verlangt. Rache durch ihre eigene Hand. Yaassima wird sterben, und Myrilandel wird meine Königin sein. Ich werde ihr Kinder schenken, die sie lieben kann, Kinder, die keine Verbindung zu dem Magier haben, der sie wegen ihres Talents versklavt hat.«

»Falls die Frauen dich lange genug leben lassen, um herrschen zu können.« Sarkastisch verzog Kalen einen Mundwinkel und fuhr fort, Wiggles zu liebkosen.

✶

»Ich habe noch nie gehört, dass ein Magier sein Talent verbergen kann«, meinte Nimbulan mit ziemlich trockener Kehle.

»Dann lerne es, und zwar rasch.« Narbengesicht packte Nimbulans Handgelenk, das auf dem Tisch lag. »Ich bringe dich in Trance und zeige dir, wo du suchen musst.«

Nimbulan hatte keine Zeit zu fragen, warum diese Männer als Söldner und Mörder in Hanassa lebten, obwohl sie anderswo eine Anstellung als ehrliche Magier hätten finden können. Narbengesicht atmete tief, in den ersten Stadien seiner Trance versunken, und die Leere tat sich vor Nimbulans Augen auf. Er folgte ihm, denn er spürte, wie dringend diese Angelegenheit war. Rollett trat näher und legte die Hand auf die von Narbengesicht. Nimbulan war sich nicht sicher, ob sein Gefährte an der Trance teilnahm oder sie nur überwachte.

Aaddler, Narbengesicht. Die Leere enthüllte wahre Namen, Ideale und Schwächen. Nimbulan erforschte den anderen sorgfältig, suchte nach einem Anhaltspunkt dafür, ob er ihm vertrauen konnte. Doch er kam nicht weiter als bis zu dem ständigen Schmerz hinter den Augen, die ihm die alte Wunde bereitete. »Nimbulan«, erklärte Aaddler. »Ich kenne dich von früher. Wir haben einander als Schlachtenmagier gegenübergestanden. Ich weiß, dass du aufrichtig bist und deine Eide einhältst. Vertrau mir. Sieh in die Aura deines Herzens. Suche nach dem Lichtfunken.«

Nimbulan hatte noch nie gehört, dass ein einzelnes Organ eine Aura besaß; er hatte immer die Energieschichten betrachtet, die den ganzen Körper umgaben. Aber irgendwo mussten diese Energien ja entspringen.

Die Farben eines anderen waren immer leichter zu erkennen als die eigenen. Er hielt Ausschau in Aaddlers Herzgegend. Genau, dort pulsierte ein winziger dunkelgrüner Lichtfunke. Das Dunkelgrün passte zu Aaddler – gezügeltes Feuer, verborgen hinter Logik und Vernunft. Jetzt erinnerte er sich auch an ihn. Vor fünfzehn Jahren hatten sie gekämpft, bis sie ein Patt erreicht hatten. Ihre beiden Herren hatten die Waffen niedergelegt, und Aaddler hatte Nimbulan Respekt vor seiner Gabe erwiesen und sich ehrenhaft zurückgezogen.

Finde deinen eigenen Funken. Er ist der Kern deiner Magie, ihr Anfang und ihr Ende. Finde ihn rasch.

Tu es!, setzte Rollett hinzu. *Ich spüre, dass Moncriith uns sehr nahe ist. Seine Gedanken drehen sich darum, jeden Magier, den er antrifft, zu vernichten.*

Nimbulan sah tief in sein Inneres hinein. Er wusste, dass Blau seine Farbe war; er hatte sie schon vor langer Zeit identifiziert, als er noch Lehrling gewesen war. Die Schichten seiner eigenen Energie flammten auf und blendeten ihn.

Verfolge die Lebensschnur zurück! Wenn eine mentale Stimme gereizt fauchen könnte, dann hätte Aaddler es getan. *Ich kann mir nicht erlauben, zusammen mit dir gefangen zu werden, Nimbulan. Deine Schuld wird zu meiner eigenen werden. Du bist der Magier, den Yaassima auslöschen will. Du bist der Gatte ihrer Erbin und der Einzige, der Yaassima ihre Erbin und ihr Neugeborenes wegnehmen kann.*

Die Information, dass da ein Baby war, drang in sein Bewusstsein. Hatte Yaassima nicht nur Myrilandel unter Kontrolle, sondern auch Maias Kind?

Nimbulan holte tief Luft und fand die blausilberne Nabelschnur, die sich von seinem irdischen Körper aus in die Leere erstreckte. Eine andere Schnur, die kristallklar mit einem Hauch von blassem Lavendel war, schlang sich fest darum. *Myrilandel!* Endlich hatte er sie gefunden. Wenn er ihrer Nabelschnur folgte, wäre er augenblicklich bei ihr, allerdings nur im Geiste. Lebende Körper vermochten nicht durch die Leere zu reisen.

Er verfolgte die Nabelschnur zurück in seinen Körper. Jede Energieschicht war dicker und elastischer als die vorhergehende. Er schob fester nach, bis er sich angesichts eines gleißenden blauen Lichts wiederfand, das glitzerte wie tausend Saphire in der Sonne.

So. Nun ergreife den Funken, und lege ihn in der körperlichen Welt auf den Tisch.

Nimbulan folgte der Anweisung. Die pulsierende blaue Energie wollte seinen Körper nicht verlassen. Sein magisches Talent hatte so lange sein Leben bestimmt, dass es sich mit seiner Seele verschlungen hatte.

Reiß ihn heraus! Sofort! Wir haben keine Zeit zu verschwenden! Der Blutmagier betritt soeben diesen Ort!, befahl Rollett, dessen eigener blau-roter Lichtfunke soeben in der hölzernen Maserung der *Tischoberfläche* verschwand.

Zögernd stieß Nimbulan den Funken aus seinem Körper aus. Sobald das Licht frei von seiner persönlichen Energie war, glomm es nur noch matt. Es kostete ihn alle Willenskraft, die er besaß, sich nicht wieder mit seinem Talent zu vereinen. Ohne seine Gabe war sein Körper nur eine leere Hülle.

Lass das verdammte Ding auf den Tisch fallen! Aaddlers mentaler Schrei war so laut, dass er Nimbulans inneres Gehör fast betäubte.

Er gehorchte. Sein Talent breitete sich zu einem kleinen Feuchtigkeitsfleck mit klar umrissenen Rändern aus. Es nahm einen Raum ein, der wie eine Hand mit leicht gekrümmten Fingern aussah – die Geste, die Nimbulan einsetzte, um Magie zu sammeln. Aaddlers Lache hatte die Form eines offenen Mundes, aus dem tastend die Zunge hervorkam; bei Rollett sah sie aus wie ein Augenpaar, das von gerunzelten Brauen verbunden wurde.

Lass dein Talent mit dem Holz verschmelzen. Wenn es in ein unbelebtes Objekt eingebettet ist, kann der Blutmagier es nicht finden. Und nun löse deine Trance so weit, dass du dir deines Körpers und des Raums um dich herum wieder bewusst wirst. Du musst auf Moncriith reagieren, als stelle er keine Bedrohung dar. Aaddler zog sich leicht aus dem Rapport mit Nimbulan zurück.

»Nimm die Hände nicht vom Tisch.« Unter der hölzernen Platte stieß Narbengesicht Nimbulans Knie mit dem Stiefel an. »Du musst in Kontakt mit deinem Talent bleiben, sonst verlierst du es für immer.«

23. Kapitel

Nimbulan hielt den Blick starr auf seinen Weinbecher gerichtet. Er wartete darauf, dass sich seine Nackenhaare aufstellten und ihn vor Moncriiths Näherkommen warnten. Doch in seinem Körper regte sich nichts. Die schwachen Sinneseindrücke auf seiner Haut, die ihm sonst vieles von dem verrieten, was um ihn herum vorging, hatten ihn zusammen mit seinem Talent verlassen.

Die Farben verblassten vor seinen Augen. Ein Taubheitsgefühl breitete sich im ganzen Körper aus. Er biss sich auf die Lippen, um die Panik zu bezwingen.

Er presste die Hand fester gegen den Tisch, der sein Talent beherbergte. Sechs weitere Lachen waren in die Holzoberfläche eingedrungen, aber weder die fünf Söldner noch Rollett schienen sich allzu viele Gedanken um die Trennung von ihrem Talent zu machen.

Nimbulan dagegen umklammerte die Tischkante so fest, dass seine Knöchel weiß wirkten.

»Er geht bald wieder.« Narbengesicht grinste mitfühlend. »Er ist so starrsinnig, dass er jeden ignoriert, der nicht offensichtlich Talent besitzt.«

»Durch ihn könnten wir in den Palast gelangen, Nimbulan. Er hat das Ohr der Kaalipha«, flüsterte Rollett..

»Ich will nicht riskieren, mich mit ihm zu verbünden«, antwortete Nimbulan. »Er ist zu gefährlich.«

Hinter sich vernahm Nimbulan Schritte. Ein Mann, der schwere Stiefel trug. Er vermochte keine anderen Hinweise auf seine Identität wahrzunehmen und geriet beinahe in Panik. Sein Talent war für ihn überlebensnotwendig.

Moncriith würde sein Talent wahrnehmen und ihn auf der Stelle zum Tode verurteilen.

»Steh auf, Soldat!«, befahl Moncriith. Er presste Nimbulan das Knie in den Rücken, um seiner Order Nachdruck zu verleihen.

Nimbulan widerstand dem Drang, sich umzudrehen und den Mann anzusehen, um festzustellen, wie er sich im vergangenen Jahr verändert hatte. Am liebsten hätte er gefragt, wie der Mann es hatte wagen können, die letzte Schlacht in Coronnan zu überleben, während Ackerly, Nimbulans Assistent und ältester Freund, gestorben war. »Ihr seid nicht mein Offizier«, versetzte er stattdessen trotzig.

Narbengesicht quittierte seine Taktik mit einem kaum wahrnehmbaren Nicken.

»Yaassima, Kaalipha von Hanassa, hat mir das Recht verliehen, meine eigene Söldnertruppe aufzustellen. Lorriin, der König von SeLenicca, wird nach Coronnan einmarschieren, sobald ich meine Truppen beisammen habe. Ich kann Soldaten rekrutieren, wie es mir beliebt, und ich rekrutiere euch alle.«

»Darüber werdet Ihr mit unserem Hauptmann sprechen müssen«, sagte Narbengesicht. »Wir haben Bluteide unterzeichnet, ihm bis in den Tod zu folgen.«

Nimbulan schluckte eine Erwiderung hinunter. Einen solchen Eid konnte er nicht unterschreiben. Er hatte nicht die Absicht, länger als nötig bei diesen Männern zu bleiben. Sobald er Myri gefunden hatte, würde er von hier verschwinden und niemals zurückkehren.

»Euren Hauptmann habe ich vor weniger als einer Stunde mit meiner Klinge gefällt«, prahlte Moncriith.

Alle Köpfe fuhren herum, als die Männer eine abgetrennte rechte Männerhand anstarrten. Zwei Ringe glänzten an den leblosen Fingern. Aus dem Stumpf tropfte Blut auf den Boden. Selbst wenn der Eigentümer der Hand noch am Leben war, würde er nie wieder ein Schwert führen.

Moncriith hielt seine blutige Trophäe mit der linken Hand hoch und ließ ein langes Messer in seiner Rechten kreisen. Die Klinge war noch blutbefleckt.

»Es erstaunt mich, dass er nicht seinen Kopf mitgebracht hat«, meinte Narbengesicht verbittert.

»Dann hätte er ihn sofort töten müssen, und er hätte keinen Schmerz mehr empfunden. Solange er im Besitz der Hand ist und das Opfer noch lebt, kann er mit dessen Schmerz seine Magie speisen«, antwortete Nimbulan. Empörung über Moncriiths Verachtung für das Leben stieg in ihm auf.

Kurz bemerkte Nimbulan die neuen Narben, die das Gesicht und die Arme des Blutmagiers verunzierten. Also hatte er seiner widerwärtigen Magie nicht entsagt, die ihre Energie aus Blut und Schmerz zog. Wenn er jetzt Söldner rekrutierte, würde sein Krieg zu einem wahren Kreuzzug werden. Wenn er an der Invasion Coronnans durch SeLenicca teilnahm, konnte Moncriith seine Dämonenjagd wieder auf die Drachen ausdehnen, die König Quinnault und die Kommune der Magier beschützten – vorausgesetzt, sie kehrten zurück, nachdem er sich jetzt ernstlich auf die Suche nach Myri gemacht hatte.

Was hatte er gesagt? König Lorriin würde marschieren, sobald Moncriith bereit war! Wer lenkte diesen Feldzug, der König oder der Blutmagier?

Sternengötter! Er musste bald mit seiner Frau, Kalen und Powwell in die Hauptstadt zurückkehren. Er kannte keines von Myris Ziehkindern gut, aber er konnte niemanden zurücklassen, den sie liebte.

»Euer Bluteid verpflichtet euch, jetzt mir zu folgen, dem Mann, der euren Hauptmann im Einzelkampf geschlagen hat.« Moncriith trat dem Jüngling, der rechts neben Nimbulan saß, den Schemel weg. Der Junge fiel zur Seite, hielt sich aber mit einer Hand am Tisch fest.

Nimbulan biss sich auf die Lippen, um nicht laut aufzuschreien. Die Finger des Jünglings waren von der Lache, die sein Talent enthielt, weggeglitten. Er warf Narbengesicht einen Blick zu, um Aufschluss darüber zu erlangen, ob dies den Jungen nun zu einem Leben ohne magische Kräfte verdammte.

Narbengesicht antwortete mit einem leisen Kopfschütteln, dann wies er mit einer kaum wahrnehmbaren Bewegung des Kinns auf die Lache des Jungen. Sie hatte sich der Maserung folgend ausgebreitet und erreichte seine Fingerspitzen.

Nimbulan entspannte sich ein wenig. Solange er irgendwo den Tisch berührte, war sein Talent in Sicherheit.

»Mit dem Recht meiner Vision von den Sternengöttern und der mir von der Kaalipha verliehenen Autorität verlange ich eure Loyalität. Ich kann euch zwingen, mir zu gehorchen.« Moncriith berührte das teilweise geronnene Blut an der abgeschlagenen Hand und intonierte einen unverständlichen Sprechgesang.

Sogar ohne seine Magie erkannte Nimbulan den Zauber, den der Blutmagier wob: einen Zwang, ihm blindlings zu folgen.

»Wir müssen hier weg, rasch«, flüsterte er Narbengesicht zu.

»Nicht ohne mein Talent. Wenn ich es ergreife und an dem Blutmagier vorbeirenne, wird er mich als den erkennen, der ich bin.«

»Gibt es einen anderen Ausgang?«

»Nein, außer du hast vor, durch den massiven Fels ein Loch in den Vulkan zu graben.«

»Wenn wir uns von ihm gefangen nehmen lassen, kommen wir in den Palast hinein. Sobald wir drinnen sind, können wir uns gegen ihn wenden.«

Moncriith sang jetzt lauter. Überall um sie herum wirkten die Mienen der Männer glasig. Auch Nimbulan spürte den Drang, ihm Gehorsam zu leisten, doch er schob ihn mit purer Willenskraft beiseite.

»Ich zähle jetzt bis fünf, und dann ergreift ihr euer Talent und rennt zur Tür. Versucht nicht, den Blutmagier anzugreifen, und dreht euch nicht um«, flüsterte Nimbulan den Männern, die ihm am nächsten saßen, zu. »Und was immer ihr tut, berührt weder Moncriith noch dieses blutige Artefakt. Sonst tragt ihr eine magische Spur, und er wird euch überallhin folgen und euch Befehle erteilen können.«

Fünf Männer nickten. Nimbulan behielt Moncriith im Auge und wartete auf den entscheidenden Moment zwischen teilweiser Bewusstheit, während er den Zauber durchführte, und der vollständigen Trance, die er erreichen würde, wenn er jeden, der sich in Reichweite seiner Aura befand, vollständig kontrollierte.

»Eins ... zwei ... drei, vier, fünf!« Nimbulan schloss die Augen, schlang beide Hände um den winzigen saphirblauen Funken auf dem Tisch und stürzte zur Tür.

Moncriith beendete seine Beschwörung und breitete die Arme aus, um die Auren aller Männer im Raum zusammenzufassen.

Nimbulan duckte sich und stürmte an dem Blutmagier vorbei. Moncriiths Hand streifte seine Schulter, und er riss die Augen auf, vollständig bei Bewusstsein.

»Nimbulan! Da! Ergreift den fremden Magier! Yaassima wird uns für seinen Kopf reich belohnen!«, schrie Moncriith.

Rollett stolperte gegen Moncriith und brachte den schweren Mann aus dem Gleichgewicht. Er polterte gegen den Tisch, den Nimbulan und die anderen gerade verlassen hatten. Die blutige Trophäe flog ihm aus der Hand und klatschte gegen Rolletts Brust.

Zugleich mit den anderen Männern in der Weinschänke zog Rollett sein Schwert und setzte Nimbulan nach.

*

Televarn brach der Schweiß aus. Unter den Pelzen, unter denen er schlief, zuckten seine Beine rastlos. Er streckte die Arme aus und suchte nach seiner Bettgenossin. Seiner Gefährtin. Seiner Braut.

Myrilandel.

Doch in der Rover-Höhle in Hanassa fanden seine Hände nur kalte Luft. Dreiunddreißig Tage lang hatte sie in der abgeschiedenen Höhle an der Großen Bucht ihm gehört. Sein, mit Körper und Seele. Ein Jahr war es her, dass er ihre bedingungslose Liebe besessen hatte.

Über ein Jahr, seit sie ihn verlassen hatte. Myrilandel, die einzige Frau, die jemals *ihn* verlassen hatte. Er würde nicht ruhen, ehe er sie zurück in sein Bett geholt und die Erinnerung an Nimbulan aus ihrem Geist gelöscht hatte.

Genug! Er warf seine Schlaffelle in die Ecke. Er würde keinen Tag mehr warten; noch heute würde er Yaassima die Kontrolle über Hanassa entreißen. Wenn die Sonne unterging, würde er Myrilandel zur seiner Frau erklären, und sie würden gemeinsam ihre Hände im Blut der Kaalipha baden.

»Steh auf.« Er trat seinem Onkel ins Kreuz. »Ruf alle aus unserem Volk zusammen, und gib ihnen Waffen!«, befahl er dem älteren Mann. »Bei Sonnenaufgang greifen wir den Palast von innen und außen an.«

»Wohin gehst du?«, stöhnte Onkel Vaanyim und presste die Hände auf die Stelle, wo ihn Televarns Fuß getroffen hatte. Dann setzte er sich auf und rieb sich schläfrig die Augen.

»Einen Gefallen einfordern, den mir ein gewisser narbengesichtiger Söldner schuldet.«

»Was ist mit den Sklaven, sollen wir die ebenfalls bewaffnen?«

»Warum nicht? Wir müssen in großer Zahl angreifen, um die Wachen zu überwältigen, bevor sie ihre Stäbe anschlagen und uns alle erstarren lassen.«

»Die Sklaven könnten sich gegen uns wenden und zu fliehen versuchen.«

»Ja und? Umso mehr Chaos verursachen sie an den Toren. Bewaffne jeden, den du auftreiben kannst. Wenn dir hier die Waffen ausgehen, dann weißt du ja, wo wir einen zusätzlichen Vorrat in der Grube gelagert haben.« Noch so ein Vorteil des Drachentors. Im Lauf der letzten zwei Jahre hatte er große Mengen Schwerter, Speere und Keulen aus der Außenwelt mitgebracht und sie in dem Labyrinth aus Tunneln, die den Palast mit der Grube verbanden, versteckt. Die Waffen, die den Untergang der Kaalipha herbeiführen würden, waren nie an ihren Wachen und ihren Detektorstäben vorbeigelangt.

Er merkte sich vor, dass er Yaassima das Geheimnis dieser Stäbe entreißen musste, bevor er ihr mit dem Schwert, das sie für ihre Hinrichtungen benutzt hatte, den Kopf abschlug.

»Televarn, sag Narbengesicht, er soll alle seine Magierkumpane mitbringen.« Steif richtete sich Onkel Vaanyim in eine kniende Haltung auf. »Wir brauchen sie, um die Stäbe am Palasttor zu neutralisieren.«

*

Was sollte er mit dem von ihm losgelösten Talent anfangen, das er in den Händen trug?, fragte sich Nimbulan, als er aus der dreckigen Weinschänke rannte.

Seine Tischgenossen liefen an ihm vorbei; auch sie bargen ihre magischen Fähigkeiten in den Händen. Sie alle mussten dringend einen Moment innehalten, um ihre Gabe wieder in sich aufzunehmen.

Hinter sich vernahm er das Stampfen von Männern, die im Gleichschritt marschierten, und er beschleunigte sein Tempo und lief seinen Gefährten nach. Nimbulan stolperte über eine unebene Stelle im Boden, und sein Knie gab mit einem hörbaren Knacken unter ihm nach. Er widerstand dem instinktiven Drang, seinen Sturz mit den Händen abzufangen, und knallte mit dem Gesicht auf die Erde. Ein scharfer Felsbrocken stach ihn in die Brust. Glühender Schmerz schoss von den gezerrten Bändern im Knie sein Bein hinauf.

»Schwärmt aus, Männer! Bringt mir den Magier lebendig!«, befahl Moncriith.

Unter dem Gleichschritt der Männer vibrierte der Boden, auf dem Nimbulan lag. Wahrscheinlich dachten sie auch im Gleichklang. Televarns Zauber konnten so etwas mit seinen Gefolgsleuten anstellen.

Die Hände immer noch schützend um seine Gabe gelegt, drehte sich Nimbulan um. Er brauchte einen Ort, wo er sein Talent und sich selbst verstecken konnte, oder einen unbelebten Gegenstand, der es aufnahm.

Sein Stab! Wo in Simurghs Höllen war er geblieben?

Als er an sein wertvolles Werkzeug dachte, kam ein langer Stock auf ihn zugerollt und blieb vor seinen Händen liegen, in denen er sein Talent hielt. Der Stab hatte das magische Talent gefunden, mit dem er die Holzfasern des einst geraden Baumasts geformt und seine Knoten und Krümmungen gebildet hatte.

Rasch schob Nimbulan das winzige blaue Feuer in den Stab, ein beinahe unbelebtes Objekt, das Moncriith eigentlich nicht wahrnehmen dürfte.

Jetzt musste er immer noch die Macht brechen, die der Blutmagier über Rollett ausübte. Vielleicht gab es eine nichtmagische Methode, aber welche? Die Dorfbewohner wendeten solche Mittel ständig an, um eingebildete oder reale Flüche abzuwenden. Er hatte sich nie genug mit dem Leben der normalen Menschen beschäftigt, die nichts mit der Armee oder der Ausbildung von Schlachtenmagiern zu tun hatten. Myri hätte so etwas gewusst.

Die Schritte kamen näher. Nimbulan zog das verletzte Knie unter den Körper. Er biss sich auf die Lippen, bis sie bluteten, um nicht vor Schmerz aufzuschreien. Steif kroch er in den nächstbesten Schatten. Sein Stab schien zusammen mit ihm mit der Dunkelheit zu verschmelzen.

Ein grelles Licht erhellte das Stück Weg, das er soeben mit seinem Körper ausgemessen hatte. Er starrte die blutige Hand an, die das Hexenlicht in die Höhe hielt. Moncriith. Der Blutmagier hatte seine eigene Handfläche geritzt, um das Licht zu erzeugen.

Nimbulan vergrub das Gesicht tief in den gekreuzten Armen, damit seine helle Haut nicht das Licht reflektierte. Durch die geschlossenen Augenlider nahm er noch mehr Licht wahr. Hatte Rollett seine Kräfte mit denen Moncriiths vereint?

Sternengötter, er wünschte, er hätte sich seiner Gabe bedienen können. Aber dann hätte Moncriith ihn aufgespürt, ihn auf der Stelle getötet und für die Tat eine immense Belohnung eingeheimst.

Immer heller wurde es hinter seinen geschlossenen Lidern. Moncriith musste das ganze Gebiet mit Hexenlicht-Kugeln grell erleuchtet haben. Dann verglomm das Licht, als der Zauber des Blutmagiers schwächer wurde.

Er hörte einen Schrei, und das Licht flammte wieder auf. Nimbulan zuckte vor Mitgefühl mit dem Unbekannten zusammen, den Moncriith mit seinem scheußlich scharfen Messer geritzt haben musste, nur um ein wenig mehr magisches Licht zu erzeugen. Er musste Rollett retten, bevor er ihm zum Opfer fiel.

Sollte der magische Bann, mit dem Moncriith diese hartgesottenen Söldner geschlagen hatte, jemals versagen, würden sie sich gegen ihn wenden. Doch Nimbulan hatte keine Zeit, darauf zu warten, noch vermochte er die Abgeschiedenheit und Ruhe zu suchen, die nötig war, um einen Gegenzauber für Moncriiths schrecklichen Zwang zu wirken.

Die Schritte waren wieder zu hören, langsamer jetzt, als die Männer ihre Suche nach Nimbulan nur mit ihren körperlichen Sinnen fortsetzten. Suchten sie überhaupt nach ihm? Vielleicht sah nur Moncriith nach. In diesem Fall würde der Blutmagier seine Magie einsetzen, um Nimbulans Gabe aufzuspüren. Die kurze Berührung in der Weinschänke hatte Moncriith einen Blick auf Nimbulans magische Signatur erlaubt, und unter normalen Umständen war das alles, was er brauchte.

Aber Nimbulans Magie wohnte jetzt in seinem Stab, nicht in seinem Körper.

Langsam stand er auf und bediente sich des Stabs, um das schmerzende Knie zu entlasten.

»Ich werde zu alt für diese Art Abenteuer«, murrte er, als sich sein Rücken nicht aufrichten lassen wollte und er bemerkte, dass er sich auch die Schulter verrenkt hatte.

Nimbulan humpelte in die Richtung, die Narbengesicht eingeschlagen hatte. Er brauchte Hilfe, um Myri zu finden und diese Stadt zu verlassen. Die Magier, die sich als Söldner verdingt hatten, schienen seine einzige Chance zu sein.

»Da, ergreift diesen Mann! Er war in Begleitung des Magiers, den wir suchen!«, befahl Moncriith irgendwo links vor Nimbulan.

Nimbulan rang seine instinktive Reaktion nieder, die ihm befahl, in die entgegengesetzte Richtung zu rennen. Er brauchte Narbengesicht. Der Mann war ihm freundlich begegnet und hatte ihm seine Kooperation und eine wichtige Lektion in Magie geschenkt. Eigentlich waren Schlachtenmagier nicht dafür bekannt, dass sie ihre magischen Kniffe mit anderen teilten. Wenn Narbengesicht in der Lage war, Drachenmagie zu sammeln, könnte er ein wertvolles Mitglied der Kommune werden.

Wenn es ihnen gelang, aus der Stadt zu entkommen. Wenn sie Myri fanden.

So rasch er konnte, humpelte er voran. Hundert Schritte von seinem Versteck entfernt holte er die Männer aus der Weinschänke ein. Sie hatten sich in einem Halbkreis um Moncriith aufgestellt. Rollett befand sich exakt in der Mitte der Linie. Narbengesicht und einer seiner Gefährten standen mit dem Rücken zur Wand eines kleinen Gebäudes und verteidigten sich mit ihren Stäben, indem sie die Feuerbälle und Wahrheitszauber, mit denen Moncriith sie bombardierte, wegschlugen.

Nimbulan duckte sich, um einem der Querschläger auszuweichen. Er konnte sich bildlich vorstellen, dass man diese Kampftechnik auch als Sport betreiben könnte, und musste beinahe lächeln. Er nahm an, dass die Magier ebenfalls ihre Gabe in die Stäbe hatten fließen lassen. Wie sonst hätten sie damit Moncriiths Magie so exakt abwehren können?

Eine neugierige Zuschauermenge zog sich enger um die Kämpfenden zusammen. Nimbulan musste seine neuen Freunde und Rollett befreien, bevor die Einwohner auf die Idee kamen, dass für seine Gefangennahme eine Belohnung ausgesetzt war. Er zweifelte nicht daran, dass jeder von ihnen ihn nur zu gern lebendig oder tot an die Kaalipha verkauft hätte.

Nimbulan tippte Rollett auf die Schulter, der einen Schritt zur Seite trat. Nimbulan schob sich neben ihn in die Linie, direkt hinter Moncriith. Der Blutmagier war ganz auf Narbengesicht und seinen Kameraden konzentriert.

Von seiner neuen Position aus beobachtete Nimbulan die Gesichter der Söldner, die sich zu einem fast perfekten Halbkreis gruppiert hatten. Ihre Mienen wirkten ausdruckslos und passiv. Bei einigen zuckten Schulter- und Fingermuskeln, ein Zeichen dafür, dass sie Widerstand leisteten. Auch ohne seine Gabe konnte Nimbulan erkennen, dass sie sich Moncriiths Bann nicht länger als nötig beugen würden.

Trotz der gefährlichen Lage spürte Nimbulan, wie ein leises Lächeln über seine Wangen huschte. Ohne an die Konsequenzen zu denken, fasste er seinen Stab mit beiden Händen und schlug ihn Moncriith mit aller Kraft über den Hinterkopf.

Der Blutmagier brach zusammen. Wie ein Mann erhoben die Söldner die Schwerter über den Köpfen.

Die Spitze vor Rolletts Klinge bohrte sich in Nimbulans Rücken.

24. Kapitel

»Schwört unserem neuen Hauptmann Treue!«, rief Narbengesicht den versammelten Söldnern zu und hob wie die anderen das Schwert, um Nimbulan die Ehre zu erweisen.

»Was?« Nimbulan sah sich verblüfft um. Er war darauf vorbereitet gewesen, zu fliehen oder sich gegen diese ausgebildeten Krieger zu verteidigen. Doch stattdessen erwarteten sie von ihm, dass er ihre Führung übernahm.

»Moncriith hat unseren alten Hauptmann besiegt. Du hast Moncriith geschlagen und den Bann gebrochen, den er über die Männer geworfen hatte«, erklärte Narbengesicht breit grinsend. Er stieß den Blutmagier mit dem Zeh an.

Moncriith stöhnte und versuchte den Kopf zu heben, doch er brach wieder zusammen, begleitet von dem ekelhaften Schmatzen, das eine gebrochene Nase signalisierte. Blut strömte über sein Gesicht.

Jede Spur der durch Moncriiths Zauber verursachten Ausdruckslosigkeit war aus den Gesichtern der Männer gewichen; auch Rollett schien frei von dem Bann zu sein. Der dunkelhaarige junge Mann grinste.

»Bevor du dieses blutige Stück Dreck aufweckst«, sagte er und hielt Narbengesicht davon ab, noch einmal nach Moncriith zu treten, »brauchen wir einen Plan. Er hat das Ohr der Kaalipha, kann uns in den Palast bringen und dafür sorgen, dass wir an den Wächtern und ihren Stäben vorbeikommen, ohne durchsucht zu werden.«

»Dazu müssen wir ihn in dem Glauben wiegen, dass er Nimbulan zu Yaassima bringt, damit er gerichtet wird«, setzte Narbengesicht hinzu. »Seid Ihr bereit, dieses Risiko einzugehen, Hauptmann?« Fragend sah er Nimbulan mit weit aufgerissenen Augen an.

»Mir bleibt wohl nichts anderes übrig. Ich muss meine Frau und die Kinder retten, denn ich vermute, dass Kalen und Powwell bei ihr sind. Sie würde sich nicht freiwillig von ihnen trennen.«

»Wenn das vorbei ist, müssen diese Männer und ich entscheiden, was wir in Zukunft anfangen wollen. Wir können auf jeden Fall bei der Invasion gegen Coronnan mitmachen. Ihr könntet unsere Führung übernehmen, Nimbulan, und das Geld bei den Anwerbern aus SeLenicca einfordern. Sie brechen im Morgengrauen auf und planen den ersten Schlag innerhalb einer Woche.«

»Nein.« Verzweifelt suchte Nimbulan nach Ideen. Er musste entweder die Invasion verhindern oder Quinnault rasch benachrichtigen. Was hatte der junge Mann bloß angestellt, um in nur wenigen Tagen eine Invasion über sich zu bringen?

Aber ohne Myri konnte er nicht fort.

»Rasch, Moncriith kommt zu sich!«, befahl Rollett, als wäre er der neue Söldnerhauptmann. »Narbengesicht und Nimbulan, ihr werft euch zu Boden, und die anderen setzen wieder diesen leeren Blick auf.«

»Ein paar von euch müssen das Tor einnehmen, damit wir später entkommen können. Verschwindet unauffällig, bevor Moncriith euch vermissen kann«, setzte Nimbulan hinzu.

»Wenn wir alle zusammenarbeiten, mit magischen und profanen Kräften, haben wir eine Chance. Aber lange werden wir das Tor nicht halten können«, meinte Narbengesicht.

»Dann nehmt euch einen Moment Zeit, eure Magie wieder in Euch aufzunehmen.« Nimbulan hielt seinen Stab aufrecht vor sich hin, während er nervös die üblichen drei tiefen Atemzüge tat. Er war zu lange ohne sein Talent gewesen und fühlte sich minderwertig, wie ein halber Mensch. Seine Suche nach Myri trat in den Hintergrund, während er nach seiner verlorenen Gabe griff, um sie wiederherzustellen.

Der Stab schimmerte im Licht des Mondes. Eine pulsierende zweifache Aura umgab ihn. Tief im Herzen des Holzes lag ein pochendes blaues Licht, das trüber wirkte, als es seiner Erinnerung nach sein sollte.

Er befahl dem blauen Licht, in sein Herz zurückzukehren, an seinen angestammten Platz. Langsam, viel zu langsam, schlich der blaue Funke aus dem Stab und in seine Hände. Er fand seine Adern und vermischte sich mit dem Blut, das in sein Herz zurückfloss.

Das Gefühl, wieder vollständig zu sein, kroch seine Arme hinauf, so als koste man nach einem langen Tag in der heißen Sonne kühles Wasser. Seine Finger prickelten, als sie ihre normale Empfindsamkeit zurückerlangten. Der Schmerz in seiner verrenkten Schulter und seinem aufgeschlagenen Knie ließ nach. Sein Herz schlug schneller, regelmäßiger, kraftvoller. Erneut war er sich jeder Zelle seines Körpers bewusst.

Der Lichtfunke ließ sich mit einem zufriedenen Schlängeln, das wie ein Seufzer der Erleichterung wirkte, an seinem Platz nieder.

Narbengesicht wies an Nimbulans rechter Schulter vorbei. »Am Tor ist irgendein Aufruhr im Gange. Vielleicht etwas, das wir für uns ausnutzen können.«

Zwei Männer verschwanden in den Schatten und schlugen den Weg zum Tor ein. Nimbulan zweifelte nicht daran, dass sie bald zurückkehren und berichten würden. Er und Narbengesicht streckten sich auf dem Boden aus, so als hätte Moncriith sie mit seinem letzten Zauber gefällt.

Kaum hatten sie ihre Vorbereitungen beendet, richtete sich Moncriith wie auf ein Stichwort hin auf, stützte sich auf einen Ellbogen und schüttelte den Kopf, um wieder zu sich zu kommen.

Nimbulan beobachtete ihn aus halb geschlossenen Augen. Als sich der Blutmagier auf die Seite drehte und hochstemmte, sah er, dass unter seiner scharlachroten Robe die Knochen scharf hervortraten. Durch die breiten Schultern wirkte seine Gestalt kräftig, doch dieser Mann war nicht gut genährt, oder es fraß etwas an seinen Eingeweiden. Eine Krankheit ... oder höhlte ihn sein Fanatismus aus?

»Fesselt diese beiden mit magischen und profanen Mitteln. Wir bringen sie zur Kaalipha, damit sie abgeurteilt werden«, knurrte Moncriith, noch bevor er sich ganz aufgerichtet hatte.

»Am Tor ist Aufruhr ausgebrochen, Hauptmann«, erklärte einer der Söldner mit monotoner Stimme, während er seinen Platz in der Linie wieder einnahm. »Vielleicht eine wichtige Information für uns, Herr.«

Moncriith sah jedem der Männer, die ihn umstanden, in die Augen und richtete den Blick dann wieder auf Nimbulan und Narbengesicht, die reglos dalagen. »Fesselt sie, und nehmt sie mit. Ich möchte wissen, wer die Ruhe der Kaalipha stört.« Er schlurfte in Richtung Tor davon, überzeugt davon, dass seine Männer ihm folgten. Wiederholt schüttelte er den Kopf, als versuche er, seine verwirrten Gedanken zu ordnen.

Als sie das einzige Tor erreichten, das nach Hanassa herein- und wieder hinausführte, hatte Moncriith seine Haltung und den üblichen selbstbewussten Gang schon fast zurückgewonnen.

Nimbulan hielt den Kopf gesenkt. Ungeduldig prüfte er die Stricke, mit denen Rollett seine Handgelenke gefesselt hatte. Sie ließen sich leicht über die Hände ziehen. Rasch schob er sie wieder zurück, ehe Moncriith auf die Idee kommen könnte, ihre Festigkeit zu testen.

Eine aufgeregte Menschenmenge, die das Tor umstand, kam in Sicht, und Moncriith hielt seine Männer an. Sie kamen gleichzeitig zum Halten und starrten weiter ausdruckslos vor sich hin. Doch Nimbulan zweifelte nicht daran, dass sie alles genau sahen.

Eine Gruppe von etwa zwanzig Palastwächtern stand hoch aufgerichtet vor dem Tor, die Schwerter gezogen und die Stäbe auf die Menge gerichtet. Hinter ihnen kauerten mehrere Personen an dem Felsbrocken, gegen den sie sonst ihre Stäbe schlugen.

»He, du Schleimer, ohne den Felsen geben eure Stäbe keinen Ton von sich. Könnt ihr euch ohne sie überhaupt verteidigen?«, spottete ein schmal gebauter Mann aus dem Hintergrund der Menge.

»Macht mal etwas Gescheites mit den Stäben und schiebt sie der Kaalipha in den Hintern, statt uns damit zu traktieren!«, kreischte eine betrunkene Frau und warf eine überreife Frucht nach den reglos dastehenden Wachen. Die Männer zuckten mit keiner Wimper.

»Hab euch noch nie mit diesen Schwertern kämpfen sehen.« Eine halb angezogene Frau schwenkte die Hüfte und beugte sich vor, sodass die Wachen den Blick auf ihre vollen Brüste auskosten konnten. »Immerhin sind sie steifer als das, was ihr sonst auf Befehl der Kaalipha schwenkt.«

Die Wachposten rührten sich nicht und hielten ihre Schwertspitzen kampfbereit auf die Menschen gerichtet.

Die Menge schwappte einen Schritt vorwärts.

Jemand anders warf ein faulig stinkendes Ei nach der reglosen Mauer, welche die Wachen bildeten. Das blutige Dotter zerplatzte auf der makellosen schwarzen Uniform eines der Männer, doch er zuckte nicht einmal zusammen.

Die brodelnde Menge rückte noch näher an die tödlichen Schwertspitzen und die verhassten Stäbe heran.

»Täuschen sich meine Augen, oder stehen die Wachen unter einer Art Trance?«, flüsterte Nimbulan Narbengesicht zu.

»Ich habe den Eindruck, dass sie von einem Magier kontrolliert werden. Sie sind normalerweise sehr diszipliniert und loyal, aber ich habe noch nie erlebt, dass sie so abgestumpft reagieren«, antwortete der Söldner und Magier.

Moncriiths Kopf fuhr herum. Er warf ihnen einen wütenden Blick zu, der sie verstummen ließ.

»Ich würde mir diesen Stein und die Leute, die daran arbeiten, gern einmal genauer ansehen«, flüsterte Nimbulan.

Rollett stieß Nimbulan verstohlen mit dem Stab an, den er bei seiner »Gefangennahme« konfisziert hatte. Ohne den Blick zu heben oder seinen Körper zu bewegen, stellte der Geselle ein Ende des Stabs auf den Boden und lehnte das andere gegen Nimbulans Hände, sodass er sich über das Holz in Kontakt mit der Erde befand. Mit dem Wenigen, das ihm noch an Drachenmagie verblieben war, rief Nimbulan seine Fernsicht an.

Der Felsbrocken sprang in sein Blickfeld, sodass er ihn in allen Einzelheiten erkennen konnte. Der braune Brocken, der in dieser von Schwarz und Grautönen beherrschten Landschaft so ungewöhnlich wirkte, lag auf der Seite, und er sah, dass er von innen hohl war. Aus der Mitte des Steins wuchs ein Bündel haarfeiner Tentakel. Aber das war überhaupt kein echter Felsen.

Was für eine eigenartige Kreatur ist das? Denn das Ding musste auf irgendeine Art lebendig sein. Kein Mineral in der Natur brachte solche Anhängsel hervor. Und die Stäbe reagierten auf die Geräusche, die es erzeugte, wie Hunde, die darauf abgerichtet sind, einer Pfeife zu folgen.

»Sieh dir das Mädchen an, das neben dem Fels hockt.« Narbengesicht wies auf die Gestalt, die sich am nächsten bei der Kreatur befand. »Das ist Yaala, Yaassimas Tochter. Jedermann hat sie auch für tot gehalten, nachdem die Kaalipha ihren Gatten – den Vater des Mädchens – getötet hatte, weil sie seiner überdrüssig geworden war. Hat das Mädchen gezwungen, dabei zuzusehen. Als sich Yaala weigerte, ihre Hände im Blut ihres Vaters zu baden, geriet Yaassima vor Zorn außer sich und verurteilte sie ebenfalls zum Tode. Sagte, sie habe nicht genug von einem Drachen in sich. Ich frage mich, wie es ihr gelungen ist, am Leben zu bleiben. Anscheinend erledigt sie die Aufgaben des Ingenieurs, des Einzigen, dem Yaassima zutraut, an den Stäben und Steinen zu arbeiten. Vielleicht hat sie sich in der Grube versteckt.«

Nimbulan stockte das Blut in den Adern. Auch Myri trug viel von dem Geist eines Drachen in sich. Was hatte die Kaalipha mit seiner Frau vor?

Die junge Frau entfernte einen der langen roten Auswüchse aus dem »Stein«. Dann zog sie ein genau gleich aussehendes, schlangenähnlich gewundenes Teil aus der Tasche ihrer Tunika und befestigte es an der Stelle, wo der weggenommene Tentakel gesessen hatte.

»Was ... was ist die ›Grube‹?« Nimbulan hielt den Blick fest auf die junge Frau und die andere zerlumpte, schmutzige Gestalt gerichtet, die ihr auf ihren Befehl metallene Werkzeuge anreichte. Etwas an der Schädelform und der Art, wie dieser Mensch die Füße aufsetzte, kam ihm bekannt vor.

»Die Grube ist das Herz des Vulkans. Abgesehen von Yaala und dem Ingenieur habe ich noch nie mitbekommen, dass jemand sie lebend wieder verlassen hat.«

»Was ist mit dem jungen Mann neben ihr?«

Narbengesicht zuckte mit den Achseln. »Den habe ich noch nie gesehen.«

In diesem Moment wandte der Junge den Kopf, um die Menge anzusehen. Sein Blick fiel auf Nimbulan, und dann riss er die Augen weit auf, als er ihn erkannte.

»Powwell!« Kaum hörbar hauchte Nimbulan seinen Namen. »Mein Ziehsohn. Er muss zusammen mit Myrilandel und ... Kalen hierhergeraten sein. Ich muss sie alle drei retten.« Das Herz wurde ihm schwer, als er die kränklich bleiche Haut des Jungen und seine geschlagen herabgesunkenen Schultern sah.

Die junge Frau – Yaala – rollte den Stein wieder herum. Dann stand sie auf und klopfte ihre Hosenbeine ab. Alle Wachposten regten sich und erwachten aus ihrer künstlichen Starre. Sechs von ihnen lösten sich aus dem Halbkreis und stießen Yaala und Powwell mit ihren Stäben in den Rücken. Zögernd schleppten sie sich in den Palast und in die Grube zurück.

Nimbulan tat einen Schritt, als wolle er ihnen nachsetzen.

»Wenn du ihnen in die Grube folgst, wirst du ebenfalls sterben«, warnte ihn Narbengesicht.

*

Behutsam zog Myri ihre Beine zwischen den verknäulten Laken hervor. Sie bewegte sich langsam, damit die weiche Matratze nicht wogte und Kalen weckte, die neben ihr leise schnarchte. Die kleine Amaranth gurrte leise und spie Milchbläschen. Myri hob sie aus der Wiege und überprüfte automatisch ihre Windel, die ausnahmsweise fast trocken war.

Maia bewegte sich auf ihrem Strohsack am Fuß des Betts, wachte aber nicht auf. Im Schlaf hatte sie die Arme fest gegen die Brüste gepresst, und die Vorderseite ihres Hemds war feucht und roch nach saurer Milch.

Myris empathische Gabe ließ sie teilhaben an dem unangenehmen Druck überschüssiger Milch und dem Schmerz, kein Kind zum Stillen zu haben. Fest drückte sie ihr Baby an sich, froh darüber, dass Amaranth am Leben war. Maia waren nur die Erinnerungen an die Kinder geblieben, die sie verloren hatte.

Sie mochte nicht über Maias Verlust nachdenken. Lieber verließ Myri das Schlafzimmer. Die Tür zu Yaassimas Gemach war immer noch fest verschlossen.

Leise summte sie Amaranth etwas vor und suchte sich zwischen den schweren Möbelstücken, die Yaassima bevorzugte, einen Weg zum Fenster des gemeinsamen Wohnraums. Die Deckenpaneele, die niemals ganz verloschen, sandten ein schwaches Licht aus. Heute Nacht wirkte ihr Glühen noch trüber als sonst.

Wie so oft bei Nacht sah Myri zu dem dunklen Himmel über dem Krater auf und sehnte sich danach, fliegend in die Freiheit zu entweichen. Wenn sie sich in ihre Drachengestalt verwandelte, würde die Halskette sie erwürgen, bevor sie ihr Hirn zerstören konnte, oder wäre sie dann frei von Yaassimas Fesseln?

Sie blinzelte die Tränen fort, die ihr in die Augen stiegen. Um des Kindes willen, das in ihren Armen lag, wagte sie sich nicht zu verwandeln. Aber sie musste ihre nur halb durchdachten Fluchtpläne noch heute Nacht umsetzen. Kalen war dem Laster der Lüge und Täuschung, das in der Stadt allgegenwärtig war, zum Opfer gefallen. Sie musste das Mädchen von hier fortbringen, sonst war sie für immer verloren. Auch Powwell schwebte in der Grube in schrecklicher Gefahr, und Yaassimas Versuche, ihr Baby für sich zu vereinnahmen, ließen Myri das Blut in den Adern gefrieren.

Wie konnte sie Yaassima lange genug ausschalten, um ihr dieses Ding, das die Kette betätigte, zu stehlen? Die Fragen drehten sich in ihrem Kopf, ganz ähnlich wie die tanzenden Huren in den Straßen unter ihr.

Niemand in der Stadt schien heute Nacht zu schlafen. Menschenmengen sammelten sich um Lokale und Weinschänken oder tanzten in verschlungenen Mustern durch die Stadt. Ihr Geschrei und Gesang hatten etwas Verzweifeltes, das Myri nicht begriff. Sie hatte Nastfa und Golin sagen hören, dass solche ausgelassenen Lustbarkeiten nur stattfanden, wenn am nächsten Tag große Söldnertrupps die Stadt verließen, um auf einen Feldzug zu gehen. Morgen würde Hanassa so gut wie verlassen sein, und sie könnte nicht länger in der Masse untertauchen.

Von Nastfa hatte Myri einen Eindruck von Bedauern aufgefangen. Er wollte die Stadt unbedingt verlassen, aber nicht zusammen mit den Söldnern. Seine Wurzeln und sein Herz banden ihn an einen anderen Ort. Sein Bedürfnis, von hier fortzugehen, war inzwischen so stark, dass es an Verzweiflung grenzte.

Würde Moncriith zusammen mit den Soldaten aufbrechen? Nun, da er wusste, dass sich Myri in Hanassa aufhielt, war auch denkbar, dass er blieb und einen Weg suchte, um sie zu vernichten. So lange sie denken konnte, hatte er sie gejagt, sie von Dorf zu Dorf gehetzt. Seine bevorzugte Hinrichtungsmethode für Hexen war der Scheiterhaufen.

Warum glaubten die Dorfbewohner nur immer seinen Predigten gegen die Dämonen und sahen sie nicht als Heilerin, die ihnen half?

Nur das namenlose Fischerdorf in der Nähe ihrer Lichtung hatte sich Moncriith widersetzt. Ihre Freunde dort fehlten ihr. Sie vermisste ihre Heimat fast so stark wie Nastfa.

»Ich will nach Hause«, schluchzte sie.

Doch zuerst musste sie mit ihren Kindern aus dem Palast fliehen und dann die Stadt verlassen, ohne dass Moncriith oder Yaassima sie fingen.

Vielleicht konnte sie sich selbst und die Kinder als Söldner verkleiden. War es möglich, dass sie zusammen mit den Soldaten aus der Stadt marschierten?

Plötzlich glühte die magische Silberschnur, die sie mit Nimbulan verband, heller und pulsierte rascher. Sie folgte der Richtung, in der die Schnur an ihrem Herzen zog, mit dem Blick und sah, dass sie zu einem dichten Menschenauflauf in der Nähe des Tors führte.

Eine Gestalt hob sich von der Menge ab. Stolz und gerade stand der Mann da, einen langen, knorrigen Stab in der Hand und von einer gebieterischen blassblauen Aura umgeben. Sie brauchte die Silberschnur nicht zu sehen, um ihren Gatten zu erkennen.

Ich komme, meine Liebste!, vernahm sie seine mentale Stimme.

Deine Tochter und ich erwarten dich!, antwortete sie triumphierend. Fast hätte sie es laut herausgeschrien. *Du musst sehr vorsichtig sein, Lan. Yaassima isoliert mich hinter magischen und profanen Fallen.*

Wenn ich endlich bei dir bin, wird uns nie wieder etwas trennen. Nicht einmal die schreckliche Kaalipha von Hanassa, gab Nimbulan zurück.

Myri stieß einen tiefen Seufzer der Erleichterung aus. Sie hatte gewusst, dass er doch noch kommen würde, um sie zu holen. Die Silberschnur ließ nicht zu, dass sie allzu lange getrennt waren. So erleichtert war sie über sein Kommen, dass sie ihm gar nicht böse sein konnte, weil er so lange gebraucht hatte.

Wenn er sie aus dem Palast holen wollte, brauchte er Hilfe. Sie glaubte, dass sie Nastfa und Golin trauen konnte. Wie weit würden sie gehen, um sich an Yaassima zu rächen? Oder würden sie ihr aus lauter Angst weiterhin widerwillig Loyalität erweisen?

Sie vermochte keinen klaren Gedanken zu fassen, sah sich nur wieder in Nimbulans Armen liegen. Sie konnte sich nicht sattsehen an ihm. In dem wild flackernden Licht der Fackeln, von dem die Stadt heute Nacht erfüllt war, begannen die Männer, die ihn umstanden, erkennbare Züge anzunehmen. Der da, der ein wenig links hinter Nimbulan stand, konnte Rollett sein. Ein weiterer Jüngling und ein Mann mittleren Alters hielten sich in ihrer Nähe. Dann blieb ihr Blick am Rücken des Mannes hängen, der offenbar der Anführer der Gruppe war. Er wandte sich Nimbulan zu und starrte ihn wütend an.

Moncriith. Sie hätte ihn überall wiedererkannt.

Was hatte ihr Mann mit ihrem Erzfeind zu schaffen?

Die feinen Härchen in ihrem Nacken richteten sich schon warnend auf, bevor sie einen leisen Schritt vernahm. Sorgfältig beendete sie ihre telepathische Kommunikation mit Nimbulan. So viele Wochen befand sie sich schon als verwöhnte Gefangene in Yaassimas Gewalt, und immer noch war sie sich nicht sicher, über welche Kräfte die Kaalipha verfügte.

Eine schwere Hand legte sich auf ihre Schulter. Das war nicht Yaassima. Sie wandte den Kopf, um den Neuankömmling anzusehen.

Neben ihr stand Nastfa, dessen Aufgabe es war, sie auf Schritt und Tritt zu bewachen. Golin schlief irgendwo anders in diesen Gemächern. Nastfa hielt einen Finger an die Lippen, um ihr Schweigen zu gebieten.

Der kurze körperliche Kontakt verriet ihr noch mehr über Nastfa. Er war Yaassima gegenüber niemals loyal gewesen, sondern hatte seine Stellung bei den Elitewachen nur ausgenutzt, um sich zu retten, als er nach seinem Spionageeinsatz für den König von Maffisto hier festgesessen hatte.

Myri nickte einmal, um ihre Zustimmung zu signalisieren. Sie war auf die Hilfe dieses Mannes angewiesen. Noch einmal sah sie aus dem Fenster. Moncriith stand immer noch mit Nimbulan zusammen. Sie musste ihre Flucht selbst ins Werk setzen.

Sanft und beruhigend drückte der Anführer der Wachen ihre Schulter. Er führte die Hände zusammen, legte den Kopf darauf – Schlaf – und deutete dann auf Yaassimas Zimmertür. Dann schaute er abrupt, beinahe erschreckt auf und senkte den Kopf wieder auf die Hände.

Die Kaalipha hatte einen leichten Schlaf.

Wieder nickte Myri. Sie verstand nicht, was der Mann von ihr wollte.

Nastfa fischte ein kleines Fläschchen aus seiner Tasche. Das emaillierte Metallröhrchen war fest mit Wachs verschlossen. Erneut zeigte er auf Yaassimas Tür und stellte pantomimisch einen tieferen Schlummer dar. Vorsichtig legte er Myri das Fläschchen in die Hand und schloss ihre Finger darum.

Die Berührung offenbarte ihrer empathischen Gabe seine Gefühle. Er hasste die Kaalipha ebenso wie sein König, und er hatte Yaassima schon gehasst, bevor sie ihn kürzlich in der Halle der Gerechtigkeit gedemütigt hatte. Aber er hatte auch Angst, fürchtete, er könnte scheitern, wenn er sie selbst zu töten versuchte. Er wusste nicht, wo die Loyalität seiner Männer lag. Die Jahre, in denen er hier in der Falle gesessen hatte, hatten sein Selbstvertrauen zerstört.

»Wann?«, fragte Myri tonlos, für den Fall, dass Yaassima wach war und sie über den Drachenanhänger hören konnte.

Im Schlafzimmer der Kaalipha läutete ein Glöckchen. Erschrocken wandte sich Myri in die Richtung, aus der das Läuten kam. Yaassimas Zimmertür öffnete sich, und ihre schlaftrunkene Zofe – die einzige Dienerin, der Yaassima so weit vertraute, dass sie sie regelmäßig in ihre Nähe ließ – kam herausgeschlurft und hielt auf die Weinkaraffe und die Becher zu, die immer auf einem Beistelltisch bereitstanden.

Yaassima musste die Karaffe an ihrem Bett bereits geleert haben. In den meisten Nächten fand sie nur durch den Wein Schlaf. Oft befahl sie Myri, ihr den Wein zu bringen, damit sie ihr blutrünstige Geschichten von ihrem Drachenvorfahren Hanassa erzählen konnte.

»Ich bringe Yaassima den Wein. Geh ruhig wieder schlafen, Haanna.« Myri bedeutete der Frau, sich wieder auf ihre Pritsche zu legen, die in einer Nische stand.

Sie konnte nur sich selbst trauen. Noch heute Nacht musste sie die Kinder aus Hanassa fortbringen.

Haanna schenkte Myri ein dankbares Lächeln und torkelte wieder ins Bett.

Mit zitternden Händen goss Myri den tiefroten Wein in einen Becher aus feinem Porzellan. Unentschlossen sah sie ein paar Sekunden lang auf das Fläschchen hinunter.

Yaassima läutete erneut. »Wo bleibst du so lange, Haanna? Wenn du dich nicht beeilst, schicke ich dich in die Grube!«, rief die Kaalipha mürrisch.

Leise lächelnd steckte Myri das Röhrchen in die Tasche und holte etwas von dem Pulver hervor, das Erda benutzt hatte, um sie schwach und fügsam zu machen. Sie hatte seit Tagen nichts davon genommen. Die Menge müsste ausreichen, um Yaassima viele Stunden schlafen zu schicken. Oder für immer.

25. Kapitel

»Hier geht nichts Wichtiges vor sich.« Moncriith winkte den Söldnern, ihm zu folgen. »Zurück zum Palast. Die Kaalipha wird an der Hinrichtung dieser fremden Magier teilnehmen wollen.«

Wie ein Mann drehten sich die Söldner um und marschierten wieder zum Palast. Nimbulan und Narbengesicht blieb nichts anderes übrig, als ihnen zu folgen. Sie brauchten Moncriith, um den Palast zu betreten, ohne dass man sie auf Waffen oder Magie untersuchte.

»Nachdem wir Myri herausgeholt haben, muss ich einen Weg in die Grube finden«, flüsterte Nimbulan, als sie sich dem Palasteingang näherten.

»Den Jungen musst du verloren geben. Niemand überlebt die Grube. Du hast doch gesehen, wie bleich und abgezehrt er aussah. Selbst wenn du ihn – und dich selbst – von dort retten kannst, wird er nicht mehr lange leben«, gab Narbengesicht zurück.

Eine Prozession von Tänzern kam in Schlangenlinien aus einer schmalen Gasse gewankt. Männer und Frauen hatten sich abwechselnd eingereiht, und jeder umfasste die Taille der Person, die vor ihm taumelte. Der Anführer der Feiernden war zu betrunken, um allein stehen zu können. Er torkelte und fiel gegen Moncriith.

Der Blutmagier schlug dem Mann mit dem Handrücken ins Gesicht. Blut spritzte aus seiner Nase, und er stürzte nach hinten und brachte die ganze Reihe aus dem Gleichgewicht. »*S'murghit* Abschaum! Lieber opfere ich jeden von euch, als dass ich euch erlaube, in die Reihen meiner Armee einzutreten!«, brüllte Moncriith sie an.

Eine Frau quittierte den Ausbruch des Blutmagiers mit Gelächter. Sie war zu betrunken, um Angst zu haben. Das zerlumpte rote Kleid rutschte ihr von der linken Schulter und enthüllte den größten Teil ihrer Brust. Sie liebkoste sich selbst und forderte Moncriith spöttisch zum Mitmachen auf.

Moncriith wandte sich wieder in Richtung Palast. Zielbewussten Schritts durchquerte er die Linie der Söldner-Magier und stieß Rollett grob beiseite. Der Magiergeselle geriet ins Stolpern und kämpfte darum, sein Gleichgewicht zu behalten. Er ruderte mit den Armen, taumelte und ließ seine ausdruckslose, ergebene Miene fahren.

Nimbulan keuchte lautlos auf. Die Söldner erstarrten und ließen die Hände lautlos an ihre Schwerter gleiten. *Haltet die Reihe geschlossen! Zieht eure Waffen erst, wenn ER es euch befiehlt!*, rief Nimbulan den Männern telepathisch zu. Bis sie in den Palast gelangten, musste sich der Blutmagier in dem Glauben wiegen, die Truppe unter Kontrolle zu haben.

Die tanzende Frau schob sich Moncriith in den Weg und versuchte in ihrem Rausch weiter, ihn zu reizen, doch er schlug ihr mit der Faust ins Gesicht. Sie stürzte rückwärts auf die am Boden liegenden Tänzer. Ihr Bein verdrehte sich, während sie noch um ihr Gleichgewicht kämpfte, und brach mit einem hörbaren Knacken. Abrupt hörte sie zu lachen auf. Ihr Kinn zitterte, und Schmerz stand in ihren Augen, aber sie schrie nicht. Die betrunkenen Tänzer fanden das überaus komisch. In ihren schiefen Gesang mischten sich jetzt Beleidigungen, die der Frau galten. Nimbulan schnappte auch ein paar abfällige Bemerkungen über Moncriith auf.

»Schläft denn in dieser Stadt niemand?«, fragte er Narbengesicht deutlich hörbar. Blitzschnell entzog Moncriith der betrunkenen Schar seine Beachtung und sah den Magier an.

»Nicht in einer Nacht, bevor die halbe Stadt in einen großen Krieg zieht.« Narbengesicht sprach ein wenig zu laut, damit Moncriith ihm zuhörte und sich nicht von den Tänzern ablenken ließ.

»Schweig, Dämonenbrut. Ihr werdet nicht lange genug leben, um mit diesen Menschen auf den glorreichen Feldzug zu gehen, der den von Dämonen gelenkten König von Coronnan auslöschen wird«, erwiderte Moncriith. Er hob die Faust, als wolle er sie dem Söldner so fest ins Gesicht schlagen wie gerade eben der Betrunkenen.

»Ihr genießt es, Euch hilflose Opfer zu suchen, nicht wahr, Moncriith? Menschen, die sich nicht wehren und nicht beweisen können, wie schwach ihr wirklich seid«, höhnte Nimbulan. Mit den gefesselten Händen ging er zwischen seinen neuen Freund und Moncriith.

Das Gesicht des Blutmagiers lief vor Zorn dunkelrot an. »Ich werde keine Zeit damit vergeuden, Beschimpfungen mit dir auszutauschen, Nimbulan. Meine Rache werde ich bekommen, wenn ich zusammen mit Yaassima meine Hände in deinem Blut bade. Und deinen abgeschlagenen Kopf werde ich in die Schlacht tragen, als Zeichen dafür, dass die Dämonen, die dich beherrschen, besiegt sind.«

Die Söldnertruppe trat wie von einem einzigen Willen gelenkt einen Schritt nach vorn. Nimbulan biss die Zähne zusammen. Am liebsten hätte er dieses Schauspiel beendet und Moncriith hier und jetzt getötet.

Rollett stieß Nimbulan mit seinem Stab an, um ihn daran zu erinnern, dass er nicht nur seine Handlungen, sondern auch seine Gedanken unter Kontrolle behalten musste, und Nimbulan verbannte seine Frustration in den Hintergrund seines Geistes.

Vor ihnen erhob sich drohend der Palast. Der Komplex, dessen Gebäude offenbar ziellos aufeinandergestapelt waren, erstreckte sich über einen großen Teil der südlichen Kraterrundung. Vier Wachposten standen vor einem glatt behauenen Torbogen, der gerade breit genug war, um zwei Männer durchzulassen, die sehr, sehr eng nebeneinander gingen. Rechts davon befand sich eine weitere Öffnung, die weniger regelmäßig geformt und noch niedriger und schmaler war.

Nimbulan stieß Narbengesicht mit dem Ellbogen an und wies mit einer Kopfbewegung auf den kleineren der Eingänge.

»Das Bordell für Yaassimas Wachen. Es führt nicht in den Palast«, antwortete Narbengesicht halblaut.

Nimbulan fragte sich, ob er zuerst dort nach Myri oder Maia suchen sollte.

Zwei der Wachposten traten vor und forderten Moncriith auf, sich zu erklären. Der Blutmagier sprach ein paar Worte in einer uralten Sprache und wob zugleich mit den Händen ein komplexes Symbol. Die Augen der Wachen nahmen einen glasigen Ausdruck an.

»Nicht nötig, dass ihr eure Stäbe einsetzt oder uns durchsucht«, erklärte Moncriith selbstgefällig. Er winkte die ersten beiden Posten beiseite, die erneut ihre gewohnte Stellung bezogen. »Die Kaalipha hat mir das Recht verliehen, mich im Palast frei zu bewegen, und ich bürge für meine Männer. Keiner von ihnen würde mich verraten.«

Die ganze Truppe reckte die geballte Faust zum Gruß. »Tod allen Dämonen. Lang lebe Moncriith, der Dämonenjäger«, intonierten sie wie unter einem Bann stehend.

Die Wachen nickten zustimmend.

»Benachrichtigt die Kaalipha! Ich habe den fremden Magier gefunden, den sie sucht, und hierhergebracht, damit er gerichtet werden kann!«, befahl Moncriith. Wieder nickten die Posten gehorsam.

Der Eingang erweiterte sich zu einem lang gestreckten Tunnel. Er wurde von Fackeln erhellt, die in unregelmäßigen Abständen auf der einen Seite der Felswände verteilt hingen. Sie umrundeten eine Biegung und marschierten in einen Tunnel, der vom Hauptgang abzweigte. Vor ihnen erstreckte sich ein besonders langer, fast nicht beleuchteter Abschnitt.

Das Palasttor und die vier Wachmänner waren nicht mehr zu sehen. Diese Passage schien verlassen zu sein.

Nimbulan entriss Rollett seinen Stab. Narbengesicht nahm einem anderen Söldner seinen eigenen ab.

»Jetzt!«, schrie Nimbulan. Er ließ die Fesseln von seinen Händen rutschen.

Moncriith fuhr herum, um zu sehen, was seine Truppe aufhielt. Sieben Männer hatten die Schwerter gezogen und richteten sie auf ihn.

»Damit kommt Ihr nicht durch, Nimbulan«, warnte Moncriith. Sein Handgelenk zuckte, und ein langes Messer glitt aus seinem Ärmel und in seine Hand.

»Ich glaube doch.« Nimbulan zückte den Stab, um jeden Zauber, den der Blutmagier wob, zurückzuschlagen.

Moncriith trat einen Schritt zurück und schloss die Hand um seine blanke Klinge. Der Blutmagier zuckte leicht zusammen, als das scharfe Messer in seine Handfläche schnitt. Blut tropfte auf die Waffe.

»Passt auf, er kann seine Magie mit der Macht des Blutes nähren!«, rief Rollett warnend.

Nimbulan folgte jedem Schritt, den Moncriith tat, und trieb ihn auf die dunkle Tunnelwand zu. Die anderen Männer rückten heran. Ihre gebleckten Zähne und die Entschlossenheit, mit der sie ihre Waffen fassten, zeugten davon, wie sehr sie darauf brannten, Moncriiths Tyrannei zu beenden.

Ein magischer Schutzpanzer legte sich wie eine Blase um den Blutmagier. Mit seiner sich rasch verzehrenden Reserve an Magie spürte Nimbulan es kaum. Moncriith tat noch einen Schritt zurück und stieß gegen die Wand.

Nimbulan schloss die Augen und rief den letzten Rest seiner Drachenmagie. Rollett legte die linke Hand auf Nimbulans Schulter. Magische Kraft brandete in ihn hinein und vervielfachte seine eigene.

Rasch, ehe sich der Vorrat an Magie erschöpfte, durchstieß Nimbulan mit dem Ende seines Stabs Moncriiths Schutzpanzer. Dann drehte er ihn in die Horizontale und rammte ihn quer auf Moncriiths Kehle.

Das Gesicht des Blutmagiers verdunkelte sich vor Zorn. Er packte den Stab mit beiden Händen und wehrte Holz und Magie mit aller Macht ab. Nimbulan hielt ihm seine mit Rollett vereinte Drachenmagie entgegen.

»Das könnt Ihr nicht machen!«, krächzte Moncriith.

»Ich habe es soeben getan«, antwortete Nimbulan. »Der Magie der Kommune seid Ihr nicht gewachsen. Nehmt ihm die Waffen ab, und legt ihn in magische und profane Fesseln.«

Vorsichtig drückte er seinen Gegner mit seinem Stab gegen die Wand, während Narbengesicht und die anderen Männer Moncriith fesselten.

»Du willst ihn am Leben lassen?«, fragte Narbengesicht.

»Wenn Yaassima über genug Macht verfügt, um diese Stadt zu kontrollieren, dann ist sie in der Lage, seinen Tod zu spüren. Wir können es uns nicht erlauben, sie auf uns aufmerksam zu machen.« Nimbulan ballte die Faust und rammte sie gegen Moncriiths Kinn. Der Blutmagier glitt zu Boden. »Versteckt diesen Misthaufen in einem Nebengang. Gebt ihm noch einen Schlag gegen die Schläfe, damit er bestimmt ausgeschaltet ist. Dann legt eine Schutzhülle um ihn, damit er für magisch nicht begabte Wachen unsichtbar ist. Wir müssen Myrilandel finden, bevor die Wachen Yaassima melden, dass wir uns im Palast befinden.«

*

Quinnault schritt nervös auf den langen Fluren des neuen Palastflügels auf und ab. Er konnte nicht schlafen. Jedes Mal, wenn er an den morgigen Tag dachte, begann sein Herz zu rasen, ihm wurde heiß, und sein Kopf schien zu schwimmen.

Morgen würde er sich mit Katie vermählen.

Wenn sie die Drachenprobe bestand.

Wenn der Rat zu der Entscheidung kam, dass seine Heirat für das ganze Königreich von Nutzen sein würde.

Im Palast war es heute Abend ruhig. Normalerweise war immer jemand unterwegs, der die Fackeln überprüfte, den Abort aufsuchte oder sich einen Imbiss aus der Küche besorgte. Doch er begegnete keinem Menschen, als ihn sein Weg an Katies Schlafgemach vorbeiführte. Wenn er sie nur sehen, ihr eine Weile beim Schlafen zuschauen könnte, dann würde er sich vielleicht so weit entspannen können, dass er noch etwas Ruhe hatte, bevor der Morgen dämmerte.

Er schlich sich an ihre geschlossene Tür heran. Dahinter regte sich nichts. Er presste das Ohr an die dicken Holzbohlen und hoffte, ihren leisen Atem zu hören. Doch stattdessen ertönte jetzt hinter der Tür ein besorgtes, heftiges Stimmengemurmel.

Wer? Wer war da tiefnachts in Katies Schlafzimmer eingedrungen?

Quinnault wollte schon nach der Klinke greifen, hineinstürzen und eine Erklärung verlangen, aber ein Aufschrei ließ ihn innehalten.

»*Ich* habe hier das Sagen.« Katies Stimme wurde lauter und klang schrill.

Quinnault wich zurück und stieß gegen die vorstehende Wand der Nische. Sie verbarg eine Stelle, an der dieser Korridor mit dem älteren, zentralen Teil seiner Trutzburg verbunden war. Er lächelte. Seine Baumeister hatten ältere Tunnel und verborgene Gänge in das neue Gebäude integriert. Sie hatten darauf beharrt, Fluchtwege für den Fall zu schaffen, dass seine Burg durch eine Invasion oder Verrat fallen würde.

Unter dem Druck seiner Hand gab die Geheimtür nach und glitt auf frisch geölten Schienen nach innen. Aus dem Tunnel schlug ihm kalte, feuchte Luft vom Fluss entgegen. Er trat hinein und schloss die Tür hinter sich.

Mit der rechten Hand strich er an der Wand entlang und zählte die Steine, bis er den siebenundzwanzigsten erreichte. Er tastete ihn ab und identifizierte den richtigen Stein, der ein wenig rauer und größer war als seine Nachbarn. An der unteren rechten Ecke erfühlte er einen Knopf, der nicht größer als der Nagel seines kleinen Fingers war, und drehte ihn dreimal zur Seite. Die Hälfte der Wand schwang nach innen und bildete einen schmalen Schlitz. Er trat hindurch und fand sich hinter einem bodenlangen Wandteppich wieder, der zwischen einem Kleiderschrank und der inneren Ecke des Raums hing.

Durch das weitmaschige Gewebe des Wandteppichs konnte er den größten Teil des Zimmers überblicken. Prinzessin Maarie Kaathliin ging am Fuß des Himmelbetts unruhig auf und ab. Die Bettvorhänge waren zurückgeschlagen und enthüllten zerwühlte Laken und Decken. Katie war vollständig angezogen und trug ihr schweres braunes Wollkleid. Sie hatte die Hände in die weiten Ärmel gesteckt und die Schultern hochgezogen, als wäre ihr kalt.

Im Kamin brannte ein kräftiges Feuer und heizte den Raum so stark auf, dass es Quinnault schon unangenehm war. Kinnsell stand vor dem Feuer und wärmte sich die Hände über den Flammen.

»Ich bin immer noch dein Vater, Mary Kathleen O'Hara, und du wirst mir gehorchen. Das sind wir dem Imperium schuldig.«

»Ich diskutiere nicht darüber. Wir machen es auf meine Art oder gar nicht.« Abrupt blieb Katie stehen. »Und versuch nicht ständig, meine Abschirmung zu durchbrechen. Es ist schon schlimm genug, dass ihre Magier morgen Spielchen mit meinem Geist und meinen Erinnerungen treiben werden.«

Kinnsell gab nicht nach und starrte seine Tochter in grimmiger Konzentration an.

»Verschwinde aus meinem Geist und aus diesem Raum, Kinnsell. Geh weg, oder ich rufe die Wachen, und all deine tollen Waffen und deine Technologie werden dich nicht aus ihrem Kerker holen können.« Katie erwiderte seine bohrenden Blicke. »Geh zurück nach Terra, *Daddy,* und mach dir eine neue Wüste. Das kannst du doch so gut.«

Mit steifem Rücken stapfte Kinnsell aus dem Raum. Sein Kiefer war so angespannt, dass die Sehnen im Nacken hervortraten.

Katie knallte die Tür hinter ihm zu.

Quinnault verlagerte sein Gewicht auf die Fußballen, um sofort fliehen oder hineinstürzen zu können, je nachdem, was sich ergab. Er konnte sich keinen Reim auf das Gespräch machen, dass er gerade mit angehört hatte, daher stützte er sich mit einer Hand an der Wand ab und holte tief Luft. Undeutlich war er sich bewusst, dass Katie einen Ziegelstein, den sie im Kamin aufgeheizt hatte, in ein Stoffbündel wickelte. Sie legte es unter die Decken des zerwühlten Betts und kroch dann vollständig angezogen hinein. Er hörte, wie ihre Zähne klapperten, und fragte sich, wie heiß es in ihrer Heimat – vielleicht Terrania, vielleicht auch nicht – sein mochte, dass sie in diesem beheizten Palast derart fror.

Ein paar Minuten lang warf sich Katie noch hin und her, dann rollte sie sich zusammen und schlummerte ein.

Quinnault wartete noch ein paar lange Minuten, bevor er sich rührte. Am liebsten wäre er näher getreten und hätte seine Braut angesehen, doch er zögerte. Er war sich nicht sicher, was das Gespräch zwischen Katie und ihrem Vater bedeutet hatte, und ob es Probleme für sein Königreich verhieß.

Ihm drehte sich heftig der Kopf. Er hatte Katie gesehen, aber er hatte keinen Frieden gefunden, sondern nur neue Fragen.

Der Türriegel klickte. Quinnault drückte sich mit dem Rücken an die Wand. Katie regte sich nicht.

Er sah, wie die Tür sich halb öffnete, und vermutete schon, Kinnsell sei zurückgekehrt und versuche sie noch einmal zu überzeugen. Doch es war ein mittelgroßer, schmal gebauter

Mann mit der dunklen Haut der Rover, der in den Raum schlich. Er sah sich gründlich um und schloss die Tür hinter sich. Den Riegel legte er nicht vor.

Bevor Quinnault zu Atem kommen und sein Versteck verlassen konnte, um den Mann zu befragen, tat der Eindringling drei große Schritte. Er zog eine lange Schnur aus der Tasche und schlang sie fest um beide Hände.

Der Rover legte die Schnur um Katies schmalen Hals, und im selben Moment stürzte Quinnault hinter dem Wandteppich hervor.

26. Kapitel

Wo steckt bloß Narbengesicht heute Nacht?, fragte sich Televarn. Die Weinschänken, in denen der Magier üblicherweise anzutreffen war, hatte er schon überprüft. Der Mann verwendete viel Zeit darauf, seine körperlichen Schmerzen im Alkohol zu ertränken. Doch heute Abend hatte er offenbar anderswo zu tun. Niemand hatte ihn gesehen.

Einige der Wirte logen. Narbengesicht war dort gewesen, aber als Televarn nach ihm fragte, war er schon fort. Er vergewisserte sich mit profanen wie mit magischen Mitteln.

In Ermangelung des Magiers beschloss Televarn, in den Palast zurückzukehren und seine Spione vor der bevorstehenden Revolution zu warnen. Er musste auch Piedro und das gesamte, riesige Waffenlager aus der Grube holen. Piedro war genau der richtige Mann, um die Gemächer der Kaalipha zu bewachen, denn er war ebenso geduldig wie rücksichtslos. Es würde ihm Vergnügen bereiten, jeden zu töten, der Yaassimas Privatgemächer ohne Erlaubnis betrat oder verließ.

Ich muss ihm nur einschärfen, weder Myrilandel noch Kalen anzurühren, rief sich Televarn ins Gedächtnis. Piedro war ebenso gefährlich wie nützlich.

Die Palastwachen durchsuchten Televarn rasch und gründlich und ließen ihn dann gehen. Der Rover schmunzelte. Er besaß mehrere Waffen aus demselben Material, das die Kaalipha für die Ketten der Sklaven verwendete. Auf diese Substanz reagierten die Stäbe nicht. Er führte immer genügend Waffen bei sich, um alle vier Torwächter zu ermorden, doch sie entdeckten sie nie.

Kaum hatte er den Hauptkorridor betreten, huschte er in

einen dunklen Seitengang, der ihn in die Halle der Gerechtigkeit und weiter hinab in die Grube führen würde. Da stolperte er über etwas Großes, Unbewegliches. Es stöhnte und versuchte, sich seinen Stiefeln zu entziehen.

Televarn sah auf eine zusammengesunkene Gestalt hinunter, deren Hände hinter dem Rücken gefesselt waren. Schwaches Fackellicht beschien Narbengewebe auf dem Gesicht des Mannes.

»Seid Ihr am Leben, Moncriith?«, fragte er. Besser, er blieb auf Abstand, bis der Mann vollständig bei Bewusstsein war. Ein einziger heftiger Verteidigungszauber, den ein halbwacher Blutmagier instinktiv warf, konnte jeden zufällig Anwesenden töten.

»Natürlich bin ich am Leben. Nimbulan hatte weder den Mumm, mich zu töten, noch mich ernsthaft zu verletzen«, sagte Moncriith und spie Erde aus. »Binde mich los.«

»Nimbulan?« Televarn lief es heiß und kalt über den Rücken. Dann hatte Kalen doch recht gehabt. Der Wasserzauber hatte jemand anders getötet.

»Ja, Nimbulan. Du hast deinen Auftrag nicht erfüllt. Ich habe nicht vor, die Kaalipha zu enttäuschen, indem ich den meinen verpatze. Mach mich los!«

»Ich kann nicht. Er hat Magie in den Strick gewoben, mit dem Eure Hände und Füße gefesselt sind.«

Die Knoten waren äußerst fachmännisch geschlungen, das Werk eines Söldners und Magiers. Narbengesicht war nicht der einzige Magier, der sich als Soldat tarnte, aber er war der Beste unter der ganzen Bande. Wenn er sich mit Nimbulan zusammengetan hatte, dann würde es heute Nacht Ärger geben. Mehr Ärger, als Televarn jemals hätte anstiften können.

Seine Pläne begannen sich in Luft aufzulösen. Vielleicht sollte er Myrilandel einfach schnappen, solange sie schlief, und mit ihr durch das Drachentor fliehen.

Nein. Er hatte zu lange und zu schwer dafür gearbeitet, Yaassima zu stürzen. Alles war bereit. Er brauchte seine Pläne nur der neuen Lage anzupassen. Vielleicht konnte er sogar das Chaos nutzen, das Nimbulans Rettungsversuche auslösen würden.

»Benutze deine Magie, um die Fesseln zu lösen!«, befahl Moncriith. »Wenn wir den richtigen Zeitpunkt wählen, wird Yaassima Nimbulan für uns hinrichten.«

»Ja. Er wird versuchen, seine Frau zu befreien. Ich kann dafür sorgen, dass Yaassima ihn entdeckt«, antwortete Televarn. Er fuhr fort, die Knoten zu untersuchen, versuchte jedoch nicht, sie zu lösen.

»Du kannst Myrilandels Zorn auf Yaassima zu deinen Gunsten ausnutzen«, argumentierte Moncriith.

»Und was habt Ihr davon? Ihr wollt doch auch Myrilandel töten.« Televarn traute Moncriith nicht. Niemand tat das.

»Ich will Rache an der Kommune der Magier nehmen, und ich will die Krone von Coronnan. Solange Nimbulan lebt und Quinnault berät, wird meine Invasion keinen Erfolg haben. Wenn du die Dämonin Myrilandel in Hanassa festhältst, brauche ich ihren Tod nicht zu suchen.«

»Ich dachte, Ihr rekrutiert für SeLenicca.« Televarn begann die Knoten zu lösen. Der Zauber, der auf ihnen lag, war hastig geworfen und leicht zu brechen.

»Ich benutze SeLenicca, genauso, wie du Yaassima benutzt hast.«

»Wir müssen unsere Pläne aufeinander abstimmen. Der richtige Zeitpunkt ist dabei alles. Nimbulan muss tot sein, bevor wir den Palast angreifen. Aber Yaassima muss noch damit beschäftigt sein, sich an seinem Blut zu ergötzen. Für gewöhnlich ist sie nach einer Hinrichtung noch eine halbe Stunde lang kaum ansprechbar.« Televarn hockte sich hin und dachte nach.

»Ich werde seinen Tod spüren.« Moncriith leckte sich die Lippen, als spüre er bereits den Geschmack des Todes.

Televarn widerstand dem Drang, sich zu bekreuzigen und einen Zauber zu werfen, um das Böse abzuwehren. Moncriith würde das als Angst – oder noch schlimmer, als Feigheit – deuten. Und er hatte nicht die Absicht, diesem äußerst gefährlichen Blutmagier gegenüber schwach und damit angreifbar zu wirken.

»Nimbulans Tod wird mein Signal sein, den Felsen am Palasttor außer Gefecht zu setzen. Vorhin habe ich das Mädchen Yaala daran arbeiten gesehen. Zum ersten Mal, seit sich Yaassima geweigert hat, sie hinzurichten, obwohl ich es ihr befohlen hatte, war das Gör zu etwas nütze. Yaala hat mir gezeigt, wie man den Stein schlafen schickt, ohne dass jemand davon erfährt. Du musst dich beeilen, Televarn. Nimbulan hat genug Zeit gehabt, mit Narbengesicht und den anderen Söldnern durch den Palast und zu Yaassimas Gemächern zu gelangen.«

»Narbengesicht schuldet mir sein Leben. Er wird uns helfen müssen. Ich habe Waffen im Palast versteckt und werde Yaassima töten, solange sie noch in Ekstase ist. Dann greift ihr mit Euren Söldnern und meinen Rovern ein. Hanassa wird mir gehören.«

»Uns.«

*

Quinnault packte den Eindringling an den Handgelenken, damit er Katies Kehle freigab. Er biss die Zähne zusammen und legte all seine Kraft und die Hebelwirkung seines hochgewachsenen Körpers in die Bewegung. Doch der Rover lehnte sich nur zurück und zog die Seidenschnur wieder fester um Katies Hals.

Ihre Augen klappten auf, und sie zerrte an der Schlinge. Aber die Fasern waren zu fein und glatt, um auch nur einen Fingernagel zwischen die Schnur und ihren empfindlichen Hals zu bekommen.

Der Rover lachte über ihre Bemühungen. Quinnault verlagerte seinen Griff. Wenn er nur den verwundbaren Nerv unter dem Arm des Mannes finden könnte! Er schloss die Augen und rief sich einen Kniff ins Gedächtnis, den ihn sein Mentor im Kloster gelehrt hatte. Manchmal musste auch ein Priester, der keine Waffen trug, sich verteidigen. Er kämpfte mit dem weiten Hemd des Mannes und der dicken Stickerei auf seiner Weste, suchte, tastete, drückte.

Da.

Die Hand des Rovers erschlaffte.

In einer einzigen panischen Bewegung entzog sich Katie ihrem Angreifer und wälzte sich aus dem Bett. Keuchend zerrte sie die Schnur herunter.

»Ruf die Wache!«, befahl Quinnault und setzte seinen Griff anders an. Dieses Mal schlang er den linken Arm um den Hals des Rovers und hielt mit dem anderen sein rechtes Handgelenk fest.

»Dein Name«, verlangte er zu wissen.

Zur Antwort lachte der Rover noch einmal.

»Du kannst mir deinen Namen jetzt nennen oder ihn später unter Folter sagen.« Er verdrehte dem Mann den Arm. Der verzog schmerzhaft das Gesicht, schwieg aber.

Quinnault zog fester. Noch den Bruchteil eines Zolls, und der Arm würde brechen.

»Mein Anführer nennt mich Piedro«, stieß der Eindringling mit zusammengebissenen Zähnen hervor.

Quinnault lockerte den Druck auf seinen Arm um eine Winzigkeit. Er war vage verblüfft darüber, dass er absolut keinen Abscheu empfand, weil er dem anderen Schmerz zufügte. Seine Priesterausbildung, die ihn gelehrt hatte, alles Leben zu schützen, schien in dem Moment, in dem Katie in Gefahr schwebte, verflogen zu sein.

»Das heißt, dass dein richtiger Name anders lautet.« Quinnault drückte wieder fester zu.

»Gilt das nicht für uns alle?« Piedro wand sich in Quinnaults festem Griff, ein verzweifelter Versuch, sich zu befreien. Doch das ließ Quinnault nicht zu. Einer der kleinen Knochen in Piedros Handgelenk verschob sich, wo er es wie ein Schraubstock umklammert hielt.

Piedro ließ den Kopf sinken und ließ seine trotzige Haltung fahren. Doch seine angespannten Schenkel verrieten, dass er noch nicht aufgegeben hatte.

»Wer hat dich geschickt?« Mit einer Kopfbewegung bedeutete er Katie, Hilfe holen zu gehen.

Doch sie stand einfach nur da. Das Bett lag zwischen ihr und ihrem Angreifer. Die winzigen Hände hatte sie vor den Hals geschlagen und tastete nach einer Verletzung. Mit weit aufgerissenen Augen starrte sie vor sich hin und bewegte lautlos die Lippen.

»Hol Hilfe, Katie. Ich kann ihn nicht ewig festhalten.« Gleichzeitig schob er Piedros Arm nach oben und verstärkte den Druck auf seine Kehle.

»Aaargh!«, brüllte Piedro vor Schmerz, als seine Schulter ausgerenkt wurde.

Endlich kam Katie in Bewegung, hastete leicht taumelnd zur Tür und riss sie auf. »Wachen!«, krächzte sie. Dann schluckte sie heftig und rief noch einmal lauter, selbstbewusster.

»Ich schätzte, du hast weniger als hundert Herzschläge Zeit, mir zu sagen, wer dich geschickt hat, bevor ich dich meinen äußerst tüchtigen Wachen übergebe. Sie sind nicht als Priester ausgebildet und hegen weniger Respekt vor dem Leben und dem Schmerz anderer als ich.« Er nahm die Kehle des Mannes fester in seinen Griff.

»Kann nicht reden, wenn Ihr mich würgt«, sagte Piedro ruhig. Zu ruhig.

»Ich lasse nicht locker. Wer hat dich angeheuert? Ich glaube nicht, dass du klug genug bist, dir so etwas selbst auszudenken.«

»Ich habe meine Gründe, Eure Braut mit dem Gürtel Eures eigenen Morgenmantels zu erwürgen, Euer Allmächtigkeit.«

»Verkneif dir den Sarkasmus. Ich weiß, wer durch eine solche Intrige gegen mein Königreich profitieren würde.« Viel zu viele Menschen. »Wer von ihnen hat dich geschickt?«

Piedro lachte, als das Getrappel schwerer Stiefel auf dem Korridor das Herannahen der Leibgarde ankündigte. »Oh, sie sind angemessen peinlich berührt darüber, dass Ihr mich mitten in einem Verbrechen ertappt habt. Ihr, den zu beschützen sie einen Eid geschworen haben. Sie hatten ja keine Ahnung, dass ich direkt an ihnen vorbeispaziert bin.«

»Ein Magier. Jetzt weiß ich, wie ich dich unschädlich machen kann. Werft ihn in den Kerker. Drei Magier sollen zusammenarbeiten, um die Tür zu versiegeln. Ich werde ihn selbst verhören. Sobald ich Zeit habe, in einer oder zwei Wochen. Wenn ihr zufällig daran denkt, könnt ihr ihm in der Zwischenzeit zu essen geben. Das lässt mir Zeit genug, einen professionellen Folterer aus Maffisto kommen zu lassen.« Quinnault starrte an die Wand und kämpfte gegen den Drang, sich ebenso rachsüchtig und gewalttätig zu gebärden, wie Kammeryl d'Astrismos es gewesen war. Nein, er würde diesen niedrigen Begierden nicht anheimfallen und Frieden und Harmonie in Coronnan durch sein eigenes schlechtes Beispiel zerstören.

Piedro leistete noch ein wenig Widerstand, als drei kräftige Wachleute ihn durch die Tür schoben, und stemmte die Füße in den Boden. »Das Gefängnis, das mich festhalten kann, ist noch nicht gebaut, Euer Hochnäsigkeit. Ich bin ein Rover.«

»Vergewissert euch, dass drei Magier seinen Kerker versiegeln. Und lasst ihn nicht allein, ehe das geschehen ist«, gab Quinnault zurück. »Sagt ihnen, sie sollen einen Zauber weben, den nicht einmal Nimbulan brechen könnte.«

»Ihr solltet Euch lieber in Eurem eigenen Haus umsehen, bevor ihr weit hergeholte Anschuldigungen vorbringt und derweil jedem Magier, Lord und Bauern in diesem Land vertraut!«, rief Piedro über die Schulter.

»Was soll das heißen?« Quinnault packte in Piedros dichtes schwarzes Haar und riss seinen Kopf zurück.

Piedro lachte. »All Eure Foltern sind nichts im Vergleich zu dem, was mein Anführer jeden Tag austeilt. Ich habe keinen Grund zu plaudern.«

*

Die Tunnel in Yaassimas Palast beschrieben ein kompliziertes Muster, das den uralten Berg durchzog. Nimbulan war nie sicher, wie oft sie schon auf demselben Weg wieder zurückgegangen waren. Alle Gänge schienen wieder zu der großen Halle zu führen, die einmal ein Simurgh-Tempel gewesen war. Jedes Mal, wenn sie sich dem Ort näherten, ließen ihn die Rückstände von Schmerz und Entsetzen, die noch in den alten Mauern verharrten, erschauern.

Myri zu finden war schwieriger, als sie erwartet hatten. Die Schnur an seinem Herzen pulsierte kräftig und regelmäßig, verriet ihm aber nicht, in welcher Richtung er nach seiner Frau suchen sollte.

Nur wenige Wachen patrouillierten durch die Korridore. Der erste, dem sie begegneten, ein dunkelhäutiger Mann in einer schlecht sitzenden Uniform, drehte Nimbulan um und wies ihnen den Weg, den sie gekommen waren, ohne dass sie ihn danach gefragt hätten. »Zur Halle der Gerechtigkeit geht es diesen Tunnel entlang. Die erste Abzweigung zur Linken und dann die zweite rechts.« Er setzte seine Runde fort, ohne sich davon zu überzeugen, ob sie seinen Anweisungen folgten. Offenbar betrachtete man sie nicht mehr als gefährlich, nachdem es ihnen gelungen war, den Palast zu betreten.

Der nächste Wachposten, der ebenfalls so dunkel war wie ein Rover und sich in seinen Kleidern nicht wohlfühlte, schickte sie in dieselbe Richtung.

»Ein Verbrecher muss gefangen worden sein, und nun werden bald ein Prozess und eine Hinrichtung stattfinden«, flüsterte Narbengesicht.

»Wir müssen Myri und die Kinder, *meine* Kinder, schnell finden.« Nimbulan blieb an der ersten Abzweigung stehen. Er genoss den Klang dieser Worte, *meine Kinder.* Entschlossen schob er sein Bedürfnis beiseite, innezuhalten und darüber zu staunen, wie viel Schönheit in einem einfachen Satz liegen konnte. Seit seinem kurzen mentalen Kontakt mit Myri konnte er endlich an diese Worte glauben. »Meine Kinder.«

»Ich weiß nicht, wo sich die Gemächer der Kaalipha befinden«, gestand Narbengesicht.

»Wir müssen uns trennen. Aber wir werden ständig in lockerem telepathischem Kontakt stehen.« Er wies die Söldner-Magier an, drei verschiedenen Tunneln zu folgen. »Rollett, ich brauche dich, um den Stein am Haupteingang unschädlich zu machen.«

Mit seiner Beobachtungsgabe hatte der junge Mann mehr von dem Inneren des hohlen Steins gesehen als Nimbulan.

»Ich vertraue darauf, dass du gründlich arbeitest und unbeobachtet bleibst, Rollett.«

»Mit Vergnügen, Meister. Ich werde dafür sorgen, dass Ihr Euch ungehindert zurückziehen könnt.« In dem Schmutz, der sich auf seinem Gesicht angesammelt hatte, blitzten seine Zähne weiß auf. Dann trat er zurück und verschmolz mit den Schatten, ein Kniff, den Nimbulan ihn gelehrt hatte.

Nimbulan und Narbengesicht gingen in einen vierten Tunnel hinein, von dem sie hätten schwören können, ihn noch nicht ausprobiert zu haben. Doch innerhalb von zwei Dutzend langen Schritten fanden sie sich erneut in der immer noch leeren Halle der Gerechtigkeit wieder.

»Wie lange soll eigentlich der Marsch zu dem Sammelpunkt in SeLenicca dauern?«, fragte Nimbulan, um sich von den Erinnerungen abzulenken, die in den Felswänden der Halle der Gerechtigkeit eingebettet lagen. Myris empathisches Talent würde sich sonst nur auf diesen entsetzlichen Raum konzentrieren und sie in einen nutzlosen Taumel des Entsetzens stürzen.

»Höchstens eine Woche. Wir sollen durch einen obskuren

Pass im Südwesten marschieren, während König Lorriin gleichzeitig durch einen Pass bei Sambol vorrückt. Rossemeyer wird erneut versuchen, eine Invasion über die Bucht durchzuführen.« Narbengesicht bedeutete nun Nimbulan, ihm in einen breiteren Gang zu folgen.

»Rossemeyer hat es vor wenigen Tagen in der Bucht probiert und die Schlacht verloren. Ich glaube nicht, dass sie noch genug Schiffe für einen neuen Versuch übrig haben.«

»Das war letzte Woche. Zwei volle Tage lang haben die Rufzauber die Luft praktisch zum Glühen gebracht. Rossemeyer brennt darauf, sein Prestige als mächtigste Kriegsnation auf Kardia Hodos wiederherzustellen. Sie werden irgendwie Schiffe und Söldner auftreiben, und wenn sie sie den Varn abkaufen müssen.«

Nimbulan lachte kurz in sich hinein. Die mythischen Varn wurden erst in fünfzig oder sechzig Jahren wieder in den Hafenstädten erwartet. Und wenn schon, sie hatten nichts zu verkaufen. Die Varn erwarben Nahrungsmittel, große Mengen an Getreide, frischem Obst und Gemüse und Vieh. Diamanten waren die einzige Währung, welche diese geheimnisvollen Wesen kannten.

Es war nicht wahrscheinlich, dass Rossemeyer bei den Varn neue Schiffe auftreiben würde – oder sonstwo.

Eine Sorge weniger. Trotzdem musste er zu Quinnault und ihn vor dieser neuen Bedrohung gegen Coronnan warnen. Nachdem er Myri gerettet hatte.

»Du sagtest, dass Yaassima auf magische Weise auf dem Podium auftaucht, nachdem alle versammelt sind?« Er sah sich auf der Bühne um, wobei er sorgfältig dem entsetzlichen Altar auswich, der davor stand.

»Der Raum ist leer. Und dann, im nächsten Moment erscheint sie in all ihrer glitzernden, kalten Schönheit.«

Nimbulan überprüfte die Gobelins, die an der Rückwand hingen. Lange, bevor er das erwartet hatte, traf er auf Widerstand. Er trat zurück und betrachtete die Perspektive der gewebten Bilder, die eine von Felsen umgebene Bergwiese zeigte. Beinahe in der Mitte schien ein Wasserfall über einen Haufen Felsbrocken zu stürzen.

Dort war er schon einmal gewesen. Dies war die Wiese, auf der Shayla, die Anführerin des Drachennimbus, Nimbulan und Myri in den Mysterien der Drachenmagie unterwiesen hatte.

Etwas stimmte nicht mit dem Winkel, in dem das Wasser in einen Bach floss, der sich über die Wiese schlängelte.

Mit einem einzigen sensibilisierten Finger berührte er die Fäden, die das Wasser darstellten. Es fiel ihm jetzt schwerer, das zu tun. Er konnte sein angeborenes Talent nur noch mit Körperkraft speisen. Sein Magen knurrte und erinnerte ihn daran, dass er Energiezufuhr brauchte, und zwar bald.

Die silbrigen Fäden des Wandteppichs teilten sich, als er den Finger darauflegte, und dann verschwand seine ganze Hand in dem Gewebe. Verblüfft trat er zurück.

»Komm her und sieh dir das an!«, rief er Narbengesicht zu. Er zupfte an den frei herabhängenden Wollfäden, aus denen sich das Bild zusammensetzte. Sie teilten sich und enthüllten einen weiteren, gewundenen Tunnel, der an einer Wendeltreppe endete.

»Ich wette, sie führt zu Yaassimas Privatgemächern«, meinte Narbengesicht. Ein Grinsen verzerrte seine sonst gerade Narbe.

Nimbulan warf einen kurzen Blick auf die Schnur an seinem Herzen, doch sie gab ihm keinen Hinweis. »Die Treppe hinauf«, flüsterte er.

Narbengesicht zuckte mit den Achseln und eilte auf das schmale Treppenhaus zu. Die Stufen waren flach und ausgetreten, ihre Ränder abgerundet und schlüpfrig. Sie wanden sich eng um einen metallenen Mittelpfosten. Feuchter Niederschlag hing an dem schwarzen Metall. Es stand schon sehr lange hier. Die Treppe wurde immer schmaler und jede Stufe höher.

»Bist du sicher, dass dies der richtige Weg ist?«, fragte Narbengesicht. Seine leise Stimme hallte in dem engen Raum wider.

»Ja.« Die Silberschnur zerrte jetzt an Nimbulan und drängte ihn, schneller zu klettern. Am anderen Ende der Schnur wartete Myri auf ihn.

Er dachte an die Tage zurück, nachdem sie ihn teilweise geheilt hatte. Fast ein Jahr war das jetzt her. Damals war die Schnur zum Leben erwacht und hatte dafür gesorgt, dass sie beieinander blieben und voneinander abhängig waren. Beide hatten sie sich darüber geärgert und angenommen, der jeweils andere versuche auf diese Weise, ihn zu kontrollieren. Nach und nach hatte sich Myri von dem anstrengenden Heilzauber erholt, und Nimbulan war so weit genesen, dass er allein zurechtkam. Doch die Schnur hatte sich nicht aufgelöst, sondern nur in die Länge gezogen. Dann hatten sie sich ineinander verliebt, und die Schnur war jeden Tag stärker geworden, so wie ihre emotionale Verbindung.

Bis sie gerissen war, nur Sekunden, bevor Shayla den Pakt zwischen Drachen und Menschen für gebrochen erklärt hatte.

Das musste der Moment gewesen sein, in dem Televarn Myri entführt hatte. Nimbulan beschleunigte seinen Schritt, obwohl sein angeschlagenes Knie und seine verrenkte Schulter schmerzten, und nahm immer zwei Treppenstufen auf einmal. Seine Beine und seine Liebe konnten ihn nicht schnell genug zu seiner Frau tragen.

Er kam um die letzte Biegung der Wendeltreppe. Vor ihm lag ein langer Korridor mit vielen Türen. Eine Tür am anderen Ende war höher und breiter als alle anderen. Schwere, beschlagene Bronzepaneele auf vergoldeten Türangeln bildeten den Eingang zur einer offenbar bedeutenden Zimmerflucht. Vor der majestätischen Tür stand ein grimmiger, schwarz gekleideter Wächter. Nimbulan zählte mindestens sechs Messer und eine Keule, die er am Leibe trug.

Der Posten reckte die Schultern und nahm eine etwas breitbeinigere Haltung ein. Seine Hände zuckten, stets bereit, nach einer Waffe zu greifen.

Abrupt blieb Nimbulan stehen und fasste seinen Stab, bereit, einen Verteidigungszauber zu schleudern. Wenn er dann die Kraft dazu aufbrachte.

Das ist Nastfa, flüsterte Narbengesicht in seinem Geist. *Er ist von der Assassinen-Gilde in Maffisto ausgestoßen worden. Dann hat Yaassima ihn als Anführer ihrer Leibgarde angeworben.*

Wahrscheinlich kennt er sechs Dutzend Arten, uns zu töten, bevor wir ihm nahe genug kommen, um einen Zauber zu schleudern, antwortete Nimbulan.

So nahe. Er war Myri so nahe. Nur noch dieses letzte Hindernis, und dann würde er sie wieder in den Armen halten.

Nastfa lächelte. Im Licht der schwach glimmenden Deckenpaneele schimmerten seine lückenlosen weißen Zahnreihen.

Nimbulans Herz pochte ihm bis zum Hals. Dieses Grinsen konnte nur bedeuten, dass Nastfa es genoss, Menschen zu töten. Warum wäre er sonst Berufskiller geworden?

Langsam hob Nastfa die Hand.

Nimbulan schlug ihn mit einem Zauber, der ihn lähmte.

Nastfas Grinsen gefror. Seine Hand blieb über einem kleinen Wurfmesser in der Luft hängen.

Nimbulan tat einen Schritt vor. Nastfa rührte sich nicht.

Die Tür hinter dem Wächter öffnete sich knarrend einen Spalt.

Nimbulan sah, wie sich Myris unglaublich lange Finger um das Türblatt legten.

»Vorsicht, das ist die Kaalipha!«, sagte Narbengesicht und zielte mit dem Ende seines eigenen Stabs auf die Tür.

»Nein, das ist meine Frau«, versicherte Nimbulan. Er schob sich an Narbengesicht vorbei und riss die Tür auf.

»Lan!« Blass und wunderschön stand Myri da, umflossen vom Licht der Deckenpaneele. Ihr fast farbloses Haar schimmerte in dem eigenartigen Licht wie eine goldene Aura.

»Myri!« Nimbulan schlug jetzt alle Vorsicht in den Wind und

stürzte auf sie zu. Mit einer einzigen fließenden Bewegung kam sie in seine Arme.

Er badete in ihrem süßen Duft – er war anders als in seiner Erinnerung, besser. Sein Herz schlug kräftiger, regelmäßiger. Das Gefühl, wieder vollständig zu sein, war noch stärker als in dem Moment, in dem er seine Gabe wieder in sich aufgenommen hatte. Alles war gut. Er beugte sich herab, um sie zu küssen, und kostete das Neue und das Vertraute an ihr aus. Ihre Kurven schmiegten sich an ihn; hier gehörten sie hin.

Er hob den Kopf, um Luft zu holen, und wollte sich dann erneut ihres Mundes bemächtigen. Sein ganzes Leben lang schien er darauf gewartet zu haben, sie so fest in den Armen zu halten.

Doch ehe er sie wieder küssen konnte, ohrfeigte sie ihn schallend. Seine Wange brannte.

»Wofür war *das* denn?« Erschrocken richtete er sich auf und sah in Myris zornige Augen. Normalerweise wiesen sie ein ganz blasses Blau auf, doch jetzt hatten sie vor Wut ihre Farbe fast ganz verloren.

»Das war dafür, dass du Powwell und Kalen im Stich gelassen hast, obwohl du versprochen hattest, ihnen zu helfen und sie zu leiten. Und das...« –, sie versetzte ihm noch eine Ohrfeige –, »... ist dafür, dass du von mir fortgegangen und mich wehrlos zurückgelassen hast. Du bist nie mehr zu mir gekommen, und ich konnte dir nicht einmal erzählen, dass ... dass ...« Tränen sammelten sich in ihren Augen, und ihre Iris nahm fast wieder ihre gewohnte Farbe an.

Ein leises Wimmern in dem Raum hinter ihnen zog seine Aufmerksamkeit auf sich. Dort stand Kalen, angekleidet und bereit zur Flucht. Sie hielt ein Baby auf dem Arm.

Nimbulan zog eine Augenbraue hoch. »Ist das Maias Kind?«, fragte er. Seine Aufgabe würde viel leichter, wenn er nach einer Person weniger suchen müsste.

»Das ist *unsere* Tochter, Nimbulan. Ich habe sie Amaranth

genannt. Hoffentlich hast du nichts dagegen«, stieß Myri wütend hervor. »Maia hat ihren kleinen Sohn verloren – er war Televarns Kind, nicht deins. Sie befindet sich im Nebenzimmer und schläft fest. Wir dürfen nicht zulassen, dass sie uns bei Yaassima verrät – vorausgesetzt, die Kaalipha wacht nach den Drogen, die ich ihr gegeben habe, jemals wieder auf – oder bei Televarn.«

Nimbulan küsste sie noch einmal lange und leidenschaftlich, bevor er wieder das Wort ergriff. »Wir müssen uns sofort auf den Weg machen.« Er bezweifelte nicht, dass Televarn, Moncriith und Yaassima sie verfolgen und versuchen würden, sie zu töten.

»Wir müssen noch Powwell aus der Grube holen«, erinnerte ihn Myri.

Nimbulan raubte ihr noch einen raschen Kuss, um seine Zweifel am Ausgang dieses Unternehmens zu betäuben. Er vertraute darauf, dass Rollett das Tor sichern konnte. Sobald sie die Stadt hinter sich gelassen hatten, konnte Myri die Drachen rufen. Dann musste Shayla den Pakt wiederherstellen.

»Wie herzig. Die Liebenden sind wieder vereint, gerade rechtzeitig, um gemeinsam zu sterben«, ließ sich Yaassima vernehmen, die aus einem der Räume auftauchte. Neben ihr stand Televarn. Er hatte einen Arm um die taumelnde Frau gelegt, um sie zu stützen. In der anderen Hand hielt er einen hübschen Becher aus zartem Porzellan.

»Du hättest bei dem Schlaftrunk wirklich deine eigene Magie einsetzen sollen, Myrilandel. Meine Mixturen sind so leicht zu neutralisieren«, sagte der Rover Anführer. Sein breites Grinsen wollte gar nicht zu seinen Worten passen. »Narbengesicht, nimm dem Magier seine Waffen ab, und weck den verräterischen Wachposten. Wir geben ein Fest in der Halle der Gerechtigkeit.«

27. Kapitel

Televarn stützte Yaassima auf dem Weg, der von ihren Gemächern in die Halle der Gerechtigkeit führte. Immer wieder schepperte die Glocke laut und rief die ganze Stadt, dem Urteil beizuwohnen. Maia stolperte hinter ihnen dahin, und Narbengesicht und die Wachen trieben Myri, Nimbulan und Kalen vor sich her. *Warum schleppte Narbengesicht noch immer Nimbulans Stab mit?*, überlegte Televarn. Er hätte sich des machtvollen Instruments lieber entledigen sollen, statt es in der Nähe des Magiers herumzutragen, so nahe, dass Nimbulan in der Lage gewesen wäre, ihn innerhalb einer Sekunde zu ergreifen und zu gebrauchen.

Narbengesicht zahlt seine Schulden. Vor allem, da er mir sein Leben verdankt, rief sich Televarn ins Gedächtnis. *Er würde es nicht wagen, mich zu verraten. Ich sollte mir keine Sorgen machen.* Trotzdem wünschte er, der Stab wäre anderswo untergebracht. Er brauchte jemanden, der zwischen Narbengesicht und Nimbulan ging.

Der Wachposten, Nastfa, befand sich immer noch in seiner durch Nimbulans Zauber ausgelösten Erstarrung und war Televarn zu nichts nütze.

Schon seit der Wachmann vor sechs Jahren nach Hanassa gekommen war, wusste Televarn, dass er für den König von Maffisto spionierte. Ihm war unerfindlich, warum Yaassima ihm noch nicht auf die Schliche gekommen war. Vielleicht glaubte sie, Nastfa hätte seine Loyalität auf sie übertragen. Oder ihre Arroganz machte sie blind für den Gedanken, dass sich in ihren eigenen Reihen Spione und Verräter befinden könnten.

Im Moment war er nicht in der Lage, Nastfa die Heimkehr in sein Land anzubieten, wenn er und seine Männer zusammen mit den Rovern gegen Yaassima rebellierten. Jedenfalls nicht, bevor er aus seiner Trance erwachte. Und er konnte ihm das Angebot auch nicht vor der Kaalipha machen.

Geduld, mahnte er sich. Alles würde sich fügen. *Geduld.*

Auf dem Weg zur Halle der Gerechtigkeit stolperte Yaassima häufig und fluchte bei jedem falschen Schritt. Bis sie die Hintertür zu der kreisförmigen Halle erreicht hatten, konnte sie fast wieder allein stehen. Doch Televarn hielt den Arm weiter um sie gelegt. Es konnte ihm nur nützen, wenn sie schwach und abhängig von ihm war.

»Ich werde dich dafür belohnen, dass du mir Nimbulan ausgeliefert hast, Televarn. Aber nicht mit der Frau, so wie du es verlangt hast. Sie hat meine Gesetze gebrochen und muss zusammen mit dem Mann, den sie ihren Gatten nennt, sterben.« Yaassima bemühte sich, aufrecht und ohne Hilfe zu stehen.

Televarn verlagerte seinen Griff, um ihr das Laufen zu erschweren. Sie war ziemlich groß – noch größer als Myri, die Auge in Auge mit ihm stand. Er hatte das Gefühl, dass ihr Gewicht ihm die Schulter auskugelte.

»Was ist mit dem Kind?«, fragte Televarn beiläufig, als bedeute es ihm nichts, ob Myrilandel lebte oder starb. Er änderte den Rhythmus seines Gangs und setzte die Füße unregelmäßig auf, damit sich Yaassima auf ihre Schritte konzentrieren musste statt auf ihre Pläne.

»Hanassa ist meine Erbin. Ich werde sie richtig ausbilden, damit sie die Macht handhaben kann, die uns von den Drachen verliehen wurde. Jetzt ist mir klar, dass sich Myrilandel viel zu stark in die Erziehung des Kindes einmischen würde. Sie muss sterben.« Yaassima schüttelte seinen Arm ab und reckte ihren langen, mit Wirbelfortsätzen besetzten Rücken. Wütend starrte sie ihn an, als hätte sie seine Absichten erraten. Aber sie sprach ihn nicht darauf an. »Öffne mir die Tür, Televarn. Ich muss vor meinem Volke Recht sprechen.«

Hunderte von Menschen würden der Hinrichtung beiwohnen. Televarn hatte dafür gesorgt, dass seine Agenten die Bevölkerung und die Palastbewohner aufstachelten, während er selbst auf einem geheimen Weg in Yaassimas Gemächer gekrochen war. Einige der Tunnel, durch die er sich bewegt hatte, kannte nicht einmal die Kaalipha. Und ganz sicher wusste sie nichts von der Öffnung in der Innenwand ihres Bads, die sich hinter dem Kübel für die Schmutzwäsche befand. Maia hatte den Durchgang erst gestern entdeckt, als sie in einem Wutanfall den Kübel umgeworfen hatte.

Maias unkontrollierte Gedanken waren sogar auf größere Entfernung leicht zu lesen.

»Nimbulan muss zuerst sterben, Yaassima.« Televarn versuchte, nicht allzu flehend zu klingen. »Myrilandel muss ihn sterben sehen und wissen, dass sie alles selbst über sich gebracht hat.«

»Ja. Sie soll leiden, wenn sie ihn sterben sieht. Ich verleihe dir das Vorrecht, ihren Kopf zu halten, damit sie sich nicht abwenden kann.« Yaassima schüttelte die letzten Auswirkungen des Schlaftrunks ab.

Televarn lächelte in sich hinein. Die Kaalipha ahnte ja nicht, dass ihr Geist durch die Drogen und Zaubersprüche, die er eingesetzt hatte, um das Gift zu neutralisieren, weit offen und empfänglich für seine Eingebungen war. Und die überwältigende Ekstase, die sie nach einer Hinrichtung stets überkam, würde ihren Untergang besiegeln. Ein echter Blutmagier wie Moncriith bezog Kraft aus Blut und Tod, aber Yaassima nicht. Sie benutzte sie wie Sex, um ihre bizarren Begierden zu befriedigen. Wenn sie die Hände in Nimbulans Blut tauchte, würde sie nicht in der Lage sein, sich gegen Televarns vergiftete Klinge zu wehren.

Yaassima trat durch die schmale Bronzetür, eine verkleinerte Ausgabe der Türflügel vor ihren Privatgemächern. Als die Tür aufschwang, flammte Licht auf, Rauch wirbelte und Donner grollte. Die Zuschauer verstummten und keuchten dann ehrfürchtig auf, als die Kaalipha von Hanassa, Nachfahrin von Drachen, durch den Wandteppich schritt und wie durch Magie auf dem Podium erschien.

»Ich werde ihr das Geheimnis dieses Tricks entreißen, bevor sie stirbt«, murmelte Televarn, während er Yaassima folgte. Zusammen mit dem Publikum sah er zu, wie Narbengesicht und ein Gefolge aus Söldnern Myrilandel und Nimbulan durch die andere Tür unterhalb der Bühne eskortierten. Die beiden hielten sich an den Händen und schauten stolz vor sich hin. Kalen stolperte laut schluchzend hinter ihnen her. Sie hielt das Baby an die Brust gepresst und klammerte sich an das schreiende Bündel, als hinge ihr Leben davon ab. Doch ihr unschuldig aussehendes Gesicht wurde von keiner Träne verunziert. Wiggles hatte seinen knochenlos wirkenden Körper um ihren Hals geschlungen wie einen Pelzkragen. Nur seine Nase zuckte und beschnüffelte anscheinend das Kind, das Kalen so fest an sich drückte – ein sicheres Anzeichen dafür, dass das Tier mit Kalen kommunizierte. Auf die kleine Gruppe folgten Mitglieder von Yaassimas Leibgarde, die in Schwarz gekleidet waren und die Blicke fest auf den Boden richteten. Er hatte keine Zeit, sich Gedanken über Nastfa zu machen.

Hinter ihnen huschte Maia herein und ließ den Blick über die dunklen Ecken der Halle der Gerechtigkeit gleiten. Televarn bezweifelte, dass Yaassima sie überhaupt wahrnahm, denn der hasserfüllte Blick der Kaalipha war unverwandt auf Myrilandel gerichtet.

»Nimbulan, Magier aus Coronnan, du hast dich verschworen, mir meinen kostbarsten Besitz zu rauben, meine Erbin und mein Kind«, erklärte Yaassima. »Myrilandel, du hast dich mit diesem fremden Magier verbündet und wolltest dein wahres Erbe aufgeben. Und ich habe dich aufgenommen, wie eine Tochter behandelt und dein Kind zu meiner Erbin gemacht!« Ihr Gesicht verzerrte sich wie unter Seelenqualen.

Televarn fragte sich, ob die Empörung und die Erschütterung über den Verrat, die sie zur Schau stellte, echt waren. Yaassima gab niemals Gefühlen nach, wenn sie keinen Nutzen daraus ziehen konnte.

»Hat einer von euch noch etwas zu sagen, bevor ich euch gesetzmäßig durch Abschlagen des Kopfes hinrichte?« Yaassima hatte ihre Haltung wiedergewonnen und starrte ihre Gefangenen wütend an.

»Wenn ich Euch einen Bluteid darauf leiste, Eure gehorsame Erbin zu sein und mein Kind im Sinne des Drachenerbes von Hanassa aufziehe, lasst Ihr meinen Gatten dann leben?«, fragte Myri hoch erhobenen Hauptes, stolz und trotzig.

Nie hatte Televarn sie mehr begehrt. Ihre Kraft und ihr Mut waren der Rover-Königinnen aus der Legende würdig. Wenn sie an seiner Seite wäre, könnte er die Welt regieren.

»Nein, Nimbulan muss sterben!«, zischte Televarn Yaassima ins Ohr. Der Magier musste ein für alle Mal unschädlich gemacht werden. Sonst würde Moncriith nicht wissen, wann der Zeitpunkt für seinen Angriff gekommen war. Myri würde niemals ihm gehören, solange sie noch durch ihr Ehegelübde an Nimbulan gebunden war.

»Bist du dir sicher, dass du das tun willst, Myri?«, fragte Nimbulan. Zärtlich legte er einen Finger unter ihr Kinn und zog ihr Gesicht auf sich zu. Sie schien unter seiner Berührung dahinzuschmelzen.

»Ich würde alles tun, um dein Leben zu retten, Liebster, obwohl ich immer noch zornig bin, weil du mich und die Kinder im Stich gelassen hast. Aber ich liebe dich.« Myri küsste seine Handfläche. Ihre Unterlippe zitterte, und Tränen rannen aus ihren schönen Augen.

Vor Zorn darüber, dass sie diesem *Nimbulan* gegenüber so tiefe Gefühle zeigte, erglühten Televarns Gesicht und seine Brust. Nimbulan, der alternde Magier, der die Macht seiner Kommune aufgegeben hatte, der sich weigerte, Coronnan zu führen, und hinter einem König stand, obwohl er selbst ein König hätte sein können, der mehr Macht auf sich vereinte als drei Monarchen im Rest von Kardia Hodos.

»Er ist ein wimmernder Schwächling, Myrilandel. Warum vergeudest du deine Liebe an ihn, wenn du …« In der letzten Sekunde verschluckte Televarn die Worte, die seine wahren Absichten verraten hätten.

»Du liebst sie ebenfalls!« Yaassima riss die Augen weit auf; ihre farblosen Tiefen nahmen einen dunklen Purpurton an, der nichts Gutes für ihn verhieß.

»Genau wie du, Yaassima. Du brennst ebenso stark wie ich darauf, sie in dein Bett zu holen. Töte Nimbulan, und wir können sie uns teilen.«

»Eine ausgezeichnete Idee. Aber ich teile das, was mein ist, nicht mit anderen, Televarn. Bringt die Magier in die Grube, und nehmt auch Nastfa und Golin mit, denn ich sehe, dass sie sich hinter ihren Gefährten verstecken. Ich möchte mich vergewissern, dass sie lange leiden, bevor sie sterben.«

»Unmöglich! Nimbulan muss *jetzt* sterben!«, schrie Televarn. »Wenn er lebt, sind alle meine Pläne zunichte gemacht! Tötet ihn!« Er rammte Yaassima sein Messer in den Rücken und bedeutete seinen Anhängern, mit seinem Rivalen genauso zu verfahren.

*

Zwei Dutzend Rover warfen die Kapuzenumhänge ab, unter denen sie sich verborgen gehalten hatten, und zogen in einer einzigen Bewegung ihre Schwerter. Yaassimas Wachen reagierten rasch und zückten in stummer Herausforderung ihrerseits die Waffen.

Mit einem Mal hallten Schreie, Ausrufe und das Klirren von Waffen durch die Halle der Gerechtigkeit. Myri entriss Kalen das

Baby, sie musste sich vergewissern, dass Amaranth in Sicherheit war. Von dem abrupten Gefühlsumschwung drehte sich ihr der Kopf, und ihre Knie wurden weich vor Erleichterung, als sie sah, wie Yaassima unter Televarns Messer zusammenbrach. Zugleich flammte ihre Heilergabe in ihr auf und versuchte, sie zu dem Opfer zu ziehen, damit sie Yaassima heilte.

Er hat zwischen zwei Rippen getroffen. Die Wunde ist nicht tödlich. Televarn hat schlecht gezielt. Sie schob die schmerzhafte Verletzung aus ihrem Bewusstsein. Yaassima würde auch ohne Myris Hilfe überleben.

»Lauft, ihr beide«, wies Narbengesicht sie an und warf Nimbulan seinen Stab zu. Mit seinem eigenen wehrte er die Attacke eines Rovers ab. Drei rasche Bewegungen, und der Angreifer taumelte zurück und stolperte über einen der Elitewachen. In dem Knäuel, das ihre Gliedmaßen und Waffen bildeten, kamen weitere Männer zu Fall.

Myris Gabe übermittelte ihr den Schmerz, den einer von ihnen durch einen Faustschlag fühlte, auf ihr eigenes Kinn. Sie beugte sich nach vorn, um nicht zu stürzen.

Nimbulan wehrte mit seinem Stab und den Fäusten einen weiteren Rover ab.

Er steckte einen Schlag gegen die Schläfe ein, der auch Myris Kopf zum Pochen brachte. Sie drückte das Kind fester an sich und versuchte, ihre Gabe zu blockieren. So fest biss sie die Zähne zusammen, dass ihr Kiefer schmerzte. Sie konzentrierte sich darauf, sich von innen in die Wangen zu beißen, um nicht an die chaotischen Emotionen zu denken, die sie umgaben.

Nimbulan schlang einen Arm um ihre Taille und hielt sie aufrecht. Die Wärme seines Körpers und die Kraft der Schnur, die zwischen ihnen pulsierte, schenkten ihr ein gewisses Maß an Stärke und Stabilität.

Auf dem Podium rangen Televarn und Yaassima miteinander. Die Kaalipha zerkratzte mit ihren klauenähnlichen Fingernägeln das Gesicht des Rovers, während Televarn gegen ihr Kinn drückte und sie verzweifelt daran zu hindern versuchte, ihm die Augen auszukratzen.

Myri schrie vor Schmerz auf, als er die Klinge in Yaassimas Rücken drehte – genau, wie er vor über einem Jahr das Messer gedreht hatte, das in Nimbulans Rücken steckte.

Leben und Tod hielten sich die Waage. Vor Myri breitete sich die Leere aus. Sie gebot sich Einhalt. Yaassima zu retten würde ihr weder Freiheit noch Ruhe für die Kinder und sich selbst einbringen. Sie musste sich bewusst von einem Lebewesen abwenden, das ihrer Heilkräfte bedurfte.

Plötzlich riss die Kaalipha das blutige Messer aus ihrem Körper und stieß Televarn die Klinge in die Kehle. Schrill und durchdringend übertönte ihr höhnisches Gelächter den chaotischen Kampflärm Dutzender anderer Zweikämpfe. Triumphierend zog sie die Waffe heraus und drehte sie dabei. Dann senkte sie das Messer tief in Televarns Herz.

»Es braucht mehr als einen vergifteten Dolch, um einen Drachen zu töten«, spottete Yaassima.

Myri wich abrupt die Luft aus der Lunge, als ihre Gabe zwischen Yaassima und Televarn hin- und hersprang.

Sie musste fort von hier, ehe noch jemand den Tod fand und sie mit sich in die Leere riss.

»Bringt mir mein Kind! Gebt mir Hanassa zurück!«, schrie Yaassima an jeden gerichtet, der sie hören konnte.

Ein Wachposten stürzte sich auf das kostbare Bündel, das Myri in den Armen trug.

Sie wich zur Seite aus, doch er kam erneut zwei Schritte näher und streckte die Arme aus, um das Kind zu ergreifen.

»Niemand wird mir mein Kind wegnehmen!«, schrie Myri, fuhr herum und trat um sich. Ihr Fuß landete mitten in der Magengrube des Mannes.

»Ufff«, stöhnte er, stieß die Luft aus und blieb verblüfft stehen.

Triumph darüber, dass sie ihr Kind hatte schützen können, überschattete Myris Empathie mit dem Schmerz des Mannes.

»Hier entlang.« Kalen zupfte an ihrem Ärmel. »Wir müssen Powwell retten.« Die vorgetäuschte großäugige Unschuld, die sie zur Schau stellte, seit Myri sie geweckt hatte, war verschwunden. Nur Verzweiflung stand in ihrem Blick. Ihr Frettchen zwitscherte nervös an ihrer Schulter.

»Geh voran, Kalen.« Nimbulan schlug einen schwarz gekleideten Palastwächter mit seinem Stab ohnmächtig. Mit der freien Hand bedeutete er ihnen, zur inneren Tür zu laufen.

»Nicht da entlang!«, rief Narbengesicht hinter ihnen. »Rollett hat das Tor freigemacht. Wir können die Stadt verlassen.« Er wies auf den Ausgang, der aus dem Palast hinausführte.

»Nicht ohne unseren Sohn«, entgegnete Nimbulan. Er entbot Narbengesicht einen Gruß. »Sag Rollett, dass wir bald zu ihm stoßen.« Er ließ seinen Stab ein paarmal hinabsausen und machte so einen Weg für Myri und Kalen frei.

Narbengesicht zuckte mit den Achseln und folgte ihnen. Maia packte ihn am Arm. »Ihr müsst mich beschützen. Meine Leute werden mich töten, wenn ich ihnen das Kind nicht bringe!«, rief sie keuchend, während sie versuchte, mit ihm Schritt zu halten.

Zögernd nickte Myri ihr zu; sie wusste, dass Maia die Wahrheit sagte. Aber sie würde die Frau im Auge behalten müssen. Sie durfte keine Gelegenheit bekommen, ihr Amaranth zu stehlen.

Narbengesicht schaltete einen übereifrigen Rover aus, der mit seinem Wurfmesser auf Nimbulan gezielt hatte, jetzt aber Maia anvisierte. »Dann komm; aber wenn du uns verrätst, töte ich dich mit meinen eigenen Händen«, knurrte er und stieg über einen der schwarz gewandeten Wachmann hinweg.

Der Schmerz und die Angst, die auf Myri eindrangen, wichen zurück, als sie sich von den etwa zwei Dutzend Einzelkämpfen, die in der Halle der Gerechtigkeit im Gange waren, entfernte. Niemand schien so recht zu wissen, gegen wen oder wofür er kämpfte.

Als sie Nastfa, Golin und einige der anderen schwarz gekleideten Leibwachen zuletzt gesehen hatte, hatten sie zusammen mit den Rovern gegen Yaassimas treuere Gefolgsleute gekämpft. Dann hatten Moncriith und seine Anhänger eingegriffen und Nastfa von hinten überrascht.

Lebt wohl, und danke!, dachte Myri, an die Adresse ihres tapferen Verbündeten gerichtet. *Flieht durch das Tor, wenn Ihr könnt. Fragt nach Rollett, er wird Euch durchlassen.*

Zusammen mit ihren Gefährten rannte sie durch die verschlungenen Tunnel des Palastinneren. Ihre Sinne beharrten darauf, dass der Weg ihr vertraut war, obwohl sie noch nie in diesem Teil der Anlage gewesen war. Oder doch?

Sie hatte keine Zeit, darüber nachzudenken. Sie musste Powwell finden und Hanassa verlassen, und zwar jetzt, bevor die Wachen zur Besinnung kamen und die Tore schlossen.

Hinunter, hinunter ins Herz des Vulkans führte ihr Weg. Es wurde immer heißer.

Auch Nimbulan schwitzte. Amaranth zappelte und trat gegen ihre Decken.

Die Dunkelheit schien auf Myris Augenlider zu drücken. Nimbulan ließ beruhigendes grünes Hexenlicht am Ende seines Stabs aufflammen.

Kalen kannte sich offensichtlich aus. In dieser Angelegenheit vertraute Myri ihr. Kalen liebte Powwell so sehr wie nichts und niemanden sonst in diesem Leben.

Die Tunnel strahlten jetzt ein unheiliges rötliches Glühen aus. Myri strauchelte und hielt sich an der Felswand fest. Die Steine strahlten eine Hitze aus, die durch ihre Kleider drang.

Sie empfand plötzlich Druck im Rücken: Ein Dutzend oder mehr Männer verfolgten sie. In ihrer Verzweiflung versuchten sie, die Flüchtenden aufzuhalten, um sich nicht Yaassimas Zorn zuzuziehen.

Myri rannte schneller. Immer tiefer ging es, und es wurde heißer. Der Mund wurde ihr trocken. Das Kind schlummerte unruhig.

Endlich erschien ein Licht am Ende des Tunnels. Ein rotes, pulsierendes Licht, das hell aufleuchtete, um dann wieder um ein Weniges zu verblassen. Nach der Dunkelheit in den Tunneln hatte Myri das Gefühl, direkt in die Sonne zu sehen.

»Dort beginnt die Grube«, erklärte Kalen. Sie wies auf ein gewaltiges Tor aus gekreuzten Gitterstäben, das unmittelbar vor ihnen lag. Hinter ihnen hallten Schritte und Geschrei von den Tunnelwänden wider: viele Männer, die schwere Stiefel trugen. Myri nahm ihren Zorn wahr.

»Sie wollen uns töten«, keuchte sie.

Sie taumelten voran. Nimbulan und Narbengesicht machten sich an dem Schloss zu schaffen. Endlich sprengte ein magischer Blitz, der aus Nimbulans Stab schoss, den Riegel.

»Rollett hatte recht. Wenn man das Magnetfeld zerstört, gibt alles andere ebenfalls nach«, meinte Nimbulan mit einem schiefen Lächeln.

Sie alle rannten weiter. Nimbulan schloss das Tor hinter ihnen und verriegelte es auf magische Weise. Myri hoffte nur, dass der Zauber den mit Magie begabten Schlüsseln von Yaassimas Männern standhalten würde.

Nachdem sie ein Dutzend Schritte gemacht und eine Biegung umrundet hatten, lag eine weitläufige Höhle vor ihnen. Abrupt kam die Gruppe zum Halten.

Dutzende in schmutzige Lumpen gekleidete Menschen drehten sich um und starrten sie an. Einige hielten bizarre Metallwerkzeuge in den Händen. Andere schöpften Wasser aus einem nach Schwefel riechenden Bach. Ein paar lungerten auf groben Lagern herum, die ebenfalls aus Lumpen bestanden, und starrten teilnahmslos einen leeren Topf an, der in einer Nische stand und an dessen Griff ein Seil festgemacht war.

Sechs schwarz gekleidete Wachleute saßen in einer gegenüberliegenden Ecke der Höhle und würfelten. Sie warfen den Neuankömmlingen einen kurzen Blick zu und widmeten sich dann wieder ihrem Spiel.

Ein lautes, stampfendes Geräusch im Hintergrund drang unangenehm auf Myris Sinne ein. Von ihren Ohren ausgehend schoss ein scharfer Schmerz durch ihre Augen. Sie spürte, dass Nimbulan und Narbengesicht ebenfalls zusammenzuckten. Amaranth wimmerte. Sie war zu erschöpft von der Hitze, um laut zu weinen.

Maia schien die Temperatur und den Höllenlärm als naturgegeben hinzunehmen. Ob sie schon einmal hier gewesen war? Angeblich war es noch nie jemandem gelungen, die Grube lebend zu verlassen.

Die allgemeine Hoffnungslosigkeit und Resignation drückten Myri nieder. Die Menschen, die man in die Grube geschickt hatte, schleppten sich durch ihre Tage und warteten nur darauf, dass der Tod sie von Hitze und Schwerarbeit erlöste. Die Wachen dachten einzig und allein an das Ende ihrer Schicht. Hier unten gab es etwas, das sie fast ebenso sehr oder noch stärker fürchteten als Yaassima.

Myri schickte ihre Sinne aus und zählte die Lebewesen, die sie antraf. Hunderte verzweifelter Persönlichkeiten, die sie mit ihrem Talent nicht auseinanderhalten konnte, verschwammen miteinander.

»Ich kann Powwell nicht fühlen!«, schrie Kalen. »Ich kann ihn nirgendwo in der Grube finden!«

28. Kapitel

Das Gebrüll von Männern und das Klirren ihrer Waffen, mit denen sie gegen das Tor schlugen, hallten durch die Tunnel. Nimbulan hoffte nur, dass das Schloss ihnen standhalten würde.

»Powwell!« Kalen rannte in einen Seitentunnel und rief ängstlich nach ihm.

Myri setzte sich in eine andere Richtung in Bewegung und schickte ihre Sinne aus, so weit sie konnte.

Nimbulan zog sie zurück. »Wir können es uns nicht erlauben, planlos nach ihm zu suchen. Entweder machen wir das richtig oder wir finden nie hier heraus. Kommt zurück, Kalen und Myri. Wir müssen einen Plan schmieden!«

»Ich bin fest entschlossen, die Grube wieder zu verlassen, und wenn nur aus dem einzigen Grund, dass ich es dir heimzahlen will, mich und die Kinder verlassen zu haben, Liebster«, gab Myri zurück. Ein schiefes Lächeln milderte ihre harten Worte.

Kalen kehrte mürrisch zurück und schüttelte Myris zärtliche Berührung stirnrunzelnd ab.

Nimbulan bezweifelte nicht, dass Myri ihm seine Pflichtvergessenheit für den Rest seines Lebens vorwerfen würde, und er gelobte sich in diesem Moment, jede Kränkung, die er ihr seit ihrer ersten Begegnung zugefügt hatte, wiedergutzumachen. »Ich liebe dich auch. Aber jetzt bleibt beide bei uns, Myri und Kalen, und lasst uns überlegen, wie wir am besten aus diesem Höllenloch fliehen.«

»Wo sind Powwell und Yaala?«, verlangte Nimbulan von den Gefangenen zu wissen. Er setzte die Kommandostimme ein, die er sonst nur auf dem Schlachtfeld gebrauchte.

Die Bewohner der Grube wandten sich wieder ihren jeweiligen Beschäftigungen zu, ohne ihn einer Antwort zu würdigen. Die Wachen schienen sich noch tiefer in ihre privaten Gedanken und Ängste zurückzuziehen.

»Jemand hat die Kaalipha mit einem Messer angegriffen. In der Halle der Gerechtigkeit ist ein Aufstand im Gange. Ihr seid frei. Wir können euch das Tor öffnen«, setzte Kalen hinzu.

Zwei Männer, die in der Nähe des Höhleneingangs fremdartige Metallwerkzeuge ölten, sahen hoch. Interesse blitzte in ihren Augen auf. Zwei weitere Männer huschten verstohlen in den Tunnel, der zum Tor führte.

»Da sind bewaffnete Männer, die mit jeder Sekunde näher kommen. Sagt uns, wo wir Powwell finden, und wir helfen euch bei eurer Verteidigung«, fuhr Nimbulan fort.

Einige der Insassen hatten ihm zugehört und kamen apathisch in die zentrale Höhle geschlichen. Auch die Wachen sahen auf, in ihren Augen glomm vages Interesse und etwas wie … Hoffnung.

»Powwell!«, schrie Kalen.

»Pwl, pwl, pwl«, warfen die Höhlenwände das Echo zurück.

»Folgt diesen Leuten in die nächste Höhle.« Narbengesicht gestikulierte mit seinem Stab. »Wir müssen uns ein Versteck suchen. Die Wachen dürften das Tor jede Minute aufbrechen. Normalerweise wagen sie sich nicht weiter vor, aber ich glaube, dieses Mal werden sie es tun.«

»Hat jemand gesehen, was aus Golin und aus Nastfa geworden ist?«, fragte Myri. »Sie haben mir geholfen. Wenn sie die Anführer dieser Wachen sind, wird uns nichts geschehen.«

»Sie sind hartgesottene Killer, Myri. Ihr Los liegt in ihren eigenen Händen und geht uns nichts an«, meinte Nimbulan und zog sie weiter vom Eingang weg.

Aus seiner fadenscheinigen schwarzen Robe band er eine Trageschlinge für das Baby und fühlte sich kurzzeitig erleichtert, als der Hitzestau auf seiner Haut nachließ. Nicht lange und sie würden alle nach und nach ihre Winterkleidung abwerfen.

Als er Myri die Schlaufe um den Hals legte, warf er einen kurzen Blick in das winzige rote Gesicht, das in missmutige Falten gelegt war, und war fast gelähmt von dem ehrfürchtigen Staunen, das ihn ergriff. Er hatte einen Anteil daran gehabt, diesen winzigen Lebensfunken zu schaffen!

Mit dem Finger fuhr er an der Wange des Kindes entlang. Auf der Suche nach Trost und Nahrung schmiegte sich Amaranth in seine Liebkosung und schwenkte vor Freude die winzigen Fäustchen.

Eine Woge besitzergreifender Liebe stieg in ihm auf. »Meine Tochter. Wir haben eine Tochter.« Endlich sah er Myri in die Augen und suchte dort nach der Bestätigung, dass dies wirklich sein Kind war. Seine Frau lächelte, und die Zeit schien um sie herum stillzustehen.

»Du hattest auch einen Sohn«, warf Maia trotzig ein. Sie kreuzte die Arme vor der Brust und zog die Schultern nach vorn. »Aber er ist gestorben, ehe er einen ganzen Monat alt war. Vielleicht hätte er ja überlebt, wenn du mich mit in die Stadt genommen hättest. Manche Krankheiten in Hanassa töten die Unschuldigen und verschonen die Gesetzlosen und Außenseiter.«

Nimbulan empfand Mitleid mit ihr. Sie war ebenso Televarns Opfer wie Myri.

»Keine von euch hat mir von meinen Kindern erzählt«, entgegnete er. Verhaltener Zorn schlich sich in seinen Tonfall. »Da ich nichts von ihrer Existenz wusste, konnte ich meine Verantwortung auch nicht wahrnehmen.«

Betrachtete auch nur eine der Frauen ihn als fähig, bei der Erziehung der Kinder mitzuhelfen? Der Gedanke, dass Rollett der einzige junge Mensch war, an dessen Erziehung er erfolgreich mitgewirkt hatte, lastete schwer auf seinen Schultern – er hatte nur ein paar Monate mit Powwell verbracht, und mit Kalen hatte er gar nicht zusammengelebt. Er hoffte, dass Rollett am Tor zurechtkam und es so lange halten konnte, bis Nimbulan mit seiner bunt durcheinandergewürfelten Truppe dort eintraf.

Rasch schickte er seinem Gesellen eine telepathische Nachricht, doch sein Geist nahm nur Verwirrung wahr, keine spezifische Identität. Vielleicht wurde sein Talent durch die große Tiefe, in der sich das Höhlensystem befand, und durch die Konfiguration der Felsen blockiert.

»Du warst nicht da, also konnten wir dir weder von den Kindern noch von sonst etwas erzählen«, meinten die beiden Frauen wie aus einem Munde.

»Wenn ich davon erfahren hätte, wäre ich gekommen.«

»Hmmpf«, schnaubte Myri und konzentrierte sich auf ihr zappelndes Kind.

Maia wandte beiden den Rücken zu.

»Ich verspreche, euch beide zu beschützen«, erklärte Nimbulan den Frauen. »Euch und die Kinder.« Ein starker Drang, diese Menschen zu beschützen, die zu ihm gehörten, stieg in ihm auf.

»Du wirst später noch genug Zeit haben, den stolzen Papa zu spielen«, meinte Narbengesicht und schob ihn voran. »Wir müssen von hier verschwinden, ob mit dem Jungen, den ihr sucht, oder ohne ihn.«

Als sie durch einen langen, engen Tunnel in die nächste Höhle gingen, wurde das Stampfen lauter. Nimbulan widerstand dem Drang, sich die Ohren zuzuhalten. Er musste jedes Geräusch aufnehmen, sonst entging ihm möglicherweise eine Spur, die zu Powwell führte.

Hinter der Schwelle dieser Höhle befand sich ein riesenhaftes schwarzes Metallungeheuer, das schepperte und rülpste. *Jeek, kusch, kusch. Jeek, kusch, kusch.* Lange, dicke Tentakel liefen vom Boden aus in das Untier hinein und erstreckten sich bis zu winzigen Tunneln, die hoch oben in der Wand saßen. Nimbulan fühlte sich an die Masse fadendünner Tentakel erinnert, die er im Inneren des hohlen Felsbrockens am Tor gesehen hatte.

»Was ist das für ein Aufruhr?« Die Frau, die Narbengesicht

Yaala genannt hatte, kam aus einer weiteren Höhle, die tiefer im Inneren des Vulkans lag, auf sie zu.

Ein älterer Mann, der wie eine Vogelscheuche wirkte, wies stumm in die Richtung, wo sich das Tor und die Wachen befanden. Als Yaassimas Männer hörten, wie sich ihre Kameraden geräuschvoll näherten, rappelten sie sich auf und bemühten sich, alarmierte, besorgte Mienen aufzusetzen. Yaala sah zu den Neuankömmlingen auf. Ein verwirrter Ausdruck huschte über ihr Gesicht.

»Seid ihr neue Gefangene? Ich habe noch nie erlebt, dass Yaassima ein Baby hier herunterschickt«, sagte sie und trat auf Myri zu.

»Wir sind auf der Flucht vor der Kaalipha«, sprach Nimbulan sie an. »Aber ohne Powwell können wir nicht fort.«

»Ihr könnt Yaassima nicht entkommen.« Sie zuckte mit einer Schulter und wandte sich wieder der inneren Höhle zu.

»Yaassima ist tot«, beharrte Kalen. »Wir haben gesehen, wie Televarn sie mit einem vergifteten Messer erstochen hat.«

»Wirklich?« Yaala drehte sich wieder um; ihre Miene zeigte lebhaftes Interesse. In diesem Moment bemerkte Nimbulan ihre drachenähnlichen Züge, die lange, gerade Nase und die hohe Stirn. Aber ihre Finger waren nicht auffällig lang, und die Haarsträhnen, die unter ihrem geknoteten Kopftuch hervorschauten, waren dunkler, eher gelblich. Und ihre Augen waren eindeutig blau, ganz anders als die blasse, fast farblose Iris, wie Yaassima und Myri sie besaßen. Er fragte sich, ob sie die gleichen bucklig hervorstehenden Rückenwirbel wie Myri hatte – rudimentäre Drachenhörner –, oder ob dieser Zug nur zusammen mit den langen Fingern und der fast durchsichtigen Haut auftrat.

Myri sah aus, als wolle sie Einwände gegen Kalens Behauptung erheben. Keiner von ihnen wusste genau, wer in der Halle der Gerechtigkeit überlebt hatte und wer umgekommen war.

»Das Kind spricht die Wahrheit«, sagte Myri dann. »Wir haben gesehen, wie Televarn Yaassima ein Messer in den Leib gerammt und beim Herausziehen umgedreht hat.«

»Wir müssen uns beeilen«, setzte Nimbulan hinzu. »Wir wissen nicht, wie lange die Wachen noch verwirrt sind und uns durch das Tor lassen werden.« *Bist du in Sicherheit, Rollett? Hast du Erfolg gehabt?*

Keine Antwort.

»Ich ... ich bin noch nicht bereit, die Kontrolle über Hanassa zu übernehmen. Bis jetzt kann ich noch nicht alle von Yaassimas Spielzeugen bedienen. Ich brauche mehr Zeit!« Nervös sah Yaala zwischen dem lärmerzeugenden Monstrum und der Kette von Tunneln, die an die Oberfläche führten, hin und her.

»Hanassa ist deiner nicht würdig, Yaala. Komm mit uns.« Powwell trat aus demselben Innenraum, aus dem Yaala gekommen war. Seine Haut hatte einen blassgrauen Ton angenommen, der nichts Gutes für seine Gesundheit ahnen ließ. Er berührte die Frau liebevoll an der Schulter und sah sie an.

Myri streckte ihm die Hand entgegen. Powwell ergriff sie und zog seine Pflegemutter fest an sich, zusammen mit dem Baby. Dann griff er nach Kalen, um sie ebenfalls zu umarmen. Doch das Mädchen schob sich zwischen Myri und Powwell und trennte sie so.

Durch die Schnur, die ihn mit seiner Frau verband, spürte Nimbulan ihr Bedürfnis, den jungen Mann mit ihren Heilkräften zu berühren und ihm Kraft zu schenken – Kraft, die sie für sich selbst brauchte, bis sie in Sicherheit waren. Er fühlte auch ihre Verwirrung über Kalens offensichtliche Eifersucht.

»Wir dürfen keine Zeit mit Streitereien vergeuden«, schaltete sich Nimbulan ein. »Die Wachen sind uns auf den Fersen. Wir wissen nicht, auf welcher Seite sie stehen. Wir müssen uns verstecken und dann an ihnen vorbeischleichen.«

»Sie kommen niemals über die Schwelle. Sie werden sie lieber verbarrikadieren und uns aushungern, statt zu riskieren, dass sie in der Grube in einen Hinterhalt geraten. Ich habe das schon einmal erlebt, als ich zum ersten Mal eine Rebellion organisiert habe«, erklärte Yaala verbittert. »Heute weiß ich es besser. Aus der Grube gibt es kein Entkommen, bevor ich weiß, wie ich jede Maschine abschalten und damit die Kaalipha ihrer sogenannten Magie und ihrer Waffen berauben kann. Aber ich muss auch wissen, wie ich sie wieder in Gang bringen soll, damit ich ihr die Herrschaft entreißen kann. Ich bin noch nicht so weit!«

»Maschinen?« Neugierig trat Nimbulan heran. Er musste das stampfende schwarze Monstrum untersuchen. Es juckte ihn in den Fingern, die Maschine zu zeichnen und sie in seinem Tagebuch zu beschreiben. Nur die Sternengötter konnten eine so fantastische Apparatur erbaut haben, die einem Einzelwesen die Macht verlieh, Magie nachzuahmen.

»Ja, Maschinen. Yaassima besitzt in Wahrheit gar keine Magie. Das sind alles durch *Trizität* angetriebene Tricks«, erklärte Powwell. »Ich weiß, wie man sie zum Stillstand bringt. Und ich kenne einen anderen Weg nach draußen, wenn ihr mir vertraut.« Er sah Nimbulan unverwandt in die Augen. Powwell war kein Junge mehr; seine Erlebnisse hatten ihn zu einem Mann gemacht, der die Entscheidungen eines Erwachsenen traf.

»Ich vertraue dir, Powwell«, gab Nimbulan zurück. »Das habe ich immer getan.«

Rollett! Antworte mir, Junge. Wir nehmen einen anderen Weg. Flieh, solange du noch kannst.

Keine Antwort, er nahm nichts als ein Dutzend verworrener, chaotischer Bewusstseinssphären wahr.

Dann würde er eben zurückkommen und Rollett holen müssen. Leicht würde das nicht werden, aber er konnte seinen Gesellen nicht im Stich lassen. Dazu hatte er schon zu viele Freunde, Schüler und Kollegen verloren.

Aber er hatte seine Frau und seine Kinder wiedergefunden. Zumindest teilweise war sein Unternehmen erfolgreich gewesen.

»Es tut mir leid, dich deines Stabs zu berauben, aber ich brauche ihn. Euren ebenfalls.« Powwell wandte sich an Narbengesicht und hielt die Hand auf.

»Nein, Powwell!«, schrie Yaala. »Ich kann nicht zulassen, dass du sie zerstörst!« Sie stürzte sich auf den Rücken des jungen Mannes und fuhr die Finger aus, als wolle sie ihn kratzen.

»Du darfst ihn nicht aufhalten!« Kalen warf sich zwischen Yaala und Powwell. »Wir müssen von hier fliehen. Und das können wir nur, wenn wir die Macht der Kaalipha zerschlagen.« Sie ballte die Faust und rammte sie gegen den Kiefer der Frau.

Yaala taumelte und wirkte desorientiert und verwirrt. Narbengesicht lief herbei und fing sie auf.

In der Höhle hinter ihnen brach Kampflärm aus. Triumph- und Schmerzensrufe wurden lauter, dann war das Klirren eiserner Waffen auf Stein zu hören. Entsetzensschreie hallten durch das Tunnelsystem. Durch den Radau hindurch ließ sich das ungleichmäßige Stampfen der Maschinen vernehmen.

Eine huschende Bewegung und ein weißes Aufflackern erweckten Nimbulans Aufmerksamkeit. Er schaute nach rechts und links, sah jedoch nichts. Die Wachen trugen Schwarz, nicht Weiß, und die Kleidung der Gefangenen wies eine schmutzig graue Farbe auf. Wer mochte sie beobachten?

»Hier entlang!«, rief Powwell ihnen zu und zog sich tiefer in die Höhle zurück. Er blickte über die Schulter, erschauerte leicht und vollführte ein uraltes Schutzzeichen gegen das Böse, indem er die Handgelenke kreuzte und mit den Fingern schlug wie mit Flügeln. Wovor fürchtete er sich?

»Wir brauchen nicht alle Maschinen zu zerstören, nur die Alte Bertha«, sagte Powwell. Entschlossen biss er die Zähne zusammen. »Sie ist der Schlüssel zu all den kleinen Apparaten, die Energie in das Leitungsnetz des Palastes schicken.«

»Nein, nicht die Alte Bertha. Wenn du sie abschaltest, bekommen wir sie nie wieder in Gang«, protestierte Yaala schwach. »Bertha ist krank. Ich muss mich um sie kümmern.« Sie ließ den

Kopf an Narbengesichts Schulter sinken, dann schlossen sich ihre Augen, und ihr Körper erschlaffte.

»Ich werde sie tragen«, erklärte Narbengesicht. »Ich brenne ebenso sehr darauf, Hanassa zu verlassen, wie ihr. Ich habe genug von Dieben und Halsabschneidern und dieser Terrorherrschaft.« Mit einer Kopfbewegung bedeutete er Nimbulan und den Frauen, Powwell zu folgen.

Sie durchquerten vier weitere Höhlen und entdeckten in jeder eine Maschine, die genauso aussah wie die erste, der sie begegnet waren. Der Kampflärm hinter ihnen verklang. Nimbulan atmete leichter, und Powwell hörte auf, ständig über die Schulter zu sehen.

Nimbulan wünschte, er hätte Zeit gehabt, anzuhalten und die exotischen Maschinen zu untersuchen. Doch Powwell ging eilig durch eine weitere, leere Höhle und betrat dann die größte Kammer, die sie bis jetzt gesehen hatten. Hier thronte eine monströse Maschine, die leicht viermal größer war als jede der anderen. Unrhythmisches Husten und Keuchen begleitete das regelmäßige Stampfen, an das er sich schon beinahe gewöhnt hatte. Eindeutig, diese »Maschine« war krank, lag wahrscheinlich im Sterben.

»Tja, Alte Bertha, es ist Zeit, dich von deinem Elend zu erlösen«, sprach Powwell das schwarze Monstrum an. »Du hast den Drachenherren von Hanassa und diesem weißen Gespenst gut gedient. Jetzt kannst du ausruhen.« Grimmig nahm er Nimbulans Stab und stieß ihn durch ein offenes Paneel tief in den Leib der Maschine.

Die Alte Bertha surrte und schepperte. Hellgrüne Funken schossen aus dem offenen Paneel. Die Lichter in der Höhle flackerten und wurden trüb.

Ein seltsames Gefühl von Leere prickelte in Nimbulans rechter Handfläche, in der er für gewöhnlich seinen jetzt zerstörten Stab trug.

Powwell stieß Narbengesichts Stab in eine zweite Öffnung.

Wieder stoben Funken, ein lauteres Surren und glühende Lichtblitze stoben aus der sterbenden Maschine.

»Hier entlang!«, rief Powwell und wies in einen schmalen Tunnel. »Sie wird in ungefähr fünf Minuten explodieren, wahrscheinlich genau, wenn die Wachen kommen, um uns zu töten!«

Nimbulan eilte Powwell nach und scheuchte Myri und Maia vor sich her. Kalen brauchte er nicht anzutreiben, denn sie hatte sich dicht an Powwells Fersen geheftet, um sich zu vergewissern, dass Myri und das Kind nicht in Kontakt mit dem Jungen kamen. Narbengesicht hatte sich die ohnmächtige Yaala über die Schulter geworfen und bildete die Nachhut.

Doch am Ende der kurzen Passage erblickte Nimbulan nur die brodelnde Lavamasse, nichts weiter.

29. Kapitel

»Mal sehen, ob ich das jetzt richtig verstanden habe. Ich muss einem Drachen gegenübertreten, und wenn ich nicht wahnsinnig werde oder mich in einen Dämon verwandle, dann wird dein Rat mich als menschlich anerkennen?«, wollte Katie von Quinnault wissen. Sie sah ihn aus ihren großen feuergrünen Augen an.

Furcht überschattete ihren angeborenen Humor und Optimismus. Und sie hielt ihren Geist ihm gegenüber fest verschlossen.

Quinnault suchte an ihrem hübschen Hals nach Anzeichen von Druckstellen, doch nur noch ein paar Rötungen erinnerten an den Überfall des Killers.

Der Rover, Piedro, saß sicher in seiner Kerkerzelle. Gerade eben hatte sich Quinnault noch davon überzeugt, dass sein Gefangener nicht entwichen war.

Mit gewalttätigen Angriffen gegen sich und Katie wurde er fertig. Doch er hatte keine Ahnung, wie er die Szene ansprechen sollte, die sich vor Piedros Eindringen zwischen Katie und Kinnsell abgespielt hatte. Sie würden vor der Hochzeit darüber reden müssen. Aber zuerst musste er dafür sorgen, dass es überhaupt eine Hochzeit gab.

»Der Drache wird entscheiden, ob du vollständig menschlich und würdig bist, unsere Königin zu sein«, antwortete er, ohne zu wissen, wie er die anderen Probleme zwischen ihnen zur Sprache bringen sollte.

Die Zofen hatten Katie in ein einfaches weißes Hemd gekleidet, das ihren Körper locker umspielte. Der feine Leinenstoff ließ auf faszinierende Weise Kurven ahnen. Er sah den Umriss ihrer Beine und sehnte sich nach mehr.

»Einer eurer Magier wird die Illusion eines Drachen schaffen, damit ich glaube, einem Ungeheuer gegenüberzustehen, das schlimmer als der Mörder von gestern Nacht ist«, fuhr Katie fort, das Problem hin und her zu wälzen. »Damit werde ich schon fertig, obwohl ich es nicht mag, wenn andere mit meinem Geist herumspielen.« Sie schüttelte ihr hübsches Köpfchen, und ihre weichen Locken hüpften und schimmerten im Licht der Fackeln.

Nur du, Vogelscheuche, du bist der Einzige, dem ich meine Gedanken anvertraue.

Dann lass mich ein. Lass mich sehen, was dir wirklich solche Angst einjagt, damit ich es für dich bekämpfen kann.

Erneut verschloss sich ihr Geist.

Ich kann dir meine Geheimnisse erst verraten, wenn wir verheiratet sind und du mich nicht mehr nach Hause schicken kannst.

»Ich habe doch in deinen Geist geschaut, Katie. Du hast Geheimnisse, aber das macht noch lange kein Ungeheuer aus dir. Ich weiß, dass du gut und freundlich und aufrichtig bist. Du hast mich gern. Was sollte ich da sonst noch wissen wollen?«

Eine Träne trat ihr in die Augen, und rasch blinzelte Katie sie fort. »Küss mich, Vogelscheuche. Schnell, bevor mich der Mut verlässt.«

Er beugte den Kopf und genoss die Wärme ihres zitternden Mundes. Sie stellte sich auf die Zehenspitzen, um ihm noch näher zu sein, und klammerte sich fast verzweifelt an ihn. Er schloss sie in die Arme und drückte sie an sein Herz.

»Niemand darf dir etwas tun, Katie, weder mein Volk noch dein Vater oder die Drachen. Das lasse ich nicht zu.«

»Mit deinen Ungeheuern werde ich schon fertig, Euer Gnaden. Damit, dass die Wasserleitungen primitiv sind und es keine Zentralheizung gibt, hatte ich gerechnet. Und Morde und Entführungen gehören auch in meiner Welt zum täglichen Brot des Adels. Aber was mich stört, ist der Mangel an Privatsphäre. Darf ich denn niemals allein sein?« Mit einer Kopfbewegung wies sie auf den Schwarm von Zofen, die hinter ihr standen und respektvoll den Blick von ihrer neuen Herrin abwandten. Die Heiterkeit war in ihre Augen zurückgekehrt.

Als sich Quinnault gestern Nacht von ihr verabschiedet hatte, hatte er Katies Einwänden zum Trotz darauf bestanden, dass zwei der Frauen in ihrem Zimmer schliefen. Eigentlich hätten sie auch da sein sollen, als der Rover versucht hatte, Katie zu erwürgen. Aber sie hatte die beiden weggeschickt. Hatte sie nur ihre Privatsphäre wahren wollen, oder hatte sie auf eine Gelegenheit gewartet, mit ihrem Vater zu diskutieren? Und woher hatte Piedro gewusst, dass sie es vorzog, allein zu schlafen? Die meisten adligen Damen ließen sich nachts von einer Zofe wärmen, wenn ihre Ehemänner nicht zugegen waren.

»Ich fürchte, in dieser Welt gehören Dienstboten, Höflinge und sonstige Quälgeister zum Leben des Adels.« Quinnault hatte ihr leise ins Ohr gesprochen, damit keiner der sie umstehenden Dienstboten, Höflinge und Quälgeister sie hörte. Er war sich nicht sicher, ob seine telepathischen Kräfte ihre Barrieren durchdringen konnten. Noch ein paar Küsse, und dann würde sie nichts mehr trennen, nicht einmal mehr ihre Kleider. »Wir werden uns manchmal von ihnen fortstehlen können, aber nicht oft. Die Anwesenheit all dieser Menschen ist ein Zeichen des Respekts vor meiner Autorität und dient außerdem unserem Schutz.«

Während der Großen Kriege der Spaltung waren in Coronnan drei Generationen lang Mord und Verrat an der Tagesordnung gewesen. Er gefiel sich in dem Gedanken, diese Übel ausgerottet zu haben. Die wahre Macht lag nicht darin, das Land mit Krieg zu überziehen, sondern den Frieden zu wahren. Doch er wusste, dass viele Menschen – darunter auch einige Mitglieder seines Rats – diesen Grundsatz noch nicht akzeptiert hatten.

Piedro hatte eindeutig vorgehabt, Quinnaults Herrschaft zu beenden, indem er es aussehen lassen wollte, als hätte er seine eigene Verlobte ermordet.

Aber Piedro konnte nicht allein gehandelt haben. Wer also hatte den Rover angeheuert?

Quinnault spähte in alle dunklen Ecken, um festzustellen, ob sich dort unerwünschte Eindringlinge verbargen. Da es draußen noch nicht hell war, gab es viele schattige Stellen. Im Inneren der Trutzburg war es dunkel, und die feuchte Nachtkühle war noch nicht gewichen. Quinnault erschauerte, obwohl er eine dicke Tunika und einen schweren Umhang trug. Katie musste sich in dem einfachen Hemd, das für Reinheit und Unschuld stand, halb zu Tode frieren.

Abrupt bissen sich seine Gedanken an diesem Punkt fest. Er hatte keinen Moment daran gedacht, Katie nach früheren Liebhabern zu fragen. Irgendwie war ihm das bis jetzt nicht so wichtig gewesen. Vielleicht herrschten in ihrem Land andere Sitten und Bräuche. Manche Gesellschaften legten keinen großen Wert auf die Jungfräulichkeit eines Mädchens. Coronnan nahm bei diesem Thema eine seltsam zwiespältige Haltung ein. In den entlegeneren Regionen wurden junge Leute anlässlich der Jahreszeiten-Feste mit zwölf oder vierzehn Jahren in die Freuden der körperlichen Liebe eingeführt. Für die durch Kriege dezimierte Bevölkerung war das Zeugen von Kindern wichtiger als die Vorstellung, dass ein Mädchen jungfräulich in die Ehe gehen sollte. Hochgeborene Lords dagegen behüteten ihre Kinder und ihre sexuelle Unschuld, um ihren Wert auf dem Heiratsmarkt zusätzlich zu erhöhen – und sich gleichzeitig zu versichern, dass es keine unehelichen Kinder gab, die Ansprüche auf Titel oder Ländereien erheben konnten.

In seiner Jugend, als er sich zum Priester ausbilden ließ und auf ein keusches Leben vorbereitete, hatte Quinnault darauf verzichtet, bei Frauen zu liegen. Seit er die Rolle des Familienoberhaupts und die Verantwortung für seine Ländereien übernommen hatte, nahm er bei den Sonnwendfeiern an den üblichen wahllosen Begegnungen teil. Doch bis jetzt hatte er noch keine

Frau gefunden, bei der er den Wunsch gespürt hatte, dieses Erlebnis zu wiederholen.

Irgendwie wusste er, dass es anders sein würde, wenn er mit Katie zusammenlebte. Solange sie in seinem Bett lag, bräuchte er an keine andere Frau zu denken.

»Uh ...« Er hörte sich selbst etwas brummeln, aber er hatte bei seinen Spekulationen über die bevorstehende Hochzeitsnacht vergessen, was sie gesagt hatte.

Falls die Drachen sie für würdig befanden.

Falls der Rat die Entscheidung der Drachen akzeptierte.

»Ich weiß, wie ich Illusionen blockieren kann, wenn es sein muss; aber ich vermute, das wäre politisch unklug«, wiederholte sie.

»Die Drachen sind keine von Magiern geschaffenen Trugbilder, Katie. Sie sind real, und sie sind weise. Und sie werden dir nichts tun, obwohl sie einem ziemliche Angst einjagen können, wenn man ihnen zum ersten Mal begegnet. Ich erinnere mich noch an den Tag, an dem sie zur Magierschule kamen. Ich dachte, sie würden mich fressen, und mir ist fast das Herz stehengeblieben.« Bei dem Gedanken an den schicksalhaften Tag, der die Magie in Coronnan für immer verändert hatte, musste er beinahe lächeln. »Heute weiß ich das natürlich besser. Drachen sind Fleischfresser, aber sie mögen den Geschmack von Menschenfleisch nicht. Und sie ziehen es vor, ihre Nahrung gekocht zu sich zu nehmen. Warum sollten sie sonst mit diesem feurigen Atem gesegnet sein?« Er grinste, um ihre Befürchtungen zu zerstreuen.

»Deine Magier müssen wirklich sehr gut sein, dass sie die ganze Bevölkerung hinters Licht führen können.« Sie lächelte und schob ihre kleine Hand in seine Ellenbeuge. »Komm, deine ›Drachen‹ erwarten uns. Besser gesagt, der Rat und die Magier.«

»Katie«, sagte Quinnault und verhielt mitten im Schritt. »Du musst begreifen, dass die Drachen wirklich sind, jetzt, bevor du sie erblickst und dann schreiend davonrennst.«

»Prinzessinnen aus Terra – Terrania – sind aus härterem Holz geschnitzt, als du vielleicht glaubst. Ich habe schon Schlimmeres gesehen als die Illusion eines Drachen.« Ein ungeduldiger Ausdruck huschte über ihr Gesicht und vertrieb den Humor, der sonst ihre Züge belebte.

Mit einem Mal fürchtete Quinnault sowohl um ihr Leben als auch um ihre gemeinsame Zukunft – noch stärker sogar als gestern Nacht, als er Piedro niedergerungen hatte. Die Drachen hatten einen Pakt geschlossen und gelobt, keinem Menschen ein Leid anzutun, solange die Menschen den Drachen nichts taten und den Wesen ihren Tribut an Tambootie und Vieh entrichteten. Doch Shayla hatte den Pakt vor über drei Wochen, als Myrilandel verschwunden war, für beendet erklärt.

Was, wenn Katie mit ihren seltsamen Varn-Kräften es sich in den Kopf setzte, den Drachen zu verletzen? Damit wäre der Pakt unwiederbringlich zerstört, und mit dem Verlust der Drachen würde die Magie der Kommune für immer verschwinden. Quinnaults Friedensherrschaft wäre dann endgültiger zerstört, als wenn es Piedro letzte Nacht gelungen wäre, dem König einen Mord in die Schuhe zu schieben.

»Euer Gnaden«, begrüßte sie ein Page, der durch den Korridor geeilt kam, um sie zu holen. »Der Rat erwartet Euch im großen Burghof.« Der Knabe verbeugte sich tief und warf Katie einen verstohlenen Blick zu, bevor er den Kopf senkte.

»Wir haben keine Zeit, um über die Existenz von Drachen zu diskutieren, Katie. Steh einfach still, und warte ab, bis sich die Drachen ein Urteil über dich bilden.«

»Mir gefällt aber die Vorstellung nicht, mich von einem eingebildeten Wesen abschätzen zu lassen.« Entschlossen reckte sie das Kinn, eine Miene, die sie auch bei der Auseinandersetzung mit ihrem Vater aufgesetzt hatte. Diesen Streit hatte sie gewonnen.

»Du bist genauso dickköpfig wie meine Schwester«, murmelte er. »Ich hoffe, du stellst nichts Dummes an, das dir bei meinen Lords ein ablehnendes Urteil einträgt.«

»Ich wusste gar nicht, dass du eine Schwester hast. Wann werde ich sie kennenlernen?«

»Höchstwahrscheinlich gar nicht.« Er biss die Zähne zusammen und weigerte sich standhaft, ein weiteres Wort über Myrilandel und die Gründe, aus denen sie kein Teil seines Lebens sein konnte, zu verlieren.

Der Gedanke an die kurze Begegnung mit seiner Schwester, von der er geglaubt hatte, sie sei im Alter von zwei Jahren verstorben, führte ihn zu Myrilandels Ehemann, Nimbulan. Warum hatte sich der Oberste Magier der Kommune seinen Befehlen widersetzt und sich selbst auf die Suche nach Myrilandel gemacht, ohne auch nur eine Nachricht zu hinterlassen? Ein jüngerer Mann hätte eine größere Aussicht auf Erfolg gehabt. Nimbulan hätte hier sein und Quinnault und Katie während der bevorstehenden Probe beraten sollen.

Und verhindern, dass Rover und Verräter in seinem eigenen Haus Intrigen spannen. Wenn überhaupt jemand herausfinden konnte, welche verborgenen Beweggründe und Fallstricke hinter dem Angebot der Varn steckten, dann Nimbulan.

Sein Oberster Magier hatte ihm eine Menge zu erklären, wenn er wieder da war.

Daran, dass Nimbulan vielleicht nie von seinem gefährlichen Unternehmen zurückkehren könnte, mochte er erst gar nicht denken.

Ein kühler Luftschwall drang durch die offenen Palasttüren, die auf den großen Innenhof führten, und überzog Quinnaults Arme mit Gänsehaut. Neben ihm zitterte Katie leise. Er tätschelte ihr beruhigend die Hand, aber er konnte sie nicht ansehen. Nicht jetzt. Ein einziger Blick in ihr skeptisches Gesicht, und er würde sie wieder in den Palast zerren und sie in Sicherheit vor der Drachenprobe bringen.

Sieben der zwölf Lords erwarteten sie und hatten sich um den runden, gepflasterten Hof mehr oder weniger im Kreis aufgestellt. Keiner hatte seine Gattin mitgebracht. War das ihr eigener Entschluss gewesen, oder hatte der Rat dies verfügt? Quinnault gefiel die unausgesprochene Andeutung nicht, dass Frauen vor dieser Zeremonie geschützt werden mussten.

Meistermagier der Kommune hatten zwischen den Lords Stellung bezogen. Jeder Mann auf dem Hof hatte eine grimmige, unversöhnliche Miene aufgesetzt. Die Mauern und Tribünen, die hier später einmal eine Freiluftarena bilden sollten, waren noch nicht errichtet. Exakt in der Mitte des Kreises erhob sich das Podium, das von Quinnaults Krönung im letzten Frühjahr übrig war. Nur der alte Lyman stand am Fuß der Bühne.

Quinnault sah in den heller werdenden Himmel auf und hoffte, Anzeichen für die Ankunft eines Drachen zu entdecken. Er wünschte, er wüsste, welches der Wesen auf den Rufzauber reagieren würde, den die Magier gestern Nacht ausgeschickt hatten. Ihm wäre der gutmütige alte Ruussen am liebsten gewesen, ein Männchen mit roten Flügel- und Hornspitzen, das alle Menschen als seine geliebten Kinder betrachtete, sie verhätschelte und mit Humor und Nachsicht behandelte.

»Ihr habt immer noch Zeit, es Euch anders zu überlegen, Euer Gnaden«, erklärte Lyman, als sich Quinnault und Katie dem Podium näherten. »Der Botschafter von SeLenicca ist bereit, seinen König um Versöhnung zu bitten, wenn Ihr zu Gunsten der Prinzessin von SeLenicca auf diese Frau verzichtet.«

»Wahrscheinlich hat er aber gestern Nacht magische Botschaften ausgesandt und eine Invasion genehmigt, oder?« Quinnault starrte die Mauerkrone der westlichen Wand an und fragte sich, wie viel Zeit er sich mit einer solchen Versöhnung erkaufen würde.

»Jeder Magier war gestern Nacht damit beschäftigt, durch das Glas Nachrichten an alle beteiligten Parteien zu schicken. Ich habe eine besonders interessante abgefangen, die an einen gewissen *Blutmagier* in Hanassa gerichtet war«, gab Lyman zurück. Die letzten Worte hatte er beinahe geflüstert.

»Moncriith«, stieß Quinnault mit zusammengebissenen Zähnen hervor. »Ich frage mich, wer wirklich in SeLenicca regiert, König Lorriin oder der Blutmagier? Leiden sie denn so furchtbar unter der Dürre, dass sie einen Blutmagier anheuern müssen, um Coronnan ein paar Morgen Ackerland abzunehmen?«

»Ich fürchte, so ist es, Euer Gnaden«, gab Lyman betrübt zurück. »Überall auf Kardia Hodos ist Nahrung knapp. Unser Regen und das Ackerland, das während der Großen Kriege der Spaltung unbebaut geblieben ist, erwecken Eifersucht und Gier bei denen, deren Magen leer ist und deren Kinder Hungers sterben.«

»Ich fühle mit ihnen, aber ich kann nicht der ganzen Welt zu essen geben. Wenn sie uns überrennen, kann ich die Männer nicht entbehren, die ansonsten den brachliegenden Boden pflügen und Nahrung für mein eigenes Land und vielleicht auch andere erzeugen könnten.«

Katie drückte Quinnaults Arm und erinnerte ihn daran, wie sie augenblicklich in Rapport gestanden hatten. »Ich kann dir ein paar neue Getreidesaaten überlassen, die den Ernteertrag pro Morgen verbessern werden. Aber es wird einige Zeit dauern, bis diese Samen aufgehen und wiederum genug Saatgut erzeugen, um all eure Felder damit zu säen. Im Moment muss der Rest meiner Mitgift ausreichen, um Coronnan zu verteidigen«, flüsterte sie.

Quinnault schaute über die Bucht hinaus, eine Aussicht, die versperrt sein würde, sobald der Palast und dieser Hof fertiggebaut waren.

»Setzt Eure Fernsicht ein, Lyman, und sagt mir, was Ihr auf diesen Inseln seht.« Quinnault wies auf die kleinen dunklen Punkte, die am Horizont gerade noch zu erkennen waren.

Lyman schielte leicht, während er die vorgeschriebenen drei Atemzüge tat, die den Zauber einleiteten. »Ich sehe eine große Anzahl von Männern auf vier kleinen Inseln. Sie sind sehr beschäftigt, aber ich kann nicht sagen, was sie genau tun.«

»Kinnsell und seine Leute«, erklärte Katie. »Sie halten ihren Teil unseres Abkommens ein, Quinnault.«

»Und ich muss den meinen halten. Ruft den Drachen, Lyman. Katie, meine Liebste. Du musst dich in die Mitte des Podiums stellen und dein Schicksal erwarten.« Quinnault klopfte das Herz bis zum Halse, als er ihre kleine Hand von seinem Arm löste und zurück in den Kreis der Edelleute und Magier trat, die darauf warteten, dass ein Drache das Urteil über ihre zukünftige Königin sprach.

*

»Wartet einen Moment. Das Tor wird sich bald öffnen. Ich habe keine Kontrolle darüber«, sagte Powwell. Er erklärte den anderen in ein paar knappen Sätzen seine Beobachtungen.

Bei jedem Satz nickte Nimbulan bedächtig. Er hob die Hand und wandte die Handfläche nach vorn. Narbengesicht betrachtete die Öffnung aus zusammengezogenen Augen, als sei er noch nicht ganz von Powwells Behauptungen überzeugt.

Powwell hoffte verzweifelt, dass sich das Portal als Nächstes Ziel die kreisrunde Lichtung in den Wäldern von Coronnan aussuchen würde. Zu viele der Landschaften, die er durch das Tor gesehen hatte, waren nicht dazu angetan, dort lange zu überleben.

»Yaassima!«, stieß Myri erstickt hervor. Sie hielt sich die Ohren zu und verzog gequält das Gesicht. In der halbdunklen Höhle glomm der kristallene Drachen-Anhänger unheimlich auf. Powwell meinte, ein schrilles Pfeifen im Hinterkopf wahrzunehmen, aber er war nicht sicher.

Myri torkelte näher an den Tunneleingang heran und entspannte sich ein wenig, nachdem eine gewisse Entfernung zwischen ihr und der Grube lag – oder näherte sie sich dem Palast und Yaassimas Kontrollen?

Nimbulan griff nach dem Anhänger; dann riss er die Hand weg, als hätte er sich verbrannt.

»Televarn hat mir mit einer solchen Halskette gedroht, wenn ich nicht im Palast für ihn spionieren würde.« Ängstlich wich Maia vor Myri zurück. »Aber ich wollte nicht an ihn gekettet sein. Schon schlimm genug, dass er ständig in meinen Gedanken ist.«

»Yaassima besitzt als Einzige den Schlüssel zu dieser Kette«, erklärte Kalen nüchtern. »Solange die Kaalipha lebt, kann Myri sie nicht abnehmen, und wenn sie einen Fuß aus dem Palast setzt, muss sie sterben.« Ein leises, verstohlenes Lächeln huschte über ihr Gesicht.

Powwell sah sie erschrocken an. Sie benahm sich fast, als wolle sie Myri tot sehen oder weiterhin als Yaassimas Gefangene. Es gefiel ihm gar nicht, wie bei diesem Lächeln ihre Augen tückisch aufblitzen und ihre Miene zwischen großäugiger Unschuld und einem abwehrenden, verschlossenen Ausdruck schwankte. Das tat sie nur, wenn sie etwas Drastischeres ausheckte als ihre üblichen kleinen Intrigen.

»Was weißt du?«, flüsterte er seiner Pflegeschwester zu, dem einzigen festen Punkt in seiner entwurzelten Existenz.

Sie schenkte ihm ihr falsches Lächeln, das so hell strahlte wie die Funken, die aus der Alten Bertha geschossen waren.

Ein heißer Windstoß stieg von der brodelnden Lava auf.

»Da, es passiert!«, rief Narbengesicht. »Erstaunlich. Das Tor öffnet sich!«

Alle sahen zu, wie sich in der bogenförmigen Öffnung die kochende rotgelbe Lava in einen Strudel aus Rot, Grün, Schwarz und Weiß verwandelte. Sehr viel Weiß war dabei – weiß wie das Gespenst, das in den Höhlen umging. Kalte Angst ließ Powwell erschauern.

Vor ihnen breitete sich eine nicht enden wollende arktische Ebene aus, die mit treibenden Schneewolken und gefrorenem

Gras bedeckt war. An ihrem Rand bildete der Schatten eines gewaltigen Gletscherausläufers einen Torbogen, und dahinter erstreckten sich Meile auf Meile eisiger Ödnis ohne Hügel, Zuflucht oder Anzeichen menschlicher Besiedlung.

»Dorthin können wir nicht gehen«, sagte Nimbulan.

Myri presste stöhnend die Fingerspitzen gegen die Schläfen. Auf den hohen Wangenknochen und tief an ihrem Hals verunzierten purpurne Flecken ihre blasse Haut und breiteten sich hinunter auf ihre Brust aus.

»Was für ein Zauber ist das?« Nimbulan riss an der Kette. Alle Farbe war aus seinem Gesicht gewichen.

»Das ist Yaassimas Magie. Myri kann Hanassa nicht verlassen, solange sie und die Kaalipha leben«, wiederholte Kalen. »Das ist der Beweis, dass Televarn gescheitert ist...« Sie wandte sich ab, als wolle sie aus dem Tunnel flüchten. Powwell fasste sie um die Taille, um sie aufzuhalten.

»Yaassima besitzt keine echte Magie«, warf Yaala ein. Narbengesicht hatte ihren reglosen Körper an der Wand des schmalen Tunnels abgelegt. »Alle Macht, die sie nachahmt, beginnt und endet mit den Maschinen. Wenn sie in Flammen aufgehen, wird auch die Kette explodieren.«

»Wie beherrscht sie dann die Halskette?« Nimbulan wandte sich ihr zu. Vor Zorn hatte sein Gesicht wieder Farbe angenommen. »Wir müssen sie abnehmen, bevor sie sich zerstört und dabei Myri tötet.«

»Wenn die Halskette noch funktioniert, dann lebt auch Yaassima noch.« Yaala schien in sich zusammenzusinken. »Dieses Mal wird sie mich umbringen, genau wie sie meinen Vater getötet hat. Dann wird sie die Hände in mein Blut tauchen und es kosten, als wäre es das süßeste Ambrosia. Meine eigene Mutter...« Sie erschauerte und schüttelte sich, als müsse sie sich von einer schrecklichen Erinnerung befreien. »Möglich, dass ich einen Schlüssel zu der Halskette habe.« Yaala stand vom Boden auf.

»Das Tor schließt sich!«, rief Narbengesicht. Der heiße Wind aus der Grube verschwand zusammen mit dem Tor.

»Wartet ein wenig. Es wird sich wieder öffnen, zu einem anderen Ort«, versicherte ihm Powwell. »Der Wind tritt unmittelbar vor dem Farbwirbel auf.«

Yaala sah sich den Verschluss auf der Rückseite der Kette und den Anhänger genau an. »Könnte ich mehr Licht haben?«, fragte sie.

»Die Wachen sind uns dicht auf den Fersen«, erinnerte Powwell sie. »Licht würde sie nur zu uns führen. Im Moment tasten sie noch blind im Halbdunkel herum. Das Licht der Fackeln reicht in diesen Höhlen nicht weit.« Er spähte in die größere Höhle hinaus.

Ein Mann mit einer Fackel umrundete die Alte Bertha. Seltsame Schatten tanzten um die Flammen. Powwell wich in die Höhle zurück. »Beeilt euch. Sie kommen näher.« Die Worte schnürten ihm fast die Kehle zu. Er hatte das Gespenst nicht gesehen, aber die Haare auf seinen Armen und in seinem Nacken hatten sich hochgestellt, als wäre es in der Nähe.

Dieses Mal würde Yaassima ihn töten. Sie würde sie alle töten, ohne einen Prozess, eine Erklärung oder sonst etwas.

Yaala zog eine kleine schwarze Schachtel aus ihrer Tasche. »Solche *Fernbies* lenken die Stäbe und den Felsen, an den die Wachen sie schlagen. Yaassima trägt mehrere davon in ihren Taschen und in ihrem Schmuck verborgen mit sich herum. So löst sie ihre kleinen Tricks aus. Dieses hier könnte auf die Halskette wirken, wenn es auf derselben Frequenz arbeitet.« Sie drückte die Schachtel gegen den Verschluss.

Ein leises Sirren hallte durch den Tunnel, gefolgt von einem lauten Klappern. Die Halskette fiel in Nimbulans Hände. Myri brach in seinen Armen fast zusammen. Sie legte den Kopf an seine Schulter.

»Das Tor öffnet sich wieder«, flüsterte Narbengesicht.

»Beeilt euch, die Wachen kommen.« Powwell riskierte einen raschen Blick in die Höhle. Die Wachen, die die Alte Bertha und die zwei Stäbe, die in ihr Inneres gerammt waren, untersuchten, hatten bei den Geräuschen, die das Fernbie verursacht hatte, aufgeschaut.

»Dieses Mal ist es eine Wüste, heißer als der Wind, der ihr Auftauchen angekündigt hat«, meinte Narbengesicht enttäuscht.

»Ich habe einhundert Herzschläge zwischen den Zyklen gezählt«, setzte Nimbulan hinzu.

»Sie sind nicht gleichmäßig«, erklärte Powwell ihm. »Manchmal erscheinen die Bilder schneller, manchmal langsamer. Ich habe zehn verschiedene Orte gezählt, und sie tauchen nicht immer in der gleichen Reihenfolge auf. Die Schneelandschaft war mir neu.«

»Wir müssen von hier verschwinden. Da draußen sind zwanzig Männer mit Fackeln, und sie kommen auf uns zu!«, jammerte Kalen. »Ich glaube, Televarn ist tot.« Dicke Tränen kullerten über ihre Wangen.

Kalen weinte nie. Powwell wurde das Herz unerträglich schwer. Seine geliebte Kalen weinte um einen Rover-Mörder, obwohl sie sonst um niemanden Tränen vergoss.

»Sternengötter, ich wünschte, wir hätten einen Drachen hier«, flüsterte Nimbulan. »Wenn nur Rollett bei uns wäre oder mir antworten würde! Kann ihn jemand erreichen?«

Narbengesicht und Myri schüttelten beide den Kopf.

»Wünscht euch, so viel ihr wollt, aber wenn sich das Tor das nächste Mal öffnet, müssen wir gehen, egal wohin«, flüsterte Powwell und trat von der Tunnelöffnung fort. Kalen blieb stehen und spähte nach draußen. Sie trocknete ihre Tränen mit dem Ärmel und starrte die Alte Bertha grimmig an.

»Da sind sie! Holt den Kaaliph!«, schrie einer der Wachen. Seine Worte wurden von den Höhlenwänden zurückgeworfen, und seine Schritte hallten wie Donner, als er auf Kalen zurannte.

»Das Tor öffnet sich«, stieß Narbengesicht erleichtert hervor, als ihn der erste Windstoß traf.

»Betet um grüne Bäume oder einen Drachen.« Nimbulan warf die Kette in die immer noch sichtbare Grube. Das Portal schien zu explodieren und zeigte jede Farbe des Regenbogens.

Vor ihren Augen nahmen grüne Bäume Gestalt an. Bäume, grobes Gras und dahinter gerundete Berggipfel. Etwas langsamer erschienen die schimmernden Umrisse eines Drachen.

»Los, los, los!«, brüllte Powwell. Er griff nach Kalens Hand, um sie mit sich durch das Tor zu ziehen.

»Wiggles!«, schrie sie, riss sich von Powwell los und rannte hinter ihrem magischen Gefährten her, der in die Haupthöhle flitzte.

»Kalen!«

»Nein, Powwell, wir müssen jetzt fort. Sie hat ihre Wahl getroffen.« Nimbulan fasste seinen Arm. Sein Lehrmeister zerrte ihn von der Höhlenöffnung weg. Kalen verschwand in der Dunkelheit.

»Kalen!«, rief Powwell. »Ich kann dich nicht zurücklassen!«

»Du musst. Wir müssen jetzt fliehen. Sie hat sich entschieden«, beharrte Nimbulan. »Sie wird nachkommen, sobald sie kann. Falls sie das will. Sie ist eine Überlebenskünstlerin.«

Das ununterbrochene Jaulen, das von der Alten Bertha ausging, wurde immer schriller, bis es wie der Schrei eines Drachen klang. »Weg von der Maschine, Kalen!«, schrie Powwell.

Kreischend traf Metall auf Metall, und Maschinenteile rissen sich los. Dann folgten ein einziger Knall und ein Schlag, der den Boden unter ihnen erbeben ließ. Rote Glut, heller als die Lava in der Grube, flammte in der Höhle auf. Ein Spalt in der Wand tat sich auf, der waagerecht von der Grube bis in die Höhle verlief. Dahinter brodelte die Lava. Eine weitere Explosion wurde von den Schreien sterbender Männer gefolgt.

Glühende Lava aus der Grube schoss durch die Vision vom Bestimmungsort des Tors.

Nimbulan riss fester an ihm. Powwell hatte das Gefühl zu fliegen …

»Kalen«, schluchzte er.

Der heiße Wind folgte ihm, ein sicheres Zeichen dafür, dass sich das Tor hinter ihm schloss. Dann liebkoste kühles Grün seine Augen, und eine frische, nach Tambootie duftende Brise zauste sein Haar.

30. KAPITEL

Nimbulan schüttelte den Kopf und blinzelte mehrmals. Die Erde unter seinen Füßen kochte und bebte nicht. Frisches grünes Gras, Bäume und blauer Himmel waren an die Stelle der alle Sinne abstumpfenden grauen Tunnellandschaft unterhalb von Hanassa getreten. Kühle Luft strich angenehm über sein Gesicht; Luft, die nach Leben und nach Drachen roch. Instinktiv sammelte er die Drachenmagie; ein Gefühl, als hole er tief Luft, nachdem er unter Wasser lange, lange Zeit die Luft angehalten hatte. Wie viele Tage war es jetzt her, dass er beinahe in Televarns Wasserzauber ertrunken war? Zwei, drei? Ihm kam es wie eine Ewigkeit vor. Und wie lange, seit er sich mit Drachenmagie vollgesogen hatte, ohne Angst, seine Vorräte zu erschöpfen?

»Hanassa liegt hinter uns«, sagte er. »Aber ich weiß nicht, wo wir uns befinden.«

Er ließ Powwell, der unter Schock stand und Kalens Verlust beweinte, zu Boden sinken. Der Junge musste eine Weile allein sein. Nimbulan wandte Powwell den Rücken zu, um ihm etwas Privatsphäre zu gewähren, während er sich um seine Gefährten kümmerte und selbst seinem Kummer über Rollett nachhing. Wenn er nur darauf geachtet hätte, dass sein Geselle in seiner Nähe blieb ... Hätte er sich nur ein wenig mehr Mühe gegeben, den Knaben zu erreichen!

Ein fahrender Geselle musste allein reisen, um seine Suche zu vollenden.

Kannst du mich hören, Rollett? Er schickte seine Nachricht in alle Himmelsrichtungen, fern und nah. Wenn er gewusst hätte, wo er sich befand, hätte er gezielter senden können.

Niemand antwortete auf seinen Ruf. *S'murghit, Rollett, antworte mir!*

Immer noch nichts.

Er beschloss, sich auf die Menschen zu konzentrieren, denen er helfen und die er führen konnte. In vielem vertraute er Rollett völlig. Nun würde er eben darauf vertrauen müssen, dass er auf sich selbst aufpasste. Aber er spürte das schmerzliche Bedürfnis, den Jungen holen zu gehen. Den jungen Mann. Denn er war jetzt ein Mann und auf sich selbst gestellt.

Das Drachentor war immer noch fest geschlossen.

Yaala ließ sich neben Powwell fallen. Sie störte ihn nicht in seinem Kummer, sondern war einfach da, falls er sie brauchte. Eine solche Freundschaft war kostbar, und vielleicht würde mit der Zeit mehr daraus werden.

Auch Rollett war ihm ein wertvoller Freund, Lehrling und Assistent gewesen. Für Nimbulan war er fast mehr ein Sohn gewesen als Powwell, den er und Myri angenommen hatten, den er aber nie richtig kennengelernt hatte.

Myri stand neben Nimbulan. Ein leises Lächeln breitete sich über ihr Gesicht. »Ich bin frei!«, flüsterte sie, als könne sie es noch gar nicht glauben. »Mein Kind ist in Sicherheit.«

Nimbulan streckte den Arm aus und zog sie fest an seine Seite, wo sie hingehörte. Sie schmiegte sich an ihn und füllte die Leere, mit der er viel zu lange gelebt hatte. Nimbulan beugte den Kopf, um sie noch einmal zu küssen. Er würde nie genug von ihr bekommen. Um die Wärme seiner Frau zu genießen, schob er seine Gedanken an Rollett beiseite.

Amaranth quengelte wieder, und Myri nahm sie aus der Trageschlinge und legte sie an ihre Schulter. »Ich glaube, sie ist hungrig. Das war eine lange Nacht.«

»So ist es«, gab Nimbulan zurück. Auf den eisigen Hügelkuppen waren die ersten Vorboten der Morgendämmerung zu erkennen. Ein Vogel zirpte schläfrig und fragend in die Sonne.

Wenigstens regnete oder schneite es nicht. »Ich habe ebenfalls Hunger. Wir müssen etwas zu essen und eine Unterkunft finden. Und warme Kleider. *S'murghit,* wo sind wir bloß?«

»Ähem, möchtet ihr vielleicht unseren Gastgeber begrüßen?«, stammelte Narbengesicht mit zusammengebissenen Zähnen.

Vor ihnen sah Nimbulan, wie der fast transparente Umriss eines Drachens wie aus dem Nichts heraus Formen annahm. Die dick geäderten Flügel und die Spitzen seines Rückenkamms reflektierten das heraufziehende Tageslicht in einem irisierenden Schillern, dass alle Farben und zugleich keine aufwies.

»Guten Morgen, Shayla«, begrüßte er das einzige Weibchen des Nimbus. »Ich habe Myrilandel gerettet und hoffe, dass damit der Pakt zwischen Menschen und Drachen wiederhergestellt ist. Kannst du uns sagen, wo wir sind, und uns vielleicht in die Hauptstadt zurückbringen?«

Die Drachin neigte das Haupt.

»Sie erwidert deinen Gruß«, erklärte Myri und legte den Kopf seitwärts, als lausche sie aufmerksam. »Sie möchte das Kind kennenlernen. Darüber, wo wir sind, oder ob sie uns fortbringen kann, hat sie nichts gesagt.« Myri löste sich aus Nimbulans Umarmung und ging zu dem kauernden Wesen hinüber.

Shayla reckte den Hals, um den Säugling in Myris Armen zu betrachten.

»Lässt du dieses Monstrum in die Nähe deines Kindes?« Narbengesicht tat einen Schritt voran; seine Haltung verriet tiefsten Argwohn. Er öffnete und schloss die Finger, als sei er jeden Moment bereit, einen Schutzzauber zu werfen.

»Natürlich vertraue ich Shayla. Kein Drache würde einen Menschen mit Absicht verletzen, und schon gar kein Kind. Sie lieben Kinder.«

»Wenn du es sagst.« Narbengesichts Miene verriet sowohl seine tief sitzende Furcht als auch sein Bemühen, sie zu meistern. »Verdammt kalt hier draußen. Wir brauchen Hilfe.«

Maia wirkte ganz und gar nicht beruhigt. Sie zog sich zurück, bis sie in dem bogenförmigen Schatten stand, den eine Felsnase warf. Ihre Hände fuhren durch die leere Luft, als schlüge sie gegen eine fest geschlossene Tür.

»Das also soll – sollte – ich nach Yaassimas Willen sein«, flüsterte Yaala. Sie wandte den Blick von der wunderschönen Drachin ab und schaute ins Gras.

»Yaassima hat das Wesen der Drachen gar nicht begriffen«, antwortete Powwell, immer noch in seinen Kummer versunken. »Sie hat sich einen Mythos in ihrem eigenen Kopf geschaffen und dann versucht, die Realität so zu verändern, dass sie zu ihrer Version passte. Aber sie ist gescheitert.« Er sah immer noch zu der Stelle, an der sie aus der Grube aufgetaucht waren. Doch der Wirbel aus Zeit und Raum blieb geschlossen.

Nimbulan wusste, dass er mit Powwell gehen musste, falls der Junge beschloss, zurückzukehren und Kalen zu holen. Doch er musste auch in die Hauptstadt zurückkehren. Er musste sich um Myri und ihr Baby kümmern. Wahrscheinlich war er auch Maia gegenüber verpflichtet. Sie hatte ihm einen Sohn geboren, auch wenn das Kind gestorben war. In diesem Moment drückte ihn seine Verantwortung nieder wie eine schwere Last.

Rollett würde das verstehen. Oder?

Ach, Rollett, was habe ich dir nur angetan?

»Frag Shayla noch einmal, wo wir sind, Myri. Ich muss zurück in die Hauptstadt und Quinnault vor der bevorstehenden Invasion warnen«, sagte Nimbulan. Er sah über die sanft gewellten Hügelkuppen hinaus, die sich in die Ferne erstreckten. »Und frag sie auch, in welcher Zeit wir angekommen sind. Diese Hügel kommen mir viel älter vor als die schrofferen Gipfel von Coronnan.«

»Ich glaube nicht, dass ich die Antwort hören möchte.« Narbengesicht legte die Hände an die Schläfen und ließ sich schwer auf einen Felsen in der Nähe fallen. Dann begann er Stöcke und abgebrochene Zweige zu sammeln und stapelte sie für ein Lagerfeuer auf.

Ein leises Kichern klang in Nimbulans Geist auf. Das Amüsement, das hinter der kurzen mentalen Kontaktaufnahme zu spüren war, stammte eindeutig von einem Drachen.

»Shayla sagt, dass wir uns in unserer eigenen Zeit befinden. Das Drachentor überwindet Entfernungen ohne Zeitverlust.« Myri reckte den Hals und sah den Drachen an. Besorgt legte sie die Stirn in Falten.

»Etwas ruft nach ihr. Sie muss fort.« Myri sah sich um und schaute von den Bäumen und dem Gras in ihrer Umgebung zu den fernen Hügeln.

Shayla spannte die Schultermuskeln an und breitete die Flügel aus, um sich in die Lüfte zu erheben.

»Wo sind wir?«, verlangte Nimbulan hastig zu wissen. Da ging ihre Transportgelegenheit dahin! »Wir müssen zurück in die Hauptstadt, und wir brauchen warme Kleidung und Nahrung.«

»Shayla sagt, wir sollen uns vor den Männern, die unten im Tal aufmarschiert sind, hüten.« Myris Worte gingen beinahe im Rauschen der mächtigen Schwingen unter.

»Männer?« Die Wahrnehmung vieler Leben drängte sich seinem Geist auf. »Das sind Hunderte, nein Tausende Männer!«, stieß er hervor.

»Zornige Männer«, setzte Myri, ebenso besorgt wie er, hinzu.

»Die Söldnerarmee, die sich darauf vorbereitet, von SeLenicca aus nach Coronnan einzumarschieren«, setzte Narbengesicht hinzu. »Wir befinden uns in einem der Bergpässe zwischen den beiden Ländern.«

»Söldnerpatrouillen im Westen, mit angelegten Pfeilen und gezogenen Schwertern«, keuchte Yaala, sprang auf und zeigte in diese Richtung.

»Das Tor öffnet sich!«, schrie Powwell. »Wir können zurück, um Kalen zu holen!« Er fuhr hoch und wies auf die rasch wechselnden Farben, die in einem bogenförmig geformten Schatten zwischen dem Felsbrocken und einem Baum wirbelten.

»Nein!« Nimbulan starrte auf das teilweise geöffnete Portal. »Dort wartet Moncriith auf uns.«

Eine verschwommene Vision der Menschen, die sich auf der anderen Seite des Tors befanden, waberte hin und her, verfestigte sich jedoch nicht. Ihm pochte das Blut in den Ohren, als er sah, wie Moncriith Yaassima und Kalen in die Grube stieß. Gewaltige Lavazungen schossen gierig herauf, um sie zu verschlingen.

»Kalen!« Powwell stürzte voran, um das kleine Mädchen aufzufangen.

Doch das Tor löste sich auf, ehe er sie erreichte.

31. Kapitel

Myri rannte hügelabwärts, so rasch sie konnte. Nimbulan trug Amaranth. Yaala zerrte den widerstrebenen Powwell vom Drachentor weg.

Die Soldaten waren ihnen dicht auf den Fersen. Sie spürte, dass hinter ihnen weitere Männer rannten und sich andere anschickten, ihnen den Fluchtweg abzuschneiden.

Nimbulan und die anderen verhielten abrupt angesichts der Barrikade von Soldaten, die ohne Vorwarnung vor ihnen auftauchten.

»Keine Bewegung.« Aus der Gruppe von einem Dutzend Soldaten, die Waffen auf die Flüchtlinge gerichtet hielten, trat ein Söldner vor. Er streckte den Arm aus.

Ein Hexenschnüffler. Er war dem Duft der Drachenmagie gefolgt, um Myri, Nimbulan und die anderen festzusetzen.

Myri sah von den gezückten Schwertern zu den Augen der Soldaten, welche die Waffen in den Händen hielten. Ihr fanatischer Hass, den sie mit ihrer empathischen Gabe wahrnahm, verbrannte sie beinahe. »Das sind Moncriiths Männer«, flüsterte sie Nimbulan zu und schluckte ihre Angst vor dem Blutmagier, der sie fast ihr ganzes Leben lang gejagt hatte, hinunter.

Sie würde nicht zulassen, dass ihre Furcht sie davon abhielt, ihren Ehemann und ihre Kinder zu schützen.

»Moncriith?« Lautlos wiederholte Yaala den Namen. »Es war teilweise sein Werk, dass Yaassima meinen Vater ermordet und mich ins Exil geschickt hat. Schon immer hat er vorgehabt, die Macht in Hanassa zu übernehmen. Nun, da er die Kaalipha getötet hat, ist er in der Lage dazu.« Ihre leisen Worte klangen verbittert.

»Seid still. Fesselt sie.« Der Anführer der Söldner winkte seine Männer vorwärts. Sie zögerten und traten von einem Fuß auf den anderen.

»Wir müssen fort von hier, Nimbulan«, meinte Narbengesicht halblaut. »Moncriith ist gerissen genug, um uns durch das Tor zu folgen.« Er atmete tiefer und bereitete sich darauf vor, einen Zauber zu werfen.

»Noch nicht. Wir müssen herausfinden, wie ihre Schlachtpläne aussehen«, gab Nimbulan schroff zurück. »Dann müssen wir König Quinnault die Informationen bringen. Wir können nicht gegen König Lorriin kämpfen, wenn wir seine Taktik nicht kennen.«

Myri umklammerte seinen Arm mit beiden Händen. Ihre langen Finger öffneten und schlossen sich krampfartig. Die Schwertkämpfer nestelten an den Stricken, die an ihren Gürteln hingen, näherten sich den Magiern jedoch nicht.

Sie fing ihr Zögern auf und begriff. Moncriith war nicht hier, um sie vor einer Magie, die sie nicht verstanden, zu schützen. Die Bogenschützen verlagerten ihr Ziel um ein Winziges. Ihre Unsicherheit mochte sie dazu bringen, ihre Pfeile ohne nachzudenken und blindlings abzuschießen. Sie nahm ihrem Mann Amaranth ab. Der beste Schutz für die Kleine war es, wenn Nimbulan die Hände frei hatte, um Magie zu wirken.

Maia versuchte, sich hinter den nächsten Baum zu schieben, doch ein weiterer Soldat trat ihr mit aufgelegtem Pfeil entgegen. Sie zog sich zurück und gesellte sich zu der Gruppe der Flüchtlinge.

Bewusst nahm Myri die Boshaftigkeit der Soldaten auf und gab noch Verunsicherung dazu. Als sich die negativen Emotionen wie ein glühender Knoten in ihren Eingeweiden zusammenzogen, schluckte sie ihre Vorbehalte hinunter und schleuderte sie konzentriert gegen die Angreifer zurück. Ihre Gabe rebellierte und ließ die unangenehmen Gefühle auf sie zurückfallen. Am liebsten hätte sie sich wimmernd hinter der nächstbesten Deckung zusammengekauert.

Noch nie hatte sie ihr empathisches Talent anders als zum Heilen eingesetzt. Dieser Angriff lief allem zuwider, was sie jemals durch Magie zu vollbringen gehofft hatte.

Doch um ihre Kinder zu schützen, fing sie den negativen Rückschlag auf, gab Furcht hinzu und strahlte die Gefühle erneut ab.

Beim ersten Anzeichen dafür, dass die Bogenschützen ins Wanken gerieten, wandte sie sich ab, sodass sich ihr Baby zwischen ihr und ihrem Mann befand.

»Dämonenmagier!«, zischte der Anführer der Soldaten mit zusammengebissenen Zähnen. Sein Arm, den er immer noch ausgestreckt hielt, bebte leicht. »Lord Moncriith hat befohlen, alle Dämonen zu töten.« Er hob den Arm, um seinen Bogenschützen den Schießbefehl zu geben.

»Wartet!«, rief Nimbulan.

Diesen Tonfall hatte Myri schon bei ihm gehört – auf dem Schlachtfeld, wo eine ganze Armee und die gesamte Kommune der Magier seinem Befehl gehorchten. Sie hörte auf, Emotionen auszusenden. Die erhobene Hand des Anführers stoppte zögernd. Myri hielt die Luft an.

»Als ich Hanassa verließ, hatte Moncriith soeben meine Söldnertruppe angeheuert, damit wir in Eure Reihen eintreten«, erklärte Nimbulan. »Wenn Ihr uns tötet, riskiert Ihr den Zorn Eures Befehlshabers.«

Myri achtete genau auf Nimbulans Miene und seine Aura. An den Rändern seiner Behauptung flackerte Unwahrheit. Seine Worte waren keine komplette Lüge, aber auch nicht die Wahrheit.

»*Lord* Moncriith wirbt keine Magier an«, behauptete der Soldat. »Und wo ist dann Eure Truppe, wenn Ihr ein richtiger Hauptmann seid? Frauen und Kinder können keinen Kampf führen.«

»Wir suchen nur einen Zufluchtsort für unsere Familien, bevor wir der Truppe beitreten«, versuchte Nimbulan die Vorbehalte des Mannes zu zerstreuen.

Der Hexenschnüffler sah nicht aus, als glaube er Nimbulan.

»Wie kommt Ihr eigentlich darauf, dass wir Magier wären?«, fragte Nimbulan begütigend. »Wir führen keine Stäbe mit uns, noch tragen wir die blauen Roben der Kommune, die *Lord* Moncriiths wahrer Feind ist.« Mit offenen Händen streckte er die Arme seitwärts aus, als werbe er um Vertrauen. Mit derselben Bewegung bedeutete er Myri, hinter ihm Schutz zu suchen. Seine Finger bogen sich leicht nach innen, seine übliche Geste, wenn er einen Zauber vorbereitete.

Myri spürte keine Kraftlinien in unmittelbarer Nähe. Hatte Nimbulan, während Shayla bei ihnen gewesen war, genug Drachenmagie gesammelt, um ein Dutzend oder mehr Männer außer Gefecht zu setzen? Sie sah Powwell und Narbengesicht an. Auch sie schickten sich an, sich per Magie zu verteidigen, warteten aber auf Nimbulans Signal.

Yaala und Maia drängten sich so weit wie möglich von den Magiern und Söldnern entfernt zusammen. Vorsichtig rückten sie auf einen Baum zu, der ihnen vielleicht Deckung gewähren würde, wenn die Söldner sie nicht aufhielten.

»Ihr habt uns immer noch nicht erzählt, wo Euer Söldnertrupp steckt. Falls Ihr wirklich einen habt, *Magier*«, meinte der Sergeant vorwurfsvoll. Er sah den Weg hinunter, auf dem er eben gekommen war. Anscheinend näherte sich keine Verstärkung.

»Und Ihr habt nicht auf meine Frage geantwortet, Sergeant. Noch habt Ihr einen Hauptmann angemessen gegrüßt. Das ist Insubordination. Ich könnte Euch auspeitschen lassen.« Nimbulan Stimme war eiskalt geworden. Die versteckte Drohung hinter seinen Worten ließ Myri erschauern.

»Ich rieche die Dämonen in Euch.« Hastig sah der Sergeant nach rechts und links und verriet so seine Nervosität.

»Moncriith ernennt Hexenschnüffler zu Sergeanten und lässt

sie Männer mit besseren Führungsqualitäten kommandieren«, murrte Narbengesicht unterdrückt. »In Hanassa wimmelt es von Nichtskönnern wie dem hier«, setzte er dann lauter hinzu, »die über ihre eigenen Füße stolpern und ihre Befehle fast so schnell wieder ändern, wie sie sie geben. Wenn Moncriith echte Söldner anheuert, dann werden sie demoralisiert und in Auflösung sein, bis sie hierherkommen.«

»Ich bin ein guter Anführer!«, protestierte der Soldat. »Ich habe mir meinen Rang ehrlich verdient.«

»Ach ja?« Nimbulans Ton säte Zweifel. Er hob die Hand. Immer noch hielt er die Handflächen nach außen gerichtet und zügelte seine Magie.

Neben ihm tat Narbengesicht dasselbe, indem er in einer flatternden Geste seine Finger verwob. Powwell schob sich neben Nimbulan, sodass die Spitze seines Stiefels den Fuß des Obersten Magiers berührte. Ihre Auren und ihre Magie flossen zusammen.

Myri spürte, wie unter den Bogenschützen die Verunsicherung wuchs. Ihre Bogensehnen verloren ein wenig an Spannung. Die Männer mit den Schwertern senkten die Spitzen ihrer Klingen um einen Bruchteil.

Nimbulan und Powwell machten sich die Grundlage zu Nutze, die Myri mit ihrer emotionalen Attacke geschaffen hatte.

Amaranth schlug die Augen auf und sah ihrer Mutter ins Gesicht. Sie nahm die Gefühle des Säuglings überdeutlich wahr. Die Kleine fürchtete den Tod der Männer.

Deine Tochter ist eine Empathin!, schrie Myri dem Geist ihres Mannes zu. *Wenn du diese Männer tötest, bringst du sie ebenfalls um.* Behutsam zügelte sie ihre eigene Gabe. Sie hatte die engste Verbindung zu dem Baby. Amaranth würde alles fühlen, was sie spürte, alles, was sie aufnahm oder sendete – zum Guten oder zum Schlechten. Der Aufruhr und das Chaos der vergangenen Nacht mussten die Gabe der Kleinen vorzeitig erweckt haben.

Was ist mit dir, Liebste?, fragte Nimbulan. Die Silberschnur, die sie verband, pochte heftig unter dem raschen Herzschlag der beiden.

Ich werde es überleben. Inzwischen kann ich mein Talent kontrollieren. Der Tod dieser Männer wird mich verletzen, aber nicht umbringen. Aber unsere Tochter wird ihnen in die Leere folgen, wenn sie in ihrer Gegenwart sterben.

*

»Was habt Ihr mit uns vor?«, erkundigte sich Nimbulan mit gleichmütiger Stimme bei den Soldaten, die ihnen immer noch drohend gegenüberstanden. »Ihr seid Renegaten, die lieber ausziehen, um alle Fremden zu töten, statt Eure Energie und Waffen für den Feldzug aufzusparen, für den man Euch angeheuert hat.«

Ehe die Söldner reagieren konnten, wies Nimbulan mit beiden Zeigefingern auf die Männer. Blassblaue Funken knisterten über seine Haut und fuhren aus seinen Fingerspitzen. Er richtete den magischen Zwang so aus, dass die Söldner in eine Wolke aus glühenden blauen Funken gehüllt wurden. Die Wolke breitete sich über die gesamte Patrouille aus.

Allein hätte er so viel Magie nicht aufbringen können. Mit einem Nicken dankte er Powwell für seinen magischen Beistand.

Narbengesicht unterstützte ihn mit einem eigenen Zauber, der die Männer an ihrem Platz festnagelte, während Nimbulan sie befragte.

Der Sergeant starrte mit glasigen Augen vor sich hin und atmete kaum noch. Seine Männer erstarrten. Die blauen Funken erhellten ihre entsetzten Mienen.

Amaranth kreischte, als hätte man sie mit einer Nadel gestochen. Myri wich vor dem eiskalten Schmerz zurück, der die Muskeln der Männer verkrampfte.

»Macht schnell. Rasch, bevor Amaranth zu atmen aufhört«, stieß sie mit fast gelähmten Lippen hervor. Sie zog sich zu Yaala und Maia zurück, um den Abstand zwischen dem Baby und den erstarrten Männern zu vergrößern.

Nimbulan nickte seiner Frau kurz zu und bezwang seine Panik, die ihn zur Eile trieb. Er würde diese Aufgabe nur richtig zu Ende führen können, wenn er seine Emotionen meisterte.

»Wann sollt Ihr die Grenze nach Coronnan überschreiten?«, sprach er die Söldner an.

»Heute Abend, sobald die Nachricht eintrifft, dass sich König Quinnault mit der Prinzessin von Terrania vermählt hat«, antwortete der Sergeant mit monotoner Stimme.

Terrania! War Quinnault vollkommen verrückt geworden?

»Was ist mit den Truppen, die zusammen mit Lord Moncriith aus Hanassa kommen sollen?« Nimbulan brachte die Worte mühsam hervor, während er darum kämpfte, Zorn und Angst unter Kontrolle zu halten. Wenn er seinen Gefühlen freien Lauf ließ, würde seine Tochter darunter leiden.

»Sie werden in Coronnan zu uns stoßen müssen.«

»Warum wartet Ihr nicht auf sie?«, fragte Nimbulan kühl. Durch die Silberschnur fühlte er, wie Myri die emotionale Kontrolle, die er über seine Magie ausübte, einsetzte, um die überwältigende Angst der Söldner einzudämmen. Ihre Muskeln entspannten sich ein wenig, doch Amaranths Atem ging immer noch unregelmäßig und mühsam.

»Wir fallen aufs Geratewohl in die Dörfer ein und plündern. Angreifen sollen wir erst, wenn wir in der Nähe der Hauptstadt Quinnaults Armee gegenüberstehen. Bis dahin wird er kein Volk mehr haben, bei dem er Truppen ausheben kann.«

S'murghit, wie sollte man Dutzende kleiner Schlachten führen, die nicht von einem einzelnen Befehlshaber kommandiert wurden? Nimbulan brauchte viele Männer, die er nach einem großen Plan einsetzte. Aber er hatte kein Talent dazu, jede kleine Patrouille zu lenken.

»Wann marschiert König Lorriin?«

»Er überrennt heute Nacht die Stadt Sambol. Dann segelt er den Coronnan-Fluss hinunter, um die Hauptstadt einzunehmen, und plündert unterwegs die Umgegend.«

»*S'murghit!*« Dieses Mal sprach Nimbulan es laut aus. Das schlechte Gewissen überwältigte ihn und trübte sein Denken. »Wann hatte Quinnault denn Zeit, eine Prinzessin zu umwerben und einen Ehevertrag zu unterzeichnen? Wusste ich doch, dass ich die Angebote mit ihm hätte durchgehen sollen, ehe ich die Stadt verlassen habe.«

»Die Heiratsverhandlungen sind während der letzten Monate im Verborgenen geführt worden, geleitet von Nimbulan, dem Magier des Königs«, antwortete der Sergeant, als wäre die Frage an ihn gerichtet gewesen.

»Das ist eine interessante Neuigkeit.« Nimbulan zog eine Augenbraue hoch und biss sich von innen in die Wangen, um nicht über dieses alberne Gerücht zu lachen. Doch es wäre ein nervöses Lachen gewesen.

»Rasch. Wir müssen sofort aufbrechen. Amaranths Atem gefällt mir gar nicht.« Myri ließ das Kind auf den Armen auf und ab hüpfen und versuchte, die telepathische Verbindung zwischen dem Säugling und den Männern zu durchbrechen.

»Ja, wir gehen. Narbengesicht, kannst du dafür sorgen, dass diese Männer mit einiger Verzögerung aus ihrem Bann erwachen? Powwell, schick einen Rufzauber an Lyman und die Kommune.«

Powwell sah auf seine Füße hinunter, und seine Wangen liefen rot an.

»Es tut mir leid, Powwell. Ich hatte vergessen, dass du diesen Zauber nicht gemeistert hattest, ehe Televarn dich entführt hat. Ich tue es selbst, sobald wir diesen Ort verlassen haben.« Auch Nimbulan schaute jetzt auf seine Stiefel. Wenn Powwell diesen Zauber gut genug beherrscht hätte, um während der ersten Monate von Myris Verbannung aus der Hauptstadt mit Nimbulan in Kontakt zu bleiben, dann hätte Nimbulan von ihrer Schwangerschaft erfahren. Er hätte sich von seinen Aufgaben in der Hauptstadt losgerissen, um bei ihr zu sein.

Doch stattdessen hatte er sich selbst getäuscht und sich gesagt, alles müsse zum Besten stehen, da er nichts anderes hörte.

Der Gedanke ernüchterte ihn. Liebte er sie genug, um seine Arbeit in der Hauptstadt und bei der Kommune zu opfern und einzig um ihrer selbst willen mit ihr zusammen zu sein, oder ging es ihm um sein leibliches Kind, nach dem er sich so gesehnt hatte?

Er hatte gewartet, bis Shayla den Pakt zwischen Menschen und Drachen für gebrochen erklärt hatte, und hatte sich erst dann auf den Weg gemacht, um die Ursache herauszufinden.

»Vielleicht hat sich das Tor ja wieder geöffnet«, meinte Yaala, die immer noch die Gruppierung aus Felsen und Bäumen anstarrte, zu der sie das Portal im Herzen des Vulkans geführt hatte. »Ich muss herausbekommen, was aus Yaassima geworden ist. Hanassa sollte mir gehören, nicht irgendeinem dahergelaufenen Pöbel, der jetzt die Macht an sich reißt.«

»Die Sequenz, in der sich das Tor öffnet, ist vollkommen beliebig«, versetzte Powwell schroff. Seine Wangen brannten immer noch, so peinlich war es ihm, dass er den einfachen Kommunikationszauber nicht hatte wirken können. »Es braucht einen Bogen, um sich zu materialisieren – selbst wenn es nur ein Schatten ist. Vielleicht haben die Schatten ihre Form verändert, als die Sonne weitergezogen ist. Oder Kalen ist an einem anderen Bestimmungsort herausgekommen, als sich das Tor hier nicht öffnen konnte.« Hoffnungsvoll leuchteten seine Augen auf.

»Wir müssen ein gutes Stück weit fort sein, wenn diese Männer aufwachen«, erinnerte ihn Nimbulan. »Ich muss diese Information sofort zu Quinnault bringen, ehe er diese katastrophale Ehe schließt. Und ich werde dich nicht zurücklassen, so wie Rollett. Bis in die Hauptstadt ist es ein langer Marsch.« Er breitete die Arme aus, als wolle er seine kleine Herde zusammentreiben.

»Mich willst du nicht zurücklassen, aber Kalen lässt du im Stich. Du lässt sie sterben und rührst keinen Finger, um ihr zu helfen. So wie du Myri verlassen hast, als sie schwanger war und dich am dringendsten gebraucht hätte«, murrte Powwell verbittert.

32. Kapitel

Quinnault sah zu, wie Katie die drei Stufen zum Podium hinaufging und dabei ungläubig die Augen verdrehte. Vor Verzweiflung drehte sich ihm der Magen um. Vor seinem geistigen Auge sah er ein einsames Leben ablaufen. Nachdem er ihr sein Herz geschenkt hatte, konnte er sich nicht mehr vorstellen, jemand anderen zu heiraten. Aber ohne diese Eheschließung würde er den Hafen verlieren und seine Glaubwürdigkeit vor dem Rat. Er würde der Stabilität verlustig gehen, die ein Erbe seinem Königreich schenken würde.

Katie musste diese Probe einfach bestehen. Sie musste überleben und seine Frau werden!

Gestern Nacht hatte er einen Meuchelmörder abgewehrt. Er wünschte nur, er könnte bei dem Drachen Fürsprache für sie einlegen.

»Wo ist Nimbulan, Lyman? Er sollte hier sein, den Vorsitz führen, mir Rat geben. Helfen«, flüsterte er dem alten Magier ins Ohr.

»Er ist fortgegangen, um Papa zu spielen und den Pakt mit den Drachen wiederherzustellen. Ob ihm das gelungen ist, werden wir daran sehen, ob ein Drache auf meinen Ruf antwortet.«

»Myrilandel hat ein Kind? Warum hat Nimbulan mir nicht gesagt, dass er Vater geworden ist? Dann hätte ich ihm doch schon vor Monaten Urlaub gegeben, um zu meiner Schwester zu gehen. Aber jetzt brauche ich ihn hier.« Die Freude über das neue Leben stritt sich in ihm mit Verärgerung darüber, dass ihm niemand davon erzählt hatte.

»Er hat es selbst erst nach seinem Aufbruch erfahren.« Lyman fuhr fort, den Himmel zu mustern.

»Warum habt Ihr es mir dann nicht gesagt? Ihr scheint mehr darüber zu wissen als Nimbulan. Immer wisst Ihr mehr, als Ihr sagt.«

»Es stand mir nicht zu, dieses Geheimnis zu lüften.« Verschwörerisch zuckte der Magier mit den Achseln.

»Ihr scheint außerdem mehr über die Drachen zu wissen als jeder andere – einschließlich Myrilandels, die zur Hälfte ein Drache ist, und meiner Person, obwohl ich durch die Coraurlia auf magische Weise mit ihnen verbunden bin. Wie ist das möglich, Lyman? Sagt es mir jetzt.« Quinnault musterte den Alten.

»Von Myrilandel wisst Ihr, dass Drachen mit purpurnen Flügelspitzen eine besondere Bestimmung haben. Sie werden immer als Zwillinge geboren, aber nur einer von ihnen kann ein Drache bleiben. Der zweite muss eine andere Gestalt annehmen, um sein Schicksal zu erfüllen. Mein Zwilling jedoch hat es vorgezogen, seiner Art den Rücken zu kehren und sich einen Lebensweg zu suchen, der ihn für immer von den Drachen trennte. Mir blieb nichts anderes übrig, als beide Existenzen zu leben.«

»Ihr seid als Purpurdrache geboren!« Quinnault starrte ihn mit halb offenem Mund an. Doch er erholte sich rasch und ließ den Blick über die versammelten Lords und Magier schweifen, um festzustellen, ob einer von ihnen das erstaunliche Geständnis vernommen hatte.

»Seht dort. Nimbulan muss es gelungen sein, Myrilandel und ihr Kind zu retten.« Lyman wies gen Osten, wo die Sonne über der Großen Bucht aufging.

»Wir sprechen später darüber, Lyman«, sagte Quinnault und schaute ebenfalls über die Bucht hinaus.

Einen Moment lang verdeckte ein kleiner Schatten die immer größer werdende Sonnenscheibe, und dann brach das Licht umso heller hervor und schimmerte wie ein Regenbogen. Ein Drache näherte sich.

Quinnault beschattete die Augen mit der Hand und hielt im

Osten Ausschau nach den gewaltigen Wesen, die seiner Krönung ihren Segen erteilt hatten, indem sie in dem Moment, als die Priester die Coraurlia auf seinen Kopf setzten, über den Burghof geflogen waren. Geblendet von dem hellen Licht, glitten seine Augen nach rechts und links. Er stieß einen Seufzer der Erleichterung aus, doch das Gefühl rang mit seiner Sorge um Katie. Die Drachen waren jetzt ebenso sehr ein Teil von ihm, wie Katie es war.

»Seht!« Lyman wies auf einen Punkt über der Bucht, der höher lag als die aufgehende Sonne. »Lords des Rats, jetzt müsstet ihr die Drachen erkennen können.«

Nach und nach verblassten die Regenbogenfarben und ließen einen vagen Umriss aus Schwingen und spitzen Wirbelfortsätzen erkennen. Am Rande verschwammen alle Farben zu einem Eindruck von Transparenz. Bei den männlichen Drachen wiesen die Venen an den Schwingen und die Hörner eine Primärfarbe auf. Dann musste dies Shayla sein, die Drachin, die den Nimbus anführte. Quinnaults Augen glitten unwillkürlich um die fliegende Gestalt herum, wodurch die Illusion entstand, die Drachin sei durchsichtig.

Auf diese Entfernung wirkte sie nicht größer als der Flugflipper seiner Schwester. Aber Quinnault wusste, dass Shayla den ganzen Hof einnehmen würde. Ihr Kopf befand sich in Höhe zweier aufeinandergestellter Schlittenpferde, und ihr Körper war so breit wie zwei weitere.

Shayla war eine strenge Richterin, die den Pakt für gebrochen erklärt hatte. Quinnault fühlte sich plötzlich furchtbar schuldig. Er hatte seine Schwester Myrilandel ins Exil geschickt, die auserwählte Mittlerin zwischen Drachen und Menschen. Ob Shayla ihm wohl deswegen grollte?

Er sah zu Katie, die schließlich der Grund für diese ganze Demonstration war. Sie stand exakt in der Mitte der Bühne und wirkte vor der gewaltigen Kulisse des unvollendeten Burghofs und der Bucht dahinter schmal und winzig. Die Morgenbrise drückte den dünnen Stoff ihres reinweißen Hemdes gegen ihren Körper und bildete Brüste und Beine ab. Die unschickliche Enthüllung durch das einfache Kleidungsstück schien ihr nichts auszumachen. Ihr Blick wanderte weiter über die Bucht, doch sie sah nichts, obwohl sie die Augen mit der Hand beschattet hatte.

Wahrscheinlich konnte sie die sich rasch nähernde Drachin nicht erkennen, weil sie noch nicht an Shaylas Existenz glaubte.

Groll stieg ihm in die Kehle; Zorn auf die Männer seines Rats, die diese Probe ins Werk gesetzt hatten, um ihre eigene Machtgier zu befriedigen. Jetzt erkannte Quinnault ihre Beweggründe: Nicht der Argwohn gegenüber einer unbekannten Prinzessin trieb sie an. Sie wollten beweisen, dass ihr König sich irrte, und damit ihre Macht im Rat vergrößern.

Der Attentäter musste von einer anderen Seite geschickt worden sein, von jemandem, der weniger raffiniert und dafür verzweifelter war.

Wer hätte durch den Tod dieser fremden Prinzessin etwas zu gewinnen?

Er riss seinen Blick von Katie los und beobachtete die Männer, die den Hof bevölkerten. Lyman stand immer noch am Fuß der Empore und schien dem Eintreffen des Drachen unbewegt entgegenzusehen. Es spielte sogar ein leises Lächeln um seinen faltigen Mund, als wäre diese ganze Veranstaltung ein großer Scherz. Die anderen Magier lächelten ebenfalls, doch auf andere Weise. Genau wie Quinnault empfanden sie bei Shaylas Anblick große Freude. Sie barsten beinahe vor Stolz und Glück, während sie sich mit Drachenmagie vollsogen. So hatte er sie schon früher gesehen, wenn ein Drache anwesend war.

Die Lords des Rats verhielten sich anders. Die meisten zuckten leicht zusammen, so wie Männer, die sich mit ihrer größten Angst konfrontiert sehen, aber zu stolz sind, um davonzulaufen. Einige schlossen die Augen und murmelten Gebete. Aber keiner reagierte mit Freude auf den Drachen – obwohl sie Shayla gerufen hatten, damit sie diese Probe abhielt.

Langsam, so als bewege sie sich in einer Welt, in der die Zeit anders ablief, sank Shayla auf den Hof hinunter. Ihr gewaltiger, kristallartig glitzernder Körper passte kaum zwischen Quinnault und die Empore, und doch brachte sie es irgendwie fertig, so sanft zu landen, dass nur eine leise Brise das Haar des Königs bewegte. Lyman huschte ihr geschickt aus dem Weg, wobei er sich viel schneller bewegte, als man das von einem Mann seines Alters erwartet hätte.

Guten Morgen, Shayla, begrüßte Quinnault die Drachin. *Ich hoffe, die Bitte meines Rats hat deinen Tagesablauf nicht allzu sehr gestört.*

(Die Wahl deiner Gefährtin ist eine wichtige Angelegenheit, Quinnault Darville de Draconis. Im Unterschied zu Drachen ist es den Menschen nicht bestimmt, allein zu leben.) Grüßend nickte Shayla ihm zu. Dann wandte sie ihr Maul, das dem eines Pferdes ähnelte, der kleinen Frau auf dem Podium zu.

Katie stand steif und reglos da, wie in der Zeit erstarrt. Vor Verblüffung stand ihr Mund halb offen. Quinnault sah ihre perfekten weißen Zähne und ihre rosige Zunge, die mitten in einem Aufkeuchen verharrte, und fühlte sich fasziniert von ihrer Verletzlichkeit. Bisher hatte er diese Eigenschaft bei ihr nicht wahrgenommen. In ihrer kleinen Gestalt steckten so viel Kraft und Humor, dass eigentlich kein Platz für diese Schwäche hätte sein dürfen. Sein Herz schwoll vor Verlangen, sie zu beschützen.

(Das also ist das Gefühl, das ihr Menschen Liebe nennt), kicherte Shayla in Quinnaults Hinterkopf. *(Meine Tochter besitzt sie beinahe im Überfluss. Ich kann nicht länger verlangen, dass sie das einsame Leben eines Drachen führt. Du darfst sie nicht dazu zwingen.)*

Am liebsten hätte er über die Verbindung ihrer Gefühle gelächelt, doch er wagte es nicht. Katie war immer noch sowohl der Drachin als auch dem Rat ausgeliefert. *Ich werde tun, was ich kann, damit meine Schwester, deine Tochter, nicht mehr allein leben muss.* Warum hatte er Shayla dieses Versprechen gegeben? Er hatte keine Ahnung, wie er dafür sorgen sollte, dass Myrilandel von dem Erlass ausgenommen wurde, der alle abtrünnigen Magier verbannte.

(Heute Nacht werde ich mich mit meinen Gefährten paaren, so wie du mit deiner Gefährtin. Der Nimbus wird wieder stark sein. Es ist die falsche Jahreszeit, aber dieser Akt ist notwendig, als Symbol der Verbindung zwischen dir und uns.)

Was ich für diese Prinzessin fühle, ist mehr als nur körperliches Begehren, Shayla. Ich muss sie jeden Tag meines Lebens an meiner Seite haben. Mit ihr will ich die großen Entscheidungen und die kleinen Alltagsdinge teilen. Mein Leben ist ohne sie nicht vollständig.

(Dann empfinden wir das Gleiche, König Quinnault. Ich bin kein einsamer Drache mehr, sondern Teil eines größeren Ganzen. Ohne meine Gefährten und meine Kinder wäre ich weniger, als ich jetzt bin. Myrilandel hat mich das gelehrt.) Shayla neigte den Kopf zur Seite und inspizierte Katie.

Quinnault spürte, dass die Drachin verwirrt war. Dann wandte sich Shayla Lyman zu.

»Prinzessin Maarie Kaathliin von Terrania«, verkündete Lyman mit strenger, gebieterischer Stimme.

Katie schüttelte ihre Lähmung ab und sah nun zu dem alten Magier. Doch rasch wandte sie den Blick wieder der Drachin vor ihr zu.

»Prinzessin, die mentale Panzerung, die Ihr errichtet habt, um keiner Illusion zu erliegen, ist sehr stark. Wenn wir keine Lücke in Eure Barrieren schlagen können, um telepathisch mit Euch zu kommunizieren, dann können wir auch keine Illusion schaffen, die wir Euch vorgaukeln. Der Drache ist wirklich. Berührt ihn, und erkennt die Wahrheit.«

Unentschlossen verhielt Katie einen Moment lang. Ihr Blick glitt von Lyman zu der Drachin, dann zu Quinnault und wieder zu Shayla. Nach einem Augenblick, der sich unendlich zu dehnen schien, hob sie die Hand und streckte sie aus. Einen Fingerbreit von Shaylas Schnauze entfernt hielt sie inne. Sie biss sich von innen in die Wangen und schloss die Augen. Dann überwand sie entschlossen die restliche Entfernung. Mit den Fingerspitzen strich sie über das weiche Fell und zog sie dann abrupt zurück, als hätte sie sich verbrannt. Sie riss die Augen auf und brach zusammen, ein Häuflein aus weißem Linnen und verdrehten Gliedmaßen.

Quinnault sprang auf das Podium. Mit der Schulter stieß er Shayla beiseite und war mit zwei Schritten bei Katie. Stumm hob er ihr erschlafftes Handgelenk.

Seine Hände zitterten derart heftig, dass er ihren Puls nicht fand.

*

Powwell, der rückwärts ging, stolperte über ein Grasbüschel. Aber er musste das Portal im Auge behalten, um festzustellen, ob Kalen den Weg hindurch fand. Nimbulan beobachtete das Tor ebenfalls, als rechne er damit, dass Rollett heraustreten würde. Eigentlich musste sich der Durchgang bald wieder öffnen. Doch die Luft blieb unbewegt, und der heiße Wind aus dem Inneren des Vulkans ließ auf sich warten.

Vor ihm hielten sich die anderen dicht beieinander und beeilten sich, Moncriiths Söldnerpatrouille hinter sich zu lassen.

Myri und Maia ignorierten einander demonstrativ. Myri ging gemächlich dahin; da sie längere Beine hatte, fiel es ihr leichter als der Rover-Frau, mit Nimbulan Schritt zu halten. Doch keine von ihnen näherte sich dem Obersten Magier so weit, dass er sie hätte berühren oder ihnen auf dem zunehmend kalten, rauen Pfad helfen können.

Wenigstens hatten sie der Patrouille warme Kleidung und ein

paar Nahrungsvorräte abnehmen können. Damit konnten sie auf diesem Pass, der in niedriger Höhe durch die westliche Bergkette führte, überleben. Falls es ihnen gelang, ihren Vorsprung vor Moncriiths Männern zu wahren.

Was ist mit dir, Kalen? Wo bist du jetzt? Bist du am Leben? Powwell betete, das Drachentor möge sie in letzter Sekunde an einen anderen Ort geschickt haben. Er konnte den Anblick des Toten an seinem ersten Tag in der Grube nicht vergessen und sah immer noch vor sich, wie sich die hungrige Lava durch seinen Körper gefressen hatte.

Nein, Kalen. Ich kann nicht glauben, dass dir das Gleiche zugestoßen ist.

Er sah noch einmal zurück zu der Hügelkuppe, wo die Bäume so dicht standen, dass sie zusammen mit dem Haufen verwitterter Felsbrocken einen bogenförmigen Schatten warfen. Die Sonne stieg höher, und der Schatten hatte sich zu einem schmalen Streifen zusammengezogen.

Wieder stolperte er. Die Augen wurden ihm feucht. Selbst wenn Kalen aus der Grube entkommen war, konnte sie erst wieder hier materialisieren, wenn am nächsten Morgen die Sonne aufging und erneut diesen Bogen schuf. In ihrem verzweifelten Versuch, der brodelnden Lava zu entrinnen, war sie vielleicht in eine der lebensfeindlichen Landschaften geraten – eine Wüste, ein sturmgepeitschtes Meer oder eine eisige Ödnis – und umgekommen, bevor sie nach Hanassa zurückkehren konnte.

Sein Geist schreckte vor der Erinnerung an diese letzten Augenblicke in dem dunklen, engen Tunnel zurück. Powwell wollte nicht daran denken, wie er das Gewicht des ganzen Planeten auf seinen Schultern gespürt hatte, oder daran, wie Kalen ihrem Haustier nachgerannt war, weil ihr das stinkende Frettchen offenbar wichtiger gewesen war als ihre eigene Sicherheit. Powwell zwang sich, alle Einzelheiten in sein Gedächtnis zu rufen, so, als erinnerte er sich an einen Zauberspruch, den er in einem von

Nimbulans vielen Büchern gelesen hatte. Er griff nach Thorny, wobei er ganz vergaß, seinen Gefährten anzusprechen, bevor er ihn berührte. Verblüfft krümmte sich der Igel, und seine Stacheln drangen in Powwells Hand. Fünf Blutstropfen traten auf seine Handfläche, und er saugte daran und ließ zu, dass der Schmerz ihm neue Tränen in die Augen trieb.

»Kurz bevor wir durch das Portal getreten sind, hat einer der Wachen gerufen: ›Da sind sie! Holt den Kaaliph.‹« Er murmelte leise vor sich hin und zerrte die Erinnerung mühsam unter all den anderen Eindrücken hervor. »Er sagte ›Kaaliph‹ und nicht ›Kaalipha‹. Dann muss Moncriith Yaassima gefangen oder getötet haben.« Dieses Mal sprach er so laut, dass die anderen ihn hören konnten.

»Ich glaube, ich hätte ihren Tod gespürt«, meinte Myri und blieb wie angewurzelt stehen. »Ihren Tod oder den von Televarn. Ich ... ich habe sie beide sehr gut gekannt. In dieser Vision habe ich gesehen, wie die Grube sie verschlungen hat, aber gespürt habe ich nichts.«

»Moncriith als Kaaliph von Hanassa«, sagte Nimbulan und ließ die Worte über seine Zunge gleiten, als untersuche er sie auf Gift.

Myri wich alle Farbe aus dem ohnehin schon blassen Gesicht. Sie erschauerte.

Kalen!, rief Powwell durch die Leere nach seiner Freundin. *Bitte, Kalen, du musst am Leben sein. Du darfst einfach nicht tot sein.*

Keine Antwort. Von seiner Kehle ausgehend breitete sich ein kalter Schmerz in ihm aus. »Ich muss zurück! Ich muss wissen, was aus ihr geworden ist!« Powwell wollte den Hügel hinauf und wieder zum Portal rennen, doch Narbengesicht vertrat ihm den Weg. Der fremde Magier fasste ihn an den Schultern und hinderte ihn am Weitergehen.

Vor Verzweiflung schluchzend, schlug Powwell mit den Fäusten auf ihn ein. Doch die Hände, die auf seinen Schultern lagen, hielten ihn mit sanftem Druck fest.

»Das Tor ist geschlossen, und die Patrouille wird bald aufwachen, Powwell. Du kannst nicht durch das Drachentor gehen.« Narbengesicht schüttelte ihn leicht und zwang ihn, über seinen unmittelbaren Drang hinaus zu denken. »Ich weiß, was du durchmachst. Ich habe meine Familie in den Kriegen verloren. Die Truppen unseres eigenen Lords haben sie angegriffen, weil er uns verdächtigte, einen entflohenen feindlichen Soldaten zu verstecken. Ihre Schlachtenmagier zwangen mich, dabei zuzusehen, und ließen nicht zu, dass ich meiner Familie zur Hilfe kam. Mich haben sie verschont, weil ich als Magier zu wertvoll war. Später bin ich dann nach Hanassa geflüchtet. Einen solchen Schmerz verwindet man nie, man lernt nur, damit zu leben.«

»Ich kann Kalen nicht in Hanassa lassen!« Powwell wehrte sich jetzt nicht nur mit Fausthieben, sondern schleuderte auch mentale Attacken gegen Narbengesicht.

Doch der verlagerte nur seinen Griff, sodass er Powwells Kehle jetzt von hinten umfasste.

»Denk doch nach, Powwell«, meinte Nimbulan begütigend. »Und denk mit dem Kopf, nicht mit dem Herzen. Du hilfst Kalen nicht, indem du dich umbringen lässt.«

»Sie hat dieses verfluchte Frettchen mehr geliebt als mich!«, schrie Powwell. Mit einem Mal fühlte er sich, als wäre alle Kraft aus seinen Gliedmaßen gewichen. »Und Wiggles ist schuld daran, dass Moncriith sie getötet hat.«

»Du weißt doch, dass die Verbindung zwischen einem Magier und seinem Gefährten etwas ganz Besonderes ist, Powwell«, meinte Myri. »Stell dir vor, wie du dich fühlen würdest, wenn Thorny dich länger als ein paar Minuten allein lassen würde. Kalen muss, seit wir die Lichtung verlassen haben, bis gestern viele Wochen lang von Wiggles getrennt gewesen sein. Das Frettchen war nicht bei ihr, als wir noch im Dorf waren, und war immer noch verschwunden, als sie im Palast zu mir kam. Erst gestern hat das Tier sie gefunden. Diese spezielle Verbindung hat es

Hunderte von Meilen durch das Gebirge wandern lassen, um wieder bei ihr zu sein. Ihr Verstand hätte es vielleicht nicht überlebt, wenn sie so bald wieder von ihm getrennt worden wäre.«

Powwell war so konsterniert über Myris Worte, dass er aufhörte, sich gegen Narbengesicht zu wehren.

»Was meinst du damit, dass sie und Wiggles getrennt worden waren?«

»Er war nicht bei ihr, als Yaassima Kalen zu mir brachte, gleich nachdem ... nachdem Amaranth gestorben war und ich so niedergeschlagen war, dass ich mich nicht um mein Kind kümmern konnte. Kalen muss sich fast genauso gefühlt haben, als sie nach Hanassa kam und Wiggles nicht bei ihr war, um sie zu trösten.«

»Das verfluchte Frettchen steckte in ihrem Ärmel, als Televarn uns in der Nähe des Dorfes in das Drachentor gestoßen hat. Auch in der ersten Woche in Hanassa war Wiggles bei ihr. Danach habe ich ihn nicht mehr gesehen, aber du weißt ja, dass er sich ständig versteckt.« Jeder Muskel in Powwells Körper gefror vor Angst. Furcht davor, dass das, was er als die Wahrheit wahrgenommen hatte, falsch war. Angst, dass Kalen ihn tatsächlich aus freien Stücken verlassen hatte.

Thorny, der in der Tasche seiner Tunika saß, plapperte ihm etwas zu. Powwell verstand nicht alles von der raschen Flut an Emotionen, die der Igel ihm sandte. Er erhaschte einen Satz, einen Befehl wegzulaufen. *Lauf schnell, zurück auf dem Weg, den wir gekommen sind.* Und dann waren sie durch das Drachentor gezerrt worden.

Die Stille hallte in Powwells Ohren.

Er konnte einfach nicht glauben, dass Thorny gehört hatte, wie Kalen ihrem Gefährten befahl, wegzulaufen, damit sie nicht mit Powwell und Myri und Nimbulan durch das Drachentor zu gehen brauchte. Sie waren schließlich ihre Familie.

»Wo ... wo war das Frettchen, als Kalen zu mir kam? Sie sagte, Wiggles befinde sich nicht in Hanassa.« Auch Myri schien nicht weiterbohren zu wollen, als fürchte sie, eine unangenehme Wahrheit zu entdecken.

»Ich weiß es nicht.« Powwell schüttelte den Kopf und hätte am liebsten die Augen vor der Realität verschlossen. Aber der Eindruck, dass Kalen ein falsches Spiel getrieben hatte, wollte einfach nicht weichen.

»Als ich die Reste von Televarns Wasserzauber untersucht habe, da habe ich winzige Pfotenabdrücke neben dem Wasserrinnsal entdeckt«, sagte Nimbulan. Er hob die linke Hand und richtete sie nach vorn aus, die gewohnte Geste, die Powwell verriet, dass er Informationen suchte. »Einen Moment, bevor die Falle über mich hereinbrach, sah ich ein kleines Tier an mir vorbeiflitzen. Damals dachte ich, das sei eines der Frettchen, die Quinnault zum Rattenfangen im Palast hält und das vor der Wasserwand davonlief. Später haben die Wachen, die nach Televarn suchten, berichtet, sie hätten auf der Lichtung ein Frettchen bei dem Rover gesehen. Sie sind zusammen verschwunden.«

»Kalen und Televarn? Das kann ich nicht glauben.« Innerlich wand sich Powwell und wäre am liebsten ganz schnell weit weggelaufen – fort von dem Gedanken, dass sich Kalen von dem durchtriebenen Rover hatte verderben lassen.

»Ich habe Kalen bei einer schrecklichen Lüge ertappt, als Wiggles zu ihr zurückgekehrt ist. Sie hat behauptet, Nimbulan sei ertrunken.« Fest umklammerte Myri die Hand ihres Mannes, als müsse sie sich vergewissern, dass er tatsächlich lebte.

»Kalen hasste Televarn. Sie hasste Hanassa, aber ... aber ...« Powwell erstickte fast an seinem nächsten Gedanken. »Trotzdem ist sie dort gediehen. Jeden Tag habe ich zugesehen, wie sie aufblühte. Ich wollte unbedingt glauben, dass sie zur Frau wurde und dabei war, ihre Liebe zu mir zu entdecken.«

»Das Gör ist an der Macht gediehen, nicht durch Liebe«, setzte Narbengesicht hinzu und spuckte auf den Boden. »Ich habe sie oft genug in der Stadt gesehen. In der Woche nach eurer Ankunft war sie ständig mit Televarn zusammen. Und sogar nachdem der Rover-Anführer die Stadt verlassen hatte, um seinen Mordauftrag durchzuführen, rückte sie nie mit den anderen zu Arbeitseinsätzen auf die Felder aus, sondern überbrachte Nachrichten für den Rover-Clan.«

»Was wisst Ihr schon darüber? Ihr seid ihr doch nie begegnet!« Powwell riss sich aus dem jetzt sanften Griff des Magiers los. Er explodierte fast vor Zorn und hätte nur zu gern seine Faust benutzt. Narbengesichts hässliches Gesicht war das nächstbeste Ziel, das diesen Zweck erfüllen würde.

Doch Narbengesicht hielt ihn mit Leichtigkeit am Handgelenk fest und bremste seinen Schlag.

»Televarn hat das Mädchen Botengänge machen lassen. Sie ist mehrmals zu mir und meinen Männern gekommen. Ich war Televarn wegen ... gewisser Dinge verpflichtet; Schulden, die ich hasste, an die er mich jedoch immer wieder erinnerte. Ich habe zugesehen, wie das Mädchen andere mit Worten und durch Magie manipuliert hat. Sie schmeichelte dem Selbstbewusstsein der Männer und versprach ihnen Sex mit ihr selbst oder den Rover-Frauen. Sie deutete an, dass sie über Einfluss bei Televarn verfügte und Yaassima immer abhängiger von den Rovern wurde. Sie wollte sich Televarns Pläne, Yaassima zu stürzen, zunutze machen, um unter dem neuen Regime eine Machtposition einzunehmen.«

»Ich habe sie geliebt«, sagte Powwell. Seine Niederlage drückte ihn schwer. Er wusste, dass Narbengesicht die Wahrheit sagte. Er hatte ebenfalls erlebt, wie Kalen andere manipulierte. Sie hatte ihm erklärt, sie wolle sich in einer Position sehen, in der sie niemand zu seinen eigenen Gunsten ausnutzen konnte. Ihre Eltern hatten ihr Talent um Nahrung und Unterkunft verkauft. Ackerly, Nimbulans ehemaliger Assistent, hatte versucht, ihre Gabe für Gold, das er in die eigene Tasche gesteckt hatte, feilzubieten. Sie hatte ihn angefleht, seine Pläne zu Myris Rettung zu vergessen, denn sie war eifersüchtig auf das Baby gewesen, hatte gemeint, dass Myri sie verlassen und verraten hatte, indem sie ein weiteres Kind bekam; und sie hatte es als Verrat empfunden, dass ihre leibliche Mutter in Coronnan bei ihren Geschwistern geblieben war.

»Sie wollte sich selbst und alle um sie herum kontrollieren.« Powwell hatte nicht gewusst, dass er das sagte, bis er seine eigenen Worte hörte. »Ich dachte, das sei nur ein kindlicher Traum. Niemand übt diese Art von Macht über andere aus.«

»Yaassima schon«, versetzte Yaala mit ihrer tiefen Stimme, die so rauchig klang, dass er nie wusste, ob sie gleich in Tränen ausbrechen würde.

»Kalen und Televarn würden ein ausgezeichnetes Paar abgeben.« Betrübt schüttelte Nimbulan den Kopf. »Mit seinem Ehrgeiz und ihren Intrigen hätten sie irgendwann ganz Kardia Hodos beherrschen können.«

»Falls einer von ihnen noch lebt«, setzte Powwell hinzu. Er glaubte nicht, dass Kalen tot war. Aber wo konnte sie sich befinden und noch am Leben sein? Sie waren eng verbunden gewesen, ehe man sie zusammen mit Myri entführt hatte. Danach hatte sich Kalen verändert, und ihre Nähe, die geflüsterten Bekenntnisse im Sklavenpferch, die gemeinsamen Tränen, ihre Umarmungen, mit denen sie versucht hatten, die Kälte und das Entsetzen von sich fernzuhalten, alles war nur Trug gewesen. Auf ihrer Seite. »Ich liebe sie. Ich hätte auf sie aufgepasst, und ich wollte sie heiraten, sobald sie alt genug gewesen wäre.«

»Dir ist aber schon klar, Powwell, dass Kalen deine Halbschwester war? Ihr ähnelt euch äußerlich so stark, dass das kein Zufall sein kann«, schaltete sich Nimbulan ein.

»Das war sie nicht!«, schrie Powwell. »Unmöglich. Das kann ich einfach nicht glauben.«

»Ich bezweifle, dass Stuuvart sie gezeugt hat«, fuhr Nimbulan fort. »Er trägt keinen Funken Magie in sich, genau wie Guillia oder deine Mutter. Ich vermute, dass ein Magier beide Frauen verführt und sie dann verlassen hat. So etwas war nicht ungewöhnlich während der Kriegsjahre.«

Powwell holte tief Luft und stieß sie dann wieder aus. Stuuvart, der selbstsüchtige Verwalter der Magierschule, war der Letzte, den er gern als seinen verschollenen Vater gehabt hätte. Aber wer mochte es sonst sein? Darüber wollte er lieber nicht nachdenken, fürchtete sich davor, es zu glauben.

»Die Ähnlichkeit zwischen Kalen und dir ist zu auffällig«, fiel Myri ein, um den Worten ihres Mannes Nachdruck zu verleihen. »Auch eure Art zu reden und eure Gesten entsprechen einander zu sehr. Es ist richtig, wenn ihr euch liebt und Freunde seid, aber du kannst niemals intim mit ihr sein und sie zu deiner Frau machen.«

»Ihr habt keinen Beweis dafür, dass Stuuvart nicht ihr Vater ist.«

»Wenn wir zurück in der Schule sind, werde ich eine Möglichkeit finden, es dir zu beweisen, Powwell«, sagte Nimbulan und setzte sich wieder in Richtung Osten, nach Coronnan, in Bewegung. »Es wäre ein guter Zeitpunkt, wenn die Drachen jetzt zurückkehren würden.«

»Das wird mich auch nicht davon abhalten, nach Kalen zu suchen. Ich werde schon einen Weg finden.«

»Irgendwie bezweifle ich, dass deine Schwester deine Bemühungen zu schätzen wissen wird. Wahrscheinlich wird sie dich ebenso begeistert begrüßen wie mein Bruder mich, wenn ich nach Coronnan zurückkehre«, murmelte Myri.

33. Kapitel

Shayla!, rief Myri in den weiten, offenen Himmel hinauf.

Doch sie spürte die Drachin weder in ihrem Geist noch in ihrem Herzen. Sie rückte näher an Nimbulan und an das kleine Feuer heran, dass sie sich gestattet hatten, während sie ihr Kind stillte und alle von den trockenen Feldrationen aßen. Die Abwesenheit der Drachen ließ ihr Herz schlimmer frieren als der Winterwind, der durch den Pass heulte.

»Ich kann Shayla überhaupt nicht hören!« Wieder versuchte Myri, einen Drachen zu erreichen – irgendeinen. »Das ist genauso schlimm wie in Hanassa. Ich kann die Drachen nicht hören.« Ihr ganzes Leben lang hatte sie den Stimmen in ihrem Hinterkopf gelauscht, die sie durchs Leben geführt hatten, als niemand sonst für sie sorgte oder ihr vertraute.

Sie verstand schon, warum sich die Drachen auf keinen Fall Hanassa näherten, nicht einmal, um eine der ihrigen zu trösten, die in dem Vulkankrater gefangen war. Vor Jahrhunderten hatten sie geschworen, niemals die Festung des Renegaten-Drachen Hanassa aufzusuchen, der menschliche Gestalt angenommen hatte, und die Drachen hatten ein langes Gedächtnis.

Kurz fragte sie sich, ob der alte Lyman, der in seiner vorherigen Existenz der letzte Purpurdrache vor Amaranth und ihr gewesen war, Hanassa wohl gekannt hatte.

Aber die Leere, die sie jetzt empfand, war etwas anderes als der Umstand, dass sich die Drachen Hanassa nicht näherten. In diesem Land streiften die Drachen frei umher. Als Myri und die anderen aus dem Drachentor gekommen waren, hatte Shayla gelassen auf einem verkümmerten Tambootie-Baum herumgekaut, fast als hätte sie damit gerechnet, dass Myri dort auftauchen würde, und wolle sich jetzt vergewissern, dass ihre Tochter in Sicherheit war.

Aber jetzt ignorierte Shayla ihren Ruf nach Hilfe und Trost.

»Ich komme nicht zu Lyman in der Schule durch«, erklärte Nimbulan und sah ins Feuer. Er hielt sein Glas – dessen Goldrahmen er in Hanassa verloren hatte – vor die Augen, sodass es die Flammen und seinen Zauber vergrößerte. »Wir müssen Quinnault Nachricht von der Invasion bringen, bevor er diese raffinierte Person heiratet. Ich frage mich, woher sie wirklich kommt und wer sie in Coronnan platziert hat. Ich habe viele Fragen über diese Prinzessin zu stellen, die aufgetaucht ist, kaum dass ich die Hauptstadt verlassen hatte.«

Myri inspizierte seine ausdruckslose Miene. Seit dem schrecklichen Vorwurf, den Powwell erhoben hatte, verschloss er seine Gefühle und widerstand ihren vorsichtigen Versuchen, ihn darauf anzusprechen.

»Rede mit mir, Nimbulan«, flehte sie.

»Ich habe gerade mit dir über den Rufzauber gesprochen.« Er fuhr fort, durch sein Glas ins Feuer zu schauen.

»Du hast Worte von dir gegeben, aber du hast nicht geredet, hast nicht auf die schreckliche Verletzung reagiert, die Powwell dir zugefügt hat.«

»Er hat mich nicht verletzt. Er hat die Wahrheit gesagt. Verletzt habe ich mich selbst mit meiner Trauer und Schuld.«

»Die Wunde wird nicht heilen, Lan, solange du nicht mit mir sprichst.«

»Es gibt nichts zu besprechen. Ich habe meine Lehrlinge über dich und Kalen gestellt. Das war mein Fehler, und ich muss lernen, damit zu leben.«

Ein kalter Schauer überlief Myri. »Soll das heißen, dass du vorhast, mich wieder zu verlassen? Mich und Amaranth, unsere Tochter?«

»Ich weiß nicht, was ich tun werde, nachdem ich König Quinnault vor der Invasion gewarnt habe. Keine Ahnung, ob ich in der Lage bin, jemanden genug zu lieben, um ...« Ohne ein weiteres Wort tauschte er sein Glas gegen ein Notizbuch ein und begann mit einem schwarzen Stift, den er in das Buch gesteckt aufbewahrte, zu schreiben.

Myri betrachtete die komplizierten Zeichen auf der Seite und fragte sich, was er da festhielt. Sie selbst hatte nie lesen gelernt und hoffte, dass er lange genug bei ihr bleiben würde, um es sie zu lehren. Warum wundert es dich, woher die Prinzessin kommt, Lan?«, fragte sie. »Von Terrania habe ich in alten Legenden schon gehört.«

»Erinnerst du dich an die Wüstenlandschaft mit dem roten Sand, die wir durch das Drachentor gesehen haben?«

Myri nickte.

»*Das* ist Terrania«, gab er finster zurück. »Dort lebt seit vielen Tausenden von Jahren niemand mehr. Quinnaults Braut ist eine Hochstaplerin.« Er wandte sich erneut seinem Tagebuch zu.

Narbengesicht wachte am Rand des Felsüberhangs, der sie in dem Bergpass vor Entdeckung durch Söldner schützte, die vielleicht durch die Gegend patrouillierten. Die Männer, die sie zurückgelassen hatten, müssten sich inzwischen erholt haben. Sie konnten nicht wissen, ob die Hexenschnüffler Rache für die grausamen Kopfschmerzen, die der Lähmungszauber hinterlassen hatte, und für den Verlust ihrer Umhänge und ihres Proviants suchen würden, oder ob sie sich zurückziehen würden, um ihre verletzten Gefühle und ihren verwirrten Geist zu pflegen.

»Könnte Televarn die Prinzessin eingeschleust haben?«, ließ sich Yaala vernehmen. »Solche vertrackten Pläne liebt er. Er hat seine Frauen sowohl aus politischen Gründen als auch wegen des Geldes an die Bordelle verkauft. Vielleicht hat er mit dieser Frau eine Verschwörung angezettelt, um einen Krieg auszulösen. Wenn er genug Chaos verursacht, kann er vielleicht einschreiten und die Macht übernehmen, weil kein anderer in der Lage dazu ist.«

»Das klingt ganz nach Televarn«, pflichtete Myri ihm bei. Sie hatte vor über einem Jahr einen Monat lang mit dem Rover zusammengelebt, und all seine Bekundungen von Liebe und Treue hatten sich als erlogen erwiesen.

»Televarn hat solche Heimlichtuerei nicht nötig. Er braucht nur ein einziges Mal deine Gedanken zu lesen, dann lässt er dich nie wieder in Ruhe«, versetzt Maia bitter. »Er benutzt Menschen wie Kerzenstummel. Wenn sie ausgebrannt sind, wirft er sie weg.«

»Ich habe ihn verlassen, bevor er mich verstoßen konnte. Deswegen muss er mich verfolgen. Niemand darf mich besitzen, ehe er nicht entschieden hat, dass er fertig mit mir ist«, setzte Myri hinzu.

Lieber sah sie nach Amaranth, die jetzt satt war und schlief, statt weiter über den Rover-Anführer zu reden. Froh darüber, dass ihr Kind jetzt vor den grellen Emotionen sicher war, die ein paar Stunden zuvor um sie herum getobt hatten, wandte sie ihre Aufmerksamkeit Powwell zu. Der Junge saß da und starrte verdrossen ins Leere. Systematisch zog er einen langen Grashalm auseinander, pflückte einen weiteren, zerlegte ihn und pflückte einen neuen. Myri fragte sich, ob er überhaupt wusste, was seine Hände taten.

»Vielleicht kann ich Kalen rufen«, meinte er leise. »Sie war schon immer empfänglich für Kommunikationszauber, obwohl sie es gehasst hat, sie zu senden.« Er sprach so leise, dass Myri ihn über das Feuer hinweg kaum verstehen konnte.

»Selbst wenn sie antworten würde, Powwell, können wir ihr noch nicht helfen. Wir müssen zuerst in die Hauptstadt, und zwar rasch«, schaltete sich Nimbulan ein. »Aber ich verspreche dir, sobald ich meinen König und das Königreich in Sicherheit weiß, kehre ich nach Hanassa zurück, um Rollett und Kalen zu holen. Wenn wir unsere Magie verbinden, Powwell, können wir vielleicht in der Hauptstadt jemanden auf uns aufmerksam machen.«

Lethargisch erhob sich Powwell, den Blick immer noch auf den fernen Hügelkamm gerichtet, wo das Drachentor lag.

»Diese neue Magie würde mich interessieren«, meinte Narbengesicht.

»Bevor ich dich darauf testen kann, ob du Drachenmagie sammeln kannst, musst du der Kommune lebenslang Treue schwören, Aaddler.«

Myri zog die Augenbrauen hoch, als Nimbulan den Mann mit seinem richtigen Namen ansprach. Unter Magiern schien dies entweder enge Vertrautheit oder großen Ernst auszudrücken.

»Verstehe.« Narbengesicht nickte zustimmend. »Darüber muss ich nachdenken. Eine solche Verpflichtung fürs Leben ist nicht auf die leichte Schulter zu nehmen.«

»Ich respektiere das mehr als einen hastigen Eid, den man möglicherweise später bereut. Allerdings finde ich, dass es leichter fällt, mit der Gemeinschaft und den Idealen der Kommune zu leben als mit den ständig wechselnden Regeln und Loyalitäten, mit denen allein arbeitende Magier oder Söldner zu tun haben«, antwortete Nimbulan. Dann wandte er dem Fremden den Rücken und nahm Powwells Hand.

In unausgesprochener Übereinstimmung drehte Narbengesicht den beiden Magiern der Kommune ebenfalls den Rücken zu und fuhr fort, den tief gelegenen Bergpass zu beobachten, der eine schmale, aber leicht begehbare Passage von SeLenicca nach Coronnan darstellte.

Über die magische Schnur, die sie verband, verfolgte Myri Nimbulans Vorbereitung auf den nächsten Versuch eines Rufzaubers. Sie hoffte verzweifelt, dass sie dieses Mal das Geheimnis der Drachenmagie ergründen konnte. Wenn sie nur herausbekommen könnte, wie man diese spezielle Energie sammelte und einsetzte! Dann, und nur dann, könnte sie zusammen mit ihrem

Mann legal nach Coronnan zurückkehrten und bräuchte sich nie wieder von ihm zu trennen.

Doch wieder einmal verlief der schwer zu erfassende Vorgang so schnell, das ihr das Wichtigste entging. Erneut fand sie sich von der besonderen Verbindung, welche die Magie der Kommune darstellte, ausgeschlossen.

Sie ließ sich neben Amaranth und Yaala auf den Boden sinken. Das Bedürfnis, offen mit jemandem zu kommunizieren, bewog sie, die junge Frau anzusprechen. »Warum hat Yaassima dich ins Exil geschickt und dir dein Erbe verweigert? Du kommst mir vor wie eine junge Frau mit Führungsqualitäten.«

»Ich sehe nicht wie ein Drache aus.« Yaala zuckte mit den Achseln und rutschte unbehaglich herum. Sie richtete den Rücken auf, sodass er die harte Felswand, an die sie sich gelehnt hatte, nicht mehr berührte. Ihr hellblondes Haar hatte mehr Farbe in sich als bei Myri oder Yaassima. Die abgebrochenen Nägel und der verkrustete Dreck konnten nicht verbergen, dass ihre Finger lang und schmal waren, aber sie waren nicht so ungewöhnlich lang wie Myris oder Yaassimas Finger oder die der kleinen Amaranth.

»Hast du die Wirbelfortsätze auf dem Rücken?«, fragte Myri.

»Sehr stark.« Wieder bewegte Yaala den Rücken und versuchte, eine bequeme Lage zu finden.

»Meine sind nicht besonders auffällig«, meinte Myri. »Aber ich habe mir auch einen menschlichen Körper für meine Drachenpersönlichkeit ausgeliehen. Myrilandel war bereits blond und langgliedrig. Meine Finger und Zehen sind weiter gewachsen, entsprechend Amethysts Instinkt zum Greifen und Klettern. Ich vermute auch, dass Amethyst dafür gesorgt hat, mein Haar und meine Haut auszubleichen. Auf der anderen Seite war ich nie in der Lage, mir das zusätzliche Augenlid wachsen zu lassen, das die Drachen vor Staub und dem starken Sonnenlicht in den oberen Luftschichten schützt.«

Yaala starrte ins Feuer, ganz ähnlich wie Nimbulan, der versuchte, den Rufzauber zu wirken, und ein transparenter Film senkte sich über ihre Augen.

»Welche Person bist du, Myrilandel oder Amethyst?« Yaala rutschte etwas herum und rückte noch ein paar Fingerlängen von Myri ab.

»Beide und keine davon. Amethyst war erst zwei, als ihr menschlicher Körper auf der Schwelle des Todes stand. Amethyst hat ihr Lebenskraft geschenkt, sodass sie in der Lage war, ihre natürlichen Heilkräfte einzusetzen, um die schwachen Blutgefäße in ihrem Gehirn zu reparieren. Die beiden Persönlichkeiten waren so stark, dass sie einen Kompromiss eingingen und entschieden, die Vergangenheit zu vergessen. Keine von ihnen war dominant, bis ich die Drachen getroffen und einen Ehemann gefunden habe, der mich so sehr liebte, dass er mich ohne Vorurteile meine Vergangenheit erforschen ließ. Ich möchte gern glauben, dass ich eine ganz eigene Persönlichkeit entwickelt habe.« Eine einzigartige Persönlichkeit, die es wert war, bewahrt zu werden. Yaassima hatte sie gezwungen, für das zu kämpfen, was ihr im Leben wichtig war, statt davonzulaufen. Hatte sie auch die Kraft und den Willen, weiterhin um Nimbulans Liebe zu kämpfen?

Ja. Sie musste es tun. Ohne ihn war ihre Familie nicht komplett. Sie selbst war nicht vollständig ohne ihn.

»Yaassima ist nicht in der Lage, anderen diese Art von Freiheit und Individualität zu gestatten.« Yaala stieß die Worte mit zusammengebissenen Zähnen hervor. »Sie muss jeden Gedanken, jede Bewegung, jeden Moment in ihrem Leben kontrollieren. Ich habe gegen sie angekämpft, und mein Vater hat mich dazu ermutigt. Wahrscheinlich ist das der wahre Grund dafür, dass sie ihn hingerichtet und mich in die Grube verbannt hat.«

»Und dennoch ist sie sehr einsam«, flüsterte Myri. »Sie hatte das Bedürfnis, dich zu lieben. Und als du ihre Erwartungen nicht erfüllt hast, hat sie dieses Bedürfnis auf Amaranth und mich übertragen. Wenn sie nur erkannt hätte, dass dieselbe Kraft, die du gefunden hast, um gegen sie anzukämpfen, genau die Kraft war, die du brauchtest, um Hanassa zu regieren ... «

»Aber sie hat es nicht erkannt. Sie hat es gehasst und mich eher als Rivalin gesehen denn als Partnerin.« Yaala beendete das Gespräch, indem sie aufstand. »Es sieht so aus, als würde der Rufzauber funktionieren.«

Mit ihrer Gabe spürte Myri Nimbulans wachsende Aufregung. Die Silberschnur pulsierte im selben Rhythmus wie die Magie, die durch das Glas übermittelt wurde.

»Ihr müsst den König warnen, Lyman«, sagte Nimbulan in das Glas hinein. Er wirkte abgespannt und hungrig; die Bemühungen, seinen Freund in der Schule zu erreichen, hatten ihn erschöpft.

»Nicht jetzt, Nimbulan. Wir sind alle sehr beschäftigt.« Lymans Stimme war so kräftig, dass alle die Botschaft hörten. »Shayla sagt, dass Ihr in Sicherheit seid. Das muss für den Moment genügen.«

Abrupt wurde die Verbindung unterbrochen, und sie blieben allein und angreifbar auf dem Bergpass zurück.

34. Kapitel

»Holt einen Heiler!«, brüllte Quinnault. Er legte Katie flach auf den Holzboden des Podiums und begann, seinen Atem in ihren Mund zu hauchen.

(Es wird schwierig sein, mit ihr zu leben, Quinnault. Bist du dir sicher, dass du dich für alle Zeiten nur mit ihr paaren willst?) Shaylas Stimme wirkte amüsiert.

»Sei still. Ich versuche, ihr das Leben zu retten, Shayla.«

(Sie lebt. Deine Bemühungen sind überflüssig.) Wieder erklang dieses aufreizende Kichern in seinem Geist.

Katie regte sich unter seinen Händen. Erleichtert darüber, dass die Drachin recht hatte, sah er auf und starrte Shayla wütend an. »Der Schock hätte sie umbringen können.«

»Um ein Haar hätte er das auch getan«, flüsterte Katie. Dann versetzte sie Quinnault eine schallende Ohrfeige.

»Womit habe ich das denn verdient?« Er fuhr zurück, sodass sie mit einem dumpfen Knall zurück auf die Bretter fiel. Vorsichtig betastete er seine rechte Wange. Er konnte von Glück reden, wenn er bei der Zeremonie und beim Bankett keine Prellung zur Schau tragen würde. Kein besonders gutes Vorzeichen für den Beginn einer lebenslangen Beziehung.

»Das war für jeden Mann in meinem Leben, der sich anmaßt zu wissen, wie meine Pflicht aussieht und was das Beste für mich ist. Und da mein Vater, meine Brüder und mein hochgeschätzter königlicher Großvater nicht zugegen sind, um sich ihren Anteil zu holen, bekommst du eben alles ab.« Sie setzte sich auf und schob Quinnault, der sich immer noch über sie beugte, beiseite. Ihre sonst blassen Wangen waren vor Zorn gerötet.

Sein Geist fing einige ihrer Ängste auf –, die kalte Morgenbrise auf ihrem fast nackten Körper und die Feindseligkeit der Lords und Magier, die sie umgaben. Er lächelte, als er erkannte, dass nur er zwischen ihr und all diesen schrecklichen Bedrohungen stand. Dinge, vor denen er sie beschützen konnte.

Shayla schob ihre gewaltige Schnauze näher heran.

Katie schlug sie weg – um einiges sanfter, als sie auf Quinnault losgegangen war. »Geh weg. Ich habe dir gesagt, dass ich es nicht leiden kann, wenn andere ... Wesen mit meinem Geist herumspielen. Das gilt auch für dich, Daddy!« Die letzten Worte richtete sie auf die Inseln in der Bucht. »Zu Hause hat die Telepathie mich zu etwas Besonderem gemacht. Hier ist sie nur lästig. Ich will nichts mehr davon wissen.« Der Zorn hatte all ihre Ängste vertrieben. Dennoch zitterte ihre Unterlippe kaum wahrnehmbar.

Quinnault wünschte sich nichts mehr, als sie zu küssen, damit ihre Lippen wieder fest und stur wurden.

»Sie ist eine Magierin. Unmöglich, dass eine abtrünnige Magierin unsere Königin wird. Der Heiratsvertrag ist null und nichtig!«, schrie Lord Hanic quer über den Hof. Die anderen Lords rückten zusammen mit den Magiern näher heran, um die zornige Prinzessin genauer in Augenschein zu nehmen.

»Ihr könnt keinen Vertrag brechen, dem die Drachen ihren Segen gegeben haben, Hanic«, erinnerte Lyman das Ratsmitglied. »Noch vermögt Ihr einen von den Drachen gesegneten Monarchen absetzen. Ihr selbst habt dieses Gesetz aufgestellt und im Rat durchgesetzt.«

Lord Hanic starrte Lyman aufgebracht an und wich keinen Zoll zurück. Er öffnete den Mund, um noch etwas zu äußern. Shayla richtete den Blick auf ihn, ehe er etwas sagen konnte, und rasch klappte er den Mund mit einem hörbaren Zähneklicken wieder zu und wich vor der Drachin zurück.

»Ich bin keine Magierin und will auch keine sein. Ich kann ein wenig Gedanken lesen, und das ist schon beinahe zu viel behauptet«, gab Katie zurück. »Siebenhundert Jahre lang kamen Telepathen auf meinem ... mhhh ... in meinem Land nur in meiner Familie vor. Kinnsell wollte ein paar von Euren Magiern mit heimnehmen, um sie zu untersuchen, aber das habe ich nicht zugelassen. Die Telepathie ist ein Fluch. Von jetzt an schwöre ich, meine Gedanken für mich zu behalten und nicht in die anderer einzudringen!« *Abgesehen von dir, Vogelscheuche. Dich könnte ich nicht aus meinem Geist ausschließen, selbst wenn ich es versuchte.* »Wenn es sein muss, werde ich Drogen nehmen, um mein Talent zu unterdrücken.«

Quinnault setzte sich auf die Fersen. Verblüfft betrachtete er die Verwandlung seiner sanften Prinzessin in eine tobende gefleckte Säbelzahnkatze. Shaylas Humor steckte ihn an.

»Du bist wirklich die schönste Frau der Welt!«, rief er unbändig lachend aus.

»Hör auf damit, Vogelscheuche, oder ich packe meine Taschen und laufe weit, weit weg, fort aus diesem rückständigen Nest.«

Er beendete ihre Tirade mit einem Kuss. Sie schlug mit den Fäusten gegen seine Brust, aber er hielt sie fest und verdoppelte seinen Ansturm auf ihre vollen Lippen. Endlich kostete seine suchende Zunge ihren Geschmack. Sie hörte langsam auf, sich zu wehren, küsste ihn aber nicht zurück. Da schloss er sie in die Arme, zog sie auf seinen Schoß und vergrub die Finger in ihrem seidigen Haar.

Ihr Mund öffnete sich ein wenig, und sie schlang zaghaft die Arme um seinen Hals.

Leidenschaft wallte in ihm auf und brachte jede Pore seines Körpers zum Glühen.

»Wollt Ihr beiden nicht einmal Atem holen?«, fragte Lyman.

»Nein.« Quinnault schnappte kurz Luft und widmete sich dann wieder seinem Kuss.

(Bist du dir sicher, dass du den Rest deines Lebens mit dieser starrköpfigen Frau und keiner anderen verbringen willst?), fragte Shayla.

Verlegen wand er sich unter dem durchdringenden Blick, mit dem Shayla seine Beweggründe untersuchte. Er sah von der Drachin zu den Inseln in der Bucht, dann wieder zu Katie und noch einmal zum Hafen, und dabei überschlugen sich seine Gedanken. Er hatte so viele Zweifel. War seine Liebe zu ihr stark genug, um sie zu überwinden?

Katie zog seinen Blick an wie ein Magnetstein das Eisen. Endlich hatte er seine Gefühle im Griff und vermochte mit normaler Stimme zu sprechen.

»Mir bleibt nichts anderes übrig, Shayla. Ich muss sie heiraten.«

Klatsch! Katie ohrfeigte ihn noch einmal und zappelte, um sich von ihm loszumachen.

»Ich dachte, ich hätte ebenfalls keine andere Wahl. Aber ich will verdammt sein, wenn ich mir das gefallen lasse. Ich dachte, wir könnten einander lieb gewinnen, aber du bist genauso egoistisch wie jeder andere Mann in meinem Leben.« Mit Faustschlägen und Tritten kämpfte sie gegen seine Umarmung an.

Er packte sie fester, verzweifelt bemüht, das Missverständnis aufzuklären. »Katie, damit wollte ich sagen, dass du die einzige Frau bist, die ich will. Nachdem ich dir begegnet bin, kann ich keine andere mehr wählen.« Er legte alle Gefühle in seinen Blick, sah sie unverwandt an und wünschte mit aller Kraft, sie möge ihm glauben.

Zornig starrte sie ihn an, doch er hielt ihrem Blick stand. Nach und nach drang die Wahrheit in ihren Sturkopf.

»Ach, Vogelscheuche«, seufzte sie und küsste ihn so leidenschaftlich, wie er sie zuvor.

(Meinen Segen hast du, König Quinnault Darville de Draconis. Viel Spaß!) Shayla spannte die Muskeln an, machte zwei Laufschritte und erhob sich in die Lüfte. *(Heute Nacht werde ich mit meinen Gefährten fliegen, so wie du. Wir werden Nachwuchs zeugen, auch wenn die Jahreszeit nicht ganz die richtige ist. Die Zukunft Coronnans und des Nimbus ist gesichert.)*

»Wohin willst du, Shayla? Bleibst du nicht zur Hochzeit?«, fragte Quinnault. Er hielt Katie fest umfasst, als hätte er Angst, nun, da sie ihm gehörte, könne sie sich in Rauch auflösen.

(Ich muss zu meinem eigenen Fest.) Die Drachin stieß ein schrilles, ohrenbetäubendes Kreischen aus, das ihren Triumph und ihre Leidenschaft zum Ausdruck brachte. Als sie über dem Hof kreiste, gesellten sich die Umrisse von fünf männlichen Drachen zu ihr.

Quinnault entdeckte Rot, Blau, Grün, Gelb und Orange an den Flügelspitzen und den Adern ihrer Gefährten.

»Je mehr Väter, desto größer und stärker die Brut«, zitierte er den alten Spruch.

»Das gilt nicht für diese Prinzessin, König Quinnault. Du bist der Einzige, den ich in mein Bett lasse«, gab Katie zurück. Sie unterstrich ihre Feststellung mit einem kräftigen Kuss, der ihn schwindeln ließ.

»Wartet doch wenigstens bis zur Hochzeit und bis Ihr Euch ein wenig zurückziehen könnt«, meinte Lyman lachend. »Haben wir nicht ein Bankett vorzubereiten?«

»Geht ruhig schon. Wir kommen gleich nach.« Quinnault bedeutete seinem Gefolge, sich zu entfernen und presste erneut den Mund auf Katies Lippen.

*

Nimbulan ging dichter neben Myri und legte den Arm um ihre Taille, eine vorsichtige Unterstützung, damit sie nicht wieder stolperte. Sie schmiegte sich nicht an ihn, aber sie rückte auch nicht von ihm ab. Er war zu müde, um über das unentwirrbare Chaos nachzudenken, das er aus seinem Privatleben gemacht hatte.

Auch Maia stellte immer noch ein großes Problem dar.

Was sollte er mit ihr anfangen? Er war es ihr schuldig, ihr irgendwie ein Heim zu bieten. Ihr Clan würde sie nie wieder aufnehmen, und ohne ihre Leute hatte sie nichts, vorausgesetzt, Televarn manipulierte sie nicht noch immer über die geistige Verbindung zwischen ihnen.

Welche Entfernung musste Maia zurücklegen, damit Televarn sie nicht mehr erreichen konnte? Hatte der Rover-Anführer den Messerstich überlebt?

Nein, er passte lieber auf, wohin er trat, als darüber nachzudenken, wie sehr Frauen sein Leben verkomplizierten. Das Junggesellenleben, das die meisten Magier führten, erschien mit einem Mal einladend.

Aber wenn er Myri nicht geheiratet hätte, wenn er sie nicht so verzweifelt liebte, dann hätte er auch seine Tochter nicht. Seine wunderschöne Tochter.

»Lass mich doch das Baby nehmen, Myri. Sie muss sehr schwer für dich sein.« Er hob das winzige Bündel Leben aus der provisorischen Trageschlinge.

Myri umfasste ihr Kind und wollte sich nicht von ihm trennen. Nimbulan sah, wie sich ihre Gefühle auf ihrem Gesicht spiegelten, und nahm sie zugleich direkt wahr. »Du wirst sie schon nicht verlieren, wenn du mir erlaubst, sie ein Weilchen zu tragen. Ich bin nicht Yaassima. Und ich bin auch kein Rover, der jedes Kind stehlen würde, um seinem Clan neues Blut zuzuführen«, beruhigte er sie. Er weigerte sich, Maia anzusehen. Ob die Rover-Frau immer noch darauf aus war, die kleine Amaranth für ihren Clan und für Televarn zu entführen?

Zögernd trennte sich Myri von ihrer Last. Nimbulan barg Amaranth in seiner rechten Armbeuge und schlang den linken Arm um Myris Schultern. Mit einem Mal erfüllte eine solche Wärme seine Seele, dass er beinahe wie angewurzelt stehen geblieben wäre.

In vielerlei Hinsicht war Nimbulan für Myri ein Unbekannter. Sie hatten einander erst kurz vor ihrem Exil kennengelernt und geheiratet.

Er hatte zugelassen, dass sie einem Dekret zum Opfer fiel, das die Ängste und Vorurteile des Rats über die Bedürfnisse des Einzelnen stellte. *Er* hatte sich so sehr in die Politik verbissen, dass er die sporadische Verbindung zu ihr und Powwell nicht aufrechterhalten hatte.

Nimbulan ging weiter und versuchte, seinem inneren Aufruhr auf den Grund zu gehen. Wieder dachte er an die vier Inseln in der Bucht. Dorthin würde er sie bringen, und sie würden für den Rest ihres Lebens zusammen sein. Er konnte sie nicht noch einmal verlassen.

Aber er konnte ihr noch nicht von seinen Plänen erzählen, für den Fall, dass nichts daraus wurde. Es musste doch einen Weg geben, sie in seiner Nähe zu behalten, ohne die Gesetze von Coronnan zu brechen!

Der tief gelegene Bergpass verlief in engen Serpentinen, die sich ein Dutzend Mal fast berührten, und führte durch Schluchten und über sprudelnde Bäche, bis er sich in die Hügel von Coronnan hinabschlängelte. Nimbulan hatte keine Ahnung, wie sie dieses Gelände zu ihrem Vorteil nutzen konnten. Was er brauchte, waren eine weitläufige Ebene und zwei gegeneinander marschierende Armeen. Dafür konnte er planen.

Seit Stunden wanderten sie und waren alle müde und hungrig. Sie sahen zu, wie sich die Sonne langsam dem Horizont näherte und damit die Zeit für Quinnaults Hochzeit heranrückte.

Lyman und die anderen Magier ignorierten ihre Rufzauber weiter. Ohne einen Drachen, der sie in die Hauptstadt trug, hatte Nimbulan keinerlei Aussicht, die Verbindung seines Königs mit der falschen Prinzessin noch vor der Invasion zu verhindern.

»Wir müssen Rast machen und essen«, sagte er, obwohl sein Verstand ihn vorwärts trieb.

Was war nur in Quinnault gefahren, dass er den unsicheren Frieden aufs Spiel setzte? Woher kam diese sogenannte Prinzessin von Terrania? Und noch wichtiger, wer steckte hinter dieser Verschwörung?

»Ich spüre sehr viele Menschen hinter uns«, gab Narbengesicht argwöhnisch zurück. »Ich glaube nicht, dass dies ein guter Zeitpunkt für eine Rast ist.«

Nimbulan betrachtete die Schlucht zu ihrer Linken. Am Taleingang mündete ein kleiner Wasserlauf in einen etwas größeren. Er vermutete, dass diese leicht begehbare Wildspur in eine Sackgasse führte, hoffentlich eine, die zahlreiche Verstecke bot, vielleicht Höhlen, in denen sie ein Feuer anzünden und ausruhen konnten.

Widerspruchslos schlug Powwell diesen Weg ein. Seit sie Kalen zurückgelassen hatten, war er so niedergeschmettert, dass sich Nimbulan schon fragte, ob der Junge noch in der Lage war, selbstständig zu denken.

Yaala trottete hinter dem jungen Mann her. Durch ihre gemeinsamen Erlebnisse in der Grube war sie mit ihm verbunden, und doch hatte sie im Grunde mit keinem von ihnen etwas zu tun.

Myri streckte die Arme aus, um das Kind wieder zu nehmen.

»Bitte, Myri, lass sie mich noch ein wenig tragen. Ich weiß, dass ich diese besondere Gunst nicht verdient habe, aber ...« Wie konnte er Wiedergutmachung leisten für die vielen einsamen Monate im Exil, dafür, dass er sie schutzlos der Entführung durch Televarn und Yaassimas grausamer Gefangenschaft ausgesetzt hatte?

Langsam nickte sie und ließ ihn dabei nicht aus den Augen.

»Unsere Tochter ist mir sehr kostbar. Ich schwöre vor dir und den Sternengöttern, dass ich nie wieder etwas tun werde, das dir oder ihr erneut Leid zufügt.« Er berührte erst sein Herz und dann ihres, um seinen Schwur zu besiegeln.

Myri belohnte ihn mit einem schwachen Lächeln. Vorsichtig legte sie die Hand auf die seine, mit der er Amaranth an seiner Schulter hielt. Aber er fürchtete jeden Moment, sie könnte die Hand wieder wegnehmen.

Unter der olivfarbenen Haut lief Maias Gesicht dunkelrot an. »Ich war deine erste Liebe. Ich habe dir einen *Sohn* geschenkt. Aber mir hast du nie etwas versprochen.«

»Myrilandel ist meine große Liebe und meine Frau. Ich werde für dich sorgen, Maia, und tun, was ich kann, um dich vor Televarn und dem Rest des Clans zu beschützen. Aber ich liebe dich nicht und bezweifle, dass ich es je getan habe. Wir sind beide Televarns Manipulation zum Opfer gefallen, sind diese Verbindung nicht aus freiem Willen eingegangen.«

»Sie kommen näher!«, zischte Narbengesicht und drängte sie in die zerklüftete Schlucht. »Könnt ihr nicht spüren, wie ihre Bosheit gegen die Felsen brandet? Sie wollen Blut sehen, unser Blut.«

Nimbulan barg Amaranth in einem Arm, legte den anderen um Myris Taille und beschleunigte den Schritt. Er überließ es Narbengesicht, sich um Maia zu kümmern. Yaala führte Powwell.

Sie brauchten ein Versteck, einen Platz, an dem es Holz gab, damit sie ihre Gaben darin verbergen konnten. Nur dann waren sie vor den Hexenschnüfflern sicher.

»Nicht dort entlang, Lan. Ich spüre, dass sich Menschen in dieser Schlucht aufhalten. Sehr, sehr viele Menschen!« Myri hielt ihn zurück.

Nimbulan wandte sich zum Rückzug und fand sich vor zwei Dutzend Schützen wieder, die mit straff gespannten Bogensehnen auf sie anlegten.

»So begegnen wir uns wieder, Nimbulan. Aber dieses Mal zu meinen Bedingungen, auf meinem Schlachtfeld und ohne einen Eurer Drachendämonen, der Euch oder Eure Hexe verteidigen könnte«, erklärte Moncriith milde und trat durch die Reihen der Soldaten hindurch auf Nimbulan zu.

35. Kapitel

Quinnault fühlte sich von Zweifeln geplagt und hatte nicht genug zu tun, um sie im Zaum zu halten. Katie saß zusammen mit den Frauen hinter verschlossenen Türen und bereitete sich auf die Trauung vor. Seine Dienstboten und Verwalter waren geschäftig im Palast unterwegs und richteten alles für die Zeremonie und das darauf folgende Bankett her. Sogar die Magier schienen sämtlich beschäftigt zu sein und suchten in arkanen Zaubern und Ritualen nach Omen.

Meist stand er einfach im Weg – genau wie an dem Tag, an dem sie sich auf die Schlacht vorbereitet hatten. Dieses Mal waren sein oberster Verwalter und die älteren Hofdamen die Schlachtenmagier.

Er schmunzelte bei der Vorstellung, eine Hochzeit ähnlich zu betrachten wie eine große Schlacht.

Wieder quälte ihn die Erinnerung an Katies Streit mit ihrem Vater. *Ich habe hier das Sagen,* hatte sie erklärt. Sie würden es auf ihre Art tun oder gar nicht. Aber was?

Kinnsell war gegangen und hatte ihr Urteil hingenommen: Die Varn würden das Tambootie ernten, den Hafen bauen und dann verschwinden, um sich nie wieder in die Angelegenheiten von Kardia Hodos einzumischen. Was für außerordentliche Führungseigenschaften besaß Quinnaults Braut, dass ihr Vater sich ihr gegenüber so kleinlaut geschlagen gab?

Quinnault fragte sich, ob sie ihren Ehemann ebenso herumkommandieren würde. Die telepathische Verbindung zwischen ihnen bedeutete, dass sie ihn mit einem bloßen Gedanken manipulieren konnte. Würde sie das tun? Oder würde sie sich an ihren Schwur halten, ihre Gabe zu unterdrücken? Er hatte keine Ahnung, ob das überhaupt möglich war, und hatte noch nie von Drogen gehört, die das vollbrachten, ohne den Patienten viele Tage lang in Schlaf zu versetzen.

Und was war mit Kinnsells Plan, Magier zu entführen, um sie zu studieren? Katie behauptete, das sei der Auslöser ihres gestrigen Streits gewesen.

Quinnault zweifelte nicht daran, dass Kinnsell die Mittel besaß, mehrere starke Magier aus Coronnan fortzubringen, ohne dass er entdeckt wurde. Würde er Katies Anordnung akzeptieren oder nur so tun, als befolge er ihren Befehl, und später genau das tun, was er vorhatte?

Kinnsell hatte sich den ganzen Tag über nicht blicken lassen. Würde er zur Hochzeit kommen? Als Katies Vater hatte er jedes Recht, an der Zeremonie teilzunehmen.

Zu viele Fragen, auf die er keine Antwort fand.

Zu viele Menschen, die in der Großen Halle herumwimmelten, Lord Konnaught eingeschlossen. Quinnaults Ziehsohn stand in der Mitte der Empore, die Hände in die Hüfte gestemmt und die Unterlippe streitlustig vorgeschoben. Niemand zollte ihm die geringste Aufmerksamkeit. Quinnault beschloss, das verzogene Jüngelchen ebenfalls zu ignorieren.

Da er weder mit Katie noch mit ihrem Vater sprechen konnte, beschloss Quinnault, mit jemand anderem zu reden. Genauer gesagt, mit Piedro, dem Rover, den jemand geschickt hatte, um Katie zu ermorden. Er hätte ein viel besseres Gefühl bei der Zeremonie, wenn er wüsste, wer Piedro angeheuert hatte. Nimbulan hatte ihm oft genug erklärt, dass Rover nicht zu eigenständigem Denken in der Lage waren, sondern alle vom Anführer ihres Clans, der stets der dominante Magier war, manipuliert wurden. Quinnault fragte sich, ob der gestrige Versuch, Katie zu strangulieren und ihm den Mord anzuhängen, mit Televarns gescheitertem Giftattentat zu tun hatte.

»Bessel!«, rief er den Magiergesellen an, der einige Lehrlinge beim Anbringen von Hexenlicht-Fackeln rund um die Große Halle beaufsichtigte. »Ich brauche deine Hilfe!«

Der junge Mann löste sich beinahe eifrig von den jungen Schülern.

»Weißt du, wer gestern Nacht die Kerkerzelle versiegelt hat?«, fragte Quinnault, während er zum Keller vorausging.

»Gilby und ich, Euer Gnaden, zusammen mit Meister Maarkus.« Stolz reckte Bessel die Schultern.

»Kannst du das Siegel allein lösen?«

»Ich kann Euch in die Zelle hinein- und wieder herauslassen, Herr. Aber da wir den Zauber zu dritt gewirkt haben, können nur wir drei zusammen ihn wieder brechen, um den Gefangenen herauszulassen. Wollt Ihr den Gefangenen jetzt verhören?« Über die Schulter warf Bessel einen Blick auf die hektischen Hochzeitsvorbereitungen.

»Ja, jetzt. Bevor sein Auftraggeber noch etwas anderes unternimmt.« Quinnault bedeutete zwei Wachsoldaten, ihnen zu folgen.

Zusammen durchquerten sie gewundene Kellergänge und stiegen dann über eine Wendeltreppe in die Kammern hinab, die aus dem felsigen Grund der Palastinsel gehauen waren. Ein langer Korridor, von dem die Türen zu einem Dutzend Zellen abgingen, erstreckte sich vor ihnen. Alle bis auf eine Tür waren angelehnt. Außer Piedro hatte Quinnault seit Jahren niemanden mehr in den Kerker gesteckt.

»Wollt Ihr den Gefangenen jetzt foltern? Kann ich zuschauen?«, fragte Konnaught, der hinter Quinnault und Bessel die Treppe heruntergeeilt kam. Er schob sich zwischen den Wachen hindurch, die dem König überallhin folgten. Misstrauischen Blicks, die Hände auf den Griff ihres Schwerts gelegt, traten die Männer beiseite.

»Das geht dich nichts an, Konnaught. Geh sofort zurück an deine Lektionen.« Quinnault verharrte auf der Stelle und weigerte sich, Piedros Zelle näher zu kommen, ehe der Knabe nicht gegangen war. Mit einer aufwärts gerichteten Kopfbewegung bedeutete er den Wachen, den Quälgeist zu entfernen.

»Aber ich muss wissen, wie man so etwas macht, wenn ich König bin.« Konnaught starrte ihn an und äffte seine Haltung – die Hände in die Hüfte gestemmt – nach.

»Ich habe nicht die Absicht, jung zu sterben, damit du König werden kannst. Sag mir, hast du diesen Mordanschlag veranlasst, damit das geschieht?« Quinnault packte den Jungen am Kragen seiner Tunika. Am liebsten hätte er das verzogene Gör durchgeschüttelt, doch er bezähmte sich, wie es sich für einen König gehörte.

»Ich würde direkter vorgehen, wenn ich so etwas Törichtes tun würde. Und ich würde einen intelligenteren Mörder anheuern«, knurrte Konnaught zurück, unbeeindruckt von Quinnaults überlegener Körpergröße und seinem kaum verhehlten Zorn.

»Was willst du dann hier?«, fragte Quinnault. Er sah lieber die Steinstufen hinter ihm an als den Knaben, der ihn derart in Rage versetzte.

»Weil ich zusehen will, wie sich dieser Rover-Abschaum unter der Folter windet.«

»Hast du jemals zugesehen, wie dein Vater seine Bettgenossen geschlagen hat, bis ihr Gesicht nur noch eine blutige Masse war und sie von innen verblutet sind?« Quinnault bleckte die Zähne, rückte näher an Konnaughts Gesicht heran und hielt zugleich immer noch seinen Kragen fest im Griff.

Konnaught schüttelte den Kopf. Er schloss die Augen und schluckte.

»Was ist mit den vielen Gelegenheiten, bei denen dein Vater ganze Dörfer geplündert und gebrandschatzt hat, nur um seinen Zorn zu kühlen? Hast du damals zugesehen, wie unschuldige Männer und Frauen bei lebendigem Leibe verbrannt sind? Hat es dir Freude bereitet, dir anzuschauen, wie ihre Haut geschmolzen ist, ihr Haar wie Fackeln gebrannt hat und Rauch ihre Lungen verstopft hat?« Erneut stieg glühender Zorn über die Untaten seines toten Rivalen in Quinnault auf. In diesem Moment bedauerte er nicht mehr, dass Kammeryl d'Astrismos, Konnaughts Vater, durch sein Schwert gestorben war.

»Nein ... nein, Euer Gnaden«, stammelte Konnaught und sackte in Quinnaults Griff zusammen. Dann erstarrte er. »Aber das waren bloß Bauern ...«

»Das waren unschuldige *Menschen.* Ich werde mich nicht länger mit dir streiten, und ich lasse mir deine Frechheiten und diese Verherrlichung der Verbrechen deines Vaters nicht mehr gefallen. Pack deine Sachen. Im Morgengrauen segelst du zur Klosterschule von Sollthrie.«

»Ihr könnt es nicht wagen, mich ins Exil zu schicken. Ich ... ich bin Euer einziger Erbe, und ... drei andere Lords, die Eure Ansichten über das Regieren für dumm halten, sind mir loyal. Und ich halte Euch für dumm.«

»Dann musst du eines anderen belehrt werden, und ich kenne keinen besseren Ort dafür als Sollthrie.«

»Aber ... aber dort ist nichts!«

»Es ist die beste Schule auf Kardia Hodos.«

»Aber niemand verlässt sie wieder. Die ... die Schüler bleiben und werden ehelose Priester.«

»Ganz genau. Ich hätte dich schon im letzten Frühjahr dorthin schicken sollen, aber ich war zu freundlich und habe zu viel von dir erwartet. Wache, bring ihn auf sein Zimmer, und beaufsichtige ihn beim Packen. Viel wird er nicht brauchen.«

Der Wachposten zu Konnaughts Linken nahm ihn, ein wenig behutsamer, als Quinnault ihn eben am Kragen gepackt hatte, am Ellbogen und führte ihn wieder die Treppe hinauf.

»Und jetzt, Bessel, wollen wir sehen, was dieser Rover weiß.« Quinnault empfand nur eine Spur Bedauern. Er hatte Konnaught Verantwortungsbewusstsein, Gerechtigkeit und Mitgefühl für andere lehren wollen, doch er war gescheitert. Vielleicht war der Junge unfähig, solche Ideen aufzunehmen. Größtenteils empfand er eine enorme Erleichterung darüber, eine Entscheidung getroffen zu haben.

Er wandte sich der versiegelten Zellentür zu.

»Ich fürchte, wir kommen zu spät, Euer Gnaden«, sagte Bessel, der durch den Sehschlitz in der dicken hölzernen Tür spähte.

»Was meinst du?« Mit der Schulter schob Quinnault den jungen Gesellen beiseite, um sich selbst zu überzeugen. Die Zelle schien leer zu sein. »Heute Morgen war er noch hier. Seine Wachen haben berichtet, vor nicht einmal einer Stunde hätte er gebrüllt, sie sollten ihn hinauslassen.«

»Er ist fort, Euer Gnaden. Der Rover ist entkommen, obwohl mein Siegel und die profanen Schlösser unberührt sind.«

✶

Bei Moncriiths Worten zuckte Nimbulan heftig zusammen. Er war so sehr in sein Elend versunken gewesen, dass er nicht auf seine Schritte geachtet hatte, bis er beinahe mit dem Blutmagier zusammenstieß.

»Wo ist Kalen?«, platzte er ohne nachzudenken heraus.

»Schweig, Dämonenbrut!«, intonierte Moncriith und hob die Hände zu der Geste, mit der Priester einen Segen ausbrachten.

Blut tropfte von Moncriiths Fingern und rann aus einem Schnitt auf seiner Stirn. Hinter ihm lag die Leiche eines Mannes, der in die schwarze Uniform von Kaalipha Yaassimas Leibwache gekleidet war. Man hatte ihm die Kehle aufgeschlitzt, und sein Mund war in einem Entsetzensschrei erstarrt.

»Nastfa!«, stieß Myri erstickt hervor, als sie den Mann erblickte.

»Ich nenne ihn einen Verräter«, entgegnete Moncriith. »Er ist der Verführung durch die Dämonen, die du in dir trägst, erlegen, Myrilandel. Er musste sterben. Was konnte ihm Besseres geschehen, als mir durch seinen Opfertod so viel Magie zu schenken, dass ich dich ein für alle Mal unschädlich machen kann?« Er legte den Kopf zur Seite und lächelte beinahe liebenswürdig.

Der Blutmagier war wahnsinnig, dachte Powwell. Moncriith hatte einen Mann ermordet und sich wieder einmal selbst verstümmelt, um seinen Fanatismus zu nähren.

»Mit meinem Kopf und meinem Herzen und der Kraft meiner Schultern weise ich dieses Übel von mir.« Powwell schlug das Kreuz der Sternengötter. Yaala, die neben ihm stand, tat es ihm nach.

»Die Sternengötter können euch nicht schützen. Sie stehen auf meiner Seite!«, verkündete Moncriith. »Bereitet euch auf euren Tod vor!«

Nimbulans Hand legte sich auf Powwells Schulter. Das schon vertraute Verschmelzen und Aufbranden von Macht sog die letzten Überreste an Drachenmagie aus Powwell heraus. Er kämpfte gegen das schwindelnde Gefühl der Leere an. Während Nimbulan einen Verteidigungszauber vorbereitete, musste er Zeit schinden. Die Drachen erlaubten nicht, dass ihre Magie zum Angriff eingesetzt wurde, sondern nur zur Verteidigung.

Aber ein Angriff mochte durchaus dazu führen, dass augenblicklich ein Drache zu ihnen geeilt kam. Powwell hoffte, dass Nimbulan das klar war, oder dass er seine Gedanken las. Er musste auf Zeit spielen.

»Wo ist Kalen?«, fragte Powwell noch einmal. »Ihr seid durch das Drachentor von Hanassa gekommen. Kalen war die letzte dort, die seine Geheimnisse kannte.«

»Sie und Yaassima sind gestorben, als sie mir das Tor geöffnet haben. Durch ihren Tod wurde der Strudel so gelenkt, dass ich direkt zu meinen Truppen geführt wurde. Ich war der Letzte, der hindurchgegangen ist, bevor der Tunnel und die Höhlen hinter mir zusammenbrachen. Das *Dämonentor* ist für immer verschlossen.«

»Ihr Bastard!« Powwell warf sich auf den Blutmagier. Vor Wut sah er rot. Er war sich vage bewusst, dass Nimbulan gegen die Abtrennung von seinem Körper und seiner Magie protestierte.

Es war ihm gleich. Für Powwell existierten nur noch Moncriith und sein Bedürfnis, den Blutmagier zu töten. Weiche Haut riss unter seinen zersplitterten, schmutzigen Fingernägeln. Befriedigt spürte er, wie ein heißer Blutschwall seine Handflächen netzte.

Unter seiner Tunika rollte sich Thorny zu einer Kugel zusammen. Scharfe Stacheln drangen durch Powwells Kleider und stachen in seine Brust. Seine emotionale Verbindung zu dem Igel verstärkte noch seinen Zorn und seine Entschlossenheit, Moncriith umzubringen.

Powwell trat auf die Männer ein, die versuchten, ihn von Moncriith wegzuziehen. Er hörte Schreie, aber er verschloss die Ohren vor ihnen.

Jemand drückte ihm einen Dolch an die Kehle. Er gab nichts darum. Moncriith hatte Kalen getötet. Er hatte den Tod verdient. Powwell würde freudig mit ihm sterben, solange der Blutmagier nur den Tod fand. Ein schmerzhaftes, unerfreuliches Ende.

»Nein, Powwell.« Myris leiser Befehl durchdrang den roten Nebel aus Schmerz und Wut. »Er ist es nicht wert.«

Powwell ließ nicht von Moncriith ab, der inzwischen schrie. Thorny entspannte seine Stacheln, doch Powwell weigerte sich, dem Beispiel seines Gefährten zu folgen.

»Amaranth ist noch nicht alt genug, um ihren Geist von den Opfern um sie herum abzuschotten. Wenn du Moncriith tötest, bringst du auch die Kleine um«, erinnerte Nimbulan ihn leise. »Willst du dir nicht nur seinen Tod, sondern auch den meiner Tochter auf die Seele laden?«

Moncriith lachte triumphierend auf und machte sich mit einem gewaltigen Schlag aus Powwells Umklammerung los. Powwell wurde zurückgeschleudert und landete mit einem harten Knall, von dem sich sein Kopf drehte, auf dem Hinterteil.

Der jubelnde Unterton in Moncriiths Schmerz erschütterte Powwell stärker, als Myris Worte oder der Sturz, der sein Rückgrat betäubte, das hatten tun können. Wie konnte dieser Mann den Schmerz noch genießen?

Und dann wusste er die Antwort. Sobald Moncriiths Blut seine Hände berührte, hatte Powwell eine Woge von Kraft und magischer Macht gespürt. Sein eigener Schmerz aus Thornys Stichen hatte noch dazu beigetragen. Ohne nachzudenken, hatte er Blutmagie angezapft. Der Zorn rann aus ihm heraus, und sein Magen zog sich zu einem Klumpen zusammen.

»Zu mir, Powwell! Ich brauche deine Magie!«, rief Nimbulan. Er hob die flachen Hände und bog die Finger, um die Magie, die Moncriith nach ihnen warf, aufzufangen.

Powwell bemühte sich hochzukommen, aber seine Beine wollten ihm nicht gehorchen. Yaala packte ihn am Gürtel und stieß ihn in Nimbulans Richtung. Er landete mit dem Gesicht voran auf dem Boden und berührte mit einer Hand die abgewetzten Stiefel seines Lehrers.

Ein Kribbeln stieg aus dem Boden auf und lief durch seinen Körper. Er lag über einer Kraftlinie, die ihn geradezu anflehte, ihre Energie anzuzapfen.

Sinnlos.

Nimbulan konnte nicht mit der Energie aus Kraftlinien arbeiten. Sie brauchten Drachenmagie, aber Powwells Reserven waren erschöpft.

Nimbulans Verteidigung geriet ins Wanken. Auch seine Vorräte an Magie mussten gefährlich zusammengeschmolzen sein.

Wo blieben die Drachen?

Moncriith schrie etwas in der alten Sprache und schleuderte einen gewaltigen Ball aus Hexenfeuer auf Nimbulan und Myri.

Nimbulan erstickte die Flammen, bevor sie das Grüppchen der Flüchtlinge erreichen konnten.

Powwell drückte sein Gesicht tiefer in den Staub. Er hatte der

Kommune nie einen Eid geschworen, allen anderen Formen der Magie zu entsagen. Nichts hinderte ihn daran, selbst Energie aus der Kraftlinie zu ziehen. Eigentlich müsste er in der Lage sein, eine Barriere zwischen Moncriith und seinen Freunden aufzurichten. Er musste sie beschützen und Wiedergutmachung dafür leisten, dass er Blutmagie aufgesogen hatte.

Eine Barriere. Er brauchte einen Schutzwall. Von irgendwoher grub er eine halb vergessene Erinnerung aus. Vor einem Jahr hatte Nimbulan einen magischen Schutzwall errichtet, um Quinnaults Armee vor Moncriiths Angriffen zu schützen. Wie hatte er das gemacht?

Powwell hatte keine Zeit, sich zu erinnern. Vor seinem geistigen Auge schuf er das Bild einer Ziegelmauer, die zwischen ihm und dem Blutmagier aus dem Boden wuchs. Mit aller Kraft schob er die magische Vorstellung aus sich heraus.

Moncriiths nächste Garbe magischer Pfeile, deren Bestimmung es war, durch das Auge in den Geist zu dringen und alle Gedanken und Erinnerungen zu vernichten, durchschlug Nimbulans Verteidigung.

36. Kapitel

»Öffne diese *s'murghit* Tür, Bessel!«, befahl Quinnault. »Wache, hol den alten Lyman. Wenn es sein muss, wirf ihn dir über die Schulter, und schleppe ihn her. Mir ist vollständig egal, was er gerade tut oder mit welchem Drachen er sich unterhält, ich brauche ihn hier. Sofort.«

»Ich habe keine Ahnung, wie Piedro verschwinden konnte, ohne eine Spur zu hinterlassen. Ein lebendes Wesen kann man nicht teleportieren, ohne es zu töten«, protestierte Bessel.

Am tiefen Atem des jungen Mannes erkannte Quinnault, dass er sich auf eine Trance vorbereitete. Er trat ihm aus dem Weg und ließ ihn arbeiten. Fragen überschlugen sich in seinem Kopf. Vorsichtshalber zog er sein Messer aus dem Gürtel, für den Fall, dass sich der Attentäter irgendwie in der Zelle versteckte und vorhatte, sich auf sie zu stürzen, sobald sich die Tür öffnete.

»Vielleicht sollten wir auf den Meistermagier warten«, schlug er vor.

»Ja. Das ist nämlich nicht mein Siegel auf der Tür«, erklärte Bessel. Er schielte vor Verblüffung. »Ich erkenne weder die Signatur noch den Stil des Zaubers. Niemand aus der Schule hat ihn gesetzt. Die würde ich alle erkennen.« Er klang beinahe erleichtert.

»Wir haben also nicht nur mit Rovern und Attentätern zu tun, sondern auch mit abtrünnigen Magiern. Und das an meinem Hochzeitstag! Piedro hat mich gewarnt und behauptet, sein Auftraggeber sei jemand, dem ich vertraue. Wer kann das sein? Ich frage mich, ob ich es wagen soll, die Zeremonie zu vollziehen, bevor ich nicht sicher weiß, wer mich nicht nur tot sehen, sondern auch als Mörder diskreditieren will.«

»Lord Konnaught?«, meinte Bessel.

»Das bezweifle ich. Er besitzt weder den Weitblick noch das Geld, um so etwas zu planen.«

»Der Stil dieser Magie wird uns viel verraten«, sagte Lyman, der geschäftig die steile Treppe heruntergeeilt kam. Aufgeregt rieb er sich die Hände. »Ein interessantes Rätsel. Ich liebe Rätsel fast so sehr wie Bücher. Beide sind wunderbare Herausforderungen. Sie lehren einen Mann das Denken.«

»Der Wachmann kann Euch nicht von der Schulinsel geholt haben, falls Ihr nicht geflogen seid oder Euch teleportiert habt«, brummte Quinnault. Inzwischen war er so weit, dass er jeden verdächtige, Piedros Flucht bewerkstelligt zu haben.

»Natürlich nicht. Ich war in der Großen Halle und habe geholfen, die Zerstreuungen für heute Abend vorzubereiten. Wir haben fünf Lehrlinge, die ziemlich talentiert in der Erzeugung von Illusionen und Licht ohne Feuer sind. Sie werden während des Banketts eine hübsche Darbietung vorführen«, antwortete Lyman. Ohne weitere Vorrede bückte er sich, um das Schloss der Zellentür zu inspizieren.

»Was seht Ihr, alter Mann?«, drängte ihn Quinnault.

»Nicht so viel, wie Nimbulan sehen würde. Diese Augen werden alt und nehmen nicht mehr so viele Einzelheiten wahr, wie mir lieb wäre.« Stirnrunzelnd richtete sich Lyman auf und spähte durch den Schlitz.

»Noch so ein Grund, aus dem ich heute mit der Welt hadere. Ich wünschte, Nimbulan würde zurückkehren. Er hätte niemals fortgehen dürfen. Nicht einmal eine Nachricht hat er mir zukommen lassen«, klagte Quinnault.

»Aber er hat doch einen Brief hinterlassen, in dem er alles erklärt hat. Ich habe ihn dem Boten übergeben, den Ihr geschickt habt, um ihn zu holen.« Lyman schaute sich in dem dunklen Kergewölbe um, als vermute er, dass sich der abgängige Kurier dort versteckte.

»Den Brief habe ich nie bekommen!«, brüllte Quinnault. »Wache, hol mir diesen Kurier!« Seine Wangen brannten, und der Zorn, der ihn ihm aufstieg, ließ seine Finger kribbeln.

Alles ging schief. Ein schlechtes Omen für die Heiratszeremonie und sein zukünftiges Leben mit Katie.

»Nicht nötig, mein Junge.« Lyman betrachtete Quinnault, als wäre der König tatsächlich ein verwirrtes Kind. »Lord Konnaught war an diesem Tag mit dem Boten zusammen. Wer hat Euch erzählt, dass Nimbulan in persönlichen Angelegenheiten abgereist war?«

»Konnaught.« Quinnaults Zorn wuchs noch. »Dieses Dämonenbalg hat eine Nachricht an den König unterschlagen. Noch ein Grund, den Jungen zu verbannen. Wache, Konnaught soll in seinem Zimmer unter Arrest gestellt und bewacht werden. Er darf weder an der Hochzeit noch an dem Bankett teilnehmen. Kümmere dich sofort darum.«

Einer der Männer zog sich zurück. Die Eile, mit der er die rutschige Treppe hinaufhastete, verriet, dass er froh war, Quinnaults Zorn zu entgehen.

»Öffnet die verdammte Tür, Lyman. Das wird mir langsam alles zu viel. Ich möchte jetzt eine Erklärung, und wenn ich Piedro dazu persönlich jeden Knochen im Leibe brechen muss. Nimbulan hat sich für einiges zu verantworten, wenn er zurückkehrt. Er hätte gewusst, wie man diesen Rover an der Flucht hindert.«

»Alles zu seiner Zeit, mein Junge. Nimbulans Unternehmen war wichtig. Das werdet Ihr verstehen, wenn er zurückkehrt.«

»Und wann ...«

»Wenn es so weit ist.«

»Hört auf, in Rätseln zu sprechen, Lyman. Wer hat den Rover freigelassen?« Quinnault begann, die Hände hinter dem Rücken verschränkt und die Schultern gekrümmt, auf und ab zu gehen. Er konnte nicht denken, wenn er auf der Stelle stand.

»Keine Magie, der ich schon einmal begegnet wäre«, antwortete Lyman.

»Varn-Magie vielleicht?« Quinnault musste einfach die Frage stellen, die in seinem Hinterkopf herumspukte, seit er den Streit zwischen Katie und ihrem Vater mit angehört hatte. Katie vertraute er, aber ihrem Vater nicht.

»Nein, etwas Bekannteres, glaube ich«, meinte Lyman. Aus einer tiefen Tasche in seiner blauen Robe zog er ein Glas und nahm den ganzen Türpfosten genauer in Augenschein.

»Wie bekannt?«, fragten Quinnault und Bessel wie aus einem Munde.

»Erde, Luft, Feuer und Wasser sind vorhanden. Riecht Ihr den Urin? Den hat er anstelle von Wasser verwendet.« Lyman rümpfte die Nase.

»Das klingt nach Rover-Magie. Piedro muss ein Clan-Anführer sein, also kann er nicht für Televarn arbeiten«, überlegte Quinnault und fuhr fort, auf und ab zu gehen.

»Vielleicht, vielleicht auch nicht.« Lyman bewegte die Finger in einem geheimnisvollen Muster. »Bessel, hilf mir dabei.« Er bedeutete dem Gesellen, näher zu kommen. Der junge Mann legte dem Alten die Hand auf die Schulter. Gemeinsam taten sie drei tiefe Atemzüge.

Quinnault spürte die Macht, die sich zwischen den beiden aufbaute. Aber er besaß nicht genug magische Kräfte, um zu erkennen, wie ihre Auren verschmolzen und sich ausweiteten.

»Das ursprüngliche Siegel wurde von außen aufgebrochen und von außen wieder hergestellt. Unser Rover hatte Hilfe. Von jemandem, der kommen und gehen konnte, ohne aufzufallen. Eure Wachen würden doch nicht jeden hier herunterlassen, oder? Ich wünschte, Nimbulan wäre hier. Er weiß mehr über die Rover als ich.« Immer noch in Trance, hob Lyman den Riegel der Zellentür und stieß sie auf. Der leere Raum sah aus, als wäre seit Jahren niemand mehr darin gewesen.

»Wer auch immer Piedro geholfen hat, musste Rover-Blut haben«, überlegte Quinnault. »So viel hat Nimbulan mir erzählt.

Ihre Magie funktioniert nur, wenn sie sich mit anderen Rovern zusammentun. Jemand, der mir nahesteht, dem ich vertraue und der Rover-Blut hat.« Er hörte auf, herumzulaufen und starrte die leere Zelle an.

»Nimbulan ist der einzige Mensch mit Rover-Blut, den ich kenne. Irgendein ferner Vorfahr. Daher weiß er so viel über Rover-Magie«, flüsterte Lyman.

»Nimbulan?« Quinnault wagte kaum zu atmen. »Ich weigere mich zu glauben, dass Nimbulan in diese Verschwörung verwickelt ist.« Aber die Indizien wiesen darauf hin, dass es möglich war.

*

Powwells Ohren dröhnten, so große Anstrengung kostete es ihn, die rasch heranfliegenden magischen Pfeile aufzuhalten. Das Donnern wurde stärker. Er musste sich die Ohren zuhalten und hätte sich am liebsten übergeben.

Das Dröhnen schwoll an, wurde zu einem Jaulen und endete in einem schrillen Kreischen, dass so hoch war, dass er es kaum noch hören konnte.

Eine Flammenwand schoss zwischen ihm und Moncriith hoch. Instinktiv rollte sich Powwell wie ein Fötus zusammen, um Gesicht und Hals vor einem Angriff zu schützen.

Moncriith schrie vor Zorn und Frustration. Seine magischen Pfeile prallten von der Feuerwand, die Powwell erzeugt hatte, ab und fielen zu Boden.

Etwas Schweres ließ den Boden unter Powwell erbeben. Er riskierte es, in die Richtung zu spähen, aus der die Vibrationen kamen.

Ein anderer Körper fiel neben Moncriiths Ritualopfer. Dieser atmete noch, obwohl die Augen blind nach oben starrten und der Mund schlaff hinunterhing. Geschlecht und Persönlichkeit waren durch die entsetzlichen Brandwunden, die eine Hälfte des Gesichts überzogen, nicht zu erkennen. Verbrannte Kleidung hing in Fetzen von den Gliedmaßen herunter. Sämtliches Haar war verbrannt, sodass nur ein kahler Schädel übrig geblieben war. Die gerade Nase, die hohen Wangenknochen und der schmale Mund waren durch die schweren Verbrennungen fast nur noch nässendes, rohes Fleisch. In der kalten Luft des Bergepasses krümmte sich die Gestalt zusammen.

»Kaalipha?«, keuchte Yaala.

Powwell hob den Kopf ein wenig höher. »Woher kommt sie? Wo ist Kalen? Wenn Yaassima die Grube überlebt hat, dann hat Kalen es vielleicht auch geschafft. Wo wart Ihr?«

Hoffnung keimte in seiner Brust auf. Vielleicht war Kalen noch am Leben.

»Sie war in der Leere«, flüsterte Myri. »Tssonin hat sie herausgeholt.«

Powwell sah genauer hin. Ein junger Drache – mit roten Flügelspitzen, aber noch immer silbrigen Flügelvenen und Hörnern – saß auf einem Felssims in halber Höhe der Wände der Schlucht. Er stieß Dampf aus. Entrüstung stand in seinen vielfarbigen Augen.

»Was sagt Tssonin?«, fragte Nimbulan Myri.

»Er hat Yaassima in der Leere gefunden, am Leben und immer noch in dieser Existenz verhaftet. Sie ist dort nicht willkommen. Die Geheimnisse über vergangene, gegenwärtige und zukünftige Leben stehen Menschen wie ihr nicht zu. Sie besitzt weder die Magie noch die Weisheit, die Informationen zu nutzen. Sie muss in dieser Existenzebene sterben, bevor sie wieder in die Leere eingehen kann.« Myris Stimme wurde sicherer, je länger sie sprach. Sie legte den Kopf leicht zur Seite und horchte den telepathischen Anweisungen des Drachen, die nur sie hören konnte.

»Unmöglich!«, stotterte Moncriith. Er wies mit dem Finger auf die immer noch brennende Linie, die Nimbulan, Myri und die anderen umgab. »Ich habe sie und das Hexenkind in die brodelnde Lava gestoßen, bevor sich das Tor vollständig öffnete und die Hügellandschaft unmittelbar über dem Hauptlager meiner Armee zeigte.

»Das wissen wir«, antwortete Nimbulan. »Wir haben durch das teilweise geöffnete Tor zugesehen. Wo ist Televarn?«

»Ich habe den Verräter getötet«, krächzte Yaassima. »Ich habe ihn mit dem vergifteten Messer umgebracht, mit dem er auf mich eingestochen hat.«

»Er kann nicht tot sein!«, schrie Maia und presste die Fäuste gegen die Schläfen. »Ich höre immer noch seine flüsternde Stimme in meinem Kopf, die mir sagt, dass er mich bestrafen wird, wenn ich ihm nicht alles erzähle, was geschieht.«

»Noch ein Geheimnis, das wir nicht lösen können«, meinte Nimbulan.

Powwell kroch ein wenig näher an Yaassima heran. Er musste mit ihr reden, herausfinden, was aus Kalen geworden war. Die Mauer, die er errichtet hatte, versperrte ihm den Weg. Er nahm den Zauber zurück, doch die Mauer aus Drachenfeuer blieb an ihrem Platz; eine klare Linie, die Moncriiths Leute von Nimbulans Gruppe trennte.

»Seht Ihr ihre Verbrennungen?«, zeterte Moncriith weiter. »Sie sind ihre gerechte Strafe aus der Grube. Niemand hätte dieses Inferno überleben können. Ich habe gesehen, wie ihr Haar und ihre Kleider in Flammen aufgingen, und ich habe Kraft aus ihrem Schmerz bezogen.«

Bei dem Gedanken, dass Kalen bei lebendigem Leibe Höllenqualen durch dieses Feuer gelitten hatte, das heiß genug war, um Stein zu schmelzen, wurde Powwell beinahe übel.

»Wenn Yaassima überlebt hat, wo ist dann Kalen? Tssonin, wo ist Kalen?« Verzweifelte Hoffnung ließ ihn aufspringen und dem Drachen entgegentreten. »Du musst mir sagen, was aus ihr geworden ist.«

»Tssonin sagt, dass er nur Yaassima gefunden hat, weil sie nicht in die Leere gehört. Wenn sich deine Schwester noch dort befindet, dann ist es ihr bestimmt, von den Lebenskräften, die sie vor den Sinnen von Drachen verbergen, etwas zu lernen.«

»Was soll das heißen? Sag mir, was das zu bedeuten hat«, ging Powwell auf Myri los. Seine ganze Frustration und sein Zorn stiegen ihm pochend in die Kehle. Er musste sie an jemandem auslassen. Der Drache wäre ein leichtes Ziel gewesen, aber es wäre Selbstmord, es zu versuchen.

Tssonin riss das Maul auf, spuckte Feuer und erneuerte die flammende Wand zwischen Moncriith und den Flüchtlingen. Powwell schreckte vor dem Beweis für die Macht des Drachen zurück.

»Wir wissen nicht, was Tssonin meint, Powwell. Drachen drücken sich für gewöhnlich kryptisch aus.« Nimbulan legte ihm behutsam die Hand auf die Schulter.

Powwell schüttelte sie ab. »Ich muss mich auf die Suche nach ihr machen.«

(Dieser Weg ist gefährlich. Du hast viel zu lernen, bevor du ungefährdet in die Leere gehen und lernen kannst.) Ein junger Drache mit blauen Flügelspitzen gesellte sich auf dem Felssims über der Schlucht zu Tssonin. *(Seannin),* stellte sich der Drache vor.

Die Worte des Drachen hallten in Powwells Geist wider. Hinter seinen Augen saß ein pochender Kopfschmerz. »Dann lehrt mich, was ich wissen muss«, verlangte er. »Ich muss Kalen finden.«

Moncriith hob einen nichtmagischen Bogen und schoss einen Pfeil durch die Drachenflammen, die ihn von seinen Opfern trennten. Holz, Metall und Federn drangen durch, wo Magie dies nicht vermochte.

Seannin spuckte einen neuen Strom grünen Feuers. Der kreisende Schaft explodierte und flatterte als Aschenhäufchen zu Boden.

»Offenbar steht es unentschieden zwischen uns, Moncriith«,

erklärte Nimbulan. »Die Drachen schützen uns vor Euch. Aber sie wachen nicht über Yaassima. Wir werden aufbrechen.«

»Seannin und Tssonin, würdet ihr uns in die Hauptstadt fliegen?«, fragte Myri höflich.

»Vielleicht kommen wir noch rechtzeitig, um die Hochzeit zu verhindern«, sagte Nimbulan, ging auf Seannin zu und zog Myri und Yaala hinter sich her.

»Es ist bereits zu spät!«, rief Moncriith. »König Lorriin wird seine Invasion trotzdem durchführen. Wir wollen mehr von Coronnan als bloß einen Ehevertrag. Er braucht Euer Ackerland und Eure Bauern. Höchstens die Sternengötter können SeLenicca ernähren. Ich habe vor, ihm zu geben, was er will – zu einem gewissen Preis natürlich –, sobald ich in Coronnan herrsche, wie es die Sternengötter verfügen.«

Tssonin spuckte einen neuen Flammenring, der Moncriith und seine Männer umgab, damit sie die Flüchtlinge, die auf die Drachen kletterten, nicht gefährdeten.

*

»Glaubst du, wir haben heute Nacht wirklich ein Kind gezeugt?«, fragte Katie und presste die Hände auf ihren flachen Bauch.

Quinnault sah die blasse Haut unter ihren Händen an. Hier und da winkte ihm eine Sommersprosse und verlockte ihn, ihren ganzen Körper nach weiteren zu erforschen. Die meisten hatte er in den Stunden nach Mitternacht, nach dem Ende des Hochzeitsbanketts, schon gefunden.

»Wenn wir heute Nacht kein Kind auf den Weg gebracht haben, dann müssen wir es eben weiter versuchen, bis wir es richtig hinbekommen.« Er konnte gar nicht zu lächeln aufhören. Wie ein Trottel kam er sich vor, wie er grinste, bis sein Gesicht schmerzte. Katie zu lieben, war das Natürlichste und Beglückendste, das er je erlebt hatte. Die beiläufigen Affären, die er in der Vergangenheit gehabt hatte, verblassten im Vergleich zu der Freude, die er mit Katie erlebte.

Die Fragen und Probleme seiner Stellung als König rückten in den Hintergrund, wenn er an *sie* dachte. Ihr Vater war, angetan, wie es sich für den Kronprinzen von Terrania ziemte, zur Hochzeit erschienen. Er hatte nicht wieder mit Katie gestritten. Als Quinnault ihn nach den Fortschritten gefragt hatte, die der neue Hafen machte, hatte er nur knapp genickt. »Vor Sonnenaufgang«, hatte er geantwortet. Und viel mehr hatte er den ganzen Abend lang nicht gesagt.

»Ich hätte nie gedacht, dass ich einmal das Glück haben würde, ein Kind zu bekommen«, meinte Katie wehmütig.

»Warum nicht?«

»Schwangere Frauen und kleine Kinder sind besonders empfindlich gegenüber der Seuche, die mein Volk plagt. Sie tritt in Wellen auf, alle paar Generationen. Für gewöhnlich erlischt sie auf natürlichem Weg, nach drei oder vier Jahren und Zehntausenden von Toten. Doch dieses Mal dauert sie schon zehn Jahre an und zeigt keine Anzeichen dafür, dass sie nachlässt. Jede Frau, die gesund genug ist, um Kinder zu bekommen, fürchtet sich davor, sie in die Welt zu setzen. Deswegen brauchen wir so viel Tambootie. Wir müssen die Seuche unter Kontrolle bringen, bevor unsere Bevölkerung ausstirbt.«

Quinnault küsste die glatte Haut unmittelbar über der Gegend, in der Katie immer noch die Hände auf den Bauch presste. »Dein Volk soll so viel von dem magischen Baum bekommen, wie die Drachen entbehren können. Die Seuche wird aufgehalten werden«, versprach er. Ein zarter Schauer überlief ihre Haut und folgte seinen Liebkosungen aufwärts. Sie streckte die Arme aus, um ihn höher zu sich heraufzuziehen, und küsste ihn noch einmal leidenschaftlich.

Dass sie ihn ebenso begehrte wie er sie, erfüllte ihn mit Freude und Staunen.

Seine Katie.

Er seufzte zufrieden. »Wo immer du auch herkommst, Maarie Kaathliin, jetzt gehörst du hierher, nach Coronnan. Zu mir.«

»Ich hätte nie gedacht, dass ich einmal einen anderen Ort mein Zuhause nennen würde als den, an dem ich geboren bin. Aber hier fühle ich mich wirklich daheim.« Sie legte den Kopf an seine Schulter.

Einen Moment lang lagen sie schweigend da und genossen ihre Zufriedenheit und Nähe. Ihr Geist berührte kurz den seinen, und ihre gemeinsame Freude wurde noch tiefer. Dann zog sie sich langsam zurück; nicht das rasche Schließen einer Barriere, sondern eher so, als schlummere sie ein.

»Ich habe das Gefühl, dich schon mein ganzes Leben zu kennen«, murmelte Quinnault schläfrig. Es war ein langer Tag gewesen.

»Ein Tag kann ein ganzes Leben sein«, antwortete sie leise.

Er trieb am Rande des Schlafs dahin und zögerte noch, sich den Wolken, die sein Gehirn überwältigen wollten, hinzugeben, damit er nicht beim Erwachen feststellte, dass Katie nur ein Traum gewesen war.

»Mir ist kalt, Vogelscheuche. Ich würde mir gern mein Hemd holen.« Sie rutschte von ihm weg.

Zögernd ließ er sie gehen. Ihm kam es im Zimmer nicht kälter vor als sonst um diese Jahreszeit. »Im Kleiderschrank liegt noch eine Decke.« Er rollte sich auf die Seite und schlang einen Arm um den leeren Fleck, an dem Katie gerade noch gelegen hatte. Ihr Duft haftete an den Laken, und er sog ihn tief ein. Er wartete sehnsüchtig darauf, dass sie zurückkommen würde, aber er war zu schläfrig, um in dem halbdunklen Raum ihre Bewegungen zu verfolgen.

»Hast du etwas dagegen, wenn ich die Kerze ausblase?«, fragte sie vom Wandschirm her, der die Wassertoilette verbarg.

»Mmmm ...«

Er vernahm Stimmengemurmel, so leise, dass es gerade noch hörbar war. Er ignorierte die kurze Störung. Der Palast schlief niemals. Zu jeder Stunde, ob bei Tag oder Nacht, waren Dienstboten unterwegs und erledigten Hausarbeiten und andere Pflichten.

Die Stimmen kamen näher und wurden lauter, nahmen einen ärgerlichen Unterton an. Er sollte aufstehen und nachschauen, worum der ganze Aufstand ging. Außer in allerdringendsten Notfällen sollte ihn heute Nacht eigentlich niemand stören. Aufregungen hatte er gestern genug für ein ganzes Leben gehabt.

Er schlug ein Auge halb auf und wünschte sich, die Störung solle verschwinden und Katie möge wiederkommen. Das winzige Nachtlämpchen gab nicht genug Licht ab, um ihre Bewegungen zu erkennen. Er hatte weder die Tür des Kleiderschranks noch den Vorhang vor der Toilette auf seinen Ringen schleifen gehört. Da waren nur die entfernten, aber zornigen Stimmen. War das wieder Kinnsell? Und wo steckte Katie?

Plötzlich war er hellwach und setzte sich beunruhigt auf.

Die Stimmen wurden lauter, nachdrücklicher.

»Ihr könnt dort nicht hinein!«, protestierte der Haushofmeister.

»Ich muss. Das Königreich ist in Gefahr.« Eine neue Stimme, eine, die er seit mehreren Tagen nicht gehört hatte. Er hatte gehofft, sie erst wieder zu hören, nachdem er ein paar Erkenntnisse bekommen hatte. Nimbulan.

»Öffnet die Tür, Euer Gnaden!« Die Worte des Magiers wurden von einem energischen Pochen begleitet.

»Ganz ruhig, Lan. Wir müssen jetzt gelassen und klug vorgehen«, begütigte eine Frauenstimme. Eine Stimme, die ihm nur vage bekannt vorkam. Aber es gab nur einen lebenden Menschen, der Nimbulans Spitznamen aus seiner Kindheit gebrauchte. Eine Frau, die in Coronnan absolut nichts zu suchen hatte.

Seine verbannte Schwester, Myrilandel.

Nimbulan hatte gegen das Gesetz verstoßen, indem er die

Hexe mit in die Hauptstadt brachte. Er war in einen Mordversuch und eine Verschwörung verwickelt und hatte Quinnault verlassen, als der König seines Rates bedurfte.

Die Tür bog sich beinahe unter den heftigen Schlägen.

»Wartet eine Minute, Nimbulan!«, rief Quinnault zornig zurück. Er griff nach seinem Hausmantel. »Katie?«

Keine Antwort.

»Katie?«, fragte er ein wenig lauter.

»Nur einen Moment, Vogelscheuche. Ich bin ... hmmm ... beschäftigt.« Ihre Stimme kam aus seinem Ankleidezimmer, nicht aus ihrem oder von der Toilette.

»*S'murghit,* Katie, was machst du nur?« Er schwang die Beine aus dem Bett.

»Das kann nicht warten!«, rief Nimbulan. Dann flog der Querbalken der Tür quer durch den Raum, auf das mit Holzläden verschlossene Fenster zu. Die Tür krachte auf den Boden. Vom Flur fiel Licht ins Zimmer und beschien Katie, die sich über eine merkwürdige Schachtel, die nicht größer als ihre winzige Handfläche war, beugte und einen Code in den bizarren Apparat eintippte.

37. Kapitel

Die Tür zu Quinnaults Privatgemächern im Zentrum der alten Trutzburg war mit einem gewaltigen Krachen auf dem Steinboden gelandet. Nimbulan starrte die störende Barriere mit einem Schimmer von Befriedigung an. Ein Teil seiner Frustration war verflogen, als die Tür aus dem Rahmen sprang.

Aber längst nicht alles.

Den ganzen Tag über hatte sich ein Plan nach dem anderen zerschlagen, und immer wieder waren sie aufgehalten worden. Seannin und Tssonin hatten den Flug in die Hauptstadt ein ums andere Mal unterbrochen. Sicher, die Drachen waren noch jung und nicht daran gewöhnt, das Gewicht von sechs erwachsenen Personen zu tragen. Zugestanden, das Bad und die Mahlzeit, die sie eingenommen hatten, während die Drachen ausruhten, hatten sie gut gebrauchen können. Und gewiss, es war nützlich für Nimbulan gewesen, dass er aus der Luft einen Blick auf König Lorriins Truppen hatte werfen können, die sich in dem Bergpass nahe der Grenzstadt Sambol versteckten.

Aber jeder Halt und jeder Umweg war auf die Zeit gegangen, die ihnen blieb, bis Quinnault die falsche Prinzessin aus einem nicht existierenden Land ehelichte. Und jetzt war er zu spät gekommen, um die Hochzeit oder wenigstens den Vollzug dieser Ehe zu verhindern. Er spürte das Bedürfnis, etwas zu zerschlagen. Die Tür war nicht genug gewesen.

»Was hat das zu bedeuten?«, verlangte Quinnault mit empörter Stimme zu wissen. Sein Blick huschte zwischen Nimbulan und der Prinzessin – nein, der Königin – hin und her, die sich über ein eigenartiges schwarzes Kästchen beugte.

»Das sieht aus wie eines meiner Fernbies.« Yaala schob sich an Nimbulan vorbei, durchquerte den Raum mit sechs langen Schritten und trat zu der anderen Frau.

»Fernbies?«, fragten Quinnault und seine Braut wie aus einem Munde.

»Ja, damit schaltet man Trizität ein und aus. Die Kaalipha benutzt ... hat sie ständig benutzt«, erklärte Yaala ungewohnt begeistert. So munter war sie nicht mehr gewesen, seit Powwell die monströsen Maschinen, die Hanassa Energie lieferten, sabotiert hatte.

»Fernbies und Trizität ...«, murmelte Königin Maarie Kaathliin. »Fernbedienungen und Elektrizität!« Ihre Augen leuchteten auf. »Ihr habt Generatoren und Fernbedienungen? Das ist unmöglich. Der Familienvertrag verbietet Technologie auf Kardia Hodos.«

»Wenn die Kaalipha von Hanassa so etwas tatsächlich besessen hat, dann funktioniert es nicht mehr«, erinnerte Nimbulan sie alle. Er begriff nicht, wovon die Königin redete. Vielleicht konnte er ihr arkanes Wissen nutzen, um sie zu diskreditieren und diese Ehe zu beenden. »Was habt Ihr da getan, Euer Gnaden?« Er wies auf das schwarze Kästchen.

»Das braucht Euch nicht zu kümmern, Nimbulan«, versetzte Quinnault streng. Seine königliche Würde litt schwer darunter, dass er rasch die Laken über seinen Schoß ziehen musste. »Auf der anderen Seite sind da einige fragwürdige Angelegenheiten, für die Ihr Euch verantworten müsst.« Er reckte sich nach einem Hausmantel, der gerade außerhalb seiner Reichweite über einem Stuhl lag, und versuchte gleichzeitig, seine Blöße bedeckt zu halten.

Myri, die neben Nimbulan in der Tür stand, saugte die Wangen nach innen, um nicht loszukichern.

»Die Sicherheit dieses Königreichs geht mich sehr wohl etwas an, Euer Gnaden«, entgegnete Nimbulan und musste sich große

Mühe geben, seinen König nicht anzubrüllen. »Ich habe Grund zu der Annahme, dass Eure Braut eine Spionin ist und von Euren Feinden hier eingeschleust wurde.«

»Dieser Verstoß ... gegen ... hmpf ... das Protokoll ist so schwerwiegend, dass ich ihn fast als Verrat bezeichnen muss, Magier Nimbulan. Dazu kommt noch der Vorwurf, dass Ihr mutwillig eine verbannte Verbrecherin über die Grenze von Coronnan gebracht habt, und der Verdacht, in mehrere Fälle von Verschwörung und versuchtem Mord verwickelt zu sein.« Der König starrte seine Schwester Myrilandel aufgebracht an. Sein harter Blick wurde etwas weicher, als er in ihr Gesicht sah, dass dem seinen so ähnlich und doch so anders war, verändert durch den Geist des Drachen, der in ihrem Körper wohnte. Dann erblickte er das Bündel, das sie in den Armen trug.

Sein Mund öffnete sich leicht, und fast hätte er darum gebeten, das Kind ansehen zu dürfen.

»Mein einziges Verbrechen ist, das ich als Frau geboren und unfähig bin, Drachenmagie zu sammeln, Bruder«, sagte Myri leise.

»Die Anwesenheit von Magiern innerhalb meiner Grenzen, die keine Drachenmagie sammeln können oder wollen, ist eine Gefahr für meine Regierung und den Frieden, den wir aufzubauen versuchen. Daher mussten alle allein arbeitenden Magier entweder ins Exil gehen oder hingerichtet werden, und ich kann für dich keine Ausnahme machen, Schwester. Ich fürchte, du musst Coronnan verlassen.«

»Das weiß ich, und ich werde es tun, sobald du in Sicherheit vor den Invasoren bist, die dich bedrohen.« Myri neigte den Kopf zum Zeichen, dass sie ihr Los akzeptierte.

»Eine Invasion, die durch Eure Heirat mit dieser Frau ausgelöst wurde, Quinnault«, setzte Nimbulan hinzu. Wieder sah er zu der Frau in der Ecke. Er wusste nicht, von welchen Verschwörungen Quinnault redete, daher entschied er sich, die Vorwürfe zu ignorieren und sich mit den Bedrohungen zu beschäftigen, die er erklären konnte. »Terrania ist eine wüstenhafte Ödnis, die seit Tausenden von Jahren für Menschen unbewohnbar ist. Selbst die Eidechsen und Fliegen haben sie verlassen. Sie kann keine Prinzessin von Terrania sein.«

»Ihr dürft gehen, Haushofmeister. Dieses Gespräch muss privat bleiben.« Quinnault nickte dem Mann zu, der immer noch in der Tür stand, nachdem er Nimbulan und den anderen gefolgt war und händeringend beteuert hatte, sie könnten unmöglich den König in seiner Hochzeitsnacht stören.

Mit aufgerissenen Augen drückte sich der Haushofmeister an Narbengesicht und Powwell vorbei, sichtlich abgeneigt, sich außer Hörweite zu entfernen. Vor Maia blieb er stehen und wies auf das Muttermal, das gleich rechts von ihrem Mund saß.

Die Frau aus der Vision, mit der sie nach dem Ursprung des Gifts gesucht hatten, hatte ein Muttermal an der gleichen Stelle gehabt. In den letzten paar Tagen war so viel geschehen, dass Nimbulan begreifen konnte, wie kurz das erst her war.

Quinnault nickte und bedeutete dem Haushofmeister, den Raum zu verlassen. »Diese anderen Menschen brauchen unserem Gespräch ebenfalls nicht beizuwohnen, Nimbulan.« Mit einer Kopfbewegung wies Quinnault auf Yaala, die immer noch seiner Braut über die Schulter schaute und versuchte, das schwarze Kästchen zu untersuchen, und Narbengesicht und Powwell, die an der Tür wie Wachposten Stellung bezogen hatten. »Die Rover-Frau werde ich über ihren Verwandten befragen müssen, der gestern Nacht versucht hat, meine Königin mit dem Gürtel meines Hausmantels zu erwürgen.«

Ein verschlagenes Lächeln, das Nimbulan gar nicht gefiel, huschte über Maias Gesicht.

»Maias Clan hält sich vollständig in Hanassa auf, Euer Gnaden. Ich kann mir nicht vorstellen, dass einer von ihnen damit zu tun hat«, sagte Nimbulan. »Außer ... Maia, ist jemand aus deinem Volk in die Grube geschickt worden?« Er fuhr zu ihr herum.

»Piedro vielleicht?«, schaltete sich Powwell ein. »Kurz nachdem ich in die Grube geschickt worden war, kam ein Mann, der dunkel wie ein Rover war. Er hat nicht allzu viel getan, sondern ist nur wie in einem Traum verloren umhergewandert.«

»Das war der Name des Mannes!«, rief Quinnault aus. Fast wäre er aufgesprungen, doch dann fiel ihm wieder ein, warum er das Laken um die Hüfte festgesteckt hatte, und ließ sich wieder auf die Matratze sinken.

»Wann hast du ihn zuletzt gesehen, Powwell? Wusste er über das Drachentor Bescheid?«, fragte Nimbulan.

»Vielleicht. Ich glaube, er hat zu Televarns Bande gehört, die uns entführt und aus unserem Dorf nach Hanassa gebracht hat. Er sah aus wie der Mann, der Amaranth in einem Sack über der Schulter getragen hat«, antwortete Powwell. Während er sprach, strich er über etwas, das er in der Tasche seiner Tunika trug.

»Schon wieder dieser Televarn. Er muss Piedro gefolgt sein und ihm geholfen haben, aus meinem Kerker zu fliehen. Lyman sagte, das Siegel sei mittels Rover-Magie von außen geöffnet worden.« Begierig beäugte Quinnault den Hausmantel, der sich knapp außerhalb seiner Reichweite befand.

»Televarn kann das nicht getan haben«, sagte Myri, senkte den Kopf und sah zu Boden.

»Verteidige den Mann nicht, Schwester, nur weil du eine Zeitlang mit ihm zusammengelebt hast«, versetzte Quinnault schroff.

»Ich spreche nicht für jemanden, der mich zwei Mal verraten hat.« Myri hob den Kopf und starrte ihren Bruder durchdringend an. Ihre Augen wirkten beinahe farblos, während sich die unterschiedlichsten Gefühle in ihnen zeigten.

Nimbulan berührte sie am Arm, ehe sie all ihre Ängste und Befürchtungen auf ihre Tochter projizierte. Sie entspannte sich ein wenig.

»Televarn hat Hanassa nicht verlassen«, erklärte Nimbulan seinem König. »Als wir ihn zuletzt gesehen haben, steckte ein vergiftetes Messer in seiner Kehle. Falls er das überlebt hat, war er nicht in der Verfassung, uns zu folgen. Zu diesem Zeitpunkt hatte Moncriith die Herrschaft über Hanassa an sich gerissen. Er ist doch tot, oder, Maia?« Er fuhr zu der Rover-Frau herum, die in der Nähe der Tür kauerte.

Vor Angst war sie nur in der Lage, stumm zu nicken.

»Wer ist jetzt in deinem Geist, Maia? Welcher Rover hat Televarns Zügel aufgenommen und manipuliert jetzt die anderen?« Nimbulan wollte unbedingt eine Antwort von ihr bekommen.

»Ich weiß es nicht«, jammerte Maia. »Eine Stimme, die mich kontrolliert. Dieselbe wie immer. Es könnte Televarn sein oder nicht. Wir sind alle so eng verwandt, über so viele Seiten, dass man nur schwer einen Sklaventreiber von einem anderen unterscheiden kann.«

»Wenn nicht Televarn, wer dann? Lyman hat darauf beharrt, der Magier, der die Zellentür geöffnet und wieder versiegelt hat, müsse Rover-Blut haben. Ihr seid der einzige Magier, von dem ich weiß, dass er eine Spur Rover-Blut in seinem Stammbaum hat«, erklärte Quinnault anklagend.

Nimbulans Gesicht wurde erst heiß, dann kalt. Wieder fühlte er sich unendlich frustriert und hätte am liebsten jemandem mit der Faust ins Gesicht geschlagen. In diesem Moment sah sein König wie eine ausgezeichnete Zielscheibe aus.

Er holte tief Luft, um sich zu beherrschen. »Euer Gnaden, jeder meiner Verwandten trägt die gleiche ferne Spur Rover-Blut in sich, die sie empfänglich für die geistigen Manipulationen eines Rover-Magiers macht. Ich glaube, ich kenne diesen Piedro aus meiner Zeit im Lager der Rover. Er hatte das Zeug zu einem mächtigen Magier, falls es ihm gelingen würde, Televarns Kontrolle abzuschütteln. Piedro hätte das Drachentor leicht etliche Male benutzen und meine Cousins oder Brüder beeinflussen können, genau wie viele andere, die eine Spur von Rover-Blut in ihren Adern haben. Er hätte seit Monaten, vielleicht sogar Jahren in Coronnan arbeiten können.«

»So wie Televarn Kalen auf seine Seite gezogen hat«, flüsterte Powwell.

Myri sah von ihrem Bruder zu Powwell, zog den Jungen in die Arme und nahm seinen Kummer in ihr Herz auf. Mit der Zeit würden sie beide darüber hinwegkommen.

Zeit, die sie vielleicht nicht hatten.

»Ihr habt noch nicht erklärt, was es mit diesem ›Drachentor‹ auf sich hat, Nimbulan«, erinnerte Quinnault ihn.

Kurz berichtete Nimbulan von dem seltsamen Strudel, den die Kombination von Hitze und Druck im Inneren des Vulkans geschaffen hatte. Für ihre Flucht aus Hanassa, den Blick durch das teilweise geöffnete Drachentor und ihre Begegnung mit Moncriith benötigte er nur wenige weitere Sätze. Er brauchte nicht in sein Tagebuch zu sehen; die Ereignisse hatten sich tief in seine Erinnerung eingeprägt.

»All diese Flüchtlinge haben viel riskiert, um mir zu helfen, Myrilandel zu retten. Ich wünschte nur, ich hätte Zeit gehabt, Rollett ebenfalls zu holen. Ich werde mich auf die Suche nach ihm machen müssen. Bald.«

»Wir haben nichts von diesen Menschen zu befürchten, Vogelscheuche«, erklärte die Königin stolz. Immer noch tippte sie mit dem rechten Zeigefinger auf der merkwürdigen Apparatur herum.

»Vogelscheuche?« Nimbulan zog eine Augenbraue hoch.

Quinnault hielt seinem Blick stand und ließ sich zu keiner Erklärung herab. Aber sein Blick huschte immer wieder zu dem schwarzen Kästchen, das die Königin in der Hand hielt.

»Bei den Sternengöttern, lasst dem Mann doch ein wenig Würde.« Myri verdrehte die Augen und warf dem König einen seidenen Hausmantel zu, der auf dem Stuhl neben dem Bett hing. Ihre Wangen zuckten, aber sie konnte das Grinsen, das sich über ihr Gesicht ausbreitete, nicht unterdrücken.

Nimbulan war froh zu sehen, dass nach den dramatischen

Erlebnissen der letzten Wochen ihr Sinn für Humor zurückkehrte.

»Schön, zu sehen, dass deine Beine fast so lang und wohlgeformt sind wie meine, Bruder«, sagte sie lächelnd.

Quinnault dankte ihr mit einem kurzen Lächeln und wandte dann seine Aufmerksamkeit wieder der falschen Prinzessin aus Terrania zu. Er öffnete den Mund, um etwas zu fragen, und klappte ihn gleich wieder zu. Wahrscheinlich wollte er warten, bis sie allein waren, und sie erst dann ins Verhör nehmen. Aber Nimbulan musste die Illusionen des Mannes jetzt zerschmettern, vor Zeugen, bevor Quinnaults Braut den König noch weiter beeinflusste.

»Eure Gattin ist wahrscheinlich eine ausländische Agentin, die hier eingeschleust wurde, um eine Invasion auszulösen«, hielt Nimbulan Quinnault vor. »Ich habe erfahren, dass König Lorriin, während wir hier miteinander sprechen, über Sambol nach Coronnan einfällt. Seit Wochen lauert er schon und wartet auf einen Vorwand dafür, uns wertvolles Ackerland abzunehmen, um sein Volk zu ernähren.«

»Ich weiß über Lorriin Bescheid. Auch wenn ich den Heiratsvertrag mit seiner Schwester unterschrieben hätte, hätte der Frieden zwischen uns nicht einmal bis nach der Frühjahrsaussaat gehalten.« Quinnault schlüpfte in den Hausmantel und wandte ihnen kurz den Rücken zu, während er aufstand und den Gürtel des Kleidungsstücks zuknotete. »Das wusste ich schon, als ich zugestimmt habe, Maarie Kaathliin zu heiraten und ihrem Volk eine halbe Tonne frischer Tambootie-Blätter zu geben, im Austausch für den Bau einer Hafenstadt und von Kaianlagen auf den Inseln in der Bucht.«

»Eine halbe Tonne Tambootie? Was für eine merkwürdige Magie ist das, die solche Mengen von dem Kraut erfordert?« Nimbulan drehte sich der Kopf, als er an die Möglichkeiten dachte. Seine ganze Kommune würde nicht so viel von den frischen, vor ätherischen Ölen berstenden Blättern brauchen – falls seine

Magier noch Tambootie benutzten, was nicht der Fall war. Die Bäume waren jetzt den Drachen vorbehalten. »Eine halbe Tonne würde viele Bäume bis an den Punkt belasten, an dem sie Gefahr laufen, einzugehen. Möglicherweise erholen sie sich nie wieder so weit, dass sie die Drachen ernähren können. Drachen sind für Euren Frieden dringender erforderlich als eine überstürzte Heirat, nur um einen Erben zu bekommen.«

»Der Vater meiner Frau hat mir versichert, dass sie die Ernte über ganz Coronnan verteilen und die Blätter in zwei Durchgängen pflücken wollen, damit keiner der Bäume gefährdet wird. Außerdem hat Shayla persönlich unserer Heirat ihren Segen gegeben.«

»Shayla?«, fragte Myri. »Sie hat uns sehr eilig verlassen, bevor sie uns in Sicherheit fliegen konnte. Ist sie hier gewesen? Danach hat sie nicht mehr auf meinen Ruf geantwortet.«

»Ich habe Eurem Drachen heute Morgen gegenübergestanden.« Maarie Kaathliin erschauerte und hörte endlich zu tippen auf. »Dann ist sie davongeflogen. Seitdem haben wir sie nicht mehr gesehen.«

»Ich habe eine Nachricht von deiner Drachin für dich, Schwester. Du sollst dir keine Sorgen machen, sie meldet sich bei dir, nachdem sie sich von ihren ... ähem ... Anstrengungen ausgeruht hat.« Schüchtern warf Quinnault einen kurzen Blick zum Bett.

»Oh!« Myri schlug eine Hand vor den Mund. Dann legte sie den Kopf leicht zur Seite, als lausche sie auf etwas, ein sicheres Anzeichen dafür, dass die Drachen zu ihr sprachen, und nur zu ihr allein. »Kein Wunder, dass Shayla mich ignoriert hat und nur zwei meiner Brüder, kaum halb erwachsene Drachen, entbehren konnte, um uns nach Hause zu fliegen. Alle Erwachsenen waren ... anderweitig beschäftigt. Herzlichen Glückwunsch, Bruder. Zur Tagundnachgleiche im Herbst wirst du Vater sein.«

»Wirklich?« Die Königin trat näher zu Myri, die Hände auf den Bauch gelegt, als suche sie nach einer Bestätigung.

»Ihr habt mir immer noch nicht erzählt, welche Art von illegaler Magie das Volk Eurer Gattin mit dem Tambootie wirken will. Ich kann nicht glauben, dass die Drachen freiwillig so viel von ihrer dringend benötigten Nahrung hergeben würden.«

»Keine Magie«, sagte die Königin und umklammerte den Arm ihres Mannes. In ihrer Stimme stand ein verzweifelter Unterton, sodass Nimbulan sich wünschte, ihr glauben zu können. »Mein Volk benötigt das Tambootie als Medizin. Eine Seuche bedroht unsere nackte Existenz, und die Blätter des Tambootie-Baums sind das einzige Mittel dagegen.«

»Warum sollten wir Eurem Volk diese kostbare Medizin schenken? Vielleicht brauchen wir sie ja selbst einmal. Seuchen reisen rasch und unvorhersehbar. Allein durch Eure Anwesenheit könntet Ihr uns alle anstecken«, sagte Nimbulan.

»Die Seuche kann Euch nichts anhaben. Das garantiere ich.« Maarie Kaathliin stand hoch aufgerichtet und trotzig da. Mit einem Mal wirkte ihr kleines Gesicht weit älter und erschöpfter, als Nimbulan zunächst gedacht hatte. »Solange wir die Maschinen von Kardia Hodos fernhalten, hat die Seuche nichts, von dem sie sich nähren kann.«

Quinnault legte einen Arm um ihre Schultern und zog sie an sich. Seine Geste sollte eindeutig besagen, dass sie zusammengehörten. Ihr Scheitel reichte gerade eben bis an seine Achseln. Sicher, der König war, verglichen mit der Mehrheit seines Volkes, groß. Aber bei den Coronniten lag die Durchschnittsgröße der Frauen näher an derjenigen der Männer. Maarie Kaathliin hätte dem König wenigstens bis zum Kinn reichen müssen.

»Wie könnt Ihr Euch dafür verbürgen, dass eine Seuche nicht auf einem Handelsschiff zu uns kommt, auf dem Rücken eines Pferdes aus SeLenicca oder mit dem Khamsin-Wind aus Rossemeyer? Wie sollen wir Euch trauen, wenn Ihr behauptet, aus einem Land zu kommen, das nicht mehr existiert?«

»Sie hat nicht gesagt, sie komme aus Terrania. Das war ich«, erklärte Quinnault. Dann wandte er sich seiner Frau zu und legte die Hände auf ihre Schultern. »Warum hast du eigentlich diese Behauptung bestätigt, die ich einfach aus der Luft gegriffen habe?«

»Das war ein Missverständnis, was meine Heimat angeht. Ich stamme von Terra, nicht aus Terrania.«

»Von einem Land namens Terra habe ich noch nie gehört. Warum habt Ihr gesagt, dass sie aus einem öden Land kommt, das seit vielen Hunderten von Jahren unbewohnbar ist?« Nimbulan forschte in Quinnaults Gesicht nach Anzeichen der Lüge, von der er wusste, dass sie jetzt kommen musste.

»Weil sie eine Varn ist. Ihr Vater ist ein Varn. Ihr Großvater ist der Kaiser der Varn. Versucht einmal, das meinem Rat zu erzählen. Die Männer würden es nicht glauben.«

»Kein lebender Mensch hat jemals einen Varn gesehen. Das sind Legenden. Immer heißt es, sie wären vor hundert Jahren gekommen. Niemals in der Gegenwart. Und sie enthüllen nie ihre wahre Gestalt.«

»Weil wir nicht zulassen dürfen, dass Ihr unsere Geheimnisse erfahrt. Ihr würdet Euch selbst zerstören und die gleiche Umwelt schaffen, die unsere Seuche nährt, bevor Ihr die Gefahren unserer Technologien erkennt«, beharrte die Königin.

»Maschinen? Ihr macht alles mit Maschinen?« Yaala zupfte am Ärmel der Königin. Die leidenschaftliche Liebe zu ihren Maschinen stand ihr ins Gesicht geschrieben. »Könnt Ihr mir helfen, meine Maschinen zu reparieren? Die Alte Bertha wieder zum Leben erwecken?«

»Die Alte Bertha?« Quinnault und seine Braut starrten Yaala an.

»Die größte meiner Maschinen und der Mittelpunkt eines Netzwerks kleinerer Generatoren und Transformatoren. Sie haben die Lichter und die Spielzeuge, die Magie vortäuschen sollen, mit Energie versorgt.«

»Bertha war der Name einer meiner Vorfahrinnen. Eine willensstarke Frau, die niemals geheiratet, sich zahlreiche unpassende Liebhaber genommen hat – sie wurden immer jünger, je älter sie wurde – und ihren stets wechselnden Meinungen ziemlich laut Ausdruck verlieh.« Die Königin schmunzelte.

»Das klingt ganz nach unserer Alten Bertha«, meinte Powwell von der Tür aus. »Eine verschrobene, mutwillige alte Dame, die nach ihrem eigenen Belieben gehandelt und auf niemand anderen gehört hat.« Zum ersten Mal, seit sie Kalen zurückgelassen hatten, zeigte er ein wenig Ungezwungenheit.

»Wie alt sind deine Maschinen?« Mit neu erwachter Lebhaftigkeit wandte sich Maarie Kaathliin an Yaala.

»Sehr alt. Älter als alle Aufzeichnungen. Legenden behaupten, sie stammen aus der Zeit der Sternengötter«, antwortete Yaala.

»Unmöglich. Die drei O'Hara-Brüder haben den Vertrag aufgesetzt, der Kardia Hodos davor schützt, dass es von anderen als sorgfältig ausgewählten Vertretern der Familie besucht wird. Sie haben jede Technologie verboten, die von etwas anderem als Wasser, Luft oder Feuer angetrieben wird. Sie haben euch das Rad vorenthalten und nur wenigen Menschen das Lesen zugänglich gemacht.«

»Aber das beantwortet unsere Fragen nicht, Euer Gnaden.« Nimbulan versuchte, das Gespräch wieder auf seine gegenwärtigen Sorgen zu bringen. »Wir müssen diese Invasion aufhalten und die Verschwörungen aufdecken, auf die Ihr in meiner Abwesenheit gestoßen seid.«

»Ihr müsst die Maschinen zerstören!«, drängte Maarie Kaathliin Yaala. »Sie enthalten den Keim der Seuche. Ich bete, dass hier keine weiteren Maschinen existieren, die von fossilen Brennstoffen angetrieben werden. Die verschmutzte Luft, die sie erzeugen, wird jahrhundertelang ruhen und auf die richtige Mischung aus Umweltverschmutzung und Schwankungen in der Sonnenstrahlung warten. Dann wächst die Seuche und vermehrt sich.«

»Die Maschinen sind bereits tot«, warf Powwell ein. »Ich habe sie zerstört, um uns Zeit für unsere Flucht zu erkaufen.« Er wandte sich ab. »Außer, das Gespenst repariert sie«, murmelte er halblaut.

Die Königin atmete auf. Offenbar hatte sie die letzte Bemerkung nicht gehört. »Dann müssen die Generatoren stillstehen und isoliert bleiben. Wir dürfen niemals erlauben, dass die Technologie Eure Luft verschmutzt, so wie sie das in meiner Heimat getan hat.«

»Nun weiß ich aber immer noch nicht, was wir gegen die Invasion unternehmen sollen. Wir haben keine Zeit, eine Armee aufzustellen und König Lorriin entgegenzumarschieren.« Nimbulans Hand verkrampfte sich. Er sehnte sich nach seinem Stab, der ihm beim Denken geholfen hätte. Aber Powwell hatte ihn benutzt, um die Maschine zu vernichten. Er benötigte einen neuen.

»Wir brauchen eine Mauer, um sie fernzuhalten. So, wie die Kaalipha die Kraterwände benutzt hat, um keine Fremden eindringen zu lassen«, meinte Narbengesicht. Neue Ideen ließen sein Gesicht aufleuchten. »Powwell hatte den richtigen Einfall, als er Moncriiths Angriff mit einer Mauer abgewehrt hat. Wir brauchen eine Wand. Eine magische Wand.«

38. Kapitel

»Hast du überhaupt eine Ahnung, wie viel Magie nötig wäre, um ein solches Kunststück zu vollbringen?« Nimbulan starrte Narbengesicht mit offenem Mund an. Es könnte funktionieren. Sie würden einen sehr großen Fokus brauchen, um das Bewusstsein und die Gaben jedes Mitglieds der Kommune zu konzentrieren – von Meistern, Gesellen und Lehrlingen zusammen. Etwas wie den Stab eines Magiers.

Seinen alten Stab hatte seine Magie geformt und ihn über Jahre hinweg auf die Arbeit mit ihm eingestimmt. Ein Stab war zu individuell. Für die kombinierte Magie der Kommune brauchten sie etwas anderes, etwas, das ihnen allen gemeinsam war.

»Eine Wand, die vorübergehend die Pässe absperrt ...« Narbengesicht zuckte mit den Achseln.

»Das wird aber nur an den Pässen funktionieren, von denen wir wissen, dass Lorriin sie *dieses Mal* benutzt«, meinte Quinnault. Er lief nicht auf und ab wie sonst, wenn er nachdachte. Das Zusammensein mit der jungen Königin schien seine rastlose Energie zu dämpfen. »König Lorriin wird sich einfach andere Zugänge und Städte suchen, in die er einfallen kann. Er braucht dringend Ackerland und Menschen, die es bebauen. Einem großen Teil von Kardia Hodos ergeht es ebenso. Eine Dürre verheert jetzt schon das dritte Jahr die nördlichen Kontinente. Dort kann Lorriin keine Nahrung kaufen, und irgendwie hegt er die merkwürdige Überzeugung, dass man in SeLenicca nichts anbauen kann.«

»Du sagst, dass wir eine magische Wand rund um Coronnan brauchen?« Narbengesicht stieß einen Pfiff aus, verblüfft über den wagemutigen Vorschlag.

»Ausgenommen die Bucht«, verbesserte ihn Nimbulan. »Dort werden uns das Watt und die neue Hafenstadt schützen. Eine dicke Kette quer durch den Hafen von Baria und schwer gerüstete Türme rechts und links des Eingangs werden diesen Hafen durch nichtmagische Mittel schützen. Der größte Teil der Nordküste besteht aus brüchigen Kalkstein-Klippen, die bewaffnete Männer unmöglich erklettern können. Damit haben wir einen Küstenabschnitt, auf den sich der Zauber nicht zu erstrecken braucht.« Er begann auf und ab zu gehen, während sein Geist hektisch arbeitete – genau wie Quinnault es früher getan hatte. Er brauchte einen Fokus. Einen großen.

(Einen Fokus aus Glas.)

Ja! Er hielt inne und sah zur Decke auf, als wäre die Idee von dort gekommen. *Warum Glas?* Welche Eigenschaften besaß Glas, die kein anderes Material hatte?

Klarheit. Glas vergrößerte und erweiterte das Sichtfeld. Glas bestand aus Erde, Luft, Feuer und Wasser und verlieh dem Magier Zugriff auf eines oder alle dieser Elemente, die er um seinen Zauber schlingen konnte, ohne dass dieser verzerrt oder verändert wurde. Hölzerne Stäbe verformten sich, um sich dem einzelnen Magier anzupassen. Doch Glas war immun dagegen und würde nicht nur einem, sondern vielen zugänglich bleiben.

Ja. Der Fokus musste aus Glas bestehen, der kostbarsten und seltensten Substanz auf ganz Kardia Hodos.

»Dürreperioden treten auf diesem Planeten in einem Zyklus von neun Jahren auf«, ließ sich Maarie Kaathliin vernehmen. Sie trat vor und schmiegte sich dabei unter Quinnaults Arm, als hinge ihr Leben davon ab, dass sie in Berührung mit ihm blieb. »Die Wand muss mindestens sechs oder sieben Jahre halten, um einen Krieg zu verhindern, ehe das Klima erneut umschlägt.«

»Könnte dein Vater uns eine reale Wand bauen, um die Pässe zu blockieren?«, wollte Quinnault von Maarie Kaathliin wissen.

»Nicht rechtzeitig. Die Anlegestellen, Brücken und Docks auf den Inseln zehren den Großteil unserer Ressourcen auf. Ich habe ihm gerade mitgeteilt, dass er aufbrechen kann, sobald er fertig ist. Dein Teil des Handels ist vollständig, Liebster.« Sie hielt das kleine schwarze Kästchen in die Höhe.

Yaala versuchte es ihr zu entreißen, um es zu untersuchen, doch die Königin warf das Kästchen demonstrativ in das Kaminfeuer. Flammen verzehrten es und züngelten rot und gelb um das Schwarz. Der Rauch trug einen eigenartigen Geruch heran.

Nimbulan rümpfte die Nase, aber niemand sonst schien den Geruch zu bemerken. Nur Yaala starrte in den Kamin, als könnte sie den Gegenstand mit ihren Gedanken zwingen, intakt und funktionsfähig in ihre Hände zurückzukehren.

»Die Inseln?« Nimbulan wandte sich wieder ihrem Thema zu. »Ihr habt alle vier Inseln zu einem Hafen ausgebaut? Jetzt schon?« Nimbulan wurde schwer ums Herz. Nun war er nicht mehr in der Lage, eine der Inseln als Heim für Myri und sich zu beanspruchen. »Braucht Ihr wirklich alle Inseln?«

»Ja«, antwortete Maarie Kaathliin und sprach dann weiter, ohne auf die Frage einzugehen. »Kinnsell muss so rasch wie möglich mit dem Tambootie nach Hause zurückkehren. Er kann nicht mehr Zeit erübrigen, als es dauert, den Hafen zu vollenden. Außerdem würde eine in der realen Welt errichtete Mauer den friedlichen Handel behindern. Ich nehme an, Ihr habt vor, dass diese ›Mauer‹, dieses Kraftfeld oder wie Ihr das nennen wollt, auch Tore und ähnliches besitzen soll?«

»Dazu müssten wir an jeder bekannten Straße und Handelsroute Magier postieren.« Nimbulan schob seine Enttäuschung in den Hintergrund seiner Gedanken. Er musste ein Problem nach dem anderen angehen. »Im Moment verfügen wir nicht über genug Magier, um jede bekannte Straße, die nach Coronnan hineinführt, abzudecken, selbst wenn wir sämtliche Lehrlinge und Gesellen mitrechnen. Immer vorausgesetzt, es gelingt uns, die Wand aufzurichten.« Nimbulan hielt die flachen Hände in die

Höhe und wölbte die Finger leicht nach außen. Doch die gewohnte Geste, mit der er Magie wirkte, reichte nicht mehr aus. Während er auf und ab ging, fasste er Myri unter und zog sie neben sich, sodass sie gemeinsam umherschritten. Sie diskutierten miteinander und definierten die Elemente, die für den groß angelegten Zauber notwendig waren. Sie vereinten ihre Gedanken und arbeiteten jede neue Idee gemeinsam aus.

Er konnte sie nicht wieder ins Exil schicken. Er brauchte sie in seiner Nähe, und zwar immer.

»Wir müssen die Jahre des Dürre-Zyklus ausnutzen, um so viel Überschuss zu erzeugen, wie wir können, um Kardia Hodos zu ernähren«, überlegte Quinnault, der sich zu ihnen gesellte und seine Braut mitbrachte.

»Vergesst nicht, dass wir auch Vorräte für eine Dürre in unserem eigenen Land anlegen müssen, die wahrscheinlich folgen wird«, setzte die Königin hinzu.

»Wir sollten die Zölle auf Nahrungsmittel und unseren Gewinn so niedrig wie möglich halten, um unsere Nachbarn nicht in die Enge zu treiben«, meinte Nimbulan.

»Hoffen wir, dass sie bereit sind, uns ebenfalls zu helfen, wenn sie sich von ihrer Dürre erholt haben und wir Opfer des Klimas werden«, führte Quinnault den Gedanken zu Ende. »Dazu werde ich starke Handelsverträge brauchen. Wir werden uns gleich morgen früh mit den Botschaftern treffen.«

»Wenn Eure Lords all diese zusätzlichen Morgen Ackerland beaufsichtigen müssen, werden sie auch beschäftigt sein und weder Zeit noch Neigung haben, einen neuen Bürgerkrieg oder Mordpläne auszuhecken«, sagte Narbengesicht schmunzelnd.

»Aaddler«, sprach Nimbulan seinen neuen Freund an. »Dies ist eine Angelegenheit der Kommune und wird mit kommunaler Magie bewerkstelligt werden. Allein arbeitende Magier müssen ausgeschlossen bleiben, und zwar nicht nur, weil das Gesetz es so vorschreibt. Es ist die einzige Möglichkeit, den friedlichen Einsatz von Magie zum Nutzen aller durchzusetzen. Du hast dich als wertvoller Verbündeter erwiesen. Aber bevor du dich stärker daran beteiligst, brauche ich deinen Eid auf die Kommune, Coronnan und König Quinnault.« Er vermochte Myri nicht anzusehen. Mit seinen Worten schickte er sie praktisch erneut ins Exil. Sie ließ seinen Arm fallen, als hätte sie sich verbrannt.

Langsam wandte er sich ihr zu. Eine Hand legte er auf ihre Schulter, und mit der anderen streichelte er das Kind in Myris Armen. »Und wenn der Zauber abgeschlossen ist, entsage ich meinem Platz in der Kommune und lebe bei dir auf deiner Lichtung. Wir werden nie wieder getrennt sein, Myri. Niemals.«

»Nicht einmal im Tod, Geliebter«, gelobte sie und küsste ihn sanft.

»Und wenn ich Euch nicht entbehren kann, Nimbulan?«, fragte Quinnault halblaut. »Werdet Ihr den Treueeid, den Ihr mir geschworen habt, brechen?«

*

In dem kleinen Empfangssalon sah Powwell zu, wie Narbengesicht ernst auf König Quinnault zuging. Bald würde Powwell an der Reihe sein, seinem König und der Kommune gegenüberzutreten. Kurz zuvor hatten rasch durchgeführte Prüfungen bewiesen, dass Narbengesicht in der Lage war, Drachenmagie zu sammeln.

»Ich, Aaddler, schwöre feierlich, die Gesetze der Kommune einzuhalten und die Kommune gegen allein arbeitende Magier zu verteidigen. Ich gelobe, meine Magie, die ich nur von Drachen beziehen werde, zum Nutzen von Coronnan und nach Anweisung seines rechtmäßigen, vom Volke gesalbten und von den Drachen gesegneten Königs einzusetzen. Mögen mein Stab brechen und die Drachen mich verlassen, wenn ich diesen Eid verletze.« Narbengesicht rezitierte den Eid der Kommune und hielt seinen neuen Stab mit beiden Händen waagerecht vor sich.

Darunter lag, auf ihrem Samtkissen zu Füßen des Königs, der auf dem Podium des Thronsaals saß, die leise glühende Coraurlia, die Drachenkrone. Ihr sanftes Licht, das alle Farben und zugleich keine aufwies, hüllte den Stab und den Magier in eine Aura der Wahrheit, die nicht durchbrochen werden konnte.

Als die letzten Worte über Narbengesichts Lippen kamen, zuckte der Stab leise, und drei Bündel von Holzfasern begannen sich zu verflechten.

Powwell schluckte seine Ängste hinunter und versuchte mit den Wänden zu verschmelzen.

»Nun bist du an der Reihe, Powwell. Du hast Coronnan verlassen, bevor wir zu dem Schluss kamen, dass dieser Eid für jeden, der Drachenmagie sammelt, notwendig ist«, erklärte Nimbulan. Er legte dem Jungen eine Hand auf die Schulter und schob ihn auf das Podium zu.

»Ich bin nur ein Lehrling und bisher kaum ausgebildet. Sollte ich nicht abwarten, ob ich überhaupt die Fähigkeit habe, ein voll gültiger Magier zu werden?«, wandte Powwell ein.

»Nein, Powwell, so lange können wir nicht warten. Für diesen Zauber brauchen wir jeden Magier, den wir bekommen können. Und alle müssen als Mitglieder der Kommune aufgenommen worden sein«, sagte König Quinnault von seinem Thron aus. Er und die Königin hatten sich kurz Zeit genommen, um sich anzukleiden, ehe sie den Vorsitz bei der kurzen Zeremonie übernommen hatten.

Seit ihrer Ankunft in der Hauptstadt hatte keiner der Flüchtlinge Gelegenheit gehabt, auszuruhen oder zu essen. Jetzt würden sie sich Hals über Kopf in die Verteidigung von Coronnan stürzen. Powwell brauchte Zeit, um nachzudenken.

Er betrachtete die schläfrig dreinblickenden Meistermagier, die sich um den Thron drängten, und sie starrten zurück. Sie warteten darauf, dass die Vereidigungszeremonie abgeschlossen wurde, damit sie sich an die Arbeit machen und einen starken

Verteidigungszauber wirken konnten. Von ihnen konnte er keine Hilfe erwarten. Er würde den Eid ablegen müssen.

Einen Eid, den er einmal geschworen hatte, konnte er nicht brechen.

Er holte tief Luft und trat vor den König und die Drachenkrone. Neben Quinnault saß die Königin, die sich aufmerksam und neugierig keine Einzelheit entgehen ließ, die den erschöpften Magiern vielleicht durchschlüpfen mochte.

Jemand reichte ihm einen Stab, frisch geschnitten wie die Werkzeuge von Nimbulan und Narbengesicht. Er öffnete den Mund, um die Worte des Eids zu sprechen, aber er brachte nur ein Husten hervor, so trocken wie der Staub von Hanassa.

Er schluckte heftig, dachte angestrengt nach und krächzte schließlich die Worte.

»Ich, Powwell, schwöre feierlich, die Gesetze der Kommune einzuhalten und die Kommune gegen allein arbeitende Magier zu verteidigen. Ich gelobe, meine Magie, die ich nur von Drachen beziehen werde, *solange ich mich in Coronnan aufhalte,* zum Nutzen von Coronnan ...« Dann fuhr er mit der vorgeschriebenen Eidesformel fort. Nur die Königin mit ihrem wachen Geist und ihrem Sinn für Einzelheiten zog eine Augenbraue hoch, als er die zusätzlichen Worte einsetzte. Damit hätte er, sobald er die Grenzen von Coronnan übertreten hatte, die Freiheit, Kalen mit allen magischen Methoden, die sich ihm boten, zu folgen.

»Gut. Jetzt müssen wir uns an die Arbeit machen. Ist der Kartentisch bereit?«, fragte Nimbulan und übernahm mühelos den Befehl über die Kommune und Powwell.

*

»Ich glaube nicht, dass wir über genug magische Energie verfügen«, meinte Nimbulan resigniert. Die Grenzen von Coronnan waren einfach zu lang.

»Können wir nicht an unpassierbaren Stellen des Gebirges Lücken lassen?« Quinnault marschierte unablässig um die dreidimensionale Karte herum, die auf einem mit Sand bedeckten Tisch eingerichtet war. Diese Karte von Coronnan war auf jeder Seite so lang wie zwei hochgewachsene Männer – groß genug, um Einzelheiten zu zeigen, Flüsse und Hügel, Städte und Wälder.

Nimbulan war müde. Die Frauen waren zu Bett gegangen, und die meisten Magier ebenfalls. Sobald Nimbulan und Quinnault die Strategie und die Einzelheiten des Zaubers ausgearbeitet hatten, würden die anderen aufstehen, um sie zu unterstützen.

Er wünschte, Myri hätte an dem Zauber mitwirken können. Der subtile Einfluss ihrer Heilkräfte hätte vielleicht Unebenheiten des Zaubers glätten können, die Mauer zu einer Wand machen, die eher den Frieden bewahrte als einen Krieg verhinderte, die das Leben gegen den Tod stellte und mehr auf Liebe zu Coronnan beruhte als auf dem Hass gegen seine Feinde.

»Ohne einen Fokus können wir den Feind höchstens für einen, vielleicht zwei Tage zurückdrängen. Hätten wir einen Fokus, wären wir in der Lage, die Grenze zu SeLenicca abzusperren, aber nicht die Nordküste oder die Grenze im Süden, nach Rossemeyer.« *Und damit den Pass, der nach Hanassa führt, wo sich Moncriith zum Kaaliphen ausgerufen hat.*

»Und wenn wir die Wand nach dem Zufallsprinzip rotieren ließen, damit Invasoren niemals wüssten, ob sie da ist oder nicht?«, meinte Quinnault.

»Kostet zu viel Zeit und Energie. Alle meine Magier wären nur noch damit beschäftigt, die Wand aufrechtzuerhalten. Wir stünden dann nicht mehr als Heiler zur Verfügung, für die Kommunikation oder die Verbesserung des Bodens, sondern würden nichts anderes mehr verrichten als Grenzpatrouille. Das würde der Existenzberechtigung der Kommune zuwiderlaufen, die darin besteht, Magie für ganz Coronnan und zum Nutzen des gesamten Landes verfügbar zu machen.«

»Die Drachen wachen auf. Vielleicht haben sie ja eine Lösung.« Quinnault legte den Kopf zur Seite, ganz ähnlich wie Myri, und lauschte.

»Ich möchte, dass sie über die Grenze fliegen und uns berichten, wo genau jede Armee in dem Moment steht, in dem wir den Zauber wirken. Vorausgesetzt, wir sind in der Lage dazu.«

»Shayla landet soeben im Hof der Magierschule.« Myri trat ein, rieb sich den Schlaf aus den Augen und gähnte. Sie hatte ebenfalls nicht lange geruht.

Nimbulan hieß sie mit einer Umarmung willkommen. Sie kämpfte noch mit dem Schlaf, und er legte ihren Kopf an seine Schulter. »Warum ist Shayla gekommen?«, fragte er und küsste sie auf die Stirn.

»Sie hat ein Geschenk für uns«, erklärte Lyman und hüpfte geradezu abstoßend munter in den Raum. »Sie sagt, sie habe einen Fokus für Euch gefunden.«

»Glas. Die Drachen haben etwas aus Glas gemacht.« Er erinnerte sich an das Flüstern in seinem Geist, letzte Nacht, als er über das Problem nachgedacht hatte.

»Das würde ich vermuten«, meinte Lyman mit einem Lächeln, das die Alterslinien aus seinem Gesicht verschwinden ließ.

»Werdet Ihr eigentlich immer jünger, alter Mann?« Nimbulan sah seinen Freund aufmerksam an.

»Ich wünschte, es wäre so«, gab er zurück und blinzelte Myri zu. »Doch dazu habe ich noch zu viele Leben zu leben. Kommt, kommt, wir dürfen Shayla nicht warten lassen. Sie hat es eilig, diese Angelegenheit abzuschließen, damit sie sich an die Arbeit machen kann, ein Nest für ihren nächsten Wurf zu bauen. Ich erinnere mich noch an den letzten, vor über zwanzig Jahren ...« Er warf einen scharfen Blick in die Runde, um zu sehen, ob jemand seinen Versprecher bemerkt hatte.

»Ihr wart bei der Geburt dabei«, sagte Myri mit leuchtenden Augen. Sie zeigte keinerlei Überraschung darüber, dass es einem

Menschen erlaubt gewesen war, Shaylas Babys zu sehen, obwohl es von Menschen gewirkte Magie gewesen war, durch die sie vorzeitig in die Wehen gekommen war und vierzehn ihrer Jungen tot zur Welt gebracht hatte. Myri und ihr Gefährte Amaranth waren zwei der sechs überlebenden Drachen gewesen – geschlechtslose Drachen mit purpurnen Flügelspitzen, denen ein besonderes Schicksal außerhalb des Drachennimbus bestimmt war.

»Natürlich, meine Liebe. Ich habe Euch und Amaranth Eure Namen gegeben.«

»Worüber redet er?«, flüsterte Nimbulan Myri zu. »Warum war er dort?«

Myri lächelte rätselhaft. »Ein paar Geheimnisse müssen Drachen haben, Lan.«

»Genug in Erinnerungen geschwelgt.« Lyman klatschte begeistert in die Hände. »Shayla verlangt unsere Anwesenheit.« Er scheuchte sie aus dem Palast und durch eine wachsende Menge von Bürgern, die sich auf der Brücke zur Schulinsel sammelten. Mit weit aufgerissenen Augen und offen stehenden Mündern stolperten die Menschen übereinander, weil sie mehr auf den Himmel achteten als darauf, wohin sie ihre Füße setzten.

Nimbulan wurde klar, dass schon wieder der Morgen dämmerte und er in den letzten vier Tagen nur ein paar Stunden geschlafen hatte. Warum bestanden Drachen immer darauf, einem ihre Überraschungen zu einer so gottlosen Uhrzeit zu präsentieren?

»Weil dieses Licht ihre Erscheinung noch spektakulärer wirken lässt«, beantwortete Myri seine unausgesprochene Frage.

»Ich muss wirklich müde sein, dass ich die Kontrolle über meine Gedanken verliere.« Grimmig rieb er sich mit der Handfläche das Gesicht und versteckte ein Gähnen dahinter. Wenigstens hatte er sich alle paar Stunden satt gegessen und so einen Teil seiner Energie ersetzt.

»Deine Gedanken sind den meinen immer nahe, Lan. Du

kannst nichts vor mir verbergen.« Voller Zuneigung drückte sie seinen Arm.

»Anscheinend ist dein Zorn darüber, dass ich dich so lange allein gelassen habe, verraucht. Würden meine Schuldgefühle doch ebenso rasch vergehen! Ich habe eine Menge gutzumachen.« Er drückte sie fest an seine Seite, froh darüber, dass zumindest eine Komplikation in seinem Leben gelöst war. »Sobald dies vorüber ist, werde ich Gesellen auf die Suche nach Rollett und Kalen aussenden. Dieses Mal werde ich bei dir bleiben.«

»Ein guter Plan, Nimbulan. Meine Familie zusammenzuhalten ist mir wichtiger, als meinem Zorn freien Lauf zu lassen.«

»Sollte ich eines Tages so dumm sein, eine andere Frau anzusehen, werde ich mich daran erinnern, dass du meine Gedanken hörst.«

»Denke erst gar nicht daran.« Sie boxte ihn liebevoll gegen den Arm.

Er zuckte zusammen. Seine Nerven waren zum Zerreißen angespannt, und alles schmerzte ihn – dass sie ihn an ihre Probleme erinnerte, der Schlag auf den Arm und das grelle Glitzern von einem Dutzend Regenbogen, das vom Himmel auf den Hof der Schule herunterstrahlte.

»Was hast du, Lan?« Mit ihren heilenden Händen liebkoste Myri seinen Arm.

»Ich komme schon wieder in Ordnung, wenn ich gegessen und ein paar Stunden geschlafen habe«, antwortete er, abgelenkt durch den Anblick von sechs erwachsenen Drachen, die durch die Luft wirbelten wie wattige Löwenzahnsamen. Sie stiegen in die Höhe, tauchten unglaublich schnell wieder abwärts, drehten um eine Schweiflänge ab und flogen in Schleifen umeinander herum. Ihr Spiel strahlte eine tiefe Befriedigung und Freude aus, wie er sie bei ihnen noch nie erlebt hatte. Die Farben der Männchen, die sie an ihren Flügelvenen und Hörnern trugen, schienen heller zu leuchten; die Primärfarben pulsierten tiefer und stärker, statt mit dem Rest ihres kristallfarbenen Fells zur Unsichtbarkeit zu verschwimmen.

Shayla war unter den fröhlich tollenden Drachen am leichtesten zu erkennen. Alle Farben des Spektrums huschten in ständig wechselnden Prismen über ihr Fell. Wogen tiefster Zufriedenheit schienen die Drachen zu überlaufen und griffen auch auf die menschliche Zuschauerschar über.

Nimbulan erinnerte sich an einen Tag, an dem er sich ebenfalls so gefühlt hatte, den Tag, an dem Myri und er sich zum ersten Mal geliebt hatten.

Sein Wunsch nach Schlaf war verschwunden; ein tieferes Bedürfnis war an seine Stelle getreten. Er legte den Arm um Myris Schultern und zog sie an sich, drückte ihren warmen Körper an seine Seite und sog ihren süßen Duft ein.

»Keine Zeit zu schlafen.« Lyman reichte ihm einen runden Brotlaib und einen Brocken Käse. »Wir haben einen Zauber zu wirken und eine Invasion zurückzuschlagen.«

»Ich weiß nur nicht, wie wir das anstellen sollen«, murmelte Nimbulan, der gerade einen großen Bissen Brot genommen hatte. Es war weich, kam frisch aus dem Ofen und schmolz beinahe beim Kauen. Neue Energie strömte durch seine Adern. »Haben die Drachen einen Fokus für uns gefunden?«

»Ich glaube schon.« Lyman wies zur Mitte des Hofs und hüpfte fast vor Begeisterung.

Dort stand, auf dem Pflaster, welches das Reservoir der Kraftlinien vor allen Sinnen verbarg, ein gewaltiger schwarzer Tisch. Er war rund und ruhte auf einem einzigen Sockel. Die schimmernde, aus einem einzigen Stück bestehende schwarze Oberfläche spiegelte die aufgehende Sonne.

»Er besteht aus Glas! *Schwarzem* Glas!«, rief Nimbulan und rannte hin, um den Schatz genauer zu betrachten. »Schwarzes Glas, geschmiedet von Drachenfeuer! Jetzt können wir den Zauber wirken.«

39. Kapitel

»Ich fürchte mich vor diesem Zauber, Shayla«, gestand Myri.

(Du hast das doch schon früher getan, Tochter), antwortete Shayla, während sie sich von der Thermik über dem Hof emportragen ließ.

Myri sah nicht die Drachin an, die ihren Geist, wenngleich nicht ihren Körper zur Welt gebracht hatte, sondern den gewaltigen Glastisch, einen wundersamen Schatz. Auf Kardia Hodos existierten nur eine oder zwei Quellen für Sand, der rein genug war, um brauchbares Glas zu erzeugen. Von Menschen erzeugtes Feuer brannte nicht hell genug, um die anderen Arten von Sand zu nutzen. Der Atem eines Drachen schon.

(Du musst den Magiern deine Augen leihen. Anders können sie das Setzen der Wand nicht verfolgen. Du musst deinen Geist mit uns fliegen lassen.)

»Wenn ich früher geflogen bin, dann immer mit Amaranth, meinem Zwilling, meinem anderen Ich. Ich kannte seinen Geist besser als meinen eigenen. Es fiel uns leicht, miteinander zu verschmelzen, und nachher hat er mich immer in meinen eigenen Körper zurückgebracht.« Sie wusste, dass diese Aufgabe unabdingbar für den Erfolg von Nimbulans Zauber und die Sicherheit des Königreichs war. Es war ihr klar, und dennoch fürchtete sie, das Ergebnis könnte alles verändern, was ihr teuer war.

Das Ergebnis, oder der Vorgang selbst? Die Furcht umwaberte sie wie ein unwillkommener Geist.

(Jetzt bist du allein in deinem zerbrechlichen menschlichen Körper. Verschmelze mit mir, und wir werden durch die Wolken streifen. Vertrau mir, ich weiß, wenn es Zeit ist, die Verbindung zu beenden.)

»Und wie übermittle ich die Bilder, die wir sehen, an Nimbulan?« Sie sah zu dem Tisch. Die Mitglieder der Kommune stellten Stühle rund um ihn herum auf und schoben sie dicht zusammen, damit alle Meister, Gesellen und Lehrlinge Platz fanden. Je stärker die Kette der Magier wurde, umso kräftiger begann eine Aura der Macht zu pulsieren. Die Macht breitete sich aus wie Hitzewellen, die aus dem Wüstensand aufsteigen. Sie lief nach außen, fort von dem Tisch, den vereinten Magiern und dem Zauber.

Nimbulan saß an der Stelle, die dem Mittelpunkt der Schulgebäude am nächsten lag. Lyman saß zu seiner Rechten, Narbengesicht links von ihm, und in der Nähe hatte ein verschüchterter Powwell Platz genommen. Yaala stand, gewaschen und in ein edles blassgrünes Gewand gekleidet, neben Quinnault und seiner ausländischen Königin. Jetzt sah sie auch wie Yaassimas Tochter aus, wie eine Prinzessin im Exil und nicht mehr wie die verlotterte Wüstenratte, die durch die Höhlen der Grube gestreift war. Maarie Kaathliin hielt Amaranth auf dem Arm, damit Myri in aller Ruhe die Kommunikation zwischen den Drachen und den Magiern herstellen konnte. Die frisch gebackene Königin flüsterte dem Baby zärtliche Worte zu und spielte, vollkommen bezaubert von dem Kind, liebevoll mit ihm.

Maia befand sich in der Schule, damit sie die Vorgänge nicht ausspionieren konnte. Magisch nicht begabte Wachen sorgten dafür, dass sie keinen Kontakt zu Piedro oder einem anderen Mitglied ihres Clans aufnehmen konnte.

Sollte etwas mit dem Zauber nicht funktionieren, brauchte sich Myri keine Sorgen um ihre Gefährten und ihre Familie zu machen, denn sie wusste mit ihrem Herzen und Verstand: Etwas würde schiefgehen, das den Lebensweg aller, die mit dem Zauber zu tun hatten, verändern würde.

(Die Silberschnur, die dich mit Nimbulan verbindet, wird deine Eindrücke auf ihn übertragen. Keine Angst, Tochter. Wir werden auf dieser geistigen Reise gut auf dich aufpassen.)

Das wusste Myri, und ihr wurde klar, dass sie mit ihren Fragen nur Zeit schinden wollte. Wenn sie sich den Drachen ergab, würde sie vielleicht nie wieder in ihren eigenen Körper zurückkehren können.

Ja. Endlich betrachtete sie diese menschliche Gestalt als *ihren* Körper. Sie war Myrilandel, eine einzigartige Mischung aus dem Drachen Amethyst und dem menschlichen Mädchen. Und sie wollte ein Mensch bleiben, mit Nimbulan leben und ihn lieben, ihre Tochter großziehen und weitere Kinder bekommen.

Wenn sie mit den Drachen flog, setzte sie alles auf Spiel, was sie in diesem Leben festhielt.

(Es gibt keinen anderen Weg, Myrilandel. Nimbulan braucht dich. Du musst ihm deine Augen leihen.)

»Ich weiß.« Myri legte Nimbulan die Hand auf die Schulter, um eine körperliche Verbindung zu ihm herzustellen. Die Macht, die sich um den Tisch herum aufbaute, teilte sich leicht, als wäre sie ein lebendes Wesen mit einem Bewusstsein, und ließ ihre Hand nur gerade so weit vordringen, dass sie ihren Mann erreichen konnte. Keine Magie und keine Liebe auf ganz Kardia Hodos konnte sie mit der anschwellenden kommunalen Magie verbinden.

Unbewusst schob sie die Füße hin und her, bis sie bequem stand. Durch das Pflaster unter ihren Füßen hindurch spürte sie die Kraftlinien als Prickeln. Nimbulan sagte, er könne die Kraft im Inneren des Planeten nicht mehr wahrnehmen. Doch sie genoss den Kontakt zum Boden – ein solider, fester Anker, der sie am Land und an ihrem Leben festhielt. Er dagegen baute auf die ephemeren, in der Luft schwebenden Kräfte, die sie gar nicht fühlen konnte.

Bei beiden hatte sich das Zentrum ihrer Magie verschoben. Vor einem Jahr hatte sie mit den Drachen fliegen wollen, und er hatte seine Magie tief aus dem Grund der Kardia bezogen.

(Jetzt.)

Myri schloss die Augen und konzentrierte sich auf die Gedanken der Drachenmutter des Nimbus. Ein unaufhörliches Geplätscher schwatzhafter Bemerkungen über das Wetter, den Geschmack des gestrigen Abendessens und die Schönheit der Wolken tröpfelte in ihren Geist. Mit den Worten kamen Bilder, wunderbar lebendige Bilder. Nach und nach verblassten die Worte, und die Bilder schoben sich in den Vordergrund ihrer Wahrnehmung.

Ihr Blickfeld weitete sich aus und drehte sich, und ihr Geist sah auf die weite Bucht hinaus, die im morgendlichen Sonnenschein glitzerte. Myris Blick veränderte sich weiter, und ihr wurde klar, dass sie aus der Vogelperspektive auf die Inselkette hinabsah, aus der die Hauptstadt befand.

Shayla ging tiefer. Durch die Augen, die sie teilten, erblickte Myri einzelne Personen mit erkennbaren Zügen und Auren. Ein Kreis von Lebensformen umgab den wunderbaren Glastisch. Magie erfüllte die Männer, floss auf den Tisch und wuchs ruckweise wie ein lebendiges Wesen.

Ein Leben hob sich ab; es war getrennt von den anderen und der Magie und doch ... verbunden mit ihnen.

Mit einem Mal erkannte Myri, dass sie auf sich selbst hinabsah, wie sie neben Nimbulan und der Kommune stand. Neben ihnen, nicht unter ihnen.

Die Einsicht, dass sie isoliert von den Männern war, durchtrennte ihren letzten mentalen Kontakt zu ihrem menschlichen Körper. Sie und Shayla flogen gen Westen, flussaufwärts, auf die Handelsstadt und den Bergpass zu, wo die Invasion bereits begonnen hatte.

*

Nimbulan ließ sich in Trance sinken und konzentrierte sich auf das Muster, welches das Sonnenlicht im Glas hervorrief. Wellen in verschiedenen Farben und unterschiedliche Schwarzstrukturen stiegen vor seinen Augen auf. Seine durch Magie erweiterten Sinne wurden sich all der verschiedenen Mineralien bewusst, aus denen das Glas bestand. Er spürte das Feuer, das sie zu einer neuen, zusammenhängenden Substanz verschmolzen hatte. Der flammende Atem der Drachen verwandelte sie in etwas Neues, Größeres und Interessanteres, ohne ihnen die Individualität zu rauben.

Er erkannte, dass die Wirkung der kommunalen Magie mit der von Drachenmagie auf Sand vergleichbar war. Jeder Magier blieb ein Individuum, und doch waren sie miteinander verbunden, bildeten zusammen etwas Neues, das stärker und umfassender war als ein einzelner Mensch.

Die erste Vereinigung der Magie erfüllte ihn stets mit einem tiefen Gefühl der Zusammengehörigkeit. All seine Jahre als einsamer Schlachtenmagier hatten ihn nicht auf diese Empfindung vorbereitet. Es war beinahe besser als Sex.

In diesem Moment spürte er in der körperlichen Welt Myris Hand auf seiner Schulter, eine andere Art von Berührung als die von Lyman oder seine eigene Verbindung zu Aaddler. Seine Sehnsucht, sie in den wunderbaren Kreis der kommunalen Magie zu ziehen, zerstörte beinahe seine Trance und die Kommunikation mit den anderen Magiern.

Die Sicherheit von Coronnan hing davon ab, dass sie diesen Zauber vollendeten. Er brauchte seine ganze Konzentration, all seine Erfahrung, seine gesamte Kraft und noch mehr, um die Barrikade zu errichten.

Er atmete tief. Die Tambootie-Essenz, die in der Luft lag, drang ihm in die Nase, veränderte sich, wurde zu magischer Energie. Die Kraft der Drachenmagie erfüllte jeden Winkel seines Körpers und seiner Seele.

(Jetzt.) Er war bereit, eine Wand zu schaffen, die Coronnan schützen und dem vom Krieg verheerten Land und seinem Volk

die Chance geben würde, eine friedliebende, geschlossene Regierung aufzubauen – ebenso in sich geschlossen wie die Magie, die in seinem Blut tanzte und Harmonien von den anderen Männern im Kreis aufnahm, bis sie zu der schönsten Musik verschmolzen, die je ein Mensch gehört hatte.

»Wo?« Er hörte und spürte seine eigene Frage mit allen angeborenen und erworbenen Sinnen, die er besaß.

(Hier), flüsterte Myris Stimme in seinem Geist. Es war ihre Stimme, und doch war sie anders. Eine Vielzahl von Myris, so wie er im Inneren des magischen Kreises eine Stimme unter vielen war.

Vor seinem geistigen Auge eröffnete sich eine ferne Aussicht. Er erblickte die sanft gewellten Hügel, die immer höher wurden, bis sie das uralte Gebirge bildeten, das Coronnan von SeLenicca trennte. Wasserläufe schnitten tiefe Schluchten durch die Hügel, die Schluchten verbreiterten sich zu Passagen durch die Barriere, welche die Berge darstellten. Nimbulan stellte sich eine zwanzig Fuß hohe Mauer vor, unfassbar dick und unüberwindlich und doch für das unbefangene Auge unsichtbar, die über die höchsten Bergkämme verlief.

(Nein. Näher heran. Sieh die Armeen.)

Hunderte Männer schlichen durch fünfzehn dieser Passagen und hatten beinahe ihr Ende erreicht. Sie waren schon fast in Coronnan. Wenn er die Wand entlang der Grate errichtete, würden die Armeen in Coronnan festsitzen, wo sie nach Belieben rauben und plündern konnten.

Er ging in seinem inneren Blick tiefer, zum östlichen Ende der Berge und weiter in das Vorgebirge hinein.

Die Männer waren jetzt näher, eine halbe Meile entfernt.

(Jetzt. Du musst die Mauer jetzt setzen.)

Er ließ die Mauer über der mittleren Passage hinuntergehen, dort, wo die Männer ihrem Ziel am nächsten waren. Ein zufriedenstellendes *Rrrums* ließ die Kardia erbeben und lief durch seinen ganzen Körper. Die Vibrationen mussten an einer Kraftlinie entlang bis in das Reservoir unter seinen Füßen gelaufen sein.

Aus Myris Vogelperspektive überprüfte er die Mauer. Sie wirkte solide und vollständig. Ein tiefer Atemzug stellte seine Perspektive wieder her. Er begann die Mauer gen Norden und Süden auszuweiten. Die Magie wurde dünner, und die Energie, die im Inneren des schwarzen Glases glomm, glühte schwächer.

Die Verbindung zur Kardia, in der er über Myri stand, verriet ihm, dass die Wand bis auf Kniehöhe geschrumpft war. Die erste Welle der Angreifer stolperte und stieg dann über die unsichtbare Barriere hinweg.

*

Myri beobachtete, wie sich die herrliche Wand in die Länge streckte und aus sich selbst speiste, bis sie die gesamte Grenze umspannte. Entsetzt sah sie zu, wie die Barriere immer niedriger wurde, je mehr sie sich verlängerte. Nimbulan schob immer mehr Energie in die Wand, doch sie schrumpfte weiter. Er hatte nicht genug Kraft zur Verfügung, um diese neue Barriere so hoch und so stark zu errichten, wie sie gebraucht wurde.

Coronnan würde der Invasion und einem neuen Krieg zum Opfer fallen. Bei der Erinnerung an die kurze Zeit, die sie nach einer Schlacht im Zelt eines Heilers verbracht hatte, schwindelte ihr sowohl in der realen Welt als auch in ihrem frei schwebenden Geist.

Verwundete Männer hatten in Todesqualen geschrien. Ihr Schmerz war zu ihrem eigenen geworden, während sie versuchte, einigen von ihnen zu helfen, aber für jeden, dem sie ihre Heilkräfte spendete, waren drei neue Verletzte aufgetaucht. Die schrecklichen Wunden, die Menschen einander zufügten, nahmen kein Ende, und mit jedem Atemzug stieg die Zahl der Toten.

So viele Soldaten waren in der Blüte der Jahre niedergemäht

worden, dass es in den Dörfern nicht mehr genug Männer gab, die pflügen, jagen oder Kinder zeugen konnten.

Nimbulan hatte dazu beigetragen, Coronnan Frieden zu bringen. Doch die Menschen hatten noch nicht genug Zeit gehabt, sich von drei Generationen des Bürgerkriegs zu erholen und den Frieden als selbstverständlich zu betrachten. Neue Kinder waren geboren worden, um an die Stelle der Toten zu treten, aber es waren nicht genug, niemals genug.

Sie trauerte um die trostlose Zukunft, die sich, schwächer als die geschrumpfte Mauer, vor ihr erstreckte. Tränen überströmten ihr reales Gesicht und ihren Drachengeist. Unter ihr bebte die Kardia, beweinte die neuen Angriffe auf fruchtbares Ackerland, das zum Schlachtfeld werden würde, Obstgärten, die nur noch Feuerholz für die gewaltigen Armeen abgeben würden, Witwen und Waisen, die dem Hungertod überantwortet blieben ...

Wieder bebte die Erde, und Myrilandels menschlicher Körper fühlte die Erschütterungen unter sich. Mit Energie angefüllte Kraftlinien zitterten unter ihr. Sie wusste, wie sie das Netz der Linien anzapfen und in Magie verwandeln konnte, das Kardia Hodos überzog wie ein feines Geflecht. Sie war in der Lage, die Macht vom Ort des Anfangs in Nimbulans Zauber zu lenken.

Jede Zukunft, die Myri erwartete, lag in diesem Kraftreservoir.

Sie entspannte ihren realen Körper, während sie ihn aus der Ferne, von oben, aus einer anderen Wirklichkeit betrachtete. Die Energie stieg nach oben, durch ihre empfänglichen Muskeln und Knochen. Feuer heizte das Wasserelement in ihrem Blut auf. Ihre Lunge stieße Luft aus. Die Erde in ihren Knochen und Muskeln vereinte sich mit den anderen drei Elementen.

Die Hitze, die ihre Magie erzeugte, baute sich weiter in ihrem Körper auf und überstieg ihre Fähigkeit, sie aufzunehmen. Sie atmete Flammen, und immer noch wuchs das Feuer, ebenso wie die magische Wand.

Sie umklammerte Nimbulans Schulter, denn sie hatte das Bedürfnis, noch ein einziges Mal seine Haut zu spüren, ehe sie sich den Elementen ergab. Dann ergriff sie seine Hand. Sie lag auf dem Tisch, der den Zauber aufbaute und fokussierte.

Die Macht brannte in ihr und ließ ihren schwachen menschlichen Körper fast verglühen. Nur ein Drachenkörper vermochte die enorme Hitze auszuhalten, die sie aus der lebenden Kardia zog.

Als Mensch konnte sie die Vollendung des Zaubers unmöglich überleben. Aber Coronnan und ihre Familie bedurften der neuen Barriere an der Grenze verzweifelt.

Von Liebe und Trauer erfüllt, sah sie ihren Gatten an und spürte, wie er ihre Liebe durch die magische Schnur erwiderte, die sie immer verbinden würde, ganz gleich, welchen Körpers sie sich bediente. Dann betrachtete sie ihr Baby. Königin Maarie Kaathliin drückte das Kind an sich und beschützte es ebenso gut, wie Myri das vermocht hätte.

(Amaranth!), verabschiedete sie sich voller Liebe von ihrer Tochter, dem einzigen Kind, das sie jemals haben würde.

Dann ergab sie sich der gewaltigen Hitze und Reibung, die sie durchflossen.

Besser, sie lebte als Drachin und war in der Lage, ihre geliebten Menschen zu beobachten und zu schützen, als zu sterben und damit die Kette der Macht zu zerreißen, die eine undurchdringliche Grenzfestung zwischen Coronnan und seinen Feinden erbaute.

*

Mit einem Teil seines Geistes sah Powwell zu, wie sich Thorny im selben Rhythmus, in dem der Atem jedes Magiers im Kreis der Macht ging, zusammenrollte und entspannte. Eine Hand hatte er auf die Schulter des Magiers zu seiner Linken gelegt. Seine Rechte, auf der Thorny saß, lag flach auf dem schwarzen Glas, so dass er seinem kleinen Gefährten nicht die Stacheln streicheln konnte. Thorny wand sich, rieb die Nase an Powwell und übermittelte ihm stummes Verständnis für das Problem.

Nur ein kleiner Teil von Powwells Bewusstsein verharrte in dem Zauber. Die Magier von Coronnan brauchten nicht seinen Geist, sondern nur sein Talent. Wenn er seine Gedanken so weit daraus lösen konnte, um Thorny zu berühren, dann konnte er sich auch auf Kalen konzentrieren.

Die Vision der Kommune von der wachsenden Wand zwischen Coronnan und SeLenicca war distanziert und betrachtete das gesamte Problem. Nimbulans Genie als Schlachtenmagier bestand vor allem darin, das ganze Feld im Blick zu behalten, Tausende Männer und eine Vielzahl kleiner Scharmützel. Powwell dagegen musste einen gewissen Teil des Bildes genauer betrachten.

Die Magie des Zaubers gewährte ihm Zugang zu den Gedanken jedes einzelnen Mannes, der an dem Glastisch saß. Doch diese Männer interessierten ihn nicht. Er musste sich auf die Gedanken von Moncriith und Yaassima einstimmen. Nur sie konnten ihm verraten, was aus Kalen geworden war.

Thorny glitt von Powwells Hand und auf den Tisch. Nur die Spitzen seiner Igelstacheln berührten noch seinen Daumen. War diese Distanz ausreichend? Powwell zapfte Thornys Geruchssinn an. *Finde den Blutmagier!*, befahl er, an sich selbst und den Igel gerichtet.

Mit einem Mal wurde sein Bewusstsein aus dem Hof fortgerissen, weit über die Hauptstadt hinaus. Er strich über die Vision der Kommune von der Grenze hinweg. An einem schmalen Pass, weit im Süden der Stelle, an der die Hauptkräfte marschierten, kamen Powwells verstärkte Sinne plötzlich schlitternd zum Halten, kehrten ein Stück zurück und bogen in eine Schlucht ein.

Dort hing ein Geruch nach altem Blut, heißem Fels und wüstenhafter Trockenheit in der Luft.

Powwell gab noch seinen Gesichtssinn zu den Geruchseindrücken. Moncriith rückte in sein Blickfeld. Mit seiner roten Robe hob er sich von den dunklen Uniformen seiner Soldaten ab.

»Rennt! Los, lauft!«, schrie Moncriith, als die magische Barrikade den schmalen Pass zu blockieren drohte. Seine Männer stürzten in alle Richtungen davon, um vor der pulsierenden Energie zu flüchten, welche die meisten von ihnen nicht sehen konnten. Die Disziplin löste sich auf, und die Soldaten ignorierten ihre Anführer. Sergeanten und Leutnants ließen ihre Posten und Männer im Stich.

Pferde wieherten und bäumten sich auf. Sie stemmten sich gegen die Zugriemen, die sie an die Schlitten fesselten und ihre Flucht verhinderten.

Yaassima ging mit Absicht langsamer, um den Befehlen ihres Wächters zu trotzen. Ein starkes, mit Magie verstärktes Seil verlief in einer engen Schlinge um ihren Hals und fesselte ihre Hände vor dem Körper. Wenn sie die Hände im Gehen tief genug hängen ließ, um im Gleichgewicht zu bleiben, zog sie sich die Kehle zu. Wenn sie die Hände hob, um den Druck auf ihren Hals zu lindern, strauchelte sie bei jedem Schritt.

Der Soldat, der ihr zugeteilt war, zerrte heftig an der Verlängerung des Seils und zog sie voran. Sie musste mehrere schnelle, kurze Schritte tun, um aufrecht zu bleiben.

Dann gab sie der Erdanziehung nach und stürzte seitwärts auf den Pfad, wobei sie darauf Acht gab, auf der unverletzten Seite ihres zerstörten Gesichts zu landen. Der Soldat musste stehen bleiben, wenn er sie nicht erwürgen wollte. Moncriith hatte befohlen, sie am Leben zu lassen, bis er ein Opfer für einen Schlachtenzauber brauchte.

Powwell spürte, wie die Erde bebte; sowohl in dem geschützten Hof in der Stadt als auch in dem Pass, wo Yaassima und Moncriith ihre Gedanken vor ihm abschirmten. Er gab sich noch größere Mühe, in Yaassimas Geist einzudringen. Sie besaß keine

Magie und hätte gar nicht in der Lage sein dürfen, ihn abzuwehren.

Plötzlich teilte sich sein Blickfeld erneut. Durch Augen, die nur Yaassima gehören konnten, sah er zu, wie eine kleine Fels- und Erdlawine von den Abhängen ins Tal rutschte. Doch ihre Gedanken und Erinnerungen blieben schemenhaft und undeutlich. Ein Hitzestoß zerschmetterte beinahe seine lückenhafte Verbindung zu ihr. Die Morgenluft des tiefen Winters heizte sich auf sommerliche Mittagstemperaturen auf.

Powwell glaubte, dass sie sich an ihren Sturz in die Grube erinnerte, und hätte beinahe triumphierend aufgeschrien. Endlich würde er genau erfahren, was mit Kalen geschehen war.

Dann wurde ihm klar, dass die Hitze aus dem Boden selbst aufstieg. Hitze, die der der kochenden Lava in der Grube ähnelte. Yaassima lag über einer schmalen Kraftlinie, deren Energiefluss sich mit einem Mal umkehrte und zurückfloss ... Ja, wohin? Wo entsprangen Kraftlinien?

Nicht so wichtig. Der Kanal, durch den die Magie bisher geflossen war, verkohlte, brach jetzt mit ihrem Rückzug zusammen und nahm die Erdkruste mit sich. Überall um sie herum entstand ein Spinnennetz aus Rissen, die sich gemächlich ausbreiteten. Das langsame Anwachsen der Bodenrisse stand in scharfem Gegensatz zu den panischen Bewegungen der Männer; Bemühungen, die ihnen trotzdem wenig nutzten, um Chaos und Tod zu entgehen.

Powwell hörte einen Teil ihrer Rufe und Schreie, die durch das Krachen der Erde drangen.

Die Soldaten versuchten, sich springend und rennend vor den Rissen zu retten, die ihnen in alle Richtungen folgten. Einige sprangen vorwärts, über die hochwachsende magische Wand, viele wichen zurück oder kletterten seitlich die Felswände hoch, die unter ihren Tritten zerbröselten, sodass noch mehr Schutt in den Pass hinabstürzte. Wenn sie nicht Acht gaben, würden sie den Pass – und mit ihm Moncriith – verschütten.

Yaassima lachte. Ihr verbrannter und zerschlagener Körper zitterte vor Schmerz, aber dennoch lachte sie. »Du bist tot, Moncriith. Du bist bereits tot und weißt es bloß nicht.«

»Komm!« Moncriith packte sie nicht allzu zartfühlend unter den Armen und zerrte sie hoch. »Mir nach, ihr alle.« Panisch versuchte der Blutmagier Coronnan zu erreichen und zog Yaassima mit.

Ein paar Soldaten folgten ihnen, doch die meisten entschieden sich, nach SeLenicca zurückzukehren.

Yaassima lachte immer noch über den kläglichen Zusammenbruch von Moncriiths großer Invasion.

Powwell versuchte, sich zurückzuziehen. Yaassima erinnerte sich nicht an ihren Sturz in die Grube. Sie dachte nur daran, Moncriith sterben zu sehen.

»Hör auf zu lachen!«, befahl Moncriith. Er blieb stehen, um zu Atem zu kommen und sah zurück auf die Wand, die ihm vom Großteil seiner Truppen trennte. Mit feuchten Händen packte er Yaassima an den Schultern und schüttelte sie. Vor und zurück, immer vor und zurück, bis ihr Hals den Kopf nicht mehr tragen konnte. Wieder und wieder, bis sich ihre Sinne verwirrten und die Pein in ihren Verbrennungen und schmerzenden Gelenken unerträglich wurde.

Doch immer noch lachte Yaassima, ein böses Lachen, das sich am Schmerz anderer ergötzte. Sie hob die Hände und legte ihre unnatürlich langen Finger um Moncriiths Hals. Lachend bohrte sie die Daumen in die verwundbare Luftröhre des Blutmagiers.

Ihr Lachen wandelte sich zu einem Keuchen und Gurgeln, als Moncriith sie mit seinen vernarbten, schweißnassen Händen zu würgen begann.

Die magische Wand schoss nach oben und hüllte Yaassima und Moncriith ein. Sie erstarrten, gefangen im Inneren des Kraftfelds.

Gewaltsam riss Powwell seinen Geist aus Yaassimas sterbendem Körper zurück.

Dann brachte eine Energieschwankung die Wand erneut ins Wanken, und sie krachte herunter und zerschmetterte den Blutmagier und die Kaalipha zu blutigem Brei.

Mit einem Mal schoss die Barriere in die Höhe und drohte Powwells Geist einzusaugen. Mit einer gewaltigen Willensanstrengung kehrte er in seinen Körper und in die Sicherheit der Hauptstadt zurück.

Ich habe versagt, Thorny, klagte er. *Nichts habe ich über Kalen erfahren. Ich habe sie wieder enttäuscht.*

40. Kapitel

Myris Vision kehrte in den Körper zurück, der auf der Erde verankert war. Sie brauchte die Magie nicht zu sehen, sondern ihr nur Energie zufließen zu lassen. Flügel brachen durch die gespannte menschliche Haut ihres Rückens. Ihr Hals wurde länger. Die rudimentären Wirbelfortsätze auf ihrem Rücken spitzten sich zu und schossen als voll entwickelte Hörner in die Höhe. Kristallenes Fell, dessen Haarspitzen purpurn getönt waren, wuchs aus ihrer glatten Haut. Feuer stieg auf, glühendes Feuer. Feuer strömte in sie hinein, als sie Hitze und immer mehr Hitze aus der Erde aufsog.

Shayla zeigte ihr eine Ausbuchtung in dem Grenzwall, der auf und ab hüpfte und die Armee trennte. Die Macht, die den Zauber speiste, fluktuierte auf und ab. Die Wand wuchs in die Höhe und brach wieder zusammen. Sie leitete noch mehr Energie in den Zauber, und die Barriere reckte sich wieder in die Höhe und gewann an Dicke. Ihre Kraft floss jetzt beständig.

Nur ein paar Soldaten waren östlich der Wand in Coronnan verblieben. Andere Männer versuchten das Hindernis zu umgehen, stellten aber fest, dass der Weg versperrt war.

Die Trennung versetzte die Männer in Panik. Die vordersten Soldaten kehrten um, schlugen gegen die Barriere und schrien, man möge ihnen auftun, damit sie zu ihren Kameraden und in die Sicherheit zurückkehren konnten.

Immer höher und breiter wurde die Wand. Ihre Teile verbanden sich, schlängelten sich über die Hügelkämme und blockierten weitere Pässe.

Myri zog noch mehr Energie aus dem sich erschöpfenden Reservoir. Die kochende Lava in Hanassas lebendem Vulkan speiste die Kraftlinien, entleerte den Berg und ließ die Höhlen der Grube und das Drachentor zusammenbrechen. Die Kraftlinien, die sich durch das Land schlängelten, hörten auf, nach außen zu fließen, kehrten ihre Richtung um und zogen sich in den Schacht zurück. Die verkohlten Kanäle blieben als ausgebrannte Hüllen zurück. Und immer noch sog Myri Kraft in den Zauber.

An der Grenze hüpften und wanden sich die Männer, weil der Boden unter ihren Füßen plötzlich kochend heiß wurde.

Und immer noch wuchs die Wand.

Myri wuchs mit ihr.

Die Barriere war fast vollendet.

Myri hatte sich beinahe vollständig in ihre wahre Drachengestalt verwandelt.

Noch einen Moment, und sie würde der Fesseln der Erdanziehung ledig sein. Sie würde frei sein, aber sie würde keine Liebe mehr empfinden können.

*

Entsetzt sah Nimbulan zu, wie sich seine wunderschöne Myri streckte und größer wurde und ihre drachenähnlichen Züge sich verstärkten. Er musste sie aufhalten.

Aber wie?

Dies war das Wesen, als das sie geboren war.

Doch er liebte die Frau, deren Körper sie sich erwählt hatte.

Sie konnten sich nicht gerade jetzt trennen.

Der Zauber erforderte seine Aufmerksamkeit. Er musste sich lange genug aus der Magie lösen, um Myrilandel zurück in ihre eigene Gestalt zu zwingen. Die Wand war beinahe vollendet. So viel Energie brauchten sie jetzt nicht mehr. Sie konnte loslassen. Wenn sie denn wollte.

»Du kannst den Kreis nicht verlassen«, zischte Narbengesicht ihm ins Ohr. »Wenn einer von uns den Kontakt zerstört, wird das

Ganze zusammenbrechen. Dann stehen wir genau da, wo wir angefangen haben, und sind zu erschöpft, um noch einmal von vorn zu beginnen.«

»Ich weiß.« Seine Gabe war notwendig, um die Verteidigung von Coronnan zu vollenden.

Nur seine Gabe.

Schon einmal hatte er sich von seinem Talent getrennt und es in einem unbelebten Gegenstand zurückgelassen. Er war sich nicht sicher, ob der Glastisch vollständig unbelebt war. Die Art, wie die Magie durch die Strudel und Wellen der Mineralien wirbelte, gab ihm zu denken.

Die Hand, die auf seiner lag, umklammerte ihn mit Klauen, die mit jeder Minute länger wurden. Myris Gestalt wurde immer gewaltiger und drohte seine Hand zu zerquetschen.

Wenn du den Kontakt mit dem Tisch abbrichst, wirst du deine Magie für immer verlieren.

»Das Risiko muss ich eingehen.« Rasch lokalisierte er das blau glimmende Leuchtfeuer hinter seinem Herzen und drückte es in den Tisch hinein. Blaues Licht mischte sich unter das schimmernde Schwarz und die Grautöne und verschmolz mit den vereinten Gaben aller Männer, die im Kreis saßen.

Nimbulan schob seinen Stuhl ein wenig zurück, sodass Narbengesicht die Hand, die auf seiner Schulter lag, auf Lyman verlagern konnte. Der Kreis blieb vollständig, und seine Gabe verblieb in der zu einem großen Ganzen verschmolzenen Magie. Narbengesichts Geist übernahm die Vollendung der Wand.

Nimbulan ließ die rechte Hand auf dem Tisch liegen und umfasste mit der Linken Myris immer noch menschliches Gesicht. »Geliebte. Ich brauche dich. Unsere Tochter braucht dich. Kehre zu uns zurück, bitte.«

Sie riss sich von ihm los. Ihre Tränen flossen ungehemmt. »Ich muss ein Drache sein, um die Energie zu überleben, die ich diesem Zauber und Coronnan gebe.«

»Der Zauber ist fast abgeschlossen. Lass die Macht los, die du aus der Kardia ziehst.«

Sie schüttelte den Kopf und trat von ihm weg. Nur ihre Klauen hatten noch Kontakt zu dem Tisch und seiner Gabe, die darin eingebettet war. Die Energie floss weiter aus ihr in den Zauber hinein.

Dann sah sie zum Himmel auf, wo Shayla und die anderen Drachen flogen. Ein schwerer Film senkte sich über ihre Augen und schützte sie vor der Helligkeit der Sonne in den oberen Luftschichten.

»Vor über zwanzig Jahren hast du einem Leben als Drachin entsagt. Komm zurück in den Körper und das Leben, das du dir ausgesucht hast. Bitte. Ich liebe dich, Myrilandel. Mein Leben ist unvollständig ohne dich.« Tränen sammelten sich in seinen Augenwinkeln. Sein Herz drohte zu brechen, als sie einen weiteren Schritt von ihm weg machte.

»Ich kann dir niemals das Gefühl der Vollständigkeit und Zugehörigkeit geben, das du in dieser Magierkommune findest. Du gehörst hierher. Ich gehöre in die Lüfte.«

»Nein.« Die Worte entrangen sich ihm mühsam. Ungeweinte Tränen schnürten ihm die Kehle zu. »Myrilandel, ich liebe dich mehr als meine Magie.« Bewusst hob er die Hand vom Tisch und ließ seine Gabe für immer eingebettet in dem seltenen, vollkommenen schwarzen Glas zurück.

*

Myris Konzentration löste sich auf, als Nimbulans Hand sie berührte. Erde, Luft, Feuer und Wasser brachen auseinander und trennten sich in ihrem Körper und Geist. Ihr Körper und ihr Bewusstsein schrumpften. Die Hitze wich aus ihr und floss zurück in die Kraftlinien. Undeutlich nahm sie wahr, dass das Netz aus magischer Energie an der neuen Grenzmauer abrupt gestoppt wurde und die leeren Kanäle im Westen nicht erneut ausfüllen konnte.

Der Zauber, die Drachen, ihre eigene Sicherheit hatten mit einem Mal keine Bedeutung mehr, als Nimbulan in ihren Armen zusammenbrach.

Schon das Gefühl der Luft auf ihrer Haut ließ Wogen glühender Pein durch ihren ganzen Körper laufen. Sie hatte ihre eigene Gestalt wieder angenommen und nur noch rudimentäre Spuren ihres Drachenerbes zurückbehalten. Nimbulans Kleidung schien ihr die Haut wund zu reiben. Sein Gewicht, das auf ihren schmerzenden Muskeln und überanspruchten Knochen ruhte, ließ sie in die Knie gehen. Doch sie konnte ihn nicht loslassen. Sie musste ihn festhalten und an sich drücken. Die Silberschnur, die sie verband, verblasste, bis sie nicht mehr wahrnehmbar war.

Seine Aura wirkte anders, matter, kleiner und weniger von dem Blau, das seine magische Signatur war, beherrscht. Stattdessen pulsierte das Blau im Inneren des Glastisches und verlieh den schwarzen Mineralien und der vereinten Magie der Kommune einen anderen Schimmer.

Sie hatte keine Ahnung, wie es dazu gekommen war, dass sich seine Magie von ihm gelöst und mit dem Tisch verbunden hatte, wo sie für alle Mitglieder der Kommune außer ihm zugänglich war. Verzweifelt griff sie nach dem Blau. Aber das Glas war sogar für Drachenklauen undurchdringlich, und mit ihren jetzt wieder menschlichen Fingernägeln konnte sie es nicht ritzen.

»Nimbulan, Geliebter, was hast du nur mit dir angestellt?« Sie hielt ihn unter den Armen fest und schluchzte vor Angst. »Wage es bloß nicht, mir wegzusterben. Gerade habe ich dich wiedergefunden, da darfst du mich nicht wieder verlassen!«

Sie kämpfte darum, dass er nicht zu Boden glitt. Wenn sie ihn lange genug festhielt, würde die Silberschnur wieder zum Leben erwachen. Sie musste es tun. Keiner von ihnen war ohne dieses Band richtig lebendig.

Andere Hände streckten sich aus, um ihr die Last abzunehmen, vertraute Hände. Powwell, Narbengesicht und ihr Bruder Quinnault. Während die Männer ihren Gatten auf den Boden legten, starrte sie den Tisch an und blinzelte ihre Tränen weg. Der Zauber musste vollendet sein, denn die Magier standen auf, reckten sich und sprachen leise miteinander. Ihre Blicke huschten zwischen Nimbulan und dem Tisch hin und her, und Verblüffung erschien auf ihren Mienen.

»Wie hat er sich von seiner Gabe getrennt?«, fragte einer.

»Ich habe noch nie von so etwas gehört«, gab ein anderer zurück. Bei der Vorstellung an ein Leben ohne Magie erschauerte er.

Wie würde Nimbulan ohne die Gabe weiterleben, die so lange sein Leben bestimmt hatte?

»Welch eine Vergeudung.« Lyman schüttelte betrübt den Kopf. »Er hätte nicht alles zu opfern brauchen. Nach dem Abschluss des Zaubers wäret Ihr ohnehin in Euren menschlichen Körper zurückgekehrt.«

»Seid Ihr Euch ganz sicher, alter Mann?« Myri kniete neben Nimbulan, überprüfte Puls und Atmung und lockerte Hals und Brust seiner Tunika und seines Hemds.

»Shayla hat sich erneut gepaart. Die Aussichten sind gut, dass sie wieder Zwillinge mit purpurnen Flügelspitzen trägt. Sobald sie geboren worden wären, hättet Ihr kein Drache mehr bleiben können, denn es darf immer nur einen Purpurdrachen geben.«

»Woher wissen wir, dass ich in der Lage gewesen wäre, zurückzukehren? Ihr musstet Euch auch einen neuen Körper suchen, als Ihr den Nimbus verlassen habt. Mein menschlicher Körper wäre durch die Energie, die ich hindurchgeleitet habe, und durch die Verwandlung zerstört worden.«

Nimbulans Brust erbebte, und sein Atem ging in abgehackten Zügen. »Du hast versucht, mich zu verlassen«, flüsterte er erschöpft, mit aufgesprungenen Lippen. »Du wolltest zu den Drachen gehen. Das hatte ich befürchtet, seit ich von deiner Abstammung erfahren habe. Ich habe den Tag gefürchtet, an dem du mich verlassen würdest.« Kurz schlug er die Augen zu ihr auf, dann fielen sie ihm vor Mattigkeit wieder zu. Das grüne Feuer war aus ihnen gewichen.

»Aber du bist nie zu mir auf die Lichtung gekommen. Du hast weder per Magie noch über einen Boten Verbindung zu mir aufgenommen«, wandte sie schluchzend ein.

»Dieses Versäumnis kann ich nie wieder gutmachen. All die schlechten Gewohnheiten aus meinem Junggesellen-Leben haben mein Urteil getrübt. Ich brauche dich, Myrilandel. Ich brauche dich mehr, als du jemals ahnen wirst.« Wieder sackte er in ihren Armen zusammen.

Ohne die Silberschnur, die ihr den Zustand seines Herzens und seines Pulses mitgeteilt hätte, griff Myri zu konventionellen Untersuchungsmethoden. Seine Luftwege waren frei. Das Herz flatterte und schlug ungleichmäßig, hatte aber seinen Rhythmus nicht so weit verloren, dass es ihn gefährdet hätte. Seine Haut wirkte grau, aber nicht wächsern. Er hatte Gänsehaut und zitterte, als sei ihm schrecklich kalt, obwohl er seine schwere offizielle Robe, seine Alltagstunika, ein Hemd und Hosen trug.

»Ich glaube, mehr als alles andere braucht er Schlaf«, erklärte sie und setzte sich auf die Fersen. »Er wird noch eine Zeitlang unter Schock stehen.«

»Genau wie du, Schwester.« Quinnault legte ihr seine schwere Hand auf die Schulter. Sie vermochte sich nicht an seinen warmen Körper anzulehnen, konnte den Kontakt nicht akzeptieren.

»Ihr habt mich ›Schwester‹ genannt? Seid Ihr denn bereit, mich als Familienmitglied anzuerkennen, oder wollt Ihr mich wieder verbannen, weil ich eine Frau bin, die über magische Kräfte verfügt? Mich ins Exil schicken und mir das Recht verweigern, meinen gesetzmäßigen Ehegatten zu pflegen, bis er sich von diesem furchtbaren Erlebnis erholt?«

*

»Nein, wir werden Euch nicht das Recht verweigern, Euren Mann zu pflegen, Myrilandel«, erklärte Katie. Stolz reckte sie ihr kleines Kinn, eine Bewegung, die ihr Gatte inzwischen zu fürchten begann.

»Sie muss verbannt werden!«, schrie Konnaught quer über den Hof. Hinter ihm stand ein Wachsoldat, der einen kleinen Ranzen trug. »Wenn Ihr *mich* aus Coronnan verbannt, dann müsst Ihr an ihr genauso handeln.«

Quinnault hatte ganz vergessen, dass der Knabe bei der nächsten Flut ins Exil segeln sollte.

Ein breites, gehässiges Grinsen trat auf Konnaughts schwammiges Gesicht. »Sie ist eine Hexe, und wir wollen in Coronnan keine Hexen haben. Wenn Ihr Eure Schwester bleiben lasst, wird der Rat Euch und diese ausländische Dirne, die Ihr geheiratet habt, absetzen und mich als ihren König zurückholen.«

»Pass auf, wie du über deine Königin sprichst, Junge. Du besitzt jetzt weder Titel noch Ländereien mehr. Innerhalb einer Stunde wirst du ein bettelarmer Bauer sein, der auf dem Weg zur Klosterschule in Sollthrie ist. Ich habe den Erlass gestern Abend unterzeichnet«, versetzte Quinnault langsam und gemessen, damit seine Drohung auch verstanden wurde.

Doch Konnaught gab nicht klein bei. Hoch aufgerichtet und trotzig stand er da, und Lord Hanic und zwei weitere Lords hatten direkt hinter ihm Stellung bezogen. Quinnault sah ihnen in die Augen und wappnete sich, um keine Emotionen zu zeigen.

Quinnault seufzte. Zu viele unter den Lords neigten eher Konnaughts Philosophie zu, dass Titel und Ländereien einem Privilegien und das Recht, diese auszubeuten, verschafften. Verantwortung für das Land und die Menschen, die darauf lebten, war für sie eine vage Idee, keine Lebensweise. Wenn Quinnault diese Lords auf seine Seite ziehen wollte, musste er seine eigenen Gesetze befolgen. Seine ganze Herrschaft, die wohlwollende Regierung, um die er so lange gekämpft hatte, alles beruhte auf dem Gesetz.

In der Hoffnung, einen Kompromiss zu finden, wandte er sich wieder an seine Frau und seine Schwester. »Katie, Myrilandel, das Volk von Coronnan hat ein Gesetz gegen allein arbeitende Magier beschlossen. Wir müssen die Magie kontrollieren, zum Besten aller. Das vermag nur die Kommune. Myri kann aber keine Drachenmagie sammeln und daher der Kommune nicht beitreten.«

»Wozu ist ein Gesetzt gut, das kein Mitgefühl kennt?«, schrie Katie ihn an und stampfte mit dem Fuß auf. »Es ist nicht gerecht, sie ins Exil zu schicken, nachdem sie das Königreich vor der Invasion gerettet hat!« Ihre Augen blitzten, und ihre Wangen waren hochrot angelaufen. Ihre absurd kurzen Locken flogen um ihre Ohren. Noch nie war sie ihm schöner erschienen.

Quinnault fühlte sich versucht, sie zu küssen. Doch das hätte kein Problem gelöst, sondern nur seinen Drang gestillt, sie an sich zu pressen und seiner Leidenschaft nachzugeben. Er hatte es immer noch mit einem Rat aus Lords zu tun, die jede Entscheidung, die er traf, mit einer Zweidrittelmehrheit überstimmen konnten. Auf diesem Gesetz hatte er selbst bestanden. Die Könige von Coronnan durften keine Diktatoren sein.

»Mitgefühl und Gerechtigkeit sind Vorstellungen, für die in Coronnan drei Generationen lang kein Platz war. Das Volk wird nur schwer verstehen, warum sein König wegen solcher vagen Ideen das Gesetz bricht.«

»Dann wäre es vielleicht an der Zeit, sie solchen ›vagen Ideen‹ einmal auszusetzen.« Ein Lächeln ließ Katies Mundwinkel zucken. Ihr Humor, der niemals weit war, drohte sich Bahn zu brechen.

»Aber Ihr erkennt doch alle die ›vage‹ Vorstellung der diplomatischen Immunität an, oder?«

Die Lords und Magier nickten.

»Wenn also SeLenicca einen Magier als Botschafter entsenden würde, dann würde ihn seine diplomatische Immunität von dem Gesetz ausnehmen. Ihr müsstet ihn bleiben lassen oder einen Krieg riskieren.«

»Zugestanden, Katie. Aber Myrilandel ist nicht die Botschafterin eines unserer Nachbarländer«, gab Quinnault zurück. Er versuchte, bestimmt zu klingen, aber angesichts des Amüsements, das sich über Katies Züge legte, verlor er den Kampf beinahe.

»Sie ist die Botschafterin der Drachen! Sie ist die Einzige, die ausgewählt wurde, um den Pakt mit Leben zu erfüllen. Ohne sie hast du keinen Pakt, keine Drachen und keine kommunale Magie. Myrilandel ist der Dreh- und Angelpunkt des Vertrags. Damit ist sie eine Botschafterin, und eure Gesetze gelten nicht für sie.« Sie lächelte triumphierend.

Quinnault wäre beinahe vor unbändiger Freude um sie herumgesprungen. »Botschafterin Myrilandel von Shaylas Nimbus, macht Euch bereit, Euer Beglaubigungsschreiben vorzulegen.«

»Welches Schreiben?« Verwirrt legte sie den Kopf auf die Seite.

»Ach, wir lassen uns später etwas einfallen.« Er beugte sich hinunter und umarmte sie. »Willkommen, Schwester. Willkommen zu Hause.«

»Jemand soll diesen armen Mann in ein bequemes Bett bringen und die Heiler holen, damit sie einen Blick auf ihn werfen!«, befahl Katie und wies auf Nimbulan, der immer noch zitternd und bebend auf dem Boden lag. »Und besorgt eine schöne heiße Mahlzeit für die beiden. Ich kann nicht glauben, dass noch niemand daran gedacht hat.«

»Danke, Euer Gnaden.« Myri deutete einen Knicks vor der Königin an. Dann streckte sie die Arme nach ihrem Kind aus.

Zögernd gab Katie das kostbare Bündel her und schaute voller Zuneigung in Amaranths unschuldiges schlafendes Gesicht.

»Sie ist wunderschön. Ich wünsche Euch viel Freude mit ihr«, flüsterte Katie. Sanft strich sie mit dem Finger über die Wange der Kleinen. »Ich freue mich darauf, sie aufwachsen zu sehen.«

»Soeben treffen Boten von der Grenze ein, Euer Gnaden«, ließ sich Lyman, der dicht hinter Quinnault stand, vernehmen.

»Haben wir Erfolg gehabt?«, fragte er den Magier. Er sah den Mann forschend an und suchte nach Spuren des Drachen, der in ihm wohnte.

»Großen Erfolg. Drei von König Lorriins sieben Generälen sitzen mit ihren Truppen auf dieser Seite der Grenze fest. Sie haben angeboten, ihr Schwert in Euren Dienst zu stellen, statt als Versager nach SeLenicca zurückzukehren. König Lorriin ist nicht eben für seine Nachsicht bekannt.«

Quinnaults Gesicht verzog sich zu einem glücklichen Grinsen. Die Zeit der Kriege war vorüber. Sie hatten einen stabilen Frieden geschaffen. Er und Nimbulan. Und Katie und Myri und Dutzende anderer.

»Es gibt noch weitere Nachrichten von den wenigen Magiern, die sich auf der anderen Seite der Grenze befinden«, fuhr Lyman fort. »Moncriith und Yaassima haben sich gegenseitig umgebracht.«

»Jetzt bist du frei von ihnen, Schwester. Sie werden dich nicht wieder drangsalieren.« Beruhigend berührte Quinnault Myrilandels Arm.

»Ich muss nach Hanassa zurückkehren«, erklärte Yaala. »Ich muss feststellen, wie viel Schaden Moncriith angerichtet hat, bevor er die Stadt verließ. Er hat behauptet, das Drachentor sei zusammengebrochen.«

»Es gibt nichts Neues aus Hanassa, Kind. Das gibt es nie. Dieser Stadtstaat hat nichts mit den Drei Königreichen zu tun«, sagte Lyman freundlich.

»Hanassa ist ein Furunkel am Hintern der Drei Königreiche«, ließ sich Nimbulans leise Stimme hören. Er lag immer noch zu ihren Füßen am Boden und schaffte es nicht einmal, sich aufzusetzen oder auf einen Ellbogen zu stützen. »Hanassa macht Ärger und ist ein ständiger Störfaktor. Die Kaalipha wollte uns gern glauben machen, Hanassa stehe über allem; aber ihre Mörder und Räuber kommen und gehen und schlagen zu, wo sie wollen. Auch ohne das Drachentor werden sie den Rest der Welt plagen. Niemand von uns ist sicher, bis diese Eiterbeule ausgebrannt ist.«

Quinnault gefiel es gar nicht, wie bleich der Magier war, als er erneut die Augen schloss, zu erschöpft zum Weitersprechen. Myri kniete neben ihm nieder und fühlte rasch seinen Puls. Sie legte ihre langgliedrige Hand auf seine Stirn und strich ihrem Mann das ergrauende Haar aus den Augen.

»Bringt ihn nach drinnen, schnell. Er braucht mehr Pflege, als ich ihm geben kann.« Sie bedeutete einigen jungen Männern, eine Trage zu holen. Powwell kam mit einem Weinschlauch heran und befeuchtete die Lippen seines Meisters mit ein paar Tropfen.

Plötzlich lastete sein Verlust schwer auf Quinnault. Bei diesem ganzen Abenteuer – dem Aufbau der Kommune und der Magierschule, der Suche nach einer Lösung für die Bürgerkriege und der Errichtung einer ständigen Regierung – war Nimbulan an seiner Seite gewesen. Nimbulan, sein Ratgeber, Helfer und Freund. Er hatte keine anderen Freunde. Könige hatten keine Freunde, sondern nur Höflinge.

»Ich gehe nach Hanassa, Meister Nimbulan«, flüsterte Powwell. »Ich werde zurückkehren und mich vergewissern, dass das Drachentor für immer geschlossen ist. Und ich werde Rollett und Kalen finden und sie sicher zu Euch zurückbringen.«

»Das wird deine Suche sein, Junge. Aber zuerst benötigst du noch mehr Ausbildung«, meinte Narbengesicht. »Sagt einmal,

Ihr Lords und Edelleute, habt Ihr nicht ein Land zu regieren oder so etwas? Überlasst das Heilen den Magiern. Wir werden Euch benachrichtigen, wenn es etwas Neues gibt.« Mit einem strengen Blick entließ er die Versammlung. Durch sein Stirnrunzeln grub sich seine hässliche Narbe noch tiefer ein. Die subtile Drohung von Gewalttätigkeit, die von seiner Verletzung ausging, erinnerte die Nicht-Magier unter den Anwesenden daran, dass sie dringend irgendwo anders zu tun hatten.

Dann wandte sich Narbengesicht an die Magier und übernahm wie selbstverständlich die Führung. »Wir müssen einen Verschwörer mit Rover-Blut finden. Anfangen werden wir mit der Frau, die unter Arrest steht, und dann eine Prüfung entwickeln, um latentes magisches Potenzial festzustellen. Das Nachrichtennetz muss überwacht werden. Bald werden die Schafe ihre Lämmer werfen, und die Frühjahrsaussaat beginnt. Wir müssen wissen, welche Felder die meiste Nahrung erzeugen und welche wir brachliegen lassen müssen. Kommt, wir haben viel zu tun.« Die Magiermeister steckten die Köpfe zusammen und debattierten mit unverständlichen Worten und vielen wilden Gesten.

Sechs junge Männer kamen mit einer Tragbahre angelaufen. Unter Myris Aufsicht legten sie Nimbulan darauf und trugen ihn in die Schule. Myri ging neben ihrem Gatten und ließ ständig eine Hand auf seinem Körper liegen.

Nimbulan hob seine Hand und legte sie auf ihre. »Ich liebe dich«, flüsterte er.

Quinnault gab es einen Stich, als er die beiden sah. Der Verlust seines treuen Ratgebers und Freundes bedrückte ihn.

»Ich hoffe, ich kann ebenso deine Freundin sein wie deine Frau, Vogelscheuche«, wisperte Katie ihm zu.

»Du liest schon wieder meine Gedanken.«

»Ich spürte deinen Kummer. Unseren Kummer. Er ist ein großer Mann, und er wird uns sehr fehlen.«

»Er hat uns allen ein bedeutsames Erbe hinterlassen. Nie wieder werden Männer ihre Talente als Schlachtenmagier vergeuden. Er hat dem Einsatz von Magie zur Verbreitung von Tod und Zerstörung ein Ende bereitet und sie zu einem Werkzeug für Frieden und Wohlstand gemacht.«

Quinnault ging wieder an seine Arbeit, die darin bestand, das Vermächtnis des letzten Schlachtenmagiers fortzusetzen.

Epilog

»Komm zu Papa, Amaranth«, lockte Nimbulan seine kichernde Tochter.

Das kleine Mädchen, das kaum ein Jahr alt war, stand auf unsicheren Beinchen und klammerte sich an der Schürze seiner Mutter fest. Dann ließ sie mutig den Stoff fahren, an dem sie sich aufrecht hielt. Sie schwankte, hob einen Fuß vom Boden und setzte sich dann ruckartig auf ihren Windelpo.

Sie schob die Unterlippe vor, und eine Träne drohte aus ihren großen Augen zu kullern. Die Iris wies feuergrüne Reflexe auf – ihre Augenfarbe ähnelte der ihres Vaters stärker als der ihrer Mutter. Aber ihr hellblondes Haar und die blasse Haut stammten von Myrilandel.

»Hoch!«, befahl Amaranth und streckte ihrem Vater die pummligen Ärmchen entgegen. Schon früh hatte sie gelernt, dass Nimbulan immer bereit war, sie hochzunehmen. Ihre Mutter war nicht so leicht zu überreden.

»Schon gut, Amaranth. Du lernst das Laufen, wenn du bereit dazu bist.« Nimbulan hob seine Tochter vom Boden auf und schwang sie durch die Luft.

»Wenn sie zu laufen anfangen würde, dann würde sie vielleicht einen oder zwei Tage lang langsamer werden«, meinte Mryri schmunzelnd. »Sie hat ihre Finger ohnehin schon überall.« Sie bückte sich, um in dem Eintopf zu rühren, der über der zentralen Feuerstelle in der Hütte auf der Lichtung köchelte.

Nimbulan und seine Familie zogen sich häufig in den Frieden und die Einsamkeit dieser kleinen Hütte zurück, so oft, wie ihnen das ihre Pflichten in der Stadt erlaubten. Für gewöhnlich konnten sie einen von Myris Drachenbrüdern überreden, sie kurzfristig zu fliegen.

Die Leitung der Magierschule – die inzwischen zur Universität aufgestiegen war – bestimmte Nimbulans Leben nicht mehr. Das konnten andere besser, die noch Magie zur Verfügung hatten.

Er saß immer noch im Rat des Königs. Aber Quinnault hatte seine junge Frau und eine Unzahl anderer Ratgeber, die ihn und Coronnan in eine neue Ära begleiten konnten.

Jedes Mal, wenn sie sich hierher zurückzogen, genoss Nimbulan es mehr, dass das Leben hier gemächlicher verlief. Myri blühte in der ländlichen Umgebung richtiggehend auf. Die Anforderungen des Lebens bei Hof und ihre Pflichten als Botschafterin der Drachen beanspruchten ihre empathische Gabe fast bis zur Erschöpfung. Sie bedurfte der Zuflucht der Lichtung noch mehr als Nimbulan.

»Es fängt an zu schneien«, verkündete Yaala, die mit einem frischen Armvoll Feuerholz in die Hütte trat. »Hier riecht es aber gut.« Sie neigte den Kopf, um den Duft einzusaugen, bevor sie das Bündel Zweige und Holzscheite fallen ließ.

»Dann kannst du noch ein paar Wochen hier bleiben und brauchst nicht in die Hauptstadt zurückzukehren«, sagte Myri. »Und wir ebenfalls nicht.« Sie lächelte strahlend.

»Was glaubt ihr, warum ich mich so lange aufgehalten habe?«, gab Yaala grinsend zurück. Ihre Zähne schimmerten im Licht des Feuers. »Es gefällt mir nicht, die Gastfreundschaft deines Bruders in Anspruch zu nehmen, Myri. Dass mir Dienstboten jeden Handgriff abnehmen, wird nach zehn Minuten langweilig. Dieser ganze Unsinn von wegen ›Prinzessin im Exil‹ geht schon zu lange. Ich muss etwas tun, und wenn ich bloß Feuerholz hacke.«

»Davon haben wir genug«, gab Myri zurück.

Nimbulan schob Amaranth in seine rechte Armbeuge und gab dem Mädchen sein Lieblingsspielzeug, auf dem sie gern herumkaute – eine hölzerne Rassel, die er selbst geschnitzt hatte.

Die Narben an seinen Fingern erinnerten ihn daran, wie er zum ersten Mal versucht hatte, ein Messer ohne Magie zu führen.

Freude stieg in Nimbulan auf, brodelnd wie Myris Eintopf. Sie wärmte ihm das Herz und schmeckte immer besser, je mehr Zeit verging. Seine kleinliche Trauer über unvollendete Arbeit und verlorene Magie war verflogen. Nur der Gedanke an Rolletts und Kalens Schicksal trieb ihn noch um.

Myri legte den Kopf zur Seite, als lausche sie auf etwas. »Da kommt jemand den Pfad vom Dorf hinauf. Jemand, der sehr entschlossen ist.«

»Was sagt Shayla dazu?« Instinktiv sah er zu der nach Süden ausgerichteten Tür. Shayla hatte sich in ihren Bau in den Bergen zurückgezogen, wo sie auf die Geburt ihres nächsten Wurfs wartete.

Shaylas Stimme war noch so etwas, das Nimbulan vermisste. Die Drachin hatte nicht oft zu ihm gesprochen, aber nun, da er keine Magie mehr besaß, konnte er sie nicht einmal hören, wenn sie direkt zu seinem Geist sprach.

Er schlang den freien Arm um Myris Schulter und hoffte beinahe, der körperliche Kontakt würde ihn in die Lage versetzen, Shaylas Worte zu hören. »Jemand, den wir kennen?«, fragte er.

Nimbulan setzte Amaranth auf den Boden, wo sie prompt auf das Bündel Feuerholz zukroch und begann, es mit allen Sinnen zu untersuchen.

»Nimm das aus dem Mund, Ammi.« Yaala nahm dem Baby ein Stück Baumrinde aus den Händen.

Nimbulan griff nach seinem Winterumhang. Niemand wäre in der Lage, die Lichtung ohne Myris Erlaubnis zu betreten. Er brauchte sich keine Sorgen zu machen. Aber er hatte zu viele Jahre als Schlachtenmagier verbracht, um sich keine Gedanken über unangekündigte Besucher zu machen.

»Es ist Powwell!«, rief Myri und langte gleichzeitig nach ihrem Umhang.

Zusammen eilten sie aus der Tür, um den Jungen am Rand der Lichtung zu begrüßen.

Nimbulan nahm nicht wahr, wie die magische Grenze in hellen Pastelltönen wirbelte und sich teilte, um seinen einstigen Lehrling einzulassen. In einer Sekunde sah er nur Bäume, und in der nächsten stand Powwell in dem bogenförmigen Schatten, den zwei schiefe Tambootie-Stämme bildeten.

»Du bist gewachsen! Und du hast einen Bart. Du bist ja größer als ich.« Myri gluckte um den jungen Mann herum.

Powwell war jetzt fünfzehn und hatte breitere Schultern und längere Beine, als sich Nimbulan erinnern konnte.

»Bist du hungrig? Natürlich bist du das. Das Abendessen ist fast fertig.« Myri umarmte ihren Ziehsohn.

»Mir geht es gut, Myrilandel. Ich bin nur ein wenig müde.« Powwell erwiederte ihre Umarmung.

Nimbulan beobachtete, wie der Junge die Hände zu Fäusten ballte; und seine Haltung wirkte wie von tiefer Trauer niedergedrückt.

»Was ist geschehen, Sohn?«, fragte er und zog ihn ebenfalls an sich, so dass die drei eng umschlungen dastanden.

»Ich habe einen Weg gefunden, wieder nach Hanassa zu gelangen, aber ich brauche Hilfe. Ich kann Rollett zurückholen, Nimbulan. Aber du musst mit mir gehen.«

Nimbulans Herz hüpfte vor Aufregung. Das war die Gelegenheit, den Gesellen zu retten, den er vor vielen Monaten in Hanassa hatte zurücklassen müssen.

Myri erstarrte in Powwells Armen, aber sie sagte nichts. Nimbulan brauchte keine Magie, um zu erkennen, dass sie argwöhnisch auf die Antwort ihres Mannes wartete.

»Es tut mir leid, aber ich kann nicht, Powwell. Mein Platz ist hier.« Er drückte Myri fester an sich. »Ich habe versprochen, dich nie wieder allein zu lassen, Myri, und das werde ich auch nicht.« Die Enttäuschung drohte ihn zu ersticken. »Ich würde dir ohnehin nicht von großem Nutzen sein, Powwell, nicht ohne meine Magie.«

»*Ich* werde gehen«, erklärte Yaala von der Tür der Hütte aus.

»Die Reise wird gefährlich, Yaala«, sagte Powwell warnend.

»Das ist mir gleich. Hanassa müsste eigentlich mir gehören! Es ist Zeit, Anspruch auf meinen Thron zu erheben.«

»Wir müssen sofort aufbrechen. Das Tor, das in die Stadt führt, ist im Winter nur während kurzer Perioden geöffnet.« Powwell richtete sich gerader auf und rückte sein Bündel zurecht.

»Das wird warten müssen, bis es zu schneien aufgehört hat und ihr Proviant eingepackt habt«, sagte Nimbulan und schob alle auf die warme Hütte zu.

»Ist dir auch eine Möglichkeit eingefallen, Kalen in der Leere zu finden?«, fragte Myri so leise, dass Nimbulan es fast nicht gehört hätte.

»Natürlich.« Ein breites Grinsen legte Powwells müdes Gesicht in Falten. »Deswegen habe ich ja so lange gewartet. Ich musste einen Weg finden, beide zu befreien – meine Schwester und meinen Kameraden. Den richtigen Zugang in die Leere zu finden, ist riskant. Dieses Tor wird sich in diesem Winter nur zweimal öffnen, und jedes Mal nur für sehr kurze Zeit.«

»Dann hast du dich damit abgefunden, dass Kalen deine Schwester ist?« Nimbulan musste die Frage einfach stellen.

»Die Drachen sagen, dass sie es ist, und ich muss ihnen glauben.«

»Geh mit unserem Segen, Powwell. Und du auch, Yaala.« Nimbulan schnürte es die Kehle zu. Jeder Instinkt, den er besaß, rief ihm zu, diese kostbaren Menschen in seiner Nähe zu behalten. Er hatte schon so viele gute Freunde und Schüler verloren, dass er es nicht riskieren durfte, Powwell und Yaala allein in die Gefahr aufbrechen zu lassen.

(Ein Geselle muss auf Wanderschaft gehen. Und eine solche Reise muss naturgemäß ohne einen Mentor angetreten werden), rief Shayla ihm ins Gedächtnis.

»Ich kann dich hören, Shayla! Ist meine Magie zurückgekehrt?«

»Nein, Liebster«, sagte Myri leise. »Die Drachin hat durch meine Stimme gesprochen. Du bist immer noch ohne Magie. Bist du jetzt schrecklich enttäuscht?«

»Eigentlich nicht. Dass du mich liebst und meine Tochter am Leben ist, bedeutet mir Magie genug.« Sie zogen den Kopf ein und traten gemeinsam in die Hütte.

Als Amaranth sie sah, quietschte sie vor Vergnügen. Die Kleine ließ den Holzstapel los, an dem sie sich festgehalten hatte, und tapste auf ihren Vater zu. Sie kicherte, als sie schwankte und sich fast wieder auf den Boden gesetzt hätte, aber sie ging weiter, bis sie sich am Umhang ihres Vaters festhalten konnte.

»Arm!«, verlangte sie.

Nimbulan lachte und hob sie hoch über seinen Kopf, glücklich darüber, am Leben zu sein und seine liebsten Menschen um sich zu haben.